Totengräbertal:

Eddi & Mesut ermitteln

Mischwald

D1695549

Danksagung

Ein Buch zu schreiben ist wie einen Hügel zu erklimmen. Nicht nur, aber vor allem zum Ende hin, wird es richtig anstrengend. Mein besonderer Dank geht daher an dich, Brigi, da du den Weg stur und fröhlich bis zum Ende mit mir gegangen bist. Bei all den wiederkehrenden Anpassungen und neuerlichen Umformulierungen, die du auf Herz und Nieren für mich geprüft hast, keine Selbstverständlichkeit. Obgleich für dich schon.

Das hier ist für alle Sandkörner da draußen.

MARCUS EMMES

Totengräbertal:

Eddi & Mesut ermitteln

Mischwald

KRIMINALROMAN

© 2019 Marcus Emmes
Deutsche Erstveröffentlichung Juni 2019
Umschlaggestaltung, Illustration: Marcus Emmes
Unter Verwendung von Abbildungen von:
© iStock.com / marcduf © iStock.com / vyasphoto
© iStock.com / dmf87 © pixelfreund /stock.adobe.com
Lektorat, Korrektorat: Brigitta Roza
Herstellung und Verlag: BoD – Books on Demand, Norderstedt
ISBN: 978-3-7448-4123 -8

Bibliografische Information der Deutschen Nationalbibliothek:
Die Deutsche Nationalbibliothek verzeichnet diese Publikation in der Deutschen Nationalbibliografie; detaillierte bibliografische Daten sind im Internet über http://dnb.d-nb.de abrufbar.

Marcus Emmes ist ein Pseudonym.
Mehr zu Marcus Emmes unter www.marcusemmes.de
Personen und Handlungen in diesem Roman sind frei erfunden. Eventuelle Ähnlichkeiten mit lebenden oder toten Personen wären rein zufällig und nicht beabsichtigt.

Prolog

Ein Mal. Ein letztes Mal nur wollte die junge Frau den Namen ihres Kindes aussprechen. Wollte hören, wie er klang. Wollte ihn auf ihrer Zunge tragen.

Ihr Mund aber zitterte nur mehr. Und ihr Geist suchte weiter die Ohnmacht zu begreifen, indes die Finger ihrer linken Hand verzweifelt über den kalten Steinboden tasteten. Sie erforschten den Untergrund. So, als läge irgendwo dort der Schlüssel zum Leben, zum Glück verborgen.

Gedanken leiteten sie durch Räume, hinter denen sich Geschichten und Gefühle aus vergangenen Tagen verbargen, während ihr Herz sich in der Agonie der letzten Minuten zusammenzog. Ihre Augen, noch geöffnet, blickten fragend hinein in das Dunkel. An die Decke. Auf die Steine. Sie flohen von links nach rechts und fanden doch keinen Weg hinaus. Hinaus aus diesem schrecklichen Traum, der keiner war.

Unterdessen dominierten noch einmal Farben und wohlige Düfte ihre Erinnerungen. Sie sah sich selbst als kleines Mädchen. Sah ihre Mutter, wie diese mit ihr durch die Weinberge oberhalb ihres kleinen Heimatdorfs spaziert war. Es war heiß gewesen. Schmetterlinge und Libellen hatten um sie herumgetanzt. Und am Himmel die Sonne. Die Wärme. Dieses gottgefällige Licht dort oben in den Weinbergen und ein Duft, der für immer und unauslöschlich in ihrem Gedächtnis haften geblieben war.

Zwischen Weinstöcken hatte ihre Mutter sie auf den Arm genommen und ihr die Wange geküsst, das Kind an sich gedrückt. Das von Freude und Liebe umspülte Mädchen hatte ihre Ärmchen um den Hals der Mutter geschlungen und die schier endlose Aneinanderreihung wundersam gleichartiger Pflanzen bestaunt, welche sich vor ihr in Reih und Glied versammelt hatten, dem Horizont entgegen. An jenem Ort, an dem man das gebieterisch wirkende Maintal so herrlich überblicken und dem Fluss dabei zusehen konnte, wie dieser sich gemächlich in Richtung der großen Stadt aufmachte.

„Das hier wird einmal dir gehören, mein Engel. Oder einem deiner Geschwister. So Gott will", hatte die Mutter ihr ins Ohr geflüstert und sie dabei sanft in den Armen gewogen.

Doch Gott hatte nicht gewollt.

Jetzt lag sie hier. Zwischen Reihen von Weinfässern. In nahezu völliger Dunkelheit. Wenn sie gekommen waren, um sich an ihr zu bedienen, hatte sie gefleht, gebettelt. Man sei doch eine Familie, irgendwie. Eine Familie, Gott im Himmel. Das war man doch. Er aber hatte meist nur mit einer Flasche in der Hand danebengestanden und sich betrunken, während einer der beiden Männer auf ihr gelegen hatte. Gleichsam betrunken. Schläge. Stöße. Dunkelheit. Immerhin. Gütiger Gott. Sie hatten aufgrund von Alkohol und Dunkelheit die Male ihrer kürzlich durchlebten Schwangerschaft nicht wahrgenommen.

Im Geiste tauchten noch einmal die Augen des kleinen Buben vor ihr auf. Augen, die sich qualvoll in den Boden aus Stein bohrten. Unschuld auf der einen Seite. Geifernder Dreck auf der anderen. Die Männer hatten gewusst, was sie taten. Hatten womöglich den Lohn eingefordert, der ihnen versprochen worden war. Sie wusste es nicht. Mit diesen Männern hatte sie nie etwas zu schaffen gehabt. Nur mit ihm.

Mittlerweile aber war es still. Die Kerzen waren erloschen. Das Gärgas hatte ihre Flammen erstickt. Bald würde sie an der Reihe sein. Sie, deren verlorene Zukunft weiter oben verwurzelt stand. Vergeblich wartend.

Die junge Frau zitterte. Vor Kälte, nicht vor Angst. Zu benommen war sie. Zu geschwächt der Körper. Zu groß die Trauer, als dass noch Platz für Angst gewesen wäre. Ihr Brustkorb hob sich kaskadenförmig an, fiel dann wieder in sich zusammen. Sie hatte leben wollen. Lieben wollen. Johann. Lieber Gott, beschütze Johann und beschütze unser Kind, wisperte sie im Geiste, wobei sie Träne um Träne aus ihren Augen blinzelte.

Mit der rechten Hand umklammerte sie stumm das Stück Stoff, das sie einem der Männer vom Jackett gerissen hatte. Und während es vor ihren Augen zu flimmern begann, hob sie mit letzter Kraft die linke Hand und legte sie an ihren geliebten Anhänger. Sodann begegnete sie in Gedanken noch einmal ihrem über alles geliebten Kind, ihrer Jugend, Johann und einer gemeinsamen Zeit voller Hoffnung. Hoffnung, die sie trotz des Schmerzes, der im Krieg zur Grundschuld aller geworden war, geteilt hatten.

Als sie ihre Augen das letzte Mal schloss, schloss sich damit gleichsam ein Kreis, von dem die junge Frau nichts ahnte. Dann kam stumme Dunkelheit. Und mit ihr eine Hand, die sich zärtlich auf die ihre legte.

Kapitel 1

Ochsenfurt am Main, Spätsommer 2018

„Verdammte Schinderei", knurrte Edgar, den alle nur Eddi nannten, als er sich aufrichtete, um seinen geplagten Rücken wie eine Bogensehne durchzudrücken. Dass er ausgerechnet heute ausheben musste, nach einer solch langen Trockenperiode. Mit dem Handrücken wischte er sich den Schweiß von der Stirn. Dann grunzte er etwas in sich hinein und trieb die Schaufel weiter vorsichtig in den Boden des Grabs, in welchem er bis zu den Schultern stand. Unter ihm der steinig-trockene Untergrund. Unmittelbar links und rechts seiner massigen Schultern der Grabstich. Und über ihm die glühende, fränkische Abendsonne, die anscheinend nichts Besseres zu tun hatte, als ihm auch noch die allerletzten Mineralien aus dem Körper zu pumpen.

„Ey, Deutscher!", schallte es plötzlich über den Gottesacker. „Suchst du wieder nach Gold?"

Eddi schaute auf. Wobei aufschauen gänzlich unnötig war. Diese Stimme hätte er unter Millionen treffsicher wiedererkannt. Es war natürlich Mesut, der selbsternannte Dönerdealer seines beschaulichen Heimatstädtchens. Genauer gesagt Mesut Burak, der Betreiber eines Döner-Imbisses in der Altstadt und Eddis Freund, was wohl auf Gegenseitigkeit beruhte. Wenngleich beide über solche Dinge wie Freundschaft nie wirklich sprachen.

Für den eher menschenscheuen Eddi jedenfalls war diese Freundschaft etwas Besonderes. Auf Mesut konnte man sich verlassen. Und Verlässlichkeit war ein doch eher seltenes Gut in dieser Welt, wie Eddi befand, dem auch deswegen die Menschen an sich tendenziell eher ein Gräuel waren. Eddi bevorzugte die Einsamkeit. Er schätzte die Gesellschaft der stummen Geschichten und Gräber um sich herum mehr als Verbalsport und die übliche, massenhafte Eigenwerbung seiner meisten Mitmenschen.

Der Dönerdealer grinste, als er an das Grab herantrat. „Was für eine scheiß Arbeit, Mann. Such dir mal 'nen richtigen Job!", tönte Mesut von oben auf Eddi herab.

„Ja, ja Dönerprinzessin", klatschte Eddi ihm entgegen. „Pass du lieber auf, dass du nicht ins Loch fällst und auf ewig hier drin verschwindest. Ist schon ganz anderen so ergangen."

„Muss 'ne deutsche Kartoffel gewesen sein, Eddi. Ich komme aus den Bergen und Bergmänner wissen noch, wie man sich in freier Natur bewegt."

Freie Natur? Weder konnte Eddi hier Freiheit noch ausgeprägten Naturraum sehen. In unmittelbarer Nähe war nichts außer hunderten an Mahnmalen, die einem im Leben daran erinnerten, dass jeder einmal den gleichen Ausgang würde nehmen müssen. Und Natur auf seinem Friedhof? Nun, immerhin zogen sich einige Baumreihen quer über das Gelände. Vorwiegend bestehend aus großen, würdevollen Pappeln. Und dann war da noch der Blick auf den Südhang der Stadt. Dieser war westlich in Richtung Sommerhausen und gen Osten, an das unmittelbar an Ochsenfurt angrenzende Frickenhausen, tatsächlich sehr begrünt und hierbei über und über von Rebstöcken bedeckt. Zwischen eben diesem Anblick und Eddi lagen lediglich sein Arbeitsplatz, die Ochsenfurter Altstadt und der Main, welcher sich quer durch das Panorama zog und Südhang von Nordhang, auf dem er stand, trennte. Schlussendlich liebte Eddi diesen Flecken Erde und er konnte sich tatsächlich keinen besseren Arbeitsplatz vorstellen.

Eddi war der Totengräber der Stadt. Genau genommen Friedhofsverwaltungsangestellter, oder etwas in der Art. Genau wusste er es gar nicht. Und es interessierte ihn auch nicht. Jedenfalls hatte er die Hoheit über den nicht gerade kleinen Friedhof der elftausend Seelen umfassenden Gemeinde Ochsenfurt.

„Und? Schon was gefunden?" Mesut hatte es sich auf dem kleinen Friedhofsbagger bequem gemacht und spielte soeben mit dessen unterschiedlichen Hebeln. Eddi zog es somit besser vor aus dem Grab zu steigen, bevor das Ding sich noch in Bewegung setzte und letztendlich ihn in diesem Loch begraben würde.

„Nur Steine." Er nutzte den leeren Bierkasten einer lokalen Brauerei, den er zu diesem Zweck mitgenommen hatte, als Treppenstufe und wuchtete sich mühsam aus dem gut einen Meter sechzig tiefen Erdloch.

„Wer lag denn hier?", hörte er Mesut fragen, der sich weiter mit Schalthebeln und -stangen des kleinen Baggers beschäftigte. Eddi zündete sich eine Zigarette an und deutete auf den Grabstein, der in geradezu deprimierender Endgültigkeit links neben dem Aushub lag. „Friedhelm Vogelsang, Einzelgrab", antwortete er kurz angebunden und blies dabei den Rauch seiner Kippe in die warme Abendluft.

„Friedhelm, auch so ein typisch deutscher Name. Bestimmt ein Nazi gewesen", befand Mesut.

Eddi rollte mit den Augen. Sein Freund war ein schamloser Widerspruch. Denn zum einen war für jenen Hobbynörgler deutsch sein an sich so etwas wie eine Niederlage. Etwas, für das man sich geradezu entschuldigen sollte. Deutsch, ging gar nicht. Die Deutschen mit all ihren Regeln und Paragraphen, Steuern und Polizisten. Polizei - sowieso die Ausgeburt der Hölle in den Augen jenes Fladenbrötlers mit Migrationshintergrund. Nur eine

Bezeichnung, die Eddi seinem Freund selbstredend aus purem Spaß heraus gab. Gleichermaßen wie dieser ihn umgekehrt etwa als Kartoffel betitelte. Oder als Alman, was wohl Deutscher hieß, wobei dieses Wort bereits eine kulturelle Annäherung erfahren hatte und meist zu einem teils-eingedeutschten „Aleman" wurde. All dies jedenfalls war ein Foppen, das man sich getrost leisten konnte, weil man über den Dingen stand, Freund war, dem anderen Andersartigkeit zugestand. Ein anders, dass in ihrer beider Verständnis reicher, nicht ärmer machte. Jedenfalls ... Eben dieser Mesut verbrachte seine Zeit, ungeachtet gewisser Vorbehalte, meist mit eben jenen Deutschen und schimpfte umgekehrt nur zu gern über „seine" Türken und wiederum deren Gebräuche. Kurzum: Mesut schimpfte genau genommen immer auf alles, oder doch zumindest auf irgendwen. Ohne ging es einfach nicht. Andererseits half der türkische Hobby-Oppositionelle aber auch jedem. Wo er nur konnte, wann immer es ging. Kein Obdachloser, ganz gleich welcher Nation er entsprang, der in Mesuts Imbiss nicht kostenlos eine Tasse çay, den typisch türkischen Schwarztee, angeboten bekam. Keine deutsche Oma, der er nicht bereitwillig die Einkaufstüte in die Wohnung trug, wenn er wieder mal in seinem Imbiss saß, um seine Zeit mit auf-Lauer-liegen totzuschlagen, wie er es zu nennen pflegte. Und kam es dann dazu, dass irgendwer dort draußen vor seinem Laden Hilfe benötigte - und sei es Oma irgendwer oder auch nur Nachbars Hund - war Mesut eben da, fragte nicht lange und half.

„Wieder so ein armes Schwein, für das keiner mehr Miete zahlen will, was Eddi?" Mesut war vom Bagger gestiegen und neben ihn getreten, die Miene nachdenklich in Falten gelegt. „Armes Schwein sag ich, armes deutsches Schwein."

So standen nun beide vor dem geöffneten Grab. Eddi mit einer Zigarette, zwischen seinen von Staub und Erde eingefassten Fingern. Mesut mit einem riesigen Joint, den dieser einmal mehr aus seiner heiß geliebten Lederkutte gezaubert hatte, die so alt wirkte, wie das Grab selbst, vor welchem man nun Spalier stand. Wie Mesut es schaffte, seine „Bomben", wie er das Räucherwerk liebevoll nannte, stets in Bestform aus jener Kutte entsteigen zu lassen, war Eddi schon immer schleierhaft gewesen.

„Hast du dir die Sache mit dem Teeservice überlegt? Ist 'ne super Idee, Deutscher." Ein für Mesut recht typischer Themenwechsel.

Eddi rollte abermals mit den Augen. „Fang nicht schon wieder damit an, Mesut. Das ist doch kein passendes Geschenk für eine Frau."

Doch Mesut ließ nicht locker. „Warum nicht, Mann? Also in der Türkei, da …" Eddi aber fiel ihm sogleich ins Wort: „Ja. In der Türkei. Aber wo sind wir hier, na?"

„In gute deutsche Lande", erwiderte Mesut. Nicht, ohne dabei das Gesicht derart zu verziehen, als ob er sich gerade an einem Stück Schweinshaxe verschluckt hätte.

„Du bist aber nicht nur wegen des Teeservice zu mir raufgestiefelt, oder?", fragte Eddi.

„Na ja, Mann." Mesut zog genießerisch an seinem Joint. „Ist ein echt gutes Stück. Antik, sag ich dir. So mit Goldrand und so. Und der Preis stimmt."

Antik, dachte Eddi sich und verzog sogleich schmerzlich das Gesicht. Natürlich antik. Was auch sonst. Für Mesut war alles erst einmal antik. Kaum abzuzählen, wie viele Male er bereits mit seinem Freund über einen der hiesigen Flohmärkte, die regelmäßig im Bereich des Ochsenfurter Stadtgrabens abgehalten wurden, gestolpert war. Regelmäßig hatte der Dönerdealer dann irgendeinen Kerzenleuchter, eine Tabakdose oder eine Armband- oder Standuhr erstanden in der trügerischen Annahme, das Gekaufte sei antik. Und stets hatte sich kurze Zeit später eine moderne Schweißnaht, ein Stück Kunststoff oder gar ein „Made in China" Aufdruck auf der Ware gezeigt, was Mesut ein ums andere Mal unsanft aus dessen Träumen gerissen hatte. Vom verletzten Stolz ganz zu schweigen.

„OK, ich sag dir was", brummte Eddi, der seinem besten Kumpel nicht vor den Kopf stoßen wollte. „Ist ja noch ein paar Tage Zeit bis Giselas Geburtstag. Bis dahin überlege ich es mir noch." Er reckte das Kinn in Richtung der Öffnung im Boden.

„Jetzt muss ich erst mal die letzen Reste von Friedhelm da aus der Erde befördern." Umgehend machte er sich daran, neuerlich in das geöffnete Grab zu steigen.

„Der hätte sich bestimmt zu Tode erschrocken, wenn er gewusst hätte, dass hier mal ein Türke vor seinem offenen Grab steht, Mann. Ist wohl ordentlich was schief gelaufen mit dem Plan vom Chef", parlierte Mesut und formte dabei mit seinem linken Zeige- und Mittelfinger den typischen Bart eines gewissen Obernazis. Nach einem weiteren tiefen Zug an seinem Räucherwerk fuhr er fort. „Ich bleib hier oben und schau dir bisschen bei der Arbeit zu. Nicht, dass du tatsächlich noch einen Schatz hebst und deinen türkischen Bruder hier arm zurücklässt."

„Ja, ja", erwiderte Eddi halb abwesend, als er erneut im Loch stand und jetzt mal mehr, mal weniger vorsichtig mit einer Harke in der Erde herumbohrte.

„Aha, da ist ja was", entfuhr es ihm schließlich, als er neben Resten von Scharnieren und Holz auf das stieß, was einmal ein Mensch gewesen war. Vorsichtig begann er damit, die größtenteils feine Erde und den Sand abzutragen, um die Knochen besser bergen zu können. Nunmehr waren Respekt und Würde gefordert. Immerhin handelte es sich hierbei um nichts anderes als die Überreste eines menschlichen Körpers. Einer Person, die sicher selbst einmal ihre ganz eigenen Träume gehabt hatte. Welche, wusste Eddi natürlich nicht. Aber eines wusste er ganz genau: Kein Mensch ohne Träume. Im Grunde genommen ließen sich Menschen sowieso primär über ihre Träume unterscheiden. Die einen wurden von hoffnungsvollen Träumen geleitet, die anderen von Alpträumen durchs Leben getrieben. Das war's auch schon. Welcher Gattung dieser Friedhelm hier angehört haben mochte, wusste wohl niemand mehr zu sagen. Unwahrscheinlich zumindest, dass dessen Verwandte, sollte es solche noch geben, sich jüngst mit derartigen Gedanken befasst hatten. Verwandte, denen es zu teuer war, die Grabmiete für weitere zehn Jahre zu verrichten. Eddi wollte hierüber jedoch keinesfalls ein Urteil fällen. Die Zeiten waren eben nicht so leicht. Dennoch versetzte es ihm stets aufs Neue einen Stich, wenn es an eine Grabauflösung ging.

„Indem das Grab eines Menschen verschwindet, wird nicht selten auch die Erinnerung an diesen Menschen aus der Welt getilgt", hatte Pfarrer Selig einmal zu ihm gemeint. Ja, Selig hieß der gute Mann tatsächlich, der sich bester Gesundheit erfreute und Oberhirte der einigermaßen überschaubaren Gemeinde von Ochsenfurt war. Zudem war Pfarrer Selig nicht der einzige in der Stadt, der seinen Beruf - in seinem Falle gar seine Berufung - im Namen vor sich hertrug. So gab es tatsächlich auch einen Arzt in der Stadt, der Gesundner mit Nachnamen hieß. Ein Arzt allerdings war für Friedhelm kaum mehr vonnöten, überlegte Eddi. Wohl auch kein Pfarrer. Beide Gruppen an Menschen dürften den Toten Zeit seines Lebens hier und da begleitet haben. Doch am Ende des Wegs war nun mal Eddis bescheidener Berufsstand gefragt, der eines Totengräbers.

Nachdem er Friedhelm Vogelsangs Überreste aus dessen langjähriger Behausung nebst Resten von Holz und anderen Überbleibseln freigelegt hatte, alles außergewöhnlich gut erhalten, das war nicht immer so, hielt er plötzlich inne. Aus dem Grund des Grabs, auf dem er stand, und aus welchem er soeben noch Gebeine und Schädel jenes Friedhelms geborgen hatte, ragte etwas heraus. Etwas, das ihn verdächtig an etwas erinnerte. Etwas, das dort allerdings nicht hingehörte.

„Scheiße", murmelte er und richtete sich bedächtig auf, den Blick weiter auf den Grund des Grabs gerichtet. „Scheiße, Mann. Mesut, ich hab hier was gefunden."

„Goooooooooooold", scholl es sogleich unvermittelt über den Friedhof, der zu dieser Zeit kaum von Menschen besucht war.

„Nein, du Idiot. Kein Gold", funkte Eddi ihm dazwischen und sah sich peinlich berührt um. „Erdööööööööööööl!", schleuderte Mesut daraufhin unmittelbar zurück.

„Verdammt, Mesut, ich hab hier einen Toten gefunden", zischte Eddi. Und plötzlich war es still. Kein Ton mehr zu hören von Mesut. Eddi schaute auf den Grabboden hinab und musterte das, was zweifelsohne eine Schädeldecke war. Wenige Wimpernschläge später zeigte sich Mesuts Kopf in seinem Blickfeld, der unbemerkt einmal um die Graböffnung herumgegangen sein musste und ihn nun mit einem Blick ansah, der so etwas wie „Kurzschluss?" oder „Wer raucht hier eigentlich was?" zum Ausdruck bringen mochte.

„Äh, Eddi, alles klar bei dir, ja? Ich meine, mal im Ernst. Du weißt schon ..." Er breitete die Arme aus und wies mit diesen über den städtischen Friedhof. „Du weißt schon, dass du hier auf einem Friedhof bist, ja? Und du bist übrigens der beschissene Totengräber und das, worin du da stehst", er deutete in das Grab, „das ist ein Grab und jaaa, da kommt es schon mal vor ..."

„Mensch, Mesut", raunzte Eddi zurück und unterband den Redeschwall seines Freundes damit abrupt. „Ich meine, hier liegt noch ein Toter begraben. Also eben einer zu viel meine ich! Eben einer mehr als hier liegen sollte, Mann!" Er beugte sich nach unten, um mit der Hand vorsichtig über den Knochen zu fahren. Kein Zweifel. Hier lag noch ein Skelett. Zumindest schon mal ein zweiter Schädel. Vorsichtig machte er sich daran, mehr Erde und Sand beiseite zu fördern.

„Ist das denn was Besonderes?", fragte Mesut, nun wieder in normaler Tonlage.

„Na ja", schnaufte Eddi, wobei ihm sowohl die Anstrengung, hier in der spätabendlichen Hitze Grabungsarbeiten in einem Loch tätigen zu müssen, als auch die Irritation über den getätigten Fund anzumerken war. „Auch wenn das hier ein Friedhof ist, dürfen Skelette nicht einfach so herumliegen, wie und wo es ihnen gerade passt. Dieses Grab hier", er richtete sich erneut auf, „war ein Einzelgrab. Der gute Friedhelm hatte aber offensichtlich einen Mitbewohner. Oder eine Mitbewohnerin, was weiß ich. Was die Sache erschwert ..." Erneut wischte er sich den Schweiß von der Stirn. „Genau hier an diesem Platz stand laut meinen Unterlagen ursprünglich mal ein Baum. Den hat man im letzten Jahrhundert aber irgendwann gefällt, weil er wohl zu viel Dreck gemacht hat. Der gute Friedhelm war dann der erste, der an dieser Stelle seine letzte Ruhe gefunden hat. Somit dürfte da natürlich auch kein zweiter Schädel im Boden auftauchen. Scheiße. Das muss ich melden."

Er lehnte sich an den Grabstich und zündete sich neuerlich eine Zigarette an. „Verflucht, Mesut. Dann turnen hier irgendwelche Leute herum und ich muss mich mit denen abgeben. Stellen blöde Fragen, auf die ich noch blödere Antworten geben muss."

„Jetzt entspann dich mal, Eddi. Du könntest doch die sagen wir … türkische Methode anwenden, nein? Ich bin mir sicher, Friedhelms Untermieter hätte nix dagegen einzuwenden." Sein Freund blickte verschwörerisch drein und machte einige Handbewegungen, die wohl andeuten sollten, wie man ein paar Knochen am besten unauffällig wieder mit Erde bedecken könnte. „Einfach zuschütten und es gibt keine Probleme."

Eddi kratzte sich am Kopf, nahm dann einen weiteren Zug von seiner Zigarette, den Blick auf den freigelegten Schädel gerichtet. Vielleicht hatte Mesut recht. Anzunehmen, dass es die Gebeine da unten nicht weiter stören würde, überlegte er. Andererseits wäre es einfach nicht rechtens und würde sich noch weniger so anfühlen.

Darüber hinaus gab es Eddis Ansicht nach nur drei Erklärungen, wie es überhaupt zu dieser Wohngemeinschaft gekommen sein mochte, von der mindestens eine ihm absolut nicht behagte.

Entweder, der Friedhofsverwaltung - und an diesem Punkt schloss er sich selbst aus, da das Grab aus einer Zeit weit vor seiner Einstellung stammte - war einst ein schwerwiegender Fehler verwaltungstechnischer Art unterlaufen. Getreu dem Motto: Aus Doppelgrab mach Einzelgrab. In diesem Falle aber hätte man nicht nur vergessen in gewissen Unterlagen etwas einzutragen, sondern auch die Gravur auf dem Grabstein verbummelt. Was Eddi mindestens sehr unwahrscheinlich vorkam. Sein Blick flog erneut auf den Grabstein. Gestorben am 4. Oktober 1944. Zum Ende des Zweiten Weltkrieges hin also, überlegte er. Flüchtende Menschen, sich auflösende Strukturen. Er schürzte die Lippen. Na ja, warum nicht. Allerdings war das Grab ansonsten korrekt angelegt worden. Schon merkwürdig. Oder Möglichkeit Nummer zwei. Den besagten Baum hatte es nie gegeben, Gräber an genau dieser Stelle hingegen schon immer. Und dann hatte einer seiner Vorgänger hier vor zig Jahren genau wie er heute gestanden, eine Grabauflösung vorgenommen und geschlampt. Aber nein, man konnte doch nicht allen Ernstes ein gesamtes Skelett, oder zumindest so viel von einem menschlichen Skelett, wie hier lag, übersehen. Denn üblicherweise wurden in Ochsenfurt die Reste von Gebeinen aufgelöster Gräber in aller Stille und an anderer Stelle auf dem Friedhof in geweihter Erde erneut und gesammelt beigesetzt. Hauptsache, Angehörige mussten im Rahmen einer Beerdigung nicht auf Schädel, Becken- oder Fingerknochen einstig begrabener Menschen starren, welche sie aus dem Aushub heraus anglotzten oder ihnen von dort her zuwinkten. OK, es wurde schon mal ein kleinerer Knochen vergessen einzupacken. Aber gleich ein ganzer Schädel? Das erschien ihm doch zu abwegig. Viele der Totengräber, die Eddi kannte, mochten knorrige Typen mit vielerlei Problemen und Ticks sein. Kein Wunder, bei dem Beruf. Doch waren es allesamt gewissenhafte Zeitgenossen. Schließlich war ihrer aller Arbeitsplatz nicht irgendeine Baustelle, sondern ein Ort des Gedenkens, des Respekts. Dennoch. Ganz auszuschließen war ein solch umfangreicher Fehler grundsätzlich nicht. Ebenso wenig konnte für Eddis Dafürhalten Möglichkeit Nummer drei ausgeschlossen werden: Jemand hatte hier vor langer, langer Zeit absichtlich etwas unterbringen wollen, ohne dass es andere wiederum hätten mitbekommen dürfen. Vielleicht ein Ehemann, der das Geld für die Beerdigung seiner Frau nicht hatte aufbringen können. Oder aber jemand hatte hier tatsächlich etwas loswerden wollen, im Sinne von heimlich entsorgen. Ein Verbrechen? So oder so gab es gewisse Rechte, die noch über den Tod hinaus Gültigkeit besaßen. Persönlichkeitsrechte etwa. Sie machten an einem Grab nicht halt. Da gab es für Eddis moralisches Empfinden keinen Spielraum. Ganz und gar nicht.

„Lass mich raten", brach Mesuts Stimme in seine Gedanken ein. „Die türkische Methode behagt dir nicht so recht."

„Ein Skelett, das hier nicht hingehört, muss ich melden, Mesut", erwiderte Eddi und schnippte die nur halb zu Ende gerauchte Kippe aus dem Grab heraus auf den staubigen Friedhofsweg, wo er sie später wieder einsammeln würde. Erneut machte er sich in der Folge keuchend daran, aus dem Erdloch zu krabbeln. „Zumal ich es einfach nicht übers Herz bringen würde, ehrlich gesagt. Auch die Knochen da unten haben schließlich ihre Geschichte und wer weiß, ob die schon erzählt wurde. Falls nicht, wird es dafür langsam Zeit, meinst du nicht auch? Ich werde gleich noch mal in die Unterlagen schauen. Nicht, dass der Verwaltung, oder am Ende noch mir, doch ein Fehler …"

„Goooooooooold", schmetterte es da plötzlich und mit Urgewalt erneut über das Gräberfeld hinweg. Eddi hatte sich bereits in Richtung der Friedhofskapelle gewandt, die sich knapp zwanzig Meter rechts unterhalb der Grabreihe befand, in der er zugange war. Eigentlich handelte es sich bei dem wenig schmucken Gebäude in der Mitte des Friedhofs um eine sogenannte Aussegnungshalle. Für ihn aber war es nun mal die Friedhofskapelle. Friedhofskapelle klang, so fand Eddi, irgendwie beruhigender.

Er wirbelte herum und bekam so eben noch seinen Freund zu packen, der augenscheinlich gerade zum Sprung in das geöffnete Grab hatte ansetzen wollen.

„Mensch, spinnst du?", fauchte er.

„Nein, Eddi. Da ist Gold, Mann! Goooold, da unten!" Mesut deutete aufgeregt in das Loch. Ungefähr dorthin, wo Eddi eben noch gestanden hatte. Und tatsächlich. Etwas oberhalb der Mitte des Grabs, halb aus Sand und Erde heraus, ragte eine Kette, wenn er es richtig deutete. Und an deren einem Ende schien etwas befestigt zu sein. Ein Anhänger oder so, vermutete er. Recht groß. Zudem mochte Mesuts vermeintlich untrügliches Gespür für Alter und Material sich diesmal nicht getäuscht haben. Das, was er dort sah, konnte tatsächlich aus Gold gearbeitet sein. Zumindest schimmerte es teils golden in der Abendsonne, die wohlwollend auf den Friedhof herablächelte.

Nachdem Eddi den selbsternannten Dönerdealer aus seinem Griff entlassen hatte, machte er sich ein weiteres Mal daran, in die einstige Ruhestätte hinabzusteigen, währenddessen sein jetzt überaus ungeduldiger Freund am Rand des Grabes in die Knie ging und erneut von Nazis anfing zu fantasieren. Wie kam Mesut jetzt wieder auf die Nazis? Doch als Eddis Hände sich Gebeinen und Kette näherten, lösten sich derlei Gedanken zugunsten einer zunehmenden Neugierde in Luft auf.

Er zupfte leicht an dem Anhänger, der aussah wie eine Art Medaillon. Schien aber gebrochen zu sein, stellte Eddi fest. Mehr und mehr, wenngleich behutsam, zog er an dem Stück. Glied um Glied löste sich daraufhin die Kette aus dem Untergrund. Nun hatte er genau genommen so viel Ahnung von Schmuck wie gewisse andere Leute von Antiquitäten. Zudem waren von Kette und Medaillon nicht gerade viele Details erkennbar, da sowohl Medaillon als auch die einzelnen, feinen Glieder der Kette selbst von Sand und Erde verklebt waren. Dennoch drängte sich Eddi der Eindruck auf, etwas tatsächlich Wertvolles oder doch zumindest Altes in Händen zu halten.

Er streckte seinen Arm nach oben und reichte das Stück stumm seinem Freund, während er selbst in gebückter Haltung verharrte. Denn dort war noch etwas gewesen. Durch das Loslösen der Kette aus dem Grund hatten sich gleichsam kleinere Stücke des Bodens gelöst und hiermit den Blick auf ein Stück Glas freigegeben.

„Mann Eddi, das wäre natürlich auch ein Geschenk für Gisela das ist echt antik Bruder ganz sicher antik da hast du ja echt mal was gefunden Indiana, krass", hörte er Mesut von oben ohne Punkt und Komma plappern.

Gisela? Er würde doch nicht die Kette eines Toten oder vermutlich, ja, angesichts der Kette, vermutlich eher einer Toten der ersten Frau schenken wollen, die ihm seit Jahren etwas bedeutete. Sah er mal von seiner Mutter ab, die im nahegelegenen, städtischen Seniorenheim lebte und die er, wie jeder anständige Sohn, selbstverständlich vergötterte.

Er griff nach dem Pickel und begann damit, die Erde um das neuerliche Objekt herum so abzutragen, dass er dieses, so hoffte er, nicht beschädigen würde. Bald zeigte sich, dass es sich bei jenem Ding um eine Flasche handelte. Sie war klein und erinnerte Eddi ihrer Form nach an eine der Milchflaschen, wie seine Oma sie früher noch besessen hatte. Nur, dass diese hier wesentlich kleiner war. Sie maß geschätzt rund fünfzehn Zentimeter in der Länge bei einem Durchmesser von vielleicht fünf oder sechs Zentimetern. Das Ende des Flaschenhalses war mit einem Stück Leder verschlossen. Dazu hatte man dieses mit einer Schnur, die ebenso aus Leder gefertigt zu sein schien, fest um den recht dickbauchigen Hals der Flasche geschnürt. Eddi packte sie, nachdem er genug Boden um diese herum abgetragen hatte, an deren Kopf und hebelte sodann das nächste Fundstück vorsichtig aus dem trockenen Untergrund.

„Ey, Bruder, da sind glaube ich Trauben auf dem Ding abgebildet", rief Mesut ihm von oben herab zu. „Und die Kette ist, glaube ich, echt aus purem Gold, Bruder!"

„Ja, aber schau mal. Hier ist noch was", entgegnete Eddi. Sofort schoss der Kopf des Ochsenfurter Dönerdealers über den Grabrand.

„Noch mehr Gold, Eddi?"

„Eine Flasche." Eddi streckte Mesut nun auch die Flasche entgegen, welche dieser sofort ungeduldig entgegennahm.

„Ist was drin?" Mesut musterte die Flasche und drehte sie von links nach rechts. Aber deren Glas war stark verschmutzt, sodass man nicht ohne Weiteres in ihr Inneres blicken konnte. Zudem war das Glas offensichtlich ziemlich betagt und vermutlich wollte das gute Stück alleine schon aus diesem Grund sein Geheimnis nicht einfach so preisgeben. „Vielleicht Diamanten. Reich Mann! Eddi, vielleicht sind wir reich!"

Eddi war fix und fertig, nachdem er seinen stämmigen Körper nunmehr zum dritten Mal innerhalb kürzester Zeit aus dem Erdloch gehievt hatte. „Natürlich Diamanten", entgegnete er, doch sein Tonfall ließ erahnen, was er von dieser Vermutung hielt. „Zeig mal her." Nachdem schließlich auch er die Flasche einige Sekunden stirnrunzelnd in Augenschein genommen hatte, fragte er nach einem Messer. Mesut, seines Zeichens Krämer wie es schien, zog aus seiner Kutte unverzüglich ein Schweizer Multifunktionsmesser hervor. Mesuts altes Lederteil. Eddi fragte sich, was sich sonst noch so alles in deren Taschen verbergen mochte. Er klappte das Messer auf und setzte es unterhalb der Lederschnur an, um diese zu durchtrennen, hielt dann aber inne und senkte das Messer wieder.

„Was?" Nervös blinzelte Mesut den Totengräber an. Womöglich ahnend, dass sich in Eddi gerade das typisch deutsche Gewissen zu Wort meldete.

„Ich weiß nicht", purzelte es da auch schon aus Eddi heraus. „Dürfen wir das denn überhaupt? Ich meine …"

„Nein, du hast natürlich recht." Mesut, der anscheinend erkannt hatte, dass er an diesem Punkt ohne lange zu fackeln aktiv werden musste, nahm das Messer aus Eddis Hand, deutete an es zuklappen zu wollen und meinte dann nur: „Ey Mann, da. Schau mal!" Dabei reckte er sein Kinn planlos in irgendeine Richtung.

Eddi drehte sich auch sogleich in eben diese, spürte alsbald einen kurzen Ruck an seiner Hand und wurde sich im gleichen Moment der Finte gewahr, auf die er hereingefallen sein musste.

„Toll", grunzte er nur kurz, nahm dann aber die durchtrennte Lederschnur samt Lederkappe von der Flasche und verkniff sich jede weitere Bemerkung in Richtung des türkischen Honigkuchenpferdes, das dort mit leuchtenden Augen grinsend vor ihm stand.

Eddi drehte die jetzt geöffnete Flasche um und schüttelte sie mehrmals schwungvoll, woraufhin sich ein Stück Stoff zeigte. Er zog kurz daran, um es aus seiner schützenden Behausung zu befreien. Auch dieses Fundstück überreichte er sogleich Mesut. Beide Männer besahen sich den Fetzen Stoff einen Moment lang stirnrunzelnd.

Doch Eddis Aufmerksamkeit richtete sich rasch wieder auf die Flasche. Er hatte gespürt, dass sich noch etwas anderes in ihr befand. Daher schüttelte er sie erneut einige Male hin und her, woraufhin ihm ein Stück zusammengerolltes Papier in die geöffnete Handfläche fiel. Mochte das Papier einst weiß gewesen sein. Nun präsentierte es sich eher gelb-braun und war eindeutig nicht mehr taufrisch.

Eddi starrte in seine Handfläche. Mesut tat es ihm nach. Um die kleine Rolle herum war ein Faden gewickelt, welcher die gesamte Konstruktion hatte in Form halten sollen. Eddi schaute seinen Freund an, der ihm kurz aber aufmunternd zunickte. Daraufhin befreite er das kleine Röllchen vorsichtig von dem Faden, der zwischen seinen Händen fast zu zerbröseln schien. Schließlich entrollte er das vergilbte Stück Papier mit aller Vorsicht.

Mittlerweile war Mesuts Kopf inklusive dessen schwarz-gelockter Haarpracht so nahe an seinem angelandet, dass kaum noch genügend Licht vorhanden war, um die wenigen Zeilen, die dort geschrieben standen, überhaupt entziffern zu können.

Nachdem Eddi und Mesut die Botschaft, die auf dem Papier verewigt war, konsumiert hatten - was keineswegs einfach war, da die Handschrift des Boten recht altertümlich daherkam - blickten sie sich gegenseitig fragend an. Tiefe Falten formten sich auf ihrer beider Stirn. Letztendlich warfen Totengräber und Dönerdealer einen weiteren Blick auf den Zettel, um dann fast einvernehmlich und ratlos mit den Schultern zu zucken.

Rückblick

Frickenhausen am Main, November 1861

Alois und sein Bruder Wolfgang saßen zusammen mit dem Amtsnotar zu Tisch, der gerade von einer Magd von Suppenschüsseln, Brotkorb und Gläsern befreit wurde, um so dem nächsten Gang Platz zu schaffen. Ausgiebige Gelage im Hause Rehnstein waren nichts Außergewöhnliches, wenn denn der Anlass es erforderte. Eben gerade so, wie an diesem Nachmittag.

Draußen war es bereits stockfinster, zudem empfindlich kalt. Ein eisiger Wind wehte über Flusstal und Hänge, während die Männer in einer der warmen Stuben des Gutshauses beisammensaßen.

„Tun wir wirklich das Richtige, Wolfgang? Ich bitte dich, denk noch einmal darüber nach. Niemand kann sagen, wo so etwas letztendlich hinführt." Alois blickte seinen Bruder über den massiven Tisch aus Eichenholz hinweg an, während die Magd die letzten Teller abräumte, um sich hiernach in gebückter Haltung zu entfernen. Sein Blick konnte trotz all der Ruhe, die er in seine Stimme zu legen versucht hatte, eine veritable Kälte nicht verbergen. „Sag? Mag dies nicht entgegen all der gut gemeinten Bekundungen der Anfang vom Ende dieses Hauses sein?" Nun lag Resignation in seinen Worten.

Sein Bruder Wolfgang hatte gerade eines der Blätter entgegengenommen, welche der Amtsnotar ihm mit stoischer Ruhe nacheinander reichte. Ohne den Bruder anzusehen, entgegnete er: „Wir haben alles besprochen, Alois. Ich bin nicht gewillt alles ein weiteres Mal bis ins Detail neu zu verhandeln. Nein, es ist schon das Beste so. Du hast deine Entscheidung getroffen, ich die meine. Und vergiss nie: Nicht ich bin es, der sich eine Protestantin ins Haus holen will. Ein solches Verhalten in diesem Haus ist einfach schändlich und du weißt das. Ausgerechnet ein Sommerhäuser Weib ohne Stand und Ehre. Du machst uns zum Gespött Frickenhausens, des gesamten Maintals!"

„Hör auf!" Alois knallte mit der Faust auf den Tisch, sodass der Amtsnotar sich dessen Brille zurechtrücken musste, die aufgrund der Erschütterung von seiner Nase zu rutschen drohte. „Hör endlich damit auf! Wie kannst du es wagen so zu reden? Wie kann man nur so selbstgerecht sein?"

„Selbstgerecht?" Nun schlug Wolfgang seinerseits mit der Faust auf den Tisch. „Ich sage dir, was selbstgerecht ist Bruderherz! Selbstgerecht ist es, das eigene Ego über die Familienehre zu stellen!"

„Pah! Familienehre, dass ich nicht lache!", schallte Alois zurück. „Statt um Ehre und Tugendhaftigkeit geht es dir doch nur ums Geschäft! Meine Luisa wird mir eine gute Frau sein. Und lass mich raten. Klopfte ein Händler aus Sommerhausen mit dem Versprechen ob eines guten Geschäfts an deine Tür, würdest du ihm den Handschlag wohl kaum verwehren. Protestant hin oder her!"

Mit nun ruhigerer Stimme, in der eine gewisse Siegesgewissheit mitschwang, spöttelte Wolfgang: „Welcher Händler aus Sommerhausen, Bitteschön, sollte Wein aus Frickenhausen beziehen können und wollen?"

„Lenk nicht ab. Ich rede davon, dass es dir doch nur darum geht, künftig frei über die Hälfte unseres Familienerbes verfügen zu können. Um nichts anderes. Was interessieren dich schon Dinge wie Konfession oder gar Liebe?" Nachdem er den letzten Satz ausgesprochen hatte, warf er dem Amtsnotar einen forschenden Blick zu. Alois und sein Bruder waren zwar überaus angesehene und ja, reiche Weinbauern. Doch sein Stand erlaubte es Alois dennoch nicht, in Anwesenheit Dritter über derlei Dinge wie Liebe zu reden, ohne dass man hätte befürchten müssen, das Gesagte könne über eben jenen Dritten zum allgemeinen Gespött werden. Er biss sich auf die Lippen.

„Liebe. Mein Gott, Alois. Ich gönne dir dein Glück doch. Gleichsam kann ich es nicht dulden. Niemand hier kann es dulden. Eine Protestantin! Das ist nun einmal verdammt schlecht fürs Geschäft. Ja, fürs Geschäft. Das muss ich dir doch nicht erklären! Ich für meinen Teil jedenfalls kann und will meine persönliche Zukunft sowie die künftige Prosperität dieses Guts nicht deinen romantischen Gefühlen unterordnen. Und so versuche ich eben zu retten, was zu retten ist, Herrgott noch mal. Du weißt, dass Mutter und Vater niemals geduldet hätten, dass ein protestantisches Weib hier Einzug hält. Und was dein Recht oder mein Recht angeht. Unsere Mutter hat nun einmal Zwillinge geboren …"

„Von denen ich der Ältere bin!", warf Alois schmetternd ein.

„Alois. Es ist doch so." Wolfgang unterzeichnete eines der Blätter, nahm es in die Hand und erhob sich. „Ob du tatsächlich der Ältere sein magst oder nicht, ist hier und jetzt nicht mehr von Belang. Unser Vater und unsere Mutter, Gott hab die beiden selig, haben uns diese Frage Zeit ihres Lebens nie recht beantworten können oder wollen. Unwichtig! Und nun entscheiden wir darüber, dieses Erbe nicht als gleichberechtigte Partner fortführen zu wollen, sondern getrennt voneinander. Und ich sage, zum Wohle des Guts! Unsere Anbaufläche ist groß genug und unser Wein erfreut sich höchsten Ansehens. Jedenfalls bis heute. Ein Wirtschaften in Nachbarschaft und Freundschaft, sowie gegenseitigem Respekt, wie ich gleichwohl hoffe. Was ist dabei? Das sind wir unseren Eltern schuldig. Und um deine eingangs gestellte Frage zu beantworten: Nein, dies ist nicht der Anfang vom Ende unseres familiären Vermächtnisses. Schließlich", er tippte auf den kleinen Stapel Blätter vor sich, „schließlich haben wir genau hierfür gewisse Vorkehrungen getroffen, welche einen Zerfall dieses Guts verhindern sollen und werden, sollte dieser hypothetische Fall denn jemals eintreten, über den wir doch nun hinlänglich debattiert haben. Ich bin jedenfalls nicht bereit, mich deiner Entscheidung hinsichtlich dieser Frau zu unterwerfen und damit gleichsam zu riskieren, dass wir künftig auf unserem Wein sitzen bleiben. Du weißt doch, wie die Leute sind. Vom Klerus mal ganz abgesehen. Es ist also alles besprochen, Alois. Und jetzt füge dich, was dein künftiges Weib angeht, oder eben nicht. Dann aber unterzeichne diese Dokumente!"

Wolfgang streckte seinem Bruder den Bogen Papier vehement entgegen. Dieser erhob sich nach einigen Sekunden angespannter Stille ebenso, was dem Stuhl aus Fichtenholz, in dem er gesessen hatte, ein lautes Knacken und Knirschen abrang. Auch der Amtsnotar hatte sich daraufhin zügig in die Vertikale begeben und hielt dem Gutsherrn zu seiner Linken nun auffordernd die Schreibfeder hin. Anscheinend hatte der Mann genug von dem Geplänkel und schien zudem peinlich berührt von den Auswüchsen dieses Bruderzwists, in den er hineingeraten war und mit dem er offenkundig nichts weiter zu schaffen haben mochte.

Ohne die beiden Männer anzusehen, nahm Alois Papier und Schreibgerät entgegen. „Vertrag über die erbrechtliche Aufteilung des Guts Rehnstein zu Frickenhausen am Main", stand dort geschrieben. Auch die Zeilen dieses Blatts überflog er nochmals kurz. Dann legte er das Papier auf den Tisch und setzte die Schreibfeder an.

Nachdem er unterzeichnet und das Schreibgerät auf dem Tisch abgelegt hatte, trat er wortlos in den vorderen Teil der Stube, wo er links neben der Tür Mantel und Zylinder vom Haken nahm. Als er gerade durch die Tür treten wollte, hielt er nochmals inne. „Du bist mein Bruder Wolfgang. Daher konnte oder wollte ich deinem Vorhaben nicht mit anderen Mitteln entgegentreten. Ich bete zu Gott, dass wir heute nicht mit einer Geschichte brechen, die unsere Vorfahren über Generationen fortgeschrieben haben." Kurz noch nickte er dem Amtsnotar über seine Schulter hinweg zu. Dann trat er aus dem Zimmer.

Kapitel 2

Ochsenfurt am Main, Spätsommer 2018

Eddi lag auf seiner von Bierkästen gestützten Matratze zwischen zusammengeknüllten Servietten, einem gigantischen Pappkarton und jeder Menge, wenn auch klein geratenen Resten einer Vier-Käse-Pizza.

Was für eine bescheidene Woche das doch gewesen war, dachte er bei sich. Und bescheiden war noch zurückhaltend formuliert. Gerne war er vorsichtig in solchen Dingen. Schon des Öfteren hatte ihn nachträglich die schmerzhafte Erkenntnis getroffen, dass Schimpf und Klage über Gegebenes wie von Geisterhand nur noch mehr Unglück anzuziehen vermochte. Also wollte er diese Woche Stand der Dinge vorsichtshalber lieber mit bescheiden, denn beschissen bewerten.

In Gedanken versunken pulte und schnippte er Brösel von der Matratze. Eddi war zwar ein reinlicher Single. Doch schlich sich in diese Reinlichkeit ab und an eine Phase, in der Wochen verstreichen konnten, ohne dass er mit seinem Staubsauger durch die Wohnung gehetzt wäre, oder seine relativ alten und noch teils aus seinem Elternhaus stammenden Möbel Bekanntschaft mit einem Staubwedel gemacht hätten.

Mit einer Frau Eddi wäre vieles wohl anders gewesen. Doch gab es eine solche nicht. Eddi wohnte seit Jahr und Tag allein in dieser kleinen, aber gemütlich eingerichteten, städtischen Wohnung. Im Haus gab es noch zwei weitere Mietparteien, mit denen er allerdings kaum Umgang pflegte. Nur wenn er den Müll hinaustrug, oder beim morgendlichen Gang zur Arbeit oder zum Bäcker in den nahegelegenen Supermarkt, konnte es dazu kommen, dass er einer der beiden Parteien über den Weg lief.

Da gab es die adrette Rothaarige, der er nachts häufiger beim Hyperventilieren zuhören musste und deren Name er bis heute nicht kannte, da auffälligerweise kein Namensschild an deren Tür angebracht war. Und dann war da noch der meist übellaunig dreinblickende und, was Eddi sehr entgegenkam, wortkarge Herr Martins, ein ehemaliger Broker.

Auf der anderen Seite der Straße befand sich zudem eine Aneinanderreihung gleich gebauter, kleinerer Eigentumswohnungen, die dort schon so lange standen, wie er denken konnte. Bewohnt wurden jene fast ausschließlich von älteren Ehepaaren. Hund inbegriffen. Die einzige Person hiervon, mit der er wiederum Kontakt pflegte, war Frau Grieb.

Erna Grieb war eine liebenswerte, ältere Oma um die achtzig, der sowohl Eddi als auch Mesut schon vor Jahren bereitwillig deren Handynummern überlassen hatten, um ihr auf deren Bitte hin hier und da Einkäufe nach Hause zu tragen. Zwar lag die Altstadt insgesamt nur rund zehn Minuten zu Fuß entfernt. Doch für eine ältere Frau konnte so ein Gang zur Apotheke oder zum Metzger selbstredend zum Problem werden, zumal die Straße zur Altstadt hin abfiel. Man wohnte nun mal in einem Flusstal. Da stiegen Straßen und Wege zu beiden Seiten des Flusses eben mehr oder minder steil nach oben hin an. Meist mehr.

Im Sommer konnte dann Hitze, im Winter Schnee und Glatteis zusätzliche Schwierigkeiten bereiten.

Das mit dem Schnee war in den vergangenen Jahren allerdings immer seltener vorgekommen. Doch waren es nicht Eis, Hitze, Wind oder Regen, so stellten sich einer älteren Dame eben typischerweise Rheuma oder sonstige Wehwehchen in den Weg. Daher flunkerten Mesut und er stets überaus überzeugend, wenn Frau Grieb wieder einmal vorsichtig anfragte, ob man ihr nicht dies oder das … aber selbstredend nur, wenn man sowieso in der Stadt … also wirklich nur, wenn man heute eh noch von der Stadt aus hier her … Mesut witzelte unlängst, dass er eines Tages sicherlich mehr von Frau Grieb würde erben als Eddi, da diese ihn, Mesut, nach dessen Dafürhalten ja ganz offensichtlich und für jeden klar ersichtlich geradewegs anschmachtete.

„Bin sicher nicht der erste Türke, den unsere gemeinsame Freundin im Leben je zu Gesicht bekommen hat Deutscher, aber vielleicht werde ich ja der letzte sein, an den sie denkt", hatte er einmal gescherzt. Doch Eddi wusste, dass sich hinter diesem Gerede eine Sorge verbarg, die er teilte. Nämlich die, dass Frau Grieb eines Tages nicht mehr anrufen würde.

Ansonsten war es ruhig auf der Ecke. Noch dazu lag seine Wohnung lediglich einen Katzensprung südöstlich des Friedhofs und damit von seinem Arbeitsplatz entfernt. Eine Nähe, die Eddi überaus zu schätzen wusste.

An die Rückseite des städtischen Mietshauses, in dem er lebte, grenzte zudem ein kleiner Garten an und an eben jenen Garten wiederum Felder, auf der so manches Mal im Jahr noch Traktoren ihr Werk verrichteten. Wie lange diese Felder weiter existieren würden, war freilich ungewiss. Auch eine kleine Stadt im Fränkischen musste dem scheinbar unstillbaren Hunger nach immer mehr Wohnraum, Gewerbegebieten und sonstigem zivilisatorischen Krimskrams stillschweigend Tribut zollen. Während seiner einundfünfzig Jahre jedenfalls, die Eddi in dieser Stadt lebte - und diese Zeitspanne umfasste immerhin Eddis bis dato komplette Betriebsdauer auf Erden - hatte sich Ochsenfurt doch sehr gewandelt. Aber so war sie eben. Die Sache mit der Zeit.

Gedankenverloren hob er seinen linken Ellenbogen an, um eine regelrechte Armada an kleinen, piksenden Bröseln von diesem abzuwischen, die sich dort festgesaugt hatten. Dann richtete er seinen stämmigen Körper auf und wuchtete seine Beine über die Bettkante. Zu guter Letzt nahm er den Pizzakarton von der Matratze, stellte diesen auf den Beistelltisch und stützte in klassischer Denkermanier seinen Kopf in die zur Faust geballte Hand.

„Zu lange her. Da ist eher nichts mehr in Erfahrung zu bringen", hörte er den Kommissar im Geiste resümieren, während dieser zusammen mit zwei Kollegen der Ochsenfurter Polizeiinspektion vor dem Grab gestanden und der Dame im weißen Ganzkörperdress mit Sterilitätsgarantie bei deren Arbeit zugesehen hatte. Die Frau hatte die sterblichen Überreste Friedhelms und dessen Untermieterin aus dem Grab geklaubt. Unterdessen hatte eine weitere Frau an der Kopfseite des Grabs neben einem mobilen Strahler Stellung bezogen. Dort, ebenfalls in eine Art weißes Vollverhüterli gepackt und darüber hinaus mit einem altertümlichen Klemmbrett bewaffnet, waren von eben jener Dame allerlei Notizen gemacht und Zeichnungen angefertigt worden.

Eddi war abseits gestanden und hatte inständig gehofft, dass nach der knapp halbstündigen Befragung, welcher er unterzogen worden war, nun seine Rolle zu Ende gespielt sein möge.

Ob er irgendetwas dazu sagen könne, er Namen oder gar Anschriften derer hätte, die womöglich häufiger das Grab besucht hatten. Ob ihm denn Unregelmäßigkeiten in den Unterlagen und Verzeichnissen aufgefallen seien. Ob er einst mit seinem Vorgänger über jenes Grab einmal im Besonderen geplaudert hätte und einiges mehr. Auch die Kette und die Flasche mit der kurzen Nachricht waren thematisiert und gleichsam konfisziert worden.

Und Mesut? Der hatte sich längst aus dem Staub gemacht, da er wie zu erwarten kein großes Interesse daran gehabt hatte, der Polizei in die Arme zu laufen und dieser mittels seiner „Bombe" Signalzeichen zu geben, wie er es ausgedrückt hatte. Wobei der Joint natürlich zu diesem Zeitpunkt längst abgebrannt war. Eddi jedoch wusste um die Scheu Mesuts vor Polizei und Justiz und hatte sich daher nicht weiter gewundert. Und so war Mesut nach kurzer Debatte mit ihm und einer sich zunehmend herauskristallisierenden Gewissheit, dass der Goldschatz in Form der Kette nun wohl unwiederbringlich im Reich der Exekutive verschwinden würde, zügig seines Weges gegangen. Natürlich nicht ohne Eddi noch einmal zu Verstehen zu geben, dass dieser sich eines Tages mit dessen typisch deutscher Eigenschaft der Gewissenhaftigkeit noch mal gehörig selbst ins Bein schießen würde.

Nach getätigtem Anruf bei der Ochsenfurter Polizei jedenfalls, waren ca. zwanzig Minuten vergangen, bis zwei stadtbekannte Ochsenfurter Polizeibeamte sich endlich auf dem Friedhof eingefunden hatten. Für eine Strecke von rund einem Kilometer Länge ein mieser Schnitt, befand Eddi. Weitere dreißig Minuten später, was dann wiederum tatsächlich sehr flott war, war deren Kollege aus dem wiederum knapp zwanzig Kilometer entfernten Würzburg samt Verhüterli-Anhang gefolgt.

Der Kommissar aus Würzburg, ein Herr Schunke von der unterfränkischen Kriminalpolizei, war Eddi erst einmal nicht unsympathisch gewesen. Anfang vierzig, modischer Drei-Tage-Bart und ein sowohl wachsames Auge als auch stets offenes Ohr für Geschehnisse und anwesende Menschen um ihn herum. Alles im Rahmen insoweit. Doch leider schürte jener Kommissar in Eddis Augen bereits nach kurzer Zeit unmissverständlich den Verdacht, dass um Friedhelms Ruhestätte herum nicht zwingend das zugange war, was man die hohe Kunst der Kriminalistik hätte nennen können. Das betriebsame Geschehen wirkte vielmehr wie eine umgekehrte Arbeitsbeschaffungsmaßnahme. Eine Arbeitsvernichtungsmaßnahme, sozusagen.

„Zu lange her." „So traurig das ist." „Auch unsere Mittel sind begrenzt", hatte der Kommissar bedauernd und gleichsam achselzuckend konstatiert. Und so war dann tatsächlich auch erst einmal nichts weiter geschehen.

Drei Tage später hatte sich immerhin Bernd bei ihm gemeldet. Bernd, einer der beiden lokalen Polizeibeamten, mit dem Eddi einen auf Kindertagen fußenden, geradezu freundschaftlichen Umgang pflegte. Telefonisch war Bernd mit der Bitte an ihn herangetreten, er möge relevante Unterlagen der Friedhofsverwaltung in Bezug auf Friedhelms Grab auf der Ochsenfurter Wache vorbeibringen. Sein Chef hatte eine entsprechende Anweisung von Kommissar Schunke aus Würzburg erteilt bekommen.

Die Frage, weshalb Bernd diese denn nicht selbst abholen kommen würde, hatte Eddi ihm erspart. Er konnte sich die Antwort denken. Hintergrund war sicherlich eine weitere Episode eines äußerst hormonbelasteten und blöden Spielchens. Eines, welches Bernd, seines Zeichens Polizeiobermeister, gezwungen war mit seinem Chef, Herrn Polizeiober*wacht*meister Finke, entgegen Bernds Willen fortwährend mitzuspielen. Es gab nun mal diese Art Männer, denen der ein oder andere Zentimeter zwischen den Beinen zu fehlen schien, was dann mittels eigentlich mitleiderregender Machtspielchen kompensiert werden sollte.

Genau solch ein Typ Mann war Polizeioberwachtmeister Finke. So zumindest hatte Bernd ihm einmal Hirn, Charakter und Tonalität seines Chefs bei Bier und Brezel auf dem alljährlich stattfindenden Ochsenfest beschrieben: „Eddi, was soll ich sagen. Der führt sich auf, als wäre er der verdammte Polizeipräsident. Einfach ein Arsch wie er im Buche steht. Und wo immer zweckmäßig, kriecht genau dieser Arsch seinerseits anderen Arschlöchern tief zwischen die Backen. Echt ekelhaft."

Was die Sache mit den Friedhofsunterlagen anging. Eddi hätte sich natürlich weigern können. Allerdings konnte er sich bestens ausmalen, wie eben jener Finke seinem untergeordneten Polizeiobermeister Bernd Lehrider daraufhin hätte erklären wollen, wie man Polizeiarbeit durchzudrücken habe, und dass man als Polizeibeamter die Zügel mit Blick auf das gemeine Volk bloß nicht zu sehr schleifen lassen dürfe … Also hatte Eddi es auf sich beruhen lassen und war zusammen mit dem entsprechenden Aktenordner auf sein Motorrad gestiegen.

Was denn nun weiter passieren würde in besagter Causa, hatte er Bernd vor Ort auch gleich gefragt. Der wiederum hatte achselzuckend nur geantwortet, dass weiter wohl nichts groß passieren würde. Und dies, obgleich gewisse Vermutungen doch recht nahe lagen. Fremdeinwirkung hatte man anhand der Knochen zwar nicht unmittelbar feststellen können. Dennoch wurde eine wie auch immer geartete, kriminelle Komponente trotz abschließend fundierten Nachweises hierüber eigentlich von niemandem allzu sehr in Zweifel gezogen. Der Zeitraum zwischen einer mutmaßlichen Handlung und dem hier und heute allerdings, war einfach zu groß. Ganz gleich, ob illegale Entsorgung eines Leichnams oder aber wie auch immer geartete Tat selbst, die ihrerseits überhaupt erst zur Überführung in eben jenen Zustand des Leichnams gemündet haben mochte. Immerhin, hatte Bernd noch gemeint, wolle man Kette und Grabbeilagen prominent in der Mainpost, einer lokalen Zeitung, zusammen mit einem entsprechenden Aufruf abdrucken. Inhalt: „Wir bitten um sachdienliche Hinweise", oder dergleichen.

Nun jedenfalls war Freitagabend und Eddi, er musste es sich eingestehen, voll innerer Spannung und Unruhe.

Er wollte dem Kommissar aus Würzburg nicht zu nahe treten. Die Polizei hatte so schon mehr als genug zu tun, litt eindeutig unter Personalmangel, wie er aus diversen medialen Berichterstattungen wusste. Und überhaupt. Dieser Schunke lag sicherlich nicht ganz falsch mit seiner Einschätzung. Was konnte man schon machen? Wären die Knochen, die zweifelsfrei nicht in Friedhelms Grab gehört hatten, nur ein paar Jahre alt, man hätte bestimmt eine SOKO gebildet, Datenbestände durchforstet, Forensiker hätten sich an Zahnabgleich und DNA gemacht und all diese Dinge, wie man sie aus Fernsehkrimis kannte. Aber hier? Tut uns leid, liebe tote Unbekannte, aber da ist nichts zu machen. Du hast dein Geheimnis sprichwörtlich mit ins Grab genommen. Oder war es doch eher ein Toter denn eine Tote? Selbst dies war bis dato möglicherweise ungeklärt. Er hatte völlig vergessen, Bernd zu fragen. Eddi seufzte. Und sonst? War es das?

Seit Montag sah er vor seinem geistigen Auge immer und immer wieder das geöffnete Grab und die darin verborgenen Überreste liegen. Stumm und vergessen. Einfach abgelegt. Keine

Trauerfeier, kein Abschied. Die Knochen hatten sich laut Analyse, zumindest das hatte er von Bernd in Erfahrung gebracht, wohl tatsächlich bereits rund siebzig Jahre im Boden befunden. Plus minus irgendwas. Siebzig Jahre. Eine lange Zeit. Eddi nahm die fast leere Bierflasche vom Beistelltisch, welche mit einem für sein Empfinden viel zu schüchternen Schluck geleert werden konnte und stellte sie hiernach zurück.

„Verflucht noch eins", entfuhr es ihm innerlich. Allen war klar, dass da etwas ganz und gar nicht koscher sein konnte. Und die hochgradig wahrscheinlichste Erklärung hierfür war ganz klar ein Verbrechen.

„Möge Gott uns verzeihen, es waren von Vieren die wichtigsten Dreien" hatte auf dem Zettel gestanden, den Eddi aus der kleinen Flasche gezogen hatte. „Möge Gott uns verzeihen, es waren von Vieren die wichtigsten Dreien." Da konnte man sich doch an einer Hand abfingern, dass der Absender ganz genau eine Sache mit diesen schrägen Worten hatte zum Ausdruck bringen wollen: Dieses arme Geschöpf welches ihr, wer auch immer ihr seid, hier vorfindet, falls ihr es denn jemals vorfindet, ist ganz und gar nicht freiwillig aus dem Leben geschieden. Warum sonst hätte sich jemand die Mühe machen sollen, eine Leiche vor aller Augen unbemerkt auf einem Friedhof zu entsorgen, um obendrein derartige Grabbeilagen hinzuzufügen?

Klar, vielleicht hatte sich auch irgendwer einfach einen blöden Scherz erlaubt. Möglicherweise hatte halb Ochsenfurt vor siebzig Jahren um das offene Grab jenes Friedhelms herumgestanden und zu dessen Beerdigung getanzt und: „Hey, schau mal, da liegt ja schon wer drin! Also sowas!" Und: „Aber hallo, wollen wir nicht gleich noch ne lustige Flaschenpost mit reinwerfen? Macht die Sache irgendwie noch dramatischer!" „Ja klar, schau, ich hab außerdem noch ne lustige Kette, ist eh kaputt. Die schmeißen wir außerdem noch mit rein. Na, die werden in siebzig Jahren aber Augen machen, wenn ..."

Wieder sah Eddi die Knochen, die Flasche, die Kette vor sich. Aber er sah niemanden weit und breit, der, wie es schien, einen grundsoliden Versuch starten wollte oder konnte, jener armen

Seele zumindest ihren Namen zurückzugeben. Wenn die Welt es sonst schon nicht gut mit ihr gemeint hatte.

Verflixt und zugenäht. Dieses arme, namenlose Ding wurde vor rund siebzig Jahren um die Ecke gebracht und auf einem, nein, seinem Friedhof verbuddelt. Da konnte man, er, doch nicht einfach so wegsehen. Zumal ihn diese komische Geschichte einfach gepackt hatte und nicht gewillt zu sein schien, ihn ohne Weiteres wieder aus ihrem Griff zu entlassen.

OK, die Welt quoll geradezu über vor Ungerechtigkeit, ja. Das Echo dieses Unrechts hier hatte jedoch jahrelang direkt vor seiner Nase begraben gelegen und auf Hilfe gewartet. Geradewegs unter seinen Füßen. Und je näher ein Unrecht, desto größer ein Unrecht. So einfach war das mit der Empfindung nun mal. Und genau so fühlte es sich in diesem Falle an. Sehr nah und sehr ungerecht. Er schlug sich mit der Handfläche auf die Stirn, als könne er sich dadurch selbst aus diesem deprimierenden Gedankenfeld herauskatapultieren. Dann stand er auf, ging in den Flur, nahm den Schlüssel von der Anrichte und trat aus der Wohnung, um einen seiner abendlichen Kontrollgänge über den Friedhof anzutreten.

Am nächsten Tag machte Eddi sich, nachdem er die Wohnung von Staub und Pizzaresten einigermaßen befreit hatte, bereits früh in die Altstadt auf, wo er in Mesuts Döner-Imbiss seinen samstäglichen Guten-Morgen-Kaffee einnehmen würde.

Mesuts Imbiss lag zentral in der von Wallmauer und dazugehörigem Stadtwall umzogen Altstadt. Ungefähr zwischen Rathausmarkt und oberem Stadttor.

Wann immer Eddi das mittelalterliche, wuchtige Tor zum Eingang der Altstadt von Osten kommend passierte, stellte er sich vor, wie in früher Zeit hier Stadtwachen mit ihren Hellebarden Position bezogen haben mochten, um Ratsherren, Bürger, Bettler, Kleriker, Huren und alle anderen, die in der Stadt am Werkeln waren, vor Überraschungen zu schützen.

„Merhaba, Deutscher!", schlug Eddi es auch schon entgegen, als er die Hauptstraße überquerte und auf den Imbiss zuhielt.

Mesut stand neben einem seiner türkischen Kollegen am vordersten der Stehtische im Inneren des Imbisses, die sich rechts neben dem Tresen an der Wand entlang aufreihten. Durch die Glasfront hindurch, winkte er dem sich nähernden Totengräber zu.

Links vom Tresen, der sich kopfseitig befand, war der Laden mit zwei runden Holztischen versehen, die mit roten Decken überzogen und bunten Plastikblumen dekoriert waren. Dort nahmen bevorzugt die zumeist älteren, türkischen Gäste Platz, um ihren türkischen Tee - den çay - zu trinken, Karten zu spielen oder sich über dieses oder jenes, gerne auch lautstark, zu unterhalten. Oder aber es herrschte allgemeine Stille. Dann nämlich, wenn wieder einmal gemeinsam den Nachrichten auf TRT1 oder einem der anderen türkischen Kanäle gelauscht wurde. Eine Stille, die jedoch meist über eine eher kurze Halbwertszeit verfügte. Denn so ziemlich jeder türkischstämmige Gast hatte bei dieser Gelegenheit etwas zu den Neuigkeiten aus dem Land seiner Väter oder Vorfahren beizusteuern.

Heute Vormittag war es hingegen noch sehr ruhig in „Mesuts Dönerparadies", wie es in großen, weißen Lettern, flankiert von einem lustig dreinblickenden Dönermeister im Comicstil, auf der Glasfassade geschrieben stand. Eddi ließ sich an einem der beiden runden Metalltische nieder, welche Mesut alljährlich zwischen Frühjahr und Oktober zu diesem Zweck auf dem Gehweg rechts und links neben der Eingangstür im Freien positionierte.

„Merhaba ebenso, Mesut", entgegnete er und zog einen Aschenbecher zu sich heran. Kurz nachdem Mesut seinen türkischen Kollegen mit einem kräftigen Schlag auf dessen Schulter verabschiedet hatte, hörte Eddi auch schon den bestens vertrauten und liebenswerten Ton des Kaffeevollautomaten in Edelstahloptik erklingen.

Eben jenen Apparat hatte sich sein Freund nach elend langem hin und her und über Gebühr viel Bedenkzeit vor gut einem Jahr angeschafft. Eddi hatte Mesut hierzu geraten. Nicht, ohne dabei einen gewissen Eigennutz zu verfolgen. Letztendlich aber hoffe Mesut nach dessen eigener Aussage, künftig neben seinen türkischen Stammgästen noch mehr deutsche Nachbarschaft in seinem Laden begrüßen zu dürfen. Geschäft sei eben Geschäft. Für diesen Zweck allerdings war nach Eddis Dafürhalten wiederum eine vernünftige Kaffeemaschine unerlässlich. Wenngleich der von Widersprüchen strotzende Dönerdealer ins Feld geführt hatte, nicht gerade viel von deutschen Traditionen wie Kaffeekränzchen zu halten, hatte er irgendwann doch eingewilligt und ihn, Eddi, mit der Bestellung des guten Stücks über das Internet beauftragt.

Der eigentliche Grund für Mesuts zögerliches Verhalten war indes nicht gewesen, dass Mesut etwas gegen zahlende, deutsche Kundschaft gehabt hätte. Da war Eddi sich sicher. Im Gegenteil. Mesut genoss es geradezu, seine deutschen Nachbarn um sich zu scharen, die immer wieder gerne auf einen Plausch, den klassischen Döner oder auch eine Linsensuppe bei ihm vorbeischauten. Nein, die Dauer der Debatte um den Kaffeevollautomaten war einem ganz anderen Fakt geschuldet. Mesut war nun mal der eher gemütliche Typ. Alles sollte klein bleiben in seiner Welt. Alles möge funktionieren, aber bitte auf kleiner Flamme. Kleine Flammen konnte man schließlich besser im Auge behalten, wie Mesut stets betonte. Die große Welt, große Reden und ja, auch großes Geschäft. All dies war nicht nach Mesuts Geschmack. Und ein solch moderner Kaffeevollautomat stand in den Augen seines Freundes nun mal vollumfänglich und sinnbildlich für jene große Flamme, jenes große und damit unkontrollierbare Geschäft. Schlussendlich aber, der Geräuschpegel ließ es erahnen, arbeitete jener Apparat nun gerade mit Hochdruck daran, den von Eddi so heiß begehrten Wachmacher zuzubereiten.

„Äh Bitteschön, Bitteschön, der Herr." Mesut gab mit einer Handbewegung zu erkennen, dass Eddi seine Hände kurz von der Tischplatte entfernen möge.

Bereitwillig kam Eddi der Bitte nach und wurde dann Zeuge eines weiteren Rituals, welches sich Mesut unlängst zu eigen gemacht hatte. Mit Schwung nahm sein Freund das Geschirrtuch, welches er sich im Stile eines typischen, französischen Kellners über den linken Unterarm gelegt hatte, von eben jenem, schüttelte es einmal beherzt aus, um im Anschluss daran kurz mit diesem über den Tisch hinwegzufahren.

„Deutsche Sauberkeit, deutsche Sauberkeit", fügte Mesut dann noch an und legte ihm abschließend die Tageszeitung parat, die er zu diesem Zweck vom Nachbartisch nahm. „Kaffee kommt gleich!"

Eddi warf einen Blick auf die Zeitung und war unmittelbar gebannt von der Abbildung einer Kette mit daran befindlichem, halbiertem Medaillon, welche die Mainpost als Aufmacher zeigte. Überschrift: „Unbekannte Tote: Polizei Ochsenfurt bittet um Mithilfe"

„Mesut, hast du das schon gesehen?", fragte Eddi aufgeregt ins Innere des Imbisses hinein in der Annahme, dass sein Freund dort noch zugange gewesen sein musste. Dieser stand jedoch bereits einen Schritt hinter ihm und hielt die Kaffeetasse in der einen sowie das Milchkännchen in der anderen Hand.

„Ja, klar, Mann. Mein Goldschatz. Und ..."

„Warte mal", fuhr Eddi dazwischen und blätterte zu der entsprechende Seite im Ochsenfurter Teil, auf der weitere Infos folgen sollten. Sein Freund stellte unterdessen Tasse und Kännchen ab und setzte sich neben ihn, dabei Passanten, Fahrradfahrer und Fahrradfahrerinnen betrachtend, wie diese an ihnen vorbeiglitten. Insbesondere natürlich die Frauen. Was wäre die Welt nur ohne Frauen? Ja, also, genau genommen konnte Mesut sich dies seit einiger Zeit nur allzu gut vorstellen, wie Eddi wusste. Denn in jüngerer Vergangenheit hatte es bei Mesut in Sachen Frauen nicht allzu viel zu berichten gegeben. Genau genommen gar nichts. Und dieser Zustand war für einen Kerl wie Mesut selbstredend völlig inakzeptabel.

„Ein nicht zuzuordnender Totenfund im Bereich des Ochsenfurter Friedhofs ...", brabbelte Eddi leise vor sich hin. „Weibliche Person, Anfang zwanzig." „Du meine Güte", entfuhr es Eddi, „gerade mal zwanzig. Blutjung also. Armes Ding." Er griff zum Kännchen, goss sich etwas von der Milch in den Kaffee, beförderte zwei Stück Zucker in die Tasse, nahm den Löffel in die Hand und rührte geistesabwesend umher. „Kette mit Medaillon, das in der Mitte zerteilt ... Unter Umständen Bezug zu Wein oder Weinanbau." „Weinanbau", murmelte Eddi. „Bestimmt wegen den Trauben auf diesem Medaillon". Hastig konsumierte er auch den Rest des Artikels. „Hinweise nimmt die Polizeidienststelle Ochsenfurt oder jede andere ..."

„Hmhhh, was meinst du, Mesut? Ziemlich dünn, oder? Ob da was bei rumkommt?" Eddi legte den Löffel ab, nahm einen Schluck aus der Tasse und betrachtete erneut die übergroße Abbildung der Kette. Eine junge Frau war es somit gewesen, überlegte er. Von dem Vers mit den Vieren und Dreien allerdings stand kein Wort geschrieben.

„Keine Ahnung, Aleman. Ich weiß nur, dass das unsere verdammte Kette ist und wir haben nicht mal Finderlohn bekommen."

„Wir", dachte Eddi bei sich, ging darauf jedoch nicht weiter ein. „Moment", riss es ihn da plötzlich aus seinen Gedanken. „Da stimmt doch was nicht!"

„Was stimmt da nicht?", entgegnete Mesut.

„Na, das Stück Stoff!" Eddi machte eine kurze Pause. Er wollte Mesut die Möglichkeit geben, auf seinen Gedankenblitz aufzusatteln. Da dies nicht geschah, fuhr er fort: „Was ist eigentlich mit dem Stück Stoff passiert, das ich aus der Flasche gezogen habe? Das habe ich dem Kommissar ja gar nicht ausgehändigt. Mesut!"

„Was, Mann?", gab Mesut zurück, der plötzlich wie ferngesteuert zum Aschenbecher griff und aufstehen wollte, so, als hätte er just in diesem Moment nichts Dringlicheres zu erledigen, als eben dieses runde Plastikbehältnis zu leeren.

„Mesut, mein Lieber, jetzt tu mal nicht so. Raus mit der Sprache! Du warst es doch, der das Ding zuletzt in der Hand hatte. Jetzt fällt mir das auch wieder ein! Wo ist das Teil?"

„Ja Mann, Eddi", druckste Mesut herum, „das war doch nix Wichtiges. Nur ein blödes Stück Stoff mit nem blöden Rest von nem Abzeichen drauf."

„Mesut ... ich werde gleich ungehalten, ja?" Und in lang gezogenen Worten fügte er hinzu „W-o i-s-t d-a-s D-i-n-g?"

„Ja, Mann, ich habs gewaschen."

Nun war es raus. Moment. Eddi traute seinen Ohren nicht. Wie? Gewaschen?

„Ich hab das Teil echt vergessen. Einfach in meiner Hosentasche vergessen." Mesut machte einmal mehr eine seiner typischen, pantomimischen Handbewegungen, um damit zum Ausdruck zu bringen, wie der Gedanke an das Stück Stoff sich wohl zwischen seinen Ohren und von dort in Richtung Freiheit auf die Reise begeben haben musste.

„Du hast es gewaschen?"

„Ja, Eddi. Mit gute deutsche Waschmaschine." Mesut grinste einmal mehr sein klassisches Grinsen, aber so ganz echt wirkte es diesmal nicht.

„Wo ist es jetzt? Du hast es doch hoffentlich noch?"

Sein Freund griff instinktiv nach der Innentasche seiner Lederkutte, die er aber in jenem Moment nicht trug. Also stand er auf und entschwand in den Laden. Sekunden später war er zurück und reichte ihm einen Fetzen dicken Leinens, der aus nichts anderem mehr zu bestehen schien als … aus einem Fetzen dicken Leinens. Kein Abzeichen. Weit und breit nicht.

Resigniert drehte Eddi das grün-grau verblichene Ding in seinen Händen hin und her. Das Stück Stoff war u-förmig zugeschnitten. Je nachdem, wie herum man es hielt. Überall auf dem Fetzen waren bei genauerer Betrachtung noch kleinste Löcher zu sehen, bei denen es sich wohl um Einstichlöcher einer Nadel handeln mochte, die sicherlich daher rührten, dass auf jenem Fetzen Stoff einst etwas aufgestickt war. Die zarten Fäden, welche hierzu einst verwendet worden waren, hatten siebzig Jahre Grabesruhe noch eben so, einem zweistündigen Wasch- und Schleudertrauma dann aber offensichtlich nichts weiter entgegenzusetzen gehabt. Lediglich an ein paar Stellen waren noch Reste kurzer, äußerst dünner Fäden erkennbar, die wie kleine Locken von dem Stück Stoff herabbaumelten. Eddi sah Mesut erneut an, während die Fragezeichen über seinem Kopf nur so tanzten. „Oh Mann", entfuhr es ihm schließlich trocken.

„Ja, Mann, Scheiße", gab Mesut seinerseits zurück und zuckte dabei mit den Achseln.

„Was war da noch mal draufgestickt?", fragte Eddi mehr an sich gerichtet, sah jedoch nur ganz schwach eine Kontur vor sich, die ihn im Geiste an etwas wie einen Ast erinnerte.

„Na, so zwei alte Flinten, Eddi", kam es da aus Mesuts Mund zurück. Gerade so, als wäre dieses Wissen nichts Bedeutsames.

Eddi blickte ihn irritiert an. „Flinten?"

„Ja, Eddi. Flinten. Zwei so alte Gewehre. Weißt schon. So Dinger mit einem." Er krümmte seinen einen Zeigefinger und legte den anderen dahinter an.

„Du meinst einen Schlagbolzen?"

„Deutsche Schlagbolzen, ja. So alte Teile halt. Überkreuz. Kenne die noch aus der Hütte von meinem Opa. Der hat damit bei uns in den Bergen noch Bären verjagt." Nun formte Mesut mit Händen und Armen ein Gewehr und „zielte" damit auf eine ältere Fahrradtouristin, die just in diesem Augenblick an ihnen beiden vorbeifuhr und sogleich erschrocken dreinblickend einen höheren Gang einlegte. „Paaaaau!", ahmte Mesut dabei den Knall einer Flinte nach.

Es war erstaunlich. Sein bester Freund, der gerne mal vergaß, dass die beiden am Tag zuvor bei Gisela im Blumenladen gewesen waren. Der Mann, der wohl dank seines übermäßigen Marihuanakonsums nur wenige Stunden nach einem aufregenden Fußballspiel die Frage nach den Kontrahenten oftmals partout nicht mehr zu beantworten wusste. Genau jener Mesut schien sich tatsächlich an dieses Detail erinnern zu wollen.

„Und du bist dir sicher?", fragte Eddi nicht ohne eine ordentliche Portion Skepsis in seine Stimme zu legen.

„Bin ich, Deutscher, bin ich. Da waren zwei alte Flinten draufgenäht, die überkreuz lagen. Und Ende!" Er verschränkte die Arme vor der Brust. Ton, Gesichtsausdruck und Körpersprache ließen an diesem Punkt keine weiteren Bedenken zu.

Zwei Flinten also, überlegte Eddi. Überkreuz angeordnet. „Sonst noch was? Ich meine, kannst du dich noch an etwas anderes erinnern?"

„Nein." Mesut schüttelte mit dem Kopf. „Da war noch …
weiß nicht … wie ein Busch, Blatt oder ne scheiß deutsche Eiche
hat das ausgesehen. Ich weiß es aber echt nicht mehr genau. Hatte
auch schon darüber nachgedacht."

Sieh an, dachte sich Eddi. Mesut, der Berufsnörgler, der meist
vorgab, die Welt sei ihm egal. Schließlich könne man sie so und
so nicht ändern oder gar retten. Ihn hatte die Sache also gleichermaßen
nicht losgelassen.

„Müsste ich sehen, Eddi, dann würde ich's bestimmt wiedererkennen",
fügte Mesut noch an.

Und schon hatte in Eddis Hinterstübchen die nächste Idee
das Licht der Welt erblickt. Natürlich! „Hol mal deinen Laptop.
Nein, frag nicht lange, hol einfach."

Einige Minuten später, Mesuts altes Notebook hatte bereits
wenige Herzschläge nach Inbetriebnahme angefangen zu ächzen,
blickten beide auf die Ergebnisseite einer Bildersuche im Internet.
„Ochsenfurt Wappen" hatten Sie eingegeben und hiernach
„Ochsenfurt Main Abzeichen Wappen". Und dann geschah es.

„Da, Mann!", rief Mesut und deutete mit seinem Zeigefinger
auf ein Bild der Galerie, welche die unterschiedlichsten Wappen
Ochsenfurts selbst, aber auch kleinerer und größerer Städte in
unmittelbarer Umgebung zeigte. „Da ist das Ding!", röhrte er
über das Kopfsteinpflaster der Hauptstraße hinweg und zeigte
aufgeregt mit seinem zuckenden Finger auf ein tatsächlich u-
förmiges Emblem, in dessen Mitte zwei alte Flinten prangten, die
Läufe überkreuz gelegt. „Ich habe Feuer gemacht!" Er sprang
auf, klopfte sich nun auf die Brust wie ein gewisser King Kong
und tanzte so um den Tisch herum. „Iiiiiiich habe Feuer gemacht
Señoritaaaaas", intonierte er mehrmals laut.

Eddi zog den Kopf ein, in der Hoffnung, sich hierdurch dem
Blick der Menschen in nächster Umgebung entziehen zu können.
Er betrachtete das besagte Bild eindringlich. Links und rechts der
beiden Flinten war zudem tatsächlich ein Ast mit ein paar Blättern
abgebildet. „Ganz sicher, Mesut?", fragte er noch einmal
vorsichtig nach, seinen Kopf weiter, so gut es ging, hinter dem
aufgeklappten Notebook verbergend.

„Ganz sicher, Deutscher."

Eddi beugte sich noch etwas nach vorn, kniff die Augen zusammen. Unter dem in der Bildergalerie angezeigten Wappen, das vor kurzem noch auf ein Stück Stoff gestickt war, welches Eddi im Grab einer toten, ca. zwanzigjährigen Frau oder zumindest beinahe deren Grab auf dem Ochsenfurter Friedhof gefischt hatte, standen nur zwei Wörter in schnörkeliger Schrift geschrieben: „Schützenverein Frickenhausen".

Zur gleichen Zeit starrte Johanna Klaven im über 600 km entfernten Kiel völlig fassungslos vor sich hin.

Während ihre Gedanken wild durcheinander flogen, musste sie an ihren Glücksbringer denken. An diese greifbare Brücke aus einer grautönernen Zeit. Das einzig echte Erinnerungsstück, welches wirklich in der Lage gewesen war, ihr aus einer schemenhaften Vergangenheit bis in die Gegenwart zu folgen. Sah sie von diesem langen Brief einmal ab, der ihr einst mit auf den Weg gegeben worden war. Worte, die ihr im Leben jedoch mehr Schmerz eingebracht, denn Trost gespendet hatten.

Johanna Klavens Blick hing wie festgenagelt an der Abbildung. Sie atmete flach. Fast so, als mochten Atembewegungen in der Lage sein, einen gewissen Moment zu verscheuchen. Bilder zu verscheuchen. Gedanken zu verscheuchen. Und dies wollte sie nicht. Jetzt nicht.

Wie aber konnte das sein? Nach all der Zeit? Wie um alles in der Welt sollte dies nun einen Sinn ergeben? Johanna Klaven legte die Hände in den Schoß und spürte, wie ihre Augen feucht wurden. Gott verflucht sie wollte Antworten. Jetzt erst recht. Das Leben war ihr verdammt noch mal Antworten schuldig! Oder doch besser Wahrung der Stille? Würden die Wunden jetzt möglicherweise noch größer werden, sie noch schmerzhafter plagen, wenn sie es tat?

Warum auch hatte sie sich vor Jahren nur diese Nachrichtenfunktion einrichten lassen, die seit jenem Tag das Internet nach Schlagwörtern durchsuchte, um ihr gebündelt am Wochenende passende Neuigkeiten per E-Mail zukommen zu lassen? Wenngleich diese automatisierte Suche in den weitaus meisten Wochen des Jahres keinerlei interessante Ergebnisse lieferte. War es reine Neugierde gewesen? Warum hatte sie diesen dünnen und über weite Strecken als völlig anonym empfundenen Faden nicht einfach ganz abreißen lassen? Warum dieses Forschen? Die Antwort war in jenem Moment, in dem Johanna Klaven mit Wucht von etwas getroffen, von etwas eingeholt wurde, das sie Zeit ihres Lebens verfolgt hatte, ganz einfach: Weil es eine Stimme in ihr gab, es immer gegeben hatte, die nie verstummt war. Die sie nie hatte zum Schweigen bringen können. Erst recht nicht, als ihr zunehmend bewusst geworden war, dass ihre eigene Zeit hier unten mehr und mehr rannte. Eine Erkenntnis, die sie vor vier Jahren getroffen hatte wie ein Blitz, als ihr Mann plötzlich und unerwartet verstorben war. Manchmal war diese Stimme in ihr unbeteiligt und entfernt aufgetreten. Ein anderes Mal wiederum anklagend und vorwurfsvoll, hatte ohne jeglichen Selbstzweifel zu verurteilen und verachten gewusst. Dann wiederum hatte es Momente in ihrem Leben gegeben, in denen die Stimme kindlich und scheu zu ihr gesprochen hatte. Verunsichert. Nie jedoch war sie gänzlich verstummt, jemals die Wunde verheilt, die sie auf ihrem gesamten Weg, bis hier und jetzt und heute begleitet hatte.

Ja, Johanna Klaven war über weite Strecken eine zufriedene Frau gewesen, glücklich, sogar erfolgreich. Doch nie vollständig. So hatte sie es immer empfunden. Ein Ich, nie ganz, nie vollständig. Wie ein schönes großes Puzzle, bei dem eines der wichtigsten Teile fehlte. Und nun blickte sie dort auf dem Bildschirm etwas an, das - sie hatte es unmittelbar gespürt - zutiefst mit ihr verwoben war. Sie dachte an den Brief, dieses in Worte gefasste Vermächtnis, das nicht wirklich eines war und dessen Inhalt sie nahezu auswendig hätte rezitieren können.

So saß Johanna Klaven noch eine ganze Weile stumm und fast regungslos vor ihrem Computer, bis sie schließlich einen Entschluss fasste und die Seite der Deutschen Bahn in den Webbrowser eintippte.

Kapitel 3

Es war kurz nach elf Uhr. Die Straßen füllten sich ebenso wie Mesuts Dönerparadies zunehmend, als Eddi von dort aufbrach, um sich auf den Weg zur Blumenbinderei BUNT & BAUER in der nahe gelegenen Brückenstraße zu machen.

Die Blumenbinderei BUNT & BAUER war ein kleiner, aber wie Eddi fand, sehr schmucker Blumenladen, der hauptsächlich davon lebte, unter anderem Hotels, Gaststätten und private Feiern in der Region mit bunten Blumenarrangements auszustatten.

Daneben wusste das Ladengeschäft Besucher der Altstadt geschickt zu Spontankäufen einzuladen. Eddi seinerseits interessierte sich bei dessen Stippvisiten trotz seines ausgesprochenen Faibles für alles was mit der Natur zusammenhing, meist nur peripher für die gleichwohl schön anzuschauenden Sträuße und Gestecke, die dort in nahezu jeglicher Couleur und Größe herumstanden.

Was Eddis Aufmerksamkeit hingegen anzog wie der Nektar die Biene, war die Eigentümerin jenes Ladens: Gisela Bauer.

Keine noch so lebendige und detaillierte Beschreibung dieser Frau könnte einen Unwissenden auch nur im Ansatz erahnen lassen, was sich da vor gut einem Jahr auf seinem Friedhof eingefunden hatte. Damals, es war Ende August gewesen, ein später Mittwochnachmittag, als eine schlanke Frau um die Vierzig in einem luftigen und dabei weder züchtigen noch über Gebühr unzüchtigen Sommerkleid den Weg zur Ochsenfurter Friedhofskapelle hochgeschlendert war, um den Verwalter des Friedhofs zu sprechen.

Der Mann, den jenes Weib dort angetroffen hatte, war selbstverständlich Eddi gewesen. Eddi unterhielt in einem kleinen Hinterzimmer der Friedhofskapelle eine Art Büro, in welchem Akten lagerten und alles was sonst noch mit seiner Arbeit jenseits von Graben, Kehren, Schneiden, Gießen oder dergleichen zusammenhing. An jenem Nachmittag im August hatte er sich dort aufgehalten, um für einen kurzen Moment der Hitze entfliehen zu können, als ihm von draußen kommend ein schüchternes „Hallo?" ans Ohr gedrungen war.

Die Frau, die Eddi schließlich am Fuß der Treppe zur Kapelle vorgefunden hatte, stellte sich als Gisela Bauer vor. Sie wolle fragen, ob sie in der Kapelle einige ihrer Visitenkarten auslegen dürfe, da sie einen kleinen Blumenladen in der Altstadt betreibe, der auch Trauerfloristik anböte.

Eddi war wie ein Ölgötze dagestanden und hatte hierbei versucht, seine wild zuckenden Augen, die in Windeseile über jene Schönheit geflogen waren, wieder einzufangen. Gleichsam hatte ihn eine nicht unwesentliche Portion Scham überkommen, angesichts überfallartig auftretender Gefühle und Regungen. Immerhin war der Ort, ein Friedhof, eine Kapelle, für solch ein inneres Beben nicht der Geeignetste gewesen.

Aber wie hätte er sich dagegen erwehren sollen? Kein Mann, der beim Anblick einer solchen Erscheinung nicht unmittelbar ins Schwitzen geraten wäre. Beim Anblick dieser Frau, die da im Eingang zur Friedhofskapelle gestanden hatte, während das Licht der Sonne wie Röntgenstrahlen durch ihr blaues Kleid hindurch gefahren war und so die Konturen ihres Leibes nachgezeichnet hatte, die sich kein Altmeister der Aktmalerei hätte besser ausmalen können.

Gisela Bauer hatte seinen Blick bemerkt, war leicht errötet und hatte sich dann eine Strähne ihres langen, leicht gewellten und kastanienbraunen Haars aus dem Gesicht gestrichen. Daraufhin hatte sie bezaubernd gelächelt und gefragt, ob er am Abend nicht ein wenig Zeit für sie erübrigen könne. Für sie und eine romantische Bootsfahrt auf dem Main. Am liebsten dem Sonnenuntergang entgegen.

Nun, in Wirklichkeit war natürlich nichts dergleichen geschehen, doch so oder so ähnlich hätte Eddi sich den weiteren Verlauf dieser magischen Begegnung an jenem Nachmittag im August gewünscht. Stattdessen hatte er kurz angebunden etwas von selbstverständlich gefaselt. Daraufhin hatte er die Visitenkarten entgegengenommen und sich ohne ein weiteres Wort von der Dame abgewandt. Eddi hatte förmlich spüren können, wie sich in jenem Moment ein zumindest leicht irritierter Blick in seinen Rücken gebohrt hatte.

In der darauffolgenden Nacht hatte Eddi kaum Schlaf gefunden. Einerseits vor Verzückung. Vielmehr jedoch angesichts seines, für einen Mann von immerhin einundfünfzig Jahren, peinlich-brummeligen und gänzlich inadäquaten Verhaltens. Also hatte er beschlossen, die Sache vor sich selbst wieder gut zu machen, und war wenige Tage später in die Altstadt und dort zu Gisela Bauer in den Blumenladen gegangen, um vorzugeben, dass deren Visitenkarten fast vergriffen seien.

Nun, er sei sowieso gerade in der Stadt gewesen, hatte er gemeint und da war ihm der Gedanke gekommen … Gerne könne sie ihm nochmals einen Schub …

Gisela Bauer hatte ihn nicht etwa nur freundlich oder gar höflich angelächelt. Nein, sie hatte ihn offen angegrinst, ihm nach einem ungemein warmherzigen Plausch einen Espresso und schließlich das Du angeboten.

Bald war eine Art Freundschaft zwischen den beiden entstanden, welche Mesut nach kürzester Zeit geteilt hatte.

„Klasse Weib, Deutscher!", hatte sein Freund nach ihrem ersten gemeinsamen Treffen anerkennend konstatiert. Darüber hinaus hatte Mesut aber keine Anstalten gemacht, dem klasse Weib einen aus dessen Sicht selbstredend nicht minder hochklassigen Mesut an die Seite stellen zu wollen. Mesut war umgehend klar gewesen, dass er, Eddi, diese Frau geradezu vergötterte. Damit wiederum war es dem Dönerdealer gemäß dessen ehrenhaftem Verständnis in Bezug auf derlei Dinge verwehrt, selbst jener Frau den Hof zu machen.

Ob Gisela nunmehr tatsächlich ahnte, dass Eddis Gefühle nicht nur freundschaftlicher Natur waren, sondern vielmehr aus einer ganz anderen Richtung kamen, hätte er nicht sagen können. Vermutlich aber würde es in Kürze vorbei sein mit eben jener Ungewissheit. Denn für hier und heute hatte Eddi sich vorgenommen, Gisela zu ihrem zweiundvierzigsten Geburtstag, also übermorgen, zum gemeinsamen Abendessen einzuladen.

Was aus der ganzen Sache werden sollte, falls sich denn die unwahrscheinliche Möglichkeit für ein gemeinsames was auch immer ergeben würde, wusste er nicht. Schließlich bereitete ihm allein die Vorstellung, Gisela zu gewinnen, um sie hiernach irgendwann doch wieder zu verlieren, körperliche Schmerzen. Schmerzen, die er sich nur zu gerne ersparen wollte. Aber es gab auch diese andere Kraft. Und die trieb ihn voran. Zuvor galt es allerdings eine nicht unbedeutende Hürde zu meistern.

Eddi war nicht der Typ Frauenversteher und wusste insofern seine eigene Position nur unzureichend einzuschätzen. Ganz unattraktiv fand er sich selbst zwar nicht. Vermutlich Durchschnitt. Gut, das eine oder andere Kilo Gewicht brachte er nachweislich zu viel auf die Waage. Dieser Makel hielt sich allerdings, wie er inständig hoffte, in den Augen einer Frau noch eben so in Grenzen. Haare auf dem Kopf hatte er zudem mit seinen knapp über fünfzig Jahren nicht mehr ganz so viele wie früher, und größtenteils ergraut waren sie obendrein. Dafür fand er seine Körpergröße von knapp unter einem Meter achtzig wiederum recht passabel.

An was es Eddi seiner persönlichen Einschätzung nach allerdings definitiv mangelte, waren Humor und die Fähigkeit zu begeistern, zu unterhalten, ja überhaupt ein sinnvolles Gespräch über einen längeren Zeitraum zu führen. So war das eben, wenn man die Gesellschaft der meisten Menschen, die überwiegend enttäuschten oder einfach nur unangenehm waren, zu meiden suchte. Man geriet in solchen Dingen aus der Übung. Obgleich Eddi nicht hätte behaupten können, jemals viel Übung darin gehabt zu haben.

Wenn er es sich recht überlegte, war bereits der kleine Eddi eher grüblerisch und in sich gekehrt gewesen. In Gegenwart von Menschen hatte er sich schon immer unwohl gefühlt. In Gegenwart einer Frau zudem meist überfordert. Nicht im sexuellen Sinne. Nein, damit hatte er keinerlei Probleme. Zumindest nie gehabt, früher, als er noch fortlaufende Erfahrungswerte vorzuweisen hatte.

In den letzten zehn Jahren allerdings hatte er nur zwei kurze Beziehungen durchlebt. Von der einen Frau war er für einen anderen Mann verlassen worden. Die andere wiederum hatte sich nach wenigen Monaten für eine andere Frau entschieden. Letztere Erfahrung hatte er selbst als zuerst weniger schmählich empfunden. Dabei war er um eine frühzeitige Korrektur dieser Bewertung nicht umher gekommen, was primär an Mesuts wenig einfühlsamen Kommentaren gelegen hatte, wenngleich er ihn damit sicherlich nicht vorsätzlich hatte verletzen wollen.

Unter dem Strich war er nun also seit fast acht Jahren mal mehr, mal weniger stolzer Single gewesen. Vor etwa einem Jahr dann hatte er angefangen, dieses Singledasein zunehmend in Frage zu stellen. Und für heute hatte er sich fest vorgenommen, diesbezüglich ein neues Kapitel in seinem Leben aufzuschlagen. Also ging er zu Gisela, also fragte er.

Sein Plan war einfach gewesen. Gisela zu deren Geburtstag zum romantischen Abendessen einladen. Ein guter Plan. Aber jeder Plan war eben erst einmal nur ein Plan, eine Theorie, was Eddi an diesem sonnigen Samstagvormittag einmal mehr bewusst wurde. Seine Frage nämlich, ob er Gisela am Montag zu ihrem Geburtstag zum Essen einladen dürfe, hatte einen Haken gehabt. Ihr hatte eine kleine, aber bedeutsame Unbedachtheit innegewohnt. Eddi hatte vergessen, Gisela ganz konkret in ein Restaurant einzuladen. Stattdessen hatte er leichthin die offene Formulierung „zum Essen einladen" gewählt. Unverzüglich stellte dies sich als schwerwiegender Fehler heraus. Die gute Nachricht war noch, dass Gisela die Idee hinreißend fand. Die schlechte brachte ihn mit Hochgeschwindigkeit von der Fahrbahn ab.

„Das ist ja eine wunderbare Idee Eddi, unheimlich gerne! Ich wollte schon immer mal sehen, wie du so lebst!"

Eben jener letzter Akkord traf Eddi tatsächlich und ohne Übertreibung wie der sprichwörtliche Donnerschlag. „Um Himmels Willen", schoss es ihm durch den Kopf. Nein, doch nicht so, alles bloß das nicht! Bei ihm Zuhause? Sehen, wie er lebte? Zwischen Mülltüten, halb verwelkten Benjaminis und einem Bett ohne Gestell, dafür aber mit leeren Bierkästen als Unterstand? Ihm drohte schwindelig zu werden, was jedoch nicht seinem Blutdruck geschuldet war. Die Schuldigen waren die Synapsen in seinem Kopf, welche unmittelbar anfingen, unaufhörlich und gleichermaßen verzweifelt zu feuern. Und doch nicht trafen. Es blieb düster und keine rettende Idee erbarmte sich, ihn aus dieser mehr als nur misslichen Lage befreien zu wollen. Großartig. Wirklich großartig! Er hob für einen Wimpernschlag den Blick in Richtung Himmel und suchte dann den Schalter für ein zuversichtliches Lächeln in seinem Gesicht, als er Gisela tief in die Augen blickte. Immer und immer wieder hatte er verschiedenste Szenarien durchdacht, sich Antworten auf diese und jene Reaktion und Gegenfrage zurechtgelegt. Und nun das.

„Das freut mich!", erwiderte er letztlich. Was hätte er auch anderes sagen sollen? Immerhin war es Giselas Geburtstag und somit ihr gutes Recht, die Wahl zu treffen. Also waren die beiden nun für Montagabend bei Eddi zum Abendessen verabredet. Eigentlich schon Katastrophe genug, die sich aber just noch zu vervollständigen wusste. Denn kurz nachdem er den Blumenladen mit einer Mischung aus Freude und dominanter Beklemmung verlassen und sofort zu seinem Telefon gegriffen hatte, kam das Sahnehäubchen.

„Mesut! Ich … was? Nein, nein es ist … es geht um Gisela. Ja, ich hab sie wie versprochen zum Essen eingeladen, aber …" Hektisch erstattete er Bericht. Statt dass sich aber die freilich irrationale Hoffnung erfüllte, Mesut möge ihm ein Hintertürchen aufzeigen, durch das er würde entkommen können, bot ihm sein geschäftstüchtiger Freund vielmehr umgehend an, Montagabend das Essen für die Feier zu liefern. Frei Haus, verstehe sich. Döner & Co. Teeservice mit Goldrand als Geschenk. Alles hübsch verpackt. Das möge er nun nicht ablehnen! Das Ganze zu einem dann aber auch wirklich nicht zu schlagenden Freundschaftspreis von einhundert Euro. Man würde sich am Montagabend also sehen. Er, Mesut, würde alles bei Eddi vorbeibringen.

Und damit war die Katastrophe komplettiert. Döner und Bier bei ihm Zuhause. Der ideale Rahmen für romantische Stunden mit offenem Ausgang. Nun stand Eddi am oberen Ende der Brückenstraße, direkt unterhalb der fast achthundert Jahre alten St. Andreas Kirche, die dort würdevoll auf einem kleinen Hügel thronte. Und für einen beachtlichen Moment lang wollte Eddi, so wie er dort stand, das Wort „Kirchenasyl" einfach nicht mehr aus dem Sinn gehen, bevor er zögerlich den Heimweg antrat.

Währenddessen er kurz darauf sichtlich gebeugt durch den südlichen Stadtgraben Ochsenfurts schlich, klingelte sein Telefon. Frau Grieb wollte wissen, ob er denn heute zufälligerweise noch in die Stadt käme. Sie bräuchte dringend etwas aus der Apotheke. Ein Rheumamittel. Das Rezept würde sie nachreichen. Eddi versprach ihr, das Mittel umgehend zu besorgen. Er würde sich derzeit sowieso kaum mehr als eine Querstraße von besagter Apotheke entfernt aufhalten.

Als er sein Telefon zurück in die Hosentasche steckte und links in die Langgasse abbog, schoss ihm der Bürgermeister entgegen. Herr Dr. Lohsin hatte es anscheinend mal wieder eilig. Ziel möglicherweise wie so oft unbekannt, wägte Eddi im Stillen. Für ihn kam Dr. Lohsin einem Mann gleich, dem man eine wunderschöne Wiese mit Apfelbäumen zu dem Zweck geschenkt hatte, Marmelade zu produzieren. Und während er unter den herrlich mit Früchten behangenen, Schatten spendenden Bäumen saß, große, rote Äpfel um ihn herum liegend, beschwerte er sich über das Gezwitscher der Vögel, welche sich an den Früchten labten, während die Körbe neben ihm leer blieben. Dabei war der derzeitige Ochsenfurter Bürgermeister kein ungewöhnlich schlechter. Er reihte sich für Eddis Geschmack vielmehr ein in eine Gruppe aus Politikern der vergangenen Jahrzehnte, die Ochsenfurt Aufbruch versprochen und Worte geschenkt hatten. Ein Mann, ein Wort. Nun, so gesehen war Dr. Achim Lohsin ein wahrlich großer Mann.

„Ah, der Chefunterhändler unserer Toten", begrüßte der Bürgermeister Eddi mit einem aufgesetzten Lächeln und blieb abrupt vor ihm stehen. Wie üblich gab er Eddi mangels besseren Wissens einen seltsamen Kosenamen. Eddi wollte Eddi genannt werden. Punkt, Schluss. Manch ein Mitmensch jedoch schien ein Problem damit zu haben. Und Bürgermeister Lohsin war einer von diesen, die vermutlich gar nicht wussten, wie er mit Nachnamen hieß, sich aber strikt weigerten, ihn einfach nur Eddi zu nennen. Eddi war es gleich. Er reichte dem Mann die Hand. Noch bevor er aber einen verbalen Gruß zurückgeben konnte, schob Ochsenfurts erster Bürgermeister seiner Begrüßung auch schon eine vorwurfsschwangere Stichelei hinterher.

„Bei Ihnen auf dem Totenacker ist ja einiges geboten, wie man so hört und liest. Dass da plötzlich Tote auftauchen, die nirgends in den Unterlagen vermerkt sind ..." Er setzte einen mitleidsvollen Blick auf, schüttelte dabei aber zugleich aufdringlich mit dem Kopf, auf dem wie immer ein mit Band verzierter, brauner Hut aus Filz saß.

Eddi schüttelte ihm die Hand. „Na, Sie wissen ja, wie das mit der Verwaltung ist, Herr Bürgermeister. Überall Idioten am Werk", gab Eddi zurück, setzte seinerseits ein Lächeln auf und zog dann weiter seines Weges.

Der Bürgermeister spähte ihm irritiert hinterher und versuchte vermutlich auszuloten, inwieweit ein Mann wie Eddi, ein Totengräber, über die Gabe verfügen mochte, Doppeldeutigkeiten zum Besten zu geben.

In der Apotheke angekommen, wurde Eddi von der allzeit griesgrämigen und auf unerträgliche Art herablassenden sowie gleichsam gespielt höflich daherkommenden Frau Schneider bedient, der er heute nur allzu gerne eines ihrer Abführmittel eingeflößt hätte, welches prominent und in wie es schien tausendfacher Ausfertigung auf einem der Regale hinter ihr stand. Gleich neben verschiedenen, weißen Töpfen mit lateinischer Aufschrift.

Ein wie so oft sinnloser Dialog setzte ein. Ob er, Eddi, denn auch das Rezept für eben jenes Rheumamittel dabei habe, erkundigte sich Frau Schneider. Nein, habe er nicht. Ob er dieses denn heute noch vorbeibringen könne, schließlich müsse alles seine Ordnung haben. Nein, könne er nicht und ja, das müsse es natürlich. Nach üblich zähem Hin und Her und jeder Menge düsterer Gedanken und Bilder, die derweil kaleidoskopisch durch Eddis Hirnwindungen flogen, durfte er schlussendlich das besagte Rheumamittel dankend an sich nehmen und der „Herz Apotheke" den Rücken kehren, um sich sodann auf den Rückmarsch in sein Viertel zu begeben.

Erna Grieb begrüßte Eddi überschwänglich, als sie ihm eine knappe Viertelstunde später in für sie typischem Outfit gekleidet die Tür öffnete: Erdfarbenes Stoffjäckchen über erdfarbener Bluse, schwarzer, knielanger Rock, schwarze Lackschuhe.

„Ach Eddi, du glaubst gar nicht, wie gut es tut, jemanden wie dich zu haben. Komm doch auf einen Kaffee herein. Das Geld liegt in der Küche auf dem Tisch."

Frau Grieb hatte diesen Trick mit Geld und Küche und Tisch perfektioniert. Denn wenngleich Eddi und auch Mesut Erna Grieb unzweifelhaft und fest in deren deutsch-türkisches Herz geschlossen hatten, so fand man dennoch nicht immer die Zeit auf Kaffeeklatsch in deren Küche. Heute aber war Eddi auch schon alles egal. Außerdem war Samstag. Er hatte also Zeit und würde Frau Grieb sehr gern ein wenig davon schenken.

Und so folgte er der Frau, wie es deren Absicht gewesen war, bereitwillig in Richtung Küche, wo man einen großen Kaffee trinken würde. Ob er die junge Frau aus dem Blumenladen denn mittlerweile zum Essen eingeladen habe, so, wie sie es ihm geraten hatte, fragte Frau Grieb neugierig.

Es war orakelhaft. Dass Frauen jeglichen Alters derart oft derartig treffsicher sein mussten, wenn es darum ging, Themen anzuschneiden, die man selbst gerade nur allzu gerne tief in Koffern verstaut hätte. Auf irgendeinem Dachboden. Ganz weit weg in Kuala Lumpur oder weiß der Herr wo.

Aber es half ja nichts. Also erzählte er Frau Grieb von seinem Vorhaben, verschwieg dabei allerdings die Einzelheiten mit den Benjaminis, Bierkästen und Mülltüten seiner Wohnung.

Erna Grieb kam daher erst gar nicht auf die Idee, irgendeinen Stolperstein in seinem Vorhaben auszumachen. „Du bist so ein gut aussehendes Mannsbild, Eddi", sagte sie nur und stopfte sich zwischendurch einen Keks zwischen die von Falten umzäunten Backen, „du wirst sehen, alles wird gut. Nur denk immer daran." Sie hob den Zeigefinger. „Mag dir das Essen auch anbrennen, der Rotwein, der muss stetig rennen!" Sie lachte laut auf und schlug sich dabei auf deren knöchrige Oberschenkel, während Perseiden aus Backwerk aus ihrem Mund zum Flug quer über den Tisch ansetzten.

Erna Griebs Worte in Gottes Ohr, ersuchte Eddi allerhöchste Kräfte und musste plötzlich wieder an die junge unbekannte Tote aus Friedhelms Grab denken. Zwanzig Jahre jung. Das ganze Leben noch vor sich. Hatte sie die Liebe bereits erlebt? In all ihren Facetten?

„Ich und mein geliebter Karl haben uns damals beim Pferdeäpfel sammeln das erste Mal getroffen. Kannst du dir das vorstellen?", plauderte Frau Grieb gutgelaunt weiter.

Und wie Eddi sich das vorstellen konnte. Er hatte die Geschichte schon einige Male gehört. Doch Eddi lauschte gerne Frau Griebs Erzählungen aus einer fernen Zeit, welche oftmals mit Fotografien und Briefen belegt wurden. Heute aber nicht, was Eddi ganz recht war. Schließlich hatte er noch einiges zu tun. Er musste seine Wohnung aus gewissen Gründen dringend auf Vordermann bringen. Allein der Gedanke an dieses womöglich letzte Abendmahl mit Gisela ließ ihn erschaudern.

Angesichts seines Vorhabens verabschiedete Eddi sich somit gut eine halbe Stunde später von Frau Grieb. Diese küsste zum Abschied wie üblich seine Wange und drückte ihm dabei den Geldschein, der eben noch auf dem Küchentisch gelegen hatte, in die Hand. Eddi steckte den Schein - Houdini wäre stolz auf ihn gewesen - noch während der nachfolgenden Umarmung postwendend und von der alten Dame unbemerkt zurück in eine der Seitentaschen ihres erdfarbenen Stoffjäckchens.

Zuhause angekommen startete Eddi umgehend damit, recht forsch durch die Wohnung zu wirbeln. Er räumte Müll beiseite, stopfte Vorhänge in die Waschmaschine und staubte und wischte, dass die Funken flogen. Mit mäßigem Erfolg, wie er nach zwei Stunden schweißtreibender Arbeit feststellte. Ein sauberer

Sattel macht aus einem Schlachtross eben noch lange keinen Zuchthengst, musste er sich eingestehen. Also brach er sein Tun völlig niedergeschlagen ab, setzte sich im Wohnzimmer auf die Couch und legte die Beine auf den Tisch.

So saß, beziehungsweise lag er dort missmutig herum, das wenig unterhaltsame Unterhaltungsprogramm im Fernsehen nur mittelmäßig aufmerksam verfolgend. Eddi starrte wieder und wieder vom Fernseher zum Bücherregal. Von dort auf den Tisch vor sich und wieder zurück auf den Fernseher. Dann wieder auf das Bücherregal. Von Buchrücken zu Buchrücken und erneut zurück auf den Fernseher. So ging es eine ganze Weile.

Seine Gedanken kreisten um Gisela. Zudem um einen Dönerdealer, der ihn in Kürze im Rahmen eines Dinners, das eigentlich romantisch hätte daherkommen sollen, mit Kebab und Bier beliefern würde. Aber auch an Knochen aus einem Grab auf seinem Friedhof musste er denken, während er dort saß. Nichts, aber auch wirklich gar nichts wollte rund laufen. Mittlerweile, obgleich Eddi das Urteil noch nicht abschließend zu fällen bereit war, keimte in ihm der Verdacht auf, dass diese Woche entgegen seiner ursprünglichen Annahme möglicherweise doch als völlig beschissen zu klassifizieren sei.

Der darauffolgende Sonntag begann zuerst ereignislos. Nachdem Eddi ausgiebig gefrühstückt hatte, Rühreier und frische Brötchen aus der nahe gelegenen Bäckerei im Supermarkt, musste er sich bereits früh auf den Friedhof begeben, um Vorkehrungen für ein anstehendes Begräbnis zu treffen.

Das immer noch offene Grab Friedhelms indes, welches nunmehr seit Tagen von einem polizeilichen Absperrband eingefasst stumm da lag, schaute Eddi vorwurfsvoll aus dessen klaffender Wunde heraus an. Eddi nahm sich dessen Blick beim Gang über das Gräberfeld zu Herzen und beschloss, zum späteren Nachmittag hin auf die Wache zu fahren, um dort unter dem Vorwand der Aktenrückholung nach Neuigkeiten in Bezug auf Friedhelms Untermieterin zu fragen.

Gegen 15 Uhr sattelte er hierfür auf seine Yamaha XS Eleven, Baujahr 1980, auf, die er liebevoll seine „Lady" zu nennen pflegte. Auf der kurzen Fahrt kam ihm entlang der Dr.-Martin-Luther-Straße, einer wichtigen Verkehrsader Ochsenfurts, auf der Zugstrecke zur Rechten ein ICE entgegen. Vermutlich einer der vielen Schnellzüge, welche ständig zwischen Hamburg und München hin und her pendelten, überlegte Eddi. Rund fünfhundert Meter weiter hatte er sein Ziel in der Tückelhäuser Straße erreicht. Er setzte ab und parkte die Lady.

Die Wache war, wie er gehofft hatte, besetzt, und ja, es war glücklicherweise tatsächlich sein Kumpel Bernd, der Dienst schob. Eddi begrüßte ihn mit einem „Servus", in dem eine unterschwellige, für Bernd aber deutlich zu vernehmende Frage mitschwang. Nämlich die, ob man ungestört sei.

Der Polizist erwiderte das Servus seinerseits mit einem „Servus", nickte dabei und hob den Daumen. „Was führt dich denn schon wieder zu uns, Eddi? Wieder 'ne fremde Leiche gefunden?" Bernd grinste und schüttelte Eddi die Hand.

„Gott bewahre", entgegnete Eddi und setzte sich nach der Begrüßung auf einen der Besucherstühle, die gegenüber vom Empfangstresen standen, den Motorradhelm in seinen Schoß legend. Er schaute sich kurz um. In den weitestgehend von Glas eingefassten Büros der Wache herrschte gähnende Leere. Kein Polizeioberwachtmeister Finke zugegen. Immerhin eine gute Nachricht.

„Ich wollte lediglich die Akten holen, Bernd. War auf der Ecke. Ja und auch mal hören, ob es was Neues gibt."

„Wegen der Toten meinst du?"

„Wegen der Toten."

„Also genau genommen nicht", gab Bernd für Eddis Geschmack etwas zu einsilbig zurück.

„Genau genommen?", hakte er daher nach.

„Drei Leute haben angerufen. Auf den Zeitungsartikel hin. Aber das sind alles Sackgassen. Kann man vergessen."

Eddi blickte Bernd fragend an, woraufhin dieser bereitwillig damit begann, weitere Informationen zu streuen. So erfuhr Eddi, dass es sich bei einer Anruferin um eine klassisch-Verrückte gehandelt habe, die der Polizeiarbeit mittels einer Séance und gegen Bezahlung hätte wertvollen Vorschub leisten wollen. Und dann waren da noch zwei ältere Herren, von denen einer doch tatsächlich aus Berlin angerufen und gemeint hatte, durch den Tipp eines Bekannten auf den Fall aufmerksam geworden zu sein. Er würde sich für die Kette der Toten interessieren, ein wirklich schönes Stück. Aufgelegt. Der zweite ältere Herr wiederum hatte von einer Liebschaft erzählt, die einmal eine Kette besessen habe, die der Aufgefundenen sehr ähneln würde. Allerdings sei dies vor weniger als vierzig Jahren gewesen. Nachdem Bernd dem Mann glaubhaft hatte versichern können, dass die Tote nach Ergebnissen einer fundierten, forensischen Analyse bereits deutlich länger als vierzig Jahre auf dem Ochsenfurter Friedhof verbracht haben musste, hatte man das Telefonat einvernehmlich beendet.

„Und das war alles?", fragte Eddi sichtlich enttäuscht.

„Das war leider schon alles", erwiderte Bernd, der ihm daraufhin einen Kaffee und ein Stück Trockenkuchen anbot, den seine Frau ihm gebacken hatte. Sonntage auf der Wache seien stets anstrengend und zäh tat Bernd kund, der ab diesem Moment in einen nicht enden wollenden Redefluss geriet. Eddi hörte eine ganze Weile lang bereitwillig zu, während er das ein oder andere Stück Trockenkuchen in seinen Mund beförderte. Dabei dachte er über den Aufruf in der Zeitung nach. „Sag mal Bernd, dieser komische Vers", fragte er. „Den habt ihr nicht abdrucken lassen?"

„Nein, das wurde von den Kollegen aus Würzburg absichtlich zurückgehalten. Hätte nur von der Kette und dem Medaillon abgelenkt. Stimmt ja auch. An den Vers würde sich nach so langer Zeit nun wirklich keiner mehr erinnern. Und was meinst du, wie viele Verrückte sich dann erst auf die Anzeige hin gemeldet hätten? Nee, ganz ehrlich, Eddi. Ich bin heilfroh, dass man den nicht erwähnt hat."

Eddi kaute, schluckte und nickte. Der Kuchen war wirklich gelungen. Das gab er in der Form auch an Bernd, inklusive bester Empfehlungen an die Frau Gemahlin weiter. Schließlich suchte er noch nach ein paar aufmunternden Worten für den Polizisten, der hier wohl den ganzen Sonntag bei Kaffee und Kuchen würde ausharren müssen. Heute fühlte Eddi sich jedoch nicht wirklich dazu in der Lage, sinnvolle Gefühlsarbeit zu verrichten. Er hatte, nahm er an, gerade selbst zu viel um die Ohren, was ihn beschäftigte. Also trank er seinen Kaffee aus, bedankte sich bei seinem Kumpel aus Kindertagen für Speis und Trank und versetzte ihm zum Abschluss noch einen aufmunternden Klaps auf die Schultern. Dann nahm er die Friedhofsakten entgegen und empfahl sich.

Nachdem er rund zehn Minuten später die Akten wieder an deren angestammten Platz in der Friedhofskapelle zurückgestellt und sich daraufhin zuhause noch eine Tiefkühlpizza gegönnt hatte, beschloss er, noch eine seiner Runden durch das Tal zu drehen. „Seine Runde" bedeutete in jenem Falle, dass er mit seiner Lady in Ochsenfurt den Main überqueren, am Nordufer des Flusses gen Osten nach Frickenhausen fahren und von dort aus die für Motorradfahrer wie gemalte, von hohen Bäumen gesäumte und herrlich kurvenreiche Straße nach Segnitz nehmen würde. Main zur Rechten gelegen, Weinberge zur Linken. In Segnitz würde ihn sein Weg dann erneut über den Main führen, wonach es über Marktbreit zurück nach Ochsenfurt ginge.

Klimapolitisch gesehen war so eine Runde sicherlich nicht ideal. Eddi aber versuchte im Alltag, wo immer es ging, auf Klima und Müll und all diese Dinge zu achten. Sehr sogar. Manchmal gönnte er sich aber auch etwas. Und dies dann ohne schlechtes Gewissen. Warum, fragte er sich, sollte man gewillt sein, für die Schönheit der Welt einzutreten, wenn man nicht ab und an deren Magie zu spüren bekäme? Wenn man nicht raus ginge, um sich zu erfreuen, an diesem herrlichen Planeten? Für ihn war das Gefühl von Freiheit und ja, Heimat, das er verspürte, wenn er allein mit seiner Lady durch das Maintal fuhr, somit Teil seiner ganz persönlichen Klima- und Umweltpolitik. Geh raus, sieh dir die Schönheit der Welt an, werde dir ihrer bewusst! Und dann schütze sie. Genau das hatte er vor, an diesem herrlich spätsommerlichen Sonntagnachmittag.

Normalerweise nahm eine dieser Touren gut fünfundzwanzig Minuten in Anspruch. Da es in Ochsenfurt seit geraumer Zeit aber nur mehr die kürzlich renovierte, Alte Mainbrücke gab, die man nur von Nord nach Süd befahren durfte, unterdessen es für ihn erst mal von Süd nach Nord ging, verlängerte sich seine Lieblingsfahrt um jeweils gut zehn Minuten. Solange die insoweit schmerzlich vermisste Neue Mainbrücke nämlich in Bau befindlich war, musste er im Rahmen seiner Runde erst ein Stück Richtung Westen fahren, bevor er dann im rund fünf Kilometer entfernten Goßmannsdorf über den Main setzen konnte.

Nachdem dies am heutigen Spätnachmittag bei angenehmen 24 Grad geschehen war, er Kleinochsenfurt auf seiner geliebten Yamaha passiert hatte, um daraufhin sein Motorrad entlang des nördlichen Mainufers durch Ochsenfurt hindurch und schließlich gen Frickenhausen zu lenken, entschloss er sich dort angekommen zu einer Planänderung.

Im kleinen Örtchen Frickenhausen, das gerade mal gut tausend Einwohner zählte, lag pittoresk in den Weinbergen ein kleines Gebetshaus, die Valentinskapelle. Von dort oben bot sich Ausflüglern ein herrlicher Blick über ganz Frickenhausen. Bis hin nach Ochsenfurt im Südwesten und Marktbreit im Osten.

Eddi liebte diesen Ort. Er gehörte unzweifelhaft zu seinen Lieblingsplätzen, wenn er zu entspannen gedachte, oder einfach nur ungestört über die Welt oder auch sich selbst sinnieren wollte. Nur Weinberge im Rücken und den Fluss zu Füßen. Das einzige, was den Blick über das Maintal störte und nicht so recht ins Idyll passen wollte, war der gewaltige Schlot der Ochsenfurter Zuckerfabrik. Die Zuckerfabrik schoss, zusammen mit ihren wuchtigen Silos und besagtem Schlot, unmittelbar am östlichen Stadtrand Ochsenfurts aus der Flussaue empor. Schmählich und gleichsam siegesgewiss suchte jene Anlage das ansonsten herrlich malerische Panorama zu durchbrechen. Für kamerazückende Touristen ein garantierter Selfie-Killer.

Für Einheimische hingegen war die Zuckerfabrik nicht mehr und nicht weniger als ein Teil ihrer heimatlichen Realität. Und sie war einer der größten Arbeitgeber der Stadt.

Wenn zum Anfang der dritten Jahreszeit hin Lkw zudem begannen, Millionen an Tonnen Zuckerrüben aus der landwirtschaftlich überaus gesegneten Anbaufläche des Ochsenfurter Gaus anzukarren, und der Schlot begann süßlich zu dampfen, läuteten dieses Bild und dieser Geruch für die meisten Einheimischen gleichsam das Jahresende oder gar die anstehende Weihnachtszeit ein.

Eddi schob die Yamaha die letzten Meter Richtung Kapelle, stellte seine Lady dort ab und spazierte anschließend auf eine unmittelbar in der Nähe befindliche Bank am Wegesrand zu.

Dort angekommen, zog er eine Zigarettenschachtel aus der dicken Jeansjacke, derer er sich sogleich entledigte und setzte sich. Obwohl bereits später Nachmittag, schien die Sonne noch immer mit beeindruckender Kraft vom strahlend blauen, fränkischen Himmel herab. Eddi streckte entspannt die Beine von sich und betrachtete das Bild, das er schon so oft gesehen hatte, an dem er sich aber wohl nie würde sattsehen können. Ja, er liebte dieses Fleckchen Franken, er liebte seine Heimat. „The best things in life are free", summte es durch seinen Kopf.

Während er die angenehme Luft einsog, um sich kurz danach und idiotischerweise eine Zigarette anzuzünden, kam ihm die Frage in den Sinn, ob die Tote aus Friedhelms Grab hier einst ebenso andächtig über Fluss und Markt und Stadt geblickt haben mochte, wie er selbst es nun tat.

Eddi seufzte auf und ließ seinen Blick weiter über den Fluss hinweg, hinüber zum Wald auf der anderen Seite des Tals schweifen. Eine Gruppe Männer und Frauen, überwiegend jüngeren Alters, zog in der Zwischenzeit auf dem Weg vor ihm vorbei. Vermutlich eine Weinbergwanderung, dachte er bei sich. Ein schöner Zeitpunkt für solch ein Unterfangen, jetzt, da die Weinlese noch in vollem Gange war.

Ein Stück hinter der Gruppe bemerkte Eddi eine ältere Dame, die erst gedankenverloren hinter den jüngeren Menschen herlief und sich wenige Akkorde später just neben ihn auf die Bank setzte. Eddi grüßte die Dame mit einem freundlichen Kopfnicken, woraufhin diese ihn aus warmen Augen heraus freundlich anblickte und ebenfalls nickte. Dabei fiel Eddi auf, dass die Frau sich unentwegt mit der linken Hand an den Ausschnitt ihrer weißen Bluse griff. Fast so, als ob sie Schmerzen hätte. Eddi war, wie es nun mal seiner Natur entsprach, sogleich alarmiert und wollte fragen, ob sie sich denn wohl fühle, entschied sich dann aber für eine List. Nämlich die, ihr stattdessen eine Zigarette anzubieten. Was natürlich blöd war. Er hoffte allerdings, aus der jeweiligen Reaktion der Frau deren Befinden ablesen zu können. Ohne dabei selbst übertrieben seelsorgerisch zu wirken.

„Oh, vielen Dank junger Mann." Die ältere Dame lächelte ihn erfrischend offenherzig an, wiegelte gleichzeitig mit der rechten Hand ab, ohne allerdings ihre linke Hand vom Brustkorb zu nehmen. Eddi befand, dass eine weitere Sorge um die Dame trotz dieser Eigenart nicht zwingend notwendig erschien. Wäre die Dame nicht um einiges älter gewesen als er, er wäre versucht gewesen zu glauben, diese würde sich für einen Angriff des Mannes neben ihr wappnen. Man wisse ja nie, was da so alles auf den Straßen herum kreuchte und fleuchte. Auch nicht im beschaulichen Mainfranken. Auch nicht inmitten des von Weinstöcken gesäumten Frickenhäuser Kapellenbergs.

So aber saßen beide eine ganze Weile lang friedlich schweigend nebeneinander und Eddis Gedanken drifteten derweil zur schönsten Floristin Ochsenfurts. Zu Gisela Bauer. Zu Gisela und ein für morgen anberaumtes, gemeinsames Abendessen. Kaum hatten seine Synapsen damit begonnen in diese Richtung zu feuern, drohte auch schon ein Gefühl des Schwindels, zumindest aber eine spürbare Beklemmung in ihm aufzukommen. Das Abendessen. In seiner Wohnung! Das konnte nicht gut gehen. Der Gedanke machte ihn noch verrückt. Also dachte er an etwas anderes. Essen. Döner. Mesut. Teeservice. Es war vergebens. Idylle und Ruhe schienen für den Wunsch nach Entspannung paradoxerweise gerade nicht förderlich zu sein. An diesem Ort hatte seine Phantasie offensichtlich zu viel Freiraum. Daher beschloss er, zurückzufahren und möglichst bald Schlafen zu gehen. Morgen und primär morgen Abend würde immerhin, da war es schon wieder, ein anstrengender Tag auf ihn warten.

Er stöhnte unmerklich auf, erhob sich von der gemütlichen Sitzgelegenheit und verabschiedete sich von der älteren Dame. Dabei warf er ihr einen letzten, prüfenden Blick zu. Nein, nach Infarkt sah sie wirklich nicht aus. Vielmehr schien die Hand der Frau unentwegt etwas zu betasten, eine Kette wohl, wobei sie den Blick tranceartig in die Ferne gerichtet hielt. Vielleicht betete die Frau, mutmaßte Eddi. Oder sie hing einfach ihren Gedanken nach. So oder so, er würde die freundliche alte Dame hierbei keinesfalls stören wollen. Also zog er sich seine Jeansjacke über und trottete Richtung Kapelle, wo seine Yamaha bereitstand.

Augenblicke später fuhr er, wenngleich nicht in einem Boot auf dem Main und auch nicht mit Gisela in den Armen, so aber doch der Abendsonne entgegen, Richtung Ochsenfurt.

Schon im Moment des Erwachens musste Eddi am darauffolgenden Morgen feststellen, dass seine Gedanken unheilvoll um das anstehende Abendessen mit Gisela kreisten. Wie er dem Problem seiner Behausung beikommen sollte. Er hatte keine Ahnung. Allein, der heutige Abend würde es wohl zeigen müssen.

Möglicherweise würde Gisela gar nichts anderes erwarten als diese formvollendete Niveaulosigkeit hier um ihn herum? Denn geschmacklos und trostlos, genau das waren die Adjektive, die ihm nunmehr in den Sinn kamen, versuchte er seine Wohnung und deren Möblierung mit den Augen einer Frau zu betrachten.

Mit den Augen einer Frau wohlgemerkt. Er selbst fühlte sich pudelwohl in seiner Bude, obgleich eher nicht hübsch und gewiss nicht modern eingerichtet Aber für sein Empfinden eben durchaus gemütlich. Und sauber war es auch. Heute zumindest. Gisela andererseits … Mit beiden Beinen mitten im Leben stehend, das Leben bejahend, gebildet, erfolgreich, gesundheitsbewusst.

„Oh Gott", jammerte er nach innen gerichtet und ließ das erste Stöhnen des Tages aufkommen. Der Graben zwischen beiden Lebensmodellen schien ihm mit jedem Gedanken daran größer zu werden. Er hatte sich, musste er schmerzlich einräumen, hierüber bis dato noch so gut wie keine Gedanken gemacht. Aber jetzt. Nun, er würde sich in die Arbeit stürzen und den Abend auf sich zukommen lassen. Schließlich wollte er Gisela auch nichts vormachen, nichts vorgeben, was er nicht war. Er war nun mal, wer er war, wie er war. Ein Totengräber. Ein Einsiedler. Aber auch Einsiedler konnten einsam sein, Träume haben. Kein Mensch ohne Träume.

Zumindest der Arbeitstag verlief nach Eddis Geschmack. Die mittels Polizeiband markierte Villa Friedhelm schielte ihn im Rahmen seiner Tätigkeiten zwar weiterhin vorwurfsvoll an. Ansonsten aber ging es auf seinem Friedhof an diesem Tag glücklicherweise wenig spektakulär zu.

Die üblichen, meist älteren Menschen zogen mal mehr mal weniger gut gelaunt über das Friedhofsgelände, bewaffnet mit einer der vielen grünen oder blauen Plastikgießkannen, die an verschiedenen Wasserstellen bereitstanden. Wiederum andere Besucher standen in stiller Einkehr vor den Gräbern ihrer Liebsten. Oder aber sie unterhielten sich untereinander im Schatten der Bäume über dieses und jenes. An diesem erneut herrlich sonnigen Tag, an dem lediglich kleinere Wolken über das Maintal zogen. Nur Eddi hatte mit jeder Stunde, die verstrich, mehr und mehr das Gefühl, dass sich unweit des Friedhofs im Bereich über seiner Wohnung dunkle Wolken begannen aufzutürmen. Und dann kam der Abend.

Gisela hatte Eddi eine SMS geschickt, in der sie ihn hatte wissen lassen, gegen halb neun auf dem Parkplatz des Supermarktes auf ihn warten zu wollen. Von dort aus könne man gemeinsam die knapp zweihundert Meter zu ihm nach Hause marschieren.

Eddi hatte die Information sogleich schicksalsergeben per WhatsApp an seinen geschäftstüchtigen Freund weitergereicht, sodass dieser rechtzeitig das Essen würde liefern können: Zweimal Cacik, eine Art Trinkjoghurt verfeinert mit Gurke, Minze und Knoblauch. Ein Dönerteller für Eddi, eine Linsensuppe für Gisela. Dazu jede Menge frisch gebackenes Fladenbrot, ein farbenfroher Mix aus unterschiedlichen Gemüsen in üblicher Rohkostdarbietung, sowie eine doppelte Portion Baklava als Nachtisch.

Für ausreichend Rotwein hatte Eddi ganz im Sinne von Frau Grieb außerdem gesorgt. Drei Flaschen standen bei ihm in der Küche zur Verköstigung bereit. Eine servierfertig auf der kleinen Anrichte. Zwei weitere darunter, in einem dafür vorgesehenen Flaschenhalter.

Was seinen Freund anging, konnte Eddi sich sicher sein, dass dieser das Essen pünktlich liefern würde. In diesem Punkt gab es keinerlei Zweifel.

Nachdem Eddi sich ausgiebig geduscht, rasiert und zweimal umgezogen hatte und er darüber hinaus den kleinen Küchentisch - über ein extra Esszimmer verfügte seine Wohnung nicht - mit allem, was nötig war, hergerichtet hatte, war es Viertel nach acht am Abend.

Nervös blickte er auf seine Uhr. In fünf Minuten würde er losgehen, dachte er sich. In jedem Falle würde er vor Gisela auf dem groß angelegten Parkplatz des nahegelegenen Supermarkts ankommen wollen, sodass Gisela dort nicht auf ihn würde warten müssen. Noch ein letzter Blick in das frisch hergerichtete Schlafzimmer geworfen, dem, wenn es nach ihm ginge, heute Abend nicht zwingend eine besondere Rolle zukommen sollte. Allerdings konnte man ja nie wissen und Eddi wollte das gefühlt letzte kleine Stück Kontrolle über die anstehende Situation zumindest gebührend kultivieren. Daraufhin Schuhe angezogen, ein letzter Blick in den Spiegel geworfen, ein letzter Spritzer Aftershave aufgetragen und dann ging er los.

Eddi sollte nur wenige Minuten auf dem Parkplatz vor dem Supermarkt warten müssen, bis Gisela auch schon mit ihrem metallicblauen Suzuki SX4 S-Cross um die Ecke gebogen kam.

Nachdem sich die beiden begrüßt und er Gisela zur Feier des Tages nebst Glückwunschbekundung einen Kuss auf die Wange gegeben hatte, drückte er ihr außerdem noch eine Rose in die Hand. Woher diese kam, würde niemand wissen wollen. Alsdann schlenderte man den Weg vom Parkplatz entlang der Friedhofsmauer in Richtung Eddis Wohnung.

Gisela meinte unterwegs schalkhaft, dass sie eigentlich einen singenden Totengräber erwartet hatte. Immerhin sei es ja ihr Geburtstag! Daraufhin wollte Eddi bereits seinen wenig klangvollen, dafür aber umso lauteren Bariton erklingen lassen, als vor den beiden plötzlich Mesut in Höhe des nördlichen Endes der Friedhofsmauer auftauchte.

„Madame." Mesut gab Gisela einen, wie er wohl meinte, formvollendeten Handkuss, welche diesen mit einem breiten Lächeln und der Andeutung eines Knicks galant quittierte. „Monsieur Deutscher. Es ist alles angerichtet. Wie von Ihnen angeordnet."

Eddi starrte Mesut fragend an. Was wollte er hier? Warum kam er nicht wie verabredet zu ihm in die Wohnung? Wo waren die Tüten mit dem Essen? Was hatte Mesut sich nun wieder einfallen lassen, fragte er sich im Geiste und überlegte, ob er ihm nicht gleich hier und jetzt … und was war das eigentlich? Bei genauerem Hinsehen sah er, dass sein Freund dünne, weiße Stoffhandschuhe trug. Und eben jene wiesen Gisela und Eddi nun, gänzlich unbeeindruckt von Eddis Blicken, die zwischen Fragezeichen und Ausrufezeichen rangierten, die Richtung. Allerdings nicht die zu Eddis Wohnung. Vielmehr deutete Mesut auf den schmalen Weg, der sich hinter der oberen Friedhofsmauer entlang zur Westseite des Friedhofs hinzog.

Eddi schwante neuerliches Unheil auf sich zukommen. Auch sein letzter Rest Kontrolle war augenscheinlich gerade drauf und dran sich zu verabschieden. Andererseits hatte Mesut somit vielleicht doch noch einen Weg gefunden, das Wohnungsdesaster zu umgehen oder zumindest aufzuschieben.

Der Preis hierfür waren … Der Preis waren zwei Campingstühle mit einer Art Schafsfell überzogen, ein klappriger Beistelltisch und unterhalb eben jenes Tisches, wenn Eddi es richtig deutete, was aufgrund der Dunkelheit nicht so leicht einzuschätzen war, ja, es war ein Paket. Das Paket. Dessen schmuckvolle Verpackung sah so aus, als wäre es nach zwei Monaten Irrfahrt auf sämtlichen Meeren dieser Welt nun endlich am Zielort angelangt. Das musste das verpackte Teeservice sein.

Eddi verkrampfte endgültig. Mesut hingegen hatte Gisela bereits den Campingstuhl mit Schafsbefall zurechtgeschoben. Zu Eddis Erstaunen lächelte Gisela breit in seine Richtung. Kindlich, aufgewühlt kam Gisela ihm vor, wie sie dort saß. Das war mit Sicherheit ihr anstandsgetriebener Versuch, die Situation retten zu wollen, mutmaßte er.

„Äh Monsieur Deutscher, darf ich Sie dann auch bitten Platz zu nehmen, ja?"

Eddi gehorchte. So saßen er und Gisela nun also an einem Klapptisch, der am oberen Rand eines kleinen Weges aufgestellt war, der zwischen ihnen und der Friedhofsmauer verlief. Über jenen schmalen Weg konnte Mesut sich frei bewegen und aus verschiedenen Tüten, welche in unmittelbarer Nähe abgestellt worden waren, diverse Becher, Besteck und in Aluminiumfolie eingepackte Leckereien ziehen und vor ihnen auf dem Tisch platzieren.

Zu guter Letzt folgten dann noch zwei Gläser und mit diesen der nächste materialisierte Stilmangel. Denn obschon es tatsächlich Gläser waren, handelte es sich hierbei nicht etwa um typischerweise zu erwartende, hohe und dickbauchige Weingläser, sondern vielmehr um Whiskygläser.

Eddi meinte die rote Linie, die sein Schicksal soeben zu überschreiten gedachte, vor sich aufleuchten zu sehen. Er traute sich Gisela kaum mehr anzuschauen, wahrte aber ein frostvolles Lächeln. Indes fixierte er seinen türkischen Freund, der möglicherweise sehr bald, nur sehr wenige Meter weiter dort unten in einem frisch ausgehobenen Grab auf ewig seine Ruhe finden möge.

Mesut zog unterdessen gelassen eine Flasche Rotwein aus einer der Tüten, öffnete selbige und füllte die beiden Whiskygläser daraufhin bis zum Rand. „Deutsche Wein, deutsche Wein", kommentierte er das Ganze mit sichtlicher Freude an seinem Tun.

Der letzte Akt, Eddi war mittlerweile tief in besagtem Campingstuhl verschwunden, war dann noch eine Kerze, die Mesut auf den mittlerweile vollen Tisch stellte.

Eddis Blick folgte wie in Trance einer Hand in weißen Handschuhen und beobachtete, wie diese feierlich die Kerze entzündete.

Abschließend verbeugte Mesut sich. „Ich werde mich nun entfernen", sagte er. „Wünsche wohl zu speisen." Er gab Gisela einen weiteren galanten Handkuss, grinste Eddi zum Abschied verschwörerisch an und begab sich hiernach daran, rückwärtsgehend aus der Szenerie zu entschwinden.

Die danach eintretende Stille machte die Sache für Eddi nur noch schlimmer. Was nur stimmte nicht mit seinem Freund, grübelte er und meinte nun angemessen, zumindest aber in irgendeiner Form, wenngleich auf kein Wohnungsdesaster hin, nun aber auf das Romantikdesaster vor sich reagieren zu müssen.

Als er gerade ganz tief Luft holte, zögerlich den Blick hob und dazu ansetzen wollte, sich bei Gisela für das vermeintlich wenig schmeichelhafte Arrangement zu entschuldigen, bemerkte er, wie diese ihn voll tiefer Zuneigung und aus wässrig-glänzenden Augen heraus anblickte. Stumm ergriff sie über den Tisch hinweg seine rechte Hand. Was angesichts von Essen, Whiskygläsern, Kerze und derlei Dingen gar nicht so einfach war. Dann drehte Gisela den Kopf nach links, um nachdenklich-verträumt über Weg, Mauer und Gräber hinweg zu blicken.

Mittlerweile war es fast einundzwanzig Uhr. Die Sonne hatte sich längst verabschiedet, um einem sichelförmigen, kleinen Stück Mond die Schlüssel für die Nacht in die Hand zu drücken. Eddi schloss seinen Mund, folgte Giselas Augen und nahm jetzt erst den Zauber dieses Candlelight-Dinners vor sich wahr. Ein Zauber, der sich über den Friedhof hinweg bis hin zur Silhouette der Altstadt zog. Magie, die in dieser Nacht in Form hunderter kleiner, rot-weißer Lichter für sie und nur für sie tänzelnd feiernd über dem Gräberfeld flackerte.

Kapitel 4

Am darauffolgenden, frühen Abend fand Eddi gerade eben noch die Kraft, sich in Mesuts Dönerparadies zu schleppen, bevor sein Fahrgestell nur wenige Meter weiter zweifelsohne und mit absoluter Gewissheit alle Viere von sich gestreckt hätte.

Der lange Abend, der Wein. Es war zu viel für ihn gewesen. Immerhin war er mit seinen knapp über fünfzig Sommern auch nicht mehr der Jüngste. Noch vor einigen Jahren hätten ihm gefühlte zwei Promille und mit diesen einhergehender Schlafmangel, sowie körperliche Ertüchtigung in Form von Heckenschneiden und tonnenweise Sand herumkarren am darauffolgenden Tag, nichts ausgemacht. Mittlerweile, er musste es einsehen, verhielt es sich doch etwas anders.

„Ohhh, wen haben wir denn da? Na, Deutscher? Anstrengende Nacht gehabt?", frotzelte Mesut ihm beim Betreten des Imbisses ohne jegliche Vorwarnung und Rücksicht auf einen offensichtlich anwesenden Kater entgegen. Dabei vollführte er seltsame Bewegungen mit seinem Becken und warf dem rot glühenden Dönerspieß hinter der Theke zugleich aufreizende Handküsschen zu.

„Ja. Lange Nacht", brummte Eddi zurück und reichte Mesut eine größere Plastiktüte.

„Messer, Gabel, Schere, Licht, braucht ein guter Deutscher nicht", kommentierte Mesut nach einem Blick in die Tüte deren Inhalt frei von Sinn und stellte diese dann auf dem Tresen ab, bevor er sich sogleich zu Eddi an den Tisch setzte.

„Also Mann. Lass hören!" Mesut war die Spannung ob der Neuigkeiten, die sich ihm aller Erwartung nach sogleich entgegenrecken würden, deutlich anzumerken.

„Gib mir erst mal 'ne Cola, Mesut. Ich komme um vor Durst", gab Eddi zurück, dem die Zunge dabei fast am Gaumen kleben blieb. Zügig und ungeduldig machte Mesut sich auf den Weg zum Kühlschrank, um eine Cola für Eddi und einen Ayran für sich zu holen.

„Also?", bohrte er nach, als er wieder am Tisch Platz genommen hatte. Eddi nahm einen tiefen Schluck aus der Flasche. Nachfolgend begann er zur offensichtlichen Freude Mesuts zu berichten, wie er und Gisela bis kurz vor ein Uhr morgens am Rande des Friedhofs beisammen gesessen, gegessen, getrunken und gelacht hatten.

„Ja und weiter? Komm mal zum Punkt, Bruder!" Mesut wandte den Kopf abermals in Richtung des Dönerspießes, um diesem über seine Hand hinweg einen weiteren Kuss entgegen zu hauchen.

„Also …", Eddi zupfte am Etikett der kleinen Flasche herum. „Um eins habe ich Gisela dann nach Hause begleitet. Zu Fuß."

„Hast du gut gemacht, Deutscher!" Mesut klopfte Eddi anerkennend auf die Schulter.

„Und das war's", beendete Eddi schulterzuckend seine Ausführungen.

„Äh wie jetzt?" Mesut sah Eddi an, als hätte dieser ihm soeben offenbart, zum Islam übertreten zu wollen. „Wie, das war's?", fragte ihn der Mann, der sich seines Zeichens selbstredend als Frauenheld vom Bosporus schlechthin sah. Auch wenn Mesut hierfür den Nachweis in jüngerer Vergangenheit schuldig geblieben war. Jedenfalls begann sich eine lange Leitung, keinesfalls gestellt, spürbar kreuz und quer durch sein Dönerparadies zu legen.

„Na, und dann bin ich halt zurück nach Hause. Jetzt frag nicht so blöd", grummelte Eddi. Mesut sah Eddi weiter an, als würde dieser Suaheli sprechen. Binnen Sekunden jedoch wandelten sich Fragezeichen auf dessen Stirn zu Anzeichen von Ungeduld, welche ihrerseits zügig Platz schafften für spürbar negative Energie. „Deutscher, willst du mich verarschen oder was? Nix war? Kein Kussi Kussi nix? Wollte sie nicht? Amore und so? Schon mal gehört, ja?"

Eddi seufzte und schüttelte den Kopf. „Ja, so ganz rund lief die Sache nicht. Tut mir Leid, dass ich nichts Aufregenderes zu berichten habe. Übrigens", fuhr er rasch fort, einen Ausweg aus dieser für ihn doch etwas beschämenden Konversation suchend, „bevor ich es vergesse. Danke für die Idee mit dem Essen da am Friedhof. Ich …"

„Jaaa … Schönes deutsche Dankeschön und Bitteschön", unterbrach Mesut ihn unwirsch. „Aber könntest du vielleicht mal bisschen konkreter werden? Du hast sie nach Hause begleitet und dann? Dann hast du doch bestimmt versucht, ich meine …?" Mesut schien kurz davor, ihm die lange Leitung, welche sich immer weiter durch dessen Laden schlängelte, um den Hals hängen zu wollen. „Man hat doch kein romantisches Abendessen mit so einer Braut und dann … nada, niente, yok?"

„Ja, ja der doofe Totengräber mal wieder, schon klar", knurrte Eddi und ließ dabei nachdenklich die mittlerweile leere Flasche Cola auf dem Tisch kreisen. „Es war aber trotzdem schön. Und wir haben Händchen gehalten."

Wieder einige Zeit lang Stille. Dann stand Mesut kopfschüttelnd auf. „Deutsche Romantik. Walla billa, deutsche Romantik, Eddi. Händchen gehalten!"

Eddi verzog die Mundwinkel und beobachtete die Flasche bei deren letzter Rotation. „Ist ja gut Mann. Mach dich nur lustig." Und nach kurzer Sprechpause fügte er an: „Ich denke, Gisela braucht einfach noch Zeit." Mesut taxierte ihn kritisch. Wohl auf der Suche nach der eigentlichen Erklärung für dieses unerklärlich passive Verhalten dort vor ihm.

Nicht ohne Berechtigung, dachte Eddi sich. Denn tatsächlich war er es, der sich noch etwas Zeit würde nehmen wollen. Er war noch nicht dazu bereit, alles auf eine Karte zu setzen und zu riskieren, dass der schöne Traum von Gisela womöglich ein jähes, unschönes Ende fand. Um seinem schmerzlichen Gedankenchaos entfliehen zu können, startete Eddi einen neuen Versuch, das Gespräch in eine andere Richtung zu lenken. Nunmehr in gänzlich anderem Ton. „Da ist übrigens noch was anderes, Mesut. Ich schätze, wir müssen zur Polizei gehen wegen dem Stück Stoff. Dem Abzeichen, das du ja leider …" Eddi ließ seinen Zeigefinger durch die Luft kreisen, spielte damit auf Mesuts schleudernde Waschmaschine an.

Entsprechend der gewandelten Tonlage seines Freunds blickte der Dönerdealer nun seinerseits vollumfänglich transformiert drein. „Äh Eddi … Polizei? Also Bruder … Eddi, im Ernst, ich kann doch nicht zur Polizei. Du weißt doch, ich und die Bullen …"

Diese Reaktion war für Eddi selbstredend absehbar gewesen. Er hatte sie sogar bewusst eingepreist. Zu lange her? Mehr war kaum zu machen? Warum sollte angesichts eines scheinbaren Mangels an aussichtsreichen, hochoffiziell gangbareren Alternativen nur er allein sich daran machen, der unbekannten Toten aus Friedhelms Grab zur Seite zu springen? Das Ganze vor dem Hintergrund, dass der einfachste Weg, nämlich der, die Sache schlichtweg auf sich beruhen zu lassen, für Eddi nicht diskussionsfähig war. Also. Etwas Unterstützung in dieser Angelegenheit konnte nicht schaden. Daher machte er sich nun zielstrebig daran, das Blatt auszuspielen, das er sich zuvor in Gedanken zurechtgelegt hatte.

„OK, Mesut. Pass auf. Wir machen es folgendermaßen." Er beugte sich nach vorn und senkte die Stimme. „Wir zwei schauen uns bisschen in Frickenhausen um. Fragen hier und da was. Ist ja nicht verboten. Falls wir tatsächlich was herausfinden sollten", er neigte den Kopf bedächtig von einer Seite zur anderen, „müssten wir die Polizei natürlich darüber informieren. Aber das ist Zukunftsmusik. Außerdem gäbe es dann noch immer meinen speziellen Draht. Bernd, meine ich. Jedenfalls muss dem Hinweis mit diesem Schützenverein nachgegangen werden. Und das macht entweder die Polizei, oder wir machen das. Kommt jedenfalls nicht infrage, dass man der armen Seele das Stück Stoff mit ins Grab legt und dann kommen wir", bewusst hatte er die Formulierung „wir" gewählt, um eine Atmosphäre der Verbrüderung zu schaffen, „und dann kommen wir und kehren das einfach so unter den Teppich." Jetzt war er es, der Gesagtes mit einer entsprechend pantomimischen Geste untermauerte.

Mesut, der sich unterdessen wieder gesetzt hatte, schien wenig begeistert. „Mann, Eddi. Du nervst heute aber echt gewaltig. Kannst du das Teil nicht einfach Bernd geben und ihm sagen, *du* hättest es aus Versehen eingesteckt und gewaschen? Und ihm dann von dem Abzeichen erzählen, das da drauf war? Wär doch nichts bei, oder?"

Damit hatte Mesut genau genommen den Nagel auf den Kopf getroffen. Jene potenzielle Vorgehensweise war auch Eddi bereits in den Sinn gekommen. Natürlich war auch dies grundsätzlich erst einmal eine Option. Allerdings eine mit einer zumindest theoretischen Schwachstelle, obgleich Eddi sie wenig plausibel fand. So oder so. Es bestand immerhin die Möglichkeit, dass ein bestimmter Gedanke für Mesut Realität und damit zum Problem werden konnte.

„Fingerabdrücke, Mesut. DNA! Da findet man doch gewiss was von dir. Und dann? Dann würde man sicher mit dir reden wollen!", knallte Eddi seinem Freund jene unheilvolle Aussicht effektvoll vor den Latz.

Ganz gleich, ob Mesut das Zeug zu einem hochbegabten Kriminalisten hatte oder nicht. Obgleich die Frage hiernach in dessen Augen mit Gewissheit zu bejahen gewesen wäre. Wörter wie „Fingerabdruck" oder „DNA" im Zusammenhang mit so etwas wie einem Beweisstück … Etwas, mit dem man unter absolut keinen Umständen in Verbindung gebracht werden wollte. Nein, Eddis Worte verfehlten ihre Wirkung erwartungsgemäß nicht. Insbesondere nicht, da Mesuts biometrische Daten im Polizeicomputer vorrätig waren, nachdem er vor knapp einem Jahr von gemeingefährlichen Schwaden eines gewaltigen Joints umfangen, in dessen alten Opel Rekord aufgegriffen worden war, woraufhin er nicht nur seinen Führerschein, sondern auch besagte biometrische Daten bei den Gesetzeshütern hatte abliefern müssen.

Zuerst einmal reagierte Mesut aber mit einer für ihn typischen Übersprungshandlung. Abrupt stand er auf und zog einen fünf Euro Schein aus seiner Brieftasche, die er stets mit einer am Gürtel fixierten Kette in der Gesäßtasche bei sich trug. Alsdann steckte er den Schein in einen Spielautomaten, der links vom Tresen an der Wand befestigt war. Die Lichter blinkten, Knöpfe wurden gedrückt. Das Geld war weg.

„OK, Eddi. Machen wir so", sagte er dann. „Aber wenn wir nix finden ist Schluss mit Sherlock Holmes."

„Klar", entgegnete Eddi, dem der relativ geringe Widerstand seines Freundes bei dieser Sache fast schon wieder verdächtig vorkam.

„Und wo willst du anfangen?" Mesut hatte sich erneut zu ihm an den Tisch gesellt.

„Na, am besten wir gehen einfach mal in den Schützenverein …"

„Zu den Nazis!", röhrte Mesut ihm entgegen.

„Warum schon wieder Nazis?", fragte Eddi.

„Na, so Waffen, Geweihe und all der Kram. Typisch Nazis eben."

Eddi überlegte kurz, kommentierte Mesuts letzten Einwurf dann aber besser nicht. Stattdessen sagte er: „Was wir da konkret machen können, weiß ich auch noch nicht so recht. Aber uns wird schon was einfallen."

„Alles klar Bruder. Räuchern wir das Nazinest aus."

Eddi stöhnte.

„Und sag mal, wie ist eigentlich dein Geschenk angekommen? Also antikes Teeservice? Goldrand und so?"

Hiermit hatte Mesut den Finger in eine weitere seiner Wunden gelegt. Was sollte er sagen? Es war kompliziert. Denn um der erwarteten Blamage rund um sein Geschenk zumindest nicht beiwohnen zu müssen, hatte er Gisela im Rahmen des geburtstäglichen Abendessens noch weisgemacht, es sei Tradition in Ochsenfurt, Geschenke nie im Beisein des Schenkenden zu öffnen. Natürlich völliger Humbug. Aber er hatte es getan. Und Gisela, die ursprünglich aus dem rund einhundert Kilometer entfernten Bamberg stammte und es womöglich nicht besser wissen konnte, hatte erst lautstark protestiert, es dann aber schmunzelnd respektiert.

Somit hatte Eddi das verschlossene Paket im Rahmen des gemeinsamen, nächtlichen Spaziergangs bis vor Giselas Wohnungstür auf die andere Seite des Maintals getragen. Als er letztlich gegen Viertel vor drei müde und ziemlich betrunken bei sich zu Hause angekommen war, hatte er sich ausgemalt, wie Gisela sein Geschenk zwischenzeitlich voller Erwartung geöffnet und dann ein Teeservice mit Goldrand unter einer bunten Geschenkhaube vorgefunden hatte. Ein echter Romantik-Supergau eben. Es war zum Haare raufen.

„Doch, doch, hat ihr gefallen", antwortete Eddi nun in seiner Not, und hoffte inständig, auf diese Weise weiteren Fragen nach dem Geschenk bis auf Weiteres aus dem Weg gehen zu können.

„Na siehst du, Deutscher. Hab ich doch gesagt. Hat dein türkischer Bruder dir gesagt, oder?"

Eddi wusste diese Selbst-Beweihräucherung lediglich mit einer angemessenen Portion Augenlooping zu kommentieren.

„Ach ja und jetzt noch …", verkündete Mesut daraufhin feierlich und hielt ihm strahlend die Hand entgegen. Eddi blickte in die nach oben zeigende Handfläche vor sich und erkannte schnell, dass hier keineswegs ein freundschaftlicher Gruß erwartet wurde. Stattdessen kramte er widerstrebend zwei fünfzig Euro Scheine hervor. Der Preis für das all-inclusive Geburtstagspaket.

Eine knappe Stunde, einen Döner und zwei herrliche Espresso später verließ Eddi den Imbiss und begab sich auf den Weg ins Seniorenheim. Mindestens einen Abend die Woche verbrachte er dort mit seiner Mutter.

Mama Eddi war 78 Jahre alt, rüstig, voller Lebensfreude und mit unzähligen neuen und auch älteren Bekanntschaften vor Ort gesegnet. Nach dem Tod ihres Mannes und Eddis Vaters vor nunmehr fast zwei Jahren, hatte sie ein gemütliches Zimmer in eben jenem Heim bezogen, das nahe dem südlichen Ortsausgangs lag. Finanziert wurde das Ganze weitestgehend derart, dass man das größere Einfamilienhaus nebst Garten vermietete, welches Eddis Eltern in den 70er Jahren im Südteil der Stadt, unweit der Berufsschule, erbaut hatten.

Eddi würde das Haus einmal erben. Das allerdings hatte, wie er inständig hoffte, mindestens noch so viele Jahre Zeit, wie seine Mutter ihn mit Fragen zu Liebesleben und Arbeit löcherte, wenn er sie besuchen kam.

„Junge, du siehst ja total kaputt aus!", herrschte sie ihn schon beim Betreten der Wohneinheit an, wobei ihr Blick dezent besorgt war. Eddi erwiderte erst einmal nichts. Stattdessen zog er die Tür hinter sich ins Schloss und folgte seiner Mutter in deren kleines Wohnzimmer. Dort angekommen, musterte seine Mutter ihn nur Augenblicke später etwas eindringlicher von der Couch aus. Schlussendlich entspannte sich ihre Miene aber und sie frohlockte: „Schau mich an Eddi. Du bist nicht zufällig verliebt, oder? Ich kenne dich doch. Da ist eine Frau im Spiel, stimmt's?"

„Wie kommst du denn darauf?", gab Eddi halb erschrocken zurück und setzte sich zu ihr. Frauen, ganz gleich welchen Alters. Sie waren in der Tat ein Mysterium, dachte er sich, umarmte seine Mutter innig und gab ihr einen Kuss auf die Wange. Jene Spezies musste diesen siebten Sinn, dieses dritte Auge tatsächlich genetisch eingebaut haben. Von Natur aus, sozusagen.

„Na ja, Eddi, zum einen hast du deiner Mutter heute keinen Wein mitgebracht, wie's aussieht. Oder …" Sie schaute sich demonstrativ um. „Oder habe ich etwas übersehen? Den vergisst mein Großer doch sonst nie? Da könnte man schon mal auf eine gewisse Idee kommen." Mit ihrem zierlichen Zeigefinger wedelte sie vor Eddis Nase herum, während sie schelmisch grinste. „Außerdem wirkst du auf mich, als hättest du eine Woche lang kein Auge zugetan."

„Kommt Zeit, kommt Rat. Und alles andere vielleicht ja auch noch", kommentierte Eddi die Vermutungen seiner Mutter lakonisch.

„Wer kommt noch?", fragte seine Mutter.

„Niemand kommt. Ich meinte lediglich, kommt Zeit, kommt Rat."

„Ah, na schauen wir mal", kam es ein wenig enttäuscht von ihr zurück.

„Sag mal Mama, hast du eigentlich von der Toten bei mir auf dem Friedhof in der Zeitung gelesen?"

„Aber ja doch." Seine Mutter goss beiden eine Tasse Kaffee aus einer Thermoskanne ein, welche auf dem Tisch vor ihnen bereitstand. „Der Sache wirst du aber nachgehen, oder? Nicht, dass das arme Kind einfach so vergessen wird. Das kann ja wohl nicht sein. Was für eine Sauerei! Mir will die junge Frau überhaupt nicht mehr aus dem Kopf gehen. Hier bei uns im Ort. Nicht zu fassen." Sie schüttelte nachdenklich den Kopf.

Seine Mutter war eben seine Mutter, dachte Eddi sich. Oder anders ausgedrückt: Er war unverkennbar seiner Mutter Sohn.

„Man weiß noch immer nicht, wer sie war und wie sie hieß, habe ich gelesen? Also wirklich. Einfach so abgelegt. Schrecklich ist das. Niemand kann sich zu dir ans Grab stellen, um sich deiner zu erinnern. Das finde ich ganz schlimm Eddi."

Eddis Mutter blickte gedankenverloren in die Kaffeetasse vor ihr auf dem kleinen Holztisch, den außerdem eine Fernsehzeitschrift sowie eine kleine Porzellanvase zierten, in der eine leuchtende, orangefarbene Tulpe steckte. Eddi sah seine Mutter mitfühlend an. Ihren Sinn für Recht und Unrecht. Auch diesen hatte er von ihr geerbt.

Zärtlich legte er seine wuchtige Hand auf ihren linken Unterarm. „Ich werde das Grab jedenfalls nicht ohne Weiteres wieder zuschaufeln, Mama. Versprochen."

Sie hob den Blick und sah ihm liebevoll in die Augen. Dann tätschelte sie ihm die Pranke. „So ist's recht mein Großer."

In der Folge unterhielt man sich wie üblich über Gott und die Welt, bevor man zum Ende des gemeinsamen Abends hin einer gewissen Tradition folgend noch eine Partie Mensch ärgere Dich nicht spielte. Eine dieser ganz wenigen Dinge im Leben, die seine Mutter tatsächlich aus der Fassung bringen konnten: Wenn seine Mutter etwas hasste, so war es eine Niederlage bei eben diesem Spiel. Deutete sich ein solches Debakel an, konnte sie regelrecht fuchsig werden.

Draußen war es mittlerweile dunkel geworden und Eddi genoss den Tratsch, das Koffein und die Partie Brettspiel, die ab und an von einem Klopfen an der Tür unterbrochen wurde. Dann nämlich, wenn sich erneut irgendein älterer Herr nach dem Befinden seiner Mutter erkundigen und fragen wollte, ob diese denn Lust hätte, später noch auf eine Tasse Tee in der Cafeteria vorbeizuschauen.

Die ungezwungene Art, mit der seine Mutter es verstand mit dem anderen Geschlecht umzugehen, erinnerte ihn schmerzlich daran, dass so mancher Apfel in so mancherlei Hinsicht wohl doch weiter vom Stamm zu fallen pflegte, als es der Volksmund glauben machen wollte.

Zurück in seiner Wohnung setzte Eddi noch eine Textnachricht an Gisela ab. Genau genommen waren es nur drei Wörter, die er in sein Smartphone tippte, bevor er sich zur Ruhe bettete: „Gefällt es dir?"

Wimpernschläge später erreichte sein Handy eine kurze Gegenfrage als Antwort, die ihn an diesem Tag ein letztes Mal laut aufstöhnen ließ, bevor er kurz darauf in einen unruhigen Schlaf fiel: „Ist das antik?"

Kapitel 5

Am Mittwoch hatte Eddi frei. Vielmehr, er nahm sich frei. Es war ein unbestreitbarer Vorteil seiner Arbeit, dass diese nur einen Boss kannte. Und der war er selbst. Und da Eddi für Arbeit an eben diesem Mittwoch keine dringende Notwendigkeit sah, wollte er sich lieber anderen wichtigen Aufgaben zuwenden. Die Gräber würden warten.

Erst mal einen Kaffee gekocht und einen Schlachtplan erstellt, dachte er bei sich und bereitete im kleinen Garten vor der Terrasse alles für ein ordentliches Frühstück vor. Zwar bot die Terrasse gleichsam Platz für ein ausgiebiges Mahl, doch liebte

Eddi es, sich inmitten des Rasens niederzulassen. Mittendrin in der Natur, die ihm so viel gab. Die ihm Dinge zu schenken wusste, die einfach unbezahlbar waren. Gerüche, Lichter und vor allem: Ein geradezu unerschöpflicher Fundus an Erinnerungen. Seine goldene Zeit, seine Kindheit, seine Jugend. Sie war für ihn untrennbar mit Natur verbunden. Umso mehr schmerzte es ihn, wenn er heutzutage Mütter darüber reden hörte, wie ihre Sprösslinge lieber den ganzen Tag mit Computer und Internet verlebten, anstatt sich im echten Leben, dort draußen, in der Natur zu bewegen. Aber so war es wohl einfach. Das war sie, die neue Realität.

Bereits wenige Minuten später hatten sich Kaffee, diverse Scheiben Toast und haufenweise Butter und Marmelade auf dem massiven Holztisch eingefunden, der zentral im Rasen stand, direkt unter einem knorrigen, alten Apfelbaum.

Die Tote, das Abzeichen, der Vers. Wo in Frickenhausen anfangen? Im Geiste resümierte Eddi, während er genussvoll Scheibe um Scheibe Toast verdrückte und dabei die spätsommerliche Luft inhalierte. Das Licht war golden, ein herrlicher Morgen.

Die Polizei sah aufgrund der Weinrebe auf dem Medaillon eine mögliche Verbindung der toten jungen Frau zum Weinanbau, rief Eddi sich ins Gedächtnis. So weit so gut. Nicht unbedingt unwahrscheinlich hier in der Gegend, dachte er sich und nahm schlürfend einen großen Schluck Kaffee aus seiner roten Tasse mit dem aufgedruckten Vereinswappen des 1. FC Nürnberg. Dennoch war das nicht wirklich viel. Zudem wurde die Spur, die doch eigentlich kaum eine war, genau an diesem Punkt unmittelbar wieder kalt, wie es im Polizeijargon wohl hieß. Wohingegen er und Mesut einen möglicherweise entscheidenden Hinweis in Händen hielten, der die Bezeichnung „Spur" sicherlich eher verdient hatte: Der Hinweis auf den Frickenhäuser Schützenverein. Es lag somit nahe, eben dort mit den Erkundigungen zu beginnen.

Und der Vers? „Möge Gott uns verzeihen, es waren von Vieren die wichtigsten Dreien", rezitierte Eddi halblaut vor sich hin.

Was für ein ausgemachter Blödsinn! Warum hatte er oder sie einen solch ollen Vers hinterlassen, als er oder sie die Leiche in Friedhelms Grab vor den Augen der Welt zu verstecken suchte? Wenngleich davon auszugehen war, dass es sich eher um einen Mann oder aber eine Gruppe von Personen gehandelt haben musste. Immerhin dürfte es ziemlich anstrengend gewesen sein, eine Leiche auf diese Art und Weise verschwinden zu lassen.

Warum also diese, in einen Schleier gehüllten Worte? Weshalb nicht so etwas wie: „Helmut Hohlbein, Gottfried Galle und Peter Pups, wohnhaft in da und dort sind es gewesen. Motiv: So und so.‟

In Gedanken vertieft, schubste Eddi einen größeren Brösel über seinen Frühstücksteller. Genau, überlegte er. Das Motiv. Es fehlte außerdem komplett. Keine Andeutung von irgendwas. Hatte man die junge Frau aus Eifersucht …? Oder war es ein anderes, klassisches Motiv gewesen? Geld, Gier und was es dergleichen gab? War die junge Frau gar ein Kriegsopfer gewesen? Wozu dann aber diese Geheimniskrämerei? Vielleicht lag die Sache auch völlig anders. Jenseits klassischer Motive und naheliegender Verknüpfungen. Man konnte es zum derzeitigen Stand einfach nicht wissen, ja, nicht einmal ahnen. Alles war offen. Jeder Weg war erst einmal vorstellbar.

Ein weiterer Schluck Kaffee machte sich daran, Eddis Kehle hinabzugleiten. Bei genauerer Betrachtung fühlte er sich, bei allem Respekt vor der Toten, wie bei einer Schnitzeljagd. Das Grab auf seinem Friedhof markierte den Start und von dort aus würden ihn, so seine Hoffnung, die Hinweise von einer zur nächsten Etappe bis ans Ziel führen. Wenn nicht, hatte er es zumindest versucht. Wobei die Polizei selbstverständlich einzubeziehen wäre, sollte man tatsächlich etwas herausfinden auf der Reise. Aber das hatte Zeit. Vor der Polizei kam nun erst einmal er, der Totengräber, dem die Tote ja quasi anvertraut worden war. Und natürlich Mesut, dessen übereifrige Waschmaschine ihrerseits eine nicht ganz unerhebliche Rolle spielte bei all dem.

Polizei, im Übrigen, überlegte er. Der Aufruf in der Zeitung. Ihm kam ein Gedanke. Kurzerhand griff er in die Tasche seiner Hose, zog sein Telefon heraus und wählte Bernds Privatnummer.

„Ja, Servus Bernd ich bin's noch mal. (…) Ja genau der. (…) Du sag mal, bis wann darf ich eigentlich das Grab wieder betreten? Ist ja noch dieses Absperrband rum. (…) Aha. (…) Aha, ja OK. Dann weiß ich eigentlich schon Bescheid. Ja du und nur so nebenbei. Gibt es eigentlich noch was Neues in der Sache? Hat sich vielleicht noch wer gemeldet auf den Artikel hin?"

Jene gezielte Wissbegier war selbstverständlich der eigentliche Grund für Eddis Anruf bei Bernd gewesen, der allerdings Anrufe über sein privates Telefon nicht immer entgegenzunehmen pflegte. Schließlich musste auch die Ochsenfurter Polizei teils richtig hart arbeiten. Gerade in den zurückliegenden Jahren hatte es in Ochsenfurt regelrechte Kapitalverbrechen aufzuklären gegeben. Heute hingegen hielt sich Bernds Stress allem Anschein nach in Grenzen, und so gab dieser bereitwillig die letzten Neuigkeiten an Eddi weiter. Wobei es eigentlich nicht wirklich etwas Neues zu berichten gab.

Lediglich eine weitere Anruferin hatte es nach Auskunft seines Kumpels gegeben. Diese hatte sich laut Bernd einerseits danach erkundigen wollen, ob der Bezug zum Weinanbau denn mittlerweile als sicher gelte. Nein, hatte Bernd erwidert, aber die Vermutung läge zumindest nahe, angesichts der Abbildung auf dem Medaillon und des Fundorts der Toten. „Und die besagte Tote ist sicher kein besagter Toter gewesen?", hatte die Frau außerdem gefragt. Nein, besagte Tote war ganz sicher kein Toter, das könne die Rechtsmedizin anhand solcher Dinge wie Größe des Schambeins, Becken und Kopfform zuverlässig ausschließen. Als Bernd daraufhin seinerseits dazu hatte ansetzen wollen die Dame nach dem Grund für ihr Interesse zu fragen, hatte diese das Gespräch unvermittelt beendet.

„Bestimmt so ne blöde Pressemu … Na, du weißt schon Eddi. Ansonsten war aber nix. Na ja und die Wahrscheinlichkeit dass jetzt noch jemand anruft …"

„Ja, Scheiße nochmal", erwiderte Eddi lediglich trocken.

„Genau das. Bleibt wohl ein Rätsel, die ganze Sache. Echt bitter."

„Ermittelt dieser Schunke überhaupt noch?", fragte Eddi.

„Weiß ich gerade leider auch nicht mehr zu. Ich würde aber eher auf nein tippen. Warum auch? Gibt einfach keinen richtigen Hinweis, dem man nachgehen könnte."

Eddi musste bei dieser Feststellung unwillkürlich schwer schlucken. Nachdem er sich im Anschluss noch nach der werten Gattin erkundigt hatte und Bernd im weiteren Verlauf der lockeren Plauderei immer leiser geworden war, da anscheinend der kontrollfreudige Polizeioberwachtmeister Finke in näherer Umgebung Stellung bezogen haben musste, hatte man sich im Einvernehmen voneinander verabschiedet.

Sei's drum, dachte Eddi sich, nachdem er aufgestanden war, um den Tisch abzuräumen. Es war nun mal, wie es war. Mussten eben Mesut und er nach Frickenhausen fahren und dem einzigen Hinweis dort drüben, auf der anderen Seite des Mains, nachgehen.

Und dann: Kommt Zeit, kommt Rat und alles andere, wie er gestern noch zu seiner Mutter gemeint hatte. Eben. Man könnte ja zum Beispiel fragen, ob zu jener Zeit ein Mitglied des Schützenvereins plötzlich verschwunden sei. Wobei, war es Frauen damals überhaupt erlaubt einem Schützenverein beizutreten? Und wenn eine Frau einfach so verschwunden wäre, hätte die Polizei damals nicht irgendwo, irgendeinen verflixten Vermerk in irgendeiner Akte gemacht? Andererseits hatten besagte Vorkommnisse, wenn er zurückrechnete, zu einer Zeit stattgefunden, zu der die Menschen sich um weitaus wichtigere Angelegenheiten denn Aktenpflege zu kümmern hatten. Zur Zeit vor, während und nach Kriegsende nämlich.

Eddi schloss die Terrassentür und stellte den Rest seines Frühstücksmahls auf dem kleinen Küchentisch ab. Nein, er konnte es drehen und wenden, wie er wollte. Der einzige Ansatz war und blieb der Schützenverein. Und genau dort würde man ansetzen müssen. Er sah keine andere Chance, zumindest den Namen der jungen Frau ausfindig machen zu können. Also packte er voller Tatendrang sein Smartphone, seinen Haus- und Motorradschlüssel, sowie sein Portemonnaie ein, nahm außerdem noch seinen Motorradhelm und den Ersatzhelm in die Hand, beziehungsweise unter den Arm, und machte sich hiernach auf den Weg in die Altstadt, um Mesut an dessen bürgerliche Pflichten zu erinnern.

Nachdem er seine Yamaha am Main geparkt hatte, schritt Eddi die Brückenstraße entlang. Autos schleppten sich Meter um Meter über das Kopfsteinpflaster der verkehrsberuhigten Straße, welche die Hauptstraße mit der alten Mainbrücke verband. Kurz wägte er ab, ob er Gisela einen Besuch abstatten sollte. Dann aber musste Eddi an ein Teeservice denken. An ein Geschenk. An Fragen, die aufkommen würden. Er entschied sich dagegen und huschte mit hochgezogenen Schultern eiligst an der Blumenbinderei vorbei.

Kaum fünf Minuten später hatte er sein Ziel in der Hauptstraße, Mesuts Dönerparadies, auch schon fast erreicht, als sein Smartphone surrte. Eine SMS von Gisela. Ihm war der Inhalt der Nachricht natürlich sofort klar. Schicksalsergeben nickte er sich selbst mehrmals zu, noch bevor er den Text der Nachricht zu lesen begann: „Hab dich genau gesehen, du Schleicher du. Sehen wir uns die Tage? :-)"

Er seufzte, überlegte kurz und tippte dann zurück: „Komme morgen oder spätestens übermorgen bei dir im Laden vorbei. Freue mich auf dich. Eddi." Er blieb auf dem Gehweg stehen, wartete einen Moment lang ab, wohlwissend, dass eine Antwort nicht lange auf sich würde warten lassen. Und so war es auch.

„Freue mich mehr!", lautete Giselas knappe, aber nicht unerfreuliche Reaktion auf seine Worte. Einige Sekunden lang sah Eddi selbstversunken auf sein Handy hinab und betrachtete sein Spiegelbild, das ihn über die Glasfront des Smartphones hinweg fragend anblickte. Sie freute sich. Aber was hieß das schon? Gisela empfand auch beim Anblick eines Heißluftballons am Himmel Freude, bei sinkenden Benzinpreisen, quakenden Enten. Würde sie sich indes noch freuen, wenn sie ihn wirklich, also wirklich kennenlernen würde? Würde sie sich auch dann noch freuen, wenn Eddi am Samstag Fußball schaute, oder abends mal das ein oder andere Bier oder Glas Wein zu viel floss? Und vor allem: Konnte Sie glücklich sein mit jemandem, der lieber in Gedanken versunken durch die stummen Reihen der Gräber auf seinem Friedhof flanierte, anstatt sich unter Menschen zu begeben?

Er seufzte. Jene auf Gisela bezogene Ungewissheit setzte ihm ehrlich zu. Er musste Tatsachen schaffen und das so schnell wie nur möglich. Lieber ein Ende mit Schrecken als der berühmt-berüchtigte Schrecken ohne Ende, schwor er sich. Dann steckte er sein Handy zurück in die Tasche seiner Hose und betrat wenige Augenblicke später Mesuts Döner-Imbiss.

„Guten Tag, der Herr", servierte ein gut gelaunter Mesut ihm freudig zum Gruß, wenngleich sein Gesicht etwas anderes sagte. Etwas wie: „Oh je, der Deutsche. Jetzt bin ich dran."

„Ebenso", erwiderte Eddi. „Wie schaut es mit unserem Ausflug nach Frickenhausen aus? Ich hätte Zeit", fiel er direkt mit der Tür ins Haus. Die Überfalltaktik war stets die effektivste Vorgehensweise, wusste er, wenn es darum ging, seinen Freund zu etwas Wichtigem zu bewegen.

Mesut atmete einmal hörbar tief durch und blickte dann auf die Uhr an der Wand. „Ey, Deutscher, in 'ner Stunde rennen mir aber die Leute hier die Bude ein. Mittagszeit!"

Natürlich. Sie würden ihm die Bude einrennen, schoss es Eddi durch den Kopf und ließ dabei den Blick kurz durch den aktuell menschenleeren Imbiss wandern.

„Sag doch Ayşe Bescheid", erwiderte er. „Die übernimmt mittwochs doch meist eh für dich." Und es stimmte. Gewöhnlich nahm Ayşe an diesem Tag für einige Stunden das Döner-Zepter in deren fleißige Hände.

Jene Tradition hatte sich in einer Zeit herausgebildet, zu der Mesut noch Verabredungen mit Frauen hatte. Dann ging er mit diesen auf erste „Tuchfühlung", wie sein Freund es nannte. Was sonst noch so geschah an diesen Nachmittagen, unterlag selbstverständlich strengster Geheimhaltung. Zumindest so lange, bis Eddi ihn danach fragte. Jedenfalls, zu derartigen Verabredungen war es zu Mesuts absolutem Unverständnis und Ärgernis in jüngster Zeit nun nicht mehr gekommen. Was ihn nicht daran hinderte, die Tradition mit Ayşe und Mittwoch aufrechtzuerhalten.

Ayşe wiederum war die etwas, diplomatisch ausgedrückt, fülligere Frau eines guten Freundes von Mesut. Sie war zuverlässig und einsilbig. Und diskret. Und damit genau die richtige Aushilfe für den Dönerdealer. Zudem war Ayşe Hausfrau und hatte bis dato stets auch kurzfristig Zeit gefunden, wenn Mesut mal wieder einen seiner speziellen Termine gehabt hatte.

Selbstverständlich war dabei nie die Rede von Frauen oder gar einem Stelldichein gewesen. Mesut hatte eher von Terminen mit einem seiner Verwandten, einem Steuerberater oder auch nur einem Freund erzählt, der ihm dies oder das hatte zeigen wollen. Oder was auch immer.

Eddi war umgekehrt davon überzeugt, dass Ayşe Mesuts Spiel längst durchschaut hatte. Doch war die Frau nun mal erfreulich unaufdringlich in ihrer Art. Und so fügte sich das eine ins andere. Keine Andeutung, kein neugieriger Blick. Einfach nur Ayşe. Eine runde Sache.

Mesut sah Eddi an, verzog dann die Mundwinkel, nickte jedoch zustimmend, stieß einen weiteren, tiefen Seufzer aus und trottete schlussendlich hinter die Theke, wo sein Telefon lag.

Es dauerte kaum eine Viertelstunde bis Ayşe den Laden betrat. Wie immer mit einem „Merhaba" sowie einem freundlichen Nicken im Gepäck.

Nun galt es für Eddi noch eine letzte Sache zu klären, bevor man sich würde auf den Weg begeben können. „Sag mal Mesut, du weißt nicht zufällig, wo in Frickenhausen dieser Schützenverein ist? Hab noch nie was von dem gehört."

Mesut gab erst eine Art Grunzlaut zurück. Dann riet er nachdrücklich: „Frag doch dein Handy, Mann." Und natürlich hatte Mesut in diesem Punkt Recht. Also fragte Eddi sein Handy und sieh an: Es gab überhaupt keinen Schützenverein in Frickenhausen. Und das kam dann doch etwas überraschend.

„Das gibt's doch nicht Eddi, wie soll das denn gehen?", blökte Mesut und riss ihm sogleich dessen Smartphone aus der Hand. „Wir haben das blöde Wappen doch gesehen. Du hast bestimmt bloß falsch gesucht, Alman."

Protest nahm Gestalt an.

„Was heißt hier falsch gesucht? Wie soll man da falsch suchen? Natürlich hab ich richtig gesucht! Da, schau doch." Eddi deutete auf das Display seines Smartphones, das nunmehr Mesut in den Händen hielt. „Schützenverein Frickenhausen hab ich gesucht. Und?"

„Ja nix und", gab Mesut resigniert zurück. Und um dieser Erkenntnis weitere Tiefe zu verleihen, fügte er an: „Das zeigt nix an." Ayşe warf den beiden von der Theke aus einen belustigten Blick zu. „Aber da steht was von Ochsenfurter Schützenverein. Und der liegt fast in Frickenhausen, schau."

Mesut reichte ihm das Gerät zurück. Auch das stimmte. Auf der Straße nach Frickenhausen wies eine Markierung tatsächlich den Sitz des Ochsenfurter Schützenvereins aus. Ganz das richtige Ziel war dies natürlich nicht, überlegte Eddi, während er einen Mann dabei beobachtete, wie dieser mit Lebensmittel vollgestopfte Tüten am Dönerparadies vorbeischleppte. Zumindest aber war es eine erste Anlaufstelle, konstatierte Eddi im Geiste. Man würde dort einfach nachfragen. Bestimmt würde man Mesut und ihm Auskunft erteilen können.

Nun galt es noch die Frage zu klären, wie man denn nach Frickenhausen kommen würde. Ganz so einfach zu beantworten war auch diese Frage nicht. Immerhin hatte Eddi nur ein Motorrad, Mesut zudem keinen Führerschein mehr. Erschwerend kam hinzu, dass für einen stolzen Türken wie Mesut eine gemeinsame Fahrt auf einem Motorrad - eine Fahrt, bei der Mesut hinten sitzen und Eddi um die Taille würde fassen müssen - quasi undenkbar war. Dennoch wollte Eddi es zumindest versuchen.

„Ich hab dir einen Helm mitgebracht. Wartet zusammen mit meiner Lady unten am Main. Wenn du bei mir mitfährst …"

Weiter kam er gar nicht, denn sogleich sah er in den dunklen Augen Mesuts eine uneinnehmbare türkische Festung aus Stolz aufblitzen.

„Mann Deutscher, ich fahr doch nicht mit dir auf dem Motorrad durch die Gegend. Und dann noch dieses Geklammere von hinten. Was, wenn uns jemand ..." Mesut schielte kurz zu Ayşe hinüber, die soeben dabei war, Teegläser zu polieren. „Was, wenn uns jemand sieht, Alter? Das geht gar nicht!"

Gut, so ging es also gar nicht. Aber Frickenhausen lag ja auch nicht am Ende der Welt. Vielmehr waren es nur rund drei Kilometer bis dorthin. Dann eben auf die althergebrachte Methode. Und althergebracht meinte, dass Mesut, der seinen Opel Rekord unlängst aufgrund gewisser Umstände gegen ein Fahrrad eingetauscht hatte, würde in die Pedale treten müssen. Ja, und jenes Fahrrad war, man könnte sagen: Fahrtauglich. Mehr war für nachfolgenden Zweck allerdings auch nicht nötig.

Knapp eine halbe Stunde später zog sich eine deutsch-türkische Karawane schleppend die Straße nach Frickenhausen entlang. Eddi vornweg auf seiner Yamaha mit etwas mehr als Schritttempo. Mesut schwer atmend dahinter auf seinem Fahrrad. In Reih und Glied.

Der Himmel war an diesem Mittwoch ausnahmsweise etwas wolkenverhangen, was für einen 5. September jedoch nicht weiter verwundern musste. Vielleicht würde es tatsächlich mal wieder Regen geben in diesem Jahrhundertsommer, überlegte Eddi, während er versuchte sein Motorrad in der Spur zu halten, was bei solch einem Tempo gar nicht so einfach war. Bauern, Gärtner, Wasseramt und nicht zuletzt Pflanzen und Tiere würden angesichts einer ordentlichen Dusche von oben sicherlich einen Freudentanz vollführen. Unterdessen erinnerte Eddi ein kurzer Seitenblick auf einen schwer keuchenden Mesut daran, dass es ein überaus glücklicher Zufall war, dass das Ziel ihrer kleinen Karawane nicht allzu weit entfernt lag.

Das Vereinsheim des Ochsenfurter Schützenvereins schmiegte sich sanft an einen beeindruckenden Weinberg an, wenige hundert Meter vor Frickenhausen. Eddi stieg von seiner Yamaha und warf einen Blick hinter sich. Mesut, dessen Körpersprache bemüht war zu sagen, dass alles in bester Ordnung sei und man selbstredend jederzeit noch eine weitere Runde um Ochsenfurt drehen könne, lehnte sein Fahrrad an einen Baum, welcher in unmittelbarer Nähe zum Vereinsheim den Gehweg zierte. Als man kurz darauf und anteilig schwer atmend vor der Eingangstür des Vereins stand, fiel beider Blick auf eine große Holztafel, die rechts des Eingangs auf einer kleinen Rasenfläche in selbige gerammt worden war. Darauf abgebildet: Das Wappen des Ochsenfurter Schützenvereins.

Eddi und Mesut sahen sich an. Mit dem Wappen auf dem Stück Stoff aus dem Grab hatte dieses hier wahrlich nicht viel gemein. Eddi verzog die Mundwinkel, während Mesut kopfschüttelnd in seine sagenumwobene Lederkutte griff. Bereit dazu, ausgerechnet jetzt eine seiner Bomben hervorzuziehen.

Als Eddi aber durch das verdunkelte Glas hindurch einen Schatten auf der anderen Seite des Eingangs wahrnahm - jemand schien dort gerade im Begriff zu sein, das Gebäude verlassen zu wollen - stieß er Mesut etwas unsanft den Ellenbogen in die Seite und deutete mit dem Kopf in Richtung der Tür. Sein Freund begriff sofort und ließ, wenn auch recht sauertöpfisch, die Bombe behutsam zurück in die Innentasche seiner Weste gleiten.

Kurz darauf zeigte sich ein junger Mann in der Eingangstür. Erschrocken sah er ob der unerwarteten Begegnung auf. „Hallo!", grüßte er dann kurz und wollte sich schnell und ohne weitere Verzögerung an Eddi und Mesut vorbei in Richtung des Gehwegs zwängen.

„Servus!", antwortete Eddi, orientierte sich dabei seinerseits in Richtung des Mannes und machte ihm so verständlich, dass dem Gruß noch etwas nachfolgen würde.

Der Mann stoppte seine Bewegung. Eddi machte einen Schritt auf ihn zu. „Entschuldigen Sie bitte. Ich möchte Sie gar nicht lange aufhalten. Wir betreiben so eine Art äh … Ahnenforschung." Die Idee war Eddi spontan gekommen. „Wir sind eigentlich auf der Suche nach dem Frickenhäuser Schützenverein."

Dem jungen Mann kam die Aussage, dieser offensichtliche Kulturmix vor ihm möge gemeinsam Ahnenforschung betreiben, merklich spanisch vor. Er überlegte kurz. Dann gab er zurück: „Einen Frickenhäuser Schützenverein gibt's hier aber nicht. Oder besser gesagt, Frickenhausen hat überhaupt keinen Schützenverein. Zumindest, soweit ich weiß."

„Ja, das wissen wir natürlich", gab Eddi etwas schroff zurück und ärgerte sich hierüber sogleich. Deutlich freundlicher im Ton fuhr er fort: „Vielleicht können Sie uns aber etwas zu einem Wappen sagen, auf das wir im Internet gestoßen sind. Das soll angeblich …"

Die Antwort kam prompt und bestand aus einem energischen Kopfschütteln, dem kein weiterer Raum für Hoffnung innewohnte. „Nein, tut mir leid, da kann ich Ihnen bestimmt nicht weiterhelfen." Der Mann wollte sich gerade abwenden, als ihm doch noch ein Gedanke zu kommen schien. „Aber der Schlüchter vielleicht. Das ist unser Hauswart. Der war jahrelang Mitglied und hat den Verein vermutlich noch selbst gegründet." Er lachte.

Eddi und Mesut schauten unverständig drein.

„Na ja, der Herr Schlüchter ist schon bisschen älter, Sie verstehen. Warten Sie, ich hole ihn mal eben." Nachdem der Mann sich mittels eines Schlüssels erneut Zugang zum Vereinsheim verschafft hatte, verschwand er kurzerhand im Haus, um wenige Augenblicke später in Begleitung eines freundlich dreinblickenden, älteren Mannes zurückzukehren. „Das ist Herr Schlüchter", stellte der jüngere sodann den älteren Mann vor. „Wie gesagt, vielleicht kann er ja …" Damit nickte der eilfertige junge Herr allen Anwesenden zur Verabschiedung nochmals kurz zu und verschwand daraufhin.

„Schlüchter, Hallo", meinte der alte Mann nun seinerseits und streckte erst Eddi und dann Mesut die Hand entgegen. „Was kann ich für Sie tun?"

Herr Schlüchter war, schätzte Eddi, um die achtzig Jahre alt. Er war schmal, schlank und schien durchaus nett und aufgeschlossen zu sein. Letzteres war nicht immer ein fränkischer Wesenszug. Jedenfalls erntete Eddi für seine Geschichte mit der Ahnenforschung umgehend Anerkennung, nachdem er sie nochmals zum Besten gegeben hatte.

„Sowas gibt es ja nur noch selten heutzutage, junger Mann. Die meisten interessieren sich doch nur noch für die Gegenwart. Allerhöchstens noch für die Zukunft. Aber kaum einer schert sich mehr um die Vergangenheit. Wie sagten Sie noch gleich, soll das Vereinswappen aussehen?"

Während Mesut ungeduldig und nicht ganz unerwartet von einem Bein zum anderen hin und her tippelte, nicht, ohne hierfür von Eddi einen strafenden Blick zu ernten, wurde das Wappen in allen Einzelheiten beschrieben. Zumindest in den Einzelheiten, die Eddi auf die Schnelle aus seinen Gedächtnisschubladen hervorziehen konnte.

„Also genau kann ich es Ihnen nicht sagen. Aber …", Herr Schlüchter hielt inne und richtete seine Augen auf Mesut. „Junger Mann, müssen Sie vielleicht kurz austreten?"

Mesuts Blick verriet Eddi, dass dieser mit dem Wort „austreten" gerade wenig anzufangen wusste. Außerdem war er sich sicher, dass Mesut gerade ein ganz anderes Bedürfnis umtrieb. Sein wartendes Räucherwerk war die eigentliche Ursache für dessen Nervositätsschub.

„Ähhh", setzt Mesut dazu an, etwas Schlaues zu erwidern.

Eddi sprang ihm sogleich zur Seite. Sein Freund war grundsätzlich zwar alles andere als auf den Mund gefallen. So wusste er etwa im Gespräch mit ihm, anderen Freunden, oder auch Frauen, für die er sich interessierte, zu reden wie ein Wasserfall. Sobald aber irgendeine Art Autorität im Spiel war - und das hohe Alter dieses Mannes hier stellte zweifelsohne Autorität genug dar - wirkte Mesut deutlich weniger resolut und selbstsicher. Auf solchem Terrain fühlte er sich sichtlich unwohl, zumal sein Kopf gerade nicht sehr gut zu arbeiten schien. Seine Gedanken steckten vermutlich bereits in seiner Kutte und schnupperten dort an einer seiner heiß geliebten Bomben.

„Nein, nein der … Das ist die Aufregung. Wegen der Sache mit den Ahnen", versuchte Eddi daher an Mesuts Stelle irgendetwas Sinnvolles zu erwidern. Sein Ansinnen scheiterte.

Herr Schlüchter sah Mesut irritiert, wenn nicht sogar leicht misstrauisch an, fuhr dann aber an Eddi gerichtet fort: „Also ich könnte mir schon vorstellen, dass Ihre Beschreibung auf das Wappen des einstigen Schützenvereins von Frickenhausen passt."

„Des einstigen?", hakte Eddi sogleich aufgeregt nach und tippte unterdessen etwas in sein Smartphone ein.

„Ja, nach dem Krieg sind die alle erst mal verboten worden. Die Alliierten haben die Schützenvereine nicht geduldet. Wegen den Waffen, versteht sich. Viele sind dann endgültig vom Erdboden verschwunden. Über die Zeit dieses Verbots hinaus. Ich kann mich jedenfalls noch dran erinnern, dass es in Frickenhausen mal einen Schützenverein gegeben hat. Auch wenn das lange her ist. Gott, ist das lange her."

Eddi hielt ihm sein Handy vor die Nase, welches besagtes Wappen zeigte. Herr Schlüchter rückte sich seine Brille zurecht und studierte das Bild einige Zeit lang intensiv.

„Doch, ja, die hatten einen, stimmt. Und im Wappen waren tatsächlich solche Flinten abgebildet. Das ist wirklich wahnsinnig lange her. Hmhhh … aber an mehr … nein, an mehr kann ich mich beim besten Willen nicht erinnern. Na ja …" Er klopfte sich mit der Faust gegen die Stirn. „Das Ding hier will eben nicht mehr ganz so, wie ich es gern hätte."

Weitere Fragen brachten dann auch tatsächlich kein weiteres Licht ins Dunkel. Wo dieser Verein denn damals sein Vereinsheim hatte, wo man mehr erfahren könne. Der Mann wusste es nicht. „Fragen Sie doch mal im Rathaus nach, meine Herren. Ja, also ich an ihrer Stelle würde tatsächlich erst mal ins Rathaus gehen und dort fragen."

Die letzten Worte hatte Eddi kaum mehr verstanden, denn in diesem Moment brauste hinter der Gruppe aus Männern eine Kolonne aus Polizeiwagen und Feuerwehr mit offensichtlich deutlich überhöhter Geschwindigkeit vorbei gen Frickenhausen.

Die hohen Bäume entlang der Straße gerieten dabei kräftig in Unordnung. Staub wirbelte auf.

„Herrje", meinte der alte Mann entsetzt, „was ist denn jetzt wieder los?" Er schaute der Fahrzeugschlange hinterher. Eddi und Mesut taten es ihm gleich. Blaulicht schoss durch die Luft. Sirenen heulten auf.

„Bestimmt wieder diese Ausländer, die Ärger machen", meinte der alte Mann. Doch kaum hatte er die generalisierte Verunglimpfung ausgesprochen, schien ihm postwendend gewahr zu werden, dass zumindest einer der beiden Männer vor ihm möglicherweise eine gewisse politische Korrektheit in dessen Äußerung würde vermissen können.

Prüfend sprangen Herrn Schlüchters Augen daher auf Mesut, der ihn durchdringend anglotzte. „Also nun", der Mann machte rasch einen Schritt zurück in Richtung Eingangstür, „ich wünsche Ihnen weiterhin alles Gute bei Ihrer Ahnenforschung, ja? Vielleicht habe ich Ihnen doch zumindest etwas weiterhelfen können. Hat mich gefreut. Wiederschaun, Wiederschaun." Damit ließ er zügig die Tür ins Schloss fallen und war entschwunden.

Die beiden zurückgelassenen, vermeintlichen Genealogen warfen sich einen Blick zu, quittierten das unerwartet abrupte Ende der Konversation noch mit einem ausgiebigen Achselzucken und schritten daraufhin bedächtig zurück Richtung Straße.

„Und jetzt?", erkundigte Mesut sich nach der weiteren Vorgehensweise und ließ seiner Frage einen gezielten Griff in dessen lederne Kutte folgen. Der Joint, den er aus dieser hervorzog, war verhältnismäßig klein.

Eddi wusste, dass Mesut stets einen Vorrat an unterschiedlich großen Joints in seiner Weste bei sich trug. Eine Größe für jeden Anlass, sozusagen. „Na ja, jetzt schauen wir mal nach Frickenhausen, wenn wir schon hier sind. Sind ja fast da."

Und sie waren in der Tat fast da. Und weil dies so war, die Luft so schön sauber und die Temperatur so angenehm und überhaupt wie Mesut befand, sollte man sowohl Yamaha als auch Fahrrad die letzten paar hundert Meter besser schieben. So hätte man Zeit, sich alles einmal in Ruhe durch den Kopf gehen zu lassen. Der eigentliche Zweck dieser Übung war selbstverständlich ein anderer. Auf diese Art konnte Mesut sein kleines Zigarettchen in aller Ruhe genießen, während Eddi seine schwere Maschine mühevoll die Straße entlang nach Frickenhausen schob.

Kapitel 6

Unter dem nicht ganz passen wollenden Eindruck eines magischen Lichtspiels, stand Eddi etwa eine halbe Stunde später am Mainufer, ziemlich genau auf Höhe der Frickenhäuser Valentinskapelle. Dort, auf einem langgezogenen, von Bäumen und Büschen überwucherten Grünstreifen zwischen Straße und Fluss beobachtete er seinen Freund besorgt dabei, wie dieser sich hinter einem Baum gerade die Seele aus dem Leib kotzte.

Es konnte alles nicht wahr sein, dachte Eddi sich, wie er dort stand, Mesut beim Kotzen zusah und an Büschen, sowie einem notdürftig gezogenen Absperrband vorbei, angewidert die Szenerie vor sich beobachtete. Mesut sah wirklich schlimm aus. Und es war kein Wunder.

Nachdem man einige Minuten zuvor gleichsam einer Eingebung und aufgebrachten Menschen folgend, das kleine Örtchen Frickenhausen durchschritten hatte, war in einiger Entfernung hinter dem östlichen Tor plötzlich eine Kolonne aus Polizeiwagen, Feuerwehr und gar einem Rettungshubschrauber aufgetaucht. Mesut und er hatten umgehend den Gehweg verlassen und waren Richtung Mainufer abgebogen. Ein Grund war natürlich die Polizei selbst gewesen. Mesut war nun mal kein Freund der Polizei. Zudem hatte sich dessen kleines Zigarettchen für den gemeinsamen, obgleich eher dürftigen Fußmarsch, als zu klein herausgestellt, weshalb er sich ein weiteres angezündet hatte. Und um Joint und Menschenmenge nicht unnötigerweise aufeinanderprallen zu lassen, hatte man beschlossen, das Treiben vor sich zu umgehen und am Mainufer weiter zu spazieren. Dabei hatte man allerdings nicht bedacht, dass die Ursache für den Menschenauflauf dort oben an Straße und Gehweg wiederum gerade dort unten am Mainufer verortet sein könnte. Keine hundert Meter später waren er und Mesut dann an exakt jener Stelle am Ufer des Mains angelangt, an der sie nun standen. Der eine aufrecht und entsetzt, der andere kotzend und gebückt.

Unmittelbar bei deren Eintreffen hatten sie Tauchern dabei zusehen dürfen, wie diese aus einer Einbuchtung am Fluss den leblosen Körper einer Frau aus dem Wasser zogen.

Dies hatte auch Bernd nicht zu verhindern gewusst, der dort abgestellt worden war, um eben derlei Eindringen von Zivilisten in den unmittelbaren Schauplatz jenes grausigen Geschehens zu unterbinden. Bernd aber war angesichts des Grauens dort vor ihnen offensichtlich derart abgelenkt gewesen, dass er Eddi und Mesut gar nicht hatte kommen sehen und die beiden somit auch nicht hatte weiter aufhalten können.

Eine dunkelgraue Decke aus dickem Filz wiederum, welche von zwei Feuerwehrmännern zum Zwecke des Sichtschutzes hochgehalten worden war, hatte ihre Sache zwar weitestgehend gut gemacht. Leider aber hatten sowohl Mesut als auch er selbst in einem derart unglücklichen Winkel zu Fluss und Tauchern gestanden, dass man an jener Decke vorbei einen schauerlich ungetrübten Blick auf das tote Bündel kalten, nassen Fleisches gewährt bekommen hatte. Ein toter Frauenkörper, der jetzt mit Füßen Richtung Fluss und Kopf Richtung Straße auf einer Trage lag. Dabei hatte sich für Mesut ein Anblick geboten, der grauenvoll war. Für Eddi hingegen ein solcher, der nebst Magen in besonderer Weise seinen Kopf rebellieren ließ. Diese Leiche, diese Frau. Er kannte sie.

Unterarme, Beine und vor allem Hals und Gesicht des Körpers waren überzogen von vielen kleineren und auch größeren Wunden, sowie Flecken unterschiedlichster Farbe. Blaue, sich zittrig schlängelnde Adern zeichneten sich zudem deutlich unter der ansonsten schneeweißen Haut ab. Ein Auge schien zu fehlen, ebenso wie größere Teile der Ober- und Unterlippe. Die weiße

Bluse der Frau, mit der Eddi noch wenige Tage zuvor nur wenige hundert Meter entfernt auf einer Bank in den Weinbergen gesessen hatte, war im Bereich der linken Schulter von einem großen, hellroten Fleck überzogen. Der Kopf der Leiche war nach rechts geneigt und es hatte gewirkt, als starre die freundliche alte Dame ihn und Mesut mit dem einen ihr noch verbliebenen Auge an.

Eddi, der die Frau unmittelbar wiedererkannt hatte, war sofort eine Flut von Gedanken durch den Kopf geschossen. Allesamt ohne Anfang, ohne Ende. In wilder Formation umherfliegend. Für einige Sekunden war er starr vor Schreck dagestanden, bis ihn schließlich unendliches Mitleid überkommen hatte, angesichts der Erinnerungen an eine nachdenklich dreinblickende, gütige und vor Kurzem noch quicklebendige, ältere Dame.

Und eben diese Dame war in seinen Gedanken prompt wieder zum Leben erwacht. Unverzüglich hatte er die Augen schließen müssen, sodass die Erinnerung an jene Frau von dieser nassen, schleimig-faulenden und in Fetzen gekleideten Realität dort vor ihm nicht weiter hatte überlagert werden können. Nachdem er die Augen geschlossen und somit ein Sinn den Betrieb bis auf Weiteres eingestellt hatte, hatte ein anderer Sinn das primäre Kommando über sein Bewusstsein übernommen. Deutliche Würgelaute waren aus einigen Metern Entfernung zunehmend an sein Ohr gedrungen. Also hatte er die Augen erneut geöffnet. Der tote Leib war mittlerweile kaum noch zu sehen gewesen, da von verschiedenen Personen umstellt. Schließlich hatte Eddi sich abgewandt, um nach seinem Freund zu sehen.

Mesut hatte unweit hinter einem Baum gekniet und sich soeben aufgerichtet, als ein neuerlicher Schwall Galle aus dessen Mund in die knochentrockene Erde vor ihm schoss. Nachdem es jetzt nichts weiter zu Erbrechen gab, wie es schien, richtete er sich abermals auf. Eddi konnte ihn nur von der Seite betrachten. Schreck und Ekel waren dem Dönerdealer deutlichst anzusehen. Dieser fixierte einen Punkt im Nichts. Dann nickte er Eddi zu, jedoch ohne ihn direkt anzusehen. „Deutscher. Ich brauch 'nen Moment. Ich warte oben an der Straße."

Eddi klopfte seinem Freund aufmunternd auf die Schulter, sah ihm hinterher, wie er den Grünstreifen in langsamen Schritten hoch zur Hauptstraße hinter sich ließ. Augenblicke später konnte Eddi bereits den süßlichen Duft riechen, den Mesuts Joints typischerweise verbreiteten. Heute, dachte Eddi, würde Mesut sich nicht weiter daran stören, wenn andere diesen Geruch womöglich wahrnehmen würden. Nicht jetzt und nicht hier. Obgleich nur gut fünfzig Schritt entfernt von den Einsatzwagen der Polizei. Sein Freund brauchte noch einen Moment. Wer hätte es ihm verdenken können.

Er selbst entfernte sich schließlich wenige Schritt von dem Bereich, der von Mesuts Magensaft und Essensresten übersät war. An einen anderen Baum in der Nähe lehnte er sich an, stützte die Hände auf seine Oberschenkel und beobachtete die weiteren Geschehnisse aus einigen Metern Entfernung.

Gerade wurde die Tür eines Notarztwagens zugeschlagen, mit dem man die Leiche wahrscheinlich nach Würzburg in die Rechtsmedizin transportieren würde. Einige Meter abseits der Stelle, an der man den Körper aus dem Main gezogen hatte, stand ein Taucher, der sich soeben seiner Arbeitskleidung entledigte, während ein weiterer Taucher erst noch dabei war, mühevoll aus dem Wasser zu steigen. Kurz darauf wurde zudem ein weiteres Absperrband großzügig um den Bereich des Fundorts gezogen, während Fotografen unaufhörlich dabei waren, den Boden abzufotografieren. Eddi hatte keine Ahnung von Polizeiarbeit. Wenn er sich den trockenen Untergrund hier jedoch besah. Nicht vorstellbar, dass man auf vernünftige Spuren stoßen würde. Insofern es denn überhaupt irgendwelche Gründe für irgendwelche Spuren geben würde, überlegte Eddi. Aber dies alles war wohl Routine. Wie auch die Arbeit der Männer am Flussufer, die mit kleinen Plastikröhrchen und Plastiktütchen bewaffnet, an den Ufersteinen diverse Abstriche machten.

So stand Eddi, die Arme auf die Knie gestützt, tief in Gedanken versunken da und merkte anfangs gar nicht, wie Bernd sich ihm näherte. „Mann Eddi. Was machst du denn hier? Mein

Chef stellt schon blöde Fragen und der Schunke von der Kripo wird auch in Kürze auftauchen."

Eddi schüttelte sich die Starre aus den Gliedern und sah Bernd fragend an. „Was? Was meinst du Bernd? Entschuldige."

„Schon gut, Eddi. Ich habe nur gefragt, was du hier machst?"

Eddi atmete einige Male tief durch. „Ich war mit Mesut unterwegs in Frickenhausen. Wollten was, na ja, was nachsehen. Ist nicht wichtig. Dann waren wir vorhin dort im Zentrum unterwegs als es plötzlich losging mit dem ganzen Alarm und dann ..."

„Dann seid ihr hier heruntergestiegen."

Eddi nickte. „Mesut hat's ganz schön erwischt. Ich hab ja schon den einen oder anderen Toten gesehen. Wobei die besser aussahen, wenn ich das so sagen darf. Wie machst du das nur Bernd? Wie kann man nur so einen Job machen?"

Bernd musste trotz der Schwere der Situation auflachen. „Das sagt ausgerechnet der Totengräber von Ochsenfurt!"

Eddi sah ihn an, lächelte gequält und atmete dann erneut tief durch. „Bernd. Es ist so. Ich ... du wirst jetzt sagen ich spinne, aber ..."

„Na was? Rück schon raus mit der Sprache", entgegnete Bernd. Also erzählte Eddi ihm von der Begegnung mit der Dame am vergangenen Sonntag in den Weinbergen.

„Das gibt's doch gar nicht", war die simple, aber diesen Zufall wohl angemessen umschreibende Reaktion des Polizisten. „Das musst du ...", wollte Bernd soeben noch ergänzen, als dessen Chef, Polizeioberwachtmeister Finke hinzutrat.

„Na, und was haben wir hier Schönes? Hat den Schaulustigen die Show etwa nicht gefallen?"

Eddi zuckte zusammen. Jetzt erst wurde ihm die Situation so richtig bewusst. Wenige Meter entfernt hatte man eben eine Wasserleiche geborgen und ausgerechnet Mesut und er waren zufällig, wenngleich tatsächlich zufällig, zugegen gewesen. Und zu allem Überfluss stand er hier nun mit Bernd, seinem Kumpel aus Kindertagen, um scheinbar angeregt mit diesem Plausch zu halten. Für alle Beteiligten eine eher unangenehme Situation. Für alle Beteiligten bis auf diese Oberwachtel Finke, dachte Eddi bei sich, der den Vergleich mit einem hühnernen Vogel irgendwie passend fand, wobei er den Blick des Polizeioberwachtmeisters vermied.

„Sie kennen das doch bestimmt aus diversen Filmchen, die Sie abends gerne mal gemütlich auf der Couch Ihrer hübschen kleinen Wohnung schauen, Herr …"

„Eddi, Chef. Nur Eddi", ergänzte Bernd, der sich angesichts der vergangenen, psychisch wohl nicht ganz unanstrengenden Minuten noch nicht wieder voll im Griff zu haben schien. Ansonsten hätte er jetzt und hier niemals die professionelle Distanz zu Eddi missen lassen.

Finke sah Bernd pikiert an. Dann wandte er sich erneut Eddi zu. „Also, Herr Eddi, meinetwegen. Hier gibt es jedenfalls nichts zu sehen. Absolut nichts. Sie können den Bereich also wieder verlassen, ja? Und bitte zügig. Wir haben zu arbeiten und ich möchte nicht, dass die Fundstelle noch weiter kontaminiert wird. Also bitte. Der Kollege wird sie hoch zur Straße begleiten." Finke warf seinem Untergebenen einen Blick zu, welcher die Anweisung stumm bestätigte. „Und was haben Sie hier eigentlich verloren?", fragte die Oberwachtel dann noch hinterher.

Eddi hätte diesem anmaßenden, übellaunigen Vogel in Amtstracht nur allzu gerne mindestens eine seiner Federn ausgerissen, riss sich stattdessen jedoch zusammen. „Nichts, eigentlich. Wir waren nur zufällig in Frickenhausen unterwegs und sind hier reingeraten", gab er als Antwort zurück.

Finkes Augen zogen sich zusammen. Er betrachtete Eddi für einen unangenehmen Moment lang spürbar kritisch, nickte dann stumm und wandte sich ab.

Eddis Augen folgten der Oberwachtel, während diese, rechte Hand lässig an das Halfter gelegt, davon stolzierte. „Wie ist sie gestorben?", fragte er Bernd tonlos.

„Du meinst, ob es ein Unfall war? Der Kollege von der Rechtsmedizin ist eben erst eingetroffen und konnte noch nicht wirklich was sagen. Sieht aber eher nach Unfall aus. Ihr Portemonnaie mit mehreren hundert Euro Bargeld, eine teure Armbanduhr. Das ist zumindest alles noch da. Was Konkretes kann man natürlich trotzdem noch nicht sagen."

„Und die Kette?", fragte Eddi einer neuerlichen Eingebung folgend und musste daran denken, wie die Dame bei ihrer Begegnung unentwegt jenes Schmuckstück betastet hatte.

„Was für eine Kette? Da war keine Kette. Warum fragst du?"

„Ach nur so, Bernd. Ich weiß auch nicht. Keine Ahnung. Dieses Bild. Ich schätze, das bekomme ich so schnell nicht mehr raus aus dem Kopf."

Bernd erwiderte nichts. Was gab es daraufhin auch zu erwidern. Schließlich machten sich die beiden auf den Weg zurück Richtung Straße. Auf halber Strecke meinte Eddi: „OK, ab hier schaffe ich es allein. Ist besser so." Er nickte in Mesuts Richtung, der oben an der Straße stand. „Unser Dönerdealer hat für heute schon genug gelitten. Wenn ich dem jetzt auch noch die Gendarmerie anschleppe, ist alles aus." Eddi reichte Bernd, der sich ein kleines Grinsen angesichts der Bemerkung seines Kumpels nicht verkneifen konnte, zum Abschied die Hand. Für heute war es tatsächlich genug gewesen.

Nachdem Bernd sich abgewandt hatte, sah Eddi aus dem Augenwinkel heraus Kommissar Schunke die Straße entlang schreiten. Der Kommissar blickte in die Runde, wobei dessen Augen Eddis fanden. Er stutzte, zögerte kurz und Eddi glaubte schon, der Kommissar würde die Richtung wechseln und zu ihm kommen wollen. Also machte er eine beschwichtigende Geste mit der Hand, die sagen wollte: „Alles OK hier, ich habe nichts weiter zu sagen und möchte jetzt einfach nur noch ..." Dazu nickte er freundlich. Der Kommissar seinerseits schien in Sachen Dechiffrierung nonverbaler Kommunikation bewandert zu sein. Mit zusammengezogenen Brauen gab er Eddi lediglich ein angedeutetes, bestätigendes Kopfnicken zurück und setzte sodann seinen Weg zielstrebig in Richtung der Geschehnisse dort unten am Main fort.

Der eigentlich geplante Gang zum Frickenhäuser Rathaus hatte sich für Mesut und Eddi jedenfalls erst einmal erledigt. Erst recht das ursprünglich eingeplante, gemeinsame Essen. Die beiden waren umgehend zurück ins Zentrum des kleinen Örtchens gegangen, wo man Motorrad und Fahrrad abgestellt hatte. Schließlich hatte man ohne weitere Zwischenfälle die kurze Fahrt zurück nach Ochsenfurt angetreten. Worte waren kaum gewechselt worden. Es hatte nichts zu bereden gegeben. Man war zur falschen Zeit am falschen Ort gewesen und nun würde jeder für sich das Ganze erst einmal verarbeiten müssen.

Nachdem man die alte Mainbrücke überquert und sich voneinander verabschiedet hatte, beschloss Eddi kurzerhand doch noch bei Gisela im Laden vorbeizuschauen. So, wie er es versprochen hatte. Wenngleich nicht für diesen Tag.

Zwar sah er bestimmt fürchterlich aus und hätte darüber hinaus für den Moment wohl kaum niedergeschlagener wirken können. Doch zweifelte er keine Sekunde daran, dass Gisela hierfür Verständnis aufbringen würde. Also parkte er seine Lady wie üblich auf dem Mainparkplatz. Der weiträumige Parkplatz wurde auch an diesem Tag intensiv genutzt und Eddi fragte sich einmal mehr, wo eigentlich die vielen Menschen waren, denen die ganzen Fahrzeuge gehörten, die dort abgestellt waren.

Dies und so manch anderes mehr ging ihm durch den Kopf, während er sich am Schlössle vorbei, einem markanten Wehrgebäude am Fuße der alten Mainbrücke, die Brückenstraße hoch zur Blumenbinderei BUNT & BAUER schleppte. Als er vor deren Schaufenster stand, konnte er Gisela bereits durch die Glasfassade hindurch im Laden beobachten, wie sie soeben eine Kundin beriet. Ein Lächeln von drinnen nach draußen signalisierte, dass Gisela ihn bereits bemerkt hatte. Nachdem die Kundin den Laden verlassen und er eingetreten war, kam sie auch gleich hinter der Ladentheke hervor auf ihn zu.

„Da bist du ja schon!" Sie nahm ihn an beiden Händen und küsste ihn auf die Wange. Eddi wurde erst in diesem Moment klar, dass er überhaupt keinen Plan hatte, wie er ihr nun begegnen sollte. Er kam zu dem Schluss, dass es wohl das Beste sei, geradewegs vorzutragen, was ihn in diesem Moment umtrieb.

„Oh Mann", waren die ersten Worte, die Gisela zustande brachte, nachdem er mit seinem Bericht über den Ausflug nach Frickenhausen und dessen unerwarteten Ausgang geendet hatte und ihr parallel hierzu mehr und mehr Farbe aus dem Gesicht gewichen war. „Eddi ich weiß gar nicht, was ich sagen soll. Das muss ja schrecklich gewesen sein. Wenn Mesut die Sache schon derart auf den Magen schlägt."

„Sag ihm bloß nicht, dass ich dir davon erzählt habe."

Gisela nickte. „Nein, klar. Und du? Brauchst du Gesellschaft? Ich kann den Laden früher schließen, falls du magst. Wir könnten essen gehen oder ins Kino."

Eddi schaute Gisela tief in die Augen. „Ich glaube, heute passt es nicht. Ich weiß nicht so recht, ich …"

„Du brauchst heute Zeit für dich, oder?", unterbrach Gisela ihn, noch bevor er wirklich lange nach Worten hatte suchen müssen. „Das kann ich gut verstehen. Aber du weißt, dass ich für dich da wäre, ja?"

Eddi schenkte ihr ein dankbares Lächeln. Was sollte eine solche Frau eigentlich von jemandem wie ihm, einem Totengräber, wollen? Auch das, es war nicht anders zu bewerten, war ein großes Rätsel. Wobei er natürlich noch immer nicht wusste, ob Gisela auch wirklich das Gleiche für ihn empfand, wie er für sie.

„Unglaublich, dass du die Frau ein paar Tage zuvor noch getroffen hast. Das ist direkt unheimlich", ergänzte sie.

Darauf wusste Eddi einmal mehr nichts zu erwidern und um keine peinliche Stille aufkommen zu lassen, folgte er einfach einer inneren Stimme, legte seine schweren Arme um ihre Hüften und presste Gisela fest an sich, die ihrerseits sofort die Arme um seinen Hals schlang.

Reglos verharrten er und Gisela in dieser Position. Er roch ihr Parfum, ihr Haar, spürte ihren Herzschlag. Wie nahe Glück und Elend auf der Welt doch beisammen lagen, stellte er fest. So war es. So, als ob es das eine ohne das andere nicht geben konnte. Es war tatsächlich unheimlich. Yin und Yang. Alles musste im Gleichgewicht sein. Er wollte nicht daran glauben. Denn, wenn dem so wäre, überlegte er, würde jeder guten Tat, müsste jedem guten Ereignis in der Welt doch zwangsläufig ein Schrecken nachfolgen. Er wünschte sich so gesehen vielmehr ein Ungleichgewicht. Und genau genommen existierte ein solches seiner Meinung nach ja auch. Nur leider ein falsch Gelagertes.

Unvermittelt löste er die Umarmung, da er zunehmend den Eindruck gewann, Gisela ansonsten zu erdrücken. „Ich gehe wieder los. Wir sehen uns aber bald wieder, versprochen. Entschuldige, aber ... Ich wollte dich einfach kurz sehen."

Gisela lachte auf. „Wofür entschuldigen? Du gehörst mir doch nicht!", gab sie zurück. Dabei schien in ihrem Blick ein kleines Fragezeichen zu ruhen.

Mehr als du ahnst, erwiderte Eddi in Gedanken stumm.

„Und dann musst du mir noch die Geschichte hinter dem Teeservice erzählen, hörst du? Ich nehme an, da gibt es noch eine Geschichte zu, oder?"

Eddis Muskeln versteiften sich schlagartig. Da war es wieder. Was sollte er antworten? Dieses verfluchte Teeservice würde ihn noch in seinen Träumen verfolgen. Wobei, eigentlich, das tat es bereits. Jedenfalls wollte er Gisela jetzt und hier keinesfalls den eigentlich profanen Hintergrund dieses Geschenks offenbaren. Nämlich den, dass sich überhaupt kein tieferer Sinn hinter diesem Albtraum aus Porzellan verbarg.

„Mach ich, ist außerdem versprochen", antwortete er daher flüchtig. Dann verabschiedete er sich von der Frau, die er tatsächlich wollte. Mit der er es noch einmal würde versuchen wollen. Das glaubte er von diesem Moment an mehr denn je zu wissen. Und noch etwas wusste er, als er aus dem Laden trat. Die Sache mit diesem vermaledeiten Teeservice. Sie war noch nicht ausgestanden.

Spät am Abend schritt Eddi ein weiteres Mal gedankenverloren über den Friedhof. Dabei betrachtete er Grabsteine, Holzkreuze und Blumengestecke und musste doch unentwegt an die alte Dame aus den Weinbergen denken, die ein furchtbarer Tod ereilt hatte. Und dann diese Kette. Wo war ihre Kette abgeblieben? Warum genau er überhaupt an jenes Schmuckstück denken musste, hätte er nicht mit Gewissheit zu sagen vermocht. Vielleicht, da ihn die letzten Tage hindurch in Gedanken eine andere Kette einer anderen Toten treu begleitet hatte.

Ein leichter, warmer Wind kam auf und erzeugte ein fortwährendes Rauschen in den Pappeln, die hier und da über das gesamte Friedhofsareal hinweg aufgereiht standen. Er schlenderte zu Friedhelms nunmehr ehemaligem Grab. Hatte die Frau die Kette am Tag ihres Todes einfach nicht getragen? Das war sicherlich die schlüssigste Erklärung. Wobei er natürlich nicht wusste, wann es zu diesem schicksalhaften Ereignis, welcher Art auch immer, genau gekommen war.

„Mann, Eddi!", fluchte er leise vor sich hin. „Was geht dich das eigentlich alles an?" Er ließ den Kopf sinken und steckte niedergeschlagen die Hände in die Hosentasche seiner Jeans. Andererseits war er der Frau, die an jenem Tag so einsam und verloren auf ihn gewirkt hatte, nun mal über den Weg gelaufen und er hatte die Möglichkeit gehabt, ihr bei was auch immer beizustehen. Er hätte sie doch fragen können, ob sie Hilfe brauche. Er hätte sie ganz einfach fragen können, nicht lange nachdenken sollen.

Nun war es zu spät. Er starrte in das Loch vor ihm und begann kurzerhand damit, das Absperrband, welches seit nunmehr fast einer Woche um Friedhelms Grab gezogen war, abzuhängen. Dann aber hielt er jäh inne, wickelte das Band erneut um Eisenstangen und Graböffnung herum und setzte sich schließlich auf eine Bank in der Nähe.

Sogleich kehrte die alte Frau zurück in seine Gedanken. Und damit die Trauer. Nein es war, begann er zu begreifen, mehr als Trauer. Es waren Schuldgefühle. Denn obgleich er das heraufziehende Unheil nicht hatte erahnen können oder gar müssen. Einfach abzustreifen vermochte er das aufkeimende Gefühl von Schuld nicht. Er hätte anders handeln können. Es hätte anders kommen können, wenn er denn nur …

Eddi stützte den Kopf in die Hände. Morgen würde er auf die Wache fahren und seine Begegnung mit der Frau in den Frickenhäuser Weinbergen zu Protokoll geben. Gewiss war es das gewesen, worauf Bernd ihn hatte hinweisen wollen, bevor diese blöde Oberwachtel dazwischen geplatzt war. Und was den Besuch im Frickenhäuser Rathaus anging. Er würde diesen wohl allein antreten müssen. Mesut jedenfalls würde aller Voraussicht nach so schnell keinen Fuß mehr nach Frickenhausen setzen. Auf jeden Fall würde er die Sache mit dem Schützenverein zeitnah weiterverfolgen. Zu viele Baustellen taten sich mittlerweile vor ihm auf.

Er würde sie alle angehen.

Eine nach der anderen.

Müde erhob er sich von der Bank, trat eine allerletzte Runde über das Gräberfeld an. Dabei sammelte er wie üblich die Plastikgießkannen des Friedhofs ein, die nicht ordnungsgemäß an deren jeweilige Wasserstelle zurückgebracht worden waren, während seine Gedanken Zuflucht in jener Ablenkung suchten.

Kapitel 7

Schlaf. Es gab keinen größeren Dieb, hieß es. Schließlich raubte er das halbe Leben. Nun, zumindest hatte er bei Eddi in dieser Nacht kaum Beute machen können. Völlig gerädert war er um halb sieben Uhr aufgestanden und hatte jeden seiner Knochen im Leib gespürt, nachdem er von seinem Wecker gnadenlos aus dem Halbschlaf gezerrt worden war.

Bei einem Gespräch mit Pfarrer Selig über eine anstehende Bestattung hatte dann sein gesamter Körper lauthals gegen jedwede Form körperlicher Anstrengung protestiert.

Und als wäre es nicht schon genug Ungemach für einen Morgen gewesen, hatte dann auch noch der Hunger ungewöhnlich früh damit begonnen, an seine Tür zu hämmern, und so beschloss er nun, seine Mittagspause etwas vorzuziehen. Wobei er die wenigen hundert Meter gen Stadt und Imbiss zu Fuß zurücklegen würde. Der kleine Spaziergang und die frische Luft täten ihm sicherlich gut, nahm er an. Wenngleich von frischer Luft keine Rede sein konnte. Auch an diesem Donnerstag zeigte das Thermometer bereits einen Wert von herrlich spätsommerlichen dreiundzwanzig Grad an.

Bereits um kurz nach elf stand Eddi auch schon vor Mesuts Dönerparadies. Weiter allerdings würde er gerade nicht kommen, musste er feststellen, als er an dessen Tür rüttelte.

Geschlossen. Das war selten. War Mesut krank? Vielleicht hatte die krampfartige Entleerung seines Magens am Tag zuvor Spuren hinterlassen, spekulierte er. Er würde ihn später anrufen. Sein Hungergefühl war zu dominant, als dass er diesem augenblicklich die Gefolgschaft hätte verweigern können.

Folglich ging er zu einem nahe gelegenen Italiener eine Pizza Thunfisch essen. Seine Lieblingspizza. Eine Wahl, die er sich jedoch zeitnah würde abgewöhnen wollen, angesichts der niederschmetternden Nachrichten über zunehmend leergefischte Weltmeere. Nachdem er sein Mahl beendet und soeben die Rechnung beglichen hatte, klingelte sein Telefon.

„Hallo, Eddi, bist du es?"

Eddi wollte schon mit einem schroffen „Ja, wer sonst, wenn du meine Nummer wählst", antworten, erkannte dann aber gerade noch rechtzeitig die Stimme.

„Hallo, Frau Grieb."

„Eddi, mein Bester. Ich wollte eben Mesut fragen, ob er kurz Lotto spielen könnte für mich. Ich hatte heute Nacht einen Traum. Da kamen Zahlen drin vor."

Frau Grieb war eine passionierte Lottospielerin. Das hierbei wirklich Erstaunliche war, dass die liebenswerte Dame den lebenden Beweis für eine Ungleichverteilung von Glück und Pech in der Welt abgab. Nur, dass das Ungleichgewicht in ihrem Fall ein Positives war. Jedenfalls würde das Prinzip der Lotteriegesellschaften kaum funktionieren, wären alle derart vom Glück beseelt wie Frau Grieb. Eddi hätte gar nicht sagen können, wie oft diese in den vergangenen Jahren schon kleinere Summen gewonnen hatte. Wenngleich der ganz große Gewinn bisher ausgeblieben war. Nichtsdestoweniger konnte man guten Gewissens behaupten, dass das Lottospiel für Frau Grieb ein einträgliches Geschäft darstellte, mittels dessen sie praktischerweise ihre Rente aufzubessern wusste.

„Ja, und?", fragte Eddi nun doch etwas ungeduldig zurück, da sich ihm der Zweck dieses Anrufs einfach nicht erschließen wollte.

„Ja, na ja Eddi, da geht niemand ran. Ich hab es schon dreimal versucht. Da dachte ich, ich frag mal bei dir nach."

Eddi überlegte. Erst der Laden, der geschlossen war. Nun ging Mesut also auch nicht an sein Telefon. Das war tatsächlich ungewöhnlich. Er winkte den Kellner noch einmal heran und bat diesen hastig um Zettel und Stift.

„Da weiß ich leider gerade auch nichts weiter zu zu sagen", sprach er weiter in sein Telefon, während er auf Zettel und Schreibgerät wartete. „Aber das mit dem Lotto erledige ich natürlich gern für Sie. Bin sowieso gerade unterwegs. Wieder der übliche Einsatz? Freitags- und Samstagsziehung?" Der Kellner legte die gewünschten Utensilien vor ihn auf den Tisch.

„Ja, Eddi, du bist einfach ein Schatz, aber das weißt du ja schon! Der übliche Einsatz bitte. Freitag und Samstag."

„Dann schießen Sie mal los. Ich schreibe mit."

Nachdem Eddi alles notiert und sich von Frau Grieb verabschiedet hatte, sah er auf die Uhr. Viertel vor zwölf. Während des Essens hatte er sich überlegt, seinen Besuch auf der Polizeiwache unmittelbar dem Mahl nachfolgen zu lassen. Und mit Blick auf eben diesen noch anstehenden Besuch dort war es langsam an der Zeit aufzubrechen. Gern hätte er zuvor noch bei Mesut vorbeigesehen. Der aber würde schon nicht tot in seiner Wohnung liegen. Vielleicht hatte er tatsächlich mal wieder ein Rendezvous gehabt und dieses angesichts der gestrigen Ereignisse und zum Zwecke des Vergessens etwas ausgiebiger zelebriert. Er würde ihn heute Abend fragen. Erst einmal galt es, sich dem Lottoschein von Frau Grieb zu widmen und die Aussage bei der Polizei zu machen. Wobei der Lottozettel bis zum frühen Abend würde warten können, beschloss er. Erst Polizei, dann Arbeit und dann würde er weiter sehen.

So kam es, dass Eddi kurz nach Mittag in Bernds Büro auf der Polizeiwache saß und in einer Tasse Kaffee rührte, die ihm dankenswerterweise angeboten worden war.

„Wir nehmen die Aussage auf jeden Fall auf, Eddi. Obgleich wahrscheinlich obsolet. Die Gerichtsmedizin hat sich der Frau heute in aller Früh angenommen. Haben anscheinend gerade nicht so viel zu tun da in Würzburg."

Umso besser, dachte Eddi sich. „Und was haben sie entdeckt?", fragte er, während er mit dem Löffel sachte an die Kaffeetasse klopfte, wodurch er zu verhindern suchte, dass das edle Getränk in Kürze von diesem auf Bernds Schreibtisch tropfte.

„Jedenfalls nichts, was zwingend auf ein Gewaltverbrechen hindeutet", antwortete Bernd und hielt für einen Moment inne. „Wie üblich, darf ich dir von all dem ja eigentlich nichts stecken", schob er hinterher. Daraufhin schielte er an ihm vorbei, durch die gläserne Bürotür hindurch in den Empfangsbereich der PI. Ein Blick über die Schulter verriet Eddi, dass dort mit blödem Grinsen im Gesicht der Chef der Wache stand und ein Gespräch mit einer auffallend attraktiven Frau führte.

„Aber, also es ist so", fuhr Eddis Kumpel sodann mit gesenkter Stimme fort. „Die Frau ist wohl, ich erspare dir den ganzen Forensikquatsch jetzt mal, hingefallen und zwar mit dem Kopf auf einen größeren Stein. Liegen ja genügend rum am Mainufer. Auf jeden Fall haben die Kollegen an einem der Steine dort Blut der Frau sichergestellt. Tja, und dann ging es wohl ab ins Wasser mit ihr. Dort ist sie schlussendlich ertrunken. Tragisch, aber ein Unfall, wie es scheint. Außerdem hat man natürlich noch jede Menge Fußspuren entdeckt. Kreuz und quer verlaufen die. Zig verschiedene. Alle unbrauchbar. Ist schließlich ein beliebtes Eckchen bei Paaren und Nachtschwärmern. Du weißt schon …"

„Aha", kommentierte Eddi die Aussage kurz und lauschte dann weiter gebannt in der Annahme, dass sich noch mehr Informationen offenbaren würden. Dem war aber nicht so, weshalb er von sich aus ansetzte, weiter nachzubohren.

„Ja und sonst nichts weiter? Ich meine …" Er dachte kurz nach. „Wissen die denn, wann das geschehen ist?"

Bernd musterte seinen Freund eindringlich. „Eddi, von mir hast du das aber auf keinen Fall, damit du Bescheid weiß-, OK? Aber da du die Frau ja sozusagen gekannt hast …" Das Wort „gekannt" hatte er mit seinen beiden Zeigefingern in Gänsefüßchen gesetzt. „Es wird dir aber nicht gefallen", fügte er noch an.

Da dünkte Eddi bereits, aus welcher Richtung die Antwort auf seine Frage kommen würde.

„Die Frau lag nach Aussage der Gerichtsmedizin zwischen achtundvierzig und zweiundsiebzig Stunden im Wasser. In dieser Zeit haben sich diverse Fische und hier wohl primär Aale an ihr gütlich getan … na ja …" Er räusperte sich, zuckte dann mit den Achseln. „Der Todeszeitpunkt jedenfalls wurde auf zweiundzwanzig Uhr am Sonntagabend geschätzt. Plus, minus."

Zweiundzwanzig Uhr am Sonntagabend, reflektierte Eddi im Geiste. Also in etwa fünf Stunden nachdem er die Frau an jenem Tag getroffen hatte. Fünf mickrige Stunden.

Den hiernach eintretenden, kurzen Moment der Stille durchbrach unvermittelt eine in Bernds Büro hereinflatternde Oberwachtel, die sich sogleich aufzuplustern begann.

„Wenn Sie Ihre Aussage gemacht haben, Herr Eddi", meinte Polizeioberwachtmeister Finke abschätzig, wobei er Eddis Vornamen mit besonderem Nachdruck betonte, „können Sie meinen wertgeschätzten Kollegen bitte wieder seine Arbeit machen lassen, ja? Der Bericht über Ihr Zusammentreffen mit dieser Frau wird sowieso in irgendeiner Akte verschwinden und Staub ansetzen. Denn auch wenn es Sie nichts angeht. Die Frau ist ganz einfach Opfer eines Ungeschicks geworden. Das alles können Sie morgen bestimmt schon beim Genuss Ihres alltäglichen Frühstückseis in der Zeitung lesen. Somit ist Ihre Aussage kurz gesagt uninteressant für uns. Danke dennoch, dass Sie sich zu uns bemüht haben."

Nach Gesagtem blieb Finke einen Moment lang stumm vor Eddi stehen, was wohl als Aufforderung zur Abreise gedacht war. Dieser jedoch blieb demonstrativ regungslos sitzen.

„Ja", meinte Bernd gedehnt in die leicht knisternde Stille hinein, „wir machen die Aussage dann also noch schnell fertig, Chef." Polizeioberwachtmeister Finke fixierte Eddi noch einen Augenblick lang frei von jeglichem Blinzeln, gab schließlich seinerseits ein gedehntes „Gut, gut" von sich und machte hiernach auf dem Absatz kehrt.

Irgendwie musste Eddi in diesem Augenblick an Mesuts Nazi-Paranoia denken. „Was für ein Arschloch", brummte er dann, nachdem die Oberwachtel aus dem Büro geflogen war.

„Kannste laut sagen", bestätigte Bernd Eddis Einschätzung bedacht leise und tippte dabei angestrengt auf seinem Computer herum, bis er offenbar fertig war mit protokollieren.

„So das war's."

„Gut, gut", gab Eddi zurück, woraufhin beide grinsen mussten.

„Du, Bernd, eine Kette ist nach wie vor nicht aufgetaucht, oder? Ich meine, bei der Frau."

„Nein." Bernd schüttelte mit dem Kopf. „Keine Kette."

„Ich frage nur, weil die Frau zu der Zeit oben im Weinberg ganz sicher eine um den Hals getragen hat. Ich kann mich so gut daran erinnern, weil sie das Ding so krampfhaft an sich gedrückt hat." Zwecks Verdeutlichung legte sich Eddi die rechte Hand auf den Brustkorb.

Bernd schob seinen Stuhl nach hinten und erhob sich, nahm seine Jacke von der Lehne des Bürostuhls und setzte seine Polizeimütze auf, die wiederum neben ihm auf einem metallenen Sideboard gelegen hatte.

„Nach der Kette hab ich auch schon gefragt, Eddi. Und genau in dem Moment, in dem ich diesbezüglich mit den Kollegen aus Würzburg telefoniert habe, steht natürlich der …" Bernd sah kurz durch die Bürotür nach draußen, rollte mit den Augen und schüttelte anschließend mit dem Kopf. „Es gab aber wie gesagt keine. Es gab überhaupt keinen Schmuck. Nur diese Uhr. Der

Finke meint, dass die Frau die Kette zwischenzeitlich ja vielleicht abgelegt hat und na ja … „ Erneut vergewisserte er sich, dass sein Chef weit genug von der Tür zu seinem Büro entfernt stand. „Also Arschloch eben, wie du schon gesagt hast. Er meinte, du sollst die Polizeiarbeit vielleicht besser denen überlassen, die sich damit auskennen. Der hat den Hinweis mit der Kette nicht mal an den Schunke weitergegeben. Das sei doch alles lächerlich. Seiner Meinung nach war es ein blöder Unfall und basta und er würde sich jetzt nicht vor der unterfränkischen Kripo zum Hanswurst machen, indem er für sein Dafürhalten sinnlose Infos streut."

Eddi gab ein neuerliches Brummeln von sich und erhob sich dann ebenso.

„Und wer ist die Frau? Oder besser gesagt, wer war sie? Gibt's da was zu?"

„Wir nehmen an eine Touristin. Ganz klassischer Fall. Ist erst am Abend vor ihrem Tod angekommen. Aus Kiel. Die Kollegen versuchen bereits die Verwandten ausfindig zu machen. Das Ganze stockt aber noch."

Eddi nickte nachdenklich. Kiel. Das war weit weg. Sehr weit sogar. Die Dame hatte also Urlaub gemacht. Und dann so etwas. Und er war einer der letzten Menschen gewesen … Das machte die Sache noch unverdaulicher. „Muss ich was unterschreiben?", fragte er zum Abschluss.

Bernd wiegelte ab. „Nee. Das passt so." Er reichte ihm die Hand und bedankte sich noch einmal höflich und für jedermann gut hörbar für seinen Besuch, was die Oberwachtel jedoch geflissentlich ignorierte.

Bald darauf schlurfte Eddi erneut die vierspurige Dr.-Martin-Luther-Straße entlang, um sich einige Minuten später abermals den stummen Kundinnen und Kunden unter seinen Füßen zuzuwenden.

Weitere vier Stunden hiernach stand er völlig erschöpft in der Müllsammelstelle am westlichen Rand des Friedhofs und drehte den Wasserhahn ab. Das Wasser, welches eben noch über Betonboden, sowie Wände diverser Container für Restmüll, Kunststoff und insbesondere Biomüll geschossen war, tropfte noch kurz aus dem Schlauch heraus auf seine Gummistiefel, ehe es schlussendlich versiegte.

Eddi blickte in den Himmel. Nur einige Wolken waren zu sehen. Die Temperatur war noch immer überaus angenehm. Unangenehm hingegen war sein ungebrochener Drang nach Koffein und Nahrung. Er schob Mülltonnen zusammen, räumte Schlauch und Abfallsack weg, in den er den Unrat gesteckt hatte, der üblicherweise neben Containern wie diesen landete und steuerte daraufhin auf den Hintereingang der Friedhofskapelle zu. Dort entledigte er sich seiner Gummistiefel. Ein letzter Blick auf die Uhr, dann war der Arbeitstag beendet und er machte sich auf den Weg in die Wohnung.

Eine weitere Stunde, eine Dusche, zwei Baguettes mit Käse und Tomate, ein Bier und zwei Espresso später, wanderte Eddi abermals die Friedhofsmauer entlang. Diesmal nach unten. Der Altstadt entgegen.

Mesuts Imbiss mochte nun wieder geöffnet haben. Das hoffte Eddi zumindest und sah sich im Geiste bereits eine schmackhafte Lahmacun verspeisen.

Die Altstadt wurde auch an diesem Tag wieder von zahlreichen Fahrradtouristen kolonisiert. Doch auch Einheimische liefen umeinander und Eddi grüßte hier und da kurz ein paar bekannte Gesichter.

Als er auf den Imbiss seines Freundes zusteuerte, sah er schon von Weitem, dass sich am Status quo im Vergleich zum späten Vormittag doch nichts geändert hatte. Die Tür zum Laden war nach wie vor geschlossen. Keine Tische, keine Stühle warteten auf dem Gehweg auf Kundschaft.

Nun war es langsam an der Zeit, der Sache auf den Grund zu gehen, sagte er sich. Und da Mesut nahezu sprichwörtlich um die Ecke wohnte, ging er prompt die Hauptstraße einige Meter weiter, bog dann in die Obere Manggasse ab, um wenig später vor dem Domizil des Dönerdealers zum Stehen zu kommen.

Nachdem auch Klingeln nicht zum Erfolg hatte führen wollen, zog er sein Smartphone aus der Jeans und versuchte es mit einem Anruf. Nichts. Einmal mehr wollte er gerade dazu ansetzen, den Knopf der „M. Burak" Klingel zu betätigen, als plötzlich der Türöffner surrte. Eddi stieß einen leisen Seufzer der Erleichterung aus, die Eingangstür auf, und stieg dann die Treppe zu Mesuts Wohnung hoch.

Dessen Tür stand offen. Zumindest diese, dachte Eddi sich und trat ein. Sofort fiel ihm das schummrige Licht im Gang auf, an dessen Ende das Wohnzimmer mit angebundener Küche lag. „Mesut?", fragte er in das Halbdunkel hinein und schloss hinter sich die Wohnungstür in der Absicht, dem Duft von Marihuana, der ihm aggressiv entgegen schwappte, keine allzu große Fluchtmöglichkeit zu offerieren. „Alles klar bei dir? Wo bist du denn?"

„Hier", krächzte ihm eine entfernt bekannte Stimme aus dem Wohnzimmer entgegen.

Und ja, dort saß Mesut. Aber nicht etwa auf seiner Couch, krank und unter einer Decke vor dem Fernseher kauernd, wie Eddi es vermutet hatte. Nein, sein Freund vom Bosporus schien eine Art Ritual abzuhalten. So wirkte es zumindest auf den ersten Blick. Mesut saß in der Mitte des Raums auf dem Boden, von einer beachtlichen Heerschar an Nazar Amuletten umringt, den „türkischen Augen" aus Glas, welche der Abwehr böser Blicke dienten, und zog am Schlauch einer gewaltigen Wasserpfeife. In seiner Hand raschelte vernehmlich eine Gebetskette, während ein Hauch von Restluft schneidend dick um ihn herum waberte. Nur unter größter Anstrengung vermochte Eddi einen Hustenanfall zu unterdrücken.

„Was machst du denn da?", fragte er ungläubig, mit der Hand verzweifelt vor seinem Gesicht umher wedelnd. Dabei sah er sich im Halbdunkel um. Mesuts Handy, ein Teller mit Reis und Gemüse, kaum angefasst, sowie eine Tasse, vermutlich mit Tee gefüllt, standen rechts, diverse Rauchutensilien wie Tabak, Feuerzeug und in Aluminiumfolie gewickeltes Allerlei links neben ihm auf dem Fußboden. Aus der Stereoanlage drang gedämpft so etwas wie Musik, wenngleich es sich für Eddis Ohren eher nach der Performance einer Gruppe Klageweiber anhörte. Er ging in die Knie.

„Mesut?"

Jener Mesut blies beeindruckende Mengen an Rauch und Dampf aus seiner Lunge über den Boden des Wohnzimmers hinweg. Kleine Sehschlitze, die einmal Augen gewesen sein mussten, blickten Rauch- und Dampfschwaden kindlich-wehmütig hinterher. So, wie ein Junge einem Luftballon hinterher sah, welcher entkommen war und nun der Freiheit entgegen in den Himmel schwebte. Gleichsam fasziniert von diesem Anblick, gleichsam wehmütig ob des Verlusts.

„Ey Deutscher? Was geht ab?", piepste Mesut nun leise zurück.

Ja, was ging ab? Das fragte Eddi sich auch. Einerseits hätte er geradeheraus loslachen können. Andererseits war ihm fast ein wenig mulmig zumute. So hatte er seinen Freund noch nie gesehen. „Was ist los mit dir? Ist was passiert?"

„Du meinst, außer der Sache …", begann Mesut zu antworten, stockte jedoch sogleich wieder. Dann setzte er erneut an. „Außer der Sache gestern da in …" Er umfasste erneut den Schlauch der Shisha, beziehungsweise Nargileh, wie man Wasserpfeifen im Türkischen nannte und steckte sich das Mundstück hastig zwischen die Lippen. Kurze Zeit später schien es, als ob süßer Dampf ihm aus Mund, Nase und Ohren gleichzeitig strömte. Schließlich begab Mesut sich aus dem Schneidersitz heraus in eine entspannte Liegeposition.

„Deutscher, nimm auch 'nen Zug, Mann. Das befreit. Das befreiiiiiit."

So lag er da.

Es hatte ihn also noch schwerer erwischt, als es gestern bereits den Anschein gehabt hatte, analysierte Eddi. Er musste handeln. Und ihm kam eine Idee. Wenn man Schmerzen mit Schmerzen bekämpfen konnte, dann sicherlich auch einen Schock mit einem weiteren Schock.

Entschlossen richtete er sich auf und zog gleichzeitig seinen Freund an dessen Armen hoch.

„Komm mal kurz mit Mesut. Ich hab da was für dich."

„Ey, Deutscher langsam Mann, langsam. Ich fliege, ich fliege."

„Ja, das sehe ich. Aber langsam wird es Zeit, dass der kleine Mesut sein Fahrwerk ausfährt und wieder zur Landung ansetzt."

Eddi schob Mesut in den Gang, schaltete das Licht zum Bad an, welches rechts abging und schob Mesut kurzerhand in die Duschkabine.

„Alter, mein Fahrwerk fahr ich für dich bestimmt nicht aus und was mach ich hier eigentlich in …"

Weiter kam er nicht.

Eddi hatte bereits seine Hand an den Regler gelegt und diesen ganz auf rechts und damit „süper" kalt gestellt, die Schiebetür soweit geschlossen, dass er gerade noch mit dem Arm hindurch passte und dann hieß es: Arschkaltes Wasser marsch.

Mesut jaulte kurz auf, stolperte fast über seine eigenen Füße und wollte nach dem Wasserhahn greifen, den aber Eddi mit seiner rechten Pranke umklammert hielt. Mesuts Batik-Shirt, das er trug, war binnen Sekunden völlig durchnässt. Ebenso wie seine schwarz-gelockte Mähne.

„Alter", kam es zitternd aus Mesut hervor. Schließlich folgte ein „dur, dur" und wieder einige Sekunden später mehrere Male „Scheiße, Scheiße, Scheiße!"

Nach etwa einer Minute stellte Eddi das Wasser ab. Der stolze Türke stand wie der sprichwörtliche Pudel zitternd in der Duschkabine.

„Ich glaub es nicht, Deutscher. Bist du irre oder was?"

„Ich hol dir was zum Anziehen", kam es nüchtern von Eddi zurück. Er ging ins Schlafzimmer, öffnete Mesuts Wandschrank, aus dem er eine Short und ein Shirt zog. Durch die halbver-schlossene Badezimmertür hindurch reichte er beides seinem Freund. Daraufhin ging es wieder zurück ins Wohnzimmer. Sogleich öffnete er die beiden Fenster dort, füllte das Zimmer hier-durch mit Sauerstoff. Zudem riss er die dunklen Vorhänge zur

Seite, worauf die Wohnung umgehend mit Licht geflutet wurde. Nachdem er derart im Wohnzimmer vorgegangen war, wiederholte er die Prozedur nochmals im Schlafzimmer.

Nach getaner Arbeit genoss er die verbesserte Atmosphäre der Wohnung. Zufrieden mit seinem Werk setzte er sich auf die Couch im Wohnzimmer, atmete tief ein und aus und zündete sich schließlich eine Zigarette an. Wie er dort saß und genüsslich an dieser zog, lauschte er den türkischen Schimpflauten, die aus dem Bad heraus zu ihm ans Ohr drangen.

Es fluchte, es raschelte, es polterte. Dann trat Mesut halb angekleidet und mit einem Handtuch in der Hand aus dem Bad.

„Mann, Deutscher, von sowas kann man 'nen Herzinfarkt bekommen!"

„Und davon nicht?" Eddi machte eine fahrige Bewegung mit seinem Zeigefinger und deutete unter anderem auf die Dampfmaschine vor sich auf dem Boden.

„Ja, Mann. Das hab ich halt gebraucht. Du bist der scheiß Totengräber und kannst mit solchen Dingen vielleicht umgehen." Er fuchtelte wild mit den Händen herum, mutmaßlich, um mittels dieser Bewegungen gewissen Erinnerungen den Zugang zu seinem Bewusstsein zu verwehren. „Ich aber ..." Er schüttelte mit dem Kopf. „Eddi, ich bin ansonsten ja nicht aus deutschem Zucker, aber das!" Abermals schüttelte er sein feuchtes Haupt.

„Und was ist mit dem Laden?", wollte Eddi wissen. „Du kannst doch den Laden nicht einfach zulassen? Hättest doch wenigstens Ayşe Bescheid geben können."

„Nein, Mann. Ich wollte keinem länger als nötig unter die Augen treten. Nachdem wir gestern zurückgekommen sind, bin ich gleich in den Laden gegangen und hab Ayşe nach Hause geschickt. Ja. Und da im Laden. Da hing dann der Dönerspieß."

„Ja und?", fragte Eddi irritiert.

„Na, was und?", blökte Mesut zurück. „Der scheiß Dönerspieß hing da! Weißt du eigentlich, wie der aussieht?"

Da begriff Eddi.

Mesut setzte sich zu ihm auf die Couch, nahm Eddis Schachtel Zigaretten vom Tisch und zündete sich hastig eine an.

Mit dem berühmten fitten Turnschuh wies sein Freund nach wie vor wenig Gemeinsamkeiten auf. Eddi wollte ihm insofern gerade nicht zu viele Erinnerungen zumuten. Dennoch wollte er eine Sache noch ansprechen.

„Ich hab die Frau am Sonntag gesehen."

„Welche Frau?", fragte Mesut zurück und schien tatsächlich im ersten Moment keinen blassen Schimmer zu haben, wovon er da sprach.

Eddi schaute seinen Freund einfach nur an. Es dauerte etwas und schließlich fiel der Groschen.

„Die Frau?"

Eddi nickte. „Die Frau."

Erneut machten sich Verblüffung und Unverständnis breit. Also berichtete Eddi von seinem Trip in die Weinberge Frickenhausens. Erst glotzte Mesut lediglich stur und stumm vor sich hin und Eddi fürchtete schon, die Wirkung des kalten Wassers könne bereits nachgelassen haben. Dann jedoch drückte sein Freund die Zigarette im Aschenbecher aus, der auf dem lang gestreckten Sofatisch stand, nahm das Handtuch in seine Hände und rubbelte sich wie wild seine langen, schwarzen Haare trocken. „Also", setzte Mesut schließlich dazu an, etwas zu sagen, brach jedoch sofort wieder ab, zog stattdessen die Brauen in die Höhe, um wieder leicht mit dem Kopf zu schütteln. Dann stand er auf und trottete ohne ein weiteres Wort ins Schlafzimmer.

Eddi zündete sich derweil eine weitere Zigarette an. Einige Minuten später kehrte Mesut, nunmehr wieder zur Gänze bekleidet, zurück ins Wohnzimmer, von wo aus er schnurstracks zurück ins Badezimmer wandelte. Wiederum einige Minuten vergingen, bis Mesut aus eben jenem heraus abermals ins Wohnzimmer trat, sich an seinen Schreibtisch setzte, ein Stück Papier aus einer Schublade hervorholte, irgendetwas darauf kritzelte und dann nur meinte: „Komm, wir gehen los."

„Wohin?"

„In den Laden."

Mesut schloss die Tür zum Imbiss auf. Sein erster Gang führte ihn zum Kaffeevollautomaten, den er unverzüglich mit Strom versorgte.

Das war schon mal eine überaus gute Idee, befand Eddi. Dann, der Ekel schien sofort aufs Neue von Mesut Besitz zu ergreifen, wurde der Dönerspieß, der dort noch immer in seiner Grill-Vorrichtung hing, aus eben jener herausgelöst. Wenige Momente später verschwand das große, länglich geformte Stück Fleisch in einem noch größeren, blauen Müllsack.

„Bring den mal hinter", delegierte Mesut und streckte Eddi sowohl Müllsack als auch einen Schlüssel entgegen. Dieser tat wie geheißen und schleppte den Beutel in den hinteren Bereich des Ladens, schloss dort die Hintertür auf und warf den Sack in die Mülltonne des angeschlossenen Müllraums.

Nachdem er zurückgekehrt war, sah er, wie Mesut soeben das Blatt Papier, welches dieser zuvor noch beschriftet hatte, zentral mit Klebeband auf der Innenseite der Glasfront des Imbisses anbrachte. Wie immer ging sein Freund dabei handwerklich überaus fachmännisch vor. Hierzu gab es zwei Werkzeuge, derer er sich bei derlei Arbeiten primär bediente. Klebeband in allen Größen einerseits. Handtacker jeglicher Bauart andererseits. Der Tacker kam in diesem speziellen Fall selbstredend nicht zum Einsatz. Wobei „selbstredend" zu relativieren war. Unzählige Male schon hatte Mesut ihn damit überrascht, Klebeband oder auch Tacker als Problemlöser in Fällen einsetzen zu wollen, in denen kein anderer Mensch auf diesem Planeten auch nur auf die Idee gekommen wäre, eines jener Werkzeuge überhaupt in die Hand zu nehmen.

Eddi kommentierte Mesuts Aktion an der Glasfront jedenfalls erst einmal nicht weiter. Lieber setzte er sich auf einen der Barhocker an einen der runden Stehtische. Es dauert nicht lange und er durfte von dort aus den lieb gewonnenen Tönen des Kaffeevollautomaten lauschen.

„Und wissen die Bullen schon was?", erkundigte sich Mesut kurze Zeit später, während er ein Tablett, auf dem zwei Tassen

Kaffee, ein Milchkännchen und eine Zuckerdose standen, zu ihm an den Tisch balancierte. Frischer, schwerer Duft von Koffein machte sich breit. Mesut setzte sich zu ihm, sprang Sekunden später allerdings unmittelbar wieder auf, um vor dem Verzehr der Koffeinbombe erst noch die Eingangstür zu schließen.

Heute würde Mesut wohl niemanden mehr mit türkisch-orientalischen Spezialitäten verwöhnen, mutmaßte Eddi. Dann gab er die Informationen weiter, die Bernd ihm gesteckt hatte.

„Na ja", überlegte Mesut laut und schlürfte gleichzeitig hingebungsvoll sein Heißgetränk. „Soweit macht das alles wahrscheinlich Sinn, Deutscher. Ältere Frauen. So Unfälle passieren …" Und nach kurzer Pause schob er noch ein dumpfes „Scheiße" hinterher.

„Ja, mag sein", gab Eddi nachdenklich zurück. Für einen längeren Moment hingen beide stumm ihren Gedanken nach, bis Mesut die Stille durchbrach. „Vielleicht sollten wir uns jetzt aber erst mal um die tote Untermieterin bei dir auf dem Friedhof kümmern." Er ließ ein weiteres Stück Zucker in seine Kaffeetasse gleiten.

Mesut hatte Recht und doch verblüffte Eddi die Aussage. Er hätte vielmehr erwartet, dass Mesut ihm nunmehr energisch dazu raten würde, sich besser wieder gänzlich anderen Aufgaben zu widmen. Stattdessen riet er ihm genau genommen dort weiter zu machen, wo man aufgehört hatte, sah man von dem unseligen Ausflug an das Mainufer in Frickenhausen ab. Und es stimmte wohl auch. Es gab keinen Grund, sich weiter mit dem schrecklichen Vorfall dort unten am Main zu befassen. Was nun zählte, waren die Vieren, die Dreien und der Schützenverein. Oder besser gesagt, der einstige Schützenverein Frickenhausens.

„Stimmt", gab er Mesut zur Antwort. „Ich werde morgen nach Frickenhausen fahren und wie geplant im Rathaus nachfragen, was denn nun aus diesem Verein da wurde."

„Was heißt hier du?", kam es postwendend zurück. „Wir fahren natürlich zusammen!"

Eddi zog die Stirn in Falten. Jetzt völlig verwundert.

Mesut aber winkte umgehend ab. „Nein, Herr Deutscher, was angefangen wird, wird auch zu Ende gebracht!", warf er hinterher, augenblicklich wieder ganz zum stolzen Türken remutiert.

„Na, ich dachte nur wegen Frickenhausen und … also weil die Sache gestern nicht so rund lief."

„Ach was Mann, wir werden schließlich nicht noch einmal auf … sowas stoßen, du weißt schon."

Eddi wusste es. Und umso besser, dachte er bei sich. Somit würde man der Sache mit dem Schützenverein weiterhin zu zweit nachgehen. Und vier Augen sahen bekanntermaßen mehr als zwei. Grundsätzlich gesprochen, zumindest.

„Also morgen?", fragte Mesut nach.

Eddi forschte kurz in seinem Speicher. „Da steht eine Beerdigung an. Aber gegen halb drei, drei könnte ich hier sein."

„Tamam, Eddi!" Mesut klatschte in die Hände. „Hadi, dann sag ich Ayşe Bescheid, dass sie morgen um halb drei hier ist. Ich mach jetzt noch sauber." Er deutete auf die Grillvorrichtung. „Und bereite schon mal alles für morgen vor." Die beiden erhoben sich. „Deutsche Vorbereitung, deutsche Vorbereitung", faselte Mesut weiter. „Und Alter, pack den blöden zweiten Helm weg. Den brauchen wir nicht!", kam es noch von ihm, bevor er hinter der Theke verschwand.

Eddi zog einen fünf Euro Schein aus seinem Portemonnaie und legte ihn auf den Stehtisch, bevor er im Anschluss daran den Imbiss verließ und auf den Gehweg trat. Bevor er die Hauptstraße überquerte, um die Heimreise anzutreten, blickte er noch einmal zurück. Der Zettel, der nunmehr die Glasfront des Imbisses zierte, kündigte in tiefblauen Buchstaben eine „Veketarische Woche" an.

Kapitel 8

Am darauffolgenden Nachmittag steckte Eddi den Schlüssel in das Schloss seiner Wohnungstür, bereit für seine Verabredung mit Mesut. Doch er zögerte. Irgendetwas meinte er vergessen zu haben. Er hielt inne. Dachte nach. Doch mehr als ein Loch war gerade nicht anzutreffen in seinem Kopf.

„Mann!", schalt er sich und stand für einige Sekunden wie angewurzelt im Hausgang herum. Helm, Handy, Portemonnaie, Schlüssel. Alles da. Und doch war da dieses Gefühl etwas liegen gelassen, ja, etwas Wichtiges vergessen zu haben. Er war ratlos. Sein kleines, eigentlich bescheidenes Leben wurde zunehmend verdrehter und verquirlter. Plötzlich musste er über so viele Dinge gleichzeitig nachdenken. Das war er in der Form nicht gewohnt. Zudem lagen ihm all jene Dinge auch noch am Herzen. Die Rätsel, die sich vor seinem inneren Auge auftaten, sobald er einen Moment der Ruhe hatte. Die Menschen, die damit verknüpft waren. Gisela, das Teeservice, die Vieren und Dreien, die Kette. Ihm begann mehr und mehr der Kopf zu schwirren.

Und heute hatte er irgendetwas vergessen. Er wusste es. Was es war? Darauf würde er jetzt nicht kommen. Auch das wusste er. Also besser nicht weiter darüber nachgedacht.

Wobei die Sache mit dem Nachdenken heute tatsächlich nicht Eddis Steckenpferd zu sein schien. Gedankenverloren und abgelenkt war er schon den ganzen Tag über gewesen. Das war so weit gegangen, dass er kurz nach Mittag im Rahmen der Beerdigung beinahe vergessen hatte, das Bild des Verstorbenen neben der Urne in der Friedhofskapelle zu platzieren. Und auch weitere Routineaufgaben waren ihm schwergefallen.

„Eddi, mein Lieber, du wirkst gerade ein wenig zerstreut", hatte ein verdatterter Pfarrer Selig zu ihm gemeint und ihn dabei beobachtet, wie er mit dem Wasserzerstäuber in der Hand wie wild den Blumenschmuck vor der Urne befeuchtet hatte. So sehr, dass die Steinplatten um die Urne herum derart nass geworden waren, dass er im Anschluss mit einer Rolle Papiertücher hatte anrücken müssen, um die Trauergemeinde vor etwaigen Rutschmanövern und Unfällen zu bewahren.

„Eine Beerdigung genügt heute vollumfänglich", hatte Pfarrer Selig in seiner betont lässigen und dennoch würdevollen Art zu ihm gesagt. Eddi mochte ihn. Er gehörte zu dem Schlag Mensch, der in schwierigen Situationen immer die richtigen Worte fand. Zudem trat er nie als moralische Instanz auf. Er deutete nicht mit dem Finger, um die Richtung zu weisen. Insbesondere aber war der Pfarrer allem und jedem gegenüber erst einmal aufgeschlossen und tolerant. Dass Eddi den Menschen allgemein eher weniger abgewinnen konnte. Dass er häufiger am Glauben zweifelte, als sich von diesem beseelt zu fühlen. Dass er der Institution Kirche ziemlich kritisch gegenüberstand. All das schien den Pfarrer nicht weiter zu stören.

„Dem Glauben wohnt der Zweifel nun mal inne, Eddi. Es geht nicht anders. Es kann keinen Glauben ohne Zweifel geben. Die Kirchengemeinschaft ist eine Glaubensgemeinschaft, keine Wissensgemeinschaft", hatte der Pfarrer einmal philosophiert. Eine keinesfalls selbstverständliche Einstellung dem Glauben, dem Leben und den Menschen gegenüber. Erst recht nicht im katholisch geprägten Franken. Noch weniger, wenn man wie Eddi das Amt eines Totengräbers bekleidete.

Und eben jener Totengräber stand nun, langsam aber sicher genervt von sich selbst an diesem Freitag, grübelnd vor dessen eigener Wohnungstür. Schließlich drehte er den Schlüssel im Schloss herum und machte sich anschließend daran, das Haus zu verlassen. Sein Nachbar, Herr Martins, kam gerade die Treppe im Flur herunter stolziert und winkte ihm kurz lustlos mit der wohl neuesten Ausgabe seiner Wirtschaftszeitung zu, ohne die man ihn eigentlich nie zu Gesicht bekam. Heute allerdings hielt Herr Martins die Zeitung in der Hand, statt diese wie sonst üblich rückseitig in seine Jeans gesteckt umherzutragen.

Beim Anblick der Zeitung musste Eddi an die Ereignisse in Frickenhausen denken. Er hatte den Artikel über den Tod der alten Dame noch gar nicht gelesen, fiel ihm auf. Andererseits, nahm er an, würde dieser ihm auch nichts Neues berichten können.

Gut zwanzig Minuten später verabschiedeten er und Mesut sich von Ayşe, die für diesen Nachmittag wie vereinbart das Kommando über Mesuts Dönerparadies übernahm.

Eddi warf noch einmal einen Blick auf den Zettel, der mit aufreizend viel Klebeband regelrecht an die Glasfront des Imbisses zementiert worden war. „Veketarische Woche". Nun, Mesut würde sich schon wieder einkriegen. Allerdings war der Grund für diese Fleischlosigkeit gleichermaßen makaber wie nachvollziehbar. Bei dem Gedanken an den fahlen Dönerspieß durchfuhr Eddi ein neuerlicher Schauer.

„Ey, Deutscher, lass uns noch kurz bei Gisela reinschauen, bevor wir nach Frickenhausen rüber fahren", kam es da von Mesut.

Eine gute Idee, befand Eddi und so standen die beiden bereits wenige Minuten später auch schon in Giselas Blumenbinderei. Dabei vermied Giesela das Thema „Tote im Main" für Eddis Geschmack eine Spur zu durchschaubar. Mesut seinerseits schien Gisela dies stumm zu danken. Ein von Krämpfen geplagter, sich übergebender Mesut passte sicherlich nicht in dessen archetypische Vorstellung eines stolzen Türken. Und über so etwas wollte man dann natürlich auch nicht reden. Vor allem nicht, wenn es einen selbst betraf. Also sprach man über andere Dinge. Und so kam es, dass die Stimmung dann doch noch leicht zu kippen drohte, als Gisela Mesut anstatt auf die Wasserleiche auf dessen Liebesleben ansprach.

„Was machen denn die Frauen so bei dir, Casanova? Man hört ja gar keine Geschichten mehr!"

Mesut verschluckte sich fast an seinem Espresso, schaute dann Eddi vorwurfsvoll an in der Annahme, dieser hätte Gisela über dessen sexuelles Notfasten unterrichtet.

Eddi konnte nichts weiter tun, als ein kombiniertes Achsel-Kopfschütteln anzudeuten.

„Äh, ja", begann Mesut Stellung zu beziehen, „also Casanova muss schließlich auch mal 'ne Pause einlegen. Außerdem nehme ich nur beste Ware, wie Madame weiß." Er rührte in seiner leeren Espressotasse herum. „Tja und im Moment ist der Markt an guter Ware leider etwas leergefegt. Die einzig wirklich interessante Frau in diesem Kaff wird ja schon von 'nem anderen Kerl angegraben, wie man, äh, schönes deutsches munkeln hört."

Gisela grinste wissend, reichte dem Dönerdealer dankend die linke Hand, welche dieser sogleich einmal mehr mit einem galanten Handkuss beglückte.

Währenddessen warf Eddi nun Mesut einen strafenden Blick zu. „Ja, ja, ihr zwei. Schon klar", grantelte er und zupfte dabei an dem Grün herum, das sich ihm aus einer Tonschale heraus entgegenreckte.

„Und was genau habt ihr in Frickenhausen vor?", fragte Gisela.

„Der Deutsche will wegen dem Schützenverein fragen. Du weißt schon, wegen der, der Unbekannten da im Grab auf seinem Friedhof."

Gisela nickte. „Verstehe. Wegen diesem Abzeichen da. Eddi hat mir davon erzählt. Finde ich gut, dass ihr das macht. Ehrlich. Sehr gut sogar. Was für eine Geschichte. Musste noch viel darüber nachdenken. Wie war das außerdem noch mal mit dem Zettel? Was stand da noch gleich drauf?"

„Möge Gott mir verzeihen, es waren vier ähh mit drei", pulsierte der Inhalt der papiernen Grabbeigabe mehr schlecht als recht aus Mesuts Mund.

„Möge Gott uns verzeihen, es waren von Vieren die wichtigsten Dreien", korrigierte Eddi.

„Hmhhh, schon komisch", meinte Gisela. „Vielleicht die besten Schützen da im Schützenverein?"

„Oder eine Anspielung auf die gesellschaftliche Stellung gewisser Mitglieder", erwiderte Eddi würdevoll, unterdessen sein Telefon anfing zu klingeln. Er zog es aus der Tasche und machte sich nach einer entschuldigenden Geste sogleich daran, den Laden zu verlassen. Vor der Tür konnte man ungestörter telefonieren. Er blickte auf das Display seines Smartphones. Es war Bernd.

„Servus, Bernd. Was gibt's?"

„Servus, Eddi. Du, eine Frage. Hast du irgendwem außer uns von dieser ominösen Kette erzählt? Du weißt schon, die Kette der alten Frau aus dem Main."

„Nein", gab Eddi zurück. „Also niemandem außer Mesut und Gisela. Weißt schon, das ist meine, äh, also warum fragst du? Gibt es ein Problem?"

„Nein, kein Problem Eddi. Und du hast mit Sicherheit mit sonst niemandem darüber gesprochen?"

„Nein, ganz sicher nicht. Jetzt rück schon raus mit der Sprache. Worum geht's denn hier?"

„Also, beim Chef hat sich eine Journalistin gemeldet. Genau genommen war die bei uns auf der PI. Du müsstest sie eigentlich gesehen haben. Hat sich mit dem Finke unterhalten, während wir das Protokoll aufgenommen haben."

Eddi dachte einen Augenblick lang nach und ja, es dämmerte ihm. Er erinnerte sich an die überaus hübsche Blondine, um welche die Oberwachtel im Vorzimmer säuselnd umhergezwitschert war, währenddessen er in Bernds Büro seine Aussage zur Toten aus Frickenhausen gemacht hatte.

„Ja, und?"

„Also, diese Frau hat den Chef doch tatsächlich nach einer Kette gefragt. Ob die Frau nicht eine Kette um den Hals getragen habe. Sie hätte, aufgepasst, da nämlich einen Tipp bekommen. Die Kette sei wichtig oder wertvoll oder was weiß ich und wenn diese Kette weg ist, könnte das doch ein Hinweis auf ein Gewaltverbrechen sein und so weiter und so fort."

Eddi musste die Info erst einmal verarbeiten.

„Eddi, bist du noch dran?", schoss es nach kurzer Pause in sein Ohr. „Ja, ja, ich bin noch dran. Also Bernd, ich schwöre dir Stein auf Bein, dass ich garantiert keiner Journalistin irgendetwas von einer Kette erzählt habe. Ich bin mir genau genommen sogar ziemlich sicher, nicht auch nur eine Journalistin auf der ganzen Welt überhaupt zu kennen."

„Hab mir das schon gedacht, Eddi. Außerdem wäre es deine Privatsache, wenn doch." Wie so oft, wenn das Gespräch an einen heiklen Punkt kam, wurde Bernds Stimme jetzt deutlich leiser. „Es ist nur so, dass mein Chef der Überzeugung ist, du hättest der Frau das gesteckt. Für ihn steht das völlig außer Frage. Er erklärt sich das ganz einfach so: Du hast geglaubt, da etwas gesehen zu haben. Er sagt: Hirngespinst. Du hast darüber mit der Journalistin gesprochen und eben die ist dann hier aufgetaucht. Eine ‚Kette aus blühender Phantasie‘ hat der Finke das genannt."

„Kette aus blühender Phantasie", äffte Eddi nach. „Der spinnt doch. Aber warum erzählst du mir das alles?"

„Na ja, es ist doch folgendermaßen. Also schau. Meiner Meinung nach. Du hast ja diese Kette gesehen. Daran besteht kein Zweifel, wie du sagst. Wenn du dieser Journalistin aber nix von der Kette erzählt hast …"

Eddi vervollständigte Bernds Ausführungen: „Woher wusste diese Journalistin dann davon?"

„Eben. Bis zu der Schlussfolgerung kommt mein Chef aber erst gar nicht. Der geht ja fest davon aus, dass du dieser Tante die Info bewusst oder vielleicht auch unbewusst gesteckt hast. Geht man aber davon aus, dass das nicht der Fall ist. Also Eddi, in dem Fall finde ich die ganze Angelegenheit dann auch zunehmend seltsam."

Nachdem Eddi das Telefonat kurze Zeit später beendet hatte, stand er noch eine Weile gedankenversunken auf der Straße vor Giselas Laden. Er sah Gisela mit Mesut herumwitzeln und dachte nach. Zumindest versuchte er nachzudenken. Sehr effektiv gestaltete sich der Versuch jedoch nicht. Dieser Freitag schien fürs Denken nicht geschaffen zu sein. Nachweislich. Wahrscheinlich war es eher ein Tag der Tat. Also betrat er den Laden erneut.

Mesut stellte gerade eine mundgeblasene, in einen Sockel aus Kork eingebettete kleine Vase zurück auf den Tisch und gab mit einem verzückten Lächeln zu erkennen, dass man sich doch gerade so toll über ein gewisses Teeservice unterhalten habe. Das wäre aber echt ein besonders tolles Geschenk gewesen. Also eine wirklich klasse Idee, Respekt und so. Wie er darauf nur gekommen sei?

Eddi hätte Mesut nur zu gern das ein oder andere Grünzeug in den Rachen gestopft, das um sie herumstand. Nach kurzem Abwägen aber entschloss er sich dazu, besser kurz durchzuatmen und dann von Bernds Anruf zu berichten. So gewann er nicht nur Zeit, sondern durfte überdies erleichtert feststellen, dass gewisse Neuigkeiten das Thema Teeservice tatsächlich erst einmal aus den Köpfen aller Anwesenden zu erodieren vermochten.

„Das wird ja immer verrückter", fasste Gisela dann treffsicher zusammen. Und so war es. Verrückt. Mehr gab es nicht zu sagen und so beschloss man, die Runde fürs Erste aufzulösen. Frickenhausen wartete.

„Scheiße, Mann", nörgelte Mesut, als man einige Zeit später vor dem Frickenhäuser Rathaus stand. „Hättest du nicht vorher nachschauen können?" Mesut schüttelte mit dem Kopf. „Ey, Deutscher. Sherlock Holmes funktioniert aber echt anders. Mal ehrlich."

Und irgendwie hatte Mesut ja recht. Dass dieses Frickenhäuser Rathaus aber auch schon am frühen Nachmittag seine Pforten schließen musste. Gut, Frickenhausen war wirklich klein. Somit war es, überlegte Eddi, möglicherweise absehbar gewesen, dass Amtsträger und Verwaltungsangestellte an einem Freitag nicht bis achtzehn Uhr Dienst schieben würden. Ein Blick auf die Uhr verriet Eddi allerdings, dass es aktuell gerade mal halb vier war.

„Hätten außer mir ja noch andere dran denken können", raunzte er Mesut nun seinerseits an. „Bin ja kein Medium, das hätte ahnen müssen, dass die so früh Feierabend machen." Er sah sich um. „Aber wenn wir schon mal hier sind, holen wir zumindest das mit dem Essen nach. Ich hab Hunger und zwar ordentlich." Eddi deutete auf ein Gasthaus. Dem Herrn sei Dank, frohlockte er im Stillen. Es hieß „Gasthof zum Rebstock". Nicht etwa „Gasthof zum leckeren Schwein".

Mesuts Augen folgten Eddis Zeigefinger über die Straße hinweg. Misstrauisch musterte er das Fachwerkhaus inklusive schnörkeligem Schild aus Gusseisen. Allerdings bedeutete kein Schwein auf dem Schild und im Namen erst einmal keinen Einwand. Damit stand einer Mahlzeit nichts entgegen.

Die beiden überquerten die Straße und betraten nach einem weiteren kritischen Blick Mesuts auf die Speisekarte, die rechts neben dem Eingang in einem kleinen Kasten aus Holz angebracht war, den Gasthof. Dieser war geräumig und mit dunklen, wuchtigen Tischen ausgestattet. Eine Bedienung in Dirndl wuselte zwischen selbigen herum, von denen trotz der frühen Stunde bereits einige in Beschlag genommen worden waren. Entsprechend stiegen Eddi verschiedene Essensdüfte in die Nase und befeuerten seinen Wunsch nach rascher Nahrungsaufnahme umso mehr.

Er sah Richtung Tresen und fing den Blick des Wirts auf. Dieser wies mit einem Fingerzeig auf einen freien Tisch inmitten des Restaurants.

Kaum hatten er und Mesut Platz genommen, kam auch schon die Servicekraft im Dirndl angelaufen. Man bestellte. Mesut eine vegetarische Gemüsepfanne mit Schupfnudeln. Eddi Entenbrust mit Rotkohl und Kartoffelklößen. Dazu zwei Teller Salat.

Dann aß man. Und man aß gut. Das musste sogar Mesut einräumen, wenngleich das zur Mahlzeit gereichte Brot nach dessen fachkundiger Meinung zu kross war und man zum Salat selbstredend hätte zwei, drei Hälften Zitronen reichen müssen.

Eddi überlegte, ob er Mesut darauf aufmerksam machen sollte, dass dies nun mal kein türkisches Speisehaus, sondern ein Gasthof mit deutscher Hausmannskost war. Und andere Länder und andere Sitten und so weiter und so fort. Aber gut. Er beließ es dabei. Weniger gut war dann die Rechnung. Zweiundvierzig Euro. Zuzüglich Trinkgeld, versteht sich. Mesut verschränkte sogleich die Arme vor der Brust und blickte betont unbeteiligt drein, als die Bedienung ein großes Portemonnaie aus der Seitentasche ihres rot-weißen Dirndls zog, um abzukassieren.

„Und das für nix und wieder nix", murmelte Eddi genervt vor sich hin, während auch er nach seinem Portemonnaie griff und schließlich nach zwei Zwanzig-Euro-Scheinen und einem Fünf-Euro-Schein kramte.

„Hat es Ihnen nicht geschmeckt?", fragte die Bedienung höflich und zugleich ehrlich besorgt.

„Doch, doch", gab Eddi schnell zurück. „Stimmt so." Er streckte ihr die Scheine entgegen. „Ich meinte was anderes. Wollten hier was im Rathaus erledigen, aber die hatten leider schon zu. Daher. Entschuldigung. War nicht auf das Essen gemünzt. Das war hervorragend."

Die Bedienung lächelte zufrieden und steckte flugs die Scheine ein. Eine der Servicekräfte, die ihren Job tatsächlich noch gerne machten und auch wussten, was Dienstleistung im Kern bedeutet, dachte Eddi.

„Das freut mich. Und vielleicht kann Ihnen ja die Helga auf dem kurzen Amtsweg helfen. Die sitzt da hinten. Helga arbeitet nämlich bei uns im Rathaus." Die Bedienung deutete auf einen kleinen runden Tisch nahe des Tresens. Dort saß eine ältere, kleine Frau, die allem Anschein nach gerade etwas in ihr Handy einzutippen versuchte. „Die Helga nimmt es Ihnen bestimmt nicht krumm. Fragen kann man ja. Worum geht es denn?"

Eddi schöpfte Hoffnung. Mesut sah ihn aufmunternd an. Also begann Eddi, sein Anliegen in Worte zu fassen. Zumindest versuchte er es.

„Na ja, also es mag etwas ungewöhnlich erscheinen. Aber wir interessieren uns für den Schützenverein, den es hier im Ort mal gegeben haben muss. Wissen Sie, wir … ", Eddi neigte sein Haupt kurz in Richtung seines Freundes, „ … also wir suchen jemanden. Ist so eine Art Ahnenforschung." Schon wieder der Mist mit der Ahnenforschung, dachte er sich noch. Aber ihm war zum wiederholten Male nichts Besseres eingefallen. Genau genommen hatte Mesut wirklich recht gehabt. Ein wenig akribischer hätte seine Vorbereitung auf diesen Tag schon ausfallen dürfen.

„Aha!", stieß die freundliche Bedienung aus. „Also nix mit Formular A-38 oder so." Sie lachte auf.

Eddi und Mesut sahen sich fragend an. Tiefe Furchen zogen sich über deren Stirn und signalisierten vollumfängliches Unverständnis.

„Ach, nichts weiter. Nur so ein Witz aus einem Asterix Comic", versuchte die nette Bedienung alsdann zur Aufklärung des Sachverhalts beizutragen. Jedoch vergeblich. Eddi lächelte sie dennoch wohlwollend an, obwohl er keinen blassen Schimmer von dem hatte, was die Bedienung da von sich gab. Der Misserfolg ihres humorvollen Einlasses verdarb der Frau jedoch keinesfalls die gute Laune. Sie beglückte Eddi und Mesut vielmehr mit einem noch breiteren Grinsen, wohl wissend, dass die zwei Herren vor ihr gerade den sprichwörtlichen Bahnhof zwischen den Ohrmuscheln trugen.

„Ich gebe mal eben der Helga Bescheid", meinte sie letztendlich noch, bevor sie davoneilte.

Kaum wenige Meter außer Reich- und Hörweite, meldete sich Mesut, bis dahin stumm wie ein Fisch, zu Wort.

„Alter! Heiß sag ich dir. Heiiiiiß!", zischelte dieser ihm wie eine Viper entgegen, die soeben Beute gewittert hatte.

„Nicht jetzt, Frauenbeschwörer. Lass die Schlange brav im Korb. Wir haben Wichtigeres zu tun."

„Wichtigeres, Deutscher? Hast du gesehen wie die mich angesehen hat? Die ist reif zum Pflücken, Alemannia! Sowas von reif, das sag ich dir. Da kocht mir doch sofort das südländische Blut in den Adern! Oder meinetwegen auch das ostländische. Scheiß drauf."

Eddi wollte gerade zu einem exzessiven Augenverdreher ansetzen, als die nächste Dame an ihren Tisch herantrat. Das musste Helga sein.

„Hallo!" Der verbale Gruß der Frau wurde von einem offenen Lächeln begleitet. Ihre Hand streckte sie sogleich Mesut zur Begrüßung entgegen. „Helga Kämmerer."

Mesut sprang auf und drückte der Frau mit seiner Rechten die Hand, unterdessen seine Linke einen freien Stuhl zurechtrückte. Auch Eddi erhob sich. „Eddi, hallo." Er deutete nochmals auf den Dönerdealer. „Mesut, ein Freund von mir. Danke schon mal, Frau Kämmerer, dass Sie sich kurz Zeit für uns nehmen. Ich weiß gar nicht, ob Sie uns weiterhelfen können."

„Schauen wir mal. Am besten Sie schießen einfach los. Dann sehen wir weiter."

Eddi tat wie geheißen. Er erzählte von der angeblichen Ahnenforschung, sowie dem Verweis auf den Schützenverein des Orts, den es bis zum Kriegsende gegeben haben musste.

„Also, das ist, zugegeben, nicht so ganz meine Baustelle", erwiderte die Dame. „Aber wir können gerne mal zusammen einen Blick ins örtliche Vereinsregister werfen. Damals wurde das alles noch per Hand und ohne Computer erledigt. Originalunterlagen werden bis heute außerdem weitestgehend im Rathaus aufbewahrt. Ich kann Ihnen allerdings nichts versprechen. Die Zeit der Kriegswende ist eine äußerst heikle Phase mit vielen, vielen Lücken, wie Sie sich denken können. Nach was genau suchen Sie denn?"

Eddi überlegte. „Ich denke, wir suchen einfach nach irgendeinem Anhaltspunkt. Nach irgendetwas, um überhaupt irgendwie weiter zu kommen, verstehen Sie? Also zum Beispiel wäre es hilfreich zu wissen, ob es da auch Frauen im Verein gab. Wir suchen nämlich genau genommen nach einer Frau, die hier wohl mal gewohnt hat."

„Verstehe." Frau Kämmerer nickte. „Ob es allerdings Frauen in diesem Verein gegeben hat oder nicht. Diese Frage werde ich Ihnen beim besten Willen nicht beantworten können. So oder so nicht. Ich meine, selbst wenn wir im Vereinsregister fündig werden sollten."

„Was steht denn in so einem Register überhaupt?", klinkte nun auch Mesut sich ins Gespräch ein.

Eddi warf ihm einen kurzen Blick zu. Sieh an. Entsprechende Neugierde schien also im Stande zu sein, tief verwurzelte Zurückhaltung bei Anwesenheit vermeintlicher Autoritäten auszuhebeln.

„Nun, so, ich würde sagen, technisch-strukturelle Dinge", gab Frau Kämmerer an Mesut gewandt zurück. „Primär die Tätigkeit, also der Zweck eines Vereins. Anschrift, Gründungsdatum und Auflösung und dergleichen. Und natürlich, wer dem Verein vorsteht."

Mesut hob kaum merklich den Kopf. Er schenkte Eddi einen vielsagenden Blick, dann nickte er Frau Kämmerer zu.

Eddi hatte die Information gleichermaßen elektrisiert. Von Vieren die wichtigsten Dreien. Wichtige Personen des Vereins möglicherweise. Natürlich, dachte er sich. Warum nicht die Vereinsführung selbst? Also der Vereinsvorstand, oder wie man das nannte. Allerdings sprach der Vers von vier Leuten. Vier Vorstände? Das erschien Eddi unwahrscheinlich. Zumal, ein kleiner Schützenverein im Fränkischen. Und dann gleich vier Vorstände? Es gab nur einen Weg, das herauszufinden.

„Das klingt für uns auf jeden Fall schon mal recht interessant, Frau Kämmerer. Könnten wir vielleicht. Also wäre es möglich, dass ...", Eddi druckste herum.

„Ob es unter Umständen möglich wäre, dass wir alle zusammen mal eben einen Blick in das Vereinsregister werfen? Am besten jetzt gleich?", vollendete Frau Kämmerer Eddis Ansinnen und grinste dabei sowohl ihn also auch Mesut herzlich an. Kein Zweifel: Auch Frau Kämmerer schien, was Arbeitseinstellung und Sympathiewerte anbelangte, eine mehr als willkommene, positive Ausnahme darzustellen.

Die Wege waren kurz in Frickenhausen. Kaum hundert Meter Fußweg später, von üppigem Kopfsteinpflaster begleitet, dem einige mehr oder weniger wuchtige Holztüren gefolgt waren, hatte man das Etappenziel erreicht.

Im Frickenhäuser Rathaus hatte Frau Kämmerer Eddi und Mesut dann einen Platz in einer der Amtsstuben angeboten. Leider sei der Kaffee alle, hatte sie entschuldigend kundgetan. Wüsste man aber, wie der Kaffee hier schmeckte, würde man diesen Umstand nicht weiter bedauern. Daraufhin hatte sie sich kurzerhand entschuldigt. Sie würde sich im Archiv auf die Suche nach dem alten Dokument machen. Das könne etwas dauern.

Und so lümmelten Eddi und Mesut nunmehr in besagter Amtsstube herum. Eddi hatte auf einem der Besucherstühle Platz genommen, die vor dem großen Schreibtisch standen, der den Raum vereinnahmte. Dabei bedauerte er sehr wohl den Umstand, die Wartezeit ohne Kaffee überbrücken zu müssen. Lieber schlechter Kaffee, als kein Kaffee, lautete Eddis kristallklares Credo.

Mesut seinerseits ging in der Amtsstube Meter für Meter umher und betrachtete hierbei die bunten Aquarelle, die an der Wand hingen und diverse lokale Szenen wie Weinberge, Main oder Stadtbefestigung einfingen. Und mit jeder Minute, die verstrich, schien Mesut unleidiger oder zumindest unruhiger zu werden.

Eddi befürchtete bereits, Mesuts unstillbares Verlangen nach Drogen könnte sich zu einem veritablen Problem ausgestalten, als Frau Kämmerer mit einem Blatt Papier in der Hand das Zimmer betrat. Eddi erhob sich der Höflichkeit halber sogleich von seiner bequemen Sitzgelegenheit.

„Also, das Dokument gibt es tatsächlich noch. Bei uns geht halt nix verloren!" Frau Kämmerer strahlte. „Hier ist das entsprechende Blatt aus dem örtlichen Vereinsregister. Ich habe es Ihnen kopiert. Dort sind vorschriftsmäßig die jeweils berufenen Vorstände des Vereins eingetragen. In diesem Falle vier Namen. Die kann Ihnen das Dokument also schon mal nennen. Das ist doch was, oder?"

Eddi war augenblicklich wie elektrisiert. „Vier? Warum nun ausgerechnet vier?", fragte er ungläubig, wobei ihm dezent zeitverzögert klar wurde, wie dumm seine Frage geklungen haben musste.

„Vier weil", gab Frau Kämmerer zurück, legte dann eine kurze Sprechpause ein und blickte kurz von Eddi zu Mesut. „Oh, ich sehe schon", fuhr sie dann fort, „Sie sind mit den Vorschriften aus dem Vereinsrecht nicht vertraut. Also, es ist so. In einem Verein gibt es sogenannte Organe die zwingend zu besetzen und zu benennen sind, will man einen solchen gründen. Ohne das geht es nicht. Verstehen Sie?"

Eddi und Mesut nickten gelehrig.

„Zwingend muss es mindestens einen Vorstand geben. Darüber hinaus gibt es noch weitere Organe, beziehungsweise kann es noch weitere Organe geben. Etwa den Kassenwart, also den Ansprechpartner für alles rund um die Finanzen. Jedenfalls, im Falle ihres Schützenvereins sind vier Organe oder auch Vorstandsmitglieder benannt. Genauer gesagt ein erster Vorstand, ein zweiter Vorstand, ein Kassenwart und ein sogenannter Beisitzer. Der Klassiker im Vereinswesen, würde ich sagen. So in etwa wie die Viererabwehrkette im Fußball."

Eddi war zunehmend begeistert von der Dame. Diese führte ihre Erläuterungen sogleich weiter aus: „Im Grunde genommen ist damit die Rollen- und Aufgabenverteilung unter den Organen auch schon benannt. Sicherlich erfolgte noch eine Spezifikation der einzelnen Funktionen in der Satzung. Auf die habe ich aber keinen Zugriff. Und ehrlich gesagt, wenn es diese Satzung noch geben sollte, was ich allerdings eher bezweifle, so hat diese sicherlich irgendwer hier im Ort als eine Art Andenken in irgendeiner Kiste verstaut und mittlerweile vergessen. Vielleicht hilft Ihnen dieses Dokument aber bereits weiter?"

„Ist da auch vermerkt, wer diese Positionen zuletzt, nun ja, bekleidet hat?", fragte Eddi und schielte dabei unbewusst auf das Blatt in Frau Kämmerers Händen, unterdessen seine innere Anspannung immer mehr zunahm.

„Davon gehe ich aus." Sie neigte den Kopf und besah sich das Blatt. „In so einem Vereinsregister müssen stets auch die aktuell berufenen Vorstände vermerkt werden." Ihre Augen wanderten über die Zeilen, wobei sie mehrmals leicht nickte. „Ja", meinte sie dann nur. „Hat alles seine Ordnung hier. Dort unten stehen die Namen der letzten Verantwortlichen des Vereins", sie hob den Kopf, tippte mit ihrem linken Zeigefinger auf das Dokument. „Alle Namen, bis zu dessen Auflösung. Wobei die Auflösung gar nicht explizit vermerkt ist." Sie runzelte die Stirn. „Das ist genau das, was ich vorhin mit Lücken im Zuge der

Kriegswirren meinte." Sie zuckte mit den Achseln. Dann aber legte sie das Blatt Papier endlich auf den Tisch.

Eddi machte einen Schritt auf diesen zu, während Mesut neben ihn trat. Sodann beugten sich beide etwas nach vorn, um das Dokument besser in Augenschein nehmen zu können.

„Gründungsurkunde Schützenverein zu Frickenhausen am Main", lautete dessen Titel. Darunter waren einige handschriftliche Notizen zu sehen, hauptsächlich jedoch sauber mit Schreibmaschine getätigte Eintragungen.

Der schlanke Zeigefinger von Frau Kämmerer schob sich ins Bild, fuhr das Blatt hinab und blieb dann bei vier Namen stehen, welche weiter unten auf dem Dokument vermerkt waren. Eddi und Mesut kniffen die Augen zusammen und lasen.

Hans Rehnstein, 1. Vorstand
Paul Lenninger, 2. Vorstand
Johann Eck, Kassier
Justus Faulhaber, Beisitzer

Kapitel 9

Tief in Gedanken versunken stapfte Eddi mit der Kopie des Dokuments in der Hand den Schotterweg des Frickenhäuser Friedhofs entlang. Dieser schloss sich unmittelbar an den westlichen Rand des kleinen Marktes Frickenhausen an.

Eddi liebte Friedhöfe. Nicht nur seinen eigenen. Heute jedoch, hatte er für die besondere Schönheit und Romantik, welche eine solche Örtlichkeit stets auszustrahlen wusste, kein Auge. Eddi scannte angestrengt die Grabsteine, dachte nach. Er ordnete und sortierte im Geiste. Frau Kämmerer. Sie war tatsächlich eine Seele von Mensch. Geduldig hatte sie sich all seinen Fragen gestellt. Etwa der, ob man, ganz allgemein gesprochen, die Organe eines solchen Vereins ihrer Bedeutung nach denn würde ordnen können. Frau Kämmerer hatte die Stirn in Falten gelegt, war kurz in sich gekehrt. Dann hatte sie ziemlich überzeugend dargelegt, dass man zumindest die Person mit der geringsten Machtbefugnis mit ziemlicher Sicherheit würde benennen können. Und diese Person sei in jenem Falle des Frickenhäuser Schützenvereins gewiss der Beisitzer gewesen. Ein solcher würde, kurz gesagt, schließlich nur die Funktion eines Schriftführers einnehmen, hatte sie ausgeführt.

Mesut und er waren sich sofort einig gewesen. Würde man Frau Kämmerer eines Tages erneut im „Gasthof zum Rebstock" antreffen, ihre Rechnung wäre schon beglichen. Sie hatte wirklich weitergeholfen bei der Sache. Und nun mussten die Gräber weiterhelfen, befand Eddi, obgleich diesbezüglich weniger unmittelbare Einigkeit zwischen Mesut und ihm geherrscht hatte.

„Was willst du denn jetzt auf dem Friedhof, Deutscher?", hatte Mesut gefragt.

Also hatte er ihn an seinen Gedanken teilhaben lassen. Die Sache mit den Vieren und Dreien war vermutlich geklärt. Es waren von Vieren die wichtigsten Dreien. Und da man den Beisitzer, was auch für Eddis Ohren sehr logisch klang, als tendenziell Unwichtigsten aus dem Kreise der wichtigsten Personen des Schützenvereins hatte ausschließen können, blieben somit drei Namen übrig: Rehnstein, Lenninger und Eck. Drei Namen. Drei Männer. Von Vieren die wichtigsten Dreien, denen Gott verzeihen möge. Dieses Licht im Dunkel indes barg einen weiteren Schatten, mit dem Eddi sich im Vorfeld abermals nicht auseinandergesetzt hatte, wie er sich eingestehen musste. Denn handelte es sich bei eben diesen drei Männern um die Mörder der unbekannten Toten aus Friedhelms Grab - sie wären sicherlich ebenso bereits verstorben. Wie allerdings dann weiter vorgehen? Eddi hatte es Mesut vorgerechnet. Angenommen, die drei wären sogar noch recht jung gewesen, als der Verein mutmaßlich 1945 aufgelöst worden war. Zum Beispiel zwanzig Jahre. Wobei Eddi sich sicher war, dass ein Vorstand und Kassenwart eines Schützenvereins eher deutlich älter gewesen sein dürfte. Aber gut. Wären diese Personen 1945 also tatsächlich allesamt erst zwanzig

Jahre alt gewesen, so hätten sie im Jahr 2018 summa summarum dennoch bereits stolze dreiundneunzig Lebensjahre auf dem Buckel gehabt.

„Da steht doch fast zu erwarten, dass wir die drei eher auf dem örtlichen Friedhof antreffen, als in der Kneipe beim Schafkopfspiel", hatte Eddi resümiert.

Mesut hatte nur genickt und nervös an der Innentasche seiner Lederkutte herum genestelt. Die Zeit war reif gewesen für sein spezielles Räucherwerk.

Also war Eddi alleine in das kleinere Netz aus Schotterwegen des Frickenhäuser Friedhofs hineingetreten, um diesen nunmehr Reihe für Reihe zu durchqueren.

Das Vorhaben, der toten Frau zumindest ihren Namen zurückzugeben, konnte hier und jetzt mehr als nur ins Stocken geraten. Wenn keiner der drei Männer mehr unter den Lebenden weilte, wie sollte er dann ihre Identität noch herausfinden können? Dann wäre man doch in einer Sackgasse gelandet?

Er sah erneut auf den Zettel. Rehnstein, Lenninger und Eck. Der Name Eck sagte ihm etwas. Jedoch gewiss nicht im Zusammenhang mit der Toten. Eck war vielmehr der Nachname eines ehemaligen Schulfreundes aus Ochsenfurt gewesen. Lenninger. Da klingelte so ganz und gar nichts. Und Rehnstein? Irgendwoher kannte er den Namen. Er horchte tief in sich hinein. Rehnstein, Rehnstein. Und ja, da war etwas, da war er sich ganz sicher. Nur, welch Wunder, er wollte an diesem Tag und in diesem Moment gerade nicht dahinter kommen. „Schon wieder so ein Loch im Kopf!", ärgerte er sich über seinen neuerlichen, geistigen Aussetzer.

Da schoss ihm plötzlich und aus heiterem Himmel ein völlig anderer, gleichermaßen verloren geglaubter Gedanke zurück ins Bewusstsein. Frau Griebs Lottozettel. „Ach du Scheiße!", kam es aus ihm herausgeschossen. Sofort war ihm sein unkontrollierter Ausruf peinlich. Scheu ließ er den Blick über den kleinen Friedhof wandern. Doch außer einer Frau im hintersten, älteren Bereich des Friedhofsgeländes, war gerade niemand zu sehen.

Glück im Unglück. Er schaute auf die Uhr. Viertel vor sechs. Um sieben war Abgabeschluss. Das wusste er mittlerweile. Nicht das erste Mal, dass er einen Lottozettel für Frau Grieb hatte abgeben sollen. Wie hatte er den nur vergessen können?

Just in diesem Moment polterte ein weiterer Gedanke von innen gegen Eddis Stirn. Blitzartig ließ er die Hand in seine Hosentasche fahren. Hoffentlich hatte er gestern im Restaurant zumindest den Zettel ins Portemonnaie gesteckt, nachdem er die Zahlen von Frau Grieb auf diesen notiert hatte. Als er besagten Zettel aus der Seitentasche seiner Geldbörse zog, atmete er erleichtert auf. Gut. Zeitlich würde es zudem keine Probleme geben. Eine gute halbe Stunde würde er die Grabsteine noch nach den Namen der drei Männer absuchen können, bevor es nach Ochsenfurt in die Lottoannahmestelle ginge.

Eddi spähte in Richtung Friedhofseingang, wo Mesut mit seiner Kippe in der Hand stand und genoss. Als er Eddis Blick bemerkte, kam ein unsinniges „Aleman!" aus dessen Mund über die Grabsteine geflogen. Soweit so gut. Mesut, hatte es den Anschein, war erst einmal versorgt und zufrieden. Also volle Konzentration auf die Grabsteine.

Als er sich wieder in Bewegung setzte, fiel ihm abermals die einzelne Frau auf, die vor einem großen, älteren Grab am hintersten Ende des Gräberfelds stand. Genau in jenem Bereich des Friedhofs, für den auch er sich interessierte, da die Gräber dort hinten allesamt älter zu sein schienen. Ausgerechnet, durchfuhr es ihn. Schließlich bewegte er sich gerade wie ein Friedhofstourist über diesen Gottesacker. Ein Umstand, welcher der Frau sicher nicht entgehen würde. Jenes Bild aber würde er wohl abgeben müssen. Sollte sich das Wesen dort vorn über Eddis Tun wundern. Nun, dann wäre es eben so.

Abrupt hielt er inne, blickte auf das Grab vor sich. Dann senkte er das Haupt und studierte abermals die Namen, die dort auf dem Zettel vermerkt waren, den er weiterhin in der Hand hielt. Schließlich hob er den Kopf und blickte neuerlich auf den hellgrauen Grabstein der Ruhestätte, vor der er zum Stehen gekommen war. Paul Lenninger war in den Stein eingemeißelt. Er hatte ihn tatsächlich gefunden. Den ersten der Dreien. Geboren 1901. Gestorben 1958, wusste der schlicht gestaltete Stein zu erzählen. Mit gerade einmal siebenundfünfzig Jahren, dachte Eddi sich. Hier vor ihm lag einer der Männer.

Eddi verharrte einen Moment lang. Er fragte sich, welche Form von Gefühl an diesem Punkt akzeptabel sei. Wäre es erlaubt, im Geiste auf das Grab dieses Kerls zu spucken? Einen der vermeintlichen Mörder? In seinen Augen nicht. Derlei Dinge musste der Herrgott regeln, soweit es diesen denn gab, was Eddi jenseits seiner dezenten Abneigung gegenüber dem institutionalisierten Glauben der katholischen Kirche dennoch zu hoffen wagte.

Jedenfalls, obgleich ein Stück Stoff und ein kleiner Vers nicht wirklich etwas beweisen konnten. Eddi war sich sicher: Der Mann, der in diesem Grab vor ihm zur letzten Ruhe gebettet worden war, hatte sich in irgendeiner Form mit für den Tod der unbekannten Frau und deren unsäglich anonyme Beerdigung verantwortlich gezeichnet. Eddi hatte lange über der Frage gebrütet, welch andere Erklärung es sonst noch für die Tatsache hätte geben können, dass man die Frau unter Friedhelms Sarg versteckt hatte. Und dann der Vers, das Abzeichen. Welch eine Erklärung sollte es nebst eines Verbrechens, einer Vertuschung da schon groß geben?

Eddi grübelte noch einige Schritt weiter. Von Vieren die wichtigsten Dreien. Dass die drei Männer Rehnstein, Lenninger und Eck selbst die Frau in Ochsenfurt verbuddelt haben mochten, konnte man ausschließen. Ansonsten wären wohl kaum diverse Hinweise auf Verbrechen und Täter mit im Grab gelandet. Nein, es hatte mindestens eine vierte Person geben müssen. Und vermutlich diese Person hatte, warum auch immer, diese Mitteilung hinterlassen. Einen Hinweis auf eine Tat. Sie waren es, sie. Von Vieren die wichtigsten Dreien. Wie auch immer. Möglicherweise hatte sich diese vierte Person mitschuldig gefühlt am Tod jener jungen Frau, oder sie hatte ihr nahe gestanden, war aber nicht in der Lage gewesen, über die kryptische Botschaft hinaus weiter zu gehen. Alles Spekulation.

Er hier, Paul Lenniger zumindest, war einer dieser Dreien gewesen. Als Eddi über den Grabstein hinwegsah, glaubte er seinen Augen nicht zu trauen. Exakt dahinter befand sich das Grab eines gewissen Johann Ecks. Das war der Kassenwart gewesen. Eddi streckte sich etwas, blinzelte mehrmals ungläubig. Aber nein, kein Zweifel. Johann Eck stand in den Stein gemeißelt. Geboren am 03. Mai 1898. Gestorben am 17. Dezember 1983.

Stolze fünfundachtzig Jahre war der Mann alt geworden, überlegte Eddi, während ein leichter Wind über die Gräber zu wehen begann. Erstes gelbes Laub sammelte sich schüchtern auf den mit Schotter ausgelegten Friedhofswegen vor ihm. Auf der Suche nach besagten Gräbern hatte er zuletzt gar nicht bemerkt, dass er bereits unweit des Grabes angekommen war, vor welchem immer noch jene einzelne Frau stand.

Stumm starrte diese auf die dunkle, glänzende Steinplatte zu ihren Füßen. Mit einem Mal sah sie über ihre linke Schulter hinweg und Eddi dabei unvermittelt in die Augen. Dabei zog sie ihr glattes, zu einem Pferdeschwanz gebundenes, langes blondes Haar mit der rechten Hand über ihre rechte Schulter. Sie lächelte freundlich.

Und Eddi? Eddi stellten sich die Nackenhaare auf. Wie zum Teufel konnte das nun wieder sein? Das war sein erster Gedanke, als er dort stand und vergeblich versuchte, allerlei Dinge im Kopf auf Linie zu bringen. Und zwar dringend. Sein zweiter Gedanke unterdessen war, dass er dabei glotzen musste wie eine Kuh auf der Weide, die einen Kometen am Himmel fliegen sah. Was aber auch kein Wunder war. Denn dort stand tatsächlich jene Frau, die er bei Bernd auf der Wache gesehen hatte. Genau die Frau, über die er vorhin noch mit Bernd am Telefon gesprochen hatte. Zweifel waren erneut ausgeschlossen. Es musste die Journalistin sein, welche die Oberwachtel Finke auf der PI in Ochsenfurt nach der Kette der älteren, toten Dame aus dem Main gefragt hatte.

Sie war gut dreißig Jahre alt und ausgesprochen attraktiv. Den beigen, leichten Trenchcoat trug sie mit einem Gürtel um die

Taille verschlossen, was ihre schlanke und dennoch kurvenreiche Figur zusätzlich betonte. Eine leichte, cremefarbene Leinenhose schmeichelte ihre langen Beine hinab. Dazu trug die junge Frau weiße Sneaker und eine weiße Damenhandtasche.

Sie musste bemerkt haben, wie Eddi sie anstarrte. Sofort senkte er ertappt den Blick, beschloss dann aber, in die Offensive zu gehen. Also steuerte er ohne weiter nachzudenken auf die Frau zu. Das wiederum führte dazu, dass sich deren Haltung schlagartig versteifte.

„Es tut mir leid", meinte Eddi daher noch aus einigen Metern Entfernung beschwichtigend, „ich möchte Sie nicht stören und keinesfalls erschrecken. Entschuldigen Sie bitte. Es ist mir wirklich unangenehm." Er lächelte sie schief an. „Eddi ist mein Name. Ich will Sie auch wirklich nicht lange aufhalten."

Nun war er bei der Frau angekommen, die ihn aus blaugrünen Augen heraus misstrauisch anblickte. Er hielt respektvollen Abstand, wollte sie nicht weiter erschrecken. Wobei ihre Körpersprache nicht von Unsicherheit oder gar Angst zeugte. Doch schien sie leicht alarmiert zu sein, was Eddi angesichts der Situation auch nicht weiter verwunderte. „Ich meine, Sie gestern auf dem Polizeirevier in Ochsenfurt gesehen zu haben", fuhr er fort.

Die junge Frau schwieg. Sie kramte offenbar in ihrer Erinnerung. Schließlich entspannten sich ihre Züge etwas.

„Hallo erst einmal, Eddi." Sie streckte ihm die Hand entgegen. „Ich heiße Lena. Das kann tatsächlich sein. Warum fragen Sie?"

Eddi wollte gerade antworten, als ihm die Inschrift der Steinplatte des auffallend großen und aufwändig gestalteten Grabes ins Auge fiel, vor dem sie nun beide standen: „Hier ruht in Frieden unser geliebter Ehemann und Vater Hans Rehnstein. Geboren am 20. Februar anno domini 1898. Gestorben am 28. August 1988".

Rückblick

Frickenhausen am Main, 8. Oktober 1944.

Johann schlich benommen über den Hof. In der Nacht war Nebel über Fluss und Tal gekrochen und gleichermaßen kroch Johann nun die Kälte in die Glieder.

Er aber spürte keine Kälte. Er spürte rein gar nichts mehr. Vor ein paar Stunden noch waren es Hass, Apathie, Schmerz und Angst gewesen. Jetzt war nur noch Leere, die sich in und vor ihm auftürmte. Unerklärlich, unüberbrückbar.

Sie war tot. Einfach tot. Er, Johann, war hier, jetzt. Doch ihm war wie nichts. In seinem Innersten war es völlig dunkel geworden. Nicht einmal Tränen vermochte er mehr zu vergießen. Sein ganzes Glück, seine Hoffnung, sein kleines Stückchen Welt. Eine vermeintliche Zukunft. Sein kleines Paradies. Die große Liebe. Alles war ihm genommen worden. Mit einem Mal. Grausam und still.

Und nach seinem langen, beschwerlichen Weg, seinem fortwährenden Versteckspiel und der steten, kalten Angst, die ihn über all die Jahre hinweg begleitet hatte, offenbarte sich jetzt ein Wunsch in ihm, der ihn erschaudern ließ. Er schien am Ende aller Kräfte angekommen. Er konnte einfach nicht mehr.

Zugleich tadelte Johann sich dafür, dass seine Gedanken gerade überhaupt um seine eigene Person kreisten. Aber an sie, ihren Körper, den Ausdruck in ihrem leblosen Gesicht, konnte er jetzt nicht denken. Er musste die Erinnerung daran verdrängen. Musste bei Sinnen bleiben.

Es gelang ihm nicht. Er sah sie. Er sah sie dort liegen. Sah ihre Gedanken, ihre letzten Stunden. Ihre angsterfüllte Einsamkeit und den Schmerz. Und erneut überfiel Johann die Erkenntnis, nicht da gewesen zu sein, als seine große Liebe ihn so schrecklich herbeigesehnt haben musste. Er sollte sie in Gedanken ehren, musste stark sein. Doch die bittere Wahrheit war, Johann musste es sich eingestehen, er wollte einfach nur sterben. Sterben, um der niederschmetternden, gefräßigen Leere entfliehen zu können, die nun endgültig und vollumfänglich Besitz von ihm ergriffen hatte. Ja, er würde den Auftrag erledigen, dachte Johann sich und blickte dabei lauernd über den in Dunkelheit gehüllten Hof. Er würde ihn erfüllen, aber nicht so, wie ihm geheißen war.

Kapitel 10

Frickenhausen am Main, Spätsommer 2018

Hatte er eben noch nach Kuh ausgesehen, die glotzend auf der Weide stand, nachdem ihm klar geworden war, welche Frau dort auf dem Friedhof wenige Meter vor ihm stand, so blickte er jetzt wohl eher drein wie ein Schaf, auf welches eine ganze Herde Kühe zugelaufen kam.

In Eddis Kopf lief eine Achterbahn. Kein Halten. Das war doch ein Witz. War das ein Witz? Warum stand diese Frau nun Bitteschön ausgerechnet vor diesem, vor Hans Rehnsteins Grab? Vor dem Grab des dritten Mannes, den er gesucht hatte, dem Grab des ersten Vorstands jenes Schützenvereins? Derlei Dinge überlegte er und räusperte sich sogleich, nachdem ihm bewusst wurde, was für eine seltsame Gestalt er gerade abgeben musste.

„Tut mir leid." Entschuldigend hob er beide Hände in die Luft. „Ich bin heute ziemlich durch den Wind. Ich muss gerade an so viel gleichzeitig denken und, na ja, das Grab jetzt", er deutete auf die Steinplatte „das erinnert mich an etwas, was ich mir besser im Geiste notieren sollte."

Die junge Frau schien ihm ganz offensichtlich nicht folgen zu können. „Ach, wissen Sie", setzte Eddi zu einer weiteren Erklärung an, „ich bin praktisch auf Friedhöfen Zuhause. Ich bin der Friedhofsverwaltungsangestellte von Ochsenfurt." Warum er an diesem Punkt diese sperrige Bezeichnung wählte, statt sich wie üblich als Totengräber zu bezeichnen, hätte er selbst nicht sagen können. Eines hingegen wusste er: Bei dem Wort Friedhofsverwaltungsangestellter war die Frau leicht aber doch sichtlich zusammengezuckt. Zudem signalisierte ihre Mimik nach wie vor einiges an Unverständnis.

„Ja, also Totengräber sollte ich wohl besser sagen", schob er daher schnell und erklärend hinterher.

Die Gesichtszüge der Frau verharrten unbewegt und doch hatte Eddi den Eindruck, dass sich in ihren Augen schlagartig ein Fenster aufgetan hatte. Sowieso, ihre Augen. In ihren Augen war etwas. Wieder. Es war da, mächtig und hieb ihm mit einem gewaltigen Gegenstand ebenso gewaltig gegen den Hinterkopf. Es half nichts. Es machte mal wieder nicht Klick.

Eines aber glaubte er dann doch wahrnehmen zu können. Er hatte mit Gesagtem etwas in ihr berührt. Sicherlich fragte sich die junge Frau, wer um alles in der Welt heutzutage noch Totengräber sei. Derlei Reaktion war Eddi nicht fremd. Und sie grämte ihn keineswegs. Er war glücklich in seinem Beruf. Viele derer, die er flüchtig kannte, waren es nicht. Sein Beruf ehrte ihn und er ehrte seinen Beruf. Alles war gut, so wie es war. Es sei denn, unbekannte Tote tauchten auf seinem Arbeitsplatz auf.

„Totengräber?", hauchte die Frau ihm wie zur Bestätigung seiner Vermutung merklich ungläubig zu, die Handtasche dabei grazil über ihre linke Schulter legend. „Sie sind Totengräber? In Ochsenfurt? Das ist dort drüben, oder?" Sie deutete nach Westen.

„Ja, genauer gesagt da hinten." Mit einer Kopfbewegung markierte Eddi vage die Richtung. „Auf der anderen Mainseite. Dort liegt der Ochsenfurter Friedhof. Sie sind nicht von hier?"

Die Frau schien sich zu fangen.

„Bitte ... sagen Sie doch Lena zu mir, Eddi. Ich mag es unkompliziert. Die Dinge sind schon kompliziert genug, finden Sie nicht auch?"

Eddi sagte nichts. Was hätte er schon auf eine solche, mit scheinbar jeglicher Realität schmeichelhaft verbrüderte Aussage erwidern sollen.

„Und nein, ich bin nicht von hier", fuhr sie fort. „Ich bin freie Journalistin. Mal hier mal da. Vor Kurzem hat mich eine gewisse Sache hierher geführt."

Verträumt und fast etwas wehmütig sah sie in die Ferne. Dann griff sie den Faden wieder auf, während - es hätte kitschiger kaum sein können - plötzlich einige Meter über ihrem Kopf ein roter Luftballon in Herzform auftauchte. Sicher wieder ein Polterabend in der Nähe, dachte Eddi sich. Der September musste ein ausgesprochen beliebter Monat für Jasager und Jasagerinnen sein.

„Und um auf Ihre Frage von vorhin zurückzukommen", fuhr die Frau neuerlich fort, „ich war tatsächlich gestern in Ochsenfurt auf der Polizeiwache. Hatte etwas mit meiner Arbeit zu tun. Warum fragen Sie?"

In Eddis Kopf flogen die unterschiedlichsten Gedanken wild umher. Synapsen schossen unkontrolliert um sich. Wilder Westen, leider nicht sehr treffsicher. Er würde besser erst einmal nichts weiter preisgeben wollen. Was machte die Frau hier? Ausgerechnet hier, vor Hans Rehnsteins Grab? Gut, Frickenhausen und erst recht der Friedhof waren tatsächlich nicht groß. Dennoch. Es war kurios. Eine Journalistin, die einen Hinweis auf eine Kette einer Toten bekommt und daher in die mainfränkische Provinz reist, um was zu tun? Gerade nichts Besseres vorgehabt? Also ab nach Frickenhausen, da gab es diesen Fall mit der alten Dame. OK. Das war schon absurd, oder? Doch es ging noch absurder. He, schau, cooles Grab und ja, OK, nun ist das eben das Grab von diesem ersten Vorstand des Schützenvereins und beherbergt somit wohl einen der mutmaßlichen Mörder der völlig anderen, der unbekannten Toten aus der anderen Stadt dort drüben auf der gegenüberliegenden Flussseite. Ja was? Das war doch irre!

„Eddi?"

Er zuckte zusammen. „Ähhh, tut mir Leid, Lena. Habe eben noch eine weitere Sache notieren müssen." Er klopfte sich mit der Faust gegen die Stirn. „Entschuldigung. Jedenfalls, ich bin ebenfalls auf der Wache gewesen. Das hatte allerdings keine besondere Bewandtnis. Die Wache liegt unweit vom Friedhof und der eine Polizist dort ist ein Kollege aus Kindertagen." Er zuckte mit den Achseln. „Na, und als ich Sie dann eben hier gesehen habe … Das fand ich so einen verrückten Zufall, da musste ich einfach … Ich meine, darf ich Sie fragen, was Sie hier auf dem Friedhof machen? Also ich hoffe, Sie sehen mir meine Neugierde nach. Ich persönlich gehe ja sehr gerne auf Friedhöfe, besonders wenn ich aus meiner Stadt", er deutete mit dem Daumen hinter seine Schulter „mal raus bin. Ist sozusagen Berufskrankheit." Für einen Augenblick hielt er inne. „Sie haben so vertieft gewirkt, als ich Sie vorhin hier stehen sah. So, als gäbe es für Ihren Besuch einen besonderen Anlass. Liegt hier …", Eddi blickte flüchtig auf die Grabplatte hinab, „ein Familienmitglied von Ihnen bestattet?"

Die Journalistin sah ihn blinzelnd an.

„Nein, nein, ich bin tatsächlich das erste Mal hier." Dann jedoch deutete sie ein Nicken an. „Aber was die andere Sache angeht. Da haben Sie recht. Ich war in Gedanken vertieft. Es liegt an meiner Arbeit. Davon aber abgesehen. Ganz grundsätzlich mag ich Friedhöfe in der Tat ebenso gerne."

Diese Aussage überraschte Eddi erst einmal keineswegs.

„Ja, für Sie als Totengräber mag das vielleicht nicht sehr seltsam klingen, aber glauben Sie mir Eddi, viele andere finden ein solch reges Interesse an Gräbern und dergleichen doch eher bizarr. Bis hin zu unangebracht. Ich schätze, ich finde Friedhöfe auf eine skurrile Art und Weise einfach faszinierend, wenn nicht gar romantisch. Sie geben mir etwas. Und sei es nur Inspiration oder etwas Ruhe, die ich gerade benötige. So wie heute. Ich musste einfach nachdenken. Und je größer und vor allem älter Gräber sind, desto größer mein Interesse." Sie zuckte mit den Schultern, um zu signalisieren, dass es dazu eigentlich nicht mehr zu sagen gäbe.

Eddi blickte auf die Steinplatte vor sich. Das ergab Sinn. Vielen ging es so. Fremde, die nicht auf einen Friedhof kamen, um zu trauern, streiften auf der Suche nach besonderen Geschichten gerne durch die Reihen einer Begräbnisstätte. Hierbei vermochten altehrwürdige Gräber, fast zerfallene Gräber - die auf Eddis Friedhof in dieser Form natürlich nicht anzutreffen waren - die Menschen stets im Besonderen in deren Bann zu ziehen.

„Aber Sie wollten mich bestimmt nicht nur fragen, warum ich hier wie ein Geist auf dem Friedhof stehe, oder?" Die Journalistin gab ein entzückendes kleines Lachen von sich und rückte dabei einmal mehr ihren blonden Pferdeschwanz zurecht.

Eddi musste erst einmal nichts erwidern, da die Frau ihrerseits unvermittelt fortfuhr: „Also, das mit der Polizeiwache, das war wie gesagt beruflich. Ich betreibe das, was man allgemein gesprochen investigativen Journalismus nennt. Andere sagen ganz einfach: Ich schnüffle herum. Und irgendwie stimmt das auch. Ich grabe in Geschichten herum, bei denen etwas nicht ganz koscher erscheint. Mir nicht koscher erscheint. Versuche etwas aufzudecken und dergleichen. Aber mehr kann ich Ihnen dazu nicht sagen." Jetzt sah die junge Frau Eddi durchdringend an. Sie überlegte. Dann ergänzte Sie: „Na ja, außer noch, dass es dieser Tage mit diesem Todesfall hier vor Ort zu tun hat. Mit der älteren Dame, die man unten aus dem Main gezogen hat. Sie haben bestimmt davon gehört."

Das Leuchten in ihren Augen wich einer gewissen Schwere. Mitgefühl und Respekt, dachte Eddi sich, schienen ihr nicht fremd zu sein. Eine überaus positive Charaktereigenschaft.

Sie seufzte. „Der Rest ist Berufsgeheimnis, wie Sie sich sicherlich denken können. Aber nun doch noch einmal zu Ihnen und Ihrer Frage. Da steckt doch mehr dahinter als pure Neugier?"

Nun verschränkte sie auffordernd die Arme vor der Brust, während Eddis Gedanken und Antennen weiterhin Purzelbäumen schlugen. Immerhin sah er keinerlei rote Signallampen in seinem Kopf aufleuchten, wenn er diese Lena betrachtete. Vielmehr fühlte er sich sogar zu ihr hingezogen. Nicht etwa im romantischen Sinne. Nein, es war schlichtweg positives Empfinden. Fast wie Sympathie. Spontane Selbstentzündung. Ein Gefühl wie aus dem Nichts. Eher selten bei Eddi. Nichts warnte ihn. Und genau das machte ihn umgekehrt wiederum stutzig. Es blieb dabei. Er musste seine Gedanken erst einmal ordnen und war für den Moment noch nicht bereit, ihr mehr anzuvertrauen. Er brauchte Zeit.

Da fiel ihm der herzförmige Luftballon von eben wieder ein. Und so tat er etwas, was er später noch bereuen sollte.

Mesut derweil, zierte nach wie vor den Eingang zum Friedhof. Die eine Hand hatte er unter seine Kutte, die andere tief in seine Hosentasche gesteckt. Der Kopf des Dönerdealers war gen Sonne exponiert. Augen geschlossen. So sah er aus wie eine Mischung aus napoleonischer Statue und Mustafa Kemal Atatürk selbst, dem sagenumwobenen Gründer der türkischen Republik.

„Hey, Mesut!", rief Eddi ihm aus einigen Metern entgegen. Der sah sich kurz um, blinzelte mehrmals und schien dann regelrecht zusammenzuzucken. Doch, Eddi war sich sicher. Sein Freund hatte sich geradewegs erschrocken, als er ihn mit der Journalistin im Schlepptau durch das Eingangstor des Friedhofs hatte schlendern sehen.

„Mann!", knatschte Mesut sogleich aus. „Erschrick mich doch nicht so, Deutscher!"

Eddi, der sich angesichts seiner reizenden Begleitung und insbesondere seiner zurechtgelegten Strategie eine etwas distinguiertere Reaktion seitens seines Freundes erhofft hatte, zögerte zunächst. Dann jedoch siegte die Neugierde. Er fragte: „Warum erschrickst du denn gleich so, nur weil ich dich rufe?"

Lena ihrerseits stand nun neben Eddi und beobachtete belustigt die Szene, die sich ihr darbot.

„Na, du kommst da aus dem Friedhof und an deiner Seite. Jetzt frag nicht so blöd!" Mesut streckte seine Hand aus und wies mit nach oben geöffneter Handfläche auf Lena. „Mann, ich hab schon geglaubt, dich hätten die Engel geholt. Oder was soll das da an deiner Seite sonst sein, wenn kein Engel, Aleman?" Mesut zeigte ein breites Grinsen.

Eddi trieb es unversehens die Röte ins Gesicht. Was für ein Spruch mit Fremdschämpotenzial war das denn gewesen? Mesut sollte doch irgendwie interessant wirken, rätselhaft. Ja, gut, also rätselhaft mochte in diesem Falle auch zutreffen. Allerdings, was wusste ein Totengräber schon von derlei Dingen wie Buhlerei. Schließlich wich die türkisch-anatolische Art und Weise, einer Frau den Hof zu machen, bekanntermaßen um einiges von der mitteleuropäischen ab. Und OK, dieses befremdliche Kompliment wies zumindest ein klein wenig in die Schiene, in welche er nachfolgend alles würde lenken wollen.

„Äh ja, Mesut", antwortete er daher in neutralem Ton. „Also das hier ist Lena. Das ist die Frau", Eddi zwinkerte Mesut erst unauffällig zu und riss sodann und nur für seinen Freund ersichtlich die Augen kurz aber signalschwanger weit auf. „Das ist die Frau, die. Also du weißt schon." Abermals zwinkerte er Mesut zu, um zu signalisieren, er möge, irgendwie, wie auch immer, bitte auf seine Worte einsteigen.

Der aber legte lediglich die Stirn in Falten. Einmal mehr hatte unglücklicherweise einer der Anwesenden vor Ort unverkennbar einen ordentlichen Bahnhof zwischen den Ohrmuscheln stecken. „Ähhhh …", war letztendlich alles, was an Erwiderung aus Mesuts Mund hinaus in die Freiheit stolperte. In die hiernach eintretende Stille meldete sich dann Lena selbst zu Wort.

„Hallo, Mesut." Sie gab Mesut die Hand und grinste ihn dabei diebisch an.

In Eddi begann ein gewisser Verdacht Gestalt anzunehmen. Möglicherweise würde sein Freund bei dieser Sache nicht allzu gut wegkommen. Zumindest, was derlei Banalitäten wie Männlichkeit und Stolz und all jenes anging.

„Also, ich kann nachvollziehen", ließ Lena Mesut weiter wissen, „dass Ihnen das Ganze jetzt vielleicht etwas unangenehm ist. Aber das ist doch auch irgendwie mutig so. Und ich bin recht unkompliziert und finde es klasse, dass Ihr Freund das gemacht hat. Bin schließlich fremd in der Gegend und freue mich über die Abwechslung. Außerdem hat Eddi sich auch gleich zusammen mit seiner Freundin als Anstandsdame angeboten."

Das Qualitätssiegel „Freundin" in diesem Zusammenhang schürte in Eddi wiederum den Verdacht, dass sich der anstehende Abend gleichsam für ihn komplizierter gestalten könnte, als ursprünglich geplant.

„Ihre Schüchternheit finde ich schon mal sehr sympathisch und ich würde mich freuen, wenn wir gemeinsam essen gehen könnten heute Abend. Das hat Eddi zumindest vorgeschlagen und essen müssen wir sowieso alle, schätze ich. Dann doch am besten gleich in solch netter Begleitung."

Sie lachte auf. Und wenn die Situation nicht mindestens dosiert peinlich für Eddi und tendenziell völlig unerklärbar für den Ochsenfurter Dönerdealer gewesen wäre, beide hätten aufgrund der bezaubernden Art dieser jungen Frau sicherlich mit in deren Lachen eingestimmt. So aber stand Mesut da und glotzte nun seinerseits wie ein Ziegenbock, dem man soeben versuchte das Einmaleins beizubringen.

„Ein Restaurant hat Eddi ja auch schon vorgeschlagen. Die Adresse hab ich. Ist halb neun in Ordnung? Oder haben Sie vielleicht gar keine Zeit?" Sie warf Eddi angesichts des nach wie vor stumm verharrenden Mannes dort einen jetzt doch etwas verunsicherten Blick zu. Dann aber kam glücklicherweise aus Mesuts Mund doch noch eine adäquate, wenngleich für seine Person eher förmliche, sterile Antwort.

„Doch, natürlich haben wir Zeit. Ich freue mich sehr. Vielen Dank, dass Sie die Einladung angenommen haben, Lena." Mesut verbeugte sich staatsmännisch.

„Die Einladung"', dachte Eddi im Stillen und eine weitere nostradamische Sicht auf künftige Ereignisse tat sich auf, welche wohl neuerliche Löcher in sein Portemonnaie reißen sollten. Er kramte sein Handy aus der Hosentasche. Es war bereits kurz vor halb sieben. Man sollte sich schleunigst voneinander verabschieden. Frau Griebs Lottozettel drängte.

„Lena, jetzt muss ich mich schon wieder bei Ihnen entschuldigen", meinte er daher, „aber wir müssen noch etwas erledigen. Leider lässt sich das nicht aufschieben. Mein Motorrad steht dort vorn am Ortseingang. Sind Sie hier in Frickenhausen untergekommen, oder …?"

„Ja, ich bin in einem wirklich bezaubernden, kleinen Hotel in der Nähe der Kirche abgestiegen. Werde jetzt noch einen Spaziergang machen. Für mich geht's insofern da lang." Sie wies auf die majestätischen Weinberge in unmittelbarer Nähe. „Ist schließlich noch etwas Zeit. Wir sehen uns dann also um halb neun, ja? Bis heute Abend also!" Sie gab beiden die Hand, schenkte Mesut noch einen verheißungsvollen Augenaufschlag und entfernte sich schließlich in Richtung Norden, während Mesut und er sich daran begaben, die wenigen Meter Richtung westlichem Ortseingang einzuschlagen.

Unter dem Strich hatte alles in allem eigentlich einen recht positiven Verlauf genommen, summierte Eddi im Geiste die Ereignisse der vergangenen Minuten noch zu einem Gesamtergebnis auf, als er plötzlich ein knurrendes Geräusch neben sich vernahm. Das war dann wohl Mesut, der nun nebst einiger Fragen auch den ein oder anderen Kritikpunkt an seiner Vorgehensweise würde vorbringen wollen. Eddi zog schon mal vorsichtshalber den Kopf ein. Mesut kramte in seiner Kutte und zog aus dieser sogleich und in wie üblich zuverlässiger Manier einen seiner Glücklichmacher hervor. Er entzündete ihn.

Das war schon einmal gut so, überlegte Eddi. Schließlich versetzten die Dinger Mesut meistens zügig in ein seelisches Gleichgewicht. So auch jetzt, wagte er zu hoffen.

Mesut blies den ersten Rauch aus, nachdem er diesen sekundenlang in seiner Lunge hatte verweilen lassen. In für Mesuts Verhältnisse ruhigem, sachlichem Ton begann er daraufhin mit einem unmissverständlichen Monolog.

„Sag mal, Eddi, hast du eigentlich noch alle Latten am Zaun, hä? Schüchtern? Essen? Mit dir besprochen? Kannst du mir bitte mal sagen, was da eben für ein mieser Film gelaufen ist? Was zum deutschen Kuckuck hast du der Braut erzählt? Wer ist die überhaupt? Raus mit der Sprache, Mann. Dalli, dalli und schönes, deutsches, jüngstes Gericht gleich hinterher Kollege, das kann ich dir schon mal versprechen, Alman. Ich bin mir vorgekommen wie der absolute Vollidiot gerade also was, Mann, waaas?"

Eddi war angesichts Mesuts ballernder Wortsalve nun doch etwas eingeschüchtert. Und Mesut hatte ja auch recht.

Auf ein „Ähhhhh" beschränkte sich insofern Eddis erster kläglicher Versuch einer Erklärung. Zwar hatte er gewissen Widerspruch erwartet. Allerdings schien sein stolzer Freund hier und jetzt doch mehr als nur leicht verdrießlich zu sein.

„Mesut, ich weiß. Das war nicht so ganz ähhh."

„Deutscher!"

„Ja, OK. Ist ja gut. Also schau. Ich hab diese Frau auf dem Friedhof gesehen und die stand doch tatsächlich direkt vor dem Grab von einem der drei Männer." Eddi machte eine gedehnte Pause. Seine Hoffnung allerdings, Mesut könne sich gerade für irgendwelche speziellen Gräber interessieren, sollte sich zu seinem Bedauern nicht erfüllen. Sein Freund taxierte ihn vielmehr weiterhin stumm von der Seite aus kleinen Sehschlitzen heraus. Mittlerweile war man am Torbogen angekommen, in dessen unmittelbarer Nähe sowohl Motorrad als auch Fahrrad abgestellt waren.

„Also gut. Mir ist plötzlich der Lottozettel von Frau Grieb wieder eingefallen und dass ich den noch abgeben muss und dass die Zeit drängt." Eddi konnte unmittelbar größtes Verständnis für Mesuts augenscheinliches Unverständnis aufbringen. Was redete er da auch? Andererseits, so war es gewesen. Es war einfach blöd gelaufen. „Jedenfalls", erklärte er sich weiter, „die Frau stand da oben und ich dachte mir, irgendwas weiß sie vielleicht und … also ich hatte einfach keine Zeit mir eine Strategie zurecht zu legen und da dachte ich mir … Also, da ist mir halt die Idee gekommen, dass wir doch gemeinsam heute Abend essen gehen könnten. Vielleicht erzählt sie uns was. Und außerdem, also komm schon", er boxte seinem Freund leicht in die Seite „die ist doch wirklich klasse, oder? Also ganz große Klasse meine ich. Von wegen der Markt ist leergefischt und so."

Eddi grinste. Mesut wartete.

„Ja, gut." Beschämt schlug Eddi die Augen nieder. „Dann hab ich halt noch gemeint, du seist etwas schüchtern und ich hätte mich angeboten, sie für dich anzusprechen. Tut mir leid, das war vielleicht etwas ungünstig. Aber irgendeine Ausrede hatte ich mir doch einfallen lassen müssen, nachdem sie mich gefragt hat, warum ich sie anspreche und so komische Fragen stelle."

Mesut sah Eddi derart ruhig an, dass es diesem fast schon wehtat. Sekunden verstrichen.

„Deutscher, du bist zu weit gegangen. Das kostet dich was", kam es nach längerem Warten in gefährlich ruhigem Ton von Mesut zurück.

Und ja, es würde ihn etwas kosten und Eddi ahnte, dass es mehr sein sollte, als nur die Rechnung an diesem Abend.

„Ehrlich, Mesut, sorry, ich wollte auf keinen Fall, dass du wie ein Vollidiot dastehst. Ich weiß schließlich am besten, was für ein stolzer Kerl du bist. Aber ich schwöre dir mein Lieber, mir ist einfach nichts Besseres eingefallen in dem Moment. So spontan bin ich Idiot halt einfach nicht."

Stumm trat Mesut an dessen Fahrrad heran und sattelte auf. „Jetzt glotz nicht so blöd. Nimm dein Motorrad und los. Du musst den Lottozettel von Frau Grieb noch aufgeben. Verpatz das nicht auch noch. Wir sehen uns heute Abend. Halb neun."

Rückblick

Frickenhausen am Main, 8. Oktober 1944.

Johann stand im Hof. In der Kälte der Nacht. Gehüllt in einen dichten Schleier aus Nebel. Er wusste, was er zu tun hatte. Wusste, dass ihm kein Fehler unterlaufen durfte. Ansonsten würden sie ihn zerreißen. Jetzt, nach so langer Zeit der Geheimnistuerei, der Angst und Erniedrigung, des Versteckspiels. Sie würden ihn in Stücke reißen, würde ihnen gewahr, dass er andere Pläne hatte, als deren eigene.

Gleiches wäre sicherlich geschehen, wenn sie um die Verbindung gewusst hätten, in welcher er zu ihr gestanden hatte. Eine Schande, die es in den Augen dieses Abschaums wie selbstverständlich zu tilgen gegolten hätte. Ein Risiko, dessen man sich hätte entledigen müssen. Ein Toter mehr. Was machte das schon aus? Erst recht nicht in seinem Falle. Ein Leben, das sowieso nichts wert war. Seit Jahren nicht. Umso mehr, da er ahnte, was in irgendeiner anstehenden Nacht so oder so mit ihm geschehen sollte. Womöglich dort oben in den Weinbergen. Ein Schubser, ein Schlag auf den Kopf. Ein toter Leib, der den Abhang hinunterrollt. Ein rasches Begräbnis.

War er bisher ein dieser Macht völlig ausgeliefertes Mittel zum Zweck gewesen, so könnte dieses Werkzeug in den Augen der Mörder jetzt zur Gefahr werden. Wenngleich keine große Gefahr. So zumindest mochten sie kalkulieren. Schließlich hatte er so viel zu verlieren, wie ein Mensch nur eben verlieren konnte. Er würde still halten. Davon gingen sie aus. Hätten sie um seine Verbindung zu ihr, ihr intimes Geheimnis, ihre Liebe gewusst. Hätten sie ihn hierfür ausgewählt?

Dann hätte er womöglich niemals erfahren, was mit ihr geschehen war. Oder aber, sie hätten ihn ein letztes Mal zu ihrem Werkzeug gemacht. Ihn dann aber bei der Ausführung begleitet, um sich im Schutze der Dunkelheit auch jener letzten Unsicherheit zu entledigen.

Oder sie wussten um die Verbindung, sahen aber keine Gefahr aufgrund seiner Ausweglosigkeit und konnten ihm somit mittels dieses Auftrags einen zusätzlichen, unmenschlichen Schmerz erleiden lassen. Ganz so, wie jemand wie er es in ihren Augen nun mal verdient hatte.

Was auch immer. Für einen Moment war er im Vorteil. Im Grunde genommen war er bereits tot, davon war er überzeugt. Hier und jetzt aber, hatte er für einige Stunden freie Hand. Und diese würde er nutzen. So sollte zumindest dieser Rest Würde gewahrt werden. Niemand konnte ihn daran hindern, hoffte er. Seine Liebe würde nicht einfach weggeworfen werden, nicht einfach auf dem Grund des Mains …

Plötzlich hörte Johann ein Geräusch. Augenblicklich blieb er stehen. Sollte bereits jemand auf dem Hof zugange sein? Doch selbst wenn. Die Nacht war pechschwarz. Sie sollte ihn eigentlich unsichtbar machen. Halb Vier Uhr morgens hatte die Kirchenglocke kürzlich geschlagen. Alles lag unter tiefen, geduldig abwartenden Schatten verborgen. Nur ein schwaches Mondlicht vermochte die Dunkelheit etwas zu durchbrechen, zeichnete dabei ein leichtes Glitzern in die von Nebel durchdrungene Luft.

Regungslos stand Johann da. Eng presste er sich an die steinerne Wand der großen Scheune, welche im fahlen Mondschein über ihm aufragte und drohend auf ihn niederblickte. Mit einem Mal schoss wenige Meter vor ihm eine Katze wie aus dem Nichts fauchend auf ihn zu und schließlich wie ein tobender Pfeil vorbei durch das Tor auf die Straße. Sein Herz setzte aus.

Nachdem er für viele weitere Sekunden wie eingefroren an die kalten Mauersteine gedrückt gestanden hatte, die Augen aufgerissen und unbewegt in die scheinbar flüssige Nacht vor sich starrend, fühlte er sein Herz in der Brust wieder pochen. Jenes Herz, das ihm einst aus einer Liebe zweier Menschen heraus geschenkt worden war. Zweier Menschen, die längst dem Grauen dieser Welt zum Opfer gefallen waren.

Unversehens schossen ihm nun doch wieder Tränen in die Augen. Schlagartig fühlte er den Boden unter sich wanken und sackte dann langsam mit dem Rücken an der Wand entlang in die Knie. Er spürte seine linke Hand, wie diese zu einer Faust geballt zwischen seinen Kiefern steckte. Er schrie auf. Doch sein Schrei war nach innen gerichtet. Tränen rannen ihm über Wangen und Handrücken und wuschen das Blut aus den Wunden, welche seine Zähne in Haut und sehniges Fleisch schnitten. Minutenlang kauerte er so inmitten des Hofs an die große Scheune gelehnt und zitterte am ganzen Leib. In diesem Moment hasste er die Welt. Er hasste diesen gottverfluchten Ort, dieses gottverlassene Land. Dabei tat er vielen Menschen unrecht. Er wusste es. Viele dachten anders, waren freundlich, sorgten sich um Seinesgleichen. Allein, das war ihm jetzt egal. Ein Land mit solchen Menschen, von Gott verlassen, das war kein Wunder. Aber wo war

Gott in seinem Leben? Wo war er gestern gewesen, als diese Männer ihr grausames Werk an einer solch bezaubernden Seele verrichtet hatten? Wo waren die kleinen Wunder im Leben derer, die so sehr leiden mussten? Er biss noch kräftiger zu, bis er glaubte, die Sehnen und Knochen seiner Hand unter seinen Zähnen bersten zu spüren. Sein Atem ging schnell. Fast schnaubte er wie ein von Tollwut befallenes Tier. Seine Nasenflügel bebten. Auch er hätte zum Mörder werden können. Er konnte der Wolf sein, der in eine Herde einbricht und Kehlen durchbeißt, bis ihn schließlich die tödliche Kugel der Jäger träfen. Sagte man nicht, der Mensch sei den Menschen ein Wolf?

Doch dazu war er nicht im Stande. Sollten sie bis in alle Ewigkeit Hunger, Krankheit und Leid verspüren. Mochten ihnen die Schwänze abfaulen. Sollten sie Eiter pissen. Jedoch zum Mörder konnte er nicht werden. Das hätte sie nicht gewollt. Sie war immer das Gute gewesen. Sanft und voller Zuneigung für alles Schwache in der Welt. Wie hatte man ausgerechnet sie, warum?

Mit einem Mal erschlaffte seine Erregung und stumme Apathie kehrte zurück. Sein Kopf sackte ihm auf die Brust. Seine Faust glitt ihm aus dem Mund, aus welchem sogleich rotgefärbter Speichel tropfte. Beide Arme baumelten leblos an ihm herab. Sein Atem produzierte stoßweise Nebelschwaden und wieder war er für eine gefühlte Ewigkeit erfasst von dieser tiefen, inneren Schwärze. Dann aber packte ihn eine neuerliche Entschlossenheit seinen Plan umzusetzen, wenngleich er damit nicht wirklich etwas zu ändern vermochte.

Er durfte jetzt nicht schwach sein. Das war er ihr schuldig. Er würde Peter im Gesindehaus dort drüben, auf der anderen Seite des Hofes aufsuchen und ihm sagen, dass er die bestellte Ware diesmal alleine nach Ochsenfurt transportieren würde. Diesen Kaufmann, den Hofmann, träfe er wie immer um Viertel nach sechs in Kleinochsenfurt. Der Mann würde die bestellten Fässer entgegennehmen und sogleich mit seinem Transporter weiter nach Würzburg liefern. Die Menschen benötigten Wein um sich betrinken, ja besaufen zu können. Jetzt mehr denn je. Wachten sie doch langsam auf und begannen, das Unvermeidliche als Tatsache anzuerkennen.

Um vor jenem Treffen seinen eigentlichen Plan umsetzen zu können, würde er eine knappe Stunde eher nach Ochsenfurt fahren müssen, als es normalerweise notwendig war, überlegte Johann. Jetzt war es kurz nach halb vier. Das sollte genügen. Er musste einfach darauf hoffen, dass sein Handeln nicht aufflog. Er würde den Wagen beladen, die beiden Pferde anspannen. Das hatte er schon mehrmals ganz alleine getan. Lediglich leise und präzise musste er sein. In gut einer Stunde würden im Haupthaus die Lichter angehen, bis dahin musste er unterwegs sein. Alles musste wirken wie sonst auch. Würde später jemandem auffallen, dass Pferdekarren und die für den Abtransport vorbereitete Ware früher weg waren als es zu erwarten gewesen wäre, niemand würde Verdacht schöpfen. Man hatte sich eben zeitig auf den Weg gemacht. Das war alles. Wenn der Karren jedoch weg wäre, nicht aber die Ware, man hätte sich sogleich auf die Suche begeben. Nein, alles musste wirken wie immer. Nur so konnte er ihnen einen Haken schlagen. Und Peter? Der mochte sich, nun, da er nicht mit ihm nach Ochsenfurt fahren musste, frühestens um sieben auf dem Hof zeigen. Bis dahin wäre er zurück. Niemand würde Fragen stellen.

Das Wichtigste war, ihren Leichnam nach Ochsenfurt zu bringen und dort anständig zu begraben. In geweihter Erde. So, wie sie es sich gewünscht hätte. Wobei die beiden nie über den Tod gesprochen hatten. Zumindest nicht über ihre eigene Sterblichkeit. Sie waren jung gewesen. Aber was bedeutete das schon. Die Menschen um sie herum starben und starben. Zumindest gab es fortlaufend entsprechende Neuigkeiten. Und es waren zunehmend jüngere Männer, die man zu Grabe trug, wenn auch vielfach nur symbolisch.

Zu einer solchen Sünde jedenfalls, wie von diesem Aas erdacht, wäre er gar nicht fähig gewesen. Niemals hätte er zulassen können, dass sie einfach weggeworfen würde. Wie ein Viehkadaver.

Wenngleich selten anzutreffen und kaum mehr zu spüren, so sollte die Menschlichkeit doch zumindest nicht ganz aus der Welt verschwinden. Nicht heute Nacht. Da wollte er doch lieber bei der Umsetzung seines Vorhabens sterben. Sollte sein Plan aber gelingen. Sollte er es schaffen, am frühen Morgen auf den Hof zurückzukehren, ohne dass irgendwer Verdacht geschöpft hatte, konnte er sich überlegen, was weiter zu tun war.

Ihre Mörder gingen ihrerseits davon aus, dass die Leiche bereits von Steinen beschwert auf dem Grund des Mains ruhte. Dazu hatte er den leblosen Körper kurz vor Mitternacht in ein Tuch wickeln und im Schutz der Dunkelheit vom Weinkeller die rund zweihundert Meter zum Mainufer hin schleppen müssen. Dort hatte der kleine Kahn, mit einigen schweren Steinen beladen, bereits einsam am Ufer vertäut gelegen und auf ihn gewartet.

„Und pass ja auf, dass du nicht gesehen wirst. Du weißt, was dir blüht, wenn das hier schiefgeht. Aus der Nummer würdest du nicht rauskommen, Johann. Wir schon. Oder was denkst du, wem man glauben würde? Also mach es einfach und danach verhalte dich gefälligst unauffällig und still.“

Ihm war es am gestrigen Abend kaum gelungen die inneren Beben zu verheimlichen, als er in den Weinkeller gezerrt worden war und schließlich vor der Leiche seiner großen Liebe gestanden hatte. In einer Ecke des Kellers der kleine Bub. Völlig verstört. Johann sollte sich still verhalten. Johann dachte daran, wie er sich sein halbes Leben lang hatte still verhalten müssen. Und nun hatten diese drei Mörder mangels besseren Wissens ausgerechnet ihn beauftragt, die Leiche seiner geliebten, wenn auch noch nicht von Gott bezeugten Frau im Fluss zu versenken. Wie Dreck. Johann soll es machen. Johann. Wenn er diesen Namen, der ihm aus Gründen des Selbstschutzes in all den Jahren in Fleisch und Blut übergegangen war, nur hörte. Jaron hieß er. Heute Nacht würde er wieder Jaron heißen. Es war an der Zeit, Fetzen von Würde und Zivilisation zurückzuerobern. Zumindest aber diese Mörder auszuspielen. Diese drei Fratzen, die drei mehr oder weniger großen Fische in diesem kleinen, beschissenen und von Gott vergessenen Teich.

Deren Plan, nein. Er hatte, nachdem er mit ihrem toten Leib über seinen Schultern am Mainufer angekommen war, ihren Körper dort im Schutz der Dunkelheit versteckt. Gut fünfzig Schritt weiter am Mainufer entlang in einer dichten Böschung. Dann war er zurück zu dem kleinen Boot gegangen, hatte dieses bestiegen und war damit in die Mitte des Flusses gepaddelt. Mit dem Rücken zum Dorf hin hatte er die leere Decke mit Steinen befüllt und mit einem dumpfen Platschen in die Schwärze hinabsinken lassen. Der leblose Leib hingegen wartete nun dort unten am Main im Gebüsch auf ihn. Er würde ihn in Kürze mit dem Pferdekarren fortschaffen. Dabei bedauerte er, sie nicht auf dem Frickenhäuser Friedhof beisetzen zu können. Doch hier ergab sich gerade keine Gelegenheit, keine solche wie in Ochsenfurt. Wenngleich nicht im Mindesten die Form von Bestattung, die ihr hätte zuteilwerden sollen, so aber doch das Mindeste, was er tun konnte. Inständig hoffte er, dort auf dem Ochsenfurter Friedhof auch wirklich das vorzufinden, was er aufgrund der Information, die heute Mittag an ihn herangetragen worden war, vorzufinden glaubte.

Das stille Versprechen, welches er seinem kleinen Freund indes am Vorabend gegeben hatte, würde er soweit es ihm möglich erschien, wahren. Er würde es zumindest versuchen. Gott möge es ihm verzeihen. Möge er allen vergeben. Konnte Gott solchen Menschen vergeben? Solchen Bestien? Sein Glaube sagte ja. Er konnte es nicht. Wer sollte also über diesen Abschaum richten, wenn nicht der Abschaum selbst? Gleichsam fühlte er mit seinem Freund, diesem Kind, das er lieben gelernt hatte wie einen kleinen Bruder, diesem kleinen unschuldigen Kerl, der das Böse nicht in sich trug. Zitternd war der Junge neben ihm getreten. Es war still geworden, nachdem die drei Männer die Treppe hochgestiegen waren. Dort unten im Weinkeller, in welchen die abendliche Luft gierig hinein geglitten war, nachdem eines der Fenster, die den Keller mit einem Lüftungsschacht verbanden, wieder offen gestanden hatte.

„Johann", hatte der kleine Bub geflüstert und weiter erst einmal nichts gesagt. Kurz darauf hatte Jaron gespürt, wie nach seiner Hand gegriffen wurde. Hatte die Tränen des Jungen gesehen, sein Entsetzen. Was waren diese Männer nur für Tiere? Die Niedertracht der Menschen kannte keinerlei Grenzen. Dies war in jenem Moment zwar keine neue Erkenntnis für ihn gewesen. Doch war ihr es beim Anblick jenes kleinen Jungen dort unten gestern Abend tatsächlich gelungen, sich noch grausamer zu zeigen. Beim Anblick dieses kleinen Buben, der weinend mit ihm vor dem Leichnam gestanden hatte, während er selbst in seinem Schock gefangen gewesen war und zuerst noch gar nicht hatte realisieren können, was dies alles bedeutete.

Er war gebrochen. Es war alles vorbei. Zögerlich war die niederschmetternde Erkenntnis zu ihm durchgedrungen. Dann hatte er, Johann, der eigentlich Jaron hieß, die Hand des Neunjährigen gedrückt gehalten und ihm in die Augen geblickt, in denen schreckliche Furcht geschrieben gestanden hatte. Panische Angst, doch vor allem auch kindliche, ungläubige Trauer.

„Johann", hatte der kleine Kerl erneut mit bebender Stimme gewispert. „Bitte."

Johann hatte nichts gesagt, nur leicht genickt. „Ja, ich gebe dir mein Wort", hatte dieses Nicken sagen wollen. „Nein, ich werde diese Schweine nicht ans Messer liefern. Mein Schweigen, ich tue es für dich." Doch jetzt, da er hier im Hof stand und die nächsten Schritte noch einmal im Geiste durchging, wusste er nicht mehr, ob er dieses stumme Versprechen würde einhalten können.

Kapitel 11

Als Eddi rund zwei Stunden später das Waldhotel mit angeschlossenem Restaurant am Rande der Bärentalsiedlung im Südosten von Ochsenfurt betreten hatte, war er ziemlich platt gewesen. Zuvor hatte er alles erledigt. Nicht nur hatte er wie geplant den Lottozettel abgegeben, sondern die Quittung auch gleich bei Frau Grieb vorbeigebracht, die sich wie immer überschwänglich für seine Dienste bei ihm bedankt hatte.

Auf den Besuch bei Frau Grieb war dann ein Telefonat mit seiner Mutter gefolgt, die jedoch passenderweise aufgrund eines geselligen Bingoabends nur wenig Zeit für den Sohnemann hatte erübrigen können. Eddi hatte seiner Mutter rasch Glück im Spiel gewünscht und ihr gesagt, dass er sie lieb habe. Und ja, weiß Gott, er hatte sie sogar fürchterlich lieb. Dennoch gingen ihm diese Worte seltsamerweise nie einfach über die Lippen. Für Gefühlsregungen schien ein Totengräber nicht geschaffen zu sein. Außerdem hatte er ihr zugesagt, sie am Sonntag besuchen zu kommen. Ein neuer Eintrag in seinem zerebralen Terminkalender. Es nahm kein Ende.

Des Weiteren hatte er noch Ochsenfurts bezaubernder Floristin Bescheid geben müssen. Gesagt, beziehungsweise gedacht, getan. Und hier war er glücklicherweise auf ein deutlich großzügigeres Zeitbudget gestoßen. Gisela hatte sich über Anruf und Aussicht auf ein gemütliches Abendessen zu viert unbändig gefreut, ihn aber postwendend dafür gerügt, dass er mit dieser Ankündigung so kurzfristig um die Ecke gekommen war. Eddi hatte die Rüge hingenommen und Gisela noch kurz am Telefon darüber aufgeklärt, wer Lena eigentlich war. Einzig den Hintergrund über das Zustandekommen jenes anstehenden Rendezvous hatte er ihr verschwiegen. Er würde Gisela die Sache mit seinem glorreichen Geistesblitz auf dem Frickenhäuser Friedhof bei nächster Gelegenheit unter vier Augen erläutern. Heute Abend hingegen, sollte die Natürlichkeit der gemeinsamen Stunden durch nichts getrübt werden. So baute er darauf, unverfänglich und gleichsam unauffällig mittels Belauschen typischer Frauengespräche die ein oder andere für ihn relevante Information über die Journalistin erhaschen zu können.

Abschließend hatte er Mesut per WhatsApp sicherheitshalber nochmals die Eckdaten für das Essen mitgeteilt. Schließlich war er duschen gegangen und nach ausgiebiger Kleiderschrankkonsultation abermals auf seine fröhlich knatternde Lady gestiegen.

Das abendliche Beisammensein hatte dann unter gewissen Startschwierigkeiten gelitten. Mesut hatte ihn und leider auch Lena zu Beginn spüren lassen, dass er die ganze Angelegenheit im Kern als etwas eher Qualvolles empfand. So zumindest hatte Eddi Mesuts anfängliche Zurückhaltung interpretiert. Auf Lena mochte dessen reservierte Art indes wie Scheu gewirkt haben, was Mesuts angedachter Rolle an diesem Abend eher zuträglich gewesen sein durfte.

Mit der Zeit war der Dönerdealer dann immer weiter aufgetaut. Den Vieren war ein Tisch in der Mitte des im rustikalen Landhausstil gehaltenen Saals des Hotels zugewiesen worden. Man hatte sich das Du angeboten, Bier und Wein bestellt und sogleich auf dieses und jenes angestoßen.

Rasch war man in der Folge daran gegangen, das Essen zu bestellen. Dabei hatte Eddi seinen mentalen Taschenrechner besser gleich mal aus seinen Gedanken ausgesperrt. Denn wer, wenn nicht er, würde die Zeche übernehmen müssen, hatte er sich selbst prophezeit.

Was die Bestellungen selbst anging, nun, Eddi hatte beim Essen zugeschlagen wie immer, wohingegen die Damen sich deutlich zurückhaltender gezeigt hatten. Das Ganze wie üblich mit Fingerzeig auf angeblich existente Speckröllchen hier und vermeintlich nicht mehr ganz perfekt sitzende Kleidungsstücke dort. Es war absurd. Und leider war Eddi nicht sehr gut in Fragen der adäquaten Reaktion auf solch standardisierte Hinweise und Äußerungen seitens des weiblichen Geschlechts.

Er und die Frauen. Es war kompliziert. Nicht wenige Männer schienen zu deren Glück mit einem besonderen Gen gesegnet zu sein. Einer Art Verhaltens-GPS im Umgang mit Frauen, mit welchem sie in der Lage waren, derlei kritische Situationen mit Leichtigkeit zu umschiffen. Eddi hingegen war diese Erbinformation nicht zuteilgeworden. Ein Grund dafür, dass er sich oft unsicher fühlte, wenn eine Frau zugegen war, an der ihm wirklich etwas lag.

So wie an diesem Abend, an dem er nun neben Gisela saß, aß, trank und lauschte. Gisela, deren feminine, schlanke und dennoch sportlich-muskulöse Oberschenkel sich durch einen Hauch von Nylon unter einem türkisfarbenen Kleid hindurch warm an seine eigenen Prachtexemplare von Beinkeulen anschmiegten.

Mesut unterdessen, hatte sich, was das Essen anbetraf, ebenso wenig selbstbeherrscht gezeigt wie er selbst. Allerdings mutmaßte Eddi, dass sein Freund dies nicht etwa getan hatte, weil er aus purer Neugierde heraus einfach mal alles Vegetarische auf der Speisekarte hatte testen wollen, wie er behauptete. Vielmehr glaubte Eddi hinter jenem Tun ein Konzept ausmachen zu können. Einen Strategiebaustein, mittels dessen Mesut ihm einen kleinen Teil von dem würde zurückzahlen wollen, was nach gewissen Vorkommnissen des heutigen Tages wohl noch an Rechnung zwischen ihnen beiden offen stand.

Wenn Eddi genau darüber nachdachte, war auch dies alles regelrecht wahnwitzig. Ausgerechnet Mesut, der Schürzenjäger, der seit vielen Wochen unablässig darüber klagte, dass nur noch die anderen Sex hatten. Wer auch immer diese anderen sein mochten. Eben jener bedauernswerte Mesut saß nun neben der, wie Eddi befand, zweitschönsten Frau des Abends in einem Restaurant, in dem wahrlich so manch ein Herr saß, dem nichts anderes übrig blieb, als neidvoll zu seinem Freund und ihm herüber zu schielen. Worüber also mochte Mesut sich eigentlich beschweren?

Die Journalistin sah, da konnte es keine zwei Meinungen geben, ausnehmend gut aus in ihrem schwarzen Kleid. Züchtig nannte man das wohl. Eddi fand es einfach nur ausgesprochen sexy. Er selbst konnte insoweit von Glück sprechen, dass Gisela für Eifersüchteleien nicht geschaffen war. Ansonsten hätte wohl kaum ein Funke Sympathie zwischen beiden Frauen überspringen können. Was allerdings umgehend erfolgt war. Wobei Eifersucht auch unangebracht gewesen wäre, überlegte Eddi. Er war nicht etwa Giselas Freund, Partner oder wie man das nannte. Nein, natürlich nicht. Ein wenig vielleicht? Eddi seufzte innerlich. Es war wie damals in der siebten Klasse, als er zum ersten Mal überlegt hatte, wie man solch eine Sache denn nun eigentlich klärte.

Neidvoll sah Eddi zu Mesut hinüber, der mit derart schwerwiegenden, sozialen Fragen im Allgemeinen keinerlei Probleme hatte. Mesut nahm, Mesut urteilte, Mesut ging. Meistens zumindest. Bei Lena allerdings dürfte es anders gelagert sein, schätzte er. Bei ihr würde sein Freund sicherlich nicht so schnell das Weite suchen, gemäß dem Falle, sie würde ihn an sich heranlassen. Somit noch einmal: Was wollte Mesut eigentlich? Vielmehr müsste dieser ihm doch gerade heraus dankbar sein für den Abend, schloss Eddi im Geiste. Neben einer derartigen Rakete von Weib zu sitzen und zu speisen? War das denn nichts?

Die Früchte des Abends, so schien es, war Mesut immerhin bereit aufzuklauben, sollte sich eine Gelegenheit zur Ernte ergeben. Zumindest hatte er sich zu planvollem Handeln hinreißen lassen und in Schale geworfen. So war heute Abend beispielsweise auf die Lederkutte verzichtet worden. Auch hatte Mesut sich ganz offensichtlich frisch rasiert und ein stark duftendes Rasierwasser aufgetragen. Hinzu kam nebst weißem Hemd eine marineblaue Chino, von der Eddi bis zu diesem Abend gar nicht gewusst hatte, dass es eine Hose solcher Gattung jemals gelungen war, in Mesuts Kleiderschrank einzudringen. Sicherlich eines der Mitbringsel, von denen es jedes Jahr diverse gab, wenn wieder einmal Angehörige Mesuts aus der Türkei zu Besuch gekommen, oder aber Verwandte oder Freunde aus dem Heimaturlaub zurückgekehrt waren. Vor allem die männliche Verwandtschaft Mesuts mühte sich rührend, dem in Sachen Stil nahezu verlorenen Sohn auf den rechten Weg zurück zu verhelfen. Dieser hatte aber nun mal seinen eigenen. Und Eddi liebte ihn dafür.

Sowohl hierfür als auch dafür, dass Mesut sich zwar alle Mühe gab, sein Verhalten dem Umfeld dieses Abends anzupassen, dabei jedoch offensichtlich nicht gewillt war, sein wahres Ich zu weit von der Leine zu lassen.

So kam es, dass der ureigentliche Mesut sich Eddi und Gisela just in diesem Moment zu offenbaren begann. Nicht ganz zufällig nahm dieser soeben seine Serviette vom Schoß, tupfte sich damit elegant den Mund, legte das Tuch neben sich auf dem Tisch ab und verabschiedete sich sodann aus der Runde. Zuvor gab er noch ein überraschend kniggetaugliches „Die Damen entschuldigen mich für einen Moment. Deutscher", in Kombination mit einem vielsagenden Grinsen von sich.

Ursächlich für Mesuts Entschwinden konnten für Eddis Dafürhalten eigentlich nur Geschehnisse sein, die sich einige Augenblicke zuvor an zwei der Nachbartische zugetragen hatten. Dort war über die durchschnittliche Dauer der Leerung eines Bierhumpens hinweg ein Mittvierziger eifrig damit beschäftigt gewesen, die Mutter zweier kleiner Kinder zu drangsalieren, indem er sich anmaßte, diese darüber aufzuklären, wie man sich in einem Restaurant Bitteschön zu benehmen habe.

Die zwei süßen Kinder der Frau, ein Junge von etwa sechs und ein Mädchen von um die drei Jahre, schätzte Eddi, hatten sich im Laufe der Konfrontation zunehmend eingeschüchtert gezeigt. Gäste und Servicepersonal hatten dem Widerling ihrerseits hier und da Blicke von Unverständnis und der Mutter solche des Mitgefühls zugeworfen. Den Klugscheißer in Börsenoptik hatte das nicht weiter tangiert. Vielmehr war er zunehmend persönlich geworden. Ob die Dame ihre Kinder denn nicht im Griff hätte. Ob Tischmanieren für sie als Mutter kein erstrebenswertes Gut im Rahmen der Erziehung seien und dergleichen mehr.

Eine ernsthafte Rechtfertigung für den Unmut des Mannes war überdies nicht auszumachen gewesen. Denn wenngleich Eddi nur eingeschränkt Sicht auf die beiden Kids gehabt hatte, da diese halbwegs in seinem Rücken saßen, so fiel die Beurteilung deren Verhaltens äußerst positiv aus. Ein kleiner Traktor aus Plastik war praktisch geräuschlos geblieben und hatte überhaupt niemanden gestört. Bis auf besagten Flachgeist. Das Mädchen hatte hin und wieder nach eben diesem Traktor gegriffen und sich über die Uneinsichtigkeit ihres Bruders, der das Gefährt partout nicht hatte hergeben wollen, bei der Mutter beschwert. Und ja, auch mal lauter. Wie nicht anders zu erwarten gewesen wäre. Kinder eben. Das aber war auch schon alles gewesen.

Das und ein Glas Wasser, welches dem Vernehmen nach vor wenigen Momenten über den Tisch gekippt worden war. Über den Tisch der Mutter. Nicht etwa über den dieses Rindviehs. Für den Spinner in Schwarz war an diesem Punkt allem Anschein nach dennoch und endgültig eine purpurne Linie überschritten worden. Er hatte sich, was Eddi ein Blick über die Schulter verraten hatte, zuerst verächtlich und gleichsam triumphierend die Brille zurechtgerückt. Dann war er effektvoll ruckartig aufgestanden. Beschimpfungen und okulare Giftpfeile hatten den nächsten Akt des Dramas ausgezeichnet.

Mesut war über die gesamte Dauer dieser Ereignisse hinweg überraschend still geblieben. Als sich der Vollidiot nun aber daran begeben hatte, seine Schritte durch den Saal hindurch in das Untergeschoss des Hotels zu lenken, vermutlich Richtung Toilette, war Mesut dem besagten Arschgesicht - nach eben jener kniggetauglichen Bitte um Nachsicht - kurzerhand gefolgt.

Eddi hatte sogleich geahnt, dass Mesuts Drang sich zu erleichtern in jenem Augenblick nicht von Ungefähr gekommen war. Und auch Gisela schwante wohl etwas, da sie ihrerseits nun ihm einen kurzen, fragenden Blick zuwarf, den er seinerseits mit einem kurzen, flehenden Blick beantwortete. Gisela möge die Situation bitte für ihn retten und Lena beschäftigen. Er selbst würde seine Aufmerksamkeit in den kommenden Minuten auf Treppenabgang und Toilette richten müssen. Eddi konnte nur beten, dass Mesut es nicht auf die Spitze treiben würde. Schließlich wollte er noch etwas über Lena erfahren an diesem Abend. Da wäre es nicht zweckdienlich, des Hotels verwiesen zu werden.

Zum Glück kam Gisela Eddis Wunsch gerne nach. Schon früh am Abend war ihre Bereitschaft erkennbar gewesen, die Journalistin geradewegs in ihr Herz zu schließen. Etwas, das Eddi nicht weiter überraschte. Gisela war nicht nur in dieser Hinsicht genau das Gegenteil von ihm. Er selbst vermochte sich Menschen ganz und gar nicht schnell zu öffnen. Wobei es Ausnahmen gab und ja, auch er konnte sich der sympathischen Art Lenas in der Tat nur schwer entziehen.

Jene Journalistin musste für den Moment allerdings etwas in den Hintergrund rücken. Eddi klammerte sich aus Gründen der Anspannung an seinen Bierkrug, dabei aufmerksam den Treppenabgang zur Toilette belauernd. Gleichzeitig war er darauf bedacht, die Unterhaltung vor und neben sich weiter zu verfolgen.

„Eddi ist so ein typisch-fränkischer, knorriger Brummbär, musst du wissen. Was hier in der Gegend allerdings keine ernsthaft bedrohte Art ist." Die bezaubernde Floristin an seiner Seite lachte. „Wobei er natürlich schon etwas Besonderes ist. Und zweifelsohne besitzt er das größte Herz, das ich kenne. Wobei, dicht gefolgt von Mesut, das muss ich schon sagen. Kein Wunder, dass zwischen die beiden kaum ein Blatt Papier passt. Und du Lena? Lebst du eigentlich allein? Wenn die Frage nicht zu indiskret erscheint. Und wo kommst du ursprünglich her? Und wie hast du Mesut eigentlich kennengelernt?" Eine Frage nach der anderen sprudelte nun in rascher Abfolge aus Gisela heraus.

Wie hatte Mesut Lena kennengelernt? Hier musste Eddi intervenieren. Diese Gesprächsschiene war tabu. Sollte Lena Gisela gegenüber Mesuts vermeintliche Scheu erwähnen, die ganze Sache wäre aufgeflogen. Gisela hätte bei dem Wortpaar „Mesut + schüchtern" im Zusammenhang mit Frauen womöglich laut losgeprustet. Immerhin wusste Gisela nichts von dieser seltsamen Inszenierung, in deren Mittelpunkt Mesuts fiktive Schüchternheit stand. Im Nachhinein erschien Eddi sein Vorgehen überaus idiotisch. Er hätte Gisela besser einweihen sollen. Es wäre unkomplizierter gewesen. Nun aber musste er damit leben, dass Gisela derlei Fragen stellte. Schnell ließ er seinen Notfallplan anlaufen. Dabei behielt er die Geschehnisse vor sich weiter im Blick.

„Hab ich dir", fuhr er im Sprint dazwischen, „eigentlich erzählt, dass ich es war, der Lena zuerst getroffen hat? Wobei, getroffen ist vielleicht übertrieben, aber wir sind uns tatsächlich auf der Polizeiwache bei Bernd über den Weg gelaufen. Gestern.

Und heute in Frickenhausen sind wir uns dann schon wieder begegnet. Verrückt, oder? Die Welt ist so unglaublich klein."

Statt Gisela reagierte Lena, welche, so Eddis Befürchtung, die Intention seines Einwurfs im Grunde genommen hatte durchschauen müssen. Seine Bedenken schienen allerdings unbegründet. Zumindest machte die Journalisten keine Anstalten, den Punkt, wer nun wen, wo kennengelernt hatte, weiter zu vertiefen.

„Frickenhausen ist definitiv schon mal ziemlich klein", gab sie stattdessen amüsiert zurück. „Jedenfalls verglichen mit Hannover. Da wohne ich derzeit. Allein im Übrigen." Sie schmunzelte. „Wobei ich mal hier, mal dort bin. Eines steht in jedem Falle schon mal fest: So überschaubar wie es hier bei euch ist, so idyllisch ist es auch. Die gesamte Gegend, meine ich. Mir gefallen die Lichter im Maintal ausgenommen gut. Und dann erst euer lustiger Dialekt." Erneut ließ sie ein reizendes, obgleich schüchternes Lachen hören. „Dass Eddi so ein Brummbär ist, ist mir übrigens gar nicht aufgefallen. Ich finde es angenehm, wenn Menschen weniger reden, dafür aber genau wissen, wann sie was zu sagen haben." Für einen Moment verstummte sie. Mit dem Daumen wischte Lena über den Abdruck auf dem Weinglas, den ihr rot geschminkter Mund dort hinterlassen hatte. „Es ist schon seltsam. Ich fühle mich ehrlich wohl hier. Dabei könnte ich nicht mal sagen, warum. Bestimmt hat es aber mit den vielen netten Menschen zu tun, die man hier so trifft."

„Oh, da mach dir mal keine Sorgen", wandte Gisela ein, „hier gibt es genauso viele Idioten wie anderswo auch!" Jetzt lachten beiden Frauen auf. Eddi strahlte nach innen. Gisela amüsierte sich, die Journalistin fühlte sich wohl. Alles schien bestens. Nun musste morgen nur noch der Club gegen Hannover gewinnen. Ausgerechnet Hannover.

„Nein, mal ehrlich", fuhr Gisela fort. „Das ist schön, dass es dir bei uns so gut gefällt. Wie lange wirst du denn noch bleiben? Schon noch eine Weile, oder?"

„Ah, sieh an", begann Eddi da unvermittelt zu murmeln.

„Was …?", fragte Gisela, brach die Frage jedoch ab, nachdem sie bemerkt haben musste, dass Eddi nicht an dem Gespräch teilgenommen, sondern die Tatsache kommentiert hatte, dass Mesut gerade die Treppenstufen heraufstapfte. Vom raunzigen Kotzbrocken war indessen noch nichts zu sehen.

Gerade als Mesut sich wieder hinsetze, völlig entspannt, kam jenes Wesen dann ebenso aus den Untiefen des Hotels emporgestiegen. Etwas mitgenommen sah er schon aus, stellte Eddi für sich fest. Seine Gesichtsfarbe schien sich den Urinalen dort unten angepasst zu haben. Davon aber abgesehen. Alles ohne Dellen. Eddi glaubte schon, dass alles nur ein Missverständnis gewesen sein mochte, als Mesut in dem Augenblick, in welchem der Kerl ihren Tisch passierte, eine kleine, jedoch energiegeladene Zuckung vollführte. Schlagartig wich das nunmehr offensichtliche Opfer derart nervös zurück, dass dessen Beine zuerst nicht mehr so recht gehorchen wollten. Eddi, Gisela und Lena fürchteten bereits, dass der Mann im nächsten Moment quer über einem der Nachbartische hängen würde. Doch er fing sich gerade noch rechtzeitig und setzte sodann mit deutlich ins Gesicht eingemeißelter Panik seinen Weg Richtung Tisch fort.

Eddi sah Mesut an und musste grinsen. Was sein anatolischer Bruder dem armen Kerl dort unten wohl ins Ohr geflüstert haben mochte, überlegte er.

Der Ochsenfurter Dönerdealer seinerseits saß ganz gelassen da und blickte unbeteiligt vor sich hin. Strich dabei seine Serviette glatt, welche noch immer vor ihm auf dem Tisch lag.

Es herrschte achtsame Stille in der Runde. Wimpernschläge später vernahm Eddi einige fast schon im Flüsterton gesprochene Worte hinter sich. Was genau geredet wurde, blieb ihm verborgen. Dafür waren seine Lauscher nicht mehr fabrikneu genug. Irgendetwas mit Verzeihung und Arbeit und Stress hatte er heraushören können, was Eddi zwangsläufig dazu veranlasste, nur noch breiter zu grinsen.

Auch Lenas Augen hatten mittlerweile zu leuchten begonnen. Die Journalistin hatte ebenso begriffen. Gisela, deren gutes Benehmen ihr untersagte den Kopf weit genug nach links zu drehen, um sehen zu können, was sich dort hinter ihrem Rücken abspielte, las alles Notwendige aus den Gesichtern von Lena und

Eddi heraus. Lediglich in Mesuts Blick stand weiterhin nichts geschrieben. Gisela griff nach ihrem Weinglas und trank einen Schluck. Über den Glasrand hinweg sah sie dabei verstohlen zu Lena, die ihrerseits schwer dagegen ankämpfen musste, nicht unversehens laut loszuprusten.

Unterdessen musterte Eddi seinen türkischen Bruder. Hinter dessen bis eben noch unbewegter Miene nistete sich zögerlich ein gewisses Funkeln ein. Mit einem Mal jedoch versteinerten Mesuts Gesichtszüge erneut. Er zückte seinen Geldbeutel aus der Hosentasche, entnahm einen Fünfzig-Euro-Schein und legte ihn demonstrativ vor sich auf den Tisch. In der Folge räusperte er sich mehrmals laut und vernehmlich in die wie zur Drohung geballte Faust.

Eddi runzelte die Stirn, dann raschelte es hinter ihm. Eine Frauenstimme meinte: „Das hätte aber nun wirklich nicht sein müssen." Dieser folge eine demütige Männerstimme nach. „Doch, doch, bitte." Einige Sekunden später hechtete ein Mann, dem erwiesenermaßen der Appetit vergangen war, gehetzt Richtung Ausgang.

In der Folge blieb es eine Weile lang still am Tisch. Sicher hätte jeder der drei Mesut nun gerne gefragt, was denn genau dort unten auf der Toilette vorgefallen sei. Doch hatte man sich unausgesprochen darauf geeinigt, es für den Moment auf sich beruhen zu lassen. Zumal es recht einfach auszumalen war.

Schlussendlich kehrte Gisela zu ihren zuletzt geäußerten Gedanken zurück, wobei sie sich eine kleine Anmerkung zu den jüngsten Geschehnissen nicht verkneifen wollte. „Du siehst Lena, für eine Journalistin gibt es selbst in einer so überschaubaren Stadt wie Ochsenfurt immer was zu berichten." Dabei bedachte sie Mesut mit einem Seitenblick. Der hob lediglich den Kopf und blinzelte sie unschuldig an. „Also, was meinst du nun?", wandte Gisela sich erneut an Lena, „Wie lange wirst du uns voraussichtlich noch erhalten bleiben?"

„Ich weiß nicht so recht", beantwortete Lena Giselas Frage. „Das hängt ganz davon ab, wie sich die Dinge weiterentwickeln."

Wieder wischte sie gedankenverloren an ihrem Weißweinglas herum. „Auf jeden Fall kann ich euch jetzt schon versprechen, mich zu melden, sollte ich mal wieder in der Gegend sein." Sie hob ihr Glas. „Den einen oder anderen Tag werde ich aber gewiss noch hier sein. Insofern. Wehe, ihr zeigt euch nicht noch mal in der Zeit!"

Nun erhoben auch Gisela, Eddi und Mesut ihre Gläser. Man stieß auf Gesagtes an. Der Abend verlief wirklich mehr als passabel, resümierte Eddi im Stillen. Mesut hatte sich wieder ganz gut eingekriegt, das Essen war hervorragend gewesen. Die Frauen waren eine echte Augenweide. Allen voran natürlich Gisela. Er hatte zudem nicht allzu viel reden müssen, was ihm generell, speziell aber mit Blick auf die zurückliegende Hektik des Tages, äußerst zupasskam. So hatte er mehr Zeit gefunden, über das eine oder andere nachdenken zu können. Blöd nur, dass sein Sinnieren bis dato frustrierend ineffektiv geblieben war. Schlimmer noch: Er musste sich eingestehen, im Grunde genommen nicht einen Millimeter weitergekommen zu sein, was die eigentliche Triebfeder dieses gemeinsamen Mahls anging. Warum genau war Lena nach Frickenhausen gekommen? Woher wusste sie von dieser vermaledeiten Kette? Das mit dem Grab von dem Rehnstein in Frickenhausen. OK, das konnte man als Zufälligkeit durchgehen lassen. Schließlich war nicht nur Frickenhausen äußerst klein, sondern erst recht der Friedhof dort. Und das Grab des ersten Vorsitzenden des Schützenvereins war aufgrund von Größe und Aufmachung tatsächlich mit das Auffälligste. Somit nicht zwingend verwunderlich, dass Lena sich gerade jenes Grab genauer hatte ansehen wollen. Aber was war mit der Kette? Eddi platzte vor Neugierde.

Mesut platzte vor Nervosität und Anspannung. Eddi wollte sich hierüber soeben wundern, als es ihm auch schon dämmerte. Natürlich. Mesuts andere große Liebe, Cannabis, war einmal mehr drauf und dran, die ihr zugedachte Aufmerksamkeit einzufordern. So war Eddi gewillt, seinem Freund besser flott aus der Patsche zu helfen.

„Ja, Mesut, mein Lieber. Was hältst du von einer Runde über das Hotelgelände?"

„Ey, Eddi!" Eddi hatte offensichtlich ins Schwarze getroffen. „Spitzenidee, Kollege! War auch mein Gedanke. Es sei denn …" Mesut wandte sich den beiden Frauen zu. „Es sei denn die Damen, äh Ladies können auf uns beim besten deutschen Willen nicht verzichten."

Gisela und Lena glucksten. Während Gisela zudem nur eine abwinkende Handbewegung zustande brachte, ließen Lenas Worte aufhorchen. „War ja klar. Männer! Immer auf der Flucht. Lass mir aber eine Kleinigkeit übrig. Den rauch ich dann nachher gemütlich im Hotel."

Eddi stutzte, hielt in seiner Bewegung inne. Mesut, der gerade in Begriff gewesen war aufzustehen, wäre beinahe postwendend zurück auf dessen Stuhl geplumpst. Die Journalistin zog ein sattes Grinsen, das ihr vom linken bis zum rechten Ohr reichte, machte kurz darauf eine rollende Bewegung mit ihrem Zeigefinger und befahl Mesut so zu sich heran. Eddi und Gisela lauschten.

„Meine Nase." Sie tippte sich an selbige und Eddi fiel einmal mehr auf, wie symmetrisch Lenas Gesicht geschnitten war. Und dann diese Augen. „Meine Nase, großer Mann. Ich bin schließlich Journalistin, nicht vergessen, und wenn ich keine gute Nase hätte, würde es mir an Gespür mangeln und das wäre gar nicht gut. Also, lass mir bisschen was übrig. Für später. Natürlich nur, wenn genug davon da sein sollte."

Als Mesut und Eddi kurz darauf auf dem Vorplatz des Hotels standen und über geparkte Autos, Bäume und Maintal hinweg durch die Nacht blickten, brachen sie fast gleichzeitig in heftiges Kopfschütteln aus.

„Mann, Deutscher. Was ein Weib, walla! Die hat dicke Fäuste hinter den Ohren, au weia, Alter!"

Gierig zog Mesut an seinem Joint und vergaß dabei sogar den sonst zwingend vorangestellten, prüfenden Blick nach links und nach rechts. Es musste wirklich allerhöchste Zeit gewesen sein für seine Dosis Vitamine, dachte sich Eddi, der Mesut die Korrektur der etwas verstolperten Formulierung „faustdick hinter den Ohren" diesmal ersparte.

„Allerdings", entgegnete er stattdessen. „Nur leider komme ich gar nicht voran. Ich hab bis jetzt überhaupt nix rausbekommen aus ihr. Von wegen Kette und was sie überhaupt hier treibt und so."

„Scheiß drauf, Aleman! Der heutige Abend gehört dem Leben, nicht dem Tod!" Sein Joint glühte in der Dunkelheit.

Der heutige Abend gehört dem Leben und nicht dem Tod. Mesut hatte es mit seiner philosophischen Anwandlung womöglich auf den Punkt gebracht. Eddi ging ein paar Schritte, drückte seine Zigarette sodann in einem großzügigen Aschenbecher aus, der an der Außenwand des Hotels angebracht war.

„Vielleicht hast du recht, Mesut." Während er sich abermals zurück zu seinem Freund begab, fuhren Eddis Augen über die Nummernschilder der Autos, die unweit von ihm geparkt standen. Ein Potpourri aus deutschen und europäischen Kennzeichen. „Auf jeden Fall aber", nun deutete er unmissverständlich auf den Joint zwischen Mesuts Fingern, „solltest du langsam Schluss machen. Deine Rakete da drin will schließlich auch noch was abbekommen. Ansonsten zündet sie später vielleicht nicht."

Ein abfälliger Blick peitschte durch die Nacht, gefolgt von verbaler Entrüstung: „Was glaubst du eigentlich was ich vorhabe, Aleman? Das ist doch keine Frau für sowas, Mann. Außerdem hätte ich da heute garantiert keine Chance. Irgendwas passt da nicht. Also Deutscher, die ist schon korrekt und so aber ich weiß nicht. Wie ein Haus, in dem alles freundlich und cool ist, bis auf dieses eine Zimmer eben, das mit tausenden von Schlössern verrammelt ist. Weißt du, was ich meine?" Mit angefeuchtetem Daumen und Zeigefinger brachte er die Glut seines Joints unter leichtem Knistern zum Erlöschen. Dieser verschwand daraufhin schnurstracks in der bestens behüteten Umgebung seiner Hemdtasche.

Eddi nickte und dachte nach. Dann zuckte er mit den Schultern und sah Mesut an. „Ja, und was macht man dann? Ich hab leider gerade keinen passenden Dietrich bei mir."

„Du brauchst ja nicht zwingend einen deutschen Dietrich, Eddi. Nimm einfach deine Beine und tritt die scheiß Tür auf!"

Gemeinsam gingen sie zurück ins Restaurant. Wieder musste Eddi nachdenken. Und er musste sich eingestehen, dass er heute mit Nachdenken allein de facto kaum wirklich weiterkommen würde. Vielleicht war es insofern tatsächlich an der Zeit, anders an die Sache heranzugehen. Was hatte er eigentlich zu verlieren, fragte er sich? Das war doch die eigentlich entscheidende Frage. Und diese kannte im Grunde genommen nur eine Antwort.

„Du sprichst von der Kette, nach der ich auf der Polizeiwache gefragt habe, oder?" Lena sah Eddi an. Ihre Frage war jedoch keine Frage gewesen. Sie hatte vielmehr wie eine wiederholte Feststellung gewirkt, mittels derer man Zeit zu gewinnen suchte.

Eddi hatte sich zuvor recht unverblümt nach dem konkreten Grund für ihren Aufenthalt in Frickenhausen erkundigt. Die Tote aus dem Main. Das solle schließlich ein Unfall gewesen sein. Also irgendwelche sonstigen, kleineren Details - hiermit hatte er auf die Kette der alten Dame angespielt - können doch nicht der alleinige Grund für ihr Erscheinen sein. Nicht, dass er neugierig wäre. Nein, es sei nur so, dass er sich für ihre Arbeit interessieren würde, hatte er betont unaufdringlich angeführt. Zwischendurch hatte Gisela ihm unter dem Tisch derart heftig ins Bein gezwickt, dass Eddi beinahe feuchte Augen bekommen hatte. Mit diesen blickte er Lena nun erwartungsvoll an.

Die Journalistin nahm ihr leeres Weinglas in die Hand und winkte den Kellner herbei. „OK, Eddi. Aber du musst mir, nein ihr müsst mir … Ihr alle müsst mir bitte einfach zugestehen, dass ich so Manches nicht ohne Weiteres erklären kann. Das bringt mein Beruf nun mal so mit sich. Und dann, ja, ich schätze, ich bin auch eher generell ein vorsichtiger Mensch."

Der Kellner trat an den Tisch heran und befüllte auf ein Nicken hin Lenas Weißweinglas. Nun meldete sich Gisela zu Wort.

„Du musst auch absolut nichts dazu sagen, wenn du nicht magst. Richtig, Eddi?" Sie sah Eddi lächelnd an und forderte mittels körpersprachlicher Signale seine Zustimmung ein. Der Totengräber nickte. „Und ich für meinen Teil", fuhr sie daraufhin fort, „würde es dabei am liebsten auch belassen, Lena. Du sollst nur wissen, es gibt nicht nur gewisse Fragen, die Eddi derzeit sehr beschäftigen, sondern auch wirklich gute Gründe für eben jene Fragen."

Jetzt war Eddi es, der drauf und dran war in gewisse Beine zu zwicken. Gisela aber entzog ihm die entsprechenden Extremitäten geschickt. Zu Eddis Verblüffung drehte sie zudem seinen Kopf zu sich heran, um ihm einen zärtlichen Kuss auf den Mund zu verpassen. Gepaart war dieser mit einem Blick, der sagte: „Wenn du dich nicht endlich klarer dazu äußerst, muss ich eben."

Der Kuss indes bewirkte erst einmal das Gegenteil. Eddi war sprachlos. Sie hatte ihn geküsst. Blut schoss ihm in Windeseile zuerst vom Oberkörper in die Lenden und dann schlagartig zurück in den Kopf. Bestimmt war er rot geworden. Seine Augen wanderten zu Mesut hinüber, der auf seinem Stuhl saß, die Arme vor der Brust verschränkt. Und nichts weiter. Er saß einfach nur da. Wie ein Häuptling, der die Bedeutung einer bestimmten Situation im Geiste einsog.

Dann stieß Eddis leicht verunsicherter Blick auf Lenas blaugrüne Augen. Die Rakete hob die Brauen, warf einen fragenden Blick zurück. Allerdings nicht aus Gründen des Erstaunens über seine gerade unverkennbar stattfindende Gefühlseruption. Lena schien vielmehr darauf zu warten, dass er Giselas Worten etwas Gehaltvolles hinzufügte. Doch Eddi war noch immer viel zu konsterniert angesichts jenes, seines kleinen Wunders.

„Gut, Eddi", begann Lena somit ihrerseits, „dann will ich einfach mal laut nachdenken. Vielleicht hilft das ja." Ein charmantes Lächeln folgte, dann eine Pause, bevor sie sich leicht nach vorn beugte und fortfuhr. „Du hast mich nicht wegen Mesut angesprochen. Vor allem auch nicht für ihn." Sie wandte sich dem Döderndealer zu, legte ihm sanft eine Hand auf die Schulter. „Ich fand es trotzdem süß und bin froh, dass es gekommen ist, wie es gekommen ist. Um nichts in der Welt würde ich diesen tollen Abend missen wollen."

Ein warmes Lächeln umspielte ihre Lippen und die Tatsache, dass Plappermaul Mesut weiterhin stumm blieb, verriet Eddi, dass die Coolness dieser Frau seinen Freund ebenso zu beeindrucken wusste, wie ihn. Zumindest durfte der stolze Türke ob dieser Wendung nicht vollends unglücklich sein. So durfte er immerhin annehmen, fortan wieder artgerecht behandelt zu werden.

Der Kellner kam unterdessen erneut an den Tisch getreten und entzündete mit entschuldigendem Blick drei Teelichter, die er vor ihnen auf der Tafel verteilte. Eddi schielte Gisela von der Seite an, die ob der jüngsten Entwicklungen weniger irritiert dreinblickte, als erwartet. Möglicherweise hatte auch sie die Scharade bereits durchschaut gehabt. Frauen eben.

Lena nahm einen Schluck Wein, dann wandte sie sich erneut Eddi zu. „Jedenfalls hast du mich angesprochen, weil ich die Cops in Ochsenfurt nach der Kette gefragt habe. Du meintest ja selbst, dass du den einen Beamten dort aus Kindertagen kennst. Wie dem auch sei. Das wiederum rückt dich für mein Verständnis allerdings in eine ganz besondere Nähe zu der Toten. Kurz gesagt: Man könnte aufgrund deiner vitalen Neugierde auf den Gedanken kommen, dass du entweder selbst etwas mit dem Tod der Frau dort in Frickenhausen zu tun hast und nun versuchst herauszufinden, was ich über die Sache weiß, oder aber du der Frau zumindest in irgendeiner Form nahe gestanden hast. Warum sonst sollte dich all das so brennend interessieren?"

Eddi war zum wiederholten Male sprachlos. Ihm war überhaupt nicht bewusst gewesen, welch andere, zugegebenermaßen überraschende und gleichsam nicht ganz unlogische Blickwinkel es auf seine Person und sein Handeln geben mochte. Einmal angenommen, er hätte der Frau tatsächlich etwas angetan, ihr einen Stein auf den Kopf geschlagen und sie dann in den Main geschubst. Selbstverständlich würde er sich komplett verdächtig machen, würde er solch einen Aufwand betreiben, um herauszufinden, warum irgendeine Journalistin nach irgendeiner Kette eben jener Toten fragte.

Es war mucksmäuschenstill am Tisch geworden, ja im gesamten Saal. Zumindest kam es Eddi so vor, unterdessen er spürte, wie Gisela sich neben ihm regelrecht zu versteifen begann.

„Ich werfe meine Prinzipien mal teilweise über den Haufen", sponn Lena ihren Faden weiter, „denn es ist wirklich so. Ich bin typischerweise eher vorsichtig, wenn es um derlei Dinge geht. Dennoch. Ich vertraue meiner Nase und behaupte, dass du keinesfalls etwas mit dem Tod der Dame zu tun hast, Eddi. Zumal es extrem ungeschickt wäre, wenn du mir in solch einem Falle unverblümt dein Interesse für diese Kette zeigen würdest. Wobei Nervosität natürlich zu manch unbedachter Handlung führt. Trotzdem, nein, ich schließe das für mich aus. Glaube mir, diese Möglichkeit habe ich zu keiner Sekunde ernsthaft in Betracht gezogen. Dann bliebe für mein Verständnis allerdings nur noch eine sinnvolle Erklärung übrig. Du musst die Frau gekannt, oder zumindest muss dich etwas mit ihr verbunden haben. Wie auch immer. Und aus eben diesem Grund heraus, interessiert dich das Schicksal dieser Frau im Besonderen."

Sie wartete ab. Eddi spürte, wie eine warme Hand auf seinem Bein sanften Druck ausübte. Gisela gab ihm neuerlich ein Zeichen.

Er atmete tief durch, räusperte sich vernehmlich. Dann wollten seine Gedanken abermals dazu ansetzen, in seinem Kopf das Tanzbein zu schwingen. Doch nur für einen flüchtigen Augenblick, dann ging die Musik auch schon wieder aus. Jetzt war keine Zeit für Besinnung, das wusste Eddi. Er musste die Tür eintreten, genau wie Mesut gemeint hatte.

Also schilderte Eddi, wie er die Frau nur wenige Stunden vor ihrem Tod getroffen hatte. In den Frickenhäuser Weinbergen, unweit der Valentinskapelle. Er beschrieb, wie verloren die Frau ihm vorgekommen war und wie sie dort, eine Hand fortwährend an ihren Brustkorb gelegt, gesessen und über das Tal gestarrt hatte. Er erzählte der Journalistin von der Kette. Von eben jener Kette, die sie getragen hatte und schließlich noch davon, wie Mesut und er am nächsten Tag zufällig bei der Bergung des Leichnams zugegen gewesen waren. Wie ihm hierbei aufgefallen war, dass die Tote noch genauso gekleidet gewesen war, wie an diesem Nachmittag in den Weinbergen. Dass aber die Kette, die sich, warum auch immer, in seiner Erinnerung derart eingenistet hatte, zu jenem Zeitpunkt verschwunden war.

„Ich." Er stockte. „Ich hatte an jenem Tag dort auf der Bank das Gefühl, dass sie vielleicht Hilfe braucht. Deswegen habe ich sie ja überhaupt angesprochen." Sein Blick ruhte in der Vergangenheit. Einige Atemzüge lang sagte er nichts. Die anderen warteten ab. „Aber so seltsam sie sich in meinen Augen auch verhalten hat. Die wenigen Worte, die ich mit ihr gewechselt habe. Was soll ich sagen. Nein, mehr war nicht, außer diese Einsamkeit. Wobei, einsam … Eher verloren, das trifft es wohl besser. Verloren, ja."

Abermals hielt er kurz inne, starrte dabei weiterhin vor sich in die gedankliche Tiefe, bevor er zu erzählen fortfuhr. „Aber mein erster Gedanke war, dass sie vielleicht, keine Ahnung, einen Schwächeanfall hat? Ich meine, so, wie sie da saß. Wie gesagt, mit ihrer Hand." Er legte sich die Hand demonstrativ auf die Brust. „Aber als ich sie angesprochen habe, wirkte sie eigentlich völlig normal." Eddi schüttelte mit dem Kopf, nahm dann den Bierkrug fest in seine Rechte. „Trotzdem, Lena. Mit dem Tod kann ich ja umgehen. Schließlich bin ich Totengräber. Aber diese Frau. Ich war so nah dran, verstehst du? Und da stellt man sich natürlich die Frage, ob man nicht mehr hätte tun können." Er nahm einen Schluck Bier. Dann noch einen.

Lena hatte während des gesamten Monologs unbewegt dagesessen. Ihre Augen mitfühlend auf Eddi gerichtet. In einer Weise, als würde sie sich schuldig fühlen. Schuldig, da sie in etwas gerührt hatte, was danach verlangte, vergessen zu werden. Niemand sprach ein Wort. Allein Augen und Blicke sprachen Bände. Und Lenas Blick ruhte erst auf seinem, dann auf der Tischplatte. Wieder wischte ihr Daumen über die Reste von Lippenstift auf ihrem Weinglas. Um den Tisch herum klimperte es, man lachte und parlierte.

Nach einer gefühlten Ewigkeit hob Lena den Kopf. „Du hast sie kurz zuvor also noch getroffen. Das ist es also." Sie schwieg eine Weile. „Es ehrt dich Eddi, dass dich die Sache mitnimmt. Ich kann dich nur zu gut verstehen. Es ist gut und richtig, dass man alles nicht einfach so hinnimmt." Sie unterstrich ihre Aussage, indem sie mehrmals stumm vor sich hin nickte. „Diese Theorie mit dem Unfall … Was hältst du davon, also aus deiner Sicht? Ich meine, weil du Sie kurz zuvor ja noch getroffen hast. Macht das deiner Meinung nach Sinn?"

„Ich kann es natürlich nicht wirklich sagen", gab Eddi zurück. „Aber nein. Nein, auf keinen Fall. An die Theorie glaube ich nicht. Warum sollte eine ältere Frau da unten überhaupt so spät herumlaufen? Und dann noch allein?"

Lena antwortete nicht auf die Frage, die genau genommen keine gewesen war. „Gut", gab sie stattdessen irgendwann zurück, legte die Arme vor sich auf den Tisch, die Hände wie zum Gebet gefaltet. „Wie es also kommt, dass ich hier bin. Also, meine Antwort wird mit Sicherheit nur noch weitere Fragen aufwerfen, das kann ich dir schon mal versichern. Mehr kann ich zum jetzigen Zeitpunkt aber nicht bieten. Es tut mir leid, aber, mein Beruf … Anders geht es nicht, einverstanden?"

Sie sah allen in der Runde einem nach dem anderen tief in die Augen. Die Stimmung hatte sich gewandelt. War diese bis vor einigen Minuten noch heiter gewesen, knisterte nun eine gewisse Anspannung um die vier herum. Irgendwie war es düster geworden, befand Eddi. Daran änderten auch die zuckenden Teelichter nichts.

Er, Gisela und Mesut nickten schließlich. Mesut zuckte außerdem mit den Schultern. Lenas Blick war klar, indes sich ihr Ausdruck von mitfühlend zu sachlich gewandelt hatte.

„Und?", fragte Eddi sodann. „Warum genau bist du nun nach Frickenhausen gekommen?"

„Die Antwort auf diese Frage", entgegnete Lena ihm, „ist, dass du weißt, weshalb ich hier bin. Du musst es wissen. Du bist der Totengräber von Ochsenfurt. Du musst nur eins und eins zusammenzählen."

Rückblick

„Gegrüßet seist Du, Maria, voll der Gnade, der Herr ist mit Dir. Du bist gebenedeit unter den Frauen, und gebenedeit ist die Frucht deines Leibes, Jesu. Der in uns die Liebe entzünde. Heilige Maria, Mutter Gottes, bitte für uns Sünder, jetzt und in der Stunde unseres ..."

Die Bäuerin horchte auf. Ein Geräusch? War da endlich das ersehnte Geräusch gewesen? Das Knattern des Motorrads? War er zurück? Nervös legte sie den uralten Rosenkranz ihrer Großmutter auf das hölzerne Fensterbrett und schob dann die schweren, weißen Gardinen beiseite. Mittlerweile war es fast dunkel geworden. Mit zusammengekniffenen Augen spähte sie konzentriert über den Hof. War da was? Schwer atmend stand Siglinde Mühlbauer auf, formte ihre Hände zu einem Trichter und legte diese an die eiskalte Scheibe. So versuchte sie, noch mehr aus dem Grau dort draußen herauslesen zu können. Doch da war nichts. Niemand. Noch immer nicht. Der Hof war leer. Die Scheune zur Rechten des Wohnhauses stand weit offen. Genau wie heute Vormittag, als er mit der alten Maschine ihres Mannes weggefahren war.

Die Schweine würde man bald füttern müssen, fuhr es ihr in den Sinn. Würde er nicht bald zurückkehren, musste sie sich darum kümmern. Aber wie? Mit dem Kind?

„Verdammt, Alfons", fluchte sie flüsternd vor sich hin und warf dem Rosenkranz angesichts ihres Fluchs zugleich einen entschuldigenden Blick zu. Alfons hatte versprochen, vor Einbruch der Dunkelheit wieder hier zu sein. Alfons, der schon seit einigen Jahren die wichtigsten Arbeiten auf dem kleinen Hof zuverlässig verrichtete und quasi Teil der Familie geworden war. Obgleich von Familie keine Rede sein konnte. Nicht mehr.

Ein zuverlässiger Bursche war er, ein tüchtiger junger Mann. Sein linkes Bein teils steif, die Folge eines Unfalls aus der Kindheit. Und doch war er vom Glück beseelt. Einer derer, die nicht an der Ostfront oder anderswo kämpfen mussten, um dort ihr Leben zu lassen. Ja, Glück hatte er gehabt. Glück. Ein Wort, das eigentlich kein Zuhause mehr hatte. Zumindest nicht in diesem Land. Nicht in ihrem Dorf. Nicht zwischen diesen Wänden.

Siglinde Mühlbauer trat einen Schritt zurück. Horchte erneut auf. Diesmal nach eventuellen Geräuschen im Haus fischend. Aber auch hier war nichts zu hören. Nervös wanderte sie in ihrer Küche auf und ab. Die schweren Dielen aus Eichenholz ächzten unter ihren Füßen. Die Bäuerin aber wusste, dass die Geräusche nicht bis in den ersten Stock dringen würden. Wo blieb Alfons nur? Wo? Und wo um Gottes Willen steckte das Kind bloß?

Ihr „Küken", wie Siglinde Mühlbauer die Tochter ihres Cousins stets liebevoll nannte, hatte eigentlich nur einen Tag und eine Nacht in Frickenhausen verbringen wollen, um sich von ihrem Vater zu verabschieden. Von ihrem Vater und Siglinde Mühlbauers Cousin, der vor wenigen Tagen verstorben war. Per Brief hatte man die Bäuerin benachrichtigt. Ihr Küken hatte den Tod des Vaters beweint, war ansonsten aber verschlossen geblieben.

Eigentlich wäre Siglinde Mühlbauer gerne mit nach Frickenhausen gefahren. Allein, um Hedwig beistehen zu können. Doch das war angesichts der Umstände unmöglich gewesen. Man hatte eine Ausrede erfinden müssen. Und so war die Tochter ihres Cousins, der sie seit geraumer Zeit heimlich Unterschlupf geboten hatte, letztendlich allein in das rund vierzig Kilometer entfernte Frickenhausen aufgebrochen. Vor drei Tagen. Seitdem hatte Siglinde Mühlbauer nichts mehr von ihr gehört.

Die Bäurin selbst hatte zu ihrer Verwandtschaft in Frickenhausen eigentlich keine wirklich enge Bindung gepflegt. Im Grunde genommen war das kleine Küken über all die Jahre hinweg ihre einzig echte Brücke ins Maintal gewesen. Das Mädchen, nun eine junge Frau, war ihr fast wie eine Tochter geworden, wenngleich man sich im Jahr kaum mehr als zwei oder vielleicht drei Tage zu Gesicht bekommen hatte. Letzteres allerdings, hatte sich vor geraumer Zeit grundlegend geändert.

In Gedanken versunken begab Siglinde Mühlbauer sich in den hinteren Teil der lang gestreckten Küche. Dorthin wo, von einem großen Holzofen verdeckt, die Tür in die kleine Stube führte, welche an den Raum anschloss. Eigentlich handelte es sich um eine kleine Vorratskammer für Lebensmittel. Seit Jahren aber war jener kleine Raum praktisch ungenutzt geblieben. Kaum noch Leben in ihrem Haus. Kein buntes Treiben mehr, das mit Essen versorgt werden wollte. Nur noch Krieg, Leid und Trauer. Und nun stand dort, wo einst Kartoffeln, Marmelade und eingelegte Früchte auf Vorrat gehalten worden waren, eine kleine Wiege. Ein Bettchen, welches Anita, ihre beste Freundin und Nachbarin, ihr vor einiger Zeit heimlich vorbeigebracht hatte.

Und in jenem Bettstättchen ruhte der kleine Engel, der vor knapp drei Wochen heimlich, still und Gott sei Dank leise, das Licht der Welt erblickt hatte.

Neues Leben, neue Hoffnung, dachte sie bei sich und musste dabei auch an ihre Nachbarin und Freundin denken. Was hätte man nur ohne ihre Anita gemacht? Echte Freunde, blindes Vertrauen. Kaum mehr möglich in diesen Zeiten. Anita aber hatte sie immer unterstützt. „Gott schütze dich", flüsterte die Bäuerin vor sich hin. Dabei zog sich trotz der inneren Unruhe ein flüchtiges Lächeln über ihr Gesicht.

Sie legte ihr Ohr an die Tür. Der Säugling schlief. Kein Laut drang aus dem kleinen Raum heraus. Siglinde Mühlbauer schloss für einen Moment die Augen. Sie war mit ihren Nerven am Ende. Oder zumindest kurz davor. Sie war zu alt, das Leben hatte ihr zu viel abverlangt. Sie konnte einfach nicht mehr. Bald nicht mehr. Bald, trichterte sie sich ein. Bald, aber noch nicht jetzt. Man würde das überstehen. Aber wo um alles in der Welt konnte sie nur abgeblieben sein? Und warum war Alfons nicht schon längst wieder zurückgekehrt?

Sie öffnete die Augen, versuchte ihre Unruhe abzuschütteln, indem sie sich energisch die Schürze mit den Händen glatt strich.

Ihr Blick fiel auf den Türrahmen. Die Bäuerin hob die Hand, fuhr langsam das Herz mit dem Zeigefinger nach, das einst in dessen dunkles Holz eingelassen worden war. Ausgerechnet in diesen Türrahmen, dachte sie sich. Wer hätte ahnen können, dass in dieser Kammer eines Tages die Tochter ihres Kükens liegen würde. Träumen würde. Warten würde. Warten auf die Mutter, die gefahren war, um deren Vater, ihrem Großvater die letzte Ehre zu erweisen.

Heute Morgen dann hatte Siglinde Mühlbauer kurzerhand Alfons losgeschickt. Es musste etwas geschehen. Er sollte schauen, wo sie abgeblieben war. Solle nach Frickenhausen fahren und sich zuerst an ihren Cousin Hans wenden. Fragen, ob dieser Interesse an einer Sau hätte. Man würde demnächst schlachten und hätte eine Sau über. Ein Vorwand, sicher. Denn der Kontakt zu ihrem Cousin Hans, dem wohlhabenden Weinbauern und Winzer aus Frickenhausen, war seit Jahren praktisch eingestellt. Aber es war Krieg und vielen ging es schlecht. Warum also nicht? Niemand würde sich wundern. Auch ihr Cousin nicht.

Ihr Cousin, Hans Rehnstein, der ihr zumeist von oben herab begegnete. Hans Rehnstein hatte Geld und Einfluss und war quasi seit Anbeginn des Unglücks Parteimitglied gewesen, wenngleich vermutlich nur aus Gründen der Opportunität heraus. Eine kühl kalkulierende, berechnende Person. Jemand, der nur bestes Porzellan kannte. Ein Mann, bei dem höhere Amtsträger wie selbstverständlich ein- und ausgingen. Jemand, dessen Name bis weit über das Maintal hinaus Gewicht hatte. Und Siglinde? Wer war sie schon? Nein, da half auch die Familienbande nichts. Sowieso war Familie für Hans Rehnstein nur dann etwas Gutes, wenn diese ihm zum Vorteil gereichte. Nicht mehr.

Jetzt aber war keine Zeit für Animositäten. Es gab Wichtigeres. Ihr Küken, das kleine Wesen dort in der Kammer. Sie hatte Alfons aufgetragen, nach dem Gespräch mit ihrem Cousin Hans zu Carls Hof hinüber zu fahren, um Hedwig ihre tiefste Anteilnahme zu übermitteln. So sollte alles möglich unauffällig wirken. Auch Carl Rehnstein, ihr anderer Cousin aus Frickenhausen, war Weinbauer gewesen. Nun war Carl tot. Carl, der Vater ihres Kükens. Auch er war kein einfacher Charakter gewesen. Zudem, so hatte man sich erzählt, waren dessen Geschäfte weniger gut gelaufen. Ebenso schlecht stand es wohl um seine Beziehung zu Hans. Die weitläufigen Weinberge in Frickenhausen, die einst gemeinsamer Familienbesitz gewesen waren, hatten Hans und Carl Rehnstein vor Langem entzweit. Genau so, wie es vor vielen Jahren bei ihren Vätern der Fall gewesen war.

Und nun war Carl gestorben. Wann hatte sie ihn das letzte Mal gesehen? Wann hatte sie Hedwig, seine Frau, zum letzten Mal getroffen? Hedwig, die Mutter ihres Kükens und ganz anders als Carl. Die Güte in Person. Eine schöne Frau mit einem noch schöneren Herzen. Mit den Jahren allerdings war auch sie zunehmend verkümmert.

Während die Bäuerin ihren Gedanken nachhing, trottete sie zurück in den vorderen Teil der Küche. Dort ließ sie sich erneut auf der kleinen Holzbank am Fenster nieder. Auch Carl war ihr mehr und mehr verbittert vorgekommen in den zurückliegenden Jahren. Aber war es ein Wunder in diesen Zeiten? Sie spürte, wie ihre Augen feucht wurden. Trotz allem. Was war nur los? Ein Vater setzt seine Tochter doch nicht ohne Weiteres vor die Tür? Kein Kind flieht in so einem Falle wirklich aus dem Elternhaus. Keine Mutter ließe ohne Grund ihr kleines Kind im Stich! Was also war geschehen?

Im Schoß faltete Siglinde Mühlbauer die Hände zum Gebet, atmete tief ein und aus. Sie würde bald mehr erfahren. Alfons würde in Frickenhausen schon etwas in Erfahrung gebracht haben, sprach sie sich Mut zu. Wenn nicht beiläufig, so hatte er gewiss direkt nach ihrem Küken gefragt. Warum auch nicht. Lediglich von ihrem Versteck auf dem Hof hier in Baudenbach sowie dem kleinen Kind hatte er unter keinen Umständen sprechen dürfen. Sich bloß nicht verplappern dürfen. Nicht nur um ihres Kükens Willen. Auch um ihrer selbst Willen nicht. Die Verwandtschaft in Frickenhausen würde toben, flöge alles auf.

Und ihr Mann erst.

Siglinde Mühlbauer musste erneut an ihre Freundin Anita denken. Und an Erna, deren Tochter. Beide hatten keine Fragen gestellt. In all der Zeit nicht. Natürlich zeugten die Augen der Frauen von Neugierde, ja, doch war diese bis heute stumm geblieben. Dafür war Siglinde Mühlbauer ihnen so unendlich dankbar.

Wann immer Erna in den zurückliegenden Tagen vorbeigekommen war, hatte die junge Frau, die selbst vor kurzem Mutter geworden war, dem kleinen Säugling dort drin in der ehemaligen Vorratskammer die Brust geben. Einfach geholfen. Einfach so. Siglinde Mühlbauer nahm ein Taschentuch aus ihrer Schürze und schnäuzte sich, starrte dann erneut voller Sorge aus dem Fenster.

„Ich beschwöre dich", hatte Carls Tochter, ihr Küken, herausgepresst, bevor sie aufgebrochen war. „Erzählt ansonsten niemandem von mir und vor allem nicht von dem Kind, hörst du? Unter keinen Umständen! Du musst es mir versprechen! Keiner darf es erfahren. Keiner hier und vor allem, ich flehe dich an, niemand dort!"

Die junge Mutter hatte die Worte mit solch einem Nachdruck, solch einer Spannung in Augen, Stimme und Körper von sich gegeben. Ja, Siglinde Mühlbauer hatte es ihr zugesagt, obgleich sie all die Furcht nicht nachvollziehen konnte. Schließlich war das Kind nun auf der Welt. Es waren vollendete Tatsachen.

Zusammengesunken saß die Bäuerin da und starrte vor sich hin. Was für eine Welt erwartete das Kind? Eine Welt voll schrecklichen Irrglaubens. Geprägt von fanatischer Idiotie, die wie eine Krankheit im Gleichschritt über das Land gekommen und in die Köpfe so vieler Menschen eingefallen war.

Siglinde Mühlbauer begann ihre rechten Knöchel zu massieren, die einmal mehr von stechendem Schmerz heimgesucht wurden. Das Geheimnis um dieses neue, kleine Leben. Es musste mit dessen Vater zu tun haben, überlegte sie. Natürlich. Doch sie war nicht tiefer in die junge Mutter eingedrungen, um mehr zu erfahren. Die Angst ihres Kükens hatte ihr Einhalt geboten. Nur in den ersten Tagen hatte sie zaghaft versucht, etwas aus ihr herauszubekommen. In den ersten Tagen vor gut siebzehn Wochen, nachdem die einst lebenslustige junge Frau, die Tochter ihres Cousins Carl Rehnstein, plötzlich vor ihrer Tür gestanden hatte.

Schlecht hatte sie ausgesehen. Sie sei von ihrem Vater aus dem Haus geworfen worden, hatte sie erzählt. Sie hatte sich verliebt, habe ihrem Vater auf den Zahn fühlen wollen, da sie wusste, dass der Mann, den sie liebte, keinesfalls das sein würde, was ihr Vater sich für sie ausgemalt hatte. Er hatte sich immer einen wichtigen, einen angesehenen Mann für seine Tochter gewünscht. Schließlich würde sie einmal erben. Sie habe gewusst, wessen Geistes Kind ihr Vater in dieser Hinsicht sei, hatte sie gesagt. Dennoch war sie auf ihn zugegangen, hatte ihm erzählt, er sei ein Erntehelfer. Von Liebe habe sie gesprochen, dass sie glücklich sei. Er wolle doch, dass sie glücklich sei, oder? Sei das nicht das Wichtigste? Die Schwangerschaft hatte sie ihm, ihrer Mutter und auch sonst allen verschwiegen, hatte ihrem Vater doch nur behutsam auf den Zahn fühlen wollen. Doch nur Schutz suchen wollen. War sich sicher gewesen, er ließe ihr Unterstützung angedeihen. Er müsse doch verstehen? Sie liebte ihn über alles. Er war doch ihr Vater!

Doch dieser sei außer sich geraten vor Wut. Entweder, sie würde es unverzüglich beenden, oder sie müsse gehen. Sie würde ihn nicht zum Gespött der Leute machen. Niemand würde das. Schon gar nicht die eigene Tochter! Falsche eheliche Verbindungen hätten dem Hause Rehnstein in der Vergangenheit schon mehr als genug Schaden zugefügt. Der Zorn ihres Vaters, habe in regelrechter Tobsucht geendet, hatte das Küken mit weinerlicher Stimme berichtet.

Hedwig, ihre Mutter, war verstummt, war zutiefst erschrocken und gänzlich erblasst gewesen und sie selbst hatte begriffen, dies war kein Weg, den sie weiter würde gehen können. Dabei hatte sie die Schwangerschaft noch nicht einmal erwähnt.

So hatte ihr Küken die Vorkommnisse an jenem Tag geschildert. Siglinde Mühlbauer hatte es dennoch nicht begreifen können. Würde ihr Cousin Carl das Kind wegen so etwas tatsächlich fortjagen? Sie müsse ihr einfach vertrauen, hatte ihr Küken sie bekniet. Niemals dürfe sie ihren Aufenthaltsort preisgeben. Angefleht hatte die angehende Mutter sie. Von ihrer Schwangerschaft wusste in Frickenhausen niemand etwas. Sie hatte diese verheimlicht, bis sie schließlich habe handeln müssen. Und das Ergebnis jener Handlung hatte sie schlussendlich hierher nach Baudenbach geführt. Zu ihr.

Niemand dürfe von dem Kind erfahren. Niemand! Das waren ihre Worte gewesen. Was also hätte Siglinde Mühlbauer tun sollen? Sie wegschicken? Sie verraten? Sie half. Obwohl sie hatte annehmen müssen, dass jemand kommen würde, Fragen stellen würde. Aber niemand war gekommen. Niemand hatte Fragen gestellt. Sie hatte ihr Küken nicht im Stich lassen können. Und so hatte die junge Frau die letzten Wochen vor der Niederkunft und auch danach, einem Gespenst gleich, im Haus verbracht.

Zuerst war es nur Alfons gewesen, der von ihrer Anwesenheit gewusst hatte. Dies war nicht zu umgehen gewesen. Alfons aber stellte keinerlei Bedrohung dar. Er war nicht nur tüchtig, sondern gleichsam verschwiegen und treu. Über die Wochen hinweg waren dann noch Anita und Erna hinzugekommen.

Und in all dieser Zeit hatte ihr Küken im Keller gehaust, wo sie auch das Kind zur Welt gebracht hatte. In ständiger Angst, Heinrich könne etwas mitbekommen, sie entdecken. Dabei war Heinrich kaum eine Gefahr. Heinrich, der Veteran aus dem Ersten Weltkrieg, der Krüppel, der kaum das Bett verließ und noch viel seltener die Treppen ins Erdgeschoss hinunterstieg. Der Nazi, der den gesamten Tag über schlief, das Ohr am Radio hängen hatte, oder sich betrank. Der Mann, der einst gemeinsam mit Juden, die er jetzt schlecht redete, wo es nur ging, in Gräben gelegen hatte, um sein deutsches Vaterland gegen die Franzosen zu verteidigen, wie er es nannte. Nun ein gefrorenes Herz, ein von Alkohol und Lügen zerfressener Verstand.

„Jeder Stoß, ein Franzos", lallte er heute noch, wenn er wieder einmal betrunken war. Heinrich, der Mann, den sie einst so abgöttisch geliebt, der in früheren Jahren mit ihr gemeinsam geträumt hatte. Heinrich, ihr Ehemann. Vater ihrer beiden Söhne, die von eben diesem Vaterland in wilder Raserei aufgefressen worden waren.

Tränen stiegen Siglinde Mühlbauer in die Augen. Müde blickte sie auf das Kreuz an ihrem Rosenkranz.

Bis das der Tod euch scheidet.

„Herr, du bist mein Trost", flüsterte sie leise, den Blick nach draußen in die aufkeimende Nacht gerichtet, als plötzlich das Scheinwerferlicht eines Motorrads aufflackerte.

Kapitel 12

Unwillig schob Eddi die in einer Plastiktüte verpackten, bunten Werbeblättchen mit dem Fuß zur Seite, steckte den Schlüssel ins Schloss und betrat die Wohnung. Endlich, dachte er sich. Endlich zu Hause. Was für ein Tag.

Er zog die Wohnungstür hinter sich zu, legte den Schlüssel auf das Sideboard und beförderte sein Portemonnaie aus der Hosentasche. Er klappte es auf und warf einen wehmutsvollen Blick hinein. Von den zweihundert Euro, die er für das Abendessen eingesteckt hatte, waren gerade mal knapp vierzig übrig geblieben. Eddi klappte das Portemonnaie wieder zu, seufzte auf, legte es neben den Schlüssel und begab sich sodann in die Küche, wo er sich ein Bier aus dem Kühlschrank schnappte.

Nachdem die kühle braune Flasche von deren Kronenkorken befreit worden war, postierte Eddi sich vor der gläsernen Tür, welche Küche mit Terrasse und Garten verband. Das Licht seiner kleinen Küche vermochte nur wenige Meter nach draußen in die Dunkelheit vorzudringen. Doch es genügte, um einen Teil der Terrasse und ein Stück des Rasens einsehen zu können. Eddi nahm einen Schluck und betrachtete durch die Scheibe hindurch das Bild vor sich. Zaghaft versammelten sich, in typischen Orange- und Rottönen, die ersten Blätter auf Terrasse und Rasen. Die kalten Jahreszeiten würden kommen. Wenngleich noch immer kaum auszumalen, überlegte Eddi, unterdessen das Kaltgetränk seine Kehle hinabglitt. Zum einen waren da die noch immer überaus angenehmen Tagestemperaturen. Zum anderen hatten sich Wärme und Farben über die Dauer dieses historisch heißen und trockenen Sommers hinweg zu tief in ihm eingenistet, als dass man dieses Gefühl von Leben und Jugend einfach so hätte abstreifen können. Das Echo dieses Sommers. Es sollte noch lange in ihm nachhallen.

Eddi nahm einen weiteren, tiefen Schluck aus der Flasche. Dann wanderte er in Gedanken zurück in das Restaurant. Zurück an den Tisch. Zu Gisela, Lena und Mesut. „Du weißt es. Du musst es wissen. Du bist der Totengräber von Ochsenfurt. Du musst nur eins und eins zusammenzählen."

In Gedanken hörte er Lena noch einmal diese Worte sagen. Alle drei hatten die Journalistin hiernach angestarrt. Lena hatte die von Irritation getränkte Stimmung unmittelbar erfasst, obgleich aus ihrer Sicht mit dieser sicherlich zu rechnen gewesen war. Sie hatte ihren Blick gesenkt und mit den Schultern gezuckt. Eine Geste der Entschuldigung. Wohl wissend, wie wenig ihre Worte zur Klärung gewisser Fragen hatten beitragen können. Entschlossen hatte sie daraufhin ihr Weinglas in die Hand genommen. „Ich weiß", hatte sie gesagt, „aber bitte. Lasst uns diesen herrlichen Abend nun so ausklingen, wie er es verdient hat. Morgen ist ja auch noch ein Tag." Ihr Blick war flehentlich, ja leicht traurig gewesen. So hatte er ihn zumindest gedeutet. Lena war schwer einzuschätzen, hatte es aber offensichtlich ernst gemeint. Sie hatte in jenem Moment nicht mehr dazu sagen können, oder wollen. Ihr Beruf, natürlich. Man hatte es respektiert und auf den Abend angestoßen.

Ganz so unbeschwert war dieser dann allerdings nicht weiter verlaufen. Dafür war man zwischenzeitlich zu sehr von stoßweisen Gedankenschüben übermannt worden, die wahrscheinlich jeden der vier immer wieder aufs Neue vom jetzt und hier entrückt hatten. Auf ihn, davon war Eddi überzeugt, hatte dies in besonderem Maße zugetroffen.

Zum Ende hatte Mesut dann tatsächlich die komplette Rechnung beglichen, was ihn, Eddi, erst einmal sehr überrascht hatte. Umso mehr war die Überraschung ausgeblieben, als sich sein

Freund am Waschbecken der Toiletten des Hotels hinter ihn gestellt hatte, um sein Portemonnaie aus dessen rückseitiger Hosentasche zu ziehen und sich schlussendlich hieran zu bedienen. Mesut war damit mindestens zum doppelten Profiteur des Abends avanciert. Der Ochsenfurter Dönerdealer hatte als großer Gönner dagestanden und dies, ohne auch nur einen Cent dafür bezahlen zu müssen.

Insgesamt war das aber schon OK soweit, mahnte Eddi sich. Vielleicht war die Schuld, welche sein nachmittäglich kongenialer Geistesblitz auf dem Frickenhäuser Friedhof nach sich gezogen hatte, damit beglichen. Man würde sehen. Zuletzt hatte man dann noch ein Taxi gerufen, welches zuerst Lena nach Frickenhausen und hiernach Gisela und Mesut in deren jeweiliges Zuhause nach Ochsenfurt hatte bringen sollen. Eddi war unterdessen auf sein Motorrad gestiegen und abgereist.

Und er war so unglücklich gewesen. So widerwärtig unglücklich und unzufrieden mit sich selbst, als er durch die Nacht zu sich nach Hause gebrettert war.

Er war aus dem Abend nicht nur nicht schlauer geworden. Im Gegenteil. Nein, was jetzt, da er mit seinem Bier in der Hand in der Küche stand und er über den von fadem Licht erhellten, wildwüchsigen Rasen blickte, besonders schwer wog, war: Er hatte Gisela ziehen lassen. Ja, umarmt hatte er sie. Ganz fest sogar. Ihren Duft eingeatmet. Aber dann hatte er sie ziehen lassen. Was war er nur für ein ausgemachtes Rindvieh. Was für ein Schlamassel. Er wollte Gisela. Er hatte Angst sie zu verlieren. Sie sollte nun hier sein, hier an seiner Seite. Mit ihm trinken, lachen und manch anderes. Die Optionen allerdings, die das Leben bereithielt und welche sich womöglich geradewegs verantwortlich zeichneten für dessen buntes Programm, sie erzeugten in diesem Falle ein ziemlich laues Gefühl in seinem Magen. Nicht wieder verlassen werden. Gleichsam der Wunsch nach Erfüllung. Es war zum Verrücktwerden.

Diese punktuelle, aber nichtsdestotrotz bisweilen tiefgreifende und dominante Sehnsucht, Einsamkeit. Trotzdem. Zum Ende dieses Abends hin war er das geblieben, was er nun einmal war.

Ein Gefangener seiner Gedanken, seiner Zweifel, einer geradezu spöttischen, inneren Unruhe. Er hatte es verbockt. Er war keine Heldenfigur aus einem Film. Noch nicht mal eine tragische Figur. Er war einfach nur ein Totengräber, ein Rindvieh. Zögerlich und ohne Impulsivität. Das Seufzen, das Eddi hiernach hören ließ, knallte laut protestierend gegen jede Wand seiner Wohnung.

Mit einem weiteren Schluck Bier versuchte er die angesäuerte Stimmung hinunterzuspülen. Niemand hatte auch nur eine Idee von all den Kämpfen, die er schon sein ganzes Leben lang in sich ausfocht. In ihm war so viel Wut. Und ein großer Teil jener Wut richtete sich gegen ihn selbst, weil er oftmals einfach nicht funktionieren wollte. Zumindest nicht so, wie es die Breite der Gesellschaft erwartete. Er war Teil einer Welt, die funktionieren musste und gerade deshalb zu sterben drohte. Dennoch, er liebte die Welt, aber er hasste das, was man aus ihr machte. Es war eine Sünde und er wusste es. Aber er würde sich nie wirklich mit dieser, seiner Spezies anfreunden können. Nur mit Ausnahmen. Kindern etwa, seiner Familie, bzw. dem, was noch an Familie vorhanden war, liebevollen ältere Menschen wie Frau Grieb. Und natürlich den wenigen Freunden, die er sein Eigen nennen durfte. Die allerdings liebte er umso mehr. Warum war er so anders? Warum kam er mit den einfachsten Dingen im Leben oftmals nicht klar? Warum Gisela nicht einfach mit dieser großen Hand an der Taille packen, sie an sich ziehen und lieben. Einfach nur leben. Seiner Meinung nach fehlte es ihm an mancher Stelle einfach an Mut. Nur Mut vermochte das eigene Leben besser zu gestalten. Ohne Mut würde das Schlechte gewinnen. Die Welt würde untergehen. Und er musste sie begraben.

Plötzlich klingelte es an der Tür. Eddi war so in Gedanken vertieft gewesen, dass der hässlich spitze und gellend knatternde Klingelton ihn zusammenfahren ließ. Er schaute auf die Uhr über der Küchentür. Kurz vor halb eins. Wer um alles in der Welt?

Er stellte die Bierflasche auf den kleinen Tisch in der Mitte des Raumes ab und trat aus der Küche hinaus in den Flur. Vielleicht irgendwelche Jugendliche, die sich einen Spaß erlaubten, überlegte er. Immerhin war es die Nacht auf Samstag und das Leben hatte Freigang. Er nahm den Hörer von der Gegensprechanlage. „Ja? Hallo?" Kurz darauf wollten ihm die Beine wegsacken.

Währenddessen schloss sich auf der anderen Seite des Mains die Eingangstür eines kleinen Hauses in der Geheusteige in Frickenhausen.

Mit leisem Zittern, aber weitestgehend geräuschlos, fiel die Haustür ins Schloss. Schritte entfernten sich. Der helle Mond warf Schatten auf Häuser und Bäume sowie Mülltonnen, die zur Leerung auf den angrenzenden Gehwegen bereitstanden.

Ein Schatten schmiegte sich eng an die Häuserzeilen und Mauern an. Eine Person bewegte sich auf das Zentrum des kleinen Weinorts zu. Weg von den Weinbergen. Weg von diesem Haus. Die kleine, schmale Straße hinab. Obgleich Wochenende, drang kaum ein Laut durch die Nacht. Bis auf jene Schritte, die zielgerichtet über den Asphalt hetzten. Frickenhausen war ein beschauliches Örtchen. In gut sieben Stunden würde die Sonne wieder aufgehen.

Es war ein Bild aus buntem Sand, der ineinanderlief. Es war ein Ton, der sich nie änderte und dennoch eine Melodie spielte. Es war ein Rätsel.

Eddi hielt den Hörer der Freisprecheinrichtung in der Linken und stützte sich mit seiner Rechten an der weiß gestrichenen Wohnungstür ab. Sein Herz. Es drohte ihm aus der Brust zu springen.

„Hallo? Eddi?", kam es ihm aus dem Lautsprecher der Apparatur entgegen. So stand er noch einige Sekunden da. Mit Blitzeis im Kopf. Schließlich legte er den Hörer auf und drückte vehement den Türöffner. So, als könne er mit der Dauer des Summtons, welchen dieser sogleich von sich gab, die bedeutungsschwangere Pause zwischen Klingeln und Einlass vergessen machen. Dann öffnete er die Wohnungstür. Er hörte, wie gleichsam die Haustür aufgedrückt wurde. Das Licht im Flur sprang automatisch an. Er trat einen Schritt zurück in die Wohnung, hielt die Tür jedoch weit genug geöffnet, um zu signalisieren, wie willkommen ihm der Besuch war. Wenngleich er vor Unsicherheit bebte.

Kurz darauf stand Gisela vor seiner Tür.

„Gisela. Warum?" Demonstrativ blickte Eddi kurz an ihr vorbei in den Hausflur. Nur, um auf Nummer sicher zu gehen. Nicht, dass dort auch noch Mesut mit einer Flasche Wein und einem zwanzig Zentimeter langen Joint stand und wartete. Aber nichts. Es war nur Gisela

„Gibt es ein Problem? Ich meine. Ist alles in Ordnung?", fragte Eddi, das Rindvieh, in diesem Moment die Frau, die er wollte.

Gisela schwankte offensichtlich etwas zwischen Heiterkeit ob seiner Reaktion und Unsicherheit ob ihrer Intention. „Ja, ja, natürlich Eddi. Also nein, es ist alles in Ordnung. Ich war schon zuhause. Also", sie hob und senkte die Schultern, „ich meine, das Taxi hatte mich gerade absetzen wollen. Ja, na ja und irgendwie dachte ich mir. Schau, der Abend ist doch eigentlich noch so jung. Oder was meinst du?" Sie setzte ein schiefes und zugleich verwegenes Lächeln auf.

Eddi war stocksteif. Seine Wohnung. Seine Matratze auf Bierkästen. Der verschnürte Müllbeutel im Flur. Die Socken. Jede Menge Socken überall, wenn er sich recht entsann. So genau wusste er es gar nicht. Je mehr streunende Socken es wurden, desto weniger nahm er sie im Allgemeinen wahr. An vieles musste er in diesem Augenblick denken. So manches ahnte er. Aber nur eine Sache wusste er genau. All das war nun, wie es nun einmal war. Er konnte es nicht ändern.

„Willst du mich nicht einlassen, du Frankenfrotzel, du?" Gisela lächelte ihn auffordernd an. „Ich muss auch nicht lange bleiben. Aber ein Bier wirst du doch noch über haben, oder?"

Eddi dachte in jenem Moment, dass es im Leben doch derlei Dinge gab. Dinge, die einfach hakten. Und weil sie hakten, wendete man immer mehr Kraft auf. Doch die Dinge hakten immer weiter. Dann aber irgendwann, man denke nur an die Chipstüte, die man aufzureißen versuchte. Oder die Ketchupflasche, auf deren Flaschenboden man klopfte und klopfte bis irgendwann … An diese Dinge, die typischerweise hakten und die sich dann mal mehr, mal weniger zur Freude des Betroffenen in einer Art Explosion entluden, musste er in diesem Moment denken. Erst geschah rein gar nichts. Und dann, irgendwann.

Eddi erwachte aus seiner Starre. Er schnellte nach vorn, trat hinaus in den Flur, packte Gisela mit beiden Pranken bei der Taille, hob sie hoch und drückte sie in dieser Stellung so fest an sich, als wolle er sie nie wieder loslassen. Als er Gisela antworten wollte, war seine Stimme kaum zu verstehen, da sein Kopf von Brüsten, Seide und Haaren umfangen war. „Ja natürlich hab ich noch ein Bier für dich. Und wenn es mein Letztes ist, können wir zur Not auch teilen. Mit dir. Mit dir würde ich gern teilen."

Gisela lachte erst auf und legte dann ihr Kinn auf seinen Kopf. Als das Licht ausging, ließ Eddi sie sanft an sich hinabgleiten. Er und Gisela hielten sich an den Händen. Es war nun dunkel im Flur, aber das Licht aus seiner Wohnung schlug eine Schneise in die Dunkelheit und breitete einen sanften Schleier über Gisela aus. Sie war so schön. Es war ein Rätsel. Der bunte Sand floss ineinander. Die Melodie in seinem Kopf spielte. Und dann nahm Gisela jenen Kopf zwischen ihre beiden Hände, zog ihn an sich heran und umschloss seinen Mund mit ihren warmen Lippen.

Viele Stunden später erwachte Eddi und fühlte sich noch lange so, als ob er weiterhin schliefe. Zumindest teils. Er hatte Probleme damit, das Echte, das hier, von dem Unechten, dem dort, zu unterscheiden. Er blickte sich um. Es war taghell. Aber er war allein. Jedenfalls hier, im Bett.

Eddi sah auf den Wecker. Himmel noch mal! Kurz vor elf! Er konnte sich nicht entsinnen, jemals so lange geschlafen zu haben. Das stand ihm überhaupt nicht zu Gesicht. Er war vielmehr ein klassischer Frühaufsteher. Jemand, der es liebte, wenn er sich fühlen durfte, als wäre er mit nur ganz wenigen anderen Menschen hier unten, auf dieser wundersam schönen Welt unterwegs. Was aus seiner Sicht wiederum stets nur am frühen Morgen möglich war. Jetzt aber, schossen ihm bereits gut gelaunte Sonnenstrahlen mit aller Macht in die schmalen Pupillen. Kurz vor Elf!

Er versuchte, sich nachhaltig zu sammeln, spürte dabei deutlich, wie sein Körper ihn für etwas rügte. Und dann drang die für den Augenblick vielleicht entscheidende Frage in sein Bewusstsein. Wenn Gisela doch eigentlich Teil des hier war und nicht Teil dieser anderen Welt dort drüben, der Traumwelt. Wo war sie dann? Er wuchtete seinen dezent massigen Körper nach links. Keine Gisela. Dafür aber ein Zettel. Er rieb sich die Augen, um mehr Sehschärfe zu erlangen, nahm das Blatt in die Hand und las sich selbst den Inhalt der Nachricht laut vor:

„Guten Morgen du süßer, schnarchender Langschläfer. Ich bin schon gegangen, um rechtzeitig im Laden sein zu können. Wollte dich nicht wecken. Ich danke dir von Herzen für den außergewöhnlichen und lustigen Abend. Mach dir keine Gedanken wegen dieser Sache. Du weißt schon. Vielleicht holen wir das ja bald mal nach? Gisela P.S. Ich möchte deiner Mutter unbedingt persönlich für das Teeservice danken. Ein Erbstück bekommt man ja nicht alle Tage geschenkt. Du hast mich echt in Verlegenheit gebracht! Ich bin wirklich. Ich weiß nicht, was ich sagen soll. Ich umarme dich, brummbäriger Frankenfrotzel!"

Eddi kratzte sich am Kopf. Was zum Geier. Er zog bruchstückhafte Teile aus seiner Erinnerung ins Tageslicht, legte sich diese im Geiste zurecht und versuchte, sie zu einem Ganzen oder zumindest zu einem sinnvollen Etwas zusammenzufügen. Es gelang nicht wirklich.

Was war mit all dem gemeint? Diese Sache? Das Teeservice - ein Erbstück? Eddi richtete sich auf, um sich erneut die Augen zu reiben. Im Schlafzimmer sah allem Anschein nach schon mal alles aus wie immer. Unordentlich. Er schob seine Beine von der Matratze, setzte die Füße auf den Boden und zog sich Socken an. Dabei fiel ihm auf, dass mehr auch gar nicht nötig war für den Moment. Er trug bereits T-Shirt und Pyjamahose. So weit, so gut.

Als er in die Küche trat, begann es ihm allmählich zu dämmern. Und mit der Dämmerung würde der Schrecken kommen. Auf dem Holztisch in der Mitte des Raums standen eine leere Flasche Rotwein und drei leere 0,5 Liter Dosen Starkbier.

Erneut kratzte Eddi sich am Kopf und gerade wollte er den Gedanken zulassen, dass Gisela aber ordentlich was vertrug, als ihm klar wurde, wer offenkundig das meiste von all dem getrunken haben musste.

Und dann wurde ihm auch klar, was Giselas geschriebene Worte hatten zum Ausdruck bringen wollen. „Oh Mann. Die Sache." Er ächzte. Auch das noch. Hatte er nicht mehr? Hatte sie gewollt und er? Was war eigentlich passiert? Und dieses Teeservice! Gott im Himmel wie er Mesut für dieses Teeservice verwünschte. Dieser Alptraum aus Porzellan! Er versuchte sich zu erinnern. Da war dieser leidenschaftliche Kuss gewesen. Im Hausflur. An diesen konnte er sich noch besonders gut erinnern, wenngleich im weiteren Verlauf des Abends, bzw. der Nacht noch so manch weiterer Kuss hinzugekommen war. Auch daran konnte er sich erinnern. Zugegebenermaßen aber schon nicht mehr ganz so gut.

Er kniff die Augen zusammen. Dann war man in die Küche gegangen. Ja, so war es gewesen. Schließlich hatte Eddi kein schlechter Gastgeber sein wollen. Obendrein hatte er Gisela dieses Bier versprochen gehabt. Zur Not würde man es teilen. So war es angekündigt worden.

Wenn er jetzt die drei Dosen süffiges, irisches Starkbier, das er so schätzte, und die leere Flasche Schwarzriesling betrachtete. Er musste konstatieren, es hatte eher kein Mangel an entsprechenden Getränken geherrscht. Aber es war lustig gewesen. Auch daran konnte er sich nur allzu gut erinnern. Ja, sie hatten gelacht. Es war ein schöner Abend gewesen. Er sah sie noch hier sitzen. Konnte sie noch riechen. Eddi schnupperte. Ihr Parfum. Es lag noch immer in der Luft. Sie hatten sich gestreichelt, sich geküsst. Aber vor allem hatten sie getrunken. Er zumindest.

Des Weiteren konnte Eddi sich daran erinnern, wie sie ihm etwas von Freiheit und Furcht erzählt hatte. Freiheit, die sie benötigte. Furcht, die automatisch kam, wenn ihre Freiheit beschnitten wurde. Ihr Wunsch nach Freiheit, hatte sie außerdem erklärt, würde sich nicht unbedingt auf sexuelle Freiheit beziehen. Ja, genau das hatte sie gesagt. Das, oder so ähnlich. Das. Sie braucht Freiraum. Nicht unbedingt was Sex angeht. „Na, das ist ja alles großartig!" Eddi schlug sich mit der flachen Hand auf die Stirn und vergaß dabei den Kater, der auf seinem Kopf saß. Diese Schmerzen. Er setzte sich an den Tisch und legte den Kopf in die Hände. Sowas. Sie brauchte Freiheiten. Aber nicht in Sachen Sex. Nicht in Sachen Sex. Sie hatte das Thema bewusst angeschnitten. Hatte sagen wollen: Liebe mich. Jetzt! Ich habe das Bedürfnis, geliebt zu werden. Ich begehre dich! Und dann kam Eddi, besoff sich während ihrer ersten gemeinsamen Nacht hemmungs- und kopflos und würde sie damit womöglich umgehend in ein anderes Bett getrieben haben. Er war ein hoffnungsloser Fall. Sollte ihm der Herr dort oben, falls es ihn denn gab, doch bitte vergeben. Solch hirnverbrannten Idioten wie ihm musste doch eine Art Handicap eingeräumt werden, wenn es um die Bewertung der eigenen Lebensleistung ging? Immerhin war er tatsächlich und offensichtlich von Natur aus benachteiligt. Er konnte nichts dafür. Er war einfach ein Rindvieh. Um Gottes Willen.

Und dann noch das Teeservice. Ein Erbstück? Seiner Mutter persönlich dafür danken? Er brauchte dringend frische Luft. Oder nein, besser noch. Er brauchte eine Zigarette.

Eddi stand auf, ging zur Tür, die in den Garten hinausführte, und öffnete sie. Sofort erschrak er. Eine Katze. Hässlich und fett. Oder ein Kater? Irgendetwas in der Art, das war schon mal sicher, kam schnurstracks auf ihn zugetapst. Umgehend schloss er die Tür wieder. Eddi blickte durch die Scheibe hindurch. Der Kater, es war ein Kater, wie er nun glaubte sehen zu können, streckte sich an der Glasscheibe empor und maunzte dabei herzzerreißend. Das Tier war graubraun meliert. Eddi tippte auf typische Promenadenmischung. Dessen Fell war auf der einen Seite ziemlich zerrupft. Fast hätte man meinen können, das Tier habe die Mauser. Seine Augen waren von einem hellen Türkis, welches wiederum von einem schmalen, tiefschwarzen Rand eingefasst wurde. Für seinen Kopf schienen die Augen indes viel zu groß geraten zu sein. Sowieso passten die Proportionen hier und da nicht ganz. Von Symmetrie keine Spur. Außerdem hatte er, ja, nun, er hatte Ohren. Allerdings … Die Dinger sahen aus, als hätte man sie diverse Male abgeschnitten und wieder angenäht. Wobei man beim erneuten Zusammenfügen der Flicken manch ein Teil vergessen haben musste. Am oberen Ende waren beide Ohrlappen zudem komplett zerfranst. Bei genauerer Betrachtung musste man somit festhalten: Eigentlich besaß jener Vierbeiner keine zwei Ohren. Vielmehr waren es eineinhalb. Maximal.

Mit jeder Menge Melancholie in der Stimme ließ das Tier seine Vorderbeinchen die Scheibe hinabgleiten. Eddi sah sich rasch in der Küche um. Der Kühlschrank. Nach einigen Sekunden intensiven Suchens zog er aus diesem eine große Scheibe Salami hervor. Eddi schnüffelte daran, nickte anerkennend. Mit der Scheibe zwischen den Fingern begab er sich abermals zur Terrassentür, wo der Kater stand, oder besser gesagt, nunmehr saß. Eddi klopfte einmal fest mit den Knöcheln seiner linken Faust gegen das Glas, sodass dieser einen Satz nach hinten machte. Dann öffnete er die Tür und warf die Scheibe zügig nach draußen. Nachdem er die Küchentür ein weiteres Mal hatte ins Schloss springen lassen, beobachtete Eddi, wie nun der Kater seinerseits interessiert an dem Fetzen Mahlzeit zu schnuppern begann.

Zu Eddis Zufriedenheit genoss die Scheibe Salami bald darauf die vollste Aufmerksamkeit des graubraun melierten Kerls dort draußen. „Sollst auch nicht leben wie ein Hund", murmelte Eddi. Daraufhin ging es für ihn zurück ins Schlafzimmer, wo rasch ein paar Klamotten eingesammelt wurden. Im Anschluss daran gönnte er sich eine sehr, sehr ausgiebige Dusche.

Es war fast Mittag, als er über seinen Ochsenfurter Friedhof stapfte. Eddi sammelte ein paar Gießkannen ein, führte ein längeres Gespräch mit Frau Stanski, wobei es um die Erneuerung der Grabmiete für das Grab ihres Mannes ging und dachte zudem, wie eigentlich immer in den vergangenen Tagen, fortlaufend über alles Mögliche nach.

Der Himmel war leicht wolkenbehangen, ohne dass die weißen, freundlichen Wolken eine geschlossene Decke hätten bilden wollen. Es war ein weiterer, herrlicher Spätsommertag. Für den Abend allerdings waren Gewitter und starker Wind angekündigt. Eddi würde sich überraschen lassen. Im Maintal wurde häufig Regen vorhergesagt, der dann aber ausblieb, da die Wolkenfelder sich über Rhön und Spessart im Norden und Westen, beziehungsweise dem Steigerwald im Osten, bereits entleert hatten.

Plötzlich blieben Eddis Beine wie auf Kommando stehen. Der Totengräber kniff die Augen zusammen und stutzte. Am Rande eines gewissen Grabes, welches nach wie vor von rot-weißem Absperrband der Polizei umschlossen war, saß doch tatsächlich dieser hässliche Kater von vorhin und glotzte ihn neugierig an. Wie Eddi nun umgekehrt den Kater so betrachtete, überlegte er, ob es nicht langsam an der Zeit war, das Absperrband zu entfernen und das Grab zuzuschaufeln. Doch er begrub den Gedanken sogleich wieder. Es gab noch etwas zu erledigen und das offene Grab sollte genau dafür sinnbildlich stehen und jeden mahnen, der versucht war, dies zu vergessen.

Der Kater maunzte. Eddis Telefon klingelte. Es war Mesut. „Ey, Alemannia!", schallte es aus seinem Handy, kaum dass er den Anruf entgegengenommen hatte.

„Mesut, was gibt's?"

„Deutscher, ich wollte dir zum einen sagen, dass du ein schönes deutsches Rindvieh bist, jawohl. Na, wobei schön ist natürlich übertrieben. Will ja niemanden beleidigen." Er lachte. „Uaaaaah … Deutscher, ich dachte echt, ich muss dir 'nen Tritt in den Arsch geben, als du Gisela gestern tatsächlich ins Taxi …"

Eddi nahm das Telefon vom Ohr und ließ den Arm sinken. Mesut hatte ein Herz aus Gold. Emotionale Antennen indes gehörten nicht zur Grundausstattung seiner sozialen Intelligenz.

„Tot, Mann. Hörst du? Ey, Deutscher. Bist du noch dran?"

Eddi nahm das Telefon wieder an sein Ohr. Was faselte er da von tot? „Äh, entschuldige, Mesut. War kurz abgelenkt. Bin auf dem Friedhof. Du weißt ja. Alle hier schlafen nur der Totengräber nicht. Was meintest du? Wer ist tot?"

„Ja, keine Ahnung. Aber ich hab gesagt, dass Saffet mich eben angerufen hat. Weißt schon, mein Kollege von der Tanke. Und der hat mir erzählt, dass in Frickenhausen die Hölle los ist. Da ist schon wieder einer krepiert."

Eddi war noch immer nicht ganz wach, wie es schien. Vielleicht war der eine Pott Kaffee zu wenig gewesen vorhin. „Ja und? Da ist also einer tot, ich verstehe nicht."

„Aleman, stehst du auf deinem deutschen Schlauch oder was? Da ist einer abgemurkst worden, Mann. Schon wieder. Hat meinem Kollegen von der Tanke ein Frickenhäuser erzählt, der eben bei ihm tanken war. Der kennt wohl diejenige, die den Toten gefunden hat. Na ja, da drüben kennt wahrscheinlich sowieso jeder jeden. Jedenfalls. Die arme Sau soll angeblich mit 'nem Schwert niedergemetzelt worden sein. Ka-schwing ka-schwing und so, alles klar?"

„Das gibt's doch gar nicht", war Eddis sparsamer Kommentar, hinter dem seine Gedanken unmittelbar dazu ansetzten, wiederholt auf Wanderschaft zu gehen. Ein Mord? In Frickenhausen? Erst die Tote vom Mainufer und jetzt das? Unvorstellbar. So etwas passierte einfach nicht. Nicht im beschaulichen, von friedlichen Weinbergen gesäumten Maintal. Davon abgesehen, überlegte er. Wie sollte der Tag fortgeschrieben werden? Sein Magen wies ihm den Weg.

„Bist du im Laden, Mesut?"

„Ja, logisch, Eddi."

Dieser legte auf. Er nahm die Beine in die Hand, vertröstete seinen knurrenden Magen mit dem Hinweis darauf, dass es in circa einer halben Stunde etwas zu verdauen gäbe, und machte sich zu Fuß auf den Weg in die Stadt.

Der Kater folgte ihm eine gewisse Zeit lang über die Friedhofswege, wobei er fortwährend miaute. Eddi hielt an, sprach einige Sätze zu dem Tier, machte dabei eine Geste mit den Händen, die sagen wollte: „Ich hab leider nichts zu essen bei mir", und ging dann weiter. Der Kater hatte verstanden. Kurz vor dem großen, eisernen Tor, dem Haupteingang zum Friedhof, blieb er stehen und blickte Eddi verloren hinterher.

Im Dönerparadies war einiges los an diesem Samstag. Eddi begrüßte alle mit einem freundlichen „Merhaba", was ihm respektvolle Blicke einbrachte. Dann bewegte er sich auf den Tresen zu, hinter dem Mesut und Ayşe heute gemeinsam Posten bezogen hatten. Wie es an Wochenenden häufiger der Fall war.

Ayşe lächelte ihn freundlich an. Mesut stand daneben, die Arme mal wieder vor der Brust verschränkt. Einer Statue gleich.

„Mesut, bevor du Unsinn redest. Einmal Dönerteller bitte."

Mesut verbeugte sich. „Natürlich, natürlich Dönerteller einmal pronto jawohl, bitte einmal Platz nehmen, jaaa. Äh und was trinken, Deutscher?"

„Gib mir ein Wasser."

„Wasser?" Mesut sah Eddi konsterniert an.

„Ja, Mann. Ein Wasser. Mit Kohlensäure, wenn möglich. Ich hab Mineralienmangel oder so."

Mesut wandte sich Ayşe zu, um die Bestellung weiterzugeben: „Ayşe, einmal Kichererbsenbuletten für den Deutschen und ein Wasser mit Gas."

Eddi stöhnte. Er hatte die vegetarische Woche vergessen.

„Oder so", ergänzte Mesut währenddessen murmelnd in seinen nicht vorhandenen Bart hinein. „Mineralienmangel. Na, wenn das mal alles wäre."

Kommentarlos machte Eddi sich daran, an einem der Stehtische Platz zu nehmen. Direkt neben einigen jüngeren, ihren Wurzeln nach türkischen Männern, die sich angeregt über Bundesliga und Süper Lig unterhielten. Die überwiegend Schwarztee konsumierenden, betagteren Türken unterhielten sich ihrerseits über Politik. Sie saßen wie üblich zentral an einem größeren, runden Tisch, welcher sich in der Mitte des Raums, unweit des Tresens befand. Dass jene älteren Herrschaften sich über Politik unterhielten, konnte Eddi allerdings nur mutmaßen, da ältere

Türken unter sich zumeist auf Türkisch miteinander kommunizierten. Bei flüchtiger Betrachtung jedenfalls, war an diesem Samstagnachmittag erst einmal alles wie immer.

Eddi blickte in die Runde. Elf Gäste zählte er. Mit ihm zusammen waren es sogar zwölf. Das Geschäft brummte. Ayran und Cay flossen in Strömen. Ein jüngerer Gast aß einen großen Teller Salat, ein Pärchen löffelte zusammen mit einer weiteren Person fleißig Linsensuppe, dabei kiloweise Fladenbrot in das heiße Nass tunkend.

Eddis Handy klingelte. „Hallo, Gisela, du … " Er senkte die Stimme auf ein Mindestmaß. „Wegen gestern Nacht, also …", weiter kam er nicht. Gisela hatte Neuigkeiten, die sie dringend an ihn weiterreichen wollte: Das Morddelikt. Ka-schwing, ka-schwing. Natürlich hatte Gisela nicht ahnen können, dass ihm die entsprechenden Informationen via Mesuts türkischem Nachrichtendienst bereits zugetragen worden waren. Eddi ließ sie berichten. Er lauschte ihrer Stimme und dachte an ihre Lippen. Als Gisela geendet hatte, entschuldigte sie sich dann schlagartig mit dem Hinweis, dass soeben ein Kunde ihren Laden betreten habe. Sie schickte einen Schmatzer über das Telefon und beendete das Gespräch. Ohne, dass Eddi noch einmal zu Wort gekommen wäre.

Missmutig legte er sein Smartphone vor sich auf der weißen Tischplatte des Stehtisches ab und blickte nach draußen, wo sich drei ältere Personen auf dem Gehweg neben Mesuts Tischen postiert hatten. Man plauderte angeregt miteinander. Ob sich auch jenes Gespräch um die Ereignisse in Frickenhausen drehte? In dem Moment kam Mesut an ihn herangetreten und stellte den heiß ersehnten Dönerteller, der nun ein Teller mit zwei schwer zu identifizierenden Buletten aus Kichererbsen nebst Salat war, vor ihm ab. Ayşe belieferte ihn überdies mit dem gewünschten Wasser. So oder so. Er hatte Hunger. Also stellte Eddi das Nachdenken vorübergehend ein und machte sich erst einmal über sein Mittagessen her.

Mit dem Ende seines Mahls präsentierte sich dann auch der Imbiss deutlich luftiger. Lediglich zwei junge Kerle standen noch leger an einem Nachbartisch. Drauf und dran, die mit Falafel bestückten Fladenbrote, die zwischen ihren Händen steckten, ohne größere Verluste an tropfender Knoblauchsoße und herabfallendem Salat in sich hineinzuschieben. Was naturgemäß nur leidlich gelang.

Eddi sah zu Mesut hinüber, der hinter dem Tresen stand und abwartend glotzte. Eddi nickte. Mesut wusste Bescheid. Der Kaffeevollautomat wurde angeworfen. Zu dessen Zischen und Gurgeln gesellte sich alsbald ein Surren. Eddis Handy. Eine SMS. Was war heute nur los? Ausgerechnet am Samstag. Er entsperrte die Tastatur und öffnete die Nachricht. Sie kam von Lena.

„Lieber Eddi. Tausend Dank noch einmal für den super Abend gestern und das nicht weniger tolle, fränkische Essen. Bin am Arbeiten. Noch mehr Action hier. Kuss auf die Wange für deinen Lieblingstürken! Meldet euch! Lena."

Eddi brummte. Als Mesut zu ihm an den Tisch trat, schloss er eilig die Nachricht. „Schönen Gruß von Lena."

„Ach was?" Mesut stellte den Kaffee inklusive Milch und Zucker vor Eddi auf den Tisch, bevor er nochmals zum Tresen hinüberging. Wieder zischte die Maschine. Ein Klappern. Ein gut gelaunter Imbissbetreiber kehrte zurück an seinen Tisch.

„Hat wohl Sehnsucht nach mir, die Braut?" Mesut setzte sich und stellte dabei eine dampfende Espressotasse vor sich ab, während Eddi den nach Kaffee duftenden Dampf inhalierte, der aus der Kaffeetasse heraus tüchtig in sein Geruchsorgan aufstieg.

„Na, so bisschen Eindruck hast du auf die Journalistin möglicherweise tatsächlich gemacht. Glückwunsch!"

„Ja, bestimmt", gab Mesut zurück, ließ dabei jedoch ein gewisses Maß an Grundbegeisterung vermissen, wie Eddi bemerkte.

„Wie es aussieht, löst sich die Señorita allerdings bald wieder in Luft auf, Eddi. Dann ist leider nix mit weiter Anschnackseln und so."

Daher wehte der Wind also, resümierte Eddi im Stillen. Mesut stellte sich die Frage nach dem Sinn. Fast schon ungewöhnlich für seinen Freund. Doch ungewöhnliche Umstände erforderten ungewöhnliche Maßnahmen. Wobei in diesem Fall der ungewöhnliche Umstand eben die ungewöhnliche Frau war: Lena.

Eddi nahm einen kleinen Schluck aus der Tasse und konnte es sich nicht verkneifen, dabei genießerisch die Augen zu schließen. Genau wie es die Männer und Frauen in den Kaffeewerbespots taten, wenn sie von ihrem frisch zubereiteten Kaffee nippten. Leider wurden derartige Werbespots zunehmend von solchen für scheinbar wichtigere Produkte und Dienstleistungen verdrängt. Was Eddi wiederum überhaupt nicht verstehen konnte. Heftig zuckte er zusammen. Eindeutig noch zu heiß. Schnell stellte er die Tasse zurück auf den Untersetzer.

„Weiß nicht", sagte er dann und fuhr sich mit der Zunge über die Lippen. „Wenn ich Lena richtig verstanden habe, ist sie jetzt auch noch wegen dieser Mordsache da in Frickenhausen zugange. Dann ist sie bestimmt noch länger vor Ort. Mord. Das ist doch echt nicht normal, oder? Mord. Hier bei uns."

Mesut nickte und führte die Espressotasse zum Mund. Noch bevor er nippte, stellte er das kleine Porzellantässchen wieder vor sich ab. „Ey, Eddi, man könnte echt meinen, der ganze Kram hängt zusammen. Irgendwie, oder? Walla billa. Genau wie du sagst. Das ist doch ehrlich nicht mehr normal. Und dann noch so 'ne Samurai-Nummer!" Er stand auf und vollführte mit einem kleinen Messinglöffel eine formvollendete Hieb- und Stichbewegung. Dazu nahm er eine Beinstellung ein, wie man sie von Fernsehübertragungen Olympischer Sommerspiele her kannte, wenn Fechter bei der Ausübung ihrer Sportart gezeigt wurden. Die beiden jüngeren, falafelverarbeitenden Männer am Nachbartisch waren bemüht, nicht in unkontrolliertes Lachen zu verfallen, was zwangsläufig zu einiger Sauerei angesichts bis zum Anschlag gestopfter Mäuler geführt hätte.

Eddi schürzte die Lippen. Er wusste natürlich, was Mesut meinte. Sowieso hatten seine Antennen bereits ähnliche Signale ausgesendet. Erst die unbekannte Tote auf seinem Friedhof.

OK, die arme junge Frau würde man wohl ausklammern müssen. Dann aber die leidvollen Geschehnisse am Mainufer. Bat er seine Antennen hierzu Stellung zu beziehen, war die Sache eindeutig: Da stimmte was nicht. Weder er noch jene speziellen Empfänger glaubten an einen Unfall. Blieben kaum wirklich viele Alternativen. Und nahm man an, dass es sich dabei um keinen Unfall gehandelt habe, konnte man tatsächlich auf die Idee kommen, dass diese Ereignisse dort drüben in Frickenhausen in Zusammenhang standen. Denn wie sonst sollte es möglich sein, dass in diesem kleinen Ort, der gerade mal gut Tausend Einwohner zählte, binnen weniger Tage zwei voneinander unabhängige Morde geschehen sollten? Nun war Eddi kein Kriminologe, kannte sich mit Kriminalstatistiken nicht aus. Aber das? Nein. Wenn beim Tod der alten Dame jemand nachgeholfen hatte, würde sich der Gedanke regelrecht aufdrängen, dass auch jener aktuelle Mord auf die Rechnung dieses Jemandes ginge. Noch dazu mit einem Schwert. Das würde dann aber alles in allem bedeuten …

„Da läuft so ein irrer Massenmörder in Frickenhausen herum, Aleman", kam es jäh von Mesut.

Genau das, dachte Eddi sich. Oder sponn man sich hier etwas zusammen? Wieder kamen ihm die Worte der Journalistin in den Sinn. Er müsse es wissen. Er sei schließlich der Totengräber von Ochsenfurt. Er müsse nur eins und eins zusammenzählen. Von wegen.

Eddi griff den unbenutzten Löffel vom Untersetzer seiner Kaffeetasse auf und klopfte sich damit mehrmals gegen seine in Falten gezogene Stirn. Mesut kommentierte sein Tun mit einem „Alter, mach meine Ware nicht kaputt!"

So ein Mist, dachte Eddi sich. Er war kein Sherlock Holmes. Was hatte Lena damit sagen wollen? Er kam nicht dahinter. Nicht im Entferntesten. Und wenngleich Mesut ihn hier und da bereits mit guten Einfällen tatkräftig hatte unterstützen können. Ein Dr. Watson war er gleichsam nicht.

Nur eins und eins zusammenzählen. Eigentlich war er gut im Addieren. Also rein mathematisch betrachtet. Er hämmerte weiter mit dem Löffel gegen seine Stirnfalten. Eins und eins. Eine Tote und noch eine Tote. Die unbekannte Tote auf seinem Friedhof in Ochsenfurt und die ältere tote Dame? Eins und eins. Das würde immerhin passen. Also doch ein Zusammenhang?

„Deutscher, alles klar, oder soll ich dir schon mal dein Täschchen packen. So für die Klinik, meine ich." Eddi stöhnte auf. Dann setzte er den Löffel auf dem Untersetzer ab.

„Mesut, was würdest du sagen. Könnte die Sache mit der Toten von meinem Friedhof mit den Toten in Frickenhausen zusammenhängen?"

Mesut schürzte die Lippen. Er überlegte einen Moment lang. Als Antwort gab er eine Gegenfrage zurück. „Was meinst du? Warum sollte?"

„Na, das wirkt jetzt vielleicht etwas weit hergeholt, ich weiß, aber schau. Eigentlich ist es doch recht friedlich bei uns?"

Nun warf auch Mesut seine Stirn in Falten.

„Also, ich meine, das ist doch ungewöhnlich, die Sache mit der Frau, die man tot aus dem Main gezogen hat. Und jetzt auch noch ein Mord? Wann gab es denn bitte hier in der Nähe den letzten Mord?"

„Ja und weiter, Deutscher?"

„Was ich meine ist", Eddi lehnte sich ein Stück nach vorn. „Also, es ist doch zumindest auffällig, dass diese Dinge genau dann geschehen, nachdem ich das Skelett einer unbekannten Frau aus einem Grab ziehe, oder etwa nicht?"

Mesut trank den zweiten Schluck seines Espressos. Damit war die Sache mit dessen Heißgetränk erledigt. Er setzte die leere Tasse vor sich ab. „Ja, OK, Eddi. Aber dann könnte man doch sonst was genauso gut damit verbinden, oder?"

„Was meinst du?", entgegnete Eddi.

„Ich meine, wenn ich dich richtig verstehe", fuhr Mesut fort, „findest du es komisch, dass es in Frickenhausen ausgerechnet dann beginnt rund zu gehen, nachdem du bei dir auf dem Friedhof dieses Skelett aus dem Grab geangelt hast, ja?" Mesut sah Eddi prüfend an, der seinen Blick erwiderte und nachfolgend auffordernd nickte.

„Ja, genau. Das meine ich."

„Ja, aber wenn ich nun sage, das ist schon komisch. Die Sachen dort drüben in Frickenhausen passieren genau dann, wenn ich gerade Blähungen habe. Das wäre dann genauso logisch. Oder wie jetzt, Deutscher?"

Eddi konnte sich ein „Du hast Blähungen?" nicht verkneifen. Mesut rollte mit den Augen. Eddi seufzte. Selbstverständlich. Es konnte auch sonst einen Zusammenhang geben. Oder eben gar keinen. Denn obgleich eine unbekannte Tote in einer Stadt, nur zwei Kilometer von anderen wahrscheinlichen Tatorten entfernt, die Vermutung eines Zusammenhangs geradezu provozierte, so wies seine eben entwickelte Theorie doch eine überaus entscheidende Schwäche auf. Die Tote auf seinem Friedhof unterschied sich von jenen in Frickenhausen in Bezug auf ein gewichtiges Detail: Friedhelms Untermieterin war schon seit rund siebzig Jahren tot, währenddessen es sich bei den anderen um sozusagen aktuell Verblichene handelte.

„Also? Erde an deutsche Kartoffel? Bitte antworten, bitte antworten. Mi mi mi mi", drang Mesuts Kauderwelsch in seine Ohren. Eddis Mund aber verließ lediglich ein Laut, der fürs Erste ziemlich viel und ziemlich unverhohlen Resignation zum Ausdruck brachte.

Rückblick

Baudenbach, Oktober 1944

Wie so oft in diesen Tagen, saß Siglinde Mühlbauer allein an ihrem großen Küchentisch. Die Hände gefaltet. Ihre Augen geschlossen, ein Gebet in die modrige Luft flüsternd, die sie umgab. Kerzenlicht flackerte, es war kurz nach neun am Abend. Um diese Zeit würden die meisten Menschen in Baudenbach in ihren Stuben zu Tisch sitzen. Der ideale Zeitpunkt, hoffte sie.

Als die Bäuerin die Augen öffnete, spürte sie, wie erneut Tränen in ihr aufsteigen wollten. Schnell atmete sie tief ein, hielt dann die Luft für einen kurzen Moment an und gebot ihren schweren Tränen hierdurch Einhalt. Dann atmete Siglinde Mühlbauer langsam aus, wischte sich mit den Ärmeln quer über die nassen Augen und starrte schließlich auf den Bildstock an der Wand. Die Gottesmutter sah so traurig aus, dachte sie. So traurig. So als wüsste sie, was kommen würde, was kommen musste. Was unvermeidlich war. Siglinde Mühlbauer wandte den Blick ab.

Sie würden bald eintreffen. Anita und die Nonne aus dem unweit entfernten Kloster. Das Kind würde in die Obhut der Kirche kommen, so hatte Siglinde Mühlbauer es entschieden, nachdem Alfons vorgestern aus Frickenhausen zurückgekehrt war. Die junge Mutter, ihr Küken, war wie vom Erdboden verschluckt. Hedwig, die Frau ihres verstorbenen Vaters, hatte zwischenzeitlich einen fürchterlichen Nervenzusammenbruch erlitten, war kaum mehr bei sich.

Auf die eigentlich entscheidende Frage hin, hatte Alfons gemeint, war letztendlich nur eine Antwort gekommen. Carls Tochter? Nein, die sei schon lange nicht mehr in Frickenhausen gesehen worden. Vielmehr hatte man Alfons gefragt, ob er denn seinerseits wisse, wo die Tochter der Witwe abgeblieben sei. Doch Alfons hatte das getan, was ihm aufgetragen worden war. Er hatte geschwiegen, gelogen.

Darüber hinaus, so hatte Alfons ihr weiter berichtet, seien alle spürbar angespannt gewesen. Auch ein Erntehelfer sei verschwunden, hatte man ihm erzählt. Ein Erntehelfer - bei dieser Aussage war die Bäuerin zusammengezuckt. Hatte ihr Küken doch etwas von einem Erntehelfer erzählt, in den sie sich verliebt hatte. Der Kindsvater? Beide verschwunden? Sie hatten doch nicht etwa? Und das Kind?

Später als erwartet, hatte Alfons weitererzählt, war er schließlich auf das alte Motorrad gestiegen und zurück nach Frickenhausen gefahren. Siglinde Mühlbauer hatte ihn nach seiner Rückkehr nur fassungslos angestarrt. „Nichts? Du weißt gar nichts? Keiner hat sie gesehen? In all den Tagen hat niemand sie zu Gesicht bekommen?"

Alfons hatte nur stumm mit dem Kopf geschüttelt, mit den Achseln gezuckt, „es tut mir leid", gesagt. Er hatte es ehrlich gemeint. Die Bäuerin hatte gespürt, wie dem Mann die Leere, mit der er zurückgekehrt war, mehr Schmerz zugefügt hatte, als die Schwere einer schlechten Nachricht hierzu im Stande gewesen wäre.

Nach Sekunden des Fallens, der Verstörtheit ob jenes Nichts an Neuigkeit und Erklärung, war Siglinde Mühlbauer letztlich einige Schritte auf ihn zugegangen, hatte seine rechte Hand zwischen ihre beiden Hände genommen, sie gedrückt und ihn noch einmal dazu ermahnt niemandem, niemals etwas von alledem zu erzählen. Er hatte die Augen niedergeschlagen und genickt. Er würde schweigen.

Danach waren ihre Gedanken völlig aus dem Tritt geraten. Sie hatte nicht mehr gewusst, welche Emotion sie zuerst hatte zulassen oder verdrängen sollen. Aus den schmerzlichen Fragen der vergangenen Tage waren nur noch mehr Fragen geworden. Offene Fragen, zu denen sich schlussendlich noch mehr Angst und Verzweiflung gesellt hatten. Ab und an hatte sie das Gefühl gehabt, kaum mehr atmen zu können. So groß war der Druck gewesen, die Last, die sich auf ihren Brustkorb gelegt hatte.

Anita, ihre Nachbarin und Freundin, war vorbeigekommen. Auch deren Tochter Erna, um genau wie in den vergangenen Tagen den Säugling zu stillen. Die drei Frauen hatten sich beraten. Was konnte man tun? Was war zu tun? Es war wie so oft im Leben gewesen, dachte die Bäuerin bei sich, als sie in der Küche saß und einmal mehr durch das Fenster nach draußen starrte. Es war wie so oft. Eine passende Antwort hatte es nicht gegeben. Hingegen hatte man schnell erkannt, was man keinesfalls würde tun können.

So war es etwa unmöglich, das Kind hier bei ihr zu belassen. Der Säugling brauchte eine Mutter, konnte nicht länger in einer dunklen Kammer versteckt liegen. Auch konnte man das Kind keinesfalls einfach Anita und deren Tochter Erna überlassen, wenngleich die beiden Frauen sich gewünscht hätten, es wäre möglich gewesen. Aber es war nicht möglich. Wie den Fragen begegnen, die gekommen wären? Fragende Augenpaare, von denen man niemals wissen konnte, welch wahre Gesinnung sich hinter ihnen verbarg. Und dann die Wahrheit. Hätte sie die Wahrheit sagen sollen? Können? Gar müssen? Es wäre Verrat an ihrem Küken gewesen. Zumal Siglinde Mühlbauer nach wie vor hoffte, dass die junge Frau doch noch zu ihr und dem Säugling zurückkehren würde.

„Unter keinen Umständen", hatte die junge Mutter ihr außerdem eingetrichtert. Die Worte und erst recht der Blick der jungen Frau. Sie hatten sich tief in Siglinde Mühlbauers Seele gebohrt. Unter keinen Umständen dürfe sie jemals irgendwem die Wahrheit über das Kind erzählen. Unter keinen Umständen. Hatte auch ihr Küken etwas geahnt? Warum diese Mahnung? Hatte sie ihr nicht vertraut?

Ein weiteres Mal suchten Siglinde Mühlbauers Augen den hölzernen Bildstock an der Wand. Maria hatte ihren Arm um die Brust ihres Kindes gelegt. Es schützend an sich gepresst. Ihren Blick gleichwohl gesenkt. Die Gottesmutter strahlte Resignation aus. Es würde keine Lösung ohne Schmerz und Leid geben. Sie wusste es. Und Siglinde Mühlbauer wusste es ebenso, hatte zudem das Gefühl, alles falsch zu machen, so unglaubliche Angst davor, die falschen Entscheidungen zu treffen. Wo steckte ihr Küken nur?

„Guter Gott im Himmel, mach, dass ihr nichts zugestoßen ist", flüsterte sie vor sich hin und erneut drohte ein Damm in ihren Augen zu brechen.

Nein, sie hatte eine Entscheidung getroffen. Die Nonne, die Bekannte Anitas aus dem Kloster. Sie bot den einzig gangbaren Weg. Der braune Dreck hatte unlängst überall seine Finger im Spiel. Auch in Kinderheimen. Das war unter Frauen kaum ein Geheimnis mehr. Von dort hörte man schlimme Dinge über arme kleine Seelen, deren Herkunft ungewiss war. Dies wäre keine Zukunft gewesen. Indes war auch die Kirche keinesfalls eine ideale Lösung. Aber es war die Einzige, die übrig blieb.

Und würde das Küken, wie sie so sehr hoffte, einst doch noch zurückkehren, man hatte Vorsorge getroffen. Siglinde Mühlbauer nahm den Zettel aus der Tasche ihrer Schürze, entfaltete ihn. Las einmal mehr den langen Brief, die letzten Worte an den kleinen Engel, starr vor Trauer und Einsamkeit. Einsamkeit angesichts der Entscheidung, die sie hatte fällen müssen. Trauer angesichts des weiteren Verlusts, der sie ereilen würde. Tränen tropften auf den Brief, während die Bäuerin ihn las. Den Brief, den sie der Nonne mitgeben würde. Sollte ihr Küken wieder auftauchen, der Säugling könne umgehend zurück zur Mutter, hatte Anita ihr erklärt. Alles war mit der Ordensschwester besprochen. Würde die Mutter hingegen nicht wieder zurückkehren, um ihr Kind zu holen, der Brief könnte ihrer Tochter auch noch viele Jahre später einen Weg in die Vergangenheit weisen.

Siglinde Mühlbauer strich sanft über das Papier, faltete den Brief dann erneut. Sie stand auf und begab sich an die Anrichte, holte einen alten, dickwandigen Briefumschlag aus einer der Schubladen hervor, steckte das gefaltete Papier hinein und legte den Umschlag schließlich auf dem Küchentisch ab. Dort wollte sie soeben wieder Platz nehmen, als sie es sich anders überlegte und zur Tür der kleinen Vorratskammer ging, in welchem der Säugling in der kleinen Wiege lag.

Sie öffnete die Tür. Gedämpftes Licht breitete sich in dem ansonsten dunklen Raum aus. Die Bäuerin sah ein Zappeln, hörte ein leises, wohliges Jauchzen, blieb in der Tür stehen. Zögerte. Zitterte. Öffnete die Tür dann ein weiteres Stück und trat auf das Bettstättchen zu. Der Säugling lag in der Wiege, die Augen geöffnet, blickte sie durch das schummrige Licht hindurch an, lächelte und schien ihr geradewegs mit dessen speckigen Ärmchen zuwinken zu wollen. In diesem Moment überkam Siglinde Mühlbauer ein solch fürchterlicher Schmerz, dass sie unvermittelt auf die Knie sackte. Sie konnte ihre Tränen nicht mehr aufhalten, schluchzte krampfartig, legte dabei ihren Kopf an das kleine Bettstättchen und umklammerte mit beiden Armen verzweifelt die Wiege mit dem Kind. „Gott im Himmel, Maria, voll der Gnaden, bitte, bitte", wisperte sie. Ihr Herz schlug in wildem Eifer, unsicher, ob es nur schlagen oder vielmehr zerspringen wollte. Einen solch tiefen, allumfassenden Schmerz hatte Siglinde Mühlbauer das letzte Mal verspürt, als ihr die Nachricht überbracht worden war. Die Nachricht. Ihre beiden Söhne.

So vergingen Minuten. Schließlich war aus der Küche des Bauernhauses ein zögerliches Pochen zu hören. Jemand klopfte vorsichtig an die Fensterscheibe. Anita und die Nonne waren eingetroffen. Es war soweit.

Siglinde Mühlbauer riss die Augen auf, wischte sich die Tränen mit den Ärmeln ihrer Schürze ab, erhob sich und trat zurück in die Küche. Die beiden Frauen standen vor dem Fenster im Hof. Mit einer Handbewegung gab die Bäuerin den beiden Frauen zu erkennen, dass sie in Kürze zu ihnen nach draußen kommen würde. Sie nahm den Umschlag mit dem Brief vom Tisch, trat erneut in die kleine Kammer mit dem Kind. Die Kette mit der einen Hälfte des Medaillons, welches Alfons auf Geheiß ihres Kükens unmittelbar nach dessen Geburt hatte in zwei Stücke zerteilen müssen, hing über dem Arm der Krippe.

Das Medaillon zeigte das Familienwappen der Rehnsteins. Ihr Küken liebte es. Es war ein Symbol. Voller Kraft, Stolz und sicherlich auch Hoffnung. Ihr Symbol. Es verband die junge Frau mit ihrer Heimat und Geschichte. „Jetzt verbindet es Mutter und Kind", hatte ihr Küken mit leuchtenden Augen gesagt, als sie die beiden Teile einst von Alfons entgegengenommen hatte.

Siglinde Mühlbauer nahm mit tränengefluteten Augen die Kette von der Krippe und legte diese dem Säugling behutsam um den Hals, hob sodann das Kind aus dem Bettstättchen und wickelte es in ein schweres Leinentuch. Sie drückte es ein letztes Mal innig an sich. Dann machte sie sich daran, es nach draußen vor die Tür zu tragen, wo eine Chance wartete, eine Zukunft für das wohlduftende, winzige Geschöpf in ihren Armen. Eine bessere Zukunft, betete die Bäuerin und spürte gleichzeitig den Schaden, den sie selbst dabei nahm. Fühlte, wie ihre Seele in Flammen aufging.

Kapitel 13

Leidlich motiviert schob Eddi den gut bestückten Einkaufswagen vor sich her. Kreuz und quer durch die engen Gänge des weiträumigen Supermarkts bei sich um die Ecke.

Der Markt war brechend voll. Ein Unheil, welches der gewaltige Parkplatz vor dem Markt zuvor bereits eindrucksvoll angekündigt hatte. Es war unverkennbar Samstag.

Um Bier, Wein und Spirituosen machte Eddi einen großen Bogen, als er sich durch die Gänge quälte, legte stattdessen Butter, Nudeln, Dosenfisch, jede Menge Joghurt, frisches Gemüse, zwei Tüten Chips und diverse Suppentüten, Cornflakes sowie ein paar Beutel frische Milch in den Einkaufswagen. Dazu noch einen Doppelpack Vier Käse Pizza. Außerdem ließ er sich verschiedene Sorten und Mengen Wurst an der Fleischtheke einpacken und schwor sich einmal mehr, künftig seinen Fleischkonsum stärker einschränken zu wollen. Auch auf Fisch wollte er eigentlich mehr und mehr verzichten. Wie sollte auf dem Planeten alles, oder zumindest etwas besser werden, wenn er es nicht schaffen würde, sich selbst zu verbessern, ja, es nicht einmal ernsthaft versuchen würde. Auch wenn sich die Ozeane damit vielleicht nicht retten ließen und man das Leid all der Tiere hierdurch nicht entscheidend würde mindern können. Aber so war das Prinzip. Es ging um den Anfang. Um den Einzelnen. Ein Sandkorn im Wind war ein lächerliches Nichts. Viele Sandkörner hingegen konnten sich zu etwas überaus Mächtigem vereinen. Eddi stoppte den Wagen. Genau. So ein beschissenes Sandkorn war klein. Aber lieber klein und das Richtige tun …

Eddi nahm wieder Fahrt auf. Er steuerte den Wagen zurück zu dem Bereich, wo die Konserven standen, packte den Fisch zurück in die Regale, entsann sich dann außerdem der Tatsache, dass er kein Brot mehr Zuhause hatte, und packte daher noch zwei Beutel Vollkorntoast ein. Auf dem Weg zur Kasse fiel sein Blick dann noch auf eine Aktionsinsel für Tiernahrung. Er überlegte kurz, schnappte sich noch zwei Tüten Leckerlis für Katzen und fügte diese kurzentschlossen seiner Auswahl an Gütern des täglichen Bedarfs hinzu.

Die Schlange an der Kasse war so lang wie die Gesichter der meisten Menschen, die dort anstanden. Als er endlich an der Reihe war, alles in Papiertüten gepackt, jegliche in Tempo und Tonalität nur mittelmäßig freundlich gestellte Frage nach Bonuspunkten und Sammelmarken verneint hatte, sich dabei wie immer höflich zu entschuldigen wusste, so, als ob es doch wie selbstverständlich Pflicht wäre, an solch für seinen Geschmack idiotischen Schwarmaktivitäten teilzunehmen, hatte er endlich zahlen dürfen und schleppte nun seine Beute die rund zweihundert Meter nach Hause.

Das Spiel der Nürnberger war anfangs zäh gewesen. Deutlich mehr war da schon während der Halbzeitpause der Partie gegen Hannover 96 in seiner Bude geboten. Es war faszinierend, musste Eddi bekennen, was man alles in einer Viertelstunde erledigen konnte, konzentrierte man sich auf das Wesentliche: Socken verschwanden zwischen beiden Spielhälften in Windeseile in einem Behältnis für Schmutzwäsche, diverse Pizzakartons wurden gefaltet und in eine Papiertüte gestopft und anschließend zusammen mit dem Restmüll die wenigen Treppenstufen hinunter zu den Mülltonnen getragen. Obendrein trug Eddi Gläser und Tassen aus allen möglichen Zimmern und Ecken zusammen und verstaute diese im Spülbecken. Der Abwasch würde allerdings noch warten müssen.

Als der Fernseher im Wohnzimmer bereits lautstark die zweite Hälfte des Spiels ankündigte, stand Eddi an der offenen Tür zum Garten und rauchte noch rasch eine Zigarette. Er scannte Baum, Rasen und Büsche am hinteren Ende des Grüns. Ein Kater allerdings war nicht auszumachen.

Gerade als er die Tür schließen wollte, kam ihm eine Idee. Er griff in einen der Schränke, die sich über der Anrichte befanden und zog einen alten Suppenteller hervor. Kurz darauf sammelte sich in eben diesem Teller irgendeine Art Futter. Aus brauner Substanz, in Fischform gepresst. Eddi roch daran. Es war widerlich. „Leckerlis mit 90 Prozent Fleisch und Tierbestandteilen" stand auf der Tüte. Gut, soweit er wusste, mochten Hunde und Katzen alles, was übel roch. Insoweit würde der Kater dieses Zeug hier sicherlich lieben, urteilte er. Eddi nahm den Teller und stellte ihn nach draußen ans Ende der schmalen Terrasse. Dann ging es für ihn zurück auf die Couch.

Die zweite Halbzeit des Spiels gestaltete sich ebenfalls nicht wirklich rasant. Eddi aber war es gleich. Der Club hatte 2:0 gewonnen.

Zwischenzeitlich hatte er Gisela noch eine Nachricht per WhatsApp geschickt. „Geht es dir gut? Bin vorhin nicht dazu gekommen mich auch bei dir für den Abend zu bedanken. Komme mir ja schon bisschen blöd vor. Weiß ehrlich nicht wie das passiert ist. Trinke sonst nicht so viel. Ehrenwort. Mache es wieder gut. Eddi."

Kurz darauf kam von Gisela auch prompt eine Antwort zurück. Kurz und knapp und dennoch für seinen Geschmack überaus befreiende Worte: „Alles gut! Es war ein wirklich super Abend! Fehlt mir alle zusammen. Viel Spaß beim Fussi du Schnarchnase :-)"

Bei jener Korrespondenz mit Gisela beließ er es für den Moment. Nun allerdings, da das Spiel vorüber war, kehrte ein nur allzu vereinnahmender und mittlerweile überaus vertrauter Gedankenkreis zurück, dessen Radius immer größer zu werden schien. Friedhelms Untermieterin, die Botschaft, von Vieren die wichtigsten Dreien, eine alte Dame, eine fehlende Kette, Lenas Anspielung, Ochsenfurt, Frickenhausen, ein Mörder.

Zwischendurch schweiften Eddis Gedanken zudem und zu seinem Verdruss auch noch in eine ganz andere Richtung ab. Hin zu einem sagenumwobenen Teeservice. Einem Erbstück. Einem Erbstück? Was hatte er da nur gefaselt in der vergangenen Nacht? Eddi horchte tief in sich hinein, versuchte, sich seiner Worte oder auch nur einer entsprechenden Situation zu entsinnen. Es wollte nicht gelingen. Er konnte sich nicht daran erinnern, das Teeservice in irgendeiner Form an irgendeinem Punkt zum Gegenstand einer Konversation gemacht zu haben. Und doch schien er gestern Nacht irgendeiner Art Geistesblitz gefolgt zu sein. Einem Blitz, der nun einmal mehr drohte, zum Boomerang zu werden. Eddi musste an seine Mutter denken. Er würde sich dringend etwas einfallen lassen müssen. Mesuts dämliches, ich wäre so gerne antik, habe immerhin einen blöden Goldrand vorzuweisen ... Himmel noch mal. Wenn Gisela tatsächlich darauf bestehen sollte, sich für das vermeintliche Erbstück bei seiner Mutter zu bedanken, was dann? Er schüttelte den Kopf, stand auf und ging in die Küche, um sich einen Kaffee zu kochen.

Nachdem er Wasser, Filter und Kaffeepulver in die Kaffeemaschine gepackt hatte, warf er einen prüfenden Blick auf den Suppenteller mit den Leckerlis. Alles wie zuvor. Kein Kater, der sich dankbar an den dargebotenen Köstlichkeiten gelabt hätte. Eddi fühlte eine gewisse Enttäuschung in sich hochsteigen. Andererseits: Was hatte er erwartet? Er hatte einmal gelesen, dass freilebende Katzen einen Aktionsradius von vielen Kilometern besaßen. Vielleicht war das Tier nach kurzem Besuch auf seinem Friedhof am Vormittag unlängst weitergezogen. Um dann eines schönen Tages wieder mal bei ihm im Garten vorbeizuschauen? Das in Fischform gepresste Übel im Suppenteller jedenfalls würde dem Kater wohl kaum jemand streitig machen. Er würde den Teller einfach stehen lassen.

Nachdem der Kaffee durchgelaufen war, begab er sich samt geliebtem Heißgetränk wieder ins Wohnzimmer. Ein weiteres Mal nahm er sein Handy in die Hand. Was machte die Journalistin dort drüben in Frickenhausen? War Lena noch am Arbeiten? Ein tendenziell schlechtes Gewissen überkam ihn. Ja, er wollte einfach mal hören, wie es Lena so ging. Zudem, das musste er sich selbst gegenüber einräumen, war er aber auch einfach nur neugierig, was diesen Mord in Frickenhausen betraf. Wie auch immer. Er entsperrte die Tastatur und tippte los.

In Erwartung dessen, dass eine Antwort auch diesmal nicht lange auf sich warten lassen würde, blieb er sitzen und schloss für einen Moment die Augen. Er sah Gisela vor sich, die sich über den Holztisch in der Mitte der Küche beugte, seine Hände mit ihren sanft umschloss und ihn erwartungsvoll anlächelte. Er sah ihre Brüste, wie diese aus dem Ausschnitt ihrer seidenen Bluse quollen, sah die Konturen ihres Leibs. Er sah seine Hand, wie diese die nächste Dose irisches Starkbier öffnete. Dann sah er nichts mehr.

Unruhe war das Stichwort. Er war unruhig. Nichts wollte funktionieren. Er blickte auf sein Handy. Noch keine Antwort. Kurzentschlossen nahm er das Smartphone in die Hand, begab sich in die Vertikale und verließ die Wohnung. Einen letzten Blick in Küche und Garten konnte er sich dabei nicht verkneifen. Alles war wie zuvor. Unangetastet, unvollendet.

Als Eddi vor das Haus trat, fiel ihm sogleich auf, dass sich das wenig noch verbliebene Tageslicht merklich verändert hatte. Es war gelblich, milchig geworden. Ein eigenartiges Licht. Eigenartig, aber von angenehmer Ruhe.

Er öffnete das kleine, eiserne Tor zum östlichen Eingang des Friedhofs, steuerte zielstrebig auf das südwestliche Areal seines Arbeitsplatzes zu und blieb dann vor einem schlichten, aber bestens gepflegten Grab stehen.

Eddi blickte hinab auf die dunkle Platte aus Granit. Wie immer, wusste er nicht wirklich, was er ihm dort unten zuflüstern sollte. Es war schwierig. Eddi horchte tief in sich hinein. Sah Bilder vor seinem geistigen Auge aufsteigen. Bilder vergangener Tage. Er steckte die Hände in die Hosentaschen. So stand er für längere Zeit fast regungslos da und versuchte seiner Gedanken Herr zu werden. In aller Ruhe. Von seinem Vater kommend, wanderten seine Gedanken schließlich zu seiner Mutter. Er lächelte, dankte im Stillen. Dankte dafür, dass er zumindest sie noch hatte. Es war ein Segen. Dann nahm er den Weihwasserpinsel und besprengte damit die letzte Ruhestätte seines alten Herrn. Kurz darauf steuerte er auf die Bank am oberen, dem südlichen Ende des Friedhofs zu. Während er dort saß, ließ er seine Augen über das leuchtende Panorama vor ihm wandern.

Das milchig-gelbe Licht verlieh der altehrwürdigen Altstadt von Ochsenfurt einen goldenen Schimmer. Wie so oft versuchte Eddi sich vorzustellen, er säße hier vor mehreren, ja hunderten von Jahren, die Augen auf Türme, Mauern und das Meer aus Häusergiebeln dort unten gerichtet. Ein faszinierender Gedanke, dass hier, genau hier, wo er nun saß, sicherlich auch zu jener Zeit einmal ein Mann oder eine Frau gestanden hatte und über dies und das gebrütet, oder von diesem und jenem geträumt hatte.

Weiter glitt er in Gedanken den Zeitstrahl entlang in eine gänzlich andere Zeit, von der er bis in seine frühe Jugend hinein geglaubt hatte, dass sie schwarz-weiß gewesen sei. Ganz ohne Farben. Schwarz-weiß, das hätte schließlich so gut gepasst in jene Zeit, in denen sich Menschen in Maschinen verwandelt und Allmacht gespielt hatten. In der einstige Weggefährten, Freunde, Nachbarn, Kinder wie selbstverständlich aus Häusern, Schulen und Gassen vertrieben worden waren. Gejagt, geächtet. Degradiert zu einem Nichts, einer Zahl, einem Stern auf einem Fetzen Stoff. Auch in Ochsenfurt. Auch dort unten, wo man jetzt friedlich in Cafés beisammensaß. Oder zuhause vor dem Fernseher, vereint im Interesse am heutigen Bundesligaspieltag.

Eddi neigte den Kopf und besah sich seiner Hände. Ein Wunder der Technik. Das Leben an sich. Hände, die fühlten. Augen, die sahen. Ohren. Und dann dieser Kreislauf. Für ihn ein faszinierender Gedanke. In ihm. Tausendfache Reste anderen Lebens, anderer Menschen. Er war ein lebendiger Cocktail, so gesehen. Und anstatt all dieses Erbe, welches man in sich trug, zu ehren, bekämpfte und fraß man deren reine, sichtbare Form, wo immer es ging. Es war ein Kreislauf. Ein Kreislauf aus denkender und doch in vielerlei Hinsicht lernresistenter Masse.

Seine Augen wanderten weiter nach rechts. Hinter der Zuckerfabrik, deren gewaltiger Schlot nun wieder dampfte, nachdem die Bauern begonnen hatten, die Zuckerrüben aus dem Umland anzukarren, war einst etwas geschehen. Dort, in Frickenhausen. Auf der anderen Mainseite. Vor rund siebzig Jahren. Zu der Zeit, zu der es scheinbar keine Farben gab. Was hatte sich einst dort ereignet? Wie war es dazu gekommen, dass eine blutjunge Frau ermordet, oder zumindest dem Tod in irgendeiner Art und Weise zugeführt und dann auf dem Ochsenfurter Friedhof vergraben worden war? Es waren die drei gewesen. Die wichtigsten drei von vier. So hatte die Botschaft gelautet. Und Mesut und er hatten sie entschlüsselt.

Insoweit ein großer Schritt. Der erste Vorstand, der zweite Vorstand und der Kassenwart des einstigen Schützenvereins von Frickenhausen. Drei von vier. Der vierte, der Beisitzer, hatte eine eher untergeordnete Rolle gespielt. Die Hierarchie war geregelt. Die Botschaft aus dem Grab war eindeutig. Möge Gott uns verzeihen. Es waren von Vieren die wichtigsten Dreien: Rehnstein, Lenninger und Eck. Alle drei lagen seit langem auf dem Frickenhäuser Friedhof begraben.

Ein Wissen, das er außer mit Mesut und Gisela mit niemand anderem sonst geteilt hatte. Bernd wusste nichts von einem Schützenverein, die Polizeioberwachtel Finke ebenso wenig und schon gar nicht der Schunke und die Kripo aus Würzburg. Keiner hatte das Stück Stoff gesehen, das Mesut mit seiner Waschmaschine ungewollt malträtiert hatte. Das Stück Stoff mit dem Wappen des einstigen Schützenvereins von Frickenhausen.

Wem aber würde dieses Wissen nun noch etwas nutzen? Neben der Toten selbst, waren mittlerweile schließlich auch alle drei an der Sache Beteiligten aus dem Leben geschieden. Immerhin waren bereits etwa siebzig Jahre vergangen seit alldem. Drei tote Männer, drei Namen. Aus einer Zeit, in der es keine Farben gab.

Drei Namen und doch fehlte der eine Entscheidende. Wer war die tote Frau aus Friedhelms Grab? Wo kam sie her? Was war ihre Geschichte? Eddi überlegte. Es mochte sich grundsätzlich auch anders abgespielt haben. Bisher war er, warum auch immer, davon ausgegangen, dass jene Untermieterin in Frickenhausen zu Tode gekommen war. Immerhin gab es ja diesen überaus offensichtlichen Bezug zu Frickenhausen. Dennoch. Warum eigentlich in Frickenhausen? Dies war nichts mehr als eine weitere Hypothese. Eine Annahme, die noch dazu im Grunde genommen unlogisch erschien. Es lag doch wesentlich näher, dass die Tat, welche auch immer, in Ochsenfurt begangen wurde. Immerhin: Wer sollte eine Tote über den Main bis hierher schleppen wollen? Wer weiß. Eddi blickte sich um. Womöglich hatte sich alles hier abgespielt. Genau hier, oder zumindest ganz in der Nähe. Und da man sich bereits auf einem Friedhof befunden hatte, oder zumindest in der Nähe eines solchen, hatte man die Tote kurzerhand Friedhelm untergejubelt. Warum auch sonst ein Friedhof? Gab es nicht populärere Vorgehensweisen der unentdeckten Entsorgung von Leichen? Ging man für so etwas nicht üblicherweise in einen Wald? Ab mit der Leiche in einen See, einen Fluss, in einen Steinbruch oder etwas in der Art? Warum also ein Friedhof?

Nichts wollte wirklich Sinn ergeben. Die Sache wollte einfach nicht rund werden. Und wozu diese Grabbeigaben? Die waren das Verrückteste an der Sache, überlegte er und schüttelte resigniert mit dem Kopf. Welcher Mörder würde solche Hinweise hinterlassen? Hatte er oder hatten sie ein schlechtes Gewissen gehabt? Dann aber hätte man besser gleich Tacheles reden können, statt solch kryptische Botschaften zu platzieren. Wozu das alles?

Eddi seufzte auf. Er kam so nicht weiter. Und doch wollte es dieser unsichtbare Antrieb in ihm weiter versuchen. Immer tiefer versank er in Gedanken. Das Motiv. Er musste die Frage nach einem möglichen Motiv stellen, wollte er weiter kommen. In Krimis, die er sich ab und an im Fernsehen ansah, war die Frage nach dem möglichen Motiv stets die mit entscheidende. Das Motiv, genau. So war es. Die Frage nach dem warum. Warum also? Was könnte der Auslöser für das Ereignis, der Beweggrund für die Tat gewesen sein? Doch diese Frage war zweifelsohne noch schwerer, wenn nicht gar unmöglich zu beantworten.

Wieder stöhnte Eddi auf. Der Wunsch nach einer Lösung. Abermals unerfüllt. Ebenso unangetastet. Und dann auch noch die Gegenwart. Diese alte Dame, am Flussufer. Mit dem Kopf auf einen Stein und hiernach ins Wasser gefallen, ertrunken. So zumindest hatte laut Aussage Bernds die Würzburger Gerichtsmedizin die Ereignisse rekonstruiert. Nach der Kette hatte niemand weiter gefragt. Aber es hatte sie gegeben. Er konnte es bezeugen. Er sah die Frau noch vor sich. Und dann, wenige Stunden später: Tot, die Frau. Weg, die Kette. Verschwunden.

Wohingegen die Tote ihr Portemonnaie noch immer bei sich getragen hatte, was Bereicherung als Motiv quasi ausschloss.

Erneut fingen Eddis Gedanken die Bilder dieser Kette auf. Eine solche verschwindet nicht einfach so. Oder war sie möglicherweise tatsächlich abgerissen, als die Frau mit ihrem Kopf auf den Stein gefallen war? Das läge immerhin im Bereich des Möglichen, überlegte er. Die Kette reißt und wird vom Wasser davongetragen. Ganz einfach. Keine große Sache.

Eddi versuchte, sich genauer zu erinnern. Wenn er sich recht entsann, war es keine dieser typischen, äußerst fragilen Kettchen gewesen. Sie hatte aus wuchtigeren Gliedern bestanden. Konnte eine solche Kette einfach reißen? Doch, vermutlich schon. Sicher sogar, wenn man mit Kopf oder Oberkörper und mit voller Wucht auf einen Stein fiele. Warum aber sollte eine ältere Frau überhaupt dort unten am Mainufer zu dieser Uhrzeit in der Dunkelheit spazieren gehen? War das nicht die entscheidendere Frage? Auch dieser Punkt kam Eddi entschieden schleierhaft vor. Er atmete tief durch. Zwei Frauen, zwei Tote und so gesehen sogar zwei Ketten, die ihn noch verzweifeln ließen. Eine spielte als Grabbeigabe in Ochsenfurt eine Rolle, eine weitere war plötzlich verschwunden. Die eine hatte zu einer Toten gehört, die seit rund siebzig Jahren hier auf dem Friedhof verscharrt und versteckt gelegen hatte. Einstiges Leben, das völlig vergessen worden war. Die andere betraf eine nunmehr tote Frau, die man möglicherweise bald ebenso vergessen würde. Genau wie die Frage nach den Umständen, die zu deren Tod geführt hatten.

Es war zum Mäuse melken.

Das konnte und durfte nicht das Ende dieser Geschichten sein. Er sah sich in der Verantwortung. Zumindest was Friedhelms Untermieterin anging. Er war immerhin der Totengräber hier. Und Lena? Wie passte die Journalistin in all dies hinein? Irgendetwas wusste sie. Ansonsten hätte sie nicht derart um den heißen Brei geredet. Aber was? Warum stellte sie einen Bezug zwischen seinem Interesse an dieser toten alten Dame aus dem Main und, ja, und was her? Er sei der Totengräber und müsse nur eins und eins zusammenzählen. Gab es zu der toten Frau aus dem Main eventuell eine ganz andere und wesentlich weniger geheimnisvolle Verbindung zu ihm, zu Ochsenfurt, vielleicht zu seinem Beruf? Hatte er etwas übersehen?

Eddi starrte vor sich hin. Es folgten Minuten gähnender Leere in seinem Kopf. Schließlich schüttelte er sich, stützte sein Haupt resigniert auf seine zur Faust geballte Rechte, als plötzlich ein älterer Herr wie aus dem Nichts vor ihm auftauchte.

„Na, Eddi? Hast deinen älteren Herrn besucht, hab ich gesehen. Alles gut bei dir, mein Junge?"

Eddi hob den Kopf. Es war Justus. Justus Streckfuß, ein alter, ehemaliger und sehr guter Freund seines verstorbenen Vaters. Justus und Eddi kannten sich seit er ein kleiner Junge gewesen war und Justus ihm von seinen Handelsreisen in die Metropolen Europas immer wieder kleinere Geschenke mitgebracht hatte. Ein Taschenmesser hier, die neueste Ausgabe Donald Duck dort. Einmal sogar eine Originalkopie einer Dnepr K-750 in Spielzeuggröße, einem Motorrad mit Beiwagen aus der Ukraine.

Ihm wurde umgehend warm ums Herz, als er den Mann vor sich stehen sah, der ihn wie üblich wohlwollend, ja fast väterlich anblickte. Sogleich wollte Eddi aufstehen, um ihm den gebührenden Respekt zu erweisen. Der aber unterbrach seine Bewegung, indem er ihm eine Hand auf die Schulter legte.

„Lass nur Eddi, ich hab sowieso nicht viel Zeit. War nur eben am Grab von meiner Magdalena."

Magdalena, das war Justus Frau gewesen, erinnerte sich Eddi.

„Muss gleich wieder los. Mein Neffe wartet unten in der Stadt auf mich. Hat mir was besorgt und ich na, ich war in der Zwischenzeit hier. Ein kleiner Spaziergang kann ja nicht schaden. Die Knochen sind zwar nicht mehr die jüngsten, aber zum Gehen taugen sie allemal noch. Wollte dir nur eben „Hallo" sagen. Hast da so allein und verloren auf mich gewirkt."

So verloren, hallte es in Eddis Gedanken nach. Genau wie jene Dame einst auf ihn gewirkt hatte. Und wenige Stunden später war sie mausetot gewesen. Versenkt im Main. Nun, dieses Schicksal würde ihm hoffentlich erspart bleiben. „Heute ist einfach nicht mein Tag", brummte er. „Ehrlich Justus. Mein Leben ist zurzeit eine einzige Baustelle. Zum Haare raufen. Hier ein Loch, da ein Graben, dort wieder was anderes. Nix Dramatisches, aber ich komm einfach nicht vom Fleck. Mir wächst im Augenblick schier alles über den Kopf." Eddi hob und senkte die Schultern, verzog dabei das Gesicht.

Der alte Mann schwieg. Er hatte den Blick auf einen Punkt im Nichts gerichtet, sah dann nachdenklich auf Eddi herab, lächelte und entgegnete: „Weißt du Eddi, wenn einem etwas über den Kopf wächst, dann gibt es eines, was man auf gar keinen Fall tun darf und das ist den Kopf einziehen. Wenn du das Gefühl hast, dass dir etwas über den Kopf wächst, musst du erst recht aufstehen, dich strecken und lang machen." Er hob den Zeigefinger und wackelte mit diesem energisch von links nach rechts. „Nicht geduckt gehen und den Kopf einziehen. Sonst siehst du nur noch weniger. Wem die Dinge über den Kopf wachsen, der muss den Überblick behalten, muss gerade stehen, nicht geknickt gehen."

Der alte Mann drückte Eddi sanft die Hand auf die Schulter. „Ich weiß, Eddi. Aber denk dir bitte nichts Böses." Er lachte kurz auf. „Meine Weisheit klingt wahrscheinlich wie blanker, hohler Unsinn. Aber glaube mir", er beugte sich zu Eddi hinunter und ergriff dessen Hand, um sie zum Abschied zu schütteln. „Glaube mir, Eddi. Genau das gleiche hätte dein Vater jetzt auch zu dir gesagt. Ich muss es wissen. Er hat mir in einer ähnlichen Situation mal mit dem gleichen, unsinnigen Gewäsch weiterhelfen wollen. Ja, und zu meiner Schande muss ich gestehen, er hat recht behalten damals." Ein weiteres Mal lachte der alte Mann kurz auf, wobei er sich den Gürtel seines langen Mantels zurecht zog. „Ich muss leider weiter, Eddi. Aber du bekommst das schon hin. Was immer es ist. Da bin ich mir ganz sicher. War schön dich zu sehen, mein Junge. Pass auf dich auf. Und grüß deine Mutter von mir, wenn du sie siehst. Ihr geht es doch gut?" Jetzt zog der alte Herr die Brauen in die Höhe und sah leicht besorgt drein.

„Doch, alles gut, Justus. Gott sei Dank", erwiderte Eddi daher zügig.

Die Gesichtszüge des ehemals sehr guten, ja vielleicht besten Freundes seines Vaters entspannten sich sichtlich. Dann hob dieser seinen Zeigefinger erneut in die Luft und sah Eddi mit seinen warmen, gütigen Augen verschmitzt lächelnd an. „Also, denke an die orakelhaften Worte deines Vaters und alles wird gut."

Eddi musste lächeln. Der alte Mann blinzelte ihm zu, wandte sich ab und ging davon.

Wenn einem etwas über den Kopf wächst, muss man sich strecken, um den Überblick behalten zu können. Nicht den Kopf einziehen. OK, soweit hatte er verstanden. Und in diesem Moment war er wirklich gewillt, aus jeder noch so metaphysisch anmutenden Weisheit einen für sich wertvollen Rat zu ziehen. Sich strecken, um den Überblick wahren zu können. Den Überblick wahren. Überblick. Über den Tellerrand blicken. Diese Metapher wurde in solchen Momenten doch ebenso gerne genutzt, überlegte er. Aber welcher Tellerrand? Er sah weder Teller noch Rand. Zudem war ihm gerade gar nicht danach, überhaupt an irgendwelche Teller zu denken. Die hatten ihm in letzter Zeit keinerlei Glück gebracht.

Große Teller, kleine Teller, Untersetzer, Teeservice.

Er vergrub seinen Kopf tief in beide Handflächen und schloss für einen Moment die Augen. Möglicherweise musste er das Nachdenken einfach mal einstellen. So viel Verkehr um ihn herum. So viele Hände, die nach ihm zu greifen schienen. Das war nicht seine Welt. Er würde tatsächlich noch den Verstand verlieren. Aber wie funktionierte das? Die Gedanken ausschalten? Nicht nachdenken? Das war nicht möglich. Sein Handy surrte und befreite ihn von dieser Überlegung. Er zog das Smartphone aus der Hosentasche. Eine Sprachnachricht von Lena.

„Hallo Eddi! Schön, dass du dich gemeldet hast. Und nein, kein Problem, frag nur. Was meinst du, wollen wir uns morgen auf einen Kaffee verabreden? Alle zusammen? Falls ihr Zeit habt? Ich werde noch etwas länger hier sein. Also in Frickenhausen, meine ich. Wegen dieser Sache. Im Übrigen. Also wegen deiner Frage …" Autos mussten vorübergefahren sein, als sie die Aufnahme gemacht hatte. Mehrfach wurden ihre Worte von aufwallendem Rauschen begleitet. Lena hatte die Lautstärke ihrer Stimme entsprechend angepasst. „Bei dem Toten handelt es sich um einen Mann. Und das hier war ohne jeden Zweifel Mord. Der arme Kerl lag mit angewinkelten Beinen auf seinem Sofa. Und irgendwer hat ihm tatsächlich ein Schwert in den Bauch gerammt. In seinem eigenen Zuhause. Das muss man sich mal vorstellen. Er muss dann noch versucht haben, sich das Ding da rauszuziehen. Also ehrlich, Eddi. Holla, die Waldfee. Von wegen Idylle hier."

Aus ihrer Stimme konnte Eddi ablesen, dass die Journalistin bereits eine gesunde Distanz zwischen sich und jenes Ereignis gelegt haben musste. Eine gewiss zwingend notwendige Fähigkeit zur Ausübung ihrer Tätigkeit. Dennoch klang ihre Stimme belegt.

„Jedenfalls. Der Mann lag auf seinem Sofa und hielt mit beiden Händen die Klinge umklammert. Fürchterlich, sag ich dir. Ich war ja schon an manch einer Sache dran aber, … ich weiß auch nicht. Ehrlich." Es folgte eine kurze Pause. Eddi meinte geradezu hören zu können, wie Lena während dieser mit dem Kopf schüttelte. „Ja, und um den Toten herum, also auf dem Tisch und auch auf dem Boden standen noch einige leere Bierdosen. Außerdem lief der Fernseher, beziehungsweise eine Spielekonsole. Mehr weiß man aktuell noch nicht. Ach ja und dieses Schwert, das soll aus der Wohnung selbst stammen. Wie und warum es dann zur Tat gekommen sein könnte, dazu gibt es bisher noch keine Stellungnahme. Wenn ich mir die ratlosen Gesichter allerdings so ansehe. Es gibt einfach noch nichts zu verlautbaren, Eddi. Die tappen alle noch völlig im Dunkeln. Meine Infos hab ich von der Frau, die das Opfer gefunden und dann die Polizei gerufen hat. Die hat mir die Auffindesituation ziemlich gut beschreiben können. Sie sagt, sie hat den Mann recht gut gekannt. Hat ab und an bei ihm geputzt. Soll ein unauffälliger Mittvierziger gewesen sein. Alleinstehend. Hat in der Nähe gearbeitet, in …", erneute Pause und kurzes Rascheln. „In Kitzingen.

Irgendetwas mit chemischen Düngemitteln. Frag mich nicht. Hier ist auf jeden Fall den ganzen Tag ordentlich was los gewesen, Eddi. Konnte dich leider insoweit nicht eher anrufen. Hab auch jetzt kein Netz. Anscheinend total überlastet gerade. Ich hoffe, die Nachricht geht sofort raus, sobald mein Handy wieder Empfang hat. So viel dazu jedenfalls. Vielleicht habe ich deine Neugierde ja etwas stillen können." Sie lachte auf. „Und da heißt es immer, nur Frauen wären neugierig! Wie gesagt, Eddi, ich würde mich ehrlich sehr freuen, wenn wir uns morgen alle sehen könnten. Ich muss jetzt leider wieder. Muss gleich noch tippen. Die Arbeit ruft. Also, vielleicht ja bis bald. Meldet euch einfach, wenn es klappen sollte. Tschüs!"

Damit war die Sprachnachricht beendet. Ka-schwing, ka-schwing. Eddi musste einmal mehr an Mesuts Worte denken. Die Informationen des türkischen Nachrichtendienstes waren somit bestätigt worden. Wer nur machte so etwas, fragte Eddi sich. Mit einem Schwert töten? Also überhaupt töten, natürlich, korrigierte er sich selbst. Aber dann auch noch mit einem Schwert? Eddi musste an einen Mord aus der Satanismusszene denken, von dem er mal in der Zeitung gelesen hatte. Bei diesem hatte man gleichsam altertümliche Waffen wie Messer und Schwerter verwendet. Aber Satanismus in Frickenhausen? Eher nicht. Wenngleich der Fürst der Finsternis dieser eigentlich romantischen, kleinen Ortschaft dort drüben unzweifelhaft seine Aufwartung gemacht hatte.

Eddi sah über die Grabsteine hinweg und wollte erneut seine Gedanken sortieren, als sich Müdigkeit bemerkbar machte. Er blickte auf die Uhr. Noch nicht mal sieben. Aber es half nichts. Nachdenken konnte anstrengender sein, als Steinplatten schleppen, dachte er bei sich, stand auf, überlegte kurz und ging dann entschlossenen Schrittes nach Hause. Er musste sich dringend ausruhen.

Von Geräuschen wachgerüttelt, schreckte Eddi hoch. Wie im Reflex blickte er sofort nach rechts auf den Wecker. Er musste wohl umgehend eingeschlafen sein, nachdem er sich hingelegt hatte. Jetzt zeigte die Digitalanzeige 1.49 Uhr an.

Er horchte auf. Dann fiel sein Blick auf die Fensterscheibe. Regentropfen liefen um die Wette. Und erst der Wind. Es pfiff wie wild. Die Wetterfrösche hatten sich diesmal also nicht geirrt. Der Sturm war da und mit ihm war der lang ersehnte Regen eingetroffen.

Eddi richtete sich auf. Wind rüttelte an seinen Jalousien. Ein Gedanke durchfuhr ihn. Hatte er? Oder hatte er nicht? Er ahnte, er hatte. Gleichsam ahnte er in Kürze wieder über den Friedhof zu stapfen, um sich hiervon auch wirklich zu überzeugen. Er fluchte innerlich.

Wie oft mochte er in der Vergangenheit bereits in seine Wohnung zurückgekehrt sein, in der vagen Annahme, er hätte die Terrassentür vergessen zu schließen oder eine Herdplatte nicht ausgeschaltet. Er war eine regelrechte Geißel solcher Zwänge. Diesmal aber war er sich tatsächlich nicht sicher. Schon einmal hatte er die Fenster der Friedhofskapelle versehentlich über Nacht offen stehen lassen. An sich kein allzu großes Unglück. Bei vorliegenden Wetterverhältnissen konnte solch eine Nachlässigkeit allerdings für dann doch überaus ärgerlichen Nachlass sorgen. Nachlass, in Form von nicht unerheblichen Mengen Wassers in dem kleinen Gebäude.

„Verflixt und eins!", fluchte Eddi erneut vor sich hin. Er schlug die Bettdecke zurück. Der heulende Wind, der prasselnde Regen. Unmittelbar war er versucht, es einfach auf sich beruhen zu lassen und die Dinge morgen früh entgegenzunehmen, wie sie waren. Wasser hin oder her. Für einen kurzen Moment dachte er ernsthaft darüber nach, sich einfach wieder lang zu machen. Als aber eine Windböe mit gellend lautem Pfiff stechend in sein Ohr drang, verwarf er den Gedanken sogleich wieder. Er war einfach viel zu gewissenhaft. Und je wacher, je klarer er im Kopf wurde, desto klarer wurde ihm auch, dass es keine andere Möglichkeit gab, als die, noch einmal nach dem Rechten zu sehen.

Nachdem sein Entschluss feststand, sollte es schnell gehen. Je eher er losging, desto früher würde er wieder zurück sein. Er zog sich an, kramte die Gummistiefel aus dem Schrank hervor, überlegte kurz, ob er einen Regenschirm mitnehmen sollte, verwarf den Gedanken jedoch angesichts der peitschenden Windschläge dort draußen wieder und verließ dann die Wohnung.

Es war nicht zu glauben. Als er durch die untere Eingangstür aus dem Haus hinaus ins Freie trat, offenbarte sich ihm ein fast unwirkliches Bild. Massen an Blättern fegten durch die Luft. Alles, was nicht hundertprozentig fest und steif in der Erde verankert war, wackelte und räkelte sich im Wind. Das Licht der Laternen, die noch brannten - einige schienen aufgrund des Wetters ausgefallen zu sein - verlieh den weitläufigen Seen auf Straßen und Vorplätzen ein nervöses Zittern.

Eddi zog sich die Pudelmütze, die er aufgesetzt hatte, weit über die Ohren. Sofort klang das helle Pfeifen des Windes deutlich dumpfer. Gleichzeitig spürte er, wie seine Kopfbedeckung rasch damit begann, das Regenwasser wie ein Schwamm aufzusaugen. Es galt, sich zu beeilen.

Mit hochgezogenen Schultern, gesenktem Haupt und leicht nach vorn gebeugtem Oberkörper watete er über die Straße zu dem kleinen Weg, der die östliche Friedhofsmauer entlangführte. Teils musste er seinen Körper regelrecht gegen den Wind stemmen, um überhaupt voranzukommen. Es war wie irreal. Der erste Regen seit einer gefühlten Ewigkeit. Nach all dem Sonnenschein in diesem Frühjahr und Sommer. Er hatte fast schon vergessen, wie Sturm und Regen sich anfühlten. Ein gemütlicher Landregen allerdings hätte es auch getan, nörgelte er vor sich hin, darauf bedacht, die größten Pfützen dort unten so weit es ging zu umschiffen.

Augenblicke später schwang er das eiserne Tor zum Friedhof auf. Andere würden an diesem Punkt möglicherweise, nein, sehr wahrscheinlich sogar, von blankem Grauen gepackt, dachte er sich. Nacht und Friedhof stellte für die meisten Menschen an sich schon eine wenig harmonische Kombination dar. Die Akustik dieser Nacht hingegen. Sie hätte mutmaßlich dem hartgesottensten Grufti das Fürchten gelehrt.

Eddi blickte über den Totenacker hinweg. Jede Menge Laub und Äste lagen herum. Wobei nicht wirklich etwas lag. Eher flog alles wild durcheinander über Wege und Gräber. Da würde einiges an Arbeit auf ihn zukommen am Montag.

Während Eddi den Kragen seiner Jacke mit der linken Hand geschlossen hielt, arbeitete er sich weiter nach vorn, geradewegs Richtung Friedhofskapelle. Regen prasselte auf ihn herab. Er schien von überall her zu kommen. Die Pappeln wogen sich bedrohlich im Wind und Eddi kniff besorgt die Augen zusammen, damit rechnend, dass ihm sogleich ein Ast oder irgendein Gegenstand ins Gesicht fliegen könnte.

Kurz vor der Aussegnungshalle, die er selbst stets als Friedhofskapelle bezeichnete, wog er gedanklich ab. Hineingehen und von innen schauen, ob alles in Ordnung war oder einmal um das Gebäude herumgehen und von außen prüfen? Er entschied sich angesichts der Spuren von Wasser und Schlamm, die seine Gummistiefel ins Innere der Friedhofskapelle tragen würden, für Option Nummer zwei.

Nachdem er die nassen und nunmehr von Laub überzogenen Stufen zur Friedhofskapelle hinaufgestiegen war, rüttelte er kurz an deren Eingangsportal. Abgeschlossen. Das war schon einmal gut so. Nun blieb zu hoffen, dass die Fenster gleichermaßen verschlossen waren. Wenn nicht, würde er doch hineingehen und diesen Mangel schnellstmöglich beheben müssen. Er ging die Stufen wieder hinunter und spähte dabei zum Haupteingang des Friedhofs, hinter dem die Dr.-Martin-Luther-Straße lag. Die prominente Verkehrsader der Stadt war zur Gänze leergefegt. Im wahrsten Sinne des Wortes. Nur die Lichter der nahen Ampeln tanzten unbeeindruckt über den Asphalt. Eddi spürte wie seine Pudelmütze aus Wolle immer schwerer wurde. Warum auch hatte er ausgerechnet diese Pudelmütze aufsetzen müssen? Nun, eigentlich liebte er sie. Gerade jedoch wäre sie eher als Schwamm zweckdienlich gewesen, denn als Schutz vor Wind und Nässe. Von seiner Entscheidung etwas genervt, bog Eddi schließlich nach links ab und setzte dazu an, die Friedhofskapelle wie geplant zu umrunden.

Plötzlich huschte, zwischen Gräbern und Müllsammelstelle zur Rechten und Gebäude zur Linken, ein gewaltiger Schatten über das tosende Meer aus Wasser, Laub und Kies. Eddi, der eigentlich keine Angst kannte, erst recht nicht im Zusammenspiel mit seinem Arbeitsplatz, schrak zusammen. Auch, da es just in dem Augenblick, in welchem der Schatten über die Wand schoss, einen gewaltigen Schlag tat. Ein Donner fetzte durch die Luft und Eddi war, als krachten alle Grabsteine um ihn herum auf einmal in sich zusammen.

Dann drang auch noch ein kratzendes, quietschendes Geräusch in seine Wahrnehmung. Langsam drehte er sich der Wand der Friedhofskapelle zu, wobei seine Augen schneller waren als seine Halsmuskulatur. An der Wand hing der altbekannte Haken mit der Kette, an der ein Eisenring befestigt war, in dessen Mitte ein Kreuz prangte. Ring und Eisen zappelten aufgeregt in der Luft und quietschten, sodass es Eddi schier die Nackenhaare aufstellte. Vor allem jetzt, da abermals der Schatten auftauchte.

Eddi hatte sich pfeilschnell nach ihm umgedreht, ihn aber nur aus dem Augenwinkel heraus erspähen können. „Hallo?", rief er in den Moment der Dunkelheit zwischen elektrischer Entladung und krachenden Schlägen aus explodierender Luft in die nun von Regen, Blitz und Donner aufgeladene Atmosphäre hinein. „Hallo? Ist da wer?"

Erst jetzt fiel Eddi auf, dass er das Gehen eingestellt hatte. Er stand nur da und fühlte etwas, was ihm eigentlich völlig fremd war: Grusel. Es gruselte ihn. Wer lief bei solch einem Wetter und mitten in der Nacht auf einem Friedhof herum? Außer ihm natürlich? Noch einmal rief er laut über den Gottesacker in die Richtung, in welcher er den vermeintlichen Besucher vermutete. Nichts. Langsam nahm er seine Schritte wieder auf. Er bog nach links um die Ecke und warf schnell einen scheuen Blick nach oben. Die Fenster an der Südseite waren geschlossen. Sofort konzentrierte er sich wieder auf seinen Weg, während seine Gummistiefel schmatzende Geräusche hinterließen.

Als er erneut nach links bog, zischte ihm urplötzlich ein Bote aus den Untiefen der Erde, ein Ungeheuer entgegen. Fauchend, angeführt von einem Paar türkisfarbenen Augen. Völlig durchnässt und mindestens so panisch erschrocken wie er selbst, peitschte es ihm durch die Beine hindurch und entschwand sodann im Zickzack und zwischen angrenzenden Gräbern und Grabplatten hindurch in die Dunkelheit.

Eddi hatte die Luft angehalten. Er, es war Unsinn. Doch er, ja, Eddi, hatte in diesem Moment geglaubt, sein letztes Stündlein hätte geschlagen. Ihm war plötzlich schrecklich kalt. Dann fing er sich und schickte dem wohlbekannten Kater üble Flüche hinterher. Nicht, weil er ihm wirklich Böses wünschte. Nein, vielmehr verhielt es sich so, dass er auf diese Art und Weise wieder ein Stück Kontrolle über die Situation zurückerlangen konnte. Es war bitter nötig, dachte er sich, während er noch immer das Adrenalin durch seine Adern strömen spürte.

Schnell nahm er den Weg wieder auf. Eine Böe drückte ihn gegen die Wand der Kapelle. Die Bommel seiner Pudelmütze zappelte. Er sehnte sich nach einer Dusche. Ohne der gesamten Szenerie weitere Aufmerksamkeit zu schenken, schickte Eddi sich an, Friedhof, Straßen und Sturm nun schnellstmöglich hinter sich zu lassen. Mit schnellen Schritten, die man gut und gerne auch als Joggen hätte klassifizieren können. Hier und da hörte er helles Jaulen. Bestimmt der Wind, dachte er sich, die Augen unablässig auf den Boden gerichtet.

Wenige Minuten später schloss er die Haustür auf, entledigte sich seiner Gummistiefel, die er sogleich vor der Tür platzierte und stieg dann die paar Stufen bis zur Wohnungstür hinauf. Bald darauf begann es aus dem Brausekopf zu prasseln. Heißes Wasser. Es war göttlich.

Wiederum gefühlte Lichtjahre später stand Eddi aufs Neue und schlussendlich in seinen Frotteebademantel gehüllt in seiner kleinen Küche. Die Zeiger der Uhr standen auf 2.41 Uhr. Es war tiefste Nacht. Und es war nicht klug, er wusste es, doch er benötigte einen Kaffee.

Während das Wasser durch die Maschine lief, saß er erschöpft am Küchentisch und glotzte matt vor sich hin. Dann hörte er es.

Zwischen aggressivem Pfeifen, Rütteln und fortwährendem Prasseln: Ein klägliches Maunzen. Eddi drehte seinen Kopf zur Terrassentür und da stand er tatsächlich, des Teufels General. Der zerrupfte, graubraun melierte Kater, das vor kurzem noch panisch fauchende Monster vom Friedhof, streckte sich jammernd an der Glasscheibe empor und sah wirklich mitleiderregend aus.

Das Tier suchte offensichtlich Schutz und gleichfalls offensichtlich war, dass es sich einen Totengräber als dessen Beschützer auserkoren hatte. Als der Kater bemerkte, dass Eddi Notiz von ihm genommen hatte, glitten dessen Beine müde die Scheibe hinab. So stand er klatschnass, aber wie Eddi befand, auf eine gewisse Weise auch erwartungsvoll auf der Terrasse. Und Eddi saß, frisch geduscht, aber dennoch fix und fertig, auf der anderen Seite der Scheibe am Küchentisch. Gegenseitiges Beäugen folgte.

Kurze Zeit später lümmelte Eddi sich in die Couch seines Wohnzimmers. Zuvor hatte er dem Kater eine Schüssel Wasser in die Küche gestellt, sowie eine neuerliche Portion stinkenden Trockenfutters serviert. Mehr hatte er nicht tun können. Außer noch, der Fellnase in beruhigendem Ton mitzuteilen, dass sie die Nacht über würde hierbleiben können. Das Tier hatte ihn aus einer Pfütze an Wasser heraus dankend angeblickt, wie es dort saß. Kaum hatte Eddi sich in dem Vorhaben weggedreht, sich eine Tasse Kaffee einzugießen, waren auch schon schmatzende Geräusche in seinem Rücken zu vernehmen gewesen. Beim Gedanken daran musste Eddi lächeln. Es war gut so.

Nun saß er mit der Tasse in der Hand auf seiner Couch im Wohnzimmer. Was war das eben gewesen, dort, auf dem Friedhof? Warum war er so … Selbst in Gedanken wollte ihm jenes eine Wort nicht über die Lippen gehen. Er hatte sich gefürchtet. Es war wie verhext. Er war wie verhext. Er war nicht mehr der Alte. Es waren die Nerven.

Diese Angelegenheiten, die ihm in der Nacht womöglich den ruhigen Schlaf und am Tag definitiv seine Konzentration und Ausgeglichenheit raubten. All diese Dinge mit den Toten, Gisela und was es sonst noch alles so gab, rührten sein Dasein in einer Form durcheinander, ließen es aufkochen und überschwappen, wie er es noch nie zuvor an sich beobachtet hatte.

Das musste ein Ende haben, stellte er nun, da er mit seiner Kaffeetasse im Frotteebademantel mitten in regengepeitschter Nacht auf seiner Couch verweilte, fest. Eine handfeste Böe presste sich mit aller Macht gegen sein Wohnzimmerfenster. Mit Kopf einziehen musste Schluss sein. Er würde sich jetzt strecken. Entweder, es würde sich zügig ein Ergebnis zeigen, oder. Ja was oder, überlegte er. Nein, er musste die Dinge zu einem Ergebnis bewegt bekommen. Nur so konnte er zurück in die Spur finden. Und hierzu war es an der Zeit, aggressiver an die Sache heranzutreten. An all die Dinge. Nicht nur die Toten. Auch das andere.

Aber wo sollte er beginnen? Gisela konnte er um diese Uhrzeit nicht einfach anrufen, um sie nach ihrem Verlangen zu fragen, die Nacht mit ihm zu verbringen. Wenngleich er sich solch ein Ereignis gerade heute Nacht besonders schön und romantisch vorstellte.

Ein Lichtblitz fegte durchs Zimmer.

Aber nein, sicherlich wäre es vernünftiger, sich erst einmal von all dem zu lösen, ordentlich auszuruhen und morgen erhobenen Hauptes sowie mit Tatendrang und Zuversicht im Gepäck in einen neuen Tag zu starten.

Einem Protest gleich, schickte sich ein respektabler Donner an, durch die Wohnung zu poltern. Eddi legte die Beine auf den Tisch. Schnell stellte er fest: Ganz so einfach umzusetzen war sein Vorhaben mit Ausruhen und Abschalten leider nicht. Das Motiv. Die Frage nach dem Motiv drängte sich an Eddis gutem Vorsatz und erneut einsetzender Müdigkeit vorbei zurück in seine Gedanken. Wo könnte der Schlüssel zu all dem liegen, was die unbekannte Tote aus Friedhelms Grab betraf, fragte er sich. Wie sollte er nur? Plötzlich durchzuckte ihn ein Gedanke. War nicht ein Name der ideale Ausgangspunkt für solch ein Vorhaben? Ein Name, das war doch wie ein Wegweiser. Und er hatte sogar derer drei!

Unerwartet beschwingt erhob Eddi sich, um seinen Laptop aus einem der Regale der Schrankwand zu ziehen, das ansonsten von allerlei klassischer Literatur sowie Büchern über Geschichte, Philosophie und Wissenschaft in Beschlag genommen wurde. Eddi war zwar nur ein Totengräber. Aber was hieß das schon.

Mit dem Ärmel des Bademantels wischte er einmal quer über das Gerät, um es hierdurch von einer dünnen Schicht Staub zu befreien. Er steckte den Stecker in die Steckdose neben dem Türrahmen, klappte das Display hoch und startete den Computer. Am Rande nahm Eddi wahr, wie sich im Türrahmen etwas zeigte. Scheu, aber gleichzeitig mit jeder Menge triebhafter Neugierde ausgestattet. Eddi beschloss, dem Kater erst einmal keine größere Beachtung zu schenken. Sollte dieser sich doch in aller Ruhe bei ihm in der Wohnung umsehen, während er selbst sich der Aufgabe vor ihm widmete. Beim Gedanken an die Wasserflecken allerdings, die er morgen aufzuwischen hatte, musste er unwillkürlich ächzen.

Das Notebook rasselte. Der Kater streunte durch das Zimmer, währenddessen der Wind gleichzeitig aufgeregt um das Haus tanzte. Momente später gab Eddi den ersten der drei Namen in den Suchschlitz seines Webbrowsers ein.

Rückblick

Ochsenfurt am Main, 8. Oktober 1944

Johann, der eigentlich Jaron hieß, band die Zügel der Pferde an einen Baum. Die Fahrt vom Weingut in Frickenhausen nach Ochsenfurt war ruhig verlaufen. Wenigstens in diesem Punkt schien Gott ihn erhört zu haben.

Es hatte keinerlei Schwierigkeiten gegeben. Auch in Frickenhausen nicht. Nachdem er das Gesindehaus des Weinguts betreten und Peter aufgeweckt hatte, um diesem mitzuteilen, dass er ihn für die heutige Weinlieferung nach Kleinochsenfurt nicht benötigen würde, hatte er in der großen Scheune des Guts den Karren so leise wie möglich beladen und die Pferde angespannt. Peter hatte es nicht weiter geschert, dass seine Dienste an diesem frühen Morgen nicht verlangt wurden. Er war im Gegenteil sogar froh darüber gewesen. Zumindest war es Jaron so vorgekommen. Und es hatte ihn nicht weiter gewundert. Schließlich hatte niemand wirklich Lust, bei solch einer feuchten Kälte und außerdem zu solch früher Stunde mit dem Pferdekarren durch die Gegend zu ziehen.

Nachdem Jaron alles Notwendige vorbereitet hatte, war er aufgebrochen. Nur, um kaum mehr als zwei Minuten später den Karren wieder zum Halten zu bringen. Rasch war er die wenigen Schritte zum Mainufer zu jener Stelle gegangen, an der er einige Stunden zuvor heimlich ihren toten Körper in die Böschung gelegt hatte. Nachdem er den Leichnam, kalt vor Angst und Schmerz, zügig zum Karren geschleppt und ihn dort behutsam zwischen den Weinfässern abgelegt hatte, war er weitergefahren, sehr darauf bedacht, nicht an das zu denken, was dort hinter ihm auf der Ladefläche lag.

Sein weiterer Weg hatte ihn schließlich von Frickenhausen aus die rund zwei Kilometer am Main entlang nach Ochsenfurt und dort über die alte, steinerne Mainbrücke geführt. Die Straßen waren wie ausgestorben gewesen. Nur im Bereich der alten Ziegelhütte hatten ein Mann und eine Frau herumgelungert, jedoch kaum Notiz von ihm genommen.

Die Ochsenfurter Altstadt hatte Jaron weiter an der Westseite umfahren und schließlich den westlichen Eingang des Friedhofs angesteuert, da dieser abseits der Straße lag, die südlich der Altstadt weiter nach Uffenheim führte.

Jetzt stand er in der Nähe der westlichen Ummauerung, des kleinen Tors dort, und blickte sich um. Es war noch immer stockfinstere Nacht. Lediglich das Mondlicht erlaubte es ihm, die gröbsten Konturen um ihn herum auszumachen.

Hier würde der Karren bis auf Weiteres unentdeckt bleiben. Darauf zumindest zählte Jaron. Halb fünf, überlegte er, hatte die Glocke der Altstadt kürzlich geschlagen. Er lag gut in der Zeit.

Zögerlich sah er über seine rechte Schulter nach hinten. Die Weinfässer lagen gut verstaut auf der Ladefläche. Dort, wo auch … Er stockte, schloss die Augen für einen Moment, wollte erneut in ein Zwiegespräch mit allen Mächten des Himmels eintreten. Aber jetzt war nicht die Zeit dafür. Weder für Trauer noch für Wut. Er hatte eine Aufgabe. Sie sollte sein Kompass sein.

Langsam, und ohne dass er genau gewusst hätte weshalb, ging er einmal um den Zweispänner herum. Angespannt, auf der Hut und bereit jedwedem Angreifer entschlossen entgegenzutreten. Jaron war in diesem Moment wie gefangen. Gefangen in seiner ganz eigenen Welt. Sein Verstand sagte ihm, dass keine Gefahr drohte. Und doch rechnete er fest damit, dass ihn sogleich jemand aus der Dunkelheit heraus ansprechen würde.

„Hey, was treibst du denn da?"

Aber da war nichts. Nur die Nacht, das fahle Mondlicht und die beiden Gäule, die still standen, warteten. Da kehrte die Entschlossenheit in ihm zurück. Jede Minute, die er unnötigerweise hier herumstand, könnte sein Vorhaben noch zum Scheitern bringen. Aber wie genau weiter vorgehen? Er überlegte kurz, griff dann die Decke von der Sitzbank, die ihm während der Fahrt Wärme gespendet hatte, und legte sie über die Rücken der beiden Gäule. Dann nahm er die Schaufel von der Ladefläche und ging los.

Erst einmal graben, dachte er. Nein. Nein, erst einmal hoffen. Hoffen, dass die Beerdigung vom alten Vogelsang tatsächlich heute sein würde. Hoffen, dass man das Loch wie üblich bereits am Tag zuvor ausgehoben hatte. Dort würde er hineinsteigen. Noch etwas tiefer graben. Gerade so tief, dass er ihren Leichnam hineinlegen konnte. Ohne, dass dies bei der eigentlichen Beerdigung jemandem auffiele. Ihren Körper schließlich mit Erde bedecken. Dort möge sie in Frieden ruhen.

Er blickte in den Himmel. Der Nebel war hier, südlich der Ochsenfurter Altstadt und einige hundert Meter vom Fluss entfernt, nicht ganz so dicht wie in Frickenhausen. An der ein oder anderen Stelle konnte er sogar Sterne ausmachen. In dieser Nacht würde es nicht regnen, da war Jaron sich sicher. Sein Plan konnte aufgehen. Doch es war Eile geboten.

Nachdem er mit der Schaufel in der Hand den westlichen Eingang hinter sich gelassen hatte und bald darauf die schmalen Friedhofswege entlang schlich, kroch Beklemmung in seine Glieder. Diese Schwärze, die Gräber, die Stille. Unter seinen Füßen spürte er Sand und grobe Steine. Es knirschte, als er sich Schritt für Schritt auf das Zentrum des Friedhofs zubewegte. Dabei ging er so lautlos und gleichzeitig rasch, wie er nur konnte. Setzte behutsam ein Bein vor das andere. Blickte über das in dunkles Grau gefasste Gräberfeld, während sein Herz in der Brust wie wild schlug und die Bäume, die dort standen, ihn wie stumme Riesen anstarrten.

In der Mitte des Friedhofs, unweit der Totenhalle, legte er für einen Moment die Schaufel ab. Vorsichtig stieg er auf eine der Grabplatten und streckte sich, um sich auf diese Weise einen besseren Überblick verschaffen zu können. Anschließend wanderten seine Augen konzentriert über Schemen aus Grabsteinen und Kreuzen. Nichts. Er konnte kein Loch im Boden entdecken. Panik stieg in ihm auf. Was nur, sollte er tun, wenn da doch nichts war? Kein offenes Grab?

Dann aber blieb sein Blick an etwas haften. Etwas, das ungefähr zwanzig Schritt vor ihm lag. In südöstlicher Richtung. Jaron versuchte es zu fixieren, kniff die Augen zusammen. Das musste es sein. Es musste einfach. Er trat behutsam von der Grabplatte, darauf bedacht, den Punkt, den er ausgemacht hatte, nicht aus den Augen zu verlieren. Dann nahm er zügig die Schaufel wieder auf und ging entschlossenen Schritts auf jenen Punkt zu. Seine Augen tanzten zwischen diesem und dem Boden hin und her. Jetzt nicht stolpern, trichterte er sich ein. Bloß nicht stolpern. Und schließlich, dort vor ihm, halb von Kreuzen und anderen Grabsteinen verdeckt, tauchten Holzpfosten auf. Ein Seil mit einigen Stofffetzen war um die Pfähle gezogen.

Vorsichtig näherte er sich der Konstruktion. Es war so dunkel. Ausgerechnet jetzt hatte sich erneut eine Wolke vor den Mond geschoben. Der leichte Nebel tat sein Übriges. Zwar konnte er sehr wohl Konturen ausmachen. Das dürftige Licht im Zusammenspiel mit der dunstgeschwängerten Luft jedoch, ließ alles wie eine Art Brei auf ihn wirken. Absurderweise fühlte Jaron sich in eben diesem Moment an eine laue Sommernacht erinnert. Eine Nacht mit ihr. Es war im letzten Jahr gewesen. Sie waren durch die Weinberge getollt. Sie hatten sich durch die Reihen der Rebstöcke hindurch geschlagen. Die Dunkelheit hatte ihnen das Gefühl für Tiefe geraubt. Und so hatten ihm Reben und Äste immer wieder kleinere Schläge versetzt. Allein dieser kurze Gedanke an sie, an sein verlorenes Glück, führte dazu, dass sein Brustkorb sich krampfartig zusammenzog. Schnell schüttelte er die Erinnerung wieder ab. Jetzt nicht. Nicht jetzt.

Jaron legte die Schaufel ein weiteres Mal ab, um hiernach mit seiner Hand nach einem der Holzpfosten zu greifen. Nachdem er ihn gepackt hatte, ging er in die Knie, streckte die Hand nach dem Boden aus. Wie weit mochten die Pfosten von der Öffnung entfernt in die Erde eingeschlagen sein? Es war weniger als eine halbe Armlänge, stellte er bald darauf zitternd fest. Er setzte sich neben einen der Pfosten, schob seine Beine behutsam nach vorn. Bald spürte er, wie seine Füße in der Luft hingen. Dort war das Loch. Kein Zweifel.

Mit seinem rechten Arm griff er hinter sich. Griff nach der Schaufel, die er noch eben so ausmachen konnte in der Dunkelheit. Er zog sie zu sich heran, legte sie neben sich ab.

Dann überlegte er erneut. Das Loch. Wie tief mochte so ein Grab sein? Vorsichtig rutsche er über die Kante nach vorn, bis seine Beine schließlich ganz in das frisch ausgehobene Grab hineinragten. Er nahm die Schaufel wieder auf und stocherte damit in die Tiefe, stieß zuerst aber auf nichts. Er konzentrierte sich, ließ die Schaufel weiter nach unten gleiten. Schlussendlich konnte Jaron fühlen, wie diese den Boden fand. Es würde nicht einfach werden. Schließlich musste er den Aushub zwischenzeitlich aus dem Loch befördern und zuletzt wieder aus diesem herausklettern. Doch es würde gehen. Er würde nicht allzu tief graben müssen.

Mit einem Mal fiel kaltes, dünnes Licht auf Jaron. Erschrocken fuhr er zusammen. Der Mond hatte sich von der Wolke befreit. Jetzt oder nie, dachte er sich und blickte in die Öffnung hinab. Es würde funktionieren. Es musste einfach. Dann sprang er.

Kapitel 14

„Ja, und, Deutscher? Jetzt mach mal nicht so auf geheimnisvoll und spuck schon aus, was du gefunden hast!" Mesut rührte wild in seinem Espresso herum, während Eddis Finger nicht weniger wild über die virtuellen Tasten seines Telefons steppten.

„Moment, will nicht alles zweimal erzählen müssen." Er nahm sein Telefon ans Ohr. „Gisela? Ich wollte fragen, ob du Zeit und Lust hast mit uns einen Kaffee trinken zu gehen … Was? Nein, also, ja, Mesut kommt mit … und Lena. Die hat mich gestern noch. Ach, komm doch einfach vorbei, ja? Dann erzähl ich dir alles in Ruhe." Pause. Er lauschte. „Dann bist du ja gleich um die Ecke. Komm am besten direkt ins Dönerparadies mit dem Japaner und dann schauen wir weiter, OK?" Erneute Stille. „Bis gleich. Ich freu mich!"

Nachdem er aufgelegt hatte, begann Mesut Kreise mit seinen Augen in die Luft zu malen. „Oh, eine neue deutsche Liebe, ist wie ein schönes deutsches Leeeeben!", sang er dazu wenig textsicher.

Eddi verzichtete auf eine Korrektur. Ohnehin wäre sein Freund nur wenig für den eigentlichen Liedtext zu begeistern gewesen. Er entschied daher, bei den Fakten zu bleiben. „Gisela wollte ihr Auto waschen. Eben aber ist ihr aufgefallen, dass heute ja Sonntag ist", tat er kund und grinste dabei wissend. „Sie kommt gleich mit dem Suzuki vorbei."

„Jawohl, Aleman, sehr interessant. Und jetzt leg mal schön los, ja? Was hast du tolles herausgefunden mit deinem super Internet?", bohrte Mesut nochmals nach.

Eddi konterte ein weiteres Mal mit seinem Handy. „Jetzt warte doch mal, Mesut." Wieder tippte er auf sein Smartphone ein. „Ich muss Lena noch Bescheid geben. Wo könnten wir hingehen? Schön Kaffee und Kuchen? Was meinst du?"

Mesut überlegte. „Na, wir könnten zum Beispiel nach Sommerhausen fahren. Oder nach Würzburg. Oder hier in Ochsenfurt bleiben.", meinte er dann und zuckte zeitgleich mit den Achseln.

Eddi verzog leicht genervt das Gesicht. „Oder Campingstühle einpacken und auf den Mond fliegen", gab er lapidar zurück.

„Oder so", spöttelte Mesut. „Ist überall der gleiche Scheiß, Alman. Am besten wäre es doch, wir bleiben hier. Da wäre zumindest für, äh, schönes leibliches Wohl gesorgt." Mesut öffnete den Mund und deutete mit seinem rechten Zeigefinger in eine weit aufgesperrte Mundhöhle, um seinen Worten eine elegante Untermalung zukommen zu lassen.

„Apropos, Mesut, gibt's mittlerweile eigentlich wieder Fleisch bei dir?", fragte Eddi daraufhin, einen leichten Hunger verspürend.

Schlagartig sprang ein scheinbar völlig empörter Türke von dessen Sitzgelegenheit. „Was, Mann? Was brauchst du Fleisch? Hier gibt's die beste Linsensuppe der Stadt, Deutscher!" Mesut breitete die Arme aus. „Und auf jeden Fall das beste Baklava weit und breit! Also was, Eddi? Was?"

Seine Augen bohrten sich tief in Eddis, dem nichts anderes übrig blieb, als den türkisch-anatolischen Blick mit einem Fragezeichen im Gesicht zu quittieren.

„Eddi, du willst doch hoffentlich nicht sagen, dass meine vegetarische Küche nicht gut wäre?"

Es war wie beim Mühle spielen, dachte Eddi. Mühle auf, Mühle zu. Egal, welchen Stein er nun bewegen würde. Er würde verlieren. Würde er die Frage verneinen, würde er nicht nur für heute, sondern womöglich auf absehbare Zeit keinen Dönerteller mehr zu Gesicht bekommen. Bejahte er sie hingegen, wäre die Hölle los. Da Eddi sich allerdings sowieso vorgenommen hatte, künftig weniger fleischlastig zu speisen, wählte er als Antwort letzten Endes ein klares: „Nein, Mesut, natürlich nicht. Alles hervorragend, ehrlich."

„Also?", fragte der Dönerdealer noch einmal hinterher, der, wenn Eddi es genau betrachtete, gerade eigentlich ein Ex-Dönerdealer war.

„Ja, na ja, nix. Ich frag doch nur", druckste Eddi etwas verlegen herum. „Mir war halt gerade eher nach …" Just in dem Moment schwang die Tür zum Dönerparadies auf und Gisela trat ein. Eddi atmete durch. Die Frau, die Rettung.

„Gisela!", rief er etwas zu überschwänglich aus, erhob sich ähnlich rasch von seinem Hocker wie kurz zuvor Mesut und schloss Gisela alsbald fest in seine Arme. Und dann tat er ohne Umschweife das, was er sich vergangene Nacht vorgenommen hatte. Er zog sie ohne einen Moment weiteren Zögerns an sich heran und presste seine Lippen vehement auf ihre.

Von Mesut kam prompt ein „Ey, Deutscher, Deutsche, hier ist knutschfreie Zone, ja, alles klar, OK? Was glaubt ihr, wo ihr hier seid? Immer schön halal und so, wenn ich bitten darf, äh!"

Gisela legte ihren Kopf an Eddis Brust und meinte dann an Mesut gerichtet: „Also Dönerhäuptling, wenn du so kleinlich bist, wirst du künftig aber auf deinen Rosen-Rabatt bei mir verzichten müssen!" Sie zwinkerte ihm zu und streichelte unterdessen zart Eddis dicke Oberarme, für welche das Shirt, das er trug, ganz eindeutig eine Nummer zu klein war.

„Ja, schön. Deutsche Rosen. Deutscher Schrott! Hast ja nicht wirklich was an mir verdient in letzter Zeit." Mesut kratzte nachdenklich mit seinem Löffel in der Espressotasse herum.

„Ex-Dönerhäuptling", brummelte Eddi zu leise für anwesende Ohren. Kurzes Schweigen. Ayşe trat an den Tisch und stellte ein Glas mit Salzstangen ab.

„Du warst aber wirklich schnell hier …", fuhr Eddis Bass schließlich in die Stille hinein. Gisela löste sich aus Eddis Armen. Sie setzte sich neben Mesut auf einen der Barhocker, die um den

Stehtisch herum postiert standen, und legte sodann ihre kleine Handtasche quer über die runde Tischplatte.

„Ich war ja praktisch schon auf dem Weg und den Rest", sie deutete nach draußen, „hat mein Parkplatzengel zuverlässig für mich erledigt. Hab gleich vor der Tür parken können."

Eddi folgte Giselas schlankem Zeigefinger mit seinen Augen. Tatsächlich. Direkt vor der Tür stand der Suzuki. Im nunmehr, nach dieser gleichsam stürmischen und gefluteten Nacht, wieder strahlenden, mainfränkischen Sonnenschein. Ihr Parkplatzengel. Es gab nichts, worüber man sich weiter hätte wundern müssen. Die wenigen Male, die Mesut und er bis dato mit Gisela in deren Wagen unterwegs gewesen waren, war man zuverlässig Zeuge jenes seltsam anmutenden Rituals geworden. „Parkplatzengel flieg voraus, such mir einen schönen Parkplatz aus!", hatte Gisela, jeweils kurz vor Fahrtziel, mit ihren Lippen geklimpert. Und wenn sich dann eine passende Parklücke aufgetan hatte, hatte Gisela stets triumphierend konstatiert: „Siehst du Eddi, mein Parkplatzengel wieder!" Frauen eben. Eddi setzte sich neben das anwesende Rätsel. Auch Mesut hatte wieder Platz genommen.

„Magst du was trinken?", fragte Eddi.

„Kommt drauf an", gab Gisela zurück. „Ich dachte, wir gehen gemeinsam mit Lena los. Dann würde ich eher verzichten. Wo soll es eigentlich hingehen?" Sie sah Eddi fragend an und drückte dabei unter der Tischplatte zärtlich seine Hand.

Plötzlich schlug Eddi sich an die Stirn.

„Scheiße!", rief er aus.

„Aua!", kam es von Mesut zurück.

„Was denn?", fragte Gisela.

Eddi ließ den Kopf sinken. „Sonntag. Ich hab meiner Mutter doch versprochen, dass ich sie am Sonntag besuchen komme. Das werde ich dann wohl absagen müssen. Hatte ich völlig vergessen."

„Ey, Deutscher, nix da. Das geht nicht." Mesut schüttelte resolut den Kopf. „Kommt nicht in Frage! Wenn du das deiner Mutter versprochen hast!"

Verunsichert suchten Eddis Augen Gisela. Diese wollte sogleich von ihm wissen, für wann man denn mit Lena verabredet sei. „Also, genau genommen noch gar nicht. Ich wollte ihr vorhin eine Nachricht schicken, aber …"

„Pass auf", meinte die Floristin und streckte ihre Finger nach Eddis Telefon aus, das griffbereit auf dem Tisch lag. „Wir machen es folgendermaßen: Erst besuchen wir drei deine Mutter. Das wäre doch total nett, oder? Und dann fahren wir nach Marktbreit. Ganz einfach. Was meinst du?"

In Gedanken meinte Eddi, dass es, gelinde ausgedrückt, gar nicht gut war. Er hatte noch keine Lösung gefunden, die er ihr hinsichtlich des Teeservices, des angeblich antiken Erbstücks hätte präsentieren können. Seine Mutter und Gisela. Fragen, die so sicher kommen würde, wie das sprichwörtliche Amen in der Kirche. Was aber sollte er jetzt sagen?

Im Stillen verwünschte er einmal mehr das einst von Mesut auferlegte Geschenk. Er musste sich lang machen, riet er sich mantraartig. Er musste versuchen, den Überblick zu behalten. Fieberhaft überlegte er. Angestrengt, äußerst angestrengt. Das Ergebnis war ernüchternd.

„Ja, klar", antwortete er kleinlaut.

Mesut nickte dazu eifrig.

„OK", erwiderte Gisela entschlossen. „Dann rufe ich Lena gleich an. Bleibt nur die Frage, wie lange wir bei deiner Mutter sein werden. Was denkst du? Aber auf keinen Fall zu kurz, ja? Ich freue mich schon so darauf, deine Mutter endlich kennenzulernen!"

Eddis innerliche Kapitulation war kaum mehr aufzuhalten. „So 'ne Stunde?", fragte er zögerlich zurück. Gisela machte sich mit dem Smartphone in der Hand daran, vor die Eingangstür des Imbisses zu treten. Beiläufig meinte sie noch: „Alles klar. Nummer unter ‚L' gespeichert, nehme ich an?" Beide Männer nickten. Kaum war Gisela vor der Tür, meldete sich Mesut auch schon zu Wort. „Alter, deine Braut hat Feuer Mann, ich sag's dir, walla", hörte er ihn noch plappern, bevor Resignation ihn umfing.

In gut einer Stunde würde man Lena in Marktbreit zum Essen und anschließendem Kaffeekränzchen treffen. Das hatten die beiden Frauen miteinander vereinbart. Der Treffpunkt sei auch für Lena nicht schwer zu finden. Eine Pizzeria mit weitläufigem Außenbereich, die sich direkt an die Flussaue der kleinen Ortschaft östlich von Ochsenfurt anschmiegte. Dort in Marktbreit würde Eddi aufs Neue versuchen, etwas mehr Licht in das tiefe Dunkel einzuleiten.

Zunächst aber bot Eddis Aufmerksamkeit Lena, Toten, Ketten und was es sonst noch alles so gab, keinerlei Raum, den er zur Verfügung hätte stellen können. Jetzt, da sie zu dritt das Ochsenfurter Seniorenheim in der Nähe des Wolfgangsbergs betraten, lag sein Fokus auf etwas völlig anderem. Alles was er vor sich sah, war das Teeservice. Dabei ging es wohlgemerkt nicht nur um irgendeine Unwahrheit. Es war keine Lappalie. Zwischen einem Erbstück der Mutter und Massenware Made in China lagen nun mal Welten. Er spürte Giselas befremdlichen Blick, ihre Enttäuschung bereits auf sich ruhen. Was sollte er gleich sagen, wenn Gisela sich für diesen, seinen Folgefehler bei seiner Mutter bedanken würde?

Er konnte lediglich auf zweierlei hoffen. Entweder, Gisela hatte dieses Ding zwischenzeitlich vergessen, beziehungsweise sie würde es einfach nicht zur Sprache bringen. Beides war selbstverständlich komplett ausgeschlossen.

Oder aber, seine Mutter würde seine dann deutlich hervortretende, verzweifelte Körpersprache richtig deuten und jedwedes Theaterstück, dessen Plot ihm dann allerdings erst noch würde einfallen müssen, mitspielen. Auch die Existenz eines solchen Notausgangs erschien geradezu utopisch. Seine Mutter würde vielmehr erst einmal überhaupt nichts verstehen. Und danach noch viel weniger.

Zunehmend fühlten Eddis Beine sich wie Betonsäulen an. Gisela war so stolz gewesen, ja fast überwältigt. Ein Erbstück seiner Mutter. Weitergereicht an sie! Und nun das.

In gemächlichem Tempo schritten Gisela, Mesut und er durch den Aufenthaltsraum der Seniorenwohnanlage. An einem der Tische des Saals, der Eddi an eine Krankenhauscafeteria erinnerte, brüteten zwei Männer über einem Stück Papier, auf dem man offensichtlich eine Zeichnung von irgendetwas anzufertigen versuchte. Was genau, war nicht zu erkennen.

Unversehens brach Mesut aus ihrer Dreiergruppe aus und steuerte zielstrebig auf eben jene beiden älteren Herren zu. „Na Männer? Schön am deutsche Schiffe versenken spielen, ja?", feuerte er ihnen auch gleich entgegen, wobei sein Tonfall, typisch für derlei Situationen, dem eines Kindes glich, das offenkundig lediglich zu Scherzen aufgelegt war. „Schöne deutsche U-Boote, ja? Däää dä dä dä dä dä dääää dä dä dä dä dä dääääääää … " Zu allem Überfluss ahmte sein anatolischer Buddy nun auch noch die wohlbekannte Melodie eines Filmklassikers nach, in welchem es um ein deutsches U-Boot im zweiten Weltkrieg ging.

Eddi schoss die Röte ins Gesicht. Sofort nahm er die Verfolgung auf. Gisela hingegen schien überaus amüsiert. Wohlwissend, dass es einen Mesut eben nur so gab. So und nicht anders. Völlig verrückt. Liebenswert, aber eben auch komplett irre.

„Entschuldigung", meinte Eddi hastig an die beiden Senioren gerichtet, als er zu Mesut aufgeschlossen hatte. „Er ist noch nicht so lange in Deutschland, müssen Sie wissen." Die zwei Greise nickten lediglich irritiert, wobei mindestens einer der beiden weder Mesuts Gerede von U-Booten noch seine eigenen Worte verstanden zu haben schien. Eddi sollte es recht sein. Er zog Mesut am Arm weiter.

„Was Mann? Wollte doch nur höflich sein, Deutscher! Und was soll das mit ich bin noch nicht so lange hier, Aleman? Das ist Diskrimination!"

„Du meinst vermutlich Diskriminierung", zischelte Eddi.

„Ja, gut, deutsche Diskriminierung. Ey, Gisela, ich wollte nur höflich sein, walla, so reden, wie man unter sich eben so redet, du weißt schon. Alte Militärschule und so."

Eddi wollte gerade zu einer Erwiderung ansetzen, als eine der Türen in dem Gang, in dem man sich nun befand, aufflog.

„Eddi!"

Seine Mutter machte zwei Schritte auf ihn zu und schloss ihren Sohn innig in die Arme, was Mesut wiederum aus dessen Griff befreite.

„Ich habe euch schon von drinnen herumpoltern hören!"

„Hallo, Mama", erwiderte Eddi. „Dein Sohnemann kommt heute leider schon wieder ohne Wein daher." Er drehte sich leicht nach hinten weg und wies mit seinem ausgestreckten Arm auf Gisela und Mesut. „Dafür hab ich dir was anderes mitgebracht. Ich hoffe, du freust dich."

„Ich sehe schon, ich sehe schon!" Seiner Mutter Augen leuchteten. „Na, den Kollegen hier kenne ich ja bereits. Hallo, Mesut, mein Großer! Was machen die Geschäfte?" Nun umarmte Eddis Mutter Mesut herzlich, der die Geste nicht minder herzlich erwiderte.

Dann wandte sich die ältere Frau mit unverhohlener Neugierde Gisela zu. „Ja, und du bist dann gewiss …"

„Das ist Gisela, Mutter", schob Eddi sich augenblicklich dazwischen. „Gisela, meine Mutter", ergänzte er dann noch ziemlich unnötig und außerdem etwas unbeholfen, wobei er mit seiner rechten Hand nun auf seine Mutter deutete.

„Ja, natürlich. Gisela! Freut mich!" Eddis Mutter reichte der unerwarteten Besucherin die Hand.

„Ich freue mich auch, Sie endlich kennenzulernen, Frau …", erwiderte Gisela lächelnd, wurde aber umgehend von einem „Ts ts ts", seitens Eddis Mutter ausgebremst. „Ich bin Marianne für dich. Wäre ja noch schöner."

Gisela lächelte.

Ja und dann kam es. Fünf Herzschläge oder weniger hatte es gefühlt gedauert, konstatierte Eddi schicksalsergeben. Stundenlang hatte er im Vorfeld gegrübelt. Stundenlang. Über Tage hinweg. Und nun sollte es ihn völlig unvorbereitet treffen. Es war absurd. Wie konnte man nur so planlos sein, so hölzern und ungeschickt? Wie hatte das Schicksal ihn, nein, wie hatte er sich selbst nur an diesen Punkt führen können? Völlig absurd, genau so war es. Und für einen kurzen Moment musste Eddi an Hummeln denken. Hummeln, die bei deren Versuch hinaus ins Grüne zu entkommen, völlig desorientiert und stets aufs Neue gegen die Glasscheibe flogen. Scheinbar ohne Idee, unfähig zu lernen. Die Worte kamen und Eddi schloss die Augen.

„Ich wollte mich bei … also bei dir auch gleich für das Teeservice bedanken, Marianne. Es ist so schön und", Gisela zuckte verlegen mit den Schultern und atmete tief durch, „ich weiß gar nicht, wie ich dir dafür danken kann. Ich hoffe, du glaubst mir, wenn ich sage, es ist etwas ganz Besonderes für mich."

Eddi stand nur da, hielt die Augen geschlossen. Er wusste, Eddis Mutter würde nichts, aber auch gar nichts zusammenaddiert bekommen in diesem Augenblick. Warum sich das Ganze also auch noch ansehen?

„Aber Kind." Seine Mutter wiegelte ab. „Jetzt, da ich dich sehe", Eddi wartete auf den Knockout, „bin ich mir erst recht sicher, dass es keinen besseren Platz für das Service gegeben hätte als bei dir."

Eddi öffnete blinzelnd die Augen.

„Es erzählt Geschichten, weißt du?", fuhr seine Mutter fort. „Und Geschichten kann man immer weiterschreiben. Sie sind erst zu Ende, wenn wir nicht mehr bereit sind, sie weiter fortzuschreiben, oder aber die Zeit abgelaufen ist. Unsere Zeit ist aber noch lange nicht abgelaufen, will ich schwer hoffen!" Sie lachte. „Und Geschichten? Die lieben wir doch alle, oder etwa nicht? Also setze für das gute Stück ein neues Kapitel auf. Wer weiß, vielleicht schreibst du es ja gemeinsam mit einem anderen Menschen. So oder so. Ich bin kein Kopfmensch, Gisela. Ich höre auf mein Inneres. Und bei dir ist das Teeservice gut aufgehoben. Darauf vertraue ich. Bravo, Eddi!"

Sie lachte und stieß ihrem Sohn den Ellenbogen in die Seite. Eddi hätte erleichtert sein können in jenem Augenblick. Fraglos sogar müssen, denn seine Sorge war groß gewesen und mit Sicherheit nicht unbegründet. Doch Erleichterung verspürte er keineswegs, als er dort stand und ein Gesicht zog, das für Außenstehende sicherlich nicht leicht zu deuten war.

Eddis erster Impuls, dem er auch sogleich folgte, war, Mesut einen kritischen Seitenblick zuzuwerfen. Oder nein, eigentlich war, einer Eingebung folgend, Eddis erster Impuls der, seinen Freund unverzüglich zu erwürgen. Dieser aber schaute nur gut gelaunt drein. Als er Eddis Blick bemerkt hatte, stellte er ihm mimisch lediglich die „Was glotzt du denn so?" Frage. Die blieb allerdings unbeantwortet.

„Na, meinem Sohn hat es wohl die Sprache verschlagen", plauderte da seine Mutter auch schon weiter. „Jetzt kommt erst mal rein. Oder wisst ihr was? Wir setzen uns nach vorn in den Aufenthaltsraum. Da gibt es eine besonders schöne Nische mit kleiner Hintertür zum Garten. Wer will, kann da einen Moment an die frische Luft gehen und dies und das machen." Sie zwinkerte Mesut zu, der geradewegs aufzuleuchten begann.

Eddi wusste tatsächlich nicht, was er sagen sollte. Er war reingelegt worden. Es war offensichtlich. Oder aber er hatte endgültig den Verstand verloren. Er sendete einen weiteren, kritischen Blick an Mesut. Dieser stand weiterhin völlig lässig da, beide Daumen in die Gürtelschnallen seiner Hose gesteckt und zeigte sein treuestes, türkisches Honigkuchenpferdgrinsen.

Eddi musste etwas tun. Es reichte. Ein Funken Kontrolle, und zwar schnell. Das war doch wohl nicht zu viel verlangt. Nochmals musterte er alle Anwesenden. Deren Körpersprache aber war weiterhin unauffällig. Nachdem seine Mutter die Tür zu ihrer Wohneinheit verschlossen hatte und man sich zurück in den Aufenthaltsraum und zu besagter Nische dort begab, zog Eddi Gisela beiseite und ließ sich einige Schritte mit ihr zurückfallen.

„Du, Gisela, sag mal. Von wem hast du das mit", er suchte nach Worten, „also, dass das Teeservice ein Erbstück ist. Ich meine, hab ich dir das in der Nacht erzählt? Weil, eigentlich, na ja, das sollte eine zusätzliche Überraschung sein. Hab ich die selbst ausgeplaudert?" Wieder so eine spontane Idee von ihm. Aber er musste der Sache auf den Grund gehen, sich herantasten. Das Teeservice war tatsächlich alt, tatsächlich ein Erbstück. Seine Mutter hatte es soeben bestätigt und Gisela hatte davon gewusst. Sie hatte sich in der morgendlichen Nachricht für das Erbstück bedankt. Er selbst konnte ihr davon aber keineswegs erzählt haben. Immerhin hatte er bis vor einer Minute keinerlei Kenntnis von solch einem Teeservice in Familienbesitz besessen. Eigentlich konnte es nur eine Lösung geben. Und so war es.

„Mesut hat es mir gesagt", flüsterte sie ihm zu. „Er dachte, du hättest es mir bereits erzählt und da ist es ihm wohl rausgerutscht. Sei ihm nicht böse, ja?" Sie nahm seine Hand und drückte diese für einen kurzen Moment.

„Und wann war das?", bohrte Eddi in einem Ton nach, der möglichst unverfänglich wirken sollte.

„Vorgestern. Als wir mit Lena Essen waren. Ist alles OK bei dir?"

„Ja, natürlich", erwiderte Eddi rasch. „Das Wichtigste ist, dass es dir gefällt. Also das Teeservice."

Gisela nahm auf einem der freien Stühle am Tisch gegenüber seiner Mutter Platz. Mesut hatte sich bereits zur Tür begeben, welche an die Nische angeschlossen war und den Aufenthaltsraum mit einer kleinen Rasenfläche vor dem Haus verband. Der Dönerdealer blickte prüfend nach draußen. Ein kleiner Stehtisch stand dort. Weder Tisch noch Rasen waren von innen einsehbar, da zwischen diesem drinnen und jenem draußen die Ecke der Hauswand verlief. Es war perfekt.

Eddi gesellte sich zu den beiden Frauen an den Tisch. Zuletzt kam Mesut dazu. Seine Mutter begann sogleich, Gisela in ein Gespräch zu verwickeln. Mesut lauschte neugierig, die Hand an die Tasche seiner Kutte gelegt, wo sein geliebtes Räucherwerk sehnlichst auf ihn wartete.

Und Eddi dachte weiter nach. Mesut hatte Gisela also Vorgestern von dem Teeservice erzählt. Somit musste er es auch gewesen sein, der das Familienerbstück von seiner Mutter für die Weitergabe an Gisela in Empfang genommen hatte. Und das wiederum musste bereits vor über einer Woche geschehen sein! Schließlich hatte Mesut ihm schon Tage vor Giselas Geburtstag mit exakt diesem Geschenk in den Ohren gelegen. Er war die Verbindung. Das war auch nicht überraschend. Mesut erledigte hier und da mal einen Botengang für ihn, wenn er keine Zeit hatte. Die ideale Gelegenheit für den Dönerdealer, einen Joint an der frischen Luft zu konsumieren. Eddi ging alles im Geiste durch. Das letzte Mal war dies vor knapp zwei Wochen der Fall gewesen. Seine Mutter hatte eine Traueranzeige aufgeben wollen. Mesut hatte den Zettel mit dem Text bei seiner Mutter abgeholt und bei der örtlichen Zeitungsredaktion eingereicht. Dabei hatte seine Mutter mit an Sicherheit grenzender Wahrscheinlichkeit auch nach dem Befinden ihres Sohnes gefragt und darüber hinaus die entscheidende Frage nach seinem Liebesleben gestellt.

Und so dürfte das eine zum anderen gekommen sein. Mesut musste seiner Mutter von Gisela erzählt haben, davon, dass diese bald Geburtstag habe und dass Eddi nach einem passenden Geschenk suchte. Und Mesut, diese Ratte … Eddis Blick verfinsterte sich.

Just in diesem Augenblick stand sie auf, die Ratte. „Die Damen entschuldigen mich bitte, jawohl, jawohl", informierte Mesut und trat Augenblicke später durch die Verbindungstür nach draußen. Eddi wollte umgehend hinterher, um dem anatolischen Nager die ein oder andere unbequeme Frage zu stellen, als ein älterer Herr gut gelaunt an ihrer kleinen Gruppe vorbeikam, ein „Hallo, Marianne" trällerte, allen zunickte und dann seinerseits Mesut vor die Tür folgte.

Immerhin, dachte Eddi zufrieden, würde Mesut dort draußen somit nicht die gewünschte Ruhe für seine rituelle Inhalation finden. Die Tür nach draußen schlug zu. Eddis Mutter bestellte einen Espresso für sich, sowie zwei Wasser für Gisela und ihn. Man unterhielt sich. Eddi beobachtete die beiden Damen und war hierauf bezogen hoch zu frieden. Er hatte einmal von der Theorie gelesen, dass sich die Beziehung zwischen Schwiegertochter und Schwiegermutter nicht ohne Grund häufig überaus komplex gestaltete. Nicht, dass er Gisela in absehbarer Zeit in der Rolle der Schwiegertochter sah. Doch der Punkt war laut jener Theorie der, dass Mütter sich, rein biologisch betrachtet, wünschten, der eigene Sohn würde für möglichst viel Nachkommenschaft sorgen. Am besten mit möglichst vielen Frauen. Dies sollte der Arterhaltung dienen. Eine Schwiegertochter wiederum stand mit jenem Wunsch in Konflikt, da sie den eigenen

Mann selbstverständlich ohne Abstriche an sich binden und somit ein möglichst weites Streuen von Samen zwingend zu verhindern suchte. Besah Eddi sich jedoch das anwesende Sozialgefüge vor, beziehungsweise neben sich, so schien diese Theorie nicht auf alle derlei Fälle zuzutreffen. Umgekehrt, überlegte Eddi, würde sie wohl auch erst dann greifen, nachdem sich die erste Nachkommenschaft zeigte. Damit war indes klar, er würde die Theorie in allzu naher Zukunft nicht weiter unter Realbedingungen verifizieren oder auch widerlegen können.

Die Zeit verstrich. Irgendwann blickte Eddi auf seine Uhr und erinnerte die beiden Damen daran, dass man bald weiterziehen müsse, was Eddis Mutter doch etwas verstimmte. Die erste Enttäuschung legte sich aber rasch wieder angesichts dessen, dass ihr eine baldige Wiederholung des Plauschs mit Gisela in Aussicht gestellt wurde.

Voller Tatendrang erhob Eddi sich, um nach Mesut zu sehen. Er trat durch die kleine Verbindungstür nach draußen. Sein Freund sah überaus entspannt aus, lässig an den Stehtisch gelehnt. Auch der ältere Mann war noch vor Ort, stand jedoch etwas abseits und blickte mit dem Rücken zu Eddi vor sich in den Rasen.

„Mann, Mesut, du hast sie doch nicht mehr alle!", pöbelte Eddi auch gleich los, wobei er versuchte, seine Stimme auf salonfähigem Niveau zu halten.

„Was los, Deutscher?" Mesut fragte, Mesut grinste. Der Dönerdealer wusste offenkundig sehr genau, wovon Eddi sprach.

„Wann wolltest du mir eigentlich mitteilen, dass das Teeservice gar nicht von irgendeinem blöden Flohmarkt stammt, sondern von meiner Mutter? Aus unserem, also meinem Familienbesitz? Weißt du eigentlich, was ich mir für Gedanken gemacht habe deswegen? Ich hab geglaubt, mir fliegt die Sache von wegen ist alt, ist was Besonderes, ist ein Erbstück, komplett um die Ohren! Ich hab schon gedacht, die Nummer mit dem Erbstück selbst erfunden zu haben, nachdem ich, na ja. Also ich hab in der einen Nacht etwas zu viel getrunken und. Also echt Mesut! Du spinnst doch!"

Mesut drückte gelassen seine Zigarette im Aschenbecher aus. Der Duft der letzten Rauchschwaden offenbarte Eddi, dass dies kein Joint gewesen war. Seine Glückszigarette hatte er wohl schon aufgeraucht.

„Ja, Eddi, das war doch voll lustig, Mann." Er blickte auf den Aschenbecher. Sein Grinsen zeugte von keinerlei Schuldgefühl. Eddi wäre ihm am liebsten an den Kragen gegangen. „Ich wollte es dir ja irgendwann sagen. Echt, Deutscher. Aber erst hab ich es vergessen. Du weißt doch, manchmal bin ich schon klein bisschen vergesslich."

Das stimmte, wie Eddi sich eingestehen musste. Im Grunde genommen, sogar mehr als nur ein klein bisschen. Trotzdem konnte das nicht die abschließende Erklärung für diese fulminante Scharade sein. Und damit lag er völlig richtig.

„Na, und dann hast du mich so reingelegt mit der Sache mit Lena und dem Abendessen und dass ich zu schüchtern bin, um 'ne Braut selbst anzusprechen. Walla, Deutscher, das war echt grenzwertig. Jetzt sind wir quitt."

Mesut strahlte Eddi an und dieser musste sich nun plötzlich eingestehen, die Form von Erleichterung zu verspüren, auf die er die ganze Zeit gewartet hatte. Die Sache mit dem Teeservice. Immerhin sie war nunmehr ausgestanden. Eine Baustelle weniger. Und ja, er hatte sich seinem Freund gegenüber vielleicht auch nicht ganz korrekt verhalten an jenem Nachmittag in Frickenhausen.

„Idiot", gab er daher kurz und knapp zurück, wobei seine Augen eher von Vergebung und Schwamm drüber sprachen.

„Jawohl, jawohl", echote Mesut sonor.

Dann fiel Eddi noch etwas ein. Er trat einen Schritt auf seinen Lieblingstürken zu und streckte ihm fordernd die Hand entgegen. Allerdings nicht zum Gruß. Seine Handfläche wies vielmehr recht unmissverständlich nach oben.

Dennoch schien die Geste missinterpretiert worden zu sein. Mesut zumindest nahm die Hand entgegen und schüttelte sie kräftig. „Jawohl, wünsche ebenso gute deutsche Tage!"

Eddi rollte mit den Augen. Er löste den Händedruck, hielt die Hand noch etwas weiter nach oben, Handfläche erneut zum Himmel gerichtet, wobei er mit dem Zeigefinger seiner Linken mehrmals in diese hinein tippte.

„Was, Mann?", fragte Mesut nur. „Soll ich dir aus der Hand lesen, oder was?"

„Nein, du Stinklaus. Du sollst mir natürlich mein Geld zurückgeben", erwiderte Eddi, konnte sich ein Schmunzeln aber nicht verkneifen. „Du hast mir hundert Euro für Essen und Teeservice abgeknöpft, schon vergessen?"

Mesut sah ihn mit verzogenem Mundwinkel an, griff dann nach seiner linken Hand, hob den in die rechte Handfläche weisenden Zeigefinger in die Höhe, um diesen hiernach samt Hand behutsam auf der Tischplatte abzusetzen. Dann ergriff er ein weiteres Mal Eddis verbliebene Rechte und schüttelte sie fröhlich. Zwischen türkischen Ohren zeigte sich schelmisches Grinsen. Schließlich meinte Mesut nur: „Hundert Euro, Ja. Runder, guter Freundschaftspreis für das Essen, Eddi. Das Teeservice war natürlich inbegriffen. Umsonst, sozusagen. Kostenlose Zugabe, Deutscher." So war es also. Eddi knurrte. Der Deal war besiegelt. Man war quitt.

„OK, Mesut. Aber schwing deinen Arsch jetzt rein. Wir müssen nach Marktbreit." Eddi wandte sich ab. „Widersehen!", meinte er noch kurz an den Mann gerichtet, der weiterhin im Rasen stand. Etwas schüchtern drehte dieser sich um. Eddi stutzte. Aus Sehschlitzen lugten Pupillen hervor, die in Rot gefärbtes Weiß eingefasst waren. Der Versuch des Mannes, sich ebenso zu verabschieden, löste sich in geisterhaftem Kichern auf. Eddi sah Mesut vorwurfsvoll an. Der aber zuckte nur gespielt unwissend mit den Achseln.

Kapitel 15

Der Innenbereich der Pizzeria war nahezu menschenleer. Dementgegen tummelten sich auf deren Terrasse umso mehr Gäste jeglichen Alters. Kinder vergnügten sich ferner auf dem Spielplatz vor dem Restaurant und Pärchen spazierten, von Hunden begleitet, Händchen haltend die Marktbreiter Flussaue entlang.

Nachdem die Dreiergruppe hinaus auf die Terrasse getreten war, steuerte Gisela, die einen Tisch im Freien bestellt hatte, unverzüglich einen der wie immer freundlich lächelnden Cameriere an. Bald darauf wurde man zu einem großzügigen Tisch im vorderen Teil des mediterran gestalteten Außenbereichs geleitet, wo Lena bereits wartete.

Die Journalistin freute sich sichtlich, als sie ihre Verabredung eintreffen sah. Man begrüßte sich, umarmte sich. Des Weiteren folgten kleinere Scherze über den stilistischen Formenwandel Mesuts. Der sah nun wieder so aus, wie ein Mesut eben auszusehen hatte. Statt Chinohose und Hemd, trug er löchrige Jeans, Sneaker und Lederkutte.

„So gefällst du mir sogar noch besser. So Typ Naturbursche halt!", feixte Lena. Mesut quittierte das Kompliment mit einer für ihn typisch übertriebenen Geste des Danks. Die Stimmung war heiter und ungezwungen. Dies jedoch sollte sich zeitnah ändern.

Da früher Nachmittag und noch keiner der vier zu Mittag gespeist hatte, entschied man sich erst einmal zu essen. Eddi überlegte, ob er erneut die Zeche würde übernehmen müssen. Mittlerweile war er etwas gefrustet angesichts der zunehmenden Ebbe in seinem Portemonnaie. Erleichtert horchte er auf, als Mesut ankündigte, an diesem Nachmittag die Rechnung begleichen zu wollen. Dies überraschte Eddi erst einmal nicht allzu sehr. Insbesondere, da Frauen anwesend waren. Frauen schließlich imponierte der Dönerdealer nur allzu gerne auf die eine oder andere Art. Allerdings ging es hierbei nicht nur um zwei

Cola und zwei Döner. Trotzdem, der Dönerdealer gab sich großzügig, wiegelte auch prompt ab, als Lena ihrerseits auf Übernahme der Rechnung pochen wollte.

„Nein, nein, Signo … äh … rina, Frauen bezahle doch nicht mit Geld äh bezahle mit schöne Auge", tänzelten Mesuts Worte im Stile eines italienischen Amore mio Agenten über den Tisch. Hiermit konnte man gut leben. Allen voran Eddi. Noch nicht einmal Lena sah angesichts der tendenziell machomäßig angehauchten Botschaft irritiert drein. Die Sache war geritzt.

Also bestellte Eddi eine Pizza Favorita und einen Insalata Mista. Dazu ein großes Glas Mineralwasser. Alkoholhaltige Angebote ignorierte er wohlweislich.

Gisela wiederum orderte einen trockenen Weißwein zu ihren Tagliatelle Carbonara, während Mesut sich auf Salate und diverse vegetarische Vorspeisen konzentrierte. Der Gedanke an Fleisch schien ihm nach wie vor zuwider zu sein. Zuletzt entschied Lena sich für das Pastagericht mit frischem Gemüse der Saison in Tomaten-Sahnesoße. Bald darauf wurden auch schon Getränke und Gerichte gereicht. Das Gelage nahm Fahrt auf.

„Wirklich schön hier", meinte Lena einige Zeit später und ließ dabei verträumt ihren Blick über Wiese und Fluss gleiten. Stöckchen flogen durch die Luft, Hunde hechteten hinterher. Kinderlachen drang herüber. „Da hinten liegt Ochsenfurt, oder?" Die Journalistin wandte sich um und deutete mit ihrem Finger nach Westen, wo die Sonne am Horizont ein Glitzern in den Main zauberte. „Und wohin kommt man, wenn man dem Main in diese Richtung folgt?" Nun wies ihr Zeigefinger auf den nordöstlichen Flussverlauf.

„Erst würde man nach Marktsteft, dann nach Sulzfeld und schließlich nach Kitzingen kommen", antwortete Eddi.

„Sulzfeld", spöttelte Mesut. Der Dönerdealer schüttelte mit dem Kopf, gleichzeitig engagiert in seiner Vorspeisenplatte herumstochernd. „Schöner deutscher Name, walla."

Lena indes murmelte ein vernehmliches „Kitzingen, aha" und Eddi wusste sofort, woran die Journalistin der Name der Stadt erinnerte. „Genau", gab er daher an sie gerichtet zurück. „Das ist da, wo der Mann gearbeitet hat. Der mit dem Schwert im Bauch. Sind circa zehn Kilometer von hier."

Lena nickte stumm. Gisela tupfte sich den Mund mit der Serviette ab, leise ein „gut, dass ich mit dem Essen schon fertig bin", murmelnd.

„Ja, das ist wirklich übel", kommentierte Lena Giselas Worte. „Übrigens, ich habe gestern Abend noch vor Ort mit einem Forensiker aus der Würzburger Rechtsmedizin sprechen können." Sie blickte in die Runde. „Ich weiß jetzt nicht, ob euch das interessiert?"

„Doch, doch, natürlich!", munterte Eddi sie umgehend dazu auf, fortzufahren.

„Also, der Hieb, meinte der, muss sehr schnell zum Tod geführt haben. Zwar verlief der Stichkanal insofern günstig, dass Herz, Leber und beim Austritt der Klinge im Rücken wohl auch das Rückenmark unversehrt blieben. Allerdings führt der Hieb eines solchen Krummsäbels in den Bauchraum quasi zwangsläufig zu massiven Verletzungen des Dünndarms und Magens. Starke, innere Blutungen sind da quasi unvermeidlich und die wiederum führen dann binnen kürzester Zeit zum Exitus. Keine Chance, das noch zu kitten." Lena zuckte mit den Schultern, griff dann nach dem Brotkorb. „Es sei denn", ergänzte sie, „die Tat fände in einem OP statt und ein Chirurgenteam stünde unmittelbar daneben." Sie nahm eine Scheibe Weißbrot aus dem Korb, brach sich ein Stück davon ab und zog es quer über die Tomaten-Sahnesoße.

Gisela und Eddi blickten betroffen drein. Selbst dem Dönerdealer war etwas die Farbe aus dem Gesicht gewichen. Nach einem Moment des Schweigens meinte Eddi: „Das soll jetzt nicht gefühllos klingen, aber", er räusperte sich. „Mein erster Gedanke, als ich das mit dem Schwert gehört habe, war … Ich meine. Mit einem Schwert?"

Gisela sah es genauso. „Eben. Wer tötet denn mit einem Schwert? Das ist doch total verrückt!"

Eddi und Mesut nickten beipflichtend.

„In dem Falle vielleicht gar nicht mal so sehr." Lena nahm einen Schluck von ihrer Cola. „Also die beiden Schwerter, die da rumlagen, zierten wohl ursprünglich die Wohnzimmerwand. So etwas ist ja gar nicht mal so unüblich, wie ihr wisst. Ja, und dann kam es möglicherweise irgendwie zum Streit und …"

„Und dann nimmt der Mörder die Waffe von der Wand und sticht zu", ergänzte Eddi.

„Richtig." Lena nahm einen weiteren Schluck.

„Das doch kompletter Unsinn", entfuhr es Mesut.

Alle blickten ihn an.

„Na, mal echt. Überlegt doch mal. Also so, wie Eddi mir das erzählt hat, lag der Kerl seitlich auf der Couch, ja? Mit Schwert im Bauch."

Einvernehmliches Kopfnicken.

„Dann muss der Irre doch von vorn zugestoßen haben. Also wie das denn jetzt?" Mesut stand auf, trat einen Schritt zurück, sodass man ihn besser im Blick haben konnte. „OK, Deutscher, ich hab jetzt Ärger mit dir, alles klar? Es wird laut, wir schubsen uns bisschen rum."

Eddi war ganz und gar nicht klar, was Mesut mit seinen Ausführungen bezweckte, nickte aber ergeben. Unterdessen zog die Darbietung zunehmend neugierige Augenpaare von den Nachbartischen auf sich.

„In Ordnung, Aleman. Wir sind also bei dir in der Bude. Streiten uns." Nun nahm er eine klassische Kampfsportstellung ein. Mehrere Male flogen Mesuts Fäuste wie zur Demonstration eines für solch einen Fall und für sein Empfinden üblicherweise anstehenden Imponiergehabes schneidend durch die Luft.

„Du stehst vor mir Eddi, oder meinetwegen sitzt du dir auf deiner deutschen Couch auch deinen deutschen äh Hintern platt und dann …, ja und dann, Moment." Unvermittelt setzte er zu einer gemütlichen Runde um den Tisch an, nahm dabei eine Gabel auf und kam dann erneut vor Eddi zum Stehen. „So, ich bin jetzt soweit, Deutscher, hab nur noch was holen müssen", meinte er siegesgewiss.

Eddi wollte soeben fragen „soweit wofür?", als er auch schon die Gabel auf seiner Brust sitzen hatte. Gefolgt von einem lautstarken „Ka-Ping" seitens des Dönerdealers. „Na, das ist doch bescheuert", schloss dieser.

„Du meinst", gab Eddi zurück, während er mit seiner Linken behutsam die Gabel von seiner Brust manövrierte, „es ist eher unrealistisch, dass die eine Partei in so einem Fall gemütlich zur Wand spaziert, um sich von dort ein Schwert zu holen, während die andere vor der Couch stehen oder gar auf dieser sitzen bleibt, bis der Gegner schlussendlich angelaufen kommt, um zuzustechen?"

Mesut verzog den Mund. „Genau so, Aleman. Selbst deutsche Kartoffeln würden sich da schlauer anstellen!"

Eddi verdrehte die Augen.

Gisela schaltete sich ein. „Wenn das Schwert allerdings da schon rumgelegen hat, etwa auf dem Tisch, dann könnte alles wiederum Sinn ergeben."

„Andererseits", ergänzte Lena, „warum sollte dort einfach so ein Schwert auf dem Tisch herumliegen? Das klingt auch nicht sehr plausibel."

„Außerdem", führte Eddi in Lenas Richtung an, „meintest du doch, da hätten beide Schwerter rumgelegen, oder? Aber warum dann beide? Wo lag denn das zweite?" Die Journalistin überlegte kurz. „Ich weiß nicht genau. Auf dem Boden?" Sie nahm ihr Handy in die Hand, tippte etwas ein.

„Vielleicht ist es von der Halterung an der Wand geplumpst, als der Mörder sich die Mordwaffe gegriffen hat", folgerte Eddi. „Trotzdem hat Mesut schon recht. Irgendwie klingt das alles nicht zwingend logisch. Da fehlt ein Zwischenschritt." Er überlegte. „Lena, du hast doch gesagt, es hätte so gewirkt, als ob da ein gemütlicher Männerabend stattgefunden hätte. So mit Bier, Kippen und diesem Videospiel Dingens."

„Spielekonsole", korrigierte Gisela. Mesut grinste.

„Ja, also der neumodische Kram eben. Das sind doch meist so Kampfspiele, oder? Wer weiß? Vielleicht haben die das Videospiel sozusagen in die Realität verlagert und dabei mit den

Schwertern herumgespielt. Und dann. Ups. Ihr wisst schon."
Anerkennende Blicke folgten, bevor jeder der vier für einen
Moment lang in seinen eigenen Gedankenkonstrukten versank.

„Was ist das denn?", stieß Lena plötzlich aus und sah dabei
irritiert zum Terrassenzugang hinüber. „Da kommt die gesamte
Kripo-Combo von gestern aufmarschiert."

Gisela, Mesut und Eddi, die auf der einen Seite des längli-
chen Tisches nebeneinander und somit Lena gegenüber saßen,
drehten sich wie auf Knopfdruck unisono um.

Eddi machte besagte Personen auch sofort aus. Gerade trat
Kommissar Schunke von der Würzburger Kripo, gefolgt von der
Oberwachtel Finke, Bernds Chef auf die Terrasse. Außerdem
hatte man noch zwei weitere Männer und eine Frau im Schlepptau. Alle zivil gekleidet. Alle, bis auf Finke, der Eddi sogleich mit
unnatürlich großen Augen anstarrte, nachdem er ihn beim Blick
über die Gesellschaft vor Ort entdeckt hatte. Ein Kellner begleitete die frisch eingetroffene Gruppe zu deren Tisch, woraufhin
sich Schunke und die anderen kurz darauf setzten. Polizeioberwachtmeister Finke hingegen tuschelte zunächst noch etwas mit
seinen Kollegen aus Würzburg, bevor er sich abermals in Bewegung setzte. Gisela flüstere noch ein „Was will der denn jetzt?",
als die Oberwachtel ihren Kurzflug auch schon exakt vor Eddi
beendete.

„Und wen haben wir hier?" Der Polizist reichte Eddi die
Hand, nahm dann seine Polizeimütze ab, klemmte diese unter
seinen linken Arm und begrüßte im Anschluss die beiden Frau-
en. Zuletzt kam auch noch Mesut in den Genuss eines jedoch
eher unwilligen Grußes, bevor Finke sein Wort erneut an Eddi
richtete.

„Der Totengräber. Eddi, wenn ich mich recht entsinne, ja?
Schon etwas seltsam, oder? Ich meine, Sie hier", er atmete hörbar durch, „in Begleitung einer Journalistin? Ausgerechnet *der*
Journalistin, die über gewisse Geschehnisse in Frickenhausen
berichtet? Für meinen Geschmack sind das mittlerweile unver-
daulich viele Zufälle. Oder wie würden Sie das nennen, Herr

Eddi, dass Sie in letzter Zeit immer genau dann auftauchen, wenn, nun …? Wissen Sie was?"

Eddi war genau genommen schnurzpiepegal, was die Oberwachtel zu wissen glaubte, spielte das Spiel aber mit und antwortete mit einem schlicht gekleideten „Nein?"

Finke vergewisserte sich mittels flüchtigen Blickkontakts der Aufmerksamkeit seiner Würzburger Kollegen. „Ich werde Sie im Auge behalten müssen", sagte er dann. „Ich meine, was erwarten Sie? Sie machen sich mittlerweile ziemlich verdächtig, dessen sind Sie sich schon bewusst, oder?" Nun senkte er seine Stimme. „Tauchen vor einigen Tagen wie zufällig", er fuchtelte genervt in Richtung Mesut, „mit Ihrem Kollegen bei dem sagen wir Zwischenfall am Mainufer in Frickenhausen auf. Erzählen uns dann, dass Sie die Verunglückte rein zufällig kurz vor deren Ableben getroffen haben wollen und stecken jetzt auch noch die Köpfe mit einer Journalistin zusammen, die bei uns nicht nur bereits auf der PI in Ochsenfurt war, um seltsame Fragen zu stellen, sondern gestern auch noch unaufhörlich um uns herumgeschwänzelt ist. Jetzt mal Klartext." Er neigte sich Eddi entgegen. „Wenn nicht verdächtig, wie würde all dies denn auf Sie wirken, wenn die Rollen vertauscht wären?"

Offenbar zufrieden mit seiner Darbietung richtete er sich wieder auf. Provozierend schob er sein Kinn nach vorne und fuhr dann im Plauderton fort: „Ich meine es ernst. Ich beginne langsam aber sicher Ihnen ehrlich zu misstrauen. Das wollte ich nur gesagt haben. Spielen Sie keine Spielchen mit uns. Und halten Sie sich am besten von der Presse fern. Ist ein gut gemeinter Rat. Und vor allem." Der Plauderton verschwand. Die Drohung in seinen Worten war nicht zu überhören. „Vor allem überlegen Sie sich ganz genau, *was* Sie erzählen, Herr Eddi, wenn Sie schon plaudern müssen. Wir wollen doch nicht, dass Sie die Polizeiarbeit in ein schlechtes Licht rücken?" Die Schärfe in seiner Stimme schlug abermals in eine Art gemütliches Zwitschern um. „Ich werde Sie jedenfalls im Auge behalten müssen. Das ist hiermit versprochen."

Lena schaltete sich ein. „Herr Finke", sie lehnte sich entspannt in ihrem Stuhl zurück, verschränkte dabei die Arme vor der Brust. „Die Dame und die beiden Herren sind auf meinen Wunsch hier. Und wie Sie bereits vermuten, ja, ich versuche an Informationen heranzukommen. Richtig. Das ist nun mal mein Job. Unser Treffen hier hat allerdings nicht im Entferntesten etwas mit meiner journalistischen Tätigkeit zu tun. Das ist rein privat. Darüber hinaus, Herr Finke, liegt für mich der weitaus größere Zufall darin, dass in diesem verschlafenen Nest dort drüben", sie wies mit einer Kopfbewegung über den Fluss hinweg, „binnen kürzester Zeit zwei Menschen auf ziemlich unkonventionelle Weise ums Leben gekommen sind."

Polizeioberwachtmeister Finke wollte zu einem Einwand ansetzen. Lenas fortwährender Redefluss aber erstickte sein Ansinnen noch vor der ersten Silbe.

„Hierauf bezogen, sollte man Skepsis zeigen, Herr Finke. Was allerdings kaum der Fall ist. Ich zumindest bin nicht der Ansicht, dass die Polizei auch nur im Ansatz genug getan hätte, um diese Skepsis auszuräumen. Bis dato jedenfalls haben Sie die Angelegenheit am Mainufer in Frickenhausen als was, als Selbstmord, als Unfall abtun können? Ich sage Ihnen mal was. Und nun rede *ich* Klartext, Herr Finke."

Lena beugte sich leicht nach vorn, ihre Stimme war gerade so laut, dass die hochkonzentrierten Ohren am Tisch sie soeben noch verstehen konnten.

„In Anbetracht dessen, dass in diesem beschaulichen Örtchen dort drüben jetzt auch noch ein Mann auf diese Art und Weise getötet wurde, wäre es da nicht vernünftig, dieses Ereignis am Flussufer nun ebenso in einem anderen Licht zu betrachten? Nein? Eine Frau, die noch nie in der Gegend gesehen wurde zuvor. Völlig fremd! Zumindest, wenn die Ergebnisse meiner Recherchearbeit korrekt sind und Sie können mir glauben, Herr Finke, ich arbeite stets gründlich. Also, welche ältere Frau würde wohl hunderte Kilometer weit an einen Ort reisen, an dem sie noch nie zuvor in ihrem Leben gewesen ist, um was zu tun? Um sich nach Ankunft und ohne Abschiedsbrief in einem Fluss zu ertränken? Oder aber dort unten in diesem Gestrüpp im Dunkeln allein spazieren zu gehen, bis sie schließlich stolpert und auf einen Stein fällt? Finden Sie das normal? Völlig unverdächtig, ja? Und das nennen Sie dann gute Polizeiarbeit?"

Strenge Flammen loderten in Lenas Augen. Sie war kaum noch zu bremsen. „Und dann noch diese Samurai-Nummer. Es wird Zeit, dass hier ermittelt wird und zwar in *allen* Angelegenheiten und in *alle* Richtungen!"

Lena sah Finke an, der grimmig ihren Blick erwiderte. Man glaubte förmlich hören zu können, wie die Rädchen in dessen Schädel sich drehten und dabei knirschten.

Schließlich drückte der Polizist seinen Rücken aufs Neue gerade und erwiderte scheinbar unbeeindruckt: „Ich weiß nicht, an welcher Story Sie glauben dran zu sein." Demonstrativ zuckte er mit den Achseln. „Ist auch unerheblich. Hauptsache, Sie kommen der Polizei nicht in die Quere. Einen Zusammenhang zwischen den beiden Ereignissen zu sehen, wäre Stand der Dinge jedenfalls schlichtweg Phantasterei. Und derlei ist nicht Aufgabe der Polizei. Das ist dann ja tatsächlich eher Ihr Resort. Wobei ich mir natürlich sehr gut vorstellen könnte, dass eine entsprechende Verknüpfung für Sie als Reporterin überaus reizvoll wäre. Und was soll das mit dem Selbstmord? Sie wissen doch, dass die Dame gestolpert und dann unglücklich mit dem Kopf auf einem Stein gelandet ist. Solche Dinge passieren nun mal. Die Frau war alt! So oder so. Wenn Sie auf der Suche nach Informationen sind, möchte ich Ihnen raten, sich an unsere Pressestelle in Würzburg zu wenden, statt an Zivilisten, die mit den Ereignissen", er warf Eddi einen warnenden Blick zu, „hoffentlich nicht in Verbindung stehen. Falls doch, werden wir das schon noch herausfinden. Und nun entschuldigen Sie mich." Er nickte flüchtig in die Runde, zog seine Mütze zwischen seiner Achsel hervor und stolzierte zurück zu seinen Kollegen.

„Nazi gegen Amazone. Ich würde mal sagen 1:0 für die deutsche Frauenpower", kommentierte Mesut Lenas Auftritt anerkennend. „Ja, dem hast du's aber ordentlich gegeben", pflichtete Gisela bei.

„Gestolpert", ätzte Lena. „So ein Blödsinn. Total eben das Gelände dort unten. Ich hab es mir angesehen. Die machen es sich echt leicht."

Eddi seinerseits schwieg und dachte nach. Was hatte der Kerl da gefaselt? Ihn beobachten? Er mache sich verdächtig? Offensichtlich brannten bei Finke nicht mehr alle Kerzen am Baum. Andererseits, die Sache mit dem „wie würden Sie das sehen, wenn die Rollen vertauscht wären" hatte ihn aufhorchen lassen. Denn es stimmte. Bei nahezu jedem aus Sicht der Polizei kritischen Ereignis der vergangenen Tage war er tatsächlich zugegen gewesen, oder hatte sogar mittendrin gesteckt. Erst in einem Grab, dann am Frickenhäuser Mainufer und nun, wenn man so wollte, inmitten der schreibenden Zunft.

„Oder Eddi?" Irgendwer hatte ihn angesprochen. Es war Lena gewesen. Er hob den Kopf.

„Was meinst Du?", fragte die Journalistin. „So schnell bekommt man uns ja wohl nicht unter? Von wegen ich behalte Sie im Auge und so." Sie lachte höhnisch auf. „Typisch schlechter Western, würde ich sagen."

Eddi nahm sein Glas Wasser in die Hand, musterte es missmutig und stellte es wieder ab. „So völlig daneben liegt der werte Finke aber nicht. Das muss schon alles komisch wirken auf Außenstehende. Ich meine, dass ausgerechnet Mesut und ich stets dann und dort auftauchen …"

Lena schien anderer Meinung zu sein. „Ich sage dir was, Eddi. Die merken doch selbst, dass etwas nicht stimmt bei all dem. Und sie haben nichts, was sie präsentieren könnten. Eine Kombination, die Cops im Allgemeinen ziemlich nervös macht. Und da wird rein prophylaktisch schon mal versucht, auf Dritte Druck auszuüben. Die Presse, vornehmlich. Glaub mir, ich weiß genau wovon ich rede. Dass dich dieser Finke nun zudem in den Kreis irgendeiner diffusen Schar von Verdächtigen aufnehmen will. Lächerlich, das ist pures Streufeuer. Die Frage ist nur, lässt man sich davon blenden oder nicht."

Sie sah ihn forschend an.

„Ja, Mann und außerdem", ergänzte Mesut, „bin ich ja auch noch da."

Eddi stutzte. „Und?"

„Na, überleg doch mal, Mann. Wer war denn immer in deiner Nähe wenn, äh, etwas Komisches passiert ist in letzter Zeit? Wer war dabei, als, du weißt schon, da am Main. Und dann noch die toten Knochen auf deinem Friedhof!" Er stockte kurz. Eddi wollte ihn schon unterbrechen, hatte er doch die Befürchtung, dass Mesut nun etwas zu viel von seinem Fund auf dem Ochsenfurter Friedhof preisgeben könnte. Ob die Journalistin auch von jener Sache mit der unbekannten Toten bereits gehört hatte? Vermutlich, ja. So oder so. In dieser Angelegenheit würde er sich besser, so weit es ging, bedeckt halten wollen. Dieses Abzeichen, zerstört von Mesuts übereifriger Waschmaschine. Er und Mesut, unterschlagene Informationen. Es war schon alles kompliziert genug. Es sollte nicht noch komplizierter werden. Besser über diesem Punkt soweit es ging den Mantel des Schweigens ausgebreitet lassen. Er schielte kurz zu Lena, die ihn prompt eindringlich musterte.

„Also, alle in einem deutschen Boot und so", beendete der Dönerdealer seine Ausführungen.

Er hatte nicht ganz unrecht, überlegte Eddi. Und Mesut war bei dessen ausgemacht klinischer Polizeiallergie überdies hoch anzurechnen, dass er überhaupt noch hier saß. Immerhin wurde in knapp zehn Schritt Entfernung soeben eine Art kreatives Arbeitstreffen der unterfränkischen Kriminalpolizei abgehalten.

„Tote Knochen auf deinem Friedhof?" Es war die Journalistin, natürlich. Lena sah ihn an und lächelte. Dabei lag etwas Herausforderndes in ihren Augen. Eddis gut gemeinter Vorsatz, von wegen es nicht noch komplizierter werden zu lassen, er zerplatzte. In jedem Fall sollte er nun besser etwas erwidern, überlegte er, wobei doch anzunehmen war, dass Lena von der unbekannten Toten auf seinem Friedhof in Ochsenfurt längst gehört hatte. Außerdem, von einem Grundmisstrauen abgesehen, das er Menschen gegenüber nun einmal hegte … Er musste sich eingestehen, er vertraute ihr mittlerweile. Sollte Lena von seinem Skelettfund also ruhig erfahren. Nur von der Sache mit dem Abzeichen nicht. Schließlich und trotz allem: Lena übte einen gewissen Beruf aus. Und das entscheidende Beweisstück in jener Angelegenheit hatten er und Mesut nun mal unterschlagen, waren stattdessen selbst losgezogen, hatten Detektiv gespielt. Vor dem Hintergrund bereits aufkeimender Verdächtigungen und Ressentiments ihm gegenüber, ausgehend von der Oberwachtel Finke, wären Meldungen hierüber in der Zeitung … Nein, besser schön unerwähnt lassen, beschloss Eddi. Sie war immerhin Journalistin. Er war Totengräber. Moment. Ein Gedanke. Da war ein Gedanke gewesen. Doch er war zu flüchtig. Kaum da, machte er sich wieder auf, ins Grau zu entschwinden. Er war schließlich der Totengräber. Er wiederholte den Satz im Geiste. Er war schließlich der Totengräber.

„Eddi?"

Er sah auf. „Was?" Lena blickte ihn fragend an. „Äh ja, klar", gab er dann zurück. „Nein, du würdest dich einfach nur wundern, was man als Totengräber so alles auf einem Friedhof findet", scherzte er etwas unbeholfen. „Es gab da letztens tatsächlich so einen unerwarteten Fund bei mir. Ein älteres Skelett, das plötzlich in einem Grab aufgetaucht ist, wo es nicht hingehört hätte. Auch deswegen war die Polizei bei mir, um mich zu befragen. Reine Routine natürlich. Entschuldige bitte. Ich war eben total in Gedanken."

Das war noch nicht einmal geflunkert. Er war in Gedanken gewesen. Jetzt allerdings war nichts mehr von diesem Gedanken zu greifen. Er war weg. Verdammt. Derweil spürte er Lenas Blick, hätte jedoch nicht zu sagen vermocht, was gerade in ihr vorging.

Um den Augen der Journalistin, die schwer auf ihm ruhten, entfliehen zu können, warf er erneut einen Blick über seine Schulter. Die einzige Frau unter all den Männern dort drüben stand gerade auf. Sie schien sich von ihren Würzburger Kollegen sowie Finke verabschieden zu wollen. Genau in diesem Moment sah sie zu Eddi herüber, lächelte ihm zu und deutete dabei ein kurzes Kopfnicken an. Eddi fühlte sich ertappt, nickte flüchtig zurück, wandte den Blick dann jedoch umgehend ab. Warum lächelte die Frau ihn nun auch noch an? Er kannte sie doch gar nicht. Eddi beschlich ein ungutes Gefühl. Wollte sie durchblicken lassen, dass man sich untereinander einig sei und er ab sofort tatsächlich unter Beobachtung stand? Genau wie von der Oberwachtel angekündigt? Natürlich war es absurd. Doch er hatte einfach keine Lust darauf, auch nur im Ansatz zum Gegenstand irgendeiner Ermittlung zu werden. Sein Bedarf an Aufmerksamkeit fiel sowohl hierauf bezogen als auch ganz allgemein gesprochen hemmungslos gering aus. Er wandte sich erneut Mesut zu.

„Das mit den toten Knochen. Also das stimmt so ganz aber nicht. Die Polizei weiß ja gar nicht, dass du damals mit dabei warst. Du bist doch noch vor deren Erscheinen abgereist."

„Stimmt, Deutscher, und Allah sei Dank dafür!" Mesut führte das kleine Amulett, das er stets um den Hals trug, an die Lippen und küsste es mehrmals flüchtig. Darüber hinaus presste er es zwischendurch immer wieder an seine Stirn. „Und auweia, wenn die Bullen erst wüssten, dass ich dann auch noch …" Eddi reagierte umgehend. Denn zweifelsfrei wollte Mesut jetzt dazu ansetzen, jene entscheidende Anekdote über ein kleines Stück Stoff zum Besten zu geben, dessen innewohnende Geschichte und Symbolik der Dönerdealer unglücklicherweise mittels seiner Waschmaschine treffsicher entmystifiziert hatte. Dieses Geheimnis aber sollte besser eines bleiben.

Mit einem gezielten, kurzen Tritt gegen Mesuts Bein brachte er seinen Freund zum Schweigen. Schnell warf er zudem eine verbale Nebelkerze hinterher: „Wenn die Bullen wüssten, dass du bei mir auf dem Friedhof auch noch ungeniert einen Joint geraucht hast. Also der Finke würde dich wahrscheinlich direkt in Fesseln legen. Und der Schunke sieht auch nicht so aus, als würde er bei so etwas beide Augen zudrücken". Er lachte gespielt.

„Walla, bestimmt nicht", gab Mesut seinerseits sichtlich betroffen zurück. Gisela neben ihm schmunzelte, unterdessen Eddi sich dachte, dass dem Schunke so ein Joint auf einem Friedhof vermutlich ziemlich weit am verlängerten Rücken vorbeigegangen wäre. Zumindest schätzte er den Kommissar so ein. Egal.

Auch Lena schmunzelte. Doch obgleich ihr Lächeln ehrlich war und bis zu den Augen reichte, lag da noch etwas anderes in ihrem Ausdruck.

Nachdem man fertig gegessen und eine Runde Espresso eingenommen hatte, entschied man sich, den Nachmittag bei einem Spaziergang am Mainufer ausklingen zu lassen.

Mesut bezahlte wie vereinbart. Dann ging man Richtung Treppenabgang, der unmittelbar auf die Wiese vor der Terrasse führte. Dabei passierte man zwangsläufig den Tisch, an dem sich besagte Polizei-Combo versammelt hatte. Als Eddi vorbei schritt, erhob sich zu seinem Leidwesen Kommissar Schunke, der ihn auch gleich ansprach.

„Hallo. Freut mich, Sie wiederzusehen." Der Kommissar reichte Eddi die Hand. „Hätte nicht gedacht, dass wir uns so schnell wieder über den Weg laufen. Nun, der Anlass ist auch nicht unbedingt erfreulich. Wobei ein erfreulicher Anlass in meinem Job auch eher selten ist."

Eddi musterte den Mann. Er wollte abschätzen, wo in diesem freundlich dreinblickenden Gesetzeshüter vor ihm Hinterlist und doppelter Boden verborgen liegen mochten, konnte aber nichts dergleichen ausmachen.

„Ist wohl so", gab er dennoch etwas wortkarg zurück. Dann aber besann Eddi sich. Immerhin tat sich hier und jetzt die Chance auf, sein Wissen bezüglich der Toten auf seinem Friedhof aufzufrischen.

„Darf ich Sie etwas fragen, Herr Kommissar?"

Schunke lächelte. „Alles, was Sie wollen. Sie wissen aber, dass ich Ihnen auf die meisten Ihrer Fragen vermutlich keine Antwort geben kann. Selbst, wenn ich wollte. Aber schießen Sie mal los."

Eddi blickte kurz an Schunke vorbei Richtung Treppe. Gisela war stehen geblieben, während sich Lena und Mesut bereits einige Schritte vom Restaurant entfernt hatten und soeben zum Flussufer schlenderten.

„Folgendes, Herr Schunke. Mir behagt das einfach nicht, dass ich da eine Tote auf meinem Friedhof finde und keiner, also niemand weiß …" Eddi drruckste herum. Schunkes Kollegen waren unterdessen ihrerseits angeregt in ein Gespräch vertieft. Von Eddis Anwesenheit nahmen sie kaum Notiz. Nur die Oberwachtel schien ihre Ohren zu spitzen, wobei Finke mehr schlecht als recht vorgab, eigentlich die Kinder auf dem Spielplatz zu beobachten.

„Also kurz gesagt", fuhr Eddi fort, „Friedhof, Gräber, Totengräber. All das steht für Andenken. Gedenken. Auch wenn das für so manchen altbacken klingen mag. Das Problem dabei ist einfach: Wie soll man jemandem gedenken, der keinen Namen, keine Geschichte hat?"

Der Kommissar erwiderte nichts.

„Ich wollte Sie einfach nur fragen, ob es von Ihrer Seite aus zu diesem rätselhaften Fund nicht vielleicht doch noch etwas Neues zu sagen gibt. Ich meine. Das ist doch immerhin alles irgendwie …" Er zuckte mit den Schultern. „Es ist einfach ungerecht."

Schunke schwieg noch immer, wobei sein Blick schwer zu deuten war. Schließlich legte er Eddi für einen Moment eine Hand auf dessen breite Schulter.

„Wir konnten nach so langer Zeit nichts weiter tun, als das Alter der Toten zu bestimmen, die Öffentlichkeit zu informieren. Na, und dergleichen eben. Wir hatten gehofft, dass irgendwer sich an eine verschwundene Person aus jener Zeit erinnern würde. Oder aber an dieses Schmuckstück, das wir prominent in der Zeitung abgebildet haben. Leider alles ohne Ergebnis. Zahnmedizinische Unterlagen waren nicht aufzutreiben. Mögliche Zeitzeugen sind obendrein vermutlich alle längst tot. Und dann diese Zeit selbst, Eddi." Der Kommissar stockte für einen Moment. „Eddi war Ihr Name, oder?"

Eddi nickte. Daraufhin fuhr Schunke fort. „Also der Krieg, Eddi. Flucht, Vertreibung, Chaos. Dann noch das recht große Zeitfenster. Wir wissen schließlich nicht exakt, wann genau die Frau gestorben ist. Das alles macht es uns praktisch unmöglich, jetzt noch irgendetwas über sie in Erfahrung zu bringen. Uns fehlt jeglicher Ansatz für eine Identifizierung. Die einzige echte Chance wäre die, dass aus der Bevölkerung ein Hinweis käme. Aber der kam bisher nicht und", er schüttelte resigniert mit dem Kopf, „ich würde jedenfalls nicht darauf wetten, dass sich da noch groß etwas bewegen wird. Genau wie Sie Eddi, würde auch ich mir wünschen, dass wir die Knochen einem Menschen zuordnen könnten, aber …", er seufzte und wirkte auf Eddi ehrlich betroffen. „Mit einer Aufklärung ist in diesem Falle sicher nicht mehr zu rechnen."

Eddi nickte. Der Kommissar sah ihn mit festem Blick an. „Allerdings ist mir außerdem der Punkt mit dieser Kette zu Ohren gekommen."

Eddi horchte auf.

„Die Kette dieser anderen toten Frau, die man in Frickenhausen aus dem Main gezogen hat, meine ich." Eddi nickte erneut. „Und dass Ihnen auch diese nicht aus dem Kopf geht. Auch das kann ich übrigens nachvollziehen in Anbetracht der Tatsache, dass Sie sich mit der Frau kurz vor dem Unglück noch unterhalten haben."

Auf Eddis Stirn zeigte sich eine tiefe Furche, die der Kommissar auch gleich richtig zu deuten wusste.

„Das Vernehmungsprotokoll. Ich habe es angefordert. Jedenfalls habe ich die Forensiker noch einmal gefragt."

„Ja?" Die Spannung, die in Eddis minimalistisch formulierter Frage mitgeschwungen hatte, war kaum zu überhören gewesen.

„Also, wie Sie vermutlich bereits wissen", führte der Kommissar weiter aus, „trug die Tote keine Kette bei sich, als wir sie aus dem Wasser gezogen haben. Auch konnte in der Umgebung keine ausfindig gemacht werden. Auch nicht im Wasser. Das unmittelbare Flussbett ist bei der Bergung routinemäßig von Tauchern abgesucht worden. Nichts. Ich habe die Gerichtsmediziner daher mal ins Blaue hinein mit Ihrer Aussage konfrontiert. Die meinten, eine solche Kette könne selbstverständlich bei einem derartigen Vorfall oder Unfall reißen. Sie könnte also unauffindbar im Wasser abgetrieben sein."

Zur Erhellung trug dies nicht gerade bei, dachte Eddi sich. Denn genau dieser Gedanke war ihm selbst auch schon gekommen.

„Ginge man umgekehrt von einer etwas stabileren Kette aus", fuhr Schunke fort, „so hätte man höchstwahrscheinlich am Hals Spuren finden müssen. Spuren, die daher rühren, dass an der Kette in irgendeiner Weise ruckartig gerissen wurde."

Er machte eine Pause.

Eddi ergänzte: „Aber da war nichts, richtig?"

Schunke schüttelte mit dem Kopf. „Nein. Also das kann für den Fall, dass es keine sehr fragile Kette war, eigentlich nur bedeuten, dass die Frau sie zumindest zu dem Zeitpunkt, als es zu dem Vorfall kam, nicht getragen hat. Was natürlich nicht bedeutet, dass sie die Kette nicht um den Hals trug, als Sie sich zuvor mit ihr unterhalten haben."

Abermals signalisierte Eddi seine Zustimmung, blickte dann ein weiteres Mal an Schunke vorbei. Gisela wartete noch immer. Mit der Hand bedeutete er ihr, dass er gleich nachkommen würde.

„Mehr kann ich Ihnen dazu leider nicht sagen. Sie sollen allerdings wissen, dass ich Sie und Ihre Beobachtungen ernst nehme." Mit diesen Worten beendete Kommissar Schunke seine Ausführungen und Eddi sah das Gespräch als beendet an. Er reichte dem Kommissar die Hand und bedankte sich für dessen Entgegenkommen, welches er in dieser Form nicht erwartet hatte.

Eddi wollte gerade weitergehen, als Schunke noch einmal sein Wort an ihn richtete. „Eddi, eines noch." Abermals trat der Kommissar einen Schritt auf ihn zu, senkte seine Stimme. „Unter uns, ich sehe keinen Grund Sie wegen was auch immer zu verdächtigen. Ich teile die Meinung des geschätzten Kollegen aus Ochsenfurt insoweit überhaupt nicht. Um das schon mal klarzustellen. Allerdings, ich bin auch nicht blöd."

Der letzte Satz, der nach dem bisherigen Verlauf dieses eigentlich angenehmen Gesprächs ebenso unerwartet gekommen war, wie das eben noch gezeigte Entgegenkommen des Kommissars, ließ Eddi dezent zusammenfahren.

„Hören Sie, Eddi, es kann ja nicht nur Zufall sein, dass die Polizei in den letzten Tagen immer wieder über Ihre Füße stolpert. Wenn ich dann noch weiß, dass Sie gewisse Dinge, sagen wir, beschäftigen, dann liegt die Vermutung schon nahe, dass Sie möglicherweise auf eigene Faust versuchen, Antworten auf gewisse Fragen zu finden." Er machte eine Pause, musterte Eddi eindringlich.

Blöd war der Mann entgegen seiner ersten Einschätzung damals auf dem Friedhof also keinesfalls, überlegte Eddi und spürte, wie Körpersprache und Mimik ihn zu verraten drohten.

„Es ist folgendermaßen." Nun flüsterte der Kommissar nahezu. „Sie wären nicht der erste, der sich als eigentlich Unbeteiligter in Gefahr begibt. Und Sie wissen ja, was denen blüht, die sich in Gefahr begeben. Ich kann Ihnen nur eindringlich raten, geben Sie Acht, inwieweit Sie Ihre Neugierde oder sonstigen Ansporn offen zur Schau tragen. Das dort drüben ist ein Dorf. Wenn man in solch überschaubarer Umgebung ein, zwei Fragen stellt, dann macht das die Runde. Und so etwas kann in einer, ich sage mal, unspezifischen Gefahrenlage durchaus Konsequenzen nach sich ziehen. Passen Sie also auf sich auf Eddi, ich meine es ernst. Haben Sie verstanden?"

Eddi hatte verstanden. Sein Blick spiegelte es deutlich wider. Er wollte sich erneut in Bewegung setzen, als ihm noch etwas einfiel.

„Eines noch, Herr Kommissar. Diese Frau, können Sie mir sagen, wer das war?"

Schunke stutzte. „Von welcher Frau sprechen Sie?"

„Die Frau bei Ihnen am Tisch, die vorhin gegangen ist", erklärte sich Eddi, dessen Worte einen deutlich kritischen Blick seitens des Kommissars nach sich zogen.

„Nein, nein, es ist nur so", erklärte sich Eddi daher umgehend. „Die Frau hat mich gekannt. Zumindest hat sie mich gegrüßt. Nur kann ich sie gerade absolut nicht einordnen."

Schunkes Gesichtszüge entspannten sich etwas. „Verstehe", gab er zurück. „Mag gut sein, dass Sie sich schon mal über den Weg gelaufen sind." Er schwieg erneut einen Moment, dachte augenscheinlich angestrengt nach. So, als würde er innerlich etwas abwägen müssen. Dann fuhr er fort: „Die Frau stammt aus Frickenhausen. Das Haus, in dem gestern der Mann tot aufgefunden wurde. Sie werden ja sicherlich davon gehört haben. Dieses Haus gehört ihrem Bruder, Stephan Rehnstein. Die Frau selbst heißt Annemarie Juliane Rehnstein."

Rehnstein. Der Name traf Eddi wie ein Blitz. Entsprechend leuchteten Mimik und Augen auf.

Umgekehrt verdüsterte Schunkes Blick sich zum wiederholten Mal. Der Kommissar hatte Eddis Verblüffung unübersehbar aufgefangen.

„Sie kennen die Frau also doch?", fragte er.

Eddi löste sich aus seiner Starre, gab vor zu überlegen. „Nein, nicht das ich wüsste. Trotzdem, danke", gab er kurz angebunden zurück, verabschiedete sich ein weiteres Mal mit einem kurzen Kopfnicken und machte sich sodann rasch daran, Land zu gewinnen. Im Rücken spürte er, wie die Augen des Kommissars ihm folgten.

Lena und Mesut standen bereits in der Nähe des Mainufers und unterhielten sich. Gisela hingegen wartete nur wenige Meter entfernt auf ihn.

„Wo bleibst du denn? Was wollte der Mann von dir?"

„Lass uns erst mal weitergehen", war Eddis knappe Antwort. Seine Gedanken schlugen Purzelbäume. Wieder einmal. Er sah keinen Zusammenhang. Möglicherweise gab es auch gar keinen. Aber schon wieder dieser Name. Schon wieder Rehnstein.

Nachdem Gisela und er einige Meter außer Hörweite waren, setzte er dazu an, ihr von seinem Gespräch mit dem Kommissar zu berichten. Dessen eindringliche Warnung verschwieg er jedoch. Er wollte Gisela nicht beunruhigen.

„Und? Was hältst du davon?", fragte Gisela, nachdem er mit seinen Ausführungen geendet hatte. Sie hielt in ihrer Bewegung inne. Aus rehbraunen Augen heraus sah sie ihn an, während ein leichter Wind sanft mit ihren Haaren spielte. Auch Eddi blieb stehen. Und für einen Moment war er wie gefangen von diesem Anblick. Was hatte er nur für ein unverschämtes Glück, mit solch einer Frau, solch einen Tag verbringen zu dürfen.

„Der Schunke ist jedenfalls soweit OK. Hätte ich gar nicht gedacht. Wundert mich nur, dass er so offen mit mir gesprochen hat. Ich meine, er kann sich doch denken, dass ich möglicherweise gewisse Informationen direkt an Lena weitergebe. Andererseits ..." Er setzte sich wieder in Bewegung. Gisela folgte ihm. „Er hat mir nicht wirklich ein großes Geheimnis offenbart. Dass der Tote von gestern aber ausgerechnet in dem Haus gewohnt hat, das einem der Rehnsteins gehört ..."

Gisela teilte Eddis Verwunderung über das neuerliche Auftauchen jenes Namens. Er hatte ihr natürlich die Geschichte von den wichtigsten Dreien entsprechend der Botschaft aus dem Grab erzählt. Zusammenhänge, von denen insofern nur er, Mesut und Gisela wussten. Seine Verwunderung dahingehend, dass der Kommissar den Namen jenes Vermieters an ihn weitergegeben hatte, teilte Gisela allerdings nicht.

„Dass dir der Name Rehnstein in Zusammenhang mit der Frau von deinem Friedhof über den Weg gelaufen ist, das weiß die Polizei doch überhaupt nicht. Außerdem wird in dieser Angelegenheit ja nicht ermittelt, wenn ich es richtig verstanden habe. Es geht ja um den Mord an dem Mann. Und was Lena, beziehungsweise die Presse angeht. Also, da kenne ich mich nicht aus, aber so wie ich Lena einschätze, wäre sie an diese Information mit dem Vermieter sowieso mit Leichtigkeit herangekommen. Das dürfte auch diesem Kommissar klar sein. Insofern ..." Gisela zuckte mit den Schultern.

Eddi dachte über Giselas Einschätzung nach. Und sie hatte natürlich recht. Schunke konnte ja gar nicht wissen, dass ihm der Name etwas sagte. Er sah zu Lena und Mesut hinüber. Die beiden plauderten unaufhörlich, lachten und warfen Gisela und ihm einen kurzen Blick zu, als sie sich näherten.

„Stephan Rehnstein. Annemarie Juliane Rehnstein. Hast du einen der Namen schon mal gehört?", fragte er schließlich.

Gisela überlegte. „Nein. Ich kenne aber auch noch nicht allzu viele Leute aus der Gegend."

Das stimmte ebenso, sah Eddi ein. Er selbst war Ochsenfurter, hier geboren und aufgewachsen. Frickenhausen lag so nahe an der Stadt, dass viele Ochsenfurter Frickenhausen wohl als eine Art entfernten Stadtteil ansahen. Man kannte sich. Nachbarschaft eben. Gisela aber wohnte noch nicht sehr lange hier. Insoweit kein Wunder, dass ihr die Namen nichts sagten. Dass diese wiederum bei ihm kein Klingeln hervorriefen. Nun, schließlich war es auch einem Totengräber, der im Laufe der Zeit zwangsläufig zu vielen Familien einer Stadt Tuchfühlung aufnahm, nicht möglich, jeden Namen zu kennen. Zudem war Frickenhausen nun einmal nicht Ochsenfurt. Doch diese Namen, die ihm der Kommissar genannt hatte. Stephan Rehnstein. Annemarie Juliane Rehnstein. Rehnstein.

Erneut hielt Eddi an. „Gisela, pass auf. Das mit Rehnstein und dem Haus ... Lena sollte davon erst mal nichts erfahren. Wäre das OK für dich?"

Giselas Antwort kam prompt. „Kein Problem. Du wirst schon wissen, warum. Wenngleich ich mich nicht ganz wohlfühle bei dem Gedanken. Ich mag Lena wirklich sehr."

„Ich ja auch", brummelte Eddi zurück. „Und ich vertraue ihr eigentlich auch. Trotzdem wäre es mir lieber so. Für den Moment zumindest."

Gisela stellte sich vor ihn auf die Zehenspitzen und umfasste seine Taille. „Du, Mann, Wunsch, zu Befehl!" Sie grinste schelmisch, gab ihm einen Kuss auf die Lippen und legte schließlich ihren Kopf an seine Brust. So verharrten sie für einige Augenblicke. Dann spazierten sie weiter.

Dabei kamen Eddi erneut die warnenden Worte des Kommissars in den Sinn. Was dieser ihm mitgeteilt hatte, ohne es auszusprechen, war nichts anderes gewesen als: Sollte es zwischen der toten, alten Frau aus dem Main und dem getöteten Mann doch einen Zusammenhang geben, so würde in Frickenhausen jemand umherlaufen, der extrem gefährlich war. Eine solche Person würde wohl kaum darüber hinwegsehen, würde jemand auffällig viele Fragen zu für ihn in höchstem Maße kritischen Ereignissen stellen. Jegliche Antwort, die Eddi rein theoretisch näher an eine wie auch immer geartete Lösung bringen würde, konnte somit gleichzeitig das Risiko potenzieren, dieser Person, die offenbar über Leichen ging, auf die Füße zu treten.

Eddi überlegte. Der Kommissar hatte sicherlich Recht mit dem, was er sagte. Doch auch er war nicht blöd, er würde aufpassen. Und was diesen Stephan Rehnstein, dessen Haus und Schwester anging. Er würde Lena besser nicht einweihen. Wie sollte er ihr erklären, dass der Name Rehnstein in ihm überhaupt etwas auslöste? Das machte schließlich nur Sinn im Zusammenspiel mit dem Stofffetzen aus dem Grab, dem Beweisstück, das er und Mesut blöderweise unterschlagen hatten. Er hätte sich diesbezüglich vor Lena natürlich auch einfach dumm stellen können. Dann wäre da allerdings noch immer Mesut und dessen klinische Vergesslichkeit, grübelte Eddi. Nicht auszuschließen, dass seinem Freund recht zügig etwas Kompromittierendes über die Lippen käme. Nein, so war es besser, befand er. In jedem Falle unkomplizierter.

„Ey ihr Schnarchnasen! Wo bleibt ihr denn?"

Mesuts Stimme riss Eddi aus seinen Gedanken. Der Dönerdealer stand breitbeinig am Flussufer. Hinter ihm zitterten Lichtreflexionen im Main. Lena war in die Hocke gegangen, zupfte Gänseblümchen, wenn Eddi es richtig sah. Unterdessen streichelte Giselas Daumen sanft über seinen Handrücken. Es war ein herrlicher Nachmittag.

Dort drüben aber, auf der anderen Seite des Mainufers, nur wenige Kilometer flussabwärts. Dort, dachte Eddi sich, während die nachmittägliche Sonne ihm ins Gesicht fiel, dort musste jemand die Identität seiner unbekannten Toten kennen. Er spürte es. Und es würde ihm keine Ruhe lassen.

Kapitel 16

„Wow, Eddi!" Gisela blickte sich um. „Du hast ja aufgeräumt." Anerkennend wanderte ihr Blick durch die Wohnung, während sie ihre dünne, rote Sommerjacke auszog.

„Ja, so bisschen", erwiderte Eddi abwesend und ging bereits zielstrebig Richtung Küche, um von dort aus einen Blick in den Garten zu werfen. Dort draußen aber, stand kein ihn herbeisehnender Kater. So, wie Eddi gehofft hatte.

Dessen Tellerchen auf dem Küchenboden war Gisela sofort aufgefallen. „Was ist das denn?" Sie deutete auf die Reste der tierischen Mahlzeit.

Eddi berichtete von dem Vierbeiner. Gisela lauschte gespannt, quittierte das Erzählte mit einem Kuss auf Eddis Wange und meinte dann: „Süß. Glaubst du, er kommt wieder?"

Eddi zuckte mit den Achseln. „Wenn nicht, dann halt nicht", gab er gespielt schmallippig zurück.

Die Floristin sah ihn prüfend an. Ein Lächeln umspielte ihre Lippen. „Verstehe. Aber wenn doch, wärst du auch nicht unglücklich darüber, oder? Ist er herrenlos?"

Eddi öffnete den Kühlschrank und holte eine Flasche Weißwein heraus. „Keine Ahnung. Ich denke ja. Zumindest sieht er ziemlich herrenlos aus. Bisschen verwildert, der Kollege. Magst du ein Glas Wein?" Er hielt die Flasche hoch. „Die eine hab ich noch hier."

„Gerne", antwortete Gisela und wandte sich augenblicklich dem Schrank zu, in dem Eddi die Gläser aufbewahrte.

„Dann hast du aber schon zwei heute", spöttelte Eddi. Gisela fuhr herum und blickte ihn fragend an. „Und?"

„Na ja, es ist nur wegen dem Wagen. Dann kannst du erst mal nicht mehr fahren, meine ich. Oder besser gesagt, du solltest dann nicht mehr fahren", analysierte er betont sachlich.

Gisela nahm zwei Gläser aus dem Schrank. „Könntest du mir in diesem Falle vielleicht Unterschlupf gewähren für die Nacht?", erwiderte sie in keckem Ton und trat mit beiden Gläsern in der Hand auf ihn zu. „Deinen möglicherweise anstehenden Rausch könntest du ja dann auf der Couch ausschlafen." Blinzelnd, wie die Unschuld vom Lande, blickte sie ihn an.

„Mach dich nur lustig", raunte Eddi zurück. Mit einer Kopfbewegung wies er Richtung Wohnzimmer. „Komm, wir setzen uns rüber."

Kurz darauf nahmen sie auf der Wohnzimmercouch Platz. Eddi schenkte Gisela und sich Wein ein, dann fiel ihm der Computer auf, der noch immer dort stand, wo er ihn vergangene Nacht zurückgelassen hatte.

„Mensch, jetzt hab ich völlig vergessen Mesut zu erzählen, was ich da gestern im Internet noch gelesen habe", stieß er überrascht aus.

Gisela machte es sich auf der Couch bequem.

„Er hat auch gar nicht mehr nachgefragt", ergänzte er des Weiteren mehr an sich selbst gerichtet.

Stumm schob sich ein Weinglas in sein Gesichtsfeld. Gisela strahlte ihn an. „Jetzt erst mal Prost!" Herausfordernd hielt sie ihm ihr Glas hin. Er nahm seines ebenso in die Hand und sie prosteten sich zu. Gisela trank einen Schluck und stellte das Glas danach auf dem Wohnzimmertisch ab. „Und nun sag, was hast du Spannendes gelesen? Lass mich raten, Herr Eddi. Es hat was mit Toten auf deinem Friedhof zu tun." Sie grinste breit. Eddi fühlte sich ertappt. In letzter Zeit hatten sich ihre Gespräche wahrlich häufig um jenes Ereignis gedreht.

„Tut mir Leid. Du hast natürlich recht", ließ er sie daher wissen. Das Weinglas kreiste zwischen seinen Fingern.

„Womit habe ich recht?", fragte sie und stopfte sich ein Kissen zwischen Rücken und seitliche Lehne.

„Na ja, wir müssen uns nicht schon wieder über diese Sache unterhalten", gab er verunsichert zurück. Warum war er nur so ein Trottel? Saß hier mit seiner Traumfrau auf der Couch und er? Es war nicht zu fassen. Eine warme Hand legte sich auf seinen rechten Oberschenkel.

„Jetzt mal ehrlich, Eddi. Du musst nicht für mich mitdenken. Bin ja ein großes Mädchen und als solches würde ich dir schon sagen, wenn es mir zu viel würde. Das Problem ist", sie lehnte sich zurück, verschränkte provozierend die Arme vor der Brust. „Das Problem ist, davon bin ich aktuell ziemlich weit entfernt. Also. Jetzt erzähl schon. Bin eine Frau und wir sind im Allgemeinen recht neugierig. Nur für den Fall, dass du das noch nicht wusstest." Neuerlich grinste sie breit.

Es war grotesk. Er hatte damit angefangen. Nun allerdings, da er Gisela dort auf der Couch sitzen sah, stand ihm urplötzlich der Sinn nach etwas ganz anderem. Doch Gisela war ziemlich offenkundig eine Frau, ahnte einmal mehr sofort, was in ihm vorging, grinste nur noch breiter und wiederholte dann: „Nix da, ich will jetzt wissen, was du herausgefunden hast!"

Eddi grantelte etwas im Flüsterton, beugte sich dann nach vorne, stellte sein Weinglas ab und griff nach dem Rechner. Er klappte das Notebook auf, wollte es starten, als ihm die rote Leuchte auffiel. „Mist. Der Akku."

Ungeduldig rutschte Gisela auf der Couch hin und her. „Jetzt schieß doch einfach mal los. Geht doch bestimmt auch ohne Computer!"

Eddi klappte das Notebook wieder zu.

„OK", begann er und lehnte sich tief in die Couch zurück, während Gisela nach ihrem Glas griff. „Aber ich warne dich. So wahnsinnig spannend ist es nun nicht. Also, ich habe gestern Abend oder besser gesagt gestern Nacht mal im Internet …"

„Du hast mitten in der Nach im Internet gesurft?", fiel ihm Gisela ins Wort und legte dabei ihre Beine über Eddis Schoß, dem augenblicklich ein warmer Schauer durch den Körper fuhr.

Er legte sanft seine Hände auf ihre Knie und meinte dann etwas oberlehrerhaft: „Willst du jetzt wissen, was ich herausgefunden habe, oder nicht?"

„Aye Aye, Frankenfrotzel!" Gisela fasste mit ihrer freien Hand den Kragen seines Hemds und zog ihn an sich heran. Sie küsste ihn so leidenschaftlich, dass Eddis Blut unversehens aus den oberen Sphären seines Körpers in dessen Niederungen schoss. Dann aber drückte sie ihn wieder von sich, nahm einen Schluck Wein und lächelte selig.

„Und jetzt. Ohne Umschweife und weitere Unterbrechung. Fortfahren bitte", befahl sie.

Eddi atmete tief durch. Sehr tief. Er sortierte seine Gedanken, nahm dann den Gesprächsfaden wieder auf.

„Also, ich dachte mir, ich google mal die drei Namen der Männer. Den vom Lenninger, dem Eck und dann noch diesem Rehnstein. Die drei aus dem Schützenverein."

Gisela nahm einen weiteren Schluck aus ihrem Glas, ließ ihn dabei nicht aus den Augen.

„Zu diesem Lenninger habe ich schon mal gar nichts gefunden. Noch nicht mal einen Eintrag im Telefonbuch. Wie vom Erdboden verschluckt. Beim Namen Eck hatte ich etwas mehr Glück. Es gibt noch drei Familien hier in der Gegend. Eine in Ochsenfurt, eine in Goßmannsdorf und auch noch eine in Frickenhausen. Zu allen dreien habe ich aber absolut nichts Interessantes finden können. Na ja, wobei …", nun griff auch er nach seinem Weinglas und tätigte einen tiefen Schluck. „Ich habe ja auch nicht wirklich gesucht. Schließlich …" Er zuckte mit den Achseln. „Nach was hätte ich auch suchen sollen? Ich hab mir einfach gedacht, vielleicht stolpere ich einfach über irgendwas und es klingelt bei mir."

Gisela richtete sich unmerklich auf und fixierte ihn. „Und dann hat es geklingelt?" Die Frage klang mehr wie eine Feststellung.

Eddi streichelte sanft über ihre Beine. „Du darfst aber nicht enttäuscht sein. So gewaltig ist die Entdeckung wirklich nicht."

Gisela quittierte seine Bemerkung mit der eindeutigen, mimischen Aufforderung nun endlich mit der Sprache herauszurücken. Also fuhr er fort. „Ich hatte dir doch erzählt, dass den Rehnsteins ein uraltes Weingut gehört. Also uralt, du weißt schon. Ziemlich alt eben. Alt und groß."

Gisela nickte.

„Dieses Weingut", führte Eddi weiter aus, „ist seit Generationen im Familienbesitz. Die Rehnsteins waren mal ziemlich einflussreich. Frankenwein war wie eine Brücke zum Adel und insbesondere zum Klerus, musst du wissen. Beide waren damals völlig verrückt nach unserem Wein. Das ist im Übrigen auch der Grund dafür, dass es hier überall Stadtmauern gibt."

Gisela stutzte. „Was haben denn die Stadtmauern damit zu tun?", fragte sie.

Das tat nun eigentlich nichts zur Sache, überlegte Eddi, aber er hatte nun mal damit angefangen. Somit erklärte er Gisela, dass der Weinanbau im Maintal schon seit vielen Jahrhunderten existiert habe. Und so alt wie der Weinanbau, so alt war auch die Tradition, diese Weinorte der Region überfallen und speziell deren Weinvorräte plündern zu wollen. Um das wertvolle Gut zu schützen, erlaubten die jeweiligen Landesherren oder wer auch immer gerade das Sagen hatte, die Dörfer mit einer Stadtmauer vor Eindringlingen zu schützen.

„Und das ist untypisch?", hakte Gisela nach.

Die Frage war berechtigt und so versuchte Eddi noch etwas mehr Licht ins Dunkel zu bringen. „Allerdings. Du musst wissen, dass so eine Stadtmauer damals ein echtes Privileg war. Keine Siedlung durfte einfach so und ohne Genehmigung eine Stadtmauer bauen. Das wäre praktisch eine Kriegserklärung an den Landesfürsten gewesen. Das Recht, eine Stadtmauer zu bauen, musste explizit ausgesprochen werden. Genau wie andere Rechte. Zum Beispiel das Recht einen Markt abzuhalten oder gar Münzen zu prägen. Jedenfalls ist es komplett unüblich, dass eigentlich ihrer Größe nach so unbedeutende Siedlungen wie Frickenhausen und viele andere hier in der Gegend dieses Recht zugesprochen bekamen. Genau das aber war der Fall. Die Erklärung hierfür liegt, wie gesagt, im Frankenwein. Vor allem die Bischöfe aus Würzburg hatten über die Jahrhunderte hinweg eine Heidenangst um ihn."

Eddi versuchte an Giselas Blick festzumachen, ob er sie schon langweilen würde. Das Gegenteil schien jedoch der Fall zu sein. Sie lauschte gebannt. Daher fuhr er fort: „Was mir also aufgefallen ist, als ich mich über das Weingut der Rehnsteins im Internet informiert habe, ist, dass es kurz vor Kriegsende einen Zusammenschluss mit einem anderen großen Weingut aus Frickenhausen gab." Wieder musterte Eddi Gisela eindringlich. Sehr beeindruckt war sie von dieser Erkenntnis allein offenbar noch nicht. Postwendend kam von ihr ein „Und weiter?"

„OK, also folgendermaßen." Eddi richtete sich etwas auf. „Ich habe in zwei verschiedenen Quellen jeweils nachlesen können, dass dem Hans Rehnstein, das ist unser Mann aus dem Schützenverein, das andere Weingut zugefallen ist. So stand es da wortwörtlich: Zugefallen."

Nun schien es schon eher so, als würde Gisela wie gewünscht den Spannungsbogen bergauf gehen.

„Zugefallen?", fragte sie und sah ihn dabei neugierig an.

„Genau. Zugefallen. Das finde ich schon ungewöhnlich."

Gisela nickte bedächtig, nahm einen weiteren Schluck aus ihrem Glas, meinte dann: „Ja, das klingt irgendwie … weiß nicht. Nach Erbe oder Schenkung oder etwas in der Art."

Nun war Eddi es, der stumm nickte. Eine gewisse Zeit lang schwiegen beide. Schließlich war Gisela es, die das Gespräch wieder aufnahm. „Also hat dieser Hans Rehnstein ungefähr um den Zeitpunkt herum, als diese Frau wahrscheinlich von unter anderem eben jenem Hans Rehnstein umgebracht wurde, dieses Weingut übernommen."

„Exakt", erwiderte Eddi und fügte hinzu, „zudem kostenlos, wie es scheint. Na ja ich meine, wenn einem etwas zufällt, das klingt für mich nach echtem Glücksgriff."

Erneut schwiegen beide für einen Moment. Und erneut war es Gisela, die die Stille unterbrach. „Nur, was bringt dir das? Ich meine, wie kommt jetzt deine unbekannte Tote genau ins Spiel?"

Eddi streichelte sanft ihre Beine. Es stimmte. Was genau ihm diese Information bringen würde, wusste er selbst noch nicht so recht. Aber es war immerhin ein Ansatz, fand er.

„Das ist natürlich die Frage", gab er zurück. „Genau an dem Punkt hänge ich auch noch. Andererseits, wenn die junge Frau umgebracht wurde. Für so etwas gibt es ja meist ein klassisches Motiv, oder? Also, äh, sowas wie Rache oder Eifersucht."

„Oder Gier", ergänzte Gisela.

„Gier, genau", pflichtete Eddi bei. „Bei der Geschichte mit dem Weingut oder den beiden Weingütern ging es ja bestimmt um eine Menge Geld. Vom Prestige und Ansehen mal ganz abgesehen. Und vergiss nicht. Auf dem kaputten Anhänger von der Kette, die ich außerdem im Grab gefunden habe, also da waren ja Weintrauben abgebildet. Vielleicht sollte das ebenso ein Hinweis sein. Genau wie das Abzeichen von dem Schützenverein." Er leerte sein Weinglas und stellte es auf dem Tisch vor sich ab. „Und? Was hältst du davon?", fragte er dann und sah Gisela erwartungsvoll an.

„Ich weiß, worauf du hinauswillst, Eddi", begann sie. „Sicher … Du willst sagen, die Frau hat eine tragende Rolle bei der Sache mit dem Weingut gespielt und musste deswegen aus dem Weg geräumt werden. Das ergäbe natürlich Sinn. Einen sehr plausiblen sogar. Aber irgendwie … Ich verstehe immer noch nicht so ganz, wie das abgelaufen sein soll. Mir ist der Faden, verstehe mich da bitte nicht falsch, noch etwas zu dünn. Ich meine, nur weil die Frau vermutlich um den Dreh herum gestorben ist …"

Sie brach den Satz ab, führte ihr Weinglas zum Mund, leerte es und stellte es vor sich auf dem Tisch ab.

Eddi seufzte. Genau das war der springende Punkt. Zwar fand er sehr wohl, einen Fortschritt gemacht zu haben. Weingüter, Geld, Prestige, Motiv. Und was für ein Motiv. Nur der Rest wollte sich leider Gottes noch lange nicht zu einem logischen Gesamtbild zusammenfügen lassen. Und Gisela hatte selbstverständlich recht. Die Tatsache, dass die Frau möglicherweise exakt um die Zeit herum gestorben war, als es zu der Übernahme kam, machte einen Zusammenhang zwischen beiden Ereignissen noch lange nicht unumgänglich.

„Hast du das gehört?", fragte Gisela plötzlich in die gedankenerfüllte Stille hinein und richtete sich leicht auf. Eddi wollte gerade auf ihre Frage antworten, als ein „Psst" ihm dazwischenfuhr. Gisela spitzte die Ohren. Auch Eddi lauschte. Tatsächlich. Da war ein Kratzen. Ein Quietschen. Er lächelte. Behutsam hob er Giselas Beine an und setzte sie rechts neben sich ab, sodass er aufstehen konnte. „Ich glaube, ich weiß, was das ist", meinte er und erhob sich.

„Was denn?", fragte Gisela und Eddi meinte eine gewisse Unsicherheit, wenn nicht gar zaghafte Furcht in ihrer Stimme mitschwingen zu hören. „Keine Angst", beruhigte er sie daher, „ist sicher kein krimineller Zweibeiner. Ich tippe eher auf hungrigen Vierbeiner."

Er ging in die Küche, warf einen kurzen Blick in den Garten. Das Tageslicht hatte sich unlängst verabschiedet. Die türkisfarbenen Augen dort draußen jedoch hoben sich deutlich genug vor dem dunklen Hintergrund ab. Ein Schwanz strich sachte von links nach rechts über die Steinplatten der Terrasse. Eddi öffnete die Tür.

Der Kater hob noch nicht einmal den Kopf, um ihn anzusehen. Er spazierte vielmehr selbstbewusst in die Küche, sah sich kurz um und tapste dann entschlossen in den Gang hinaus. Eddi schloss die Küchentür wieder.

Kurz darauf war ein „Hey, wer bist du denn?" aus dem Wohnzimmer zu hören. Eddi schmunzelte. Er nahm den Teller mit der Tiermahlzeit vom Boden, warf die verbliebenen Reste in die Mülltonne und füllte ihn frisch auf. Zudem packte er noch zwei Scheiben Salami obenauf. Ein Blick auf die Wasserschüssel verriet ihm, dass hier kein weiterer Handlungsbedarf bestand. Zufrieden begab auch er sich zurück ins Wohnzimmer.

Dort angekommen, musste er amüsiert feststellen, dass sein Platz auf der Couch besetzt war. „Ich hab hier schon 'nen Kerl. Wirst dich wohl mit dem Sessel begnügen müssen", scherzte Gisela und streichelte dabei sanft über Bauch, Rippen und Beinfell des Katers, während dieser wohlig seine Pfoten in die Luft streckte. Gisela hob den Blick. „Hat er schon einen Namen?"

Eddi beugte sich zum Tisch hinunter, nahm die Weinflasche in die Hand und begann damit, sowohl sich als auch Gisela nachzuschenken. Er blähte die Backen auf. Mit einem vernehmlichen „pffffffff" gab er zu erkennen, dass er mit der Frage nach einem Namen für das Tier gerade gänzlich überfordert sei.

Gisela gackerte belustigt. „Pfffff? Das ist doch kein Name für einen Kater!" Eddi reichte ihr das gefüllte Weinglas. „Wie wäre es mit …" Sie überlegte kurz. „Wie wäre es mit Puh?", stieß sie dann aus. „Puh ist auf jeden Fall besser als pfffff."

Eddi setzte sich auf den Sessel, betrachtete den Vierbeiner und dachte nun seinerseits kurz nach. „Puh? Gibt es da nicht diesen Bär, der so ähnlich heißt?", fragte er, woraufhin Gisela dem streunenden Kerl einen forschenden Blick unterzog. Sie zupfte das Fell des Tiers an der einen und anderen Stelle. „Na, zottelig genug ist er jedenfalls", urteilte sie.

„OK, dann eben Puh", gab Eddi zurück.

Plötzlich griff Gisela in ihre Hosentasche. Sie zog ihr Smartphone heraus. Eifrig fotografierte sie das Tier mehrmals von allen Seiten. Eddi wollte wissen, was sie nun wieder vorhabe. „Lass mich nur machen!", gab sie zurück.

Er betrachtete die Floristin eingehend, sah ihr fasziniert bei ihrem Vorhaben zu und hatte schließlich das Gefühl, nun seinerseits dringend etwas erforschen zu müssen.

Gisela schien seinen Blick auf ihrem Körper zu spüren. Sie sah ihn an. Und in der Art und Weise wie sie ihn ansah, so kam es Eddi vor, spiegelte sich viel von dem wider, wovon er seit Wochen unablässig träumte.

Kapitel 17

Noch von den Emotionen der vergangenen Nacht beschwipst, trällerte Eddi einen Beatles-Song, während er mit der Schubkarre über das Friedhofsgelände bretterte. „All you need ist love", summte er gutgelaunt vor sich hin.

Dabei wollte er gar nicht lieben. Wer liebte, verlor. So war es. Recht unkompliziert, das Leben. In dieser Hinsicht. So zumindest reimte Eddi sich das Leben zusammen. Oder nein, so hatte ihn das Leben geschult. Und Eddi war stets ein gelehriger Schüler gewesen. Liebe war flüchtig. Leben war flüchtig.

Allerdings ahnte trotz all dieser Erkenntnis ein Teil in ihm, dass seine Abwehr auf Sand gebaut war, wenn es so weiterginge. Er musste unbedingt aufpassen, sich zügeln. Die Gefahr war einfach zu groß, eine neue, schmerzliche Lehre des Lebens aufgezwungen zu bekommen.

Außerdem durfte er nicht nur seine Gefühle und Wünsche in den Mittelpunkt stellen. Zur Liebe gehörten immerhin zwei. Wenn er auch nicht viel von der Liebe wusste. Das immerhin, war ihm bewusst. Eddi erinnerte sich an Giselas Hinweis. Sie brauche Freiraum, hatte sie zu ihm gesagt. Sie brauche Luft zum Atmen. Etwas, das einem prinzipiellen Einsiedler wie Eddi erst einmal entgegenkam. Er würde es respektieren, mahnte er sich im Geiste. Ganz langsam also. Ganz langsam.

„He he, Eddi immer sachte!", schmetterte es ihm plötzlich entgegen und ihm wurde gewahr, dass es um seine Aufmerksamkeit gerade nicht zum Besten gestanden hatte. Fast wäre er mit Pfarrer Selig zusammengestoßen.

„Du willst mich doch wohl hoffentlich nicht umbringen, mein Sohn? Wir haben bereits morgen wieder eine Beerdigung, denk daran. Arbeitsbeschaffungsmaßnahmen sind insofern nicht von Nöten!"

Der Pfarrer lächelte ihn an. Eddi erwiderte das Lächeln.

„Entschuldigung, Herr Pfarrer, da war ich wohl in Gedanken."

„Also Eddi, das müssen aber schöne Gedanken gewesen sein, so beschwingt, wie du über den Friedhof düst!"

Eddi wurde rot. Pfarrer Selig schien Notiz von seiner Verlegenheit genommen zu haben. Er klopfte ihm auf die Schulter. „Na, rot werden musst du deswegen nicht gleich." Er musterte ihn eindringlich. „Oder etwa doch?" Jetzt lachte er regelrecht auf. „Was auch immer dir so gute Laune beschert", fuhr er fort, „ich freue mich für dich. Vergiss aber nicht, dass der Herrgott", er deutete mit seinem rechten Zeigefinger in den Himmel, „bestimmt seinen Anteil an deinem Glück hat." Jetzt verzog der Pfarrer etwas das Gesicht. „Du könntest zum Dank also ruhig mal wieder in die Messe kommen."

Kurzes, betretenes Schweigen.

„Gut, Eddi, ich weiß, äh, also ich weiß ja um deine Einstellung gewissen Dingen gegenüber. Lassen wir das. Allerdings weiß ich ebenso, dass du dem Herrn doch nahe stehst. Auf deine Art eben. Mein Chef und ich jedenfalls würden uns über deinen Besuch freuen. Ich muss nun rasch in die Westsiedlung zu einem Traugespräch. Denk mal darüber nach!"

Der Pfarrer tätschelte ihm nochmals sanft die Schulter, winkte ihm dann zu und stapfte schließlich davon. Eddi sah dem alten Mann hinterher. Er mochte ihn wirklich. Vielleicht sollte er tatsächlich mal wieder. Demnächst, irgendwann.

In seiner Hosentasche begann Eddis Smartphone in jenen Gedanken hinein zu vibrieren. Auch das noch, dachte er sich und blickte kurz in den Himmel. Wo man gerade schon mal bei Gott war. Warum nur hatte dieser dem Menschen die Fähigkeit gegeben, solch technische Dinge wie Smartphones zu entwickeln? Nur, damit diese ihn ständig von irgendetwas Wichtigem würden ablenken können? Wobei Eddi sein Smartphone liebte. Heute jedoch war ihm jede Form von Ablenkung erst einmal zuwider. Es stand Arbeit an. Dringend musste hier sauber gemacht werden, dachte er sich, und zog das surrende Gerät widerstrebend hervor. Er entsperrte es. Eine Nachricht von Mesut.

„Alter! Außer deutschen Spesen nix gewesen, Mann!"

Eddi seufzte. „Was denn?", lautete die kurze Antwort, die er rasch zurück tippte. Normalerweise würde er nun kurz warten, da von praktisch jeder anderen Person umgehend eine neuerliche Nachricht einträfe. Bei Mesut hingegen wusste man nie so genau, wie lange eine Antwort auf sich würde warten lassen. Daher nahm er die Griffe der Schubkarre wieder fest in beide Hände, um weiter auf den Komposthaufen am westlichen Ende des Friedhofs zuzusteuern. Kurz vor dem Ziel surrte sein Smartphone abermals.

„Ja, Scheiße, Mesut!", rutschte es Eddi versehentlich über die Lippen. In dem kläglichen Versuch, die weiter aufkeimende, innere Spannung abzubauen, summte er noch einmal ein „All you need is love". Dann stellte er die Schubkarre wieder ab, zog sein

Handy aus der Tasche und entsperrte die Tastatur ein weiteres Mal. Es war tatsächlich Mesut, der ihm eine neuerliche Nachricht hatte zukommen lassen.

„Deine deutsche Journalistin! Zugeknöpfter geht gar nicht. Nichts, Mann. Niiiiichts. Rein überhaupt deutsches gar nichts! Nada. Niente!"

Eddi schloss für einen kurzen Moment die Augen. Er blickte sich um. Es gab noch einiges zu tun für ihn an diesem Tag. Andererseits. Essen würde er nun mal müssen. So oder so.

„Mesut, pass auf. Das mit deiner Erklärung dauert ja sicherlich etwas. Ich komm zum Essen runter. So in zwei Stunden", lautete daher seine getippte Erwiderung. Wieder steckte er das Handy zurück in die Hosentasche.

Als er sich hiernach entschlossen zu den Griffen der Schubkarre hinunterbeugte, fegte plötzlich ein nicht zu überhörendes „Eddi! Eddi, mein Glücksengel!" über den Gottesacker hinweg.

Zwei Stunden später betrat Eddi wie angekündigt Mesuts Dönerparadies. Der Laden brummte. Ausgerechnet heute, dachte er sich und steuerte energisch an zwei Männern im Anzug vorbei auf Mesut zu.

„Mann, Mesut, du glaubst nicht", wollte er gerade ansetzen, als dieser sich just einem zahlenden Kunden zuwandte. Ungeduldig tänzelten Eddis Finger über den Glastresen, während Scheine und Münzen hin und her gereicht wurden. Nachdem der Bezahlvorgang abgeschlossen war, setzte Eddi abermals an. „Mesut, pass auf. Das glaubst du echt nicht, …"

Doch Mesut unterbrach ihn. „Ich sag dir mal, was *du* nicht glaubst. Macht mir Lena gestern doch offensichtlich den ganzen Nachmittag schöne, deutsche Augen. Oder vielleicht nicht? Und dann lässt sie mich einfach stehen. Redet was von sie braucht im Moment Zeit für sich und so ein Gewäsch also echt, Mann. Deutsches Wetter, deutsche Frauen. Kann man einfach nicht vertrauen, Bruder!"

Große, anatolische Augen saugten sich an Eddi fest. Mesut erwartete unzweifelhaft vehementes Beipflichten in dieser Sache.

Schließlich ginge so etwas ja wirklich nicht. Absolut unerhört! Frei von Zweifel hätte Lena sich ihm gestern hingeben müssen, nachdem man erst zusammen Pizza essen und dann auch noch am Mainufer flanieren war. So oder so ähnlich hätte Mesuts Meinung nach Eddis Bewertung unweigerlich ausfallen müssen.

Stattdessen setzte dieser ein drittes Mal an: „OK, Mesut, das ist echt, ich weiß auch nicht. Aber nun hör doch mal kurz zu, ja?"

„Was, Mann?", ereiferte Mesut sich. „Hast du nicht gehört was ich gesagt habe?"

Eddi seufzte, ein weiterer Gast schob sich an den Tresen. „Einmal zahlen bitte!" Genervt trat Eddi zurück und beobachtete das geschäftige Treiben. Während der eine Gast zahlte, kündigte sich bereits die nächste Bestellung an. In einen kurzen Moment der Stille rief er zu Mesut hinüber: „Ich schau später noch mal rein. Zu voll heute bei dir." Dann drehte er sich um, hörte noch ein „Alles klar, Alman und dann erklärst du mir mal, was das bitte für eine Nummer gewesen ist. Fast achtzig deutsche Euro investiert. Für nix!"

Als er auf dem Gehweg stand, überlegte er kurz. Er musste etwas essen. Und wenn er schon in der Stadt war. Konnte er der Blumenbinderei und damit Gisela einen kurzen Besuch abstatten? Oder wäre das zu viel des Guten? Er befand, dass es schon OK war, zumal es ursprünglich gar nicht in seiner Absicht gelegen hatte.

Nachdem er in einer Gaststätte unweit der Sankt Andreas Kirche für ein kurzes Mittagessen eingekehrt war, begab er sich in die Brückenstraße. Kurze Zeit später betrat er Giselas Laden. Sie war allein und steckte gerade gedankenversunken Bindegrün in einen Strauß aus Sonnenblumen.

„Der ist aber schön", bekundete er und meinte es auch so.

Gisela blickte auf. „Mensch Eddi! Ich hab dich gar nicht hereinkommen hören!"

„Hast du kurz Zeit?", fragte er. „War eben bei Mesut und wollte ihm was erzählen. Der ist aber gerade bis über beide Ohren beschäftigt. Linsensuppe und Gemüseplatten und so."

„Klar hab ich Zeit. Für dich sowieso!" Sie beugte sich über die breite Holzdiele, die mit abgeschnittenen Halmen, Bändern und kleinerem Werkzeug übersät war und gab ihm einen Kuss. „Klingt ja spannend! Also sag, was gibt es Neues?"

Eddi schob ein paar kleinere Gegenstände zur Seite und setzte sich dann mit seiner einen Körperhälfte auf die massive Tischplatte, die Gisela ansonsten gleichermaßen als Tresen und Arbeitsfläche diente.

„Diesmal kommen die Neuigkeiten auch aus einer ganz anderen Richtung, versprochen. Stell dir vor, die Frau Grieb, die hat schon wieder im Lotto gewonnen. Und diesmal hat sie ganz schön zugelangt. Fünf Richtige mit Zusatzzahl hat sie erwischt. Knapp Zehntausend Euro bekommt sie. Wahnsinn, oder?"

Gisela sah ihn fassungslos an. „Die ältere Frau, der du ab und an was nach Hause bringst? Hat die nicht schon ein paarmal …?"

„Genau die", erwiderte Eddi gut gelaunt. „Meine und Mesuts spezielle Freundin. Noch nie hat sie allerdings so eine große Summe gewonnen. Und weißt du was? Jetzt halt dich fest. Sie besteht darauf, dass ich einen Teil von dem Gewinn abbekomme, weil ich den Lottozettel für sie abgegeben habe. Dreitausend Euro will sie mir geben. Ich hab mich ja zuerst geweigert, aber …"

„Waaas? Spinnst du?", fiel Gisela ihm mit klangvoller Euphorie in der Stimme ins Wort. Sie kam um den Tisch herum gelaufen, um ihn in den Arm zu nehmen. „Das ist doch super und du nimmst das Geld selbstverständlich an! Darf sich ruhig mal lohnen, dass du immer so nett zu allen bist. Da ist nix Verwerfliches dran. Hast es dir sowas von verdient!"

Eddi erwiderte ihre Umarmung, wobei seine Hände immer tiefer ihren Rücken hinab wanderten. Dann erklärte er ihr, dass Mesut die Hälfte davon abbekommen würde. Das sei nur fair.

Gisela war ganz seiner Meinung, strahlte ihn nur noch mehr an und nahm ihn abermals in die Arme.

„Was für eine schöne Überraschung, ehrlich! Mit dem Geld kann man richtig was anfangen. Vielleicht solltest du mal Urlaub machen? Mal was anderes sehen? Ach ja und übrigens, ich habe auch Neuigkeiten für dich."

„Ja, was denn?", fragte Eddi und zog sie noch etwas näher an sich heran. Es fiel ihm schwer, ihr hierbei nicht ständig in den Ausschnitt zu linsen, der sich vor ihm auftat. Aber was konnte man schon gegen solch eine magische Anziehung tun? Gisela war einfach zu schön. Ihre Haut, ihr Duft, ihre Reize. Es war magisch. Oder besser gesagt, magnetisch.

„Ich habe mir das von gestern Abend noch mal durch den Kopf gehen lassen, Eddi", antwortete Gisela auf seine Frage. „Das, was du mir von dem Weingut erzählt hast. Schau." Sie löste sich aus seiner Umarmung und trat einen halben Schritt zurück.

Eddis Körperspannung legte zu. Ihm war, als könne er ein Unwetter aufziehen sehen, obwohl der Himmel bis eben genau genommen noch wunderschön blau gewesen war.

„Also, ich hab auch mal gegoogelt und du weißt sicher, dass, oder nein. Weißt du eigentlich, dass es jedes Jahr ein Hoffest bei den Rehnsteins gibt? Anfang, Mitte September findet das immer statt. Ein regelrechtes Event. Also zumindest, wenn man in einer gewissen Branche tätig ist, oder man einen gewissen Namen hat in der Gegend."

Eddi kniff die Augen zusammen. Der Verdacht breitete sich weiter und weiter aus. Gisela würde gleich mit etwas um die Ecke kommen. Mit etwas, das ihm nicht gefallen würde.

„Es ist so Eddi, ich habe heute Vormittag mit denen telefoniert und gefragt …"

„Moment. Mit wem hast du telefoniert?", unterbrach er sie etwas unwirsch und kannte die Antwort natürlich längst, obgleich weiterhin ein Fünkchen Hoffnung hegend, das aufziehende Unwetter könne sich doch noch in Wohlgefallen auflösen.

„Na, mit dem Weingut", kam es knapp von ihr zurück.

Die Hoffnung war zerschlagen. Sprachlos starrte Eddi sie an.

„Und, na ja", fuhr sie angesichts Eddis Miene leicht verunsichert fort, „ich habe angefragt, ob ich mich und mein Geschäft mal vorstellen dürfe. Die brauchen bei sowas sicherlich jemanden für die Blumenarrangements. Nehme ich jedenfalls an. Das diesjährige Hoffest war zwar schon. Aber für kommendes Jahr, dachte ich mir. Und dann würde ich gleich zwei Fliegen mit einer Klappe schlagen, wenn ich …"

„Moment, Moment", grätschte Eddi ihr erneut verbal dazwischen und erhob sich jetzt. „Du willst da hin? Zu den Rehnsteins? Aber das kannst du doch nicht machen!"

Gisela hatte wohl geahnt, dass ihm die Sache nicht ganz geheuer sein würde. Ihre Miene indes drückte aus, dass sie nur nicht exakt einzuordnen wusste, weshalb. „Warum nicht?", fragte sie schließlich, trat wieder einen Schritt auf ihn zu und hakte ihre beiden Hände in seinen vorderen Hosenbund.

„Na weil …" Eddi wusste gar nicht so recht, was er erwidern konnte. War Gisela nicht klar, was sie da vorhatte? Was, würde sie dieser Annemarie Juliane Rehnstein über den Weg laufen? Die hatte Gisela gestern zusammen mit ihm gesehen. Und dann taucht Gisela Tage später wie zufällig dort auf dem Weingut auf? Die Rehnstein würde sie doch sofort wiedererkennen. Und gewiss würde der Schwester Stephan Rehnsteins die ganze Sache spanisch vorkommen. Das war absehbar. Ebenso absehbar war, dass diese Rehnstein genau dieses Spanisch an gewisse Personen in Frickenhausen weitergeben würde. Das wäre zumindest keinesfalls auszuschließen. Und so würden dann gewisse Informationen über ein, zwei Ecken möglicherweise in Frickenhäuser Ohren landen, die ihm ganz und gar nicht willkommen waren: „Da war heute tatsächlich diese Frau bei mir. Die Frau, mit der dieser Totengräber aus Ochsenfurt zusammen mit der Journalistin Essen war. Das ist doch irgendwie komisch, findest du nicht? Was hältst du davon?"

Nein, nein, so ging das nicht! Auf keinen Fall.

„Das wäre einfach ganz und gar nicht gut, Gisela", presste er knapp hervor und schob dann hinterher: „Falls du dieser Frau von gestern, der Rehnstein, dort begegnen solltest. Überleg doch mal. Also, der würde doch sofort klar werden, dass du nicht zufällig dort auftauchst. Und dann. Was dann?" Er schüttelte mit dem Kopf, atmete durch.

Gisela nahm die Hände aus seinem Hosenbund und steckte sie stattdessen in die Taschen ihrer Jeans, während Eddi sich erneut auf den Holztresen setzte. Nach einer Weile meinte sie nur: „Aber jetzt hab ich den Termin doch schon. Wäre das nicht noch auffälliger, wenn ich den nun wieder absagen würde? Außerdem, was soll schon passieren. Das hier ist immer noch Mainfranken und nicht Manhattan oder so." Sie grinste ihn an.

Eddi verzog schmerzlich das Gesicht. Das passte ihm alles nicht. Hinten und vorne passte ihm das alles ganz und gar nicht. Er biss sich auf die Lippen, fixierte Gisela und spürte ausgerechnet in diesem Moment, zum Teufel, eine gähnende Leere in seinem Schädel. Keine Spur von aufdringlichen Gegenargumenten.

„Warum sollte es auffällig sein, wenn du nun wieder absagst?", fragte er stattdessen nur. Etwas Schlaueres hatte ihm gerade einfach nicht einfallen wollen.

Erneut trat Gisela einen Schritt auf ihn zu, schlang die Arme um seinen Hals und seufzte auf. Sekunden lang sagte sie nichts, sah ihn einfach nur an. Dann meinte sie: „Du hast ja Recht, Eddi. Ich hab überhaupt nicht dran gedacht, dass diese Frau, diese Annemarie soundso dort sein könnte." Sie zuckte mit den Achseln. „Aber mal ehrlich. So gefährlich kann das doch nicht sein. Wäre ein ganz normaler Geschäftstermin für mich."

Eddi schwieg. Das Unwetter nahm weiter Fahrt auf.

Gisela erneut ihren Faden.

„Und wenn ich heute anrufe, um für morgen einen Termin auszumachen und jetzt gleich wieder anrufe, um postwendend abzusagen. Nimm doch nur mal an, diese Annemarie, also die hat bereits spitz bekommen, dass ich morgen vorbei kommen möchte. Das wäre doch auch irgendwie suspekt, findest du nicht? Und außerdem Eddi, ich muss auch an mein Geschäft denken. Wie würde so ein Rückzieher denn nach außen wirken?

OK, ich könnte morgen natürlich in aller Früh dort anrufen und sagen, ich sei erkrankt oder so. Aber ist das wirklich nötig? Ich kann schließlich ganz schön geschickt sein, in derlei Dingen. Mir würde schon eine sinnvolle Erklärung einfallen, sollte mir diese Rehnstein tatsächlich über den Weg laufen." Sie blickte ihn erwartungsvoll an.

Eddi war nicht überzeugt. „Und was für eine?", hakte er nach, wobei Resignation in seine Stimme Einzug hielt.

„Das würde mir dann wie gesagt bestimmt noch einfallen", gab Gisela nunmehr schon fast triumphierend zurück. „Schau", fuhr sie fort und kraulte ihm dabei die Ohren, wohl in der Annahme, mit dieser Maßnahme zur Besänftigung eines gewissen Gemüts beitragen zu können. „Ich könnte doch einfach sagen, wie es ist. Ich hätte sie gestern, beziehungsweise vorgestern in der Pizzeria gesehen, hätte erfahren, dass sie vom Weingut Rehnstein kommt und da wäre mir wieder eingefallen, dass ich dort schon längst mal hatte anfragen wollen zwecks, na, … So weit von der Wahrheit entfernt wäre das ja auch nicht. Ich frage schließlich ständig irgendwo an wegen meines Ladens. Erinnere dich nur mal daran zurück, wie wir beide uns das erste Mal über den Weg gelaufen sind."

Sachte löste Eddi sich aus ihren Händen und begann nervös auf- und abzuwandern. Er musste sich strecken, brauchte einen klaren Kopf. Wenigstens für einen kurzen Moment.

Zusammenhänge. Nur Mögliche oder gar Offensichtliche. Ganz egal. Einfach nur mal zusammengetragen. Also angenommen, überlegte er, irgendein lebender Rehnstein von heute wusste von dem Mord an der jungen Frau von damals. Der eigentliche Mörder war ja bereits tot. Wäre es ein Problem für die Familie, wenn dieses Geheimnis nun gelüftet würde? Eddi hatte sich die Frage im Geiste bereits beantwortet, noch bevor er sie zu Ende gestellt hatte. Kaum vorstellbar, dass ein Mörder innerhalb der Familie dem Geschäft zuträglich sein konnte. Und mal vom Geschäftlichen abgesehen. Es gab noch ganz andere Währungen, die in gewissen Kreisen außerdem gehandelt wurden. Ansehen, etwa. War das aber genug? Reichte das wirklich aus? Sollte allein diese Tatsache genügen, dass man besser keine Fragen stellte?

Fieberhaft überlegte er weiter. Erst einmal ging es bei alldem um zweierlei. Einerseits war da sein Ansinnen, Friedhelms Untermieterin ein Minimum an Würde zurückzugeben: Ihren Namen und ja, vielleicht auch einen Teil ihrer Geschichte. Die Antworten auf diese Fragen lagen aber vermutlich nicht in Ochsenfurt, sie lagen in Frickenhausen verborgen. Das war der springende Punkt. Und dort in Frickenhausen, wo man Fragen nach der Toten aus Friedhelms Grab würde stellen wollen, gab es diesen immer größeren, offenkundig nicht ganz koscheren Wust aus Ereignissen. Eine „unspezifische Gefahrenlage", wie Schunke es ausgedrückt hatte. Damit war grundsätzlich erst einmal nicht auszuschließen, dass bestimmte Fragen derzeit für ein überaus ungesundes Echo sorgen konnten. Da all seine Fragen wiederum um die Tote aus Ochsenfurt kreisten, würde eine dann tatsächlich eintretende, ungesunde Konsequenz in diesem Sinne aber nur logisch erscheinen, wenn es eine Brücke zwischen dem Ereignis „Friedhelms Untermieterin" auf der einen und den weiteren Ereignissen auf der anderen Mainseite gab. Wenn man jenem schwertschwingenden Killer mit Fragen zu der toten jungen Frau aus Friedhelms Grab weiter auf die Füße treten konnte, dann doch nur, wenn es diese Verbindung gab. Warum sonst, sollte diese Person sich an derlei Erkundigungen stören? Wie aber, um alles in der Welt, sollte eine Frau, die vor rund siebzig Jahren getötet worden war, jemanden gegenwärtig dazu beflügeln, schwertschwingend durch Frickenhausen zu rennen? Ein solcher Zusammenhang drängte sich zumindest nicht auf, was erst einmal bedeutete, dass das Risiko eines Auftretens jener ungesunden Konsequenzen, hervorgerufen durch Fragen nach Friedhelms Untermieterin, vergleichsweise überschaubar war. Gleichwohl war nicht auszuschließen, dass doch mehr dahintersteckte. Und das war entscheidend. Es konnte diese Verbindung geben. Mesuts Blähungen hin oder her. Und wenn es sie geben sollte, galt es ein zu auffälliges Verhalten nun mal tunlichst zu vermeiden.

Zusammengefasst hieß das also: „Es ist einfach zu gefährlich, Gisela. Hör zu, ich weiß, das ist alles verfahren jetzt. Ich kann und will dir auf keinen Fall sagen, was du tun oder besser gesagt, lassen solltest."

Er stellte sich vor sie, nahm ihrer beider Hände in die seinen und fuhr mit fester Stimme fort. „Ich habe nur einfach ein ganz, ganz mieses Gefühl bei der Sache. Lass uns besser überlegen, wie wir das anders anstellen können."

Zu Eddis Überraschung lächelte Gisela ihn an, anstatt zu einer Rebellion gegen seine Sicht der Dinge anzusetzen.

„Passt schon, Eddi. Wenn ich dir schlaflose Nächte bereite, dann nicht wegen so etwas." Sie zwinkerte ihm zu und drückte seine Hände. „Ich sehe ja, wie wenig dir der Gedanke behagt und du weißt, ich vertraue dir. Dir und deinen Antennen." Sie zögerte kurz, überlegte, dann fuhr sie fort. „Hab ich dir eigentlich schon mal gesagt, weshalb ich dich so wahnsinnig gern hab?"

Eddi zog, überrascht vom plötzlichen Themenwechsel, fragend die Brauen nach oben.

„Du bist für mich einfach was ganz Besonderes, Eddi. Schon immer gewesen. Also die Zeit über, die wir uns nun kennen. Meine Familie ... Ich komme, wie es so schön heißt, aus, na ja, schon allein dieser Ausdruck ... Ich komme aus recht gutem Haus. Gut, im Sinne von betucht."

Jetzt war Eddi baff. Sowohl über die Information als auch darüber, dass Gisela ihm diese Neuigkeit ausgerechnet jetzt und hier offenbarte. Hinzu kam, dass ihm die Vorstellung, Gisela komme aus einer Familie von Anzugträgern, nicht wirklich behagte. Sie aber war einmal mehr offenkundig in seine Gedanken eingedrungen, drückte seine Hände nur noch fester und meinte dann: „Nur damit du es weißt, das hier, die Einfachheit, das Bodenständige. Das ist meine Welt. Ich bin nicht umsonst von Zuhause weg. Also ich liebe meine Eltern und meine beiden Brüder."

Zwei Brüder, notierte Eddi im Geiste. Und Eltern, die noch lebten. Er hatte tatsächlich nie danach gefragt. Nicht, weil er nicht neugierig gewesen wäre. Doch derlei Fragen zu stellen, das hatte ihm noch nie behagt. Man wusste schließlich nie, was kommen würde.

„Aber", ergänzte Gisela, „deren Leben dort ist nicht meines. Also, was ich sagen will." Nun trat sie ganz nahe an ihn heran, nahm seinen Kopf zwischen beide Hände und blickte ihm tief in die Augen. „Auf meinem Weg hierher habe ich so meine Erfahrungen gemacht. Viele Erfahrungen, viele Facetten. Es gibt so viele Menschen, die so viele Gesichter haben, die aus so vielen Einzelpersonen zu bestehen scheinen. Und doch verfügen sie über keinerlei Persönlichkeit. Du aber", sie streckte sich ihm entgegen, gab ihm einen Kuss, „du hingegen bist eine Person, eine Persönlichkeit. Bei dir habe ich nie das Gefühl mich fragen zu müssen, mit welcher Facette eines Ichs ich mich gerade unterhalte, wenn ich bei dir bin. Du bist, was du bist. Liebenswert, unbedingt, teils auch knorrig, sehr sogar", ein herzhaftes Lachen folgte. „Geradeaus eben. Daher kann ich jetzt auch spüren, dass du dir ehrlich Sorgen machst. Was wohl jeder Frau gefallen und imponieren würde, muss ich zugeben. Das hat so was von Rittertum." Sie grinste und kraulte ihm die Backen. „Deine Antennen werden schon wissen, warum dir diese Angelegenheit nicht behagt und damit ist gut. Es ist solange gut, wie wir über Dinge reden können. Vielleicht finden wir ja wirklich noch eine andere Lösung."

Sie nahm die Hände von seinem Gesicht, fasste sich mit ihrer linken Hand an ihren Ausschnitt und starrte ins Leere. Offensichtlich schien sie nachzudenken. Dann schüttelte sie den Kopf, meinte abschließend: „Gerade fällt mir allerdings auch keine ein."

Eddi stand nur da. Gebannt von dem gewaltigen Rauschen, das Giselas Worte in ihm ausgelöst hatte. Solch schöne Worte. An ihn gerichtet. Er war tatsächlich sprachlos, starrte nur und klappte dann schlagartig seinen Unterkiefer nach oben.

„Na, du Brummbär? Was los? Hab ich dich jetzt verschreckt?", fragte sie ihn, weiter schelmisch grinsend und dabei einen schnellen Blick über ihre Schulter werfend. Die Türglocke hatte leise gebimmelt und eine Kundin ankündigend, die soeben den Laden betrat.

Schnell und doch ohne Hast ließ Gisela von ihm ab.

„Nein … Nein, natürlich nicht. Danke", erwiderte Eddi und erkannte sofort, wie einfältig seine Erwiderung in diesem Moment geklungen haben musste. Zu allem Überfluss bestätigte Gisela seine Vermutung jäh.

„Danke?" Sie lachte auf. „Bitte, bitte, gern geschehen!" Sie schenkte ihm ein Augenzwinkern, wandte sich dann der Kundin zu und begrüßte die Frau.

Eddi beschloss, dass sein Kurzbesuch bei Gisela damit beendet war. Er gab noch ein „Ich melde mich später" von sich, nickte beiden Frauen zum Abschied freundlich zu und wollte gerade den Laden verlassen, als er Giselas Stimmt erneut hörte.

„Moment noch!"

Eddi drehte sich um. Gisela machte gerade eine entschuldigende Geste in Richtung der Dame, ging dann kurz ins Hinterzimmer, wo ihr kleines Büro lag, und kam wenige Sekunden darauf mit einer Schutzhülle aus Klarsichtfolie in der Hand zurück. „Die hab ich noch für dich ausgedruckt. Du weißt schon, was du damit machen musst!"

Kapitel 18

Wieder auf seinem, ihm nur allzu vertrauten Terrain angekommen, staunte Eddi nicht schlecht, als er Lena in Gedanken versunken auf einer der Bänke nahe der Friedhofskapelle sitzen sah. „Was machst du denn hier?", fragte er freimütig, als er an sie herantrat.

Lena schreckte hoch. „Eddi!", schoss es aus ihr heraus. „Ich hab dich gar nicht kommen hören!"

„Hab ich gemerkt", gab er zurück und setzte sich neben sie. Unterdessen legte er die Schutzhülle mit den Ausdrucken, die

Gisela ihm mitgegeben hatte, auf der Bank neben sich ab. Aus seiner Hosentasche kramte er seine Zigaretten hervor. Er entnahm eine aus der Schachtel und bot auch Lena eine an.

„Eigentlich rauche ich keine Zigaretten, aber sei's drum." Sie zog ebenso eine aus der Packung. Eddi reichte ihr Feuer. Dann schwiegen beide für einen Moment, inhalierten den Rauch und inspizierten Gräber und Wege, unterdessen warme Sonnenstrahlen angenehm in ihrer beider Gesichter fielen.

Hier und da waren Personen an den Gräbern zugange. Eddi erkannte unter anderem Herrn Jahn, einen alten Mann, der kaum noch gehen konnte und dessen Frau ausgerechnet in der obersten Reihe des Friedhofs beerdigt lag. Herr Jahn war gerade dabei eine grüne, offensichtlich volle und dementsprechend schwere Gießkanne aus Plastik einen der ansteigenden Schotterwege nach oben zu tragen. Eddi versetzte es stets einen Stich, Angehörige, meist fortgeschrittenen Alters, auf dem Friedhof beim Besuch ihrer Liebsten zu sehen. Ihrer Liebsten, genau, überlegte Eddi. So war es nun einmal. Wer liebte, verlor. Früher oder später. Da war es wieder. Obgleich dies, er wusste es, nicht bedeuten konnte, nicht lieben zu dürfen. Doch Liebe schloss Trennung nun mal mit ein. Nichts hielt ewig. Ihm jedoch war Abschied jeglicher Form schon immer besonders schwergefallen. Schwerer als anderen. Er hasste ihn regelrecht. Und es wurde mit jedem Jahr schlimmer. Ausgerechnet ein Totengräber, der den Tod nicht leiden konnte. Aber wer konnte das schon?

Er zog erneut an seiner Zigarette.

„Also?", fragte er irgendwann in die Stille hinein an Lena gerichtet, „was führt dich zu mir auf den Friedhof?"

Lena blies ihrerseits den Rauch in die angenehm warme Luft, schnippte daraufhin die Asche der Zigarette auf den Boden.

„Ich hoffe, ich störe dich nicht, Eddi. Gibt keinen spezifischen Grund. Ich wollte einfach mal weg von dort drüben."

Damit spielte sie zweifelsohne auf Frickenhausen an, sagte er sich. Kaum ein Wunder. Für Lena musste Frickenhausen zwangsläufig und uneingeschränkt Arbeit sein, Tod und Mord.

„Und dann war ich ehrlich gesagt ziemlich neugierig auf deinen Friedhof. Ich habe dir ja bereits von meiner Schwäche für schöne Gräber erzählt."

Eddi schwieg, hatte das Gefühl, dass noch etwas nachkommen würde. Und so war es.

„Da vorne, dieses Loch mit dem Absperrband", sagte sie und sah auf den Punkt, wo sich einst das Grab Friedhelms und dessen unbekannter Untermieterin befunden hatte. „Ja?", fragte Eddi, ahnte aber bereits, worauf Lena hinauswollte. „Das ist sicherlich dieses Grab, in dem du die Gebeine der unbekannten Frau entdeckt hast, oder?" Sie richtete ihre Augen auf Eddi, der stumm nickte.

Angenehmes Schweigen folgte.

Eddi musste an jenen Tag zurückdenken, als er schweißgebadet in jenem Erdloch stand, während Mesut ihm kiffend bei der Arbeit zugesehen hatte.

„Was grinst du?", hörte er Lena fragen.

Ihm wurde bewusst, dass er bei dem Gedanken an jenen Spätnachmittag und insbesondere an seinen Lieblingstürken tatsächlich ziemlich breit gelächelt hatte. „Ach, ich hab nur an Mesut denken müssen. Der war ja damals dabei, als das mit dieser Sache da …" Er wedelte mit der rechten Hand in Richtung besagter Graböffnung, während seine Linke abermals die Zigarette zum Mund führte. Er nahm einen tiefen Zug, stieß den Rauch aus. „Na ja und er ist manchmal halt etwas …"

Er suchte nach dem richtigen Wort.

„Speziell", ergänzte Lena seine Worte und quittierte diese nun ihrerseits mit einem breiten Grinsen. „Hat bestimmt gedacht, dass du dort einen Schatz hebst, oder so", schob sie noch hinterher.

Beide mussten lachen. Lena war nicht nur schön, fand Eddi. Sie war auch verdammt klug. Die Journalistin konnte nicht ahnen, wie richtig sie mit ihrer Vermutung lag.

„Genau so war es", bestätigte er kurzerhand und nickte dabei mehrmals vor sich hin, währenddessen noch immer ein Lächeln auf seinem Gesicht lag.

Nach einer neuerlichen Pause meinte Lena leise: „Komisch, völlig unerwartet jemanden zu finden, von dessen Existenz niemand etwas zu wissen scheint, oder?"

Ihre Frage machte Eddi nachdenklich. Sein Lächeln verschwand und er starrte auf das Band, welches noch immer um die Öffnung des Lochs gezogen war und nun leicht aber geräuschvoll flatterte.

„Komisches Gefühl, ja", gab er zurück. „Ich meine, die Überreste eines Menschen ausgraben ist eine Sache. Das ist eben mein Job. Also unter anderem halt." Er musterte Lena kurz von der Seite, die ihm anerkennend und ohne einen Anflug von Missbilligung zunickte.

„Aber einen unbekannten Toten oder in diesem Falle eine unbekannte Tote auszugraben. Das ist schon was anderes. Das lässt einen nicht so ohne Weiteres wieder los. Da fragt man sich natürlich zwangsläufig ..." Er zuckte mit den Achseln, spürte dabei Lenas wohlwollenden Blick auf sich ruhen.

Augenblicke später beugte sie sich nach unten und drückte die Zigarette auf dem sandigen Boden aus. Den Zigarettenstummel steckte sie in ihre Jeanstasche.

„Ich finde das schön, dass du das sagst. Das erinnert mich in gewisser Weise auch an meine Arbeit."

Eddi warf ihr einen verwunderten Blick zu.

„Na ja", erklärte Lena, „du hast gegraben und bist auf eine Tote gestoßen. Das klingt doch erst einmal nach Verbrechen, auch, wenn das hier ein Friedhof ist."

Eddi musterte sie. War das Lena, die sich hier mit ihm unterhielt oder die Journalistin? Einerseits hatte sie natürlich recht mit dem, was sie sagte. Zwar war dies hier geweihte Erde. Davon jedoch abgesehen, hatte er eben eine Tote ausgegraben, von der niemand wusste, dass sie existierte oder besser gesagt, einst existiert hatte. Hätte er das Skelett zufällig im Wald oder im Garten gefunden. Kein Mensch wäre auf die Idee gekommen, nicht geradewegs an einen Mord zu denken. Allein die Tatsache, dass der Fundort ein Friedhof war, minderte das zugestandene Gewaltverbrechenpotenzial mutmaßlich. Somit spiegelten Lenas Worte nüchtern betrachtet einfach nur Fakten wider. Er hatte gegraben, war auf eine Tote gestoßen, auf die er nicht hätte stoßen sollen. Ganz im Sinne eines Verbrechens eben. Dennoch glaubte Eddi, aus Gesagtem mehr als reine Feststellung herausgehört zu haben. Womöglich war es an der Zeit, die Tür noch ein kleines Stück weiter aufzustoßen.

„Spielst du auf etwas an?", fragte er daher und drückte seine Zigarette ebenfalls auf dem Boden vor sich aus.

Für einen kurzen Moment hatte er das Gefühl, dass Lena sich die Antwort erst noch zurechtlegen musste.

„Nein", meinte sie schließlich in nüchternem Tonfall. „Ich habe nur schon wieder an diesen Mord in Frickenhausen denken müssen. So eine verfahrene Sache lässt mich immer extrem ins Grübeln kommen." Sie seufzte hörbar auf. „Und ich werde wohl noch weiter nachdenken müssen." Ihre Augen waren geradeaus auf die Reihe Gräber vor ihnen gerichtet.

Einer Eingebung folgend, meinte Eddi hierauf: „Aber meine unbekannte Tote wird dir in dieser Sache nicht weiterhelfen können, nehme ich an?" Dabei lächelte er schief, betrachtete sie forschend.

Ihre Reaktion war ein Blick, ein neuerliches Zögern, das Eddi einmal mehr nicht wirklich zu deuten wusste. Und doch sah er etwas in ihren Augen, es rüttelte geradezu an ihm, er wusste nur nicht, was es war.

„Tote haben ja immer etwas zu erzählen", gab sie schließlich kryptisch zurück. Mehr kam nicht. Bejahend nickte Eddi stumm.

„Immerhin scheint die Kripo jetzt eine heiße Spur zu haben, was den toten Mann angeht. Du bist insoweit erst mal raus aus der Schusslinie, Eddi." Sie sah ihn amüsiert an.

Abermals war Eddis Neugierde schlagartig geweckt.

„Ach? Weißt du mehr darüber?"

Ausgerechnet in diesem Moment klingelte Lenas Handy. Sie zog die Handtasche, die ihr über der Schulter hing, vor den Bauch, zog das Telefon heraus und warf einen Blick auf den eingehenden Anruf. Unverrichteter Dinge steckte sie das Gerät zurück in die Tasche.

„Nichts Wichtiges", erklärte sie, unterdessen Eddi sie mit leicht gerunzelter Stirn ansah.

„Diese Spur. Wie heiß ist die denn?", hakte er nach.

„Zumindest eine Spur", gab Lena lapidar zurück. Eddis nachfolgender, enttäuschter Blick schien sie kurzerhand aus ihrer defensiven Haltung herauszumanövrieren. Also fuhr sie fort: „Die haben den alten Rehnstein im Visier. Das ist der Vater von diesem Stephan Rehnstein, seines Zeichens wiederum Vermieter vom Mordopfer."

Eddi fuhr förmlich zusammen. „Der alte Rehnstein?", fragte er ungläubig. „Wie alt ist der denn?"

Lena lachte. „Du hast Glück, dass du dich mit einer ausgemacht gut informierten Journalistin unterhältst, Eddi. Das habe ich mich nämlich auch gleich gefragt. Dieser Thomas Rehnstein, so heißt der gute Mann, hat schon satte zweiundachtzig Lenze auf dem Buckel. Soll aber noch recht fit sein für sein Alter."

„Thomas Rehnstein", murmelte Eddi. „Und der soll diesen Mann mit einem Schwert niedergemetzelt haben? Mit über achtzig Jahren?", fragte er ungläubig, während es sich anfühlte, als ob er in die Materie dieser Neuigkeit regelrecht hineingesogen wurde.

Lena hingegen zuckte nur mittelprächtig irritiert mit den Achseln. Der Umstand, dass der Mann bereits über achtzig Jahre alt war, schien keinerlei spezifische Bedenken in ihr hervorzurufen.

„Da habe ich schon ganz anderes erlebt, Eddi. Und wie gesagt, der Mann soll noch gut in Schuss sein."

Es war nicht zu fassen, reflektierte Eddi. Nicht nur, dass jener Thomas Rehnstein aktuell also hoch gehandelt wurde, was die Aufklärung dieses Mordes in Frickenhausen anging. Es würde zudem ins Bild passen. In das Bild, das Eddi im Geiste vor noch nicht einmal einer Stunde in Giselas Blumenladen gezeichnet hatte. Falls es stimmte. Falls dieser Thomas Rehnstein tatsächlich ein Mörder war. Es würde sich eine mögliche, zumindest ganz grundsätzlich mögliche Brücke aufspannen. Nein, darüber musste er in Ruhe nachdenken. Er war wie elektrisiert, gleichermaßen überfordert. Trotzdem, ein wenig weiter bohren wollte er noch.

„Aber wie kommen die jetzt ausgerechnet auf diesen Thomas Rehnstein?", fragte er.

Lena sah ihn belustigt an.

„Du hättest echt das Zeug zum Journalisten, ehrlich. Neugierig genug bist du jedenfalls!" Sie lachte erneut. Ihr Handy meldete sich zudem ein weiteres Mal. Sie ignorierte das Klingeln.

„Leider weiß ich nichts Genaueres. Es soll wohl irgendwelche Streitigkeiten zwischen diesem Thomas Rehnstein und dem Opfer gegeben haben. Um was es dabei genau ging …" Sie zuckte ein weiteres Mal mit ihren Achseln. „Das Ganze lief, wie es heißt, schon etwas länger. Mehr hab ich noch nicht in Erfahrung bringen können. Außer, dass der Rehnstein morgen in Würzburg vernommen werden soll."

Woher wusste Lena das eigentlich alles? Kurzerhand entschloss Eddi sich, auch hiernach zu fragen. Lenas Antwort hierauf war wie so oft etwas rätselhaft.

„Es mag sich nicht ganz logisch anhören, aber es ist so, dass du eigentlich umso mehr erfährst, je größer und geheimer eine Sache ist. Und dann kommt noch hinzu", sie schielte Eddi vorsichtig von unten herauf an, „dass wir uns hier doch etwas in der … sagen wir Provinz befinden. Und je weiter ein Tatort von einer Metropole entfernt liegt, desto wahrscheinlicher ist es, dass du Lücken im dortigen System entdeckst. Man muss halt nur danach suchen."

Eddi brummelte etwas in sich hinein und gab damit zu erkennen, dass er mit der Bezeichnung Provinz nicht ganz einverstanden war. Sein Ochsenfurt hatte immerhin einiges zu bieten. Unter anderem diverse Supermärkte, Schulen, sogar ein eigenes Krankenhaus. Doch hierauf wollte er nicht weiter eingehen. Lena war bestimmt viel herumgekommen in ihrem Job und auf einen Weltmenschen musste sein bescheidenes Städtchen wohl zwangsläufig ländlich wirken. Stattdessen fragte er beiläufig: „Wie ist denn dein Verhältnis zur Polizei so generell? Wenn ich das richtig sehe, kommst du berufsbedingt ja ziemlich häufig mit denen in Kontakt."

Lena stieß verächtlich die Luft aus. „Ich sag mal so, Eddi. Menschen, die viel zu Ärzten gehen müssen, reden eigentlich allesamt nicht wirklich gut von den meisten sogenannten Göttern in Weiß, oder? Genau so geht es mir mit der Polizei. Meiner Meinung nach läuft da so einiges nicht rund. Die meisten geben sich große Mühe, sicher. Andererseits habe ich schon dermaßen viele Stories beackert, bei denen man sich wirklich fragen musste, was die Cops eigentlich zur Aufklärung hatten beitragen wollen und sei es nur, hierdurch zu verhindern, dass gewisse Dinge nicht erneut geschehen. Also kurz gesagt: Ich muss mit denen zusammenarbeiten. Aber sehr groß ist mein Vertrauen in die Polizei generell nicht." In Gedanken vertieft schüttelte sie den Kopf. Letztlich meinte sie abschließend: „So, und nun muss ich leider auch schon wieder los. Hab noch einen Termin mit der Stadtarchivarin von Frickenhausen."

Stadtarchivarin? Eddi wurde kreidebleich. Oder besser gesagt, er fühlte sich kreidebleich. Er fixierte Lena, die glücklicherweise gerade einmal mehr nach etwas in ihrer Tasche wühlte, weshalb seine erste Regung ihr entging.

Eddi fuhr sich mit der Hand durchs Gesicht. Die Frickenhäuser Stadtarchivarin, ausgerechnet. Immerhin mochte es sich bei jener Dame womöglich um die Frau handeln … wie war noch gleich ihr Name? Er grübelte angestrengt, während Lena nun ihrerseits konzentriert mit dem Zeigefinger ihrer rechten Hand über das Display ihres Smartphones auf und ab fuhr. Kämmerer, so hieß die Frau, fiel es ihm schlagartig wieder ein. Kämmerer war ihr Name gewesen, genau. Frickenhausen war eine verflucht kleine Ortschaft. Er durfte getrost davon ausgehen, dass Angestellte dort in der Verwaltung mehr als einen Job ausübten. Zumal, hatte diese Frau Kämmerer ihm und Mesut damals nicht auch etwas von einem Archiv erzählt, als sie losgegangen war, um nach der Gründungsurkunde des Schützenvereins zu suchen?

„Was willst du denn von der?", fragte er vorsichtig, um die Lage besser einschätzen zu können.

Weiterhin mit ihrem Handy beschäftigt, meinte Lena halb abwesend: „Mal fragen, was es mit diesem Rehnstein, also dem Weingut auf sich hat. Also jetzt, nachdem sich da diese Spur aufgetan hat. Das könnte schon interessant sein. Im Stadtarchiv dürfte der Name Rehnstein doch sicherlich hier und da auftauchen."

Eddi hielt für einen Moment den Atem an. Das konnte doch alles nicht wahr sein! Was, wenn diese Dame bei ihrem Gespräch erwähnen würde, dass erst kürzlich zwei Männer bei ihr gewesen seien und bei deren Suche nach der Gründungsurkunde des Frickenhäuser Schützenvereins auf exakt diesen Namen, den Namen Rehnstein gestoßen sind? Vor Eddis geistigem Auge taten sich ein Stück Stoff und eine Waschmaschine auf.

Vermutlich aber, sprach er sich in Gedanken Mut zu, war es nicht sehr wahrscheinlich, dass … Oder? Allerdings redeten Frauen bekanntermaßen gerne und es kam in Frickenhausen sicherlich nicht allzu oft vor, dass jemand eine Information aus dem Stadtarchiv einholte. Vielleicht hatte Eddi aber auch Glück und Lena würde sich mit einer anderen Angestellten des dortigen Verwaltungsapparats treffen. Eine zweite Eingebung tat sich in ihm auf und auch dieser war er gewillt zu folgen.

„Ah ja, die Weigand ist das, oder?", meinte er und ahnte bereits, wie Lena auf diesen Einwurf reagieren würde.

„Nee, die heißt Kämmerer."

Kapitel 19

Wenige Stunden später drückte Eddi eine Reißzwecke in die Rinde einer knorrigen Pappel.

Er dachte an Lenas Worte. Thomas Rehnstein. Der alte Mann war morgen zum Verhör nach Würzburg geladen, hatte sie gesagt. Da tat sich vielleicht ein Fenster für ihn auf. Immerhin.

Eine gute Nachricht. Denn mutmaßlich würde der alte Mann dorthin begleitet werden. Vielleicht von seiner Tochter?

Eddi betrachtete das Blatt Papier vor sich. Der vorletzte der sieben Ausdrucke, die Gisela ihm wohlweislich mitgegeben hatte, hing nunmehr auf rund einem Meter fünfzig Höhe am Baumstamm fixiert. In der Annahme, dass insbesondere ältere Damen sich für seinen Aushang interessieren würden, hatte er die meisten der Blätter in relativ geringer Höhe an Bäumen sowie der Friedhofsmauer angebracht.

Puh, der Kater, glotzte ihn missmutig an.

„Findest du, ich sehe aus, als hätte ich ein Zuhause?"

Eddi pflichtete ihm bei. Puh war ziemlich zerzaust und verwildert für einen Vertreter seiner Art. Selbst für einen normalen Freigänger. Insoweit rechnete er nicht wirklich mit starkem Echo.

„Bin gefunden worden und man hat mich gefragt, ob ich ein Frauchen oder Herrchen habe? Leider kann ich nicht sprechen, aber wenn du etwas weißt, ruf bitte unter der unten angegebenen Nummer an. Ansonsten habe ich jemanden, bei dem ich Unterschlupf gefunden habe und einziehen kann", stand unter Puhs Abbild geschrieben. Komplettiert durch Eddis Telefonnummer.

Puh. Eddi musste an Giselas Einfall denken, dem kleinen Kerl diesen etwas gewöhnungsbedürftigen Namen zu verpassen. Er seufzte. Friedhelms namenlose Untermieterin kam ihm in den Sinn. Könnte man doch in allen Fragen derart pragmatisch vorgehen.

Er hob die Klarsichthülle an, die er in seiner linken Hand hielt. Ein Blatt war noch übrig. Das würde er auf dem schwarzen Brett im Supermarkt anbringen. Sollte Puh wider Erwarten doch ein Zuhause haben … Sicherlich käme bald ein entsprechender Hinweis. Immerhin waren sowohl Supermarkt als auch sein Arbeitsplatz hochfrequentierte Orte. Erfolgte hingegen keine Reaktion, so wie er es erwartete und insgeheim auch hoffte, würde er zeitnah damit beginnen, dem Kater dessen neues Zuhause etwas heimeliger zu gestalten.

Davon abgesehen, würde er dem Tier gleich noch frisches Futter besorgen müssen, überlegte er weiter. Bestimmt stand der zottelige Tiger bereits äußerst hungrig vor seiner Küchentür.

Eddi zog sein Handy aus der Hosentasche und las die Uhrzeit ab. Für heute war es genug mit Arbeit. Das meiste hatte er zudem geschafft. Er ließ seinen Blick prüfend über den Friedhof gleiten, der in warmes Licht getaucht war. Die Wege waren wieder frei von stürmischem Unrat und auch sonst war das meiste dessen, was er sich für heute vorgenommen hatte, erledigt. Nun würde er einkaufen gehen und dann Bernd anrufen. Die Idee mit Bernd war ihm bei der Arbeit gekommen, nachdem Lena sich wieder auf den Weg gemacht hatte. Bernd würde ihm gewiss mehr von diesem Verhör mit dem Rehnstein erzählen können.

Hierbei allerdings war Fingerspitzengefühl gefragt. Schließlich war sein ehemaliger Mitschüler alles andere als einfach gestrickt. Er war ein guter Polizist und würde ihm die erhoffte Information mit Sicherheit nicht bewusst und im Vollbesitz seiner geistigen Kräfte zukommen lassen. In Ermangelung geistiger Fitness jedoch …

Beschwingt ging Eddi auf die Friedhofskapelle zu, um sich seiner Arbeitskleidung zu entledigen. Dort lagerte er stets ein paar Hosen, Shirts und Hemden. So musste er vor einem Besuch im nahegelegenen Supermarkt nicht erst umständlich zurück in die Wohnung marschieren. Während er die wenigen Stufen zu dem freistehenden Gebäude hochstieg, summte er eine Melodie. Woher seine gute Laune in diesem Moment kam, hätte er nicht mit Bestimmtheit sagen können. Wenngleich er es ahnte. Denn möglicherweise hatte sich nun doch noch ein Weg aufgetan, Gisela den Besuch auf dem Weingut zu ermöglichen. Das Ganze, ohne hierbei ein größeres Risiko eingehen zu müssen.

Zuhause angekommen, stellte Eddi die beiden Papiertüten mit Lebensmitteln, Tiernahrung und einigen Mitbringseln für Spüle und Bad auf dem Küchentisch ab.

Zu seinem Verdruss stand Puh nicht wie erhofft vor der Tür. Etwas enttäuscht packte er die Lebensmittel und den anderen

Kram aus den Tüten und verstaute hiernach alles ordentlich in Kühlschrank, Gefrierschrank und diversen Vorratsschränken.

Das Katzenfutter stellte er auf die mittlere Ebene des kleinen, alten Holzregals, welches in der linken hinteren Ecke der Küche stand, unweit der Terrassentür. Dann nahm er sein Handy in die Hand und tippte Bernds Nummer. Zuvor hatte er kurz abgewogen, ob es noch zu früh sei für einen Anruf. Immerhin war es erst halb sieben Uhr am Abend. Letztendlich aber hatte er befunden, dass Bernd ja nicht abnehmen müsse, wenn er nicht wollte. Und träte dieser Fall ein, er würde ihm einfach eine Textnachricht schicken.

Doch dieser Fall trat nicht ein. Vielmehr nahm Bernd das Gespräch bereits nach dem zweiten Tuten entgegen. Und Eddi konnte schon an der Tonlage des Polizisten erkennen, dass dessen Tag bis dato nicht wirklich rosarot verlaufen war.

„Servus, Eddi. Was gibt's?", kam es entsprechend knapp.

Eddi entschied kurzerhand, sich die offenkundig mäßige Stimmung Bernds zu Nutze zu machen.

„Guten Abend, Bernd, wollte nur mal hören wie es dir geht. Eher nicht so prickelnd, wenn ich deine Stimmlage richtig einschätze?"

Auf ein vielsagendes Brummen in der Leitung folgte zuerst ein Rascheln, dann ein Schlag und schließlich ein helles Geräusch, das sich anhörte, als ob jemand Reiskörner über Parkett streuen würde, gefolgt von einem wohl vernehmlichen „Scheiße!"

In Gedanken sah Eddi Bernd vor sich, wie dieser vermutlich gerade mit irgendwelchen Büroutensilien eine nicht zu unterschätzende Fehde ausfocht. Und so war es tatsächlich.

„Verflixte, scheiß Büroklammern!", scholl es aus der Leitung.

Während Bernd sich wieder sammelte, oder womöglich gar die angesprochenen Büroklammern vom Boden aufklaubte, verharrte Eddi geduldig in der Leitung. Er musste schmunzeln. Ebenso gut könnte er gerade mit Frau Grieb telefonieren. Auch sie war manchmal herrlich schusselig. Frau Grieb. Unglaubliche zehntausend Euro. Eintausendfünfhundert für ihn, eintausendfünfhundert für Mesut. Der würde Augen machen. Er musste es ihm natürlich gleich morgen erzählen. Heute Abend würde er dafür keine Zeit mehr finden. Zudem wollte er seine Aufmerksamkeit besser vollumfänglich auf Bernds Informationsspeicher richten.

„Sorry, ich steh' hier gerade auf Kriegsfuß. Mit allem eigentlich. Gott verfluchter scheiß Tag!", hörte Eddi es irgendwann aus dem Smartphone tönen.

„Ja, also Bernd", fing Eddi dann doch zaghaft damit an, das Gespräch in die gewünschte Richtung zu lenken. „Ich wollte eigentlich nur fragen also, du, wir haben ja schon länger keinen Dartabend mehr abgehalten. Meine Wurfkünste rosten langsam etwas ein und ja, ich dachte halt, vielleicht könnte ich dich auf ein schönes Helles und ein, zwei Runden heute Abend überreden."

Keine weitere Minute später war das Telefonat beendet. Mehr Zeit hatte es nicht gebraucht. Eddi hatte offene Türen bei seinem Freund aus Kindertagen eingerannt. In rund eineinhalb Stunden würde man sich in der Innenstadt treffen. Wie üblich in der kleinen, gemütlichen Kneipe unweit der Kirche, die man schon des Öfteren gemeinsam aufgesucht hatte.

Bis hierhin zufrieden mit seinem Plan, deponierte Eddi sein Handy auf dem Küchentisch. Ein Blick nach draußen verriet ihm, dass Puh noch immer nicht eingetroffen war und er schalt sich einen kindischen Idioten, nach so kurzer Zeit so sehr auf einen solch struppigen Vierbeiner fixiert zu sein. Aber der komische Kerl hatte nun mal Leben in die Bude gebracht. Genau wie Gisela. Das hatte ihm gefallen. Mehr als das. Beim Gedanken an Gisela nahm er sein Handy noch einmal auf und dachte kurz nach. Nein, in ihrem Falle wäre eine Textnachricht wohl der bessere Weg. Er entsperrte das Gerät und tippte los.

„Melde mich erst morgen wieder. Allerdings früh. Sag dem Weingut noch nicht ab. Morgen früh reden wir noch mal drüber. Fehlst mir, Eddi. P.S. Puh hat mich versetzt."

Er schickte die Nachricht ab und machte es sich kurzzeitig auf dem Stuhl vor dem Küchentisch bequem. Bei Gisela wusste er genau, dass eine Antwort nicht lange auf sich warten lassen würde. Gisela war schließlich nicht Mesut.

Und tatsächlich piepste sein Gerät bald darauf freudvoll.

„Alles klar! Aber wenn es dabei bleibt, auch kein Weltuntergang. Und Puh kommt bestimmt noch. Ansonsten einfach mal Futter auf die Terrasse stellen!"

Anerkennend schürzte Eddi die Lippen. Das sollte er tun. Käme Puh vorbeispaziert und niemand wäre da, der ihm die Tür öffnen konnte, würde wenigstens eine Mahlzeit zum Verzehr bereitstehen.

Bereit für Großes erhob Eddi sich, zog den kleinen Teller aus der Spüle, der für den Kater vorgesehen war, und befüllte ihn mit Trockenfutter. Nassfutter wollte er lieber nicht rausstellen. Nicht, dass er hierdurch am Ende noch gewisse Nagetiere dazu ermutigten würde, künftig außerdem bei ihm auf der Terrasse vorzusprechen. Nachdem all dies erledigt war, trat Eddi seinen Weg ins Bad an, um erst einmal ausgiebig zu duschen.

Pünktlich um acht stand er an einer der Längsseiten des Tresens der kleinen Gaststätte, in der er mit Bernd verabredet war und wechselte Geld für den Dartautomaten. Zufrieden hatte er beim Betreten der Kneipe festgestellt, dass das elektronisch gesteuerte Gerät an diesem Abend noch nicht besetzt war.

Zuvor war er entgegen seiner ursprünglichen Planung außerdem auf eine kleine Mahlzeit bei Mesut eingekehrt. Wieder war der Imbiss ungewöhnlich gut besucht gewesen. Wieder war Eddi nicht dazu gekommen, den Dönerdealer über den anstehenden Geldregen zu informieren. Morgen dann, nahm er sich vor. Und ja, wieder hatte Mesut ihm voller Überzeugung eine Linsensuppe vor die Nase gesetzt. Wobei Eddi sich ehrlicherweise eingestehen musste, besagter Suppe mit diversen Sorten Rohkostgemüse und Weißbrot als Beilage mehr und mehr abgewinnen zu können. Zu diesem Prozess passte dann auch, dass der Zettel mit der Aufschrift „Veketarische Woche" nicht mehr nur weiterhin an der Glasfront des Imbisses prangte, sondern mittlerweile gleichermaßen eine Entwicklung durchlaufen hatte. Das informative

Blatt Papier war regelrecht aufgepeppt worden und wusste nunmehr nebst Kernbotschaft auch noch mittels bunter Zeichnungen verschiedener Gemüsesorten zu überzeugen.

Zwischen Tür und Angel hatte er seinen Freund schließlich gefragt, ob dieser ihn nicht würde begleiten wollen. Mesut hatte dankend abgelehnt, nachdem Bernds Name gefallen war. Somit war Eddi im Anschluss alleine die verbliebenen, rund zweihundert Meter die Hauptstraße bis zu seinem eigentlichen Ziel hinabgewandert. Zwar hatte Mesut, das wusste Eddi, absolut nichts gegen Bernd einzuwenden. Oder besser gesagt: Ja, doch, natürlich hatte sein Freund wie üblich sogar sehr viel einzuwenden. Denn Bernd war nicht nur deutsch, sondern obendrein auch noch Polizist. Eine unheilige Mischung, die Bernd in Mesuts Augen per se erst einmal für quasi alles disqualifizierte.

„Ey, Deutscher, was los Mann, alles Nazis oder Stasi. Neue Farbe, gleicher Scheiß, Aleman!"

Doch Eddi kannte seinen Dönerdealer gut genug, um schlechte Worte, gesprochen aus reiner, guter Tradition heraus, von ernsthaft schlecht gemeinten Worten unterscheiden zu können. Dennoch. Mit einem Polizisten gemeinsam in einer Kneipe Dart spielen? Das wäre für Mesut erwartungsgemäß zu viel des Guten gewesen.

Und so stand Eddi für den Moment noch allein am Tresen und orderte schon mal ein Weizenbier für sich, nachdem er die Münzen für den Automaten entgegengenommen hatte. Für Bernd ließ er obendrein auch gleich ein Kristallweizen bereitstellen. Bernds Pünktlichkeit war fast schon legendär und Eddi wusste, dass dieser weder ihn noch Bier würde unnötigerweise lange warten lassen.

Während er am Tresen stand und den durststillenden Bestellungen entgegenfieberte, blickte er sich um. Allzu viel Publikum hatte sich noch nicht eingefunden. An einem der Tische aus dunklem Holz saß direkt an der kleinen Fensterfront ein Händchen haltendes Pärchen. An einem weiteren Tisch hatte sich ein einzelner Mann im Anzug niedergelassen, der in eine Zeitung vertieft zu sein schien. Eddi gegenüber, auf der anderen Seite des hufeisenförmigen Tresens, hatte es sich ferner ein junger Kerl gemütlich gemacht. Nicht ganz unerheblich für die Platzwahl des jungen Mannes dürfte die kleine, mit üppigen Rundungen ausgestattete, hübsche Blondine gewesen sein, die entweder ungewöhnlich nett war, oder ihr Handwerk einfach gut verstand.

Nachdem Getränke und Dartpfeile von jenem blonden Blickfang gereicht worden waren, begab Eddi sich an den Automaten und warf die erste Münze ein.

„Hey Eddi. Gute Idee, das sag ich dir. Richtig gute Idee."

Eddi drehte sich um. Bernd warf gerade seine Jacke quer über den Holztisch, der ein Stück hinter der Wurfmarke des Spielgeräts in einer Nische des Raums, unmittelbar rechts neben der Eingangstür stand. Die beiden umarmten sich kurz. So wie üblich, wenn man sich außerhalb jeglicher Arbeit traf. Bernds nächste Amtshandlung war dann auch schon der Griff zum Weizenglas.

„Ich nehme an, die Blonde hier ist meine, oder?", fragte er rhetorisch und seine Augen strahlten Vorfreude aus, während sein Blick zugleich zu einem kurzen, zwinkernden Abstecher in Richtung der Bedienung ansetzte.

Die beiden Männer prosteten sich zu. Nachdem Bernd noch einmal von Eddi hatte wissen wollen, was ihn dazu bewogen hatte, heute mal einen rauszulassen, formierte man sich auch schon für die nachfolgende, sportliche Ertüchtigung.

„Ist derzeit einfach ziemlich viel los bei mir", meinte Eddi, während er mit der Spitze seines Pfeils die Scheibe anvisierte.

„Auf der Arbeit?", wollte Bernd wissen, während Eddi einen Pfeil nach dem anderen warf. Eddi zog die Pfeile aus der Scheibe, trat dann zurück und überließ Bernd das Feld. „Ja, da auch", gab er zurück und fand, dass dies ein sehr guter Einstieg in das Gespräch war. Keinesfalls hätte er die Konversation mit seinem ehemaligen Schulkameraden sofort in eine gewisse Richtung lenken dürfen. Nein, sollte der Abend ruhig erst einmal so ablaufen wie meist, wenn man sich traf. Trinken, spielen, schimpfen, lästern und glotzen. Und so lief es dann auch ab.

Das initiale Getränk war noch während der ersten Runde Dartspiels runtergekippt worden. Die nächste Bestellung war unmittelbar nachgefolgt. Hierbei war Bernd bei seinem Kristallweizen geblieben, indes Eddi sich ein Pils einer der beiden lokalen Brauereien hatte reichen lassen. Nach vier weiteren Runden Pfeilewerfen und einem Spielstand von drei zu zwei für Eddi, hatten er und Bernd bereits zwei weitere Male nach der Bedienung gerufen. Demzufolge begannen die Pfeile an diesem Spieleabend frühzeitig damit, unerwünschte Flugmanöver abzuhalten und Flugrouten nicht mehr ganz korrekt einhalten zu wollen.

Zwischendurch streute Eddi nach und nach und nicht ganz ungeschickt hier und da eine Frage nach dem Schwertkiller ein. An anderer Stelle aber, lenkte er das Gespräch dann wieder in eine völlig andere Richtung, weshalb seine Vorgehensweise, hoffte er, keinesfalls verdächtig erschien. Dann kam er zum Beispiel auf nervige Baustellen in Ochsenfurt, allgemeines, politisches Unvermögen oder auch Annemarie Juliane Rehnstein zu sprechen, die Tochter des alten Rehnsteins, die nicht gerade das war, was man volksmündlich gesprochen von der Bettkante stoßen würde, oder? Bernd musste mit Nachdruck beipflichten, hatte er die Frau doch kennengelernt, als er vor dem Haus ihres Bruders Stephan Dienst schob. Auch berichtete Eddi über seinen neuen Mitbewohner. Selbst die stürmische Nacht auf dem Friedhof und die etwas gruselige Begegnung mit Puh ließ er nicht unerwähnt, wobei er die Ereignisse doch etwas anders schilderte, als diese sich tatsächlich zugetragen hatten. Schließlich und wie rein zufällig, kam er dann zurück auf Mörder, Schwerter und Verdächtige zu sprechen, unterdessen die Pfeile wie im Rausch durch die Luft flogen.

Beim Stand von sieben zu fünf für Eddi und gerade einmal kurz nach halb elf, hatte man sage und schreibe rund fünfundvierzig Euro auf dem Zettel und war eindeutig nicht mehr dazu in der Lage, die Pfeile in auch nur ansatzweise professioneller Manier zu werfen. Daher entschieden sie sich für eine letzte Runde Getränke und die Rechnung.

Als sie am Tresen gelehnt standen, umarmten sie sich. Zudem beschwor man wie so oft in solchen Situationen die gegenseitige, tiefe Verbundenheit, die eigentlich und selbstredend nur aufgrund von zu viel Arbeit und Ärger mit Frauen nicht noch viel häufiger, viel intensiver gepflegt werden konnte.

Außerdem bedankte Bernd sich erneut für den Abend, der, so Bernd, das Einzige war, was diesen Tag noch hatte retten können. Zum Ende hin schwiegen beide eine Weile, wobei Bernd sich auf Weizenglas und Bedienung zu konzentrieren schien.

Bernd war völlig in Ordnung, sinnierte Eddi und war ehrlich dankbar dafür, dass sich eine solche Bindung aus Kindertagen ins Erwachsenenalter hatte hinüberretten können. Es gab eben auch die verlässlichen, Gerade-aus-Menschen, die vielleicht nicht zwingend herzgelenkten, aber doch zumindest in kritischen Situationen nicht nur auf ihren Kopf hörenden, auf ihr Ego bedachten Menschen. Wobei sein grundsätzlicher, oder aber zumindest tendenzieller Mangel an Human-Affinität sowieso nicht auf einzelnen Personen fußte. Nein, es war das Kollektiv, das in Eddi Unbehagen hervorrief. Das, wozu dieses Kollektiv im Stande war. Sei es, indem es zerstörerischen Kräften gleichsam zerstörerisch Folge leistete oder einfach nur, weil es scheinbar blind und naiv in seiner Art durch die Weltgeschichte zog und dabei en passant all das Wundersame und Schöne, das es umgab, zu vernichten suchte. Vielleicht war Eddi auch deshalb Totengräber geworden. Zwar mochte er den Tod nicht, konnte ihn geradezu nicht ausstehen. Schließlich ging alles zugrunde. Nicht nur der Mensch. Hingegen zu Toten selbst pflegte Eddi ein ausgemacht gutes Verhältnis. Die Erklärung war womöglich überaus banal: Tote konnten nicht weiter enttäuschen. Damit wurden sie ihm Freund und Freundschaft verpflichtete.

So stand Eddi schwankend am Tresen und dachte über die großen Wunden der Welt ebenso nach, wie über seine eigenen. Irgendwann lösten sich Bernds Augen von der drallen Bedienung und suchten schwimmend seinen Blick.

Bernd, der in diesem Moment glücklicherweise mehr oder womöglich doch eher nur minder quicklebendig war, mochte für

Eddi vielleicht nicht zwingend das sein, was man einen engen Freund nannte. Doch beide waren sich schon immer grün gewesen, teilten darüber hinaus unbezahlbare Erinnerungen an ihre Kindheit. Auf Bernd war Verlass. Abende mit ihm mochten manchmal vielleicht etwas anstrengend sein, da zu sehr über Arbeit und gewisse, nervtötende Kollegen gesprochen wurde. Zumeist aber waren sie überaus lustig und abwechslungsreich. Ein Ausflug in frühere, unbeschwerte Tage. Meist angereichert mit entsprechenden Promillewerten.

Eddi ließ ein müdes Nicken folgen. Es war genug. Es war ein wirklich schöner Abend gewesen und ja, ganz nebenbei und ohne dass Bernd davon Notiz genommen hatte, hoffte Eddi, war er an vielerlei für seine Zwecke nützliche Informationen gekommen. Noch immer fühlte er sich etwas schäbig deswegen. Doch er hatte nicht aus Egoismus oder purer Neugierde heraus spioniert. Er hatte es für Gisela getan, um sie vor Schaden bewahren zu können und letzten Endes auch für seine namenlose, unbekannte Tote. Es war wie es war: Freundschaft verpflichtete nun mal.

Schwankend verabschiedete man sich letztlich von der blonden Bedienung, die Bernd noch einen amüsierten und zugleich vieldeutigen Blick hinterherwarf. Beim Hinausgehen stießen sie in der Tür mit einem Mann zusammen, der sich zweifelsfrei gerade ebenso dazu aufmachte, den Heimweg anzutreten.

Der Mann war groß gewachsen, breitschultrig und gut gekleidet. Eddi brummte ein mattes „Entschuldigung!", während der Mann ihn kurz aber intensiv musterte, dann Anstalten machte aus der Tür zu stürmen, es sich jedoch anders überlegte und ihm und Bernd zuletzt mit einer nonchalanten Geste den Vortritt ließ. Bernd und Eddi bedankten sich knapp. Dabei registrierte Eddi den auffällig forschenden Blick des Mannes, maß dem aber keine weitere Bedeutung bei.

Während Eddi wenige Minuten später die Grillengasse der Ochsenfurter Altstadt Richtung Süden entlangwackelte, bellte ihn durch die Scheibe eines Fensters hindurch aufgeregt ein Yorkshire Terrier an. Die leisen Schritte in seinem Rücken hingegen nahm Eddi, müde und tief in Gedanken versunken, kaum wahr.

Kapitel 20

„Mitleid. Mitleid.", tippte Eddi in sein Handy, nachdem er Giselas Nachricht gelesen hatte. Zu mehr war er im Moment nicht fähig.

Gisela hatte ihn per WhatsApp-Nachricht gefragt, was denn nun sei. Wegen des Weinguts, ihrem Termin dort.

Das erste Surren dieses Morgens, welcher ihm noch immer vorkam, wie mitten in der Nacht, hatte er kaum registriert. Lediglich den rechten Arm hatte er über das Bett hinweg auf den Nachttisch ausgestreckt, um zu erkennen zu geben, dass er zwar Willens, zu mehr allerdings beim besten Willen nicht in der Lage war zu solch früher Stunde.

Beim zweiten Surren seines Smartphones hatte sein Bewusstsein dann zaghaft versucht das Steuer in die Hand zu nehmen. Besagter Frage nach dem Weingut und einem „Hallo? Erde an Eddi?" aus der zweiten Nachricht war er mit jenem Ersuchen um Mitleid entgegengetreten.

Mit dem dritten Bimmeln und einer weiteren Nachricht, die jetzt einging, erwachte Eddi endgültig. Er riss die Augen auf, blickte nach rechts. Dort, auf dem Tisch, ganz nah, da lag es, sein Smartphone und teilte ihm fortwährend blinkend mit, dass die Phase der Erholung vorüber war. Er stöhnte, richtet sich zögerlich auf und spürte sofort das schlagende Echo vom vergangenen Abend in seinem Kopf tanzen. Er schloss kurz die Augen und rieb sich die Schläfen. Nein, nein, er musste jetzt wach bleiben, nur nicht wieder einschlafen.

Sein nächster Blick war auf die Uhrzeit gerichtet, welche sein Handy ihm ebenso pflichtbewusst anzeigte. 9:10 Uhr.

„Scheiße", fuhr es ihm durch den Kopf. Er sprang auf und verspürte neben keifenden Schlägen gegen seine Schädeldecke den Drang, sich zu erleichtern. Eilig suchte er das Bad auf. Nachdem er sein kleines Geschäft erledigt hatte, stolperte er zurück ins Schlafzimmer, nahm das Handy in die Hand und begab sich dann weiter in die Küche, wo er sich sofort wieder hinsetzen musste. Er hatte bestimmt acht oder gar neun Stunden geschlafen. Warum, um alles in der Welt, fühlte er sich, als wäre er mit seiner Lady durch den Wald gebrettert und mit Tempo einhundert hier und da mit seinem Kopf gegen einen schweren Ast gedonnert? Das fortschreitende Alter machte sich bemerkbar. So war es wohl. Ein neuerliches Seufzen kroch in ihm hoch.

Just erinnerte er sich daran, warum er das Handy eigentlich in der Hand hielt. Er entsperrte es. Gisela hatte geantwortet. „Mitleid? Oha. Du bist süß! Klingt irgendwie nach schwerem Start in den Tag :-) Mein Termin ist heute um elf. Also? Absagen, oder was meinst?"

Eddi sortierte sich. Natürlich nicht absagen, entschied er. Ansonsten wäre der ganze Abend gestern für die Katz gewesen. Er schielte auf die Terrasse. Kein Kater. Dafür verdammt noch mal zu viel Alkohol am Vorabend. Schon wieder. Aber es war Teil des Plans gewesen. Was also hätte er anderes tun sollen? Um elf Uhr jedenfalls war der Termin, grübelte er, während er erneut in Richtung der Terrasse blinzelte. Er hatte noch etwas Zeit. Eine Scheibe Brot, eine Kopfschmerztablette hinterher. Eine schöne lange Dusche. Ein doppelter Espresso bei Mesut. Arbeit musste er später nachholen. Heute, oder irgendwann.

Eddi ließ sich die weiteren Schritte in den Tag durch den Kopf gehen, drehte sich dann um und warf einen Blick auf den großen Kalender, den er zum letzten Jahreswechsel von der leidlich freundlichen Frau Schneider aus der „Herz Apotheke" als Präsent erhalten hatte. Er sei schließlich ein solch treuer Kunde, hatte sie dämlich grinsend und gleichsam feierlich gemeint, als sie ihm den Kalender ausgehändigt hatte. Was natürlich totaler Blödsinn war. Er selbst hatte sich in dieser Apotheke seines Wissens nach noch nie etwas besorgt. Es waren stets die Botengänge für Frau Grieb oder seine Mutter, die ihn wieder und wieder dorthin führten.

Eddi musterte den Kalender, dessen Blätter Fotografien von Gebäuden und mainfränkischer Landschaft im Kontext der Jahreszeiten zeigten. Kein in Rot vermerkter Termin. Er war flexibel heute. Schwer atmete er durch und tippte Gisela seine Antwort zurück. Dann stand er schicksalsergeben auf und startete in den Tag. Und dieser würde lang werden.

In Rekordzeit hatte Eddi geduscht und Zähne geputzt. Was auch daran lag, dass aus der Wellness Dusche an diesem Morgen ein kalter Schauer des Schreckens geworden war.

Die darauf folgende Scheibe trockenen Brots hatte er eher angewidert hinuntergeschlungen, die Tablette hinterhergeworfen. Auf Kaffee wollte er für den Moment lieber verzichten. Ein magenfreundlicher Espresso bei Mesut würde die bessere Wahl sein.

Nun stand er angezogen auf der Terrasse und blickte stirnrunzelnd hinab auf einen gewissen Teller. Jener war komplett leer. Komplett, bis auf eine tote Maus, die jetzt dort lag, wo am Abend zuvor noch Trockenfutter das Bild geprägt hatte.

Eddi sah sich um. Den Kater konnte er zu seiner Enttäuschung nicht ausmachen. Der Anblick der toten Maus wiederum versetzte ihm einen Stich. Aber so war sie wohl, die Natur.

Mit einem Küchentuch packte er den Kadaver, trat einige Schritte in den Rasen und warf das leblose Tier schließlich über den Zaun Richtung angrenzendes Feld, dabei kurze, letzte Worte des Abschieds an das kleine Elend richtend. Dann ging er zurück in die Wohnung. Er steckte sein Handy ein, nahm Portemonnaie, Schlüssel und Helm von der Anrichte und verließ zielstrebig seine vier Wände.

„Meinst du?" Eddi sah Mesut fragend an. Seine Kiefer mahlten und er überlegte, ob dessen Vorschlag zwingend Sinn machte oder nicht. Er wollte ihn nicht zu sehr für sich vereinnahmen in dieser Angelegenheit. Immerhin hatte Mesut einen Dönerimbiss zu leiten. Andererseits konnte eine Prise zusätzlicher Absicherung nicht schaden.

„Klar, Deutscher. Gisela ist außerdem auch meine Freundin, vergiss das nicht!", schmetterte Mesut ihm entgegen und weder Worte noch Körpersprache des Dönerdealers ließen auch nur den Hauch eines Zweifels an dessen Entschlossenheit zu. Sein Freund nahm das Telefon in die Hand und trat einige Schritte zurück Richtung Tresen.

Der Imbiss war zu dieser Zeit noch leer. Kein Gast, bis auf Eddi, was diesem gerade sehr entgegenkam. Keine Leute, keine Lautstärke. Eddi hatte Mesut nach seinem Eintreffen in knappen Worten geschildert, wie Gisela nach vorn geprescht war, um einen Termin bei den Rehnsteins zu vereinbaren. Er hatte von seinen diesbezüglichen Bedenken erzählt, die Mesut sogar teilte, was wiederum nicht unbedingt zu erwarten gewesen war. Schließlich war Mesuts fundiertes Hobby erst einmal gegen alles zu wettern. Doch die ganze Sache mit den Rehnsteins und diesem irren Schwertschwinger dort drüben in Frickenhausen schien auch dem Dönerdealer nicht geheuer zu sein, weshalb er Eddis bedachtes Vorgehen gar gelobt hatte.

Des Weiteren hatte Eddi von seinem Abend mit Bernd berichtet. Das Verhör, hatte er verdeckt ermittelnd herausgefunden, sei für heute halb zwölf angesetzt. Der Verdächtige war aufgefordert worden, zu dieser Zeit auf der Polizeiinspektion in Würzburg zu erscheinen.

Nach Aussage Bernds hatte man Thomas Rehnstein vorgeladen, ohne ihn groß in Aufruhr zu versetzen. Alles sollte wirken, wie eine für solche Fälle typische Befragung eines Beteiligten. Fluchtgefahr bestand bei dem älteren Mann überdies keine. So zumindest hatten die Kollegen aus Würzburg die Lage eingeschätzt. Der Mann solle dort auftauchen, eine Aussage machen. Sich mehr oder weniger sicher fühlen und dann, wie auch immer, würde man ihn in die Enge treiben und zupacken. Auf die Frage, wie man das anstellen wolle und was man dem Rehnstein überhaupt vorwerfe, hatte Bernd auch keine Antwort gewusst. Entweder war mangels weiterer Optionen lediglich der Wunsch Vater jenes Anfangsverdachts, oder aber Bernd war nicht vertiefend eingeweiht worden.

Halb zwölf also das Verhör. Elf Uhr der Termin Giselas bei den Rehnsteins.

Es passte ziemlich perfekt, fasste Eddi im Geiste noch einmal zusammen. Die Fahrt nach Würzburg dauerte in der Regel eine knappe halbe Stunde. Jetzt war kurz nach zehn. Man würde sich umgehend auf den Weg nach Frickenhausen machen, sich in der Nähe des Weinguts postieren und beobachten, wer von den Rehnsteins nach Würzburg aufbrechen würde.

Ein Bild des alten Patriarchen hatte Eddi auf der Webseite des Weinguts gefunden. Schließlich musste man in der Lage sein, den Wagen mit dem alten Mann irgendwie zu identifizieren. Sollte schlussendlich die Tochter ihren Vater begleiten, jene Tochter, die ihn und Gisela in Begleitung von Lena und Mesut zusammen beim Italiener in Marktbreit gesehen hatte, bekäme Gisela grünes Licht. Falls nicht, würde man die Sache einfach abblasen. Dann wäre Gisela etwas äußerst Bedauerliches dazwischengekommen. Solche Dinge passierten nun mal. Dieser Plan jedenfalls war der beste, den Eddi hatte.

Gesichert war indes selbstverständlich nicht, dass der alte Rehnstein, allein oder mit Tochter oder auch dessen Sohn, eine Dreiviertelstunde oder Stunde vor Termin losführe, so wie er es gemacht hätte. Ebenso gut war es möglich, überlegte Eddi, dass der Mann zeitiger aufbrach. Etwa, um sich zuvor noch mit einem Anwalt zu treffen. Es würde sich zeigen.

„Ayşe ist in zehn Minuten hier, Eddi", brach Mesut in seine Überlegungen ein. Er blickte auf die Uhr. Jetzt war es vier Minuten nach zehn. Er würde noch vor halb elf in Frickenhausen sein, wenn alles gut lief.

„Wir treffen uns dann am Busparkplatz. Weißt schon, Deutscher, da in der Nähe, wo das Weinfest immer ist. Ich fahr jetzt los."

Verdutzt sah Eddi Mesut an.

„Jetzt glotz nicht so blöd. Ich muss ja schließlich mit dem Fahrrad fahren!"

Eddi aber glotzte weiterhin blöd, während Mesut kurz darauf seinen klapprigen Drahtesel quer durch den Imbiss schob.

„Ja, und was mache ich, wenn Kundschaft kommt, bevor Ayşe aufschlägt?", meinte er noch.

„Wenn's ein Deutscher ist, gib ihm 'nen Tee, ansonsten 'nen Arschtritt!", kam es von Mesut zurück. Inklusive clownhaft breitem Grinsen. Gefolgt von einem schallenden, lang gezogenen „Deutschlaaaaaand".

Nachdem Eddi in Frickenhausen angekommen war und seinen in Rot und Weiß lackierten Helm hochklappte, sah er Mesut zwar nicht gleich, konnte ihn aber bestens hören.

„Na, Deutscher? Arschtritte verteilt?"

Eddi drehte sich in die Richtung, aus welcher die Worte zu ihm geflogen kamen. Ein fröhlich gestimmter, wenngleich vom Radfahren merklich aus der Puste geratener Dönerdealer lehnte betont leger an einem der Bäume, die gegenüber den Busstellplätzen auf einer kleinen Grünfläche standen. Dort, von Stämmen, Buschwerk und Schatten verdeckt, zog er genüsslich an einem bestens modellierten Joint.

„Ayşe gut, alles gut?", fragte er belustigt hinterher.

„Ja, ja Mesut, alles gut", konterte Eddi lakonisch und versuchte dabei mit seinem Kopf schlängelnde Linien gen Himmel nachzufahren, welche die Wirkung einer gewissen Rauschsubstanz symbolisieren sollten.

Mesut lächelte nur noch breiter.

„Also komm, wir müssen uns beeilen", hielt Eddi ihn zur Eile an und in diesem Punkt war man sich einig. Ohne weitere Verzögerung machte man sich die wenigen hundert Meter zu Fuß auf den Weg.

Das Weingut Rehnstein lag einigermaßen zentral im von Fachwerkbauten und wuchtigen Gebäuden aus Muschelkalk geprägten, kleinen Markt Frickenhausen. Eddi wollte der Hauptstraße auf direktem Weg ins Zentrum folgen, wurde aber frühzeitig von Mesut an der Schulter nach rechts gezerrt.

„Da lang, Deutscher!"

Eddi wusste sogleich, was Mesut vorhatte, folgte ihm und warf dennoch einen kritischen Blick auf sein Handy. Man lag relativ gut in der Zeit. Gleichwohl würde dieser Schlenker einen kleinen Umweg bedeuten. Doch Mesuts Plan war sicherlich richtig, urteilte Eddi. Das Weingut lag zentral. Unweit der Hauptstraße. Wäre man dieser auf direktem Wege durch die gesamte Ortschaft hindurch gefolgt, man wäre dem Rehnstein und wenn alles so kam, wie Eddi hoffte, auch der Rehnstein, also der Tochter, schlimmstenfalls direkt in die Arme oder besser gesagt, vor den Kühlergrill gelaufen. Zumindest, wenn der Gutsbesitzer sich früher als gedacht auf den Weg gen Würzburg machen sollte.

„Am besten, wir gehen einmal um das Kaff rum", meinte Mesut, als man die Straße parallel zu Main und Markt entlang schritt.

Nun war es Eddi, der seinerseits den Plan anpasste. „Nee, Mesut, brauchen wir nicht. Wir können die nächste Gasse wieder hoch, die Maingasse, die kenne ich. Führt hinter den Mainwiesen zur Kirche. Da müssten wir perfekt rauskommen."

Mesut schielte ihn von der Seite an. „Ahaaa, Mainwiesen. Knutschi Knutschi schon gemacht da unten oder was, Aleman?"

Eddis Antwort beschränkte sich auf einige unverständliche, herausgemurrte Laute. So brachte er zum Ausdruck, wie viel ihm an dieser Sache hier gelegen war. Man müsse sich nun auf das Wesentliche konzentrieren. Also ging man stumm weiter, bog dann wie geplant in die Maingasse ab und stand kurze Zeit später auf dem Gehweg an der Hauptstraße, direkt gegenüber dem Rathaus.

„Mist verdammt", grunzte Eddi und schielte nach rechts.

„Was?", blökte Mesut einsilbig zurück.

„Ja was, Mann. Wir hätten weiter dort hinten rauskommen sollen. Hier stehen wir wie auf dem Präsentierteller."

„War klar. Deutsches Navi", hörte Eddi Mesut noch in sich hinein brabbeln, bevor er ihn hektisch an der Kutte zog.

„Komm, wir gehen die restlichen paar Meter die Hauptstraße längs. Aber schnell." Hastig marschierten sie die gut fünfzig Schritt weiter nach Osten. Dort, wo die Hauptstraße einen kleinen Schwenk nach links machte und gleichsam die Fischergasse nach rechts abtauchte, blieb Eddi abrupt stehen. Mesut, der soeben dabei gewesen war, irgendetwas in sein Handy einzutippen, wäre beinahe auf ihn aufgelaufen. „Alter!", schoss er daher verbal gegen Eddi. „Jetzt pass doch auf!"

„Ja, ja", gab dieser zurück und sah sich um. „Scheiße, Mesut. Die Stelle passt genauso wenig." Er spähte vorsichtig in alle Richtungen, ärgerte sich dabei im Geiste. Ähnlich wie beim ersten Mal, als man in Frickenhausen in sozusagen geheimer Mission unterwegs gewesen war, um gewisse Namen gewisser Mitglieder eines gewissen Frickenhäuser Schützenvereins in Erfahrung zu bringen, wirkte sein Handeln gerade womöglich erneut etwas unkoordiniert.

Mesut aber bohrte nicht tiefer in der Wunde. Vielmehr nahm auch er die Kreuzung, an der man sich gegenwärtig befand, genauer unter die Lupe. Sein Blick wanderte auf die Straße gegenüber, die nach Norden führte. „Da oben am Platz, da liegt das Weingut, oder? Von dort müsste der Nazi runterkommen. Und dann hier auf die Hauptstraße abbiegen, korrekt?"

Eddi nickte, obwohl ein gewisser Drang in ihm aufkeimte, Mesut einmal mehr zu erklären, warum nicht jeder deutsche Mann über siebzig automatisch ein Nazi sein musste. Stattdessen blickte er weiter grüblerisch in die Runde. Nicht, ohne dabei jeden Wagen, der sie passierte, genauestens zu taxieren. So unauffällig es eben ging. Die Stelle hier war gut einsehbar. Wenn das Auto mit dem Rehnstein von dort oben herunterfahren sollte, was vom Weingut aus kommend eigentlich der vernünftigste Weg nach Würzburg war, man würde die Insassen des Autos wunderbar erkennen können. Zum einen, da ein jeder Wagen aufgrund der Verkehrsführung an diesem Punkt seine Geschwindigkeit erheblich drosseln musste. Zum anderen, weil jedes Auto bis auf wenige Meter frontal auf einen zukäme, ehe es von Eddi aus betrachtet nach links auf die Hauptstraße abbiegen würde. Die Sache hatte nur einen Haken: Die Stelle war nicht nur für ihn und Mesut gut einsehbar. Selbstverständlich wären zwei an der

Straßenecke herumlungernde Gestalten für einen aufmerksamen Fahrer ebenso gut auszumachen.

„Deutscher, pass auf." Mesuts jähe Ansprache ließ Eddi zusammenfahren. Sein Freund blickte ihn überrascht an. So nervös kannte er Eddi vermutlich nicht. „Jetzt entspann dich doch mal bisschen. Denk an dein Herz."

Wieder war es Eddis Blick, der Bände sprach. Worte waren überflüssig, weshalb Mesut schnurstracks fortfuhr und dabei in die Richtung wies, aus der man gekommen war. „Da war doch eben die kleine Bankfiliale. Also, du gehst da rein. Von dort aus kannst du schön auf die Hauptstraße glotzen. Einfach an den Geldautomaten stellen und, na du weißt schon, bisschen in deiner deutschen Hosentasche herumspielen." Und wieder einmal zeigte Mesut sein breitestes Honigkuchenpferdgrinsen. „Und ich stell mich hier an der Kreuzung auf die andere Straßenseite, da drüben", meinte er dann noch und wies auf das Eckhaus gegenüber. „Zieh mir die Mütze ins Gesicht und mach mich für den Nazi unsichtbar."

Eddi schossen in jenem Moment mehrere Gedanken gleichzeitig durch den Kopf. Doch statt alle auszusprechen, atmete er tief durch, fragte dann: „Und wieso trennen? Wenn du da drüben auf dem Gehweg stehst, kann dich doch trotzdem jeder sehen, oder etwa nicht? Wäre es da nicht besser, du kommst mit in die Bank?"

Mesut warf ihm einen verächtlichen Blick zu. „Deutscher", begann er in leisem, aber bestimmtem Ton. „Erstens liegt die schöne Bankfiliale nicht perfekt. Die liegt ja bisschen abseits, wenn auch an der Hauptstraße."

Das war richtig, konstatierte Eddi und spähte die rund dreißig Schritt die Hauptstraße zu besagtem Gebäude hinunter. Die Kreuzung, an der das Auto würde abbremsen müssen, war von dort hinten vermutlich nicht wirklich gut zu sehen. Wenn überhaupt.

„Von hier hast du eindeutig den besseren Blick, Mann", erklärte Mesut weiter. „Und außerdem Eddi, also schönes deutsches zweitens. Was meinst du wie unauffällig es ist, wenn ich mit dir zusammen in der Bankfiliale vor einem Geldautomaten abhänge? So für zwanzig Minuten oder wie lange? Mal ehrlich. Was glaubst du, wie lange es dauert, bis die Bullen anrücken oder was weiß ich. Ich sehe mich schon in Handschellen auf dem Boden liegen!" Er verdrehte zwecks Veranschaulichung eines solchen Ereignisses die Arme hinter dem Rücken.

Eddi reagierte mit verdrehten Augen. Zeitgleich dachte er angestrengt nach. Vielleicht war es tatsächlich das Beste so. Zudem sollte man sich langsam aber sicher wirklich einigen. Die Zeit drängte. „OK", meinte er daher nur, wollte sich bereits abwenden, fügte dann aber noch an: „Lass die Leitung frei Mesut. Ich meine, telefonier mit niemandem. Nur für den Fall. Damit ich dich erreichen kann. Ach ja, und mach dich wirklich unsichtbar, hörst du? Wenn wir auffliegen. Das wäre doppelt scheiße."

„Jaaaa, Mann", gab Mesut zurück und trat dabei einen Schritt auf ihn zu. „Und bevor du abhaust und Taschenbillard spielen gehst, zeig mir noch mal das Bild von dem Typen."

Eddi seufzte, entsperrte sein Handy und hielt ihm die Abbildung des alten Rehnstein unter die Nase.

„Nazi, Deutscher. Sag ich doch."

Eddi wollte Mesut noch etwas hinterherschicken, als dieser bereits dazu ansetzte, die Straße zu überqueren. Also schluckte er seine Anmerkung hinunter und ging seinerseits schnellen Schritts auf die kleine Bankfiliale zu.

Dort stand er Augenblicke später in einem kleinen Raum neben einem Geldautomaten. Seit einer gefühlten Ewigkeit. Ab und an war eine Kundin oder ein Kunde eingetreten und hatte ihn misstrauisch beäugt. Stets hatte Eddi brav gelächelt und zum Gruß genickt und dabei krampfhaft durch die Scheibe nach draußen geblickt. Mesut konnte er nicht sehen. Auch ein Wagen mit einem gewissen Insassen und, wie er hoffte, einer gewissen Insassin war bis dato nicht aufgetaucht. In die Stille hinein klingelte plötzlich sein Telefon. Er sah auf das Display. Mesut. Sofort nahm er ab.

„Ja, was?", fragte Eddi.

„Da kommt er. Mit der Frau."

Eddi lugte durch die Scheibe der kleinen Bank hindurch nach draußen auf die Straße. Und tatsächlich. Soeben fuhr ein dicker, schwarzer Mercedes neueren Baujahrs an ihm vorbei. Am Lenkrad der alte Rehnstein. Eddi erkannte den Mann sofort. Auf dem Beifahrersitz saß eine Dame. Das konnte besagte Tochter sein. Sicher war Eddi sich allerdings nicht.

Als der Wagen die Bank passiert und sich einige Meter entfernt hatte, öffnete er zügig die Tür und trat aus dem Gebäude auf den Gehweg. Sogleich sah er Mesut, der seelenruhig über die Hauptstraße schlenderte, dabei mit seiner Zunge über ein Zigarettenpapier fahrend. In Kürze würde es in diesem unterfränkischen Idyll wieder nach frischem Gras duften.

„Die Beifahrerin. War das …", wollte er Mesut fragen. Der aber schnitt ihm sogleich das Wort ab.

„Hundertprozent, Eddi. Waren dieser Nazi und seine Tochter, die aus der Pizzeria. Ganz sicher, Alman."

Nun stand Eddi erneut an der Kreuzung und hielt Ausschau. Er hatte Gisela sofort angerufen, nachdem sich gezeigt hatte, dass der alte Rehnstein tatsächlich von seiner Tochter nach Würzburg begleitet worden war. Damit war nahezu ausgeschlossen, dass Gisela dieser Annemarie Juliane Rehnstein auf dem Weingut würde über den Weg laufen können. Ihr Bruder, Stephan Rehnstein, wäre das kleinere Problem. Dieser würde Gisela schließlich nicht zuordnen können. Man kannte Stephan Rehnstein nicht, hatte ihn noch nie zuvor gesehen. Exakt so verhielt es sich umgekehrt.

Zwanzig Minuten nach seinem Anruf war Giselas Suzuki dann auch schon an ihm vorbeigefahren. Eddi hatte Gisela erst zugenickt, ihr daraufhin und trotz allem mit leicht bangem Blick hinterhergesehen, unterdessen sie ihren Wagen hoch zum Weingut der Rehnsteins gelenkt hatte. Mesut war zuvor zu einer größeren Runde um den Block aufgebrochen. Terrain sichern, wie er es formuliert hatte.

Eddi seinerseits war an der Kreuzung verblieben. Nach eigenem Bekunden, um auch wirklich ausschließen zu können, dass der Mercedes mit dem Rehnstein nicht doch noch einmal zurückkehrte. Obgleich ihm dieses Vorkommnis selbst überaus unwahrscheinlich erschien. Mittlerweile hatte er eine Zigarette geraucht, dabei fortlaufend alles observiert und immer wieder skeptisch die Straße hochgeblickt, an deren Ende Gisela soeben für ihre Fähigkeiten im Bereich Blumenschmuck warb.

Just in diesem Moment kam Mesut von genau jener Straße nach unten auf ihn zu spaziert. Er wirkte aufgeräumt, doch auch etwas ernster als sonst, was Eddi sogleich beunruhigte. „War was?", fragte er daher und sah Mesut forschend in die Augen.

„Nein, Mann, alles gut. Echt schönes, kleines Kaff das hier, walla." Er steckte die Hände in die Hosentaschen und blickte in den Himmel.

Ja, schön war es wahrlich hier, pflichtete Eddi seinem Freund in Gedanken bei. Ein romantischer kleiner Ort, dieses Frickenhausen, von deren Sorte es mehrere gab im Maindreieck. Sommerhausen etwa, war ein weiterer dieser herrlich kleinen Flecken. Eddi ließ seinen Blick über Straße und Gebäude schweifen. In all jenen pittoresken Weinorten lebte für ihn noch immer etwas vom vergangenen, fränkischen Glanz fort. Sie standen für Tradition und eine ganz andere, weit entfernte Epoche, die ihn rein romantisch betrachtet an Dinge wie Ritterlichkeit, Edelmut, aber auch Naturverbundenheit und Handwerk denken ließen. Ein stolzer Hauch von Geschichte wehte durch solche Ortschaften, gepaart mit für ihn kindischem Glück. Eddi war davon überzeugt, dass nicht nur er so dachte und fühlte. Dies waren Orte der Zuflucht. Der Erinnerung. Orte, deren besonderer Reiz darin begründet liegen mochte, dass man selbst in einer Zeit lebte, in welcher allgemeiner Fortschritt, Internet, Schnelligkeit oder einfach nur das moderne Leben lieb gewonnene Strukturen und heilsame Unverbautheit mehr und mehr an den Rand drängten. Eine solche Form begehbarer, manifester Tradition bot so gesehen Unterschlupf, Urlaub für die Seele. Und sei es nur für wenige Augenblicke.

Somit, ja, natürlich, dies war ein romantischer Ort. Allerdings einer, der ein Geheimnis barg. Ein Geheimnis, dessen Ursprung rund siebzig Jahre in der Vergangenheit lag. Darüber hinaus war die kleine Ortschaft aber auch gegenwärtig zum Schauplatz eines Rätsels geworden. Eines Verbrechens, von dem jüngst sogar im Fernsehen berichtet worden war. Seine Mutter hatte ihm davon erzählt.

Und dann war da noch die liebenswerte ältere Dame, deren Leben ein jähes Ende gefunden hatte. Unweit von dem Punkt entfernt, an dem er nun stand. Dort unten, am Main. Eddi dachte an die Minuten, die er mit ihr in den hiesigen Weinbergen geteilt hatte. Wie er sie umständlich angesprochen hatte. Prüfend, ob es ihr auch wirklich gut ging.

Und dann war alles anders gekommen.

Beim Gedanken an die Dame, diesen eigentlich so schönen Nachmittag im Spätsommer, stieg unwillkürlich Trauer in ihm hoch, ebenso wie das irrationale Gefühl des Vorwurfs, dessen er sich einfach nicht ganz zu entledigen wusste.

So stand man hier. Wartete auf Gisela, wollte sehen, wie sie unversehrt wieder die Straße herunter kam in ihrem SX4 S-Cross. Wenngleich Eddi mitnichten Gegenteiliges erwartete. Und trotzdem. Von Beginn an hatte ihn ein ungutes Gefühl beschlichen. Man durfte kein Risiko eingehen in dieser Angelegenheit. Gisela hatte er am Telefon daher nochmals eingebläut, bloß nicht offensiv gewisse Themen anzuschneiden. Auch wenn der Floristin vermutlich gewisse Fragen unter den Nägeln brannten. Etwa die, wie das Weingut zum Ende des Zweiten Weltkriegs hin eine derartige Expansion hatte erfahren, wie also dem alten Rehnstein damals ein weiteres Gut aus Frickenhausen einfach so hatte zufallen können. Jene Dinge also, die für ihn und sein Vorhaben von Interesse gewesen wären. Dieses Terrain aber musste tabu bleiben. Betreten verboten. Gisela musste auf ihrem Weg bleiben. Alles andere wäre viel zu auffällig, viel zu riskant. Würde sie dennoch, wie auch immer, einen Fetzen Information aufschnappen können, gut. Aber keinesfalls durfte sie es darauf anlegen.

Eddi kniff die Augen zusammen, spähte die Straße nach oben. Gisela war natürlich nicht dumm, dachte er sich. Sie war vielmehr sogar überaus klug und würde sich schon nicht um

Kopf und Kragen reden. Ihr war bewusst, dass derartige Fragen bei solch einem Geschäftstermin ziemlich befremdlich auf ihr Gegenüber hätten wirken müssen. Insofern war die Lage genau genommen unspektakulär.

Blöd nur, dass Eddi in Situationen, in denen es um viel ging, Chancen und Risiken nur allzu gern wie durch unterschiedlich geformte Linsen betrachtete. So auch jetzt.

Eine Möglichkeit weiterzukommen bei der Beantwortung der Frage, wer die tote Frau auf seinem Friedhof gewesen war, sah er gerade nicht. Vielmehr hoffte er, dass Gisela in diesem Sinne gar mit leeren Händen zurückkehrte. Denn wie, um alles in der Welt, sollte sie an für ihn relevante Informationen herankommen, ohne verdächtig zu wirken? Ohne eine Reaktion der Art zu provozieren, dass man im Hause Rehnstein über jene seltsame Besucherin noch am Nachmittag, am Abend sprechen würde?

Das allein wollte er sich besser gar nicht erst vorstellen. Würden die von Gisela gestellten Fragen dann allerdings auch noch dieser Annemarie Juliane Rehnstein zu Ohren kommen … Womöglich würde die Tochter des alten Rehnsteins umgehend nachfragen, nachforschen, googeln. Und schon wäre die ganze schöne Vorbereitung sinnlos gewesen. Denn natürlich hatte die Blumenbinderei BUNT & BAUER aus Ochsenfurt eine schön gestaltete Webseite, von deren Startseite heraus Giselas wunderschönes Gesicht jedweden Besucher strahlend anlächelte. Diese Rehnstein würde doch sofort erkennen, wer Gisela war, würde die Zusammenhänge erkennen, eins und eins zusammenzählen und dabei ihn, Eddi, zweifelsohne mit in die Gleichung aufnehmen. Gar nicht gut. Diese Erkenntnis würde gewiss eine Rückkopplung innerhalb der Familie und schlimmstenfalls im gesamten Ort erfahren. Dann wüssten mindestens die Rehnsteins, alle Rehnsteins, dass etwas nicht koscher war, jemand scheinbar gezielt versuchte, an Informationen zu gelangen. Informationen, die aus Sicht der Familie besser für immer unter dem Mantel des Schweigens verborgen bleiben sollten. Oder sah er da Gespenster? Denn, und auch diesen Punkt vergegenwärtigte Eddi sich bewusst noch einmal, während er weiter angespannt über die mit

Pflastersteinen ausgelegte Hauptstraße starrte: Es gab Geheimnisse hier und da und stets auch Menschen, die danach trachteten, sie zu lüften. Deshalb rannten aber noch lange nicht Horden an irren Killern durch die Gegend. Wiederum andererseits: Stünde der Name Rehnstein nicht nur in Zusammenhang mit den Ereignissen von vor rund siebzig Jahren, sondern obendrein, wie auch immer, rein hypothetisch, auch mit jenen Vorkommnissen, bei welchen ein sich durch Bauch und Gedärme schiebender Krummsäbel eine entscheidende Rolle spielte ... Möglicherweise würde durch Giselas Besuch eine Ereigniskette in Gang gesetzt werden, an deren Ende jener verrückte Schwertschwinger sich zu erneutem Handeln genötigt fühlte. Eddi konnte zwar noch immer keine logische Brücke zwischen den Vorkommnissen von damals und eines gewissen Ereignisses dieser Tage schlagen. Doch die Frage blieb nun mal: Was, wenn es diese Brücke gab? Immerhin war das Schwertopfer in einem Haus aufgefunden worden, das diesem Stephan Rehnstein gehörte. Mehr und mehr händeringend hoffte Eddi angesichts all dessen, Gisela möge ihre zweifelsohne vorhandene, weibliche Neugier bitte unbedingt im Zaum halten. Dort oben, auf dem Gut.

Nervös zog er nochmalig seine Packung Zigaretten aus der Hosentasche, entnahm eine weitere Kippe und zündete sie an. Dieser Ort, dieser irre Mörder, fuhr es ihm in den Sinn. Diese nicht von der Hand zu weisende Möglichkeit, dass der Name Rehnstein nicht nur Schlüssel in der Causa Friedhelms Untermieterin war, sondern in diesem Weingut noch ganz andere Fäden zusammenliefen. Dies war nun mal ein Risiko. Egal, durch welche Linse er es betrachtete.

Eddi zog an der Zigarette, inhalierte deren Rauch und musste an Lena denken. Wie ihr Termin im Frickenhäuser Stadtarchiv wohl verlaufen war? Ob jene Frau Kämmerer geplappert hatte? Gemeldet hatte Lena sich bisher nicht. Das mochte ein gutes Zeichen sein, hoffte er. Hätte Lena erfahren, dass kürzlich er und Mesut dort ebenso für eine Recherche aufgetaucht waren, bestimmt hätte sie sich bei ihm gemeldet, die Sache angesprochen. Ganz nebenbei, versteht sich.

Eddi wurde zunehmend gewahr, auf welch dünnem Eis sie sich mittlerweile bewegten. Eine Eisfläche, die man aufgrund gewisser, unglücklicher Umstände hatte betreten müssen.

Er seufzte, hörte dann den Dönerdealer gleichsam tief ein und ausatmen und fragte sich, ob sein Freund die spätsommerliche Luft zu genießen suchte, oder aber, ob auch dieser ein gewisses Unbehagen verspürte. Er vermochte es nicht zu beurteilen.

„Was meinst du?", fragte er daher in der Absicht, Mesuts Innenleben auf den Zahn zu fühlen. „Bauen wir hier gerade Mist, oder …?"

Mesut beantwortete die Frage mit einer für ihn eher untypischen Geste. Er ließ den Kopf fast kraftlos auf seine Brust fallen, überlegte kurz und erwiderte dann: „Ich hab mir ehrlich gesagt, auch so meine Gedanken gemacht. Und na ja …" Ratlos zuckte er mit den Achseln. „Ich weiß es nicht. Weiber, Mann." Er hob den Blick und sah ihn an. „Da weiß man nie, was passiert, Deutscher."

Mesut war offensichtlich einer Frau gleich für einen Blitzbesuch in sein Hinterstübchen eingedrungen. Und auch sein Freund sah, wie es schien, zumindest die Gefahr, dass Gisela dort oben zu forsch vorgehen könnte. Letzten Endes jedoch schien der Dönerdealer zum gleichen Schluss gekommen zu sein, wie er auch.

„Andererseits, Aleman, Gisela kennt da doch keiner und selbst wenn. Niemand weiß, dass wir und sie, oder besser gesagt, du und sie, also du weißt schon. Nur Unsinn darf sie natürlich nicht reden. Aber Gisela ist ja nicht blöd. Also, wird schon gut gehen."

Die Minuten verstrichen und Eddi wurde zunehmend nervöser. Die Tatsache, dass Giselas Termin zu guter Letzt auch noch länger dauerte, als man es erwartet hatte, trug nicht gerade zu Eddis innerem Frieden bei. Nahezu eine Dreiviertelstunde war inzwischen vergangen, seit der Suzuki sie passiert hatte. Mittlerweile passten kaum noch abgebrannte Zigarettenstummel zwischen

Folie und Schachtel. Dorthin, wo er die Reste zumeist packte, wenn kein Aschenbecher oder Papierkorb in der Nähe war.

Endlich kam der metallic blaue Wagen langsam die Straße heruntergefahren. Eddi nahm Blickkontakt zu Gisela auf und machte dann eine unauffällige Kopfbewegung in Richtung Main. In der Folge sah er Mesut an, der auch gleich begriff.

So, als ob nichts weiter wäre, wandte man sich der Fischergasse zu, die nach unten zum Fluss führte und flanierte diese gemütlich bis zu deren Ende entlang. Gisela überholte die beiden Männer auf halbem Weg.

Unten angekommen, wurden sie auch gleich von der Floristin in Empfang genommen. Eddi nahm Gisela in die Arme, gab ihr einen Kuss und spürte, wie groß seine Sorge um sie tatsächlich gewesen war. Gisela ihrerseits lächelte ihn selbstsicher an. Dabei fiel Eddi auf, dass sich an zwei Stellen eine Art stacheliger Samen in ihren Haaren verfangen hatte. Vorsichtig zupfte er ihr die kleinen Früchte aus der Mähne.

„Ja, die haben da so einen Baum im Hof. Schön, aber nervig", meinte sie lapidar und blieb brav stehen, bis das Werk verrichtet war.

Nach getaner Arbeit umarmte Eddi die Floristin erneut.

„Hast dir echt Sorgen gemacht, oder?", wollte sie wissen.

Eddi erwiderte nichts, erhielt auch so seine Belohnung in Form eines weiteren Kusses.

Ein schmatzendes Geräusch war zu vernehmen. Mesut.

Gisela lächelte sanft.

Eddi verzog gespielt das Gesicht.

Dann stieg man gemeinsam in den Wagen. Mesut machte es sich hinten bequem, Eddi nahm auf dem Beifahrersitz Platz. Sogleich gab er Gisela die Anweisung zu wenden. Man würde besser nicht auf dieser Seite des Mains nach Ochsenfurt zurückfahren. Lady und Drahtesel konnte man später abholen, wenn es dunkel war. Jetzt bloß keinen Fehler machen und dem Rehnstein doch noch in die Arme laufen, respektive fahren. Also würde man in Segnitz über den Main nach Marktbreit setzen und sich von dort aus auf den Rückweg begeben.

„Und? Wie lief's?" Es war Mesut, der als Erster durchblicken ließ, wie sehr man Giselas Berichterstattung entgegenfieberte.

„Ganz gut. Die sind interessiert, denke ich. Waren wohl nicht zufrieden mit dem letzten Dienstleister", gab Gisela zurück und meinte es auch so. Nur leider war dies mutmaßlich nicht das, was Mesut zu erfahren gehofft hatte und zielte überdies erst recht nicht auf Eddis primäres Interesse ab.

„Ja, äh", bohrte Eddi daher unmittelbar nach. „Das ist doch schon mal super. Musst du mir nachher noch im Einzelnen erzählen. Aber ansonsten … Wie ist es da denn jetzt auf dem Gut und mit wem hast du gesprochen?" Eddi bemerkte erst jetzt, dass er nicht angeschnallt war, zog den Gurt über sein am Bauch sichtlich gespanntes, hellblaues Hemd und steckte diesen in die Halterung.

„Ich glaube, du hättest dich etwas unbehaglich gefühlt bei denen. Und du dich auch, Mesut. Auf dem Weingut geht es ziemlich, na, wie soll ich sagen, aristokratisch zu." Sie lachte auf. „Andererseits, Mesut, du hättest garantiert Augen gemacht. Da stehen überall Antiquitäten herum. Echt altes Zeugs. Zumindest für meinen Laienblick."

„Walla!?", schoss es sogleich von der Rückbank nach vorn. König Artus' Schwert oder gar der Heilige Gral. Ein Traum von Entführung lag in der Luft. Wenngleich eine Entführung derartiger Artefakte aus dem Rehnsteinschen Weingut, bei seiner Ehre, gewiss niemals stattgefunden hätte.

„Beim nächsten Mal bin ich mit am Start Frau Floristin. Ich könnte ja dein sagen wir, Außengeländer Azubi sein!"

Eddi drehte sich halbwegs um. Mit einem kurzen Blick gab er Mesut zu verstehen, dass er sich nun recht gern wieder den eigentlich wesentlichen Dingen würde zuwenden wollen.

„Ich hab nur zwei Leute da gesehen", schilderte Gisela auch schon weiter, „und die waren professionell und auch echt nett. Zumindest die eine. Erst hat mich eine ganz liebenswürdige Frau empfangen."

Beim Wort Frau zuckte Eddi sichtlich zusammen.

„Nein, nein, nicht die Frau, also logischerweise nicht die", beschwichtigte Gisela auch gleich, während man soeben diverse Gewächshäuser kurz vor dem kleinen Ort Segnitz passierte. „Das war so eine Bedienstete. In einem schwarzen Kostüm mit weißer Schürze und kleinem, weißen Häubchen auf dem Kopf. Ohne Witz. Ich dachte, gleich kommt Rhett Butler um die Ecke. War aber leider nicht der Fall." Sie warf Eddi einen belustigten Blick zu. Der verzog nur leicht die Mundwinkel.

„Welcher Butler?", kam es von der Rücksitzbank.

„Jaaaa, … Moment", feuerte Eddi in Mesuts Bildungslücke hinein. „Jetzt wollen wir erst mal schön weiter lauschen, OK?"

„Tamam, Deutscher."

Damit war Rhett Butler fürs Erste vom Tisch. Gisela nahm ihre Berichterstattung wieder auf. „Ja, und dann hat mich der Sohn des Hauses empfangen. Dieser Stephan Rehnstein. Der, von dem du erzählt hast, Eddi, also der Vermieter von dem Haus, in dem dieser … du weißt schon."

Eddi wusste es. Stephan Rehnstein also. Vermutlich war das auch zu erwarten gewesen, resümierte Eddi. Andererseits, warum hatte dieser am Samstag, beziehungsweise Sonntag nicht mit der Polizei gesprochen wegen der Wohnung? Oder war er möglicherweise vor Ort gewesen? Bis hierhin war Eddi davon ausgegangen, dass seine Schwester sich den Fragen seitens der Polizei zu besagter Mietwohnung an seiner statt gestellt hatte. In der Pizzeria in Marktbreit war immerhin die Tochter des Hauses in Begleitung der Polizei aufgetaucht, nicht der Sohn. Doch Gisela wäre nicht Gisela, wenn sie Eddis im Stillen gestellte Frage nicht postwendend beantwortet hätte.

„Der ist gestern erst aus Tschechien zurückgekommen. War da auf einem Weinsymposium und hat sich danach noch zwei Tage Prag gegönnt, hat er erzählt. Dort gäbe es schließlich so gutes Essen. Na, ein Schelm, wer sich mehr dabei denkt. Diesen Stephan jedenfalls, fand ich bisschen unangenehm. Irgendwie undurchsichtig. Andererseits, auf eine Art auch wieder nicht. Vielleicht war er nur müde von der Reise, keine Ahnung. Ein Sonnyboy ist er allemal, würde ich sagen. Und ich scheine einigermaßen in sein Beuteschema zu passen. Aber alles halb so wild."

Eddi ließ all dies unkommentiert. Er wollte Giselas Redefluss nicht unterbrechen in der Annahme, dass noch einiges nachkäme. Auch Mesut lauschte gespannt. Unterdessen führte die Fahrt bereits durch die überaus engen und kurvenreichen Straßen von Segnitz.

„Ich hab natürlich kein Wort gesagt zu, na, all dem eben. Auch auf diesen Mord bin ich nicht zu sprechen gekommen. Das wäre ja nicht nur auffällig, sondern auch komplett indiskret gewesen. Ich hab lediglich das Anwesen in den höchsten Tönen gelobt. Ist ja auch echt irre da. Gar nicht mal unbedingt von der Größe her. Trotzdem. Einfach schon toll. So würdevoll. Hättet ihr wie gesagt sehen müssen."

Sie fuhr in einen Kreisel ein und gleich wieder heraus. Kurz darauf befand man sich auf der Mainbrücke.

„Und jetzt kommt's Eddi."

Gisela legte eine Sprechpause ein, versicherte sich der ungeteilten Aufmerksamkeit ihrer Zuhörer. Und tatsächlich hätten Eddis und auch Mesuts Lauscher nach dieser Ankündigung kaum größer aufgespannt sein können.

„Aaaalso", begann sie schließlich gedehnt.

Einige Minuten später sah Eddi gedankenverloren durch die Seitenscheibe des Suzuki. Das konnte doch nicht sein. Obgleich dieses Puzzleteil geradezu perfekt passen würde. In jeder Hinsicht. Wie hätte dem Rehnstein dieses andere Weingut auch sonst zufallen können? Doch wohl kaum über eine Lotterie. Eine passende Heirat hätte da vermutlich eher zum Ergebnis geführt.

Mit dem Wissen jetzt allerdings, erschien es wenig verwunderlich, dass Heirat kaum einen gangbaren Weg in eine Fusionierung hatte darstellen können. Sicherlich hatten die beiden Güter ordentlich in Konkurrenz zueinander gestanden. Immerhin waren Geschäfte an sich schon kompliziert. Familie aber, war im Allgemeinen noch viel komplizierter. Damals wie heute.

Erweiterung durch Heirat hatte somit eine möglicherweise wenig attraktive Option dargestellt. Doch es hatte offenbar einen anderen Weg für den damaligen Gutsherrn Hans Rehnstein gegeben, sich den anderen Teil des einstigen, gesamtfamiliären Tafelsilbers anzueignen. Einen abartigen Weg. Kaum vorstellbar. Selbst für jemanden wie Eddi, der ansonsten wahrlich dazu bereit war, der Spezies Mensch so einiges zuzutrauen.

Bäume und Häuser flitzten an seinem Gesichtsfeld vorbei. Soeben passierte man die Gebäude der Freiwilligen Feuerwehr von Marktbreit.

„Es war gar nicht nötig, das Gespräch in eine bestimmte Richtung zu lenken, Eddi", hörte er Gisela sagen. „Man muss bei solchen Terminen gezwungenermaßen immer etwas Smalltalk abhalten. Da bin ich eben auf den Markt und das Geschäft mit Wein an sich zu sprechen gekommen." Gisela zuckte mit den Achseln. „Und dass die Winzer, wie viele andere Landwirte auch, es sicher nicht so leicht hätten und so weiter und so fort. Ich hab mir dabei auch gar nichts gedacht. Ja, und dann hat er eben angefangen von all dem zu erzählen. Dass auch beim Weinanbau die Größe der Anbaufläche der entscheidende Wirtschaftsfaktor sei. Neben der Lage, versteht sich. Dass in Deutschland die Weinindustrie wohl mittelständisch geprägt sei. Und je kleiner die Betriebe, meinte er, umso mehr schmerze natürlich der Druck der Konkurrenz. Auch aus dem Ausland. Zwar gibt es Genossenschaften. Doch wie überall auf der Welt fallen die kleinen Brösel eben zuerst vom Tellerrand."

Eddi stieß unwillkürlich höhnisch die Luft aus. Die typische Wortwahl der Reichen, dachte er sich.

„Aber die Rehnsteins", sprach Gisela weiter, „die Rehnsteins hätten Glück im Unglück gehabt. Das Weingut, so wie es heute existiert, sei einst geteilt gewesen, hat er weiter ausgeführt, wobei jeder Teil für sich unabhängig voneinander gewirtschaftet und sich weiter entwickelt hat. Ursprünglich ist es aber mal ein einziger Familienbesitz gewesen. Ein echter Großbetrieb, was die Anbaufläche angeht. Die Folgen dieser Halbierung der wirtschaftlichen Schlagkraft beider, dann wesentlich kleinerer

Güter", fuhr Gisela mit ihrer Schilderung fast schon fachkundig fort, „hätten beide Betriebe in der heutigen Zeit sicherlich überaus hart getroffen. Dann aber sei es zu jenem glücklichen Umstand gekommen. Nachdem nämlich der andere Zweig der Familie, wie Stephan Rehnstein es genannt hat, zur Mitte des letzten Jahrhunderts ohne Nachkommen dagestanden hatte, trat eine erbrechtliche Vereinbarung aus achtzehnhundert irgendwas in Kraft und die beiden Hälften wurden sozusagen wieder vereint."

Gisela warf Eddi einen kurzen Seitenblick zu. Der aber starrte abwesend vor sich hin. Eine Weile schwieg man. Vor ihnen tauchten die mächtigen Silos der Ochsenfurter Zuckerfabrik auf.

„Also", durchbrach Mesut schließlich die Stille, „wenn ich das jetzt richtig zusammengetackert bekomme … Es gab da zwei Weingüter in dem Kaff, die aber eigentlich zu einer Familie gehört haben. Und ihr glaubt jetzt, dass der Opa von diesem Stephan Rehnstein die Tochter von dieser anderen Familie um die Ecke gebracht hat, nur um deren Gut erben zu können? Abgemurkst? Deren Tochter und einziges Kind? Und dieses Mädel soll dann das tote Skelett aus Eddis Grab sein? Deutscher, echt." Er schüttelte heftig mit dem Kopf. „Die waren dann aber doch miteinander verwandt, Mann. Familie!"

Erneutes Schweigen.

„Nee, nee, Deutscher", schloss Mesut schließlich. „Kein Tier macht sowas."

Tiere nicht, kommentierte Eddi im Stillen.

Gisela lenkte den Wagen Richtung Ochsenfurter Innenstadt. Eddis Gedanken indes fuhren Achterbahn. Konnte so etwas tatsächlich sein? Achtzehnhundert irgendwas. Die beiden Güter waren somit längere Zeit getrennt gewesen. Die eine Familie hier, die andere dort. Obgleich zwischen hier und dort rein geographisch betrachtet wohl tatsächlich nur einige Meter gelegen hatten. Mit der Zeit kamen dann Kinder auf beiden Seiten und wieder neue Kinder und mit den Generationen nahm die Bindung all dieser Menschen an den ursprünglichen Kern der Familie wie üblich ab. Wenn Eddi an seine Verwandten dachte. Verwandte zweiten Grades etwa. Wer war das noch gleich? Und

Eddi war immerhin ein ausgemachter Freund von Familie und Tradition.

Allerdings war Verwandtschaft zu jener Zeit noch wesentlich stärker gepflegt worden als heute. Hatte damals einen ungleich höheren Stellenwert genossen. Wie viele Ecken die Verwandtschaft zu jenem Zeitpunkt tatsächlich gezählt hatte? Eddi vermochte es natürlich nicht zu sagen. Allzu viele aber konnten es genau genommen nicht gewesen sein. Auf jeden Fall war man eng miteinander verwandt, lebte praktisch Tür an Tür. Cousins und Cousinen oder Großcousins oder was auch immer. Und dann tötet man das einzige Kind der einen Familie, um hierdurch an deren Land zu kommen? Nein, er musste seinem Freund recht geben. Es schien unvorstellbar. Mord aus Habgier, eiskalt und berechnend. Das war für sich genommen schon völlig pervers. Und dann noch innerhalb der eigenen Familie? Dennoch. Die Zeitungen waren voll von abartigen Geschichten. Und tödlichen Familienzwist hatte es bekanntermaßen bereits in der Bibel gegeben. Es war wohl die Nähe, überlegte Eddi, die Tatsache, dass sich all dies vor der eigenen Haustür abgespielt haben mochte, was diese Geschichte letzten Endes so unfassbar, so unwirklich erscheinen ließ.

Erneut meldete sich Gisela zu Wort. „Ich sag mal so. Sicher ist natürlich nichts. Aber für die Polizei wäre das bestimmt eine astreine Indizienkette."

Wieder schwieg man eine Weile. Kurz darauf lenkte Gisela den Wagen durch das obere Stadttor der verkehrsberuhigten Altstadt von Ochsenfurt, weshalb sie sogleich ordentlich vom Gas ging.

„Parkplatzengel flieg voraus", summte sie und setzte kurz darauf dazu an, ihren Wagen unweit von Mesuts Dönerparadies abzustellen. „Mal was anderes. Was stellst du eigentlich mit den eintausendfünfhundert Euro an, Mesut?", fragte Gisela nebenbei, während sie den Schlüssel aus dem Zündschloss des Suzuki zog.

Eddi zuckte zusammen. Das Geld, das hatte er ja total vergessen! „Oh Mann", stieß er daher aus und drehte sich sogleich um.

Mesut saß nur da. Der Bahnhof zwischen seinen Ohren war evident. „Was für tausend Euro?", fragte er sichtlich verwirrt.

Gisela drehte sich nun ebenfalls um. Blickte erst Mesut an, dann Eddi und musste schließlich laut auflachen. „Ernsthaft, Eddi? Hast du bei all dem vergessen, ihm die frohe Kunde zu übermitteln?"

„Ja, halt echt", lautete Eddis verschämte Erwiderung.

„Ja, was denn, Deutscher?", die des Dönerdealers.

Nachdem Eddi ihn aufgeklärt und Mesut sich aus seiner kurzzeitigen Starre gelöst hatte, kam zuerst ein schwach gehauchtes „Eintausendfünfhundert? Maşallah", dann ein „Ey, Deutscher, du wolltest dir die Kohle wohl allein unter deine deutschen Fingernägel reißen, oder was?", dann wilde Küsse auf sein Amulett, das er um den Hals trug und schließlich noch ein: „Du meine Güte. Meine liebe, alte deutsche Lady. Ich hab immer gewusst, die knackt bei Lotto noch mal so richtig rein. Ich muss sie heute noch besuchen, Deutscher, also wir, meine ich. Danke sagen."

Eddi sah ein, dass sein Freund ihn damit einmal mehr daran erinnert hatte, was Anstand war. Nicht, dass Eddi keinen Anstand gehabt hätte. Es war vielmehr so, dass in letzter Zeit. Nun, die Dinge. Sie wuchsen und wuchsen. Er streckte und reckte sich, aber alles war wie zu einem Dschungel um ihn herum ausgewachsen. Nicht wirklich leicht, die Sache mit dem Überblick. „Machen wir unbedingt", bestätigte er schließlich und nickte Mesut zu. Gisela ihrerseits drehte Eddis Kopf zu sich und gab ihm einen innigen Kuss.

„Alter, Porno, ich bin weg", schallte es aus dem Rückraum des Wagens.

All dies. Es war auf spezielle Art ein äußerst inniger Moment. Ein Moment der Freundschaft einerseits. Der Zweisamkeit andererseits.

Eddi fühlte sich Gisela näher denn je, wenngleich er ein Wort wie „Liebe" in diesem Zusammenhang nach wie vor noch nicht einmal im Geiste aussprechen wollte. Es blieb dabei. Wer liebte, verlor.

Mesut träumte gerade womöglich von einem neuen Grill oder einer Reise in seine wunderschöne Heimat.

Gisela ihrerseits hatte Eddi entgegen dessen anfänglicher Bedenken dabei helfen können, der Toten ihren mutmaßlichen Namen zurückzugeben. Zumindest den Nachnamen: Rehnstein.

Alles hatte sich gut entwickelt. Man war glücklich, entrückt vom Unheil der Welt. Diese Karten aber, sie sollten schon in Kürze völlig neu gemischt werden.

Kapitel 21

„Alles in Ordnung bei dir, mein Sohn?", fragte Eddis Mutter sogleich besorgt, nachdem sie abgenommen hatte. „Geht es dir auch gut? Isst du ordentlich?"

Eddi stieß einen Seufzer aus. Seine Mutter war einfach unglaublich. Einundfünfzig Sommer zählte er. Einundfünfzig Geburtstage hatte er gefeiert, einundfünfzig Heilige Nächte erlebt. Einundfünfzig mal seiner Mutter zum Muttertag gratulieren dürfen. Nun, die ersten Jahre musste er hiervon wohl abziehen.

Gleichwohl. Er war ein gestandenes Mannsbild. Zu wenig auf den Rippen hatte er gewiss nicht. Er würde wohl eher etwas abspecken müssen, mehr auf seine Figur achten, weniger essen.

Was eben schon mal nicht geklappt hatte.

Er dachte an die schmackhafte Linsensuppe, die noch vor wenigen Minuten etappenweise in seinen Magen gewandert war. Sein Dönerdealer a.D. hatte das Rezept heute etwas angepasst. Doch auch diese Variation gekochter Linsen war vorzüglich gewesen. Das hatte er seinem Freund gegenüber auch genau so eingestehen müssen. Gesättigt war er schließlich mit seinem

Smartphone am Ohr auf die Hauptstraße der Ochsenfurter Altstadt getreten.

So ging er nun also Richtung Westen, inzwischen kritisch an sich hinabblickend. Sprechen, gehen und Bauch einziehen. Alles gleichzeitig. Das war gar nicht so einfach.

„Du weißt, du musst kräftig essen Eddi, damit du gesund bleibst!", schallte es aus dem Gerät.

Einundfünfzig Jahre. Und seine geliebte Mutter gab ihm noch immer die gleichen Ratschläge, wenn er mit ihr telefonierte. Es waren interessanterweise zumeist Fragen, die nicht gestellt wurden, bekam sie ihren Sohn in voller Pracht zu Gesicht. In der Seniorenwohnanlage im Rahmen eines Besuches etwa, oder auch mal auf dem Friedhof, im Supermarkt, oder per Zufall in der Stadt. Nein, in derlei Fällen war es dann sein Liebesleben, für welches seine Mutter sich primär interessierte. Man konnte fast meinen, der Anblick seines Körpers würde eine Frage nach seinen Essgewohnheiten obsolet erscheinen lassen.

Rief er sie aber an, so wie jetzt. Immer kam zuerst die Frage nach seinem Befinden und in unmittelbarer Folge der Verweis, er möge unbedingt darauf achten, genug zu sich zu nehmen.

„Ja, alles gut. Und mach dir keine Sorgen wegen des Essens. Jedes Mal sagst du, ich solle mehr essen. Meine Waage, nur damit du es weißt, sagt aber was ganz anderes", gab Eddi nun leicht genervt zurück, nachdem er die Chance erkannt hatte, seinerseits aktiv etwas zu diesem bisher einseitig verlaufenden Telefonat beitragen zu können.

„Ach, papperlapapp. Ein Mannsbild muss etwas mehr auf die Waage bringen. Denk an deinen Vater. Der war ziemlich rund. Und das war schon gut so. Und du musst ja schließlich körperlich arbeiten. Da braucht man eben mehr auf den Rippen!"

Eddi wollte bereits einwenden, dass sein Vater aber auch schon tot sei und dessen zu Lebzeiten offensichtliche Gewichtsproblematik dem Umstand seines recht frühen Todes höchstwahrscheinlich doch eher zuträglich gewesen war. Gerade noch so verkniff er sich den Einwand. Es hätte seine Mutter nur verletzt. Zudem wusste er, sie meinte es nur gut mit ihm. So waren Mütter eben.

Auf die sich anschließende Erkundigung, was er denn so treibe heute, erzählte Eddi von seinem Ausflug nach Frickenhausen mit Gisela und Mesut. Die genaueren Hintergründe verschwieg er allerdings mit Blick auf seiner Mutter Gemüt.

„Du musst mit Gisela unbedingt mal wieder bei mir reinschauen, hörst du? Eine tolle Frau. So sympathisch. Und so gutaussehend! Ich bin wirklich rundherum begeistert von deiner Gisela."

Abermals wollte Eddi etwas erwidern. Abermals ließ er es sein.

„Die Frau Vorhammer, die hat doch tatsächlich gemeint, dass ihr zwei nicht zusammenpasst. Weißt du Eddi, die hat uns alle gesehen als ihr letztens da wart. Also die spinnt doch, ganz ehrlich", ereiferte sie sich. „Wenn ich da an ihren Jens denke, der, ja …" Seine Mutter räusperte sich. „Also du weißt schon. Das ist ja der, also der ist ja eher …"

„Ja, Mutter, ich weiß", unterbrach Eddi und grinste in sich hinein. Dass schwul oder lesbisch sein, oder was auch immer, für die meisten Menschen heutzutage so normal war wie ein Loch in einer Jeans, hatte die ältere Generation einfach noch nicht so recht verinnerlicht. So etwas brauchte nun mal Zeit. Eddi wusste andererseits, dass seiner Mutter eine solche „Veranlagung", wie man es bisweilen auch nannte, sehr wohl völlig gleich war. Was umgekehrt aber noch lange nicht bedeutete, dass man über derartige Dinge in der Lage gewesen wäre, normal zu sprechen. So, wie über ein Buch, einen Film oder auch nur die Schlagzeilen von heute. Sexuelle Orientierung war nicht unbedingt ihr Lieblingsthema. Um seine Mutter aus der Verlegenheit, in die sie sich selbst gebracht hatte, zu befreien, ging er auf die Äußerungen Frau Vorhammers und die Vorlieben deren Sohnes Jens nicht weiter ein und fragte stattdessen:

„Und bei dir? Hast du mal wieder was beim Bingo gewonnen? Ansonsten hätte ich nämlich jemanden, der dir in Sachen Glücksspiel möglicherweise noch eine Lektion erteilen könnte!"

Kurz raschelte es in der Leitung. Dann ein Piepsen. Und noch ein Piepsen. Seine Mutter war dem Vernehmen nach wie so oft mit ihren Händen auf die Tastatur des Telefons geraten.

„Wie, warum?", fragte sie dann neugierig.

Also berichtete Eddi von Frau Grieb, deren Fünfer plus Zusatzzahl, den zehntausend Euro und seinem Anteil am Gewinn.

Seine Mutter brauchte etwas, bis sie reagieren konnte. Offensichtlich musste sie die Neuigkeit erst einmal verarbeiten.

„Mensch Junge, das ist ja nicht zu fassen! Die Frau Grieb. Die ist aber auch ein Engel", ließ sie Eddi schließlich wissen. „Ich muss sie unbedingt mal wieder besuchen. Zehntausend Euro. Ja, Wahnsinn, wirklich wahr! Von deinem Anteil könntest du doch mal Urlaub machen! Wie lange warst du eigentlich schon nicht mehr im Urlaub? Also nimm Gisela, packt die Koffer und fahrt mal eine Woche lang schön weg. Weißt du, da kann man auch immer so schön essen. Also bei diesen alles inklusive Geschichten meine ich, da kann man ordentlich reinhauen. So viel man will!"

Eddi seufzte, erklärte dann, eines Sohnes würdig, dass er sich nun erst einmal überlegen wolle, was er ihr, seiner Mutter, Gutes tun könne von dem Geld. Urlaub machen konnte er daraufhin noch immer. Jedenfalls käme es nicht in Frage, dass sie nicht an diesem Glück partizipierte. Zumal er auch Mesut großzügig, wenngleich sicherlich einfach nur gerechterweise, an den dreitausend Euro beteiligte.

„Ach, aber Junge, ich hab doch wirklich alles hier. Ich bin gesund und ich hab dich."

Wärme in Eddis Brust.

Stille in der Leitung. Offensichtlich dachte seine Mutter kurz nach. „Aber wenn du magst, kauf mir doch wieder mal diese komischen Kanülen mit dem Vitamin da, du weißt schon. Die Dinger sind so entsetzlich teuer. Aber dann gehst du in Urlaub, hörst du?!"

Da musste Eddi schmunzeln und letztendlich versprach er, über die Sache mit dem Urlaub ernsthaft nachdenken zu wollen.

Nachdem er das Gespräch kurze Zeit später beendet hatte, blickte er völlig verdattert auf die Uhr. Es war bereits kurz nach halb zwei und damit allerhöchste Eisenbahn, sich der Arbeit zuzuwenden. Eddis Augen richteten sich auf die Häuserzeile gegenüber, auf die andere Seite der Hauptstraße. Für eine Sache allerdings würde er sich noch schnell Zeit nehmen wollen. Es würde fix gehen.

Nachdem er Augenblicke später die Herz-Apotheke betreten hatte, wollte sein Körper instinktiv und postwendend auch schon wieder den Rückwärtsgang einlegen. Doch es war nicht Frau Schneider, die ihm wohlbekannte und gewohnt griesgrämig und gleichsam oberlehrerhaft daherkommende Apothekerin, die seinen Beinmuskeln entsprechende Befehle zu erteilen suchte.

Es war vielmehr eine gewisse Oberwachtel, die seinen Fluchtinstinkt wie auf Kommando aktivierte. Ein kleiner Finkenvogel in speigrünem Ordnungshüterornat, der dort stand und sich gerade ein kleines Plastiktütchen von Frau Schneider reichen ließ. Eddi fluchte innerlich. Zumal jener Vogel ihn sofort dämlich anglotzte, nachdem sein Eintreten durch ein Glöckchen geräuschvoll angekündigt worden war. Noch in der sogleich anberaumten Rückwärtsbewegung bremste Eddi so unauffällig es nur ging wieder ab. Er konnte nun nicht einfach wieder hinausgehen. Polizeioberwachtmeister Finke hätte die Beweggründe für seinen Rückzug sofort erkannt. Beziehungsweise nein. Nicht seine wahren Beweggründe. Denn Eddi hatte schlicht und ergreifend einfach nur keine Lust auf ein nun mutmaßlich folgendes Gezwitscher dieses Egomanen.

Wie dem auch sei, dachte er sich. Er würde sich nicht die Blöße einer vermeintlichen Flucht geben. Also drehte er sich leicht um, griff demonstrativ nach der schweren, eisernen Türklinke und tat so, als wolle er der Tür aus schwerem Eichenholz lediglich dazu verhelfen, wieder sauber zurück in ihren Rahmen zu fallen. Schlussendlich wandte er sich freundlich dreinblickend den beiden Personen vor ihm zu, die ihn noch immer gespielt höflich auf der einen und unverhohlen missbilligend auf der anderen Seite ansahen.

„Hallo", brummte er.

Ein Kopfnicken von Frau Schneider. Ein Nichts von der Oberwachtel, die sich abwandte und zügig daran begab, den offensichtlich noch ausstehenden Bezahlvorgang einzuleiten. Nachdem erledigt, verabschiedete sich der Gesetzeshüter von der Apothekerin, drehte sich um und ging. Zu Eddis Enttäuschung allerdings nicht auf kürzestem Wege jener schweren Eingangstür aus Eichenholz entgegen, sondern vielmehr schnurgerade auf den Totengräber der Stadt zu.

Das kleine weiße Papiertütchen mit dem in Rot gehaltenen Aufdruck des Ochsenfurter Stadtwappens sowie einem gut gemeinten Wunsch für eine baldige Genesung, zappelte nervös in Finkes rechter Hand, als dieser kurz vor ihm stehen blieb und den Zeigefinger auf ihn richtete. Mit gesenkter Stimme, die jedoch nicht so leise war, als dass nicht auch eine gewisse Oberlehrerin vor Ort jedes Wort mitbekommen hätte, zischte er: „Na, Sie kommen mir ja gerade schon wieder recht. Am liebsten würde ich Sie auf der Stelle verhaften, Mann!"

Eddi hätte ihm die kleine Plastiktüte am liebsten unmittelbar um dessen Hakennase gehängt. Doch in Anbetracht seiner hochsteigenden Neugierde, was denn nun wieder sei, runzelte er nur fragend die Stirn.

„Ich hatte ihnen doch gesagt, Eddi, dass ich Sie im Auge behalten werde. Dass ich Ihr Verhalten in gewissen, aktuellen Angelegenheiten suspekt finde. Hatte ich Ihnen das nicht deutlich genug gesagt? Und Sie? Was machen Sie? Anstatt sich unauffällig zu verhalten, spazieren Sie in Frickenhausen herum und stellen seltsame Fragen. Behaupten, irgendwelche Ahnenforschung zu betreiben. Sie kapieren wohl nicht, mit wem Sie es hier zu tun haben? Wir sind die Polizei, Gott verdammt. Wollen Sie uns an der Nase herumführen?"

Eddis Körper reagierte auf jene neuerliche Info zu seinem Verdruss nebst sich aufstellender Härchen auch noch auf eine ganz andere Art. Einerseits war er fast schon entsetzt angesichts dessen, dass seine und Mesuts anonyme Recherche den Status der Anonymität offenbar eingebüßt hatte. Andererseits und obgleich es ihm gegen den Strich ging, er musste diesem Finke Respekt zollen. Wie um alles in der Welt war dieser Vogel nur an diese Information gekommen? Nicht gut. Nein, wirklich nicht gut, überlegte er. Überhaupt ganz und gar nicht gut war das. Andererseits, was ging es diesen aufgeblasenen Amtsträger überhaupt an? Man würde doch wohl Fragen stellen dürfen, so viele, wo und wann immer man wollte.

Dennoch, diese Meldung mochte womöglich auch dem Schunke ans Ohr dringen. Und jenen Mann wiederum schätzte Eddi. Das zarte Pflänzchen eines guten Drahts zum Kommissar aus Würzburg wollte er nur ungern einem Unwetter aussetzen. Zumal er ziemlich blöd vor Schunke dastehen würde, hatte man sich doch eingehend über ein gewisses Gefahrenpotenzial dort in Frickenhausen ausgetauscht. „Sie wissen, was denen blüht, die sich in Gefahr begeben", hatte der Schunke gesagt. Er hatte genickt. Er sei ja nicht doof, hatte sein Blick sagen wollen. Und nun das.

„Ob denn etwas Auffälliges gewesen sei, man etwas Seltsames beobachtet habe die Tage", parlierte der Ordnungshüter unterdessen theatralisch weiter. „Ach ja, hatte eine nette Bedienung in einem Restaurant vor Ort gemeint." Nun summte Finkes Stimme geradezu. „Da seien zwei Männer gewesen. Den einen hätte man gekannt. Ein Südländer. Der habe so einen Imbiss in Ochsenfurt und der andere sei etwas älter und beleibter gewesen …"

Bei dieser Umschreibung seiner Statur hätte Eddi dem Polizisten die kleine Tüte am liebsten um den Hals gewickelt.

„Sie wollen doch wohl nicht abstreiten Eddi, dass Sie und Ihr türkischer Kollege damit gemeint waren, oder?"

Finkes Augen sprühten Funken.

Eddi atmete tief ein und aus. Dann tippte er mit seiner rechten Pranke behutsam auf die sich ihm entgegengereckte Hand, um deren Gelenk nach wie vor die kleine Plastiktüte baumelte. Er drückte deren Zeigefinger sachte nach unten und meinte dann: „Mal eben normal unterhalten ist wohl nicht mit Ihnen?

Sie glauben doch nicht allen Ernstes, dass ich mit der Sache in Frickenhausen etwas zu tun habe?"

Finke lachte gefährlich leise auf. „Ich weiß, was Sie meinen. Ein unbedeutender Totengräber, gänzlich unauffällig, wenn auch etwas wortkarg, wie man sagt."

Nervös begann Eddi damit, sein Handy in der Hand hin und her zu drehen. Was bildete diese Oberwachtel sich eigentlich ein? Am liebsten hätte er ihr mit seinem Smartphone gegen deren Stirn geklopft, um zu hören, ob der hierdurch hervorgerufene Ton so dumpf und hohl sein würde, wie er vermutete.

„Das sind die Schlimmsten, das sage ich Ihnen. Ich bin so lange Polizist. So lange", säuselte der Vogel weiter. „Glauben Sie mir, auf die Nummer von wegen schauen Sie mich doch an, ich bin doch total unauffällig und unverdächtig. Auf so etwas würde ich garantiert nie hereinfallen, *Herr* Eddi. Ich habe Ihre fragwürdige Schnüffelei jedenfalls vermerkt, darauf können Sie Gift nehmen. Sie haben nur Glück, dass es gerade einen anderen Verdacht gibt, dem wir nachgehen. Sollte sich dieser aber nicht weiter erhärten, so verspreche ich Ihnen, werde ich mich intensiver denn je Ihnen und Ihrem dubiosen Hobby widmen. Ich bin an der Sache dran. Und ich bleibe dran. Auch darauf können Sie Gift nehmen."

Einen Augenblick lang starrte Finke ihn an. Eddi aber erwiderte nichts. Was hätte er auch sagen sollen? Mit dem Mann war nicht zu reden. Der lebte in seiner ganz eigenen Welt und Eddi sprach offenkundig die dort gängige Sprache nicht. Also schwieg er.

Ein geradezu ausgespucktes „gut" setzte dann den Schlusspunkt unter Finkes Auftritt, bevor dieser sich abrupt wieder in Bewegung setzte, ein weiteres Mal flüchtig Frau Schneider zunickte und schließlich aus der Apotheke wirbelte.

Eddi musste erst einmal durchatmen. Verflixt und eins. Wenn die ganze Angelegenheit nur bitte bald geklärt würde, beziehungsweise aufgeklärt wäre, sodass er sich mit diesem Menschen nicht weiter würde auseinandersetzen müssen. Und vor allem: Seine und Mesuts enttarnte Mission dort in Frickenhausen durfte jetzt bitte nicht die Runde machen. Das wäre überhaupt nicht gut. Hierdurch konnte dieser Gendarm ihn und Mesut in echte Schwierigkeiten bringen. „Ka-schwing noch eins", hörte er Mesut in Gedanken ausrufen.

Dann hörte er, wie Frau Schneider sich räusperte. Er hob den Blick. Mit süffisantem Lächeln stand die schlaksige Frau in ihrem weißen Kittel hinter der Kasse. Eddi wollte besser gar nicht wissen, was die Giftmischerin sich in jenem Moment glaubte zusammenreimen zu können. Er wollte nur raus hier. Also trat er prompt zwei Schritte nach vorn, lächelte dann ebenso süffisant und bat um die größte vorrätige Packungsgröße jener Vitamine in Kanülen, wie seine Mutter es ausgedrückt hatte.

Einige Minuten später flanierte Eddi den sogenannten Zwinger entlang, welcher der südlichen und östlichen Ummauerung der Altstadt folgte. Er schritt vorbei an altertümlichen Häusern, schweren Dachgiebeln und Balkonen, die mit noch immer überaus blühfreudigen Geranien bestückt waren.

Während er im Geiste über die Worte Finkes nachdachte, registrierte er das typische Surren seines Smartphones in der Hosentasche. Schnell kramte er es hervor. Eine Nachricht von Gisela.

„He Brummbär, wollte dir nur sagen, dass ich mit Lena einen Mädelsabend mache. Hat mich nach Würzburg zum Essen eingeladen. Die braucht das wohl gerade. Klang bisschen deprimiert. Gehen in das Restaurant an der alten Mainbrücke, wo man so schön Wein trinken kann. Könnte länger dauern. Würde aber gerne bei dir nächtigen, falls es genehm ist? Kuss, Gisela."

Eddi wurde warm ums Herz. Gut, vielleicht war der Temperaturanstieg in diesem Moment auch etwas unterhalb des Herzens angesiedelt. Auf jeden Fall wurde ihm warm. Rasch tippte er seine Antwort zurück: „Schönes Blumenkind weiß ja, wo ich wohne. Ein Kuss als Bezahlung reicht nur leider nicht."

Schalkhaft in sich hineingrinsend setzte er die Nachricht ab und schlenderte dann auf die Unterführung zu, welche ihn wie üblich unter der Dr.-Martin-Luther-Straße hindurch gen Friedhof führen würde. Sein Smartphone behielt er unterdessen in der Hand. Er wusste genau warum. Ein erneutes Piepsen und Surren gab Eddi kurz darauf recht. Er stoppte seine Schritte, öffnete Giselas Nachricht und grinste nur noch mehr. Dann steckte er seinen ständigen Begleiter zurück in die Jeans.

Und jetzt, nahm Eddi sich vor, würde er zumindest so tun wollen, als ob er an diesem Tag noch an Arbeit oder überhaupt an etwas anderes als an Gisela, ihre Hüften, weichen Lippen oder herrlich feminine Waden würde denken können.

Um halb fünf Uhr am Nachmittag lief Eddi dann der Schweiß in Strömen den Rücken hinab. Das Hemd war durchgeschwitzt, klebte auf seiner Haut.

Während er mit der Schubkarre die Friedhofswege rauf und runter gebrettert war, hatte die ein oder andere betagte Friedhofsbesucherin ihn bereits scherzhaft ermahnt, er möge doch bitte nicht ganz so schnell machen. Nicht, dass man sich in Ochsenfurt bald nach einem neuen Totengräber würde umsehen müssen.

Man plauderte. So waren die Menschen nun mal. Er hatte sogar einmal gelesen, dass Menschen ohne Kommunikation untereinander dem Wahnsinn verfielen. Also redeten sie. Sie brauchten das.

Und Eddi fand, dass dies ausgemachter Unsinn sei. Jedenfalls fühlte er sich prächtig, auch ohne viel Kommunikation.

Ohne Arbeit, ohne Stress, hingegen, so war Eddi nun mal, ohne all dies ginge es bei ihm nicht. Ohne all das würde er eingehen. Und doch steckten ihm die vergangenen Septembertage unbestreitbar tief in den Knochen. Daran gab es nichts zu deuteln.

Auf einer seiner anstrengenden Runden über den Friedhof hatte er dann noch für einige Minuten vor der Öffnung im Boden verharrt, welche die Gedankenkreisel in seinem Kopf vor nunmehr bereits über einer Woche überhaupt erst in Zirkulation versetzt hatten. Mit Friedhelm hatte alles begonnen. Mit dessen

Grabauflösung hatte alles begonnen. Vor allem aber mit dessen unerwarteter Untermieterin.

Eddi war beim Blick in die Öffnung im Boden dem Gedanken nachgehangen, dass Friedhelms Untermieterin jüngsten Erkenntnissen zufolge sehr wahrscheinlich Rehnstein mit Nachnamen geheißen haben musste. Dann zumindest, wenn eine gewisse Theorie verifiziert würde. Nämlich die, dass es sich bei jener unbekannten Toten um das bedauernswerte, einzige Kind eines der beiden familiären Zweige der Rehnsteins aus Frickenhausen gehandelt hatte. Damals, vor rund siebzig Jahren. Der Name Rehnstein machte dann Sinn. Immerhin waren die beiden Weingüter Rehnstein einst aus einem einzigen Gut hervorgegangen, wie man jetzt wusste. Und derartige landwirtschaftliche Betriebe wurden zu jener Zeit nun mal meist von Söhnen übernommen. Von Söhnen, die dann nicht nur das Weingut, sondern obendrein auch den Namen weiterführten. Man durfte insoweit getrost annehmen, dass es einst einen Familienbetrieb Rehnstein gegeben hatte, deren zwei Söhne sich das Erbe geteilt hatten. So waren zwischenzeitlich zwei Weingüter Rehnstein in Frickenhausen entstanden, bis der eine Zweig in Person seiner unbekannten Toten wieder ausstarb.

All dies war naheliegend. Und doch …

Dass das einzige Kind, die einzige Tochter jenes einen Zweigs noch immer den Namen Rehnstein getragen hatte … Sicher war dies ganz und gar nicht. Was, wenn bereits zuvor einmal eine Generation dieses Familienzweigs nur Töchter oder auch nur eine Tochter hervorgebracht hatte? Wenn diese dann geheiratet und den Namen ihres Mannes angenommen hätte … Nein, es war keineswegs auszuschließen, dass zwischenzeitlich aus einem der beiden Jahrhunderte alten Weingüter Rehnstein ein Weingut Dönerspieß, na ja, etwas in der Art eben, geworden war. Und dann hätte Friedhelms Untermieterin eben nicht Rehnstein mit Nachnamen geheißen, sondern, Gott behüte, Dönerspieß.

Beim Gedanken an einen Dönerspieß hatte Eddis Magen demonstrativ dazu angesetzt, Knurrlaute von sich zu geben. Und ihm war nicht nur klar geworden, dass er langsam Hunger bekam, während er mit seiner Karre vor Friedhelms ehemaliger Unterkunft stand. Ihm war vor allem klar geworden, dass die Suche nach dem Namen der Toten insoweit noch nicht abgeschlossen war. Er würde mehr herausfinden müssen. Zumal er nur allzu gerne auch den Vornamen der Toten und selbstredend auch deren Geschichte gekannt hätte. In jedem Falle würde er die Tage noch einmal den Frickenhäuser Friedhof aufsuchen. Möglich, dass er nebst Familiengrab der Rehnsteins, in welchem Hans Rehnstein beerdigt lag, noch ein anderes Grab eines anderen Zweigs der Familie Rehnstein finden würde. Was für seine Zwecke wiederum sehr hilfreich sein könnte.

Tief in Gedanken versunken, wobei er die Griffe seiner Schubkarre fest umklammert gehalten hatte, war plötzlich der Pfarrer neben ihn getreten.

„Es wird schon bald ein weiteres Begräbnis geben, Eddi", hatte der Geistliche ohne Umschweife kundgetan. Eddi hatte sich dem Mann zugewandt, der nachdenklich dagestanden hatte, wobei auch sein Blick in das tiefe, leere Loch zu ihren Füßen gerichtet war. Schließlich hatte er einen lauten Seufzer hören lassen, Eddi auf die Schulter geklopft und angefügt: „Bekommt hier ihre Ruhestätte, das arme Ding. Bei uns auf dem Friedhof. Der Bürgermeister hat mich angerufen. Die Knochen sind freigegeben und man hat beschlossen, sie hier zu bestatten. Die Stadt übernimmt die Kosten. Ja, so ist das. Ich würde mal sagen, damit wird dieses arme Kind auch noch unweigerlich zum PR-Instrument." Er ließ einen weiteren Seufzer ertönen.

Eddi war ruckartig mit dem Kopf nach hinten gefahren. Falten hatten sich auf seiner Stirn gezeigt.

„Na ja, da wird dann der Bürgermeister kommen und eine Rede halten, Eddi. Du weißt doch, wie das ist. Wir beerdigen hier eines unserer Kinder, es hat zwar keinen Namen. Doch wirst du unvergessen bleiben und so etwas in der Art eben. Bestimmt kommt auch die Presse und wer weiß, wer noch alles."

Eddi hatte nachdenklich genickt und seinen Blick wieder in das Loch im Boden fallen lassen. „Und wann soll die Beerdigung stattfinden?", hatte er schließlich gefragt. „Recht bald", war die knappe Antwort des Pfarrers gewesen. Daraufhin hatten beide sich für einen längeren Moment ihren Gedanken hingegeben.

„Eddi, du kennst doch das Zitat, wenn du zu lange in einen Abgrund blickst, dann blickt der Abgrund irgendwann auch in dich, oder?"

Eddi hatte die Brauen zusammengezogen, dann abermals genickt. Der Pfarrer aber hatte offensichtlich mehr als nur ein Nicken erwartete. So zumindest hatte Eddi dessen Blick gedeutet.

„Nietzsche", hatte er daher einsilbig hinterhergeschoben.

Hierauf hatte Pfarrer Selig für einen flüchtigen Moment seinerseits die Augenbrauen gehoben. Ganz so, als habe er zum Ausdruck bringen wollen, dass es doch recht ungewöhnlich sei, dass ein Totengräber etwas mit Nietzsche anzufangen wusste. Für Eddi war derlei Wissen hingegen alles andere als ungewöhnlich. Kaum jemand ahnte, wie viele Berührungspunkte es für einen Totengräber im Rahmen seiner Arbeit mit den Gebieten Medizin, Psychologie und tatsächlich auch Philosophie gab.

„Nietzsche. Genau der", hatte der Pfarrer letztendlich kopfnickend bestätigt. „Ein Ungläubiger." Er hatte mit den Achseln gezuckt. „Guter Mann. Jedenfalls. Ich sage das nur, weil ich sehe, wie sehr dich die Sache beschäftig, Eddi. Die ganze Zeit schon. Lass aber nicht zu, dass es dich mehr beschäftigt, als es gut für dich wäre." Daraufhin war Pfarrer Selig ohne ein weiteres Wort davongegangen. Er schien alles gesagt zu haben, was es zu sagen gab. Eddi seinerseits hatte noch einige Augenblicke vor dem offenen Grab verharrt, bevor er ebenso weitergezogen war.

Jetzt, nach den vergangenen beiden, kräftezehrenden Stunden Arbeit an diesem Dienstagnachmittag, im Rahmen derer er zusammen mit seiner Schubkarre mindestens einen Halbmarathon hingelegt hatte, widmete Eddi sich den quietschenden Toren und Türchen des Friedhofs.

Ein gut gemeinter Ausgleich für die körperlich anstrengende Arbeit zuvor. Aber auch damit würde er bald durch sein, stellte er für sich fest und setzte das kleine Plastikkännchen mit Öl sowie die Rolle Papiertücher auf der Friedhofsmauer vor sich ab. Nur noch diese eine Tür. Dann sollte es das gewesen sein für heute. So stand er dort, schloss für einen Moment die Augen und genoss die warmen Sonnenstrahlen auf seinem Gesicht. Dabei zupfte er angewidert an seinem Hemd herum. Nasser, kalter Baumwollstoff auf ebenso nasser Haut. Etwas, das Eddi geradezu verabscheute. Er entschied sich für eine kleine Raucherpause und zog die Zigaretten hervor. Während er den idiotischen Stängel entzündete, stierte Puh ihn vom Stamm einer der Pappeln her missmutig an.

„Rauch nicht so viel, Eddi!" Der Pfarrer marschierte gerade mit einem väterlich wohlwollenden Lächeln auf dem Gesicht an ihm vorbei.

„Ich weiß doch, ich weiß", erwiderte Eddi leichthin.

„Genieß lieber die Sonne. Soll ja bald vorbei sein mit dem schönen Wetter", kam es vom Pfarrer noch hinterher, bevor er sich, die Hand zum Gruß hebend, verabschiedete.

Kaum zu glauben, das mit dem Wetter, befand Eddi, während er seinerseits in Richtung des Geistlichen eine Geste mit der Hand vollführte. Wieder piepste und zappelte es jäh in seiner Hosentasche. Diesmal kam die Mitteilung von Mesut. In einer Stunde würden sie sich bei Frau Grieb treffen, um sich für die unglaubliche Summe Geld zu bedanken. Ob das so in Ordnung ginge, fragte Mesut. Ja, es ginge, dachte Eddi sich und ließ seinen Gedanken eine niedergetippte Antwort folgen.

Daraufhin nahm er Kännchen und Papiertücher wieder auf, ging in die Knie und machte sich daran, diesem letzten Stück Eisen sein Zahnschmerzen verursachendes Quietschen zu nehmen.

Zuletzt brachte er die Arbeitsutensilien in den Geräteschuppen zurück, bevor er im Anschluss daran, die Abendsonne an seiner rechten Wange haftend, den kleinen Weg hoch zu seiner Wohnung stapfte.

Erleichtert durfte er dort beim Blick in die Küche feststellen, dass Puh diesmal bereits auf der Terrasse saß. Augen aufmerksam ins Innere der Küche gerichtet. Schwanz in gleichmäßigen

Bewegungen hin und her über den Terrassenboden pendelnd. Nachdem Eddi die Tür geöffnet hatte, war der Kater wie üblich ohne Zögern hereinspaziert. Eine Minute Kuscheln folgte, innerhalb derer Eddi sich in der Hocke befand und dem Tier liebevoll über den Bauch streichelte, der sich ihm entgegenstreckte. Der Kater schnurrte und Eddi nahm die Gelegenheit wahr, das Tier mit seinen großen Pranken nach, wie er es im Stillen formulierte, Beschädigungen abzusuchen. Zu seiner Erleichterung jedoch alles ohne Befund. Einmal von den völlig angefressenen Ohren und dem Fell abgesehen, das aussah, als hätte man dem Kater an zwei Stellen großflächig die Haare ausgerissen.

Dennoch nahm Eddi sich vor, irgendwann im Laufe der kommenden Woche mit Puh zum Tierarzt zu gehen, sollte sich auf seinen Aushang hin niemand bei ihm melden. Vielleicht würde der Kater eine Impfung benötigen oder etwas anderes.

Als Eddis Knie sich bemerkbar machten und ihm zudem ein Blick auf die Küchenuhr verriet, dass es langsam, aber sicher an der Zeit war, sich zu sputen, wurde die Streicheleinheit kurzerhand für beendet erklärt. Während Gisela ihn nun wahrscheinlich dazu angetrieben hätte, die Flamme auf dem Herd noch etwas höher zu stellen, jetzt, da er das Wasser fast schon zum Kochen gebracht hatte, fiel die Reaktion Puhs weniger spektakulär aus. Nachdem der Kater sich ebenso aufgerichtet hatte, blickte er ihn nunmehr geradezu ausdruckslos an und erinnerte Eddi dabei an eine Eule. Große, weit aufgerissene, kugelrunde Augen, die ihn fragend fixierten. Ein Standbild, dessen Bedeutung Eddi nicht genau einzuschätzen wusste. Er nahm aber an, dass das Tier Hunger hatte. Also spendete er dem Kater einige tröstende Worte, unterdessen er eine der Dosen Katzenfutter aus dem Holzregal neben der Tür zog. „Ragout vom Rind", stand in schwungvollen Lettern auf deren Etikett gedruckt. Das sollte passen, dachte Eddi bei sich, zog den Deckel ab und klopfte die Dose so lange auf den Futterteller, bis der schleimig-braune Inhalt sich in selbigen ergoss. Dabei wurde ihm ein weiteres Mal bewusst, dass auch er unbedingt noch eine Kleinigkeit zu sich würde nehmen müssen, bevor es zusammen mit Mesut zu Frau Grieb gehen sollte.

Schließlich begab er sich ins Badezimmer, um schnell noch zu duschen. Die Tür zur Terrasse ließ er währenddessen geöffnet. Sollte der Kater doch kommen und gehen, wie es ihm beliebte. Wobei kommen und bleiben Eddi eigentlich am liebsten gewesen wäre.

Rückblick

Ochsenfurt am Main, 8. Oktober 1944

Abgekämpft und benommen stand er vor dem Grab. Tränen tropften auf den Boden. Die aufgerissenen Augen waren in das schwarze, stumme Loch gerichtet, während er sich verabschiedete, erinnerte und entschied.

Jaron dachte an die ersten scheuen Blicke zurück, die er ihr vor nunmehr gut zwei Jahren zugeworfen hatte. Den ersten Kuss. Seine Angst vor ihrer Reaktion angesichts seiner offenbarenden Nacktheit, seines beschnittenen Gliedes.

Jaron erinnerte sich an die Nächte, in denen er bei ihr gelegen hatte. In der Scheune. Er erinnerte sich daran, wie sie heimlich in der Nähe der Kapelle gesessen und über das Tal geblickt hatten. Händchen haltend, verliebt und hungrig nach einer Zukunft. Seine Eltern hatten alles in ihrer Macht Stehende getan, um ihn zu retten. Hatten ihm Papiere beschafft, ihm ein anderes Leben geschenkt, bevor sie selbst ihm genommen worden waren. Sein geliebter Vater, seine über alles geliebte Mutter. Er hatte neue Papiere bekommen, Einträge in Tauf- und Namensregister waren gefälscht worden. Sie hatten ihm eine neue Vergangenheit verschafft, für den Fall, dass es tatsächlich so schlimm käme …

Eine echte Zukunft hingegen hatten auch sie ihm nicht schenken können.

Das kleine Leben aber, das seines gewesen war, er hatte es gehütet wie seinen Augapfel. Wie hätte es anders sein können. Dann war der Moment dieser Unachtsamkeit gekommen. Statt sich wie üblich zu waschen. Einmal. An einem kleinen Weiher in der Nähe. Im Halbdunkel. Einmal Baden. Jaron dachte an seine fürchterliche Angst zurück, als einer der älteren Söhne des alten Rehnsteins ihn damals nackt gesehen hatte. All die Pläne, die Mechanismen und Routinen, die er sich zurechtgelegt hatte. Sie waren in Sinnlosigkeit überführt worden. Er hatte sich selbst ausgeliefert, sich ausgeliefert gefühlt. Und tatsächlich hätten sie ihn ausliefern können. In den Augen dieses perfiden Systems gar ausliefern müssen. Der Reinheit der Rasse zuliebe. Das aber hatten sie nicht getan. Stattdessen hatten sie ihn dort auf dem Gut als Werkzeug behalten. Erntehelfer waren knapp in diesen Zeiten. Sollte der Jude arbeiten. Dafür durfte er leben.

Wäre alles aufgeflogen, Jarons Papiere hätten die Rehnsteins vor unangenehmen Fragen bewahrt. Zu gut waren die Fälschungen. Zu penibel seine falsche Geschichte. Sollte er also arbeiten.

Angst hatte ihn hiernach fortwährend überfallen. Sie beide. Unausstehliche Angst. Angst vor jedem neuen Morgen, vor jedem ungewöhnlichen Blick, jedem ungewöhnlichen Besuch. Man hatte nie wissen können, was kam. Von diesem Zeitpunkt an hatten sie sich seltener getroffen. Zum Schluss war sie ihm nahezu aus dem Weg gegangen.

An Gefühl oder Begehr hatte es nicht gemangelt. Im Gegenteil. Es war zu seinem Schutz gewesen. Er dachte an die kleinen Zettel, die er ihr heimlich geschrieben und stets an einem verabredeten Ort unter einem Stein in den Weinbergen gelegt hatte. Seit jener Zeit trug er stets Zettel und Stift bei sich. So hatten sie ihre Liebe fortgeschrieben.

Bei einem ihrer letzten Treffen hatte sie ihm gesagt, dass bald neue Zeiten kämen, sie außerdem das Gut einst erben würde. Dann müssten Kinder her. Sie hatte gelächelt bei diesen Worten. Ihre Augen hatten geleuchtet. Und Jaron hatte sich ihre Träume nur allzu gerne zu eigen gemacht. Eine Zukunft? Kinderlachen, Feste feiern, Freunde haben? Zwar hatte jeglicher Traum schnell wieder der Wirklichkeit weichen müssen. Sie aber hatte stets dafür gesorgt, dass die Flamme des Vertrauens in ein Leben in Glück und Freiheit nie ganz erloschen war. Sie war unerschütterlich zuversichtlich geblieben, hatte Bilder in seinem Kopf gezeichnet, Melodien in sein Herz getragen. Hatte vermocht, schwere Dinge leichter erscheinen zu lassen und Leichtes noch schöner. Alles ohne Lüge, ohne Augenwischerei. Güte und Hoffnung. Sie fehlte ihm. Sie fehlte ihm so sehr.

Still war es in jenem Moment. Jaron aber war, als hörte er ihr Lachen, ihre Lippen in sein Ohr flüstern.

Es war kalt. Und doch glaubte er, ihre Wärme unter seinen Fingern spüren zu können.

Und es war dunkel. Und Jaron wusste, es würde nie mehr diese Bilder in ihm geben. Die Melodien in seinem Herzen waren für immer verklungen.

Gleichsam, wie sein Herz sich zusammenzog, weiteten sich Jarons Erinnerungen. Nicht nur er hatte einen geliebten Menschen verloren. Er musste an ihre Mutter denken. An die Frau, die ihr Vorbild gewesen war. Würdevoll und klug. Voller Milde und Großmut. Und Jaron hatte stets den Eindruck gehabt, sie wüsste etwas. Ihre Mutter hatte sie und ihn von Beginn an mit besonderem Wohlwollen betrachtet. In den wenigen Momenten, in denen man sich traf. Etwa, weil die Arbeit auf dem Gut es verlangt hatte. Oder aber, weil er Mutter und Tochter zu Einkäufen in die Stadt hatte begleiten müssen. Wissend, war sie ihm vorgekommen.

Es war, als hätte sie in sein Herz hineinblicken können, hatte ihm selbst aber nie einen Blick in ihre eigene Seele gewährt. Jaron hatte Mitleid mit der Frau. Auch sie hatte die Zeit zunehmend verwundet. Jetzt aber würde sie zugrunde gehen und er konnte nichts dagegen tun. Ihre Tochter war verschwunden und sie würde, nein, durfte nie erfahren, was geschehen war. Eine Antwort wäre um vieles schrecklicher als Schweigen.

Sie war tot. Seine Welt. Dort unten lag sie jetzt. In diesem Loch. Auf dem Ochsenfurter Friedhof. Von Erde bedeckt. Alles mit sich reißend.

Der Weinkeller. Giftiges Gärgas, an dem man erstickte. In der Erinnerung sah Jaron erneut, wie ihr toter Körper auf dem kalten Untergrund gelegen hatte. Er sah den alten Rehnstein. Wie hatte dieser Mann nur? Wie konnte so etwas Grauenvolles nur geschehen? Wie war es möglich, dass Menschen derart zuwider ihrer eigenen Natur, ihrer eigenen Instinkte handelten? Wie? Jaron schloss die Augen. Für eine solche Tat, für einen solchen Hass hatte es womöglich doch nur eine einzige Erklärung geben können, obgleich für einen gesunden Menschenverstand nicht zu greifen.

Weitere Tränen tropften in das Loch, vor dem er stand. Er hörte seinen eigenen Atem. Er hatte möglicherweise schreckliche Schuld auf sich geladen.

Jaron sah den Buben wieder vor sich. Hörte sein stummes Versprechen an den kleinen Kerl. „Ich werde die Schweine nicht ans Messer liefern." Er hatte es ihm versprochen. Zwar nur im Stillen. Aber er hatte es versprochen. Jaron hatte es dem kleinen Kerl zugesagt, weil er ihn liebte. Diese kleine Seele war ihm wie ein kleiner Bruder.

Und dann hatte sie dort auf dem Steinboden gelegen. Leblos. Kein Lied mehr, das sie für den Buben sang. Keine Antwort mehr, welche sie ihm auf eine seiner unzähligen Fragen hätte geben können. Kein Kitzeln und kein Spielen mehr. Nie mehr.

Der kleine Kerl musste Entsetzliches durchlebt haben. Dies war nicht Krieg gewesen, nicht anonymes Verbrechen. Es war hier geschehen. Vor seinen Augen. Unbegreiflich. Also hatte er es ihm versprochen.

Andererseits wiederum, war sie ihm ein Weib gewesen. In Jarons Verständnis war sie ihm ein Weib gewesen, wenngleich noch nicht vor Gott. Wie hätte Jaron seinem Versprechen gegenüber dem Jungen auf der einen Seite und der Verpflichtung seiner Frau gegenüber auf der anderen Seite gleichermaßen nachkommen können?

Als Jaron dort unten wie wild gegraben hatte, es war einfacher gewesen, als er es sich vorgestellt hatte, war ihm dieser Gedanke nicht mehr aus dem Kopf gegangen. Er würde sie hier auf geweihtem Boden betten. Nicht wie gewünscht beseitigen, wegwerfen, im Main versenken. Was aber war mit ihren Mördern? Sollten sie tatsächlich einfach weiterleben dürfen? Einfach weitermachen, so, als wäre nichts geschehen? Würde indessen die Wahrheit ihnen überhaupt schaden können? Gewann der Abschaum in dieser Welt nicht immer? Wem also würde es helfen?

Der kleine Bub, ihre Mutter. Sie vor allem waren es, die der Wahrheit Opfer werden würden. Da war Jaron sich sicher. Kaum vorstellbar, das zusätzliche, neuerliche Leid, welches eine öffentlich gemachte Kenntnis über die Ereignisse der letzten Tage für beide bedeutet hätte.

Der Bub, sein Vater, ein Mörder. Ihre Mutter, deren Kind, geschlachtet, von der eigenen Familie. Wissen als Henker.

So hatte Jaron nachgedacht, während er zügig Hand um Hand Erde gelockert, abgetragen und nach oben an den Rand des Loches geschaufelt hatte.

Wie tief er gegraben hatte, es war ihm dort unten unmöglich gewesen abzuschätzen. Nachdem er aber mühevoll aus dem tiefen Loch gestiegen war, hatte ihm oben der Aushub an Erde verraten, dass es genug gewesen sein musste.

Daraufhin war er schnell durch die Dunkelheit hindurch zum Karren zurückgeeilt. Die Pferde hatten weiterhin ruhig vor dem Eingang des Friedhofs gestanden. Es hatte gewirkt, als hätten sie ihren toten Körper bewacht. Sie bewacht. Sie, die Tiere so sehr geliebt hatte.

Das kleine Glasfläschchen mit dem dünnflüssigen Schmieröl, das stets im Pferdekarren bereitlag, hatte er geleert, es mit dem Zipfel seines Unterhemds so gut es ging innen trocken gerieben. In der Folge hatte er eine kurze Botschaft an einen unbekannten Adressaten verfasst.

„Möge Gott uns verzeihen. Es waren von Vieren die wichtigsten Dreien."

Er wusste gleichwohl, dass diese Zeilen eigentlich nichts waren. Doch mehr würde er nicht preisgeben. Er musste den Jungen und die Mutter schützen, für den Fall, dass doch noch etwas schief ginge. Für den Fall, dass man im Zuge der Beisetzung jenes Friedhelm Vogelsang, einem Freund der Familie Rehnstein, doch auf ihren Körper stieße.

Eine Verszeile aber, das Abzeichen in ihrer Hand. Der ehrenwerte Schützenverein. Deren Vorsteher, die jeder kannte. Dort drüben, in dem kleinen, dunklen Flecken.

Niemand würde die Botschaft zwingend verstehen. Zumindest nicht, wenn er nicht wollte. Derjenige aber, der sie verstehen würde, hätte genügend Zeit sich zu überlegen, ob er sich die mächtige Familie Rehnstein würde zum Feind machen wollen oder nicht.

Jaron hatte unablässig nachgedacht, von Trauer und Hass angepeitscht, hatte alles in seinem Kopf wütend hin und her geworfen. So wie sein Herz gebrochen war, so war er innerlich zerrissen. Er musste sie schützen und war sich doch sicher, dass in dieser, seiner Zeit, niemand wirklich würde verstehen wollen.

Zeiten indes änderten sich.

So hatte er zumindest etwas getan. Hatte das Schicksal über Wahrheit und Gerechtigkeit in Gottes Hände gelegt. Dort, wo es hingehörte. Er hatte den Jungen und die Mutter geschützt.

Die Tat musste ungesühnt bleiben.

Und doch sollte sie niemals vergessen werden.

Gott würde entscheiden. So hatte Jaron es entschieden.

Zuletzt hatte er das leblose Bündel von der Ladefläche gehievt und sich über die Schulter geworfen. Zu diesem Zeitpunkt war ihm alles gleich gewesen. Sollte doch jemand kommen. Sollte ihn doch jemand ansprechen, ihn bei der Schulter packen. Aber niemand war gekommen.

Eilig war er daraufhin zurück zum Grab gelaufen. Dabei hatte er das Schma Jisrael gebetet. Eigentlich kein passendes Gebet, aber ein anderes hatte ihm nicht einfallen wollen. Er hatte die Verse rauf und runter zitiert, versucht, sich von seinem Bewusstsein zu lösen, nicht darüber nachzudenken, was er tat, was er da auf seinen Schultern trug.

Als er schließlich zum Grab zurückgekehrt war, hatte sich die Geschwindigkeit seiner Bewegungen nur noch gesteigert. Er war kaum mehr bei sich gewesen. Konnte sich dieser Minuten dort unten zusammen mit ihrem leblosen Körper nunmehr kaum noch entsinnen.

Das Stück Stoff in ihrer Hand. Jaron hatte es im Weinkeller in Frickenhausen aus ihrer Faust gezogen und dort flüchtig betrachtet, während er über sie gebeugt auf dem Boden gekniet hatte. Er hatte es betrachtet und dann heimlich eingesteckt, während er sich mit all seiner Kraft gegen den Drang hatte wehren müssen, sich in wilder Raserei auf die drei angetrunkenen Männer zu stürzen, die in seinem Rücken gestanden hatten. Was er denn da so blöd glotze, er solle sie gefälligst in das Tuch wickeln, hatten sie ihn angeherrscht.

Unten im Grab hatte Jaron ihr den Stofffetzen wieder in die Hand legen wollen. Die Gelenke ihrer Finger aber waren bereits steif gewesen. Sie wieder auseinanderbiegen? Er hatte es nicht über sich gebracht. Also hatte er die Lederkappe von der Glasflasche gelöst, in welcher sich bereits der kleine Zettel mit der Botschaft befand. Er hatte den Fetzen hineingesteckt und das kleine Fläschchen anschließend zwischen ihren Unterarm und ihre Hüfte geschoben, sodass das Glas nicht aus Versehen brechen würde, sobald er damit begann, ihren Körper mit Erde zu bedecken.

Ihr geliebtes Medaillon hatte sie wie immer um den Hals getragen. Für einen kurzen Moment hatte Jaron mit dem Gedanken gespielt, es an sich zu nehmen, diesen jedoch schnell wieder verworfen. Es war immer ein Teil von ihr gewesen. Sie hatte es stets in Ehren getragen und Jaron hatte sich gewundert, dass das Schmuckstück nun offensichtlich zerteilt worden war. Hatte sie ihm die andere Hälfte schenken wollen? Auch das würde er nie erfahren. Wie so vieles mehr. Wo war sie die vergangenen Monate nur gewesen? Warum hatte sie sich ihm nicht anvertraut? Sie war gegangen, hatte ihm in wilder Eile gesagt, dass sie erst einmal gehen müsse. Dass sie zurückkommen werde und dass er unter keinen Umständen versuchen dürfe, herauszufinden wo sie sei. Niemals dürfe er versuchen, zu ihr zu kommen. Sie würde ihm alles erzählen, hatte sie gesagt. Sie müsse dies jetzt tun und er würde verstehen, eines Tages.

Die Gewissheit verschluckte alles, bohrte zusätzliche Löcher in seine Seele. Er würde nie kommen, dieser Tag. Jaron würde es niemals begreifen, niemals verstehen können. Es gab keine Antworten mehr für ihn in diesem Leben.

Kapitel 22

Schlagartig hatte Eddi das Gefühl, als rammte man ihm einen Eiszapfen geradewegs durch den Nacken hindurch in sein Hirn. Seine Handflächen schwitzten, das Herz klopfte ihm bis zum Hals. Es war kurz vor Mitternacht und er ging gerade die Ochsenfurter Straße nach Frickenhausen entlang, konnte die Umrisse des Frickenhäuser Stadttors bereits durch die Nacht hindurch ausmachen.

„Aber was?", flüsterte er in sein Telefon hinein, als müsse er darauf achten, dass auch wirklich niemand außer Gisela seine Worte am anderen Ende der Leitung würde mithören können. „Ich meine", fuhr er fort, während er seine Schritte deutlich beschleunigte, „hast du wirklich jemanden gesehen? Oder gehört? Vielleicht ist es ja Puh, der ..."

Gisela aber unterbrach ihn. „Nein, Eddi, nein, da ist jemand. Ganz sicher. Ich bin gerade zur Wohnung reingekommen, wollte eben in die Küche und Licht anmachen, da ist mir vom Gang aus der Schatten aufgefallen. Da draußen auf der Terrasse ist wer. Was mache ich denn jetzt?" Ohne Zweifel gab Gisela sich die allergrößte Mühe ihre Beklemmung tapfer zu überspielen. Ihre Stimme aber ließ aufsteigende Furcht erkennen.

Eddi dachte fieberhaft nach, versuchte sich zu entsinnen, ob er die Terrassentür verschlossen hatte, bevor er gegangen war, um gemeinsam mit Mesut Frau Grieb zu besuchen. Er war sich nicht sicher. Da war Puh gewesen. Anfangs hatte er die Tür offen stehen lassen, ja. Und später? Doch, Eddi meinte, sie geschlossen zu haben.

Danach war man bei Frau Grieb gewesen, er hatte im Anschluss daran noch etwas Zeit bei seinem Dönerdealer im Imbiss verbracht und war letztlich zurück nach Hause geschlendert. Puh war noch dort gewesen, war neugierig durch seine Wohnung gestreift.

Kurz bevor Eddi den Entschluss gefasst hatte, seine Yamaha XS Eleven aus Frickenhausen abzuholen, hatte Gisela ihn schließlich das erste Mal angerufen. Das war vor knapp einer Stunde gewesen. Sie hatte ihm gesagt, dass man sich in Kürze von Würzburg auf den Weg zurück nach Ochsenfurt begeben würde. Der Abend mit Lena sei einfach toll, das Essen klasse und der Blick von der alten Mainbrücke über Stadt, Main und Festung Marienberg unbezahlbar gewesen. Lena würde sie direkt bei ihm absetzen, hatte Gisela ihn wissen lassen. Die Journalistin würde ihrerseits danach noch auf einen Sprung bei Mesut im Imbiss vorbeischauen. Insofern sie den Imbiss denn finden würde, hatte Gisela gescherzt.

Daraufhin hatte Eddi Gisela den Wohnungsschlüssel unter die Fußmatte gelegt. Er hatte ihr gesagt, dass er insoweit spätestens eine knappe halbe Stunde nach ihr nach Hause kommen würde. Nach Hause. Es hatte so vertraut geklungen. Die Worte hatten sich angehört, als ob Gisela bereits fester Bestandteil jener kleinen, von einer Matratze auf Bierkästen und dem altem Mobiliar seiner Eltern geprägten Eddi-Puh-Kommune geworden wäre. Die Aussicht auf den gemeinsamen Abend, die gemeinsame Nacht, hatte ihn beschwingt. Bunter Sand, Melodien. Er war freudig losmarschiert, um seine Lady abzuholen und noch eine kleine Runde mit ihr zu drehen.

Dann war jener zweite Anruf gekommen und hatte alles auf den Kopf gestellt. Gisela war zwar nicht unmittelbar in Panik verfallen, doch Eddi hatte von Beginn an die Beklemmung aus ihrer Stimme heraushören können. Ausgerechnet jetzt, dachte er sich. Ausgerechnet jetzt, da er nicht zuhause war, musste so etwas passieren!

Wobei das kaum ein Zufall gewesen sein konnte, überlegte er. Vielleicht hatte man beobachtet, wie er die Wohnung verlassen hatte, um in der Folge gezielt zuschlagen zu können. Auch Ochsenfurt war in der jüngeren Vergangenheit von gezielten Einbruchsserien nicht verschont geblieben.

„Wo genau bist du?", fragte er Gisela nun betont ruhig und hoffte, ihr mit seiner gespielten Sachlichkeit etwas die Nervosität nehmen zu können.

„Im Gang", flüsterte Gisela zurück. „Da ist wer draußen Eddi, ich sehe den Schatten an der Küchenwand. Ganz deutlich. Der Baum aus dem Garten ist das jedenfalls nicht, der sich da bewegt. Ich bin doch nicht blöd!"

Gisela zischte ihn nun geradezu an. Eddi aber ahnte, dass dies lediglich Ausdruck schwelender Angst, aktueller Hilflosigkeit war.

„Soll ich die Polizei rufen?", fragte sie halb wispernd. Eddi wollte die Frage kurzerhand bejahen, überlegte es sich dann aber anders. Wie viele Minuten würden verstreichen, bis die Cops antanzen würden? Und in der Zwischenzeit? Das Wichtigste, überlegte Eddi, war nun nicht, irgendwelche Trolle dingfest zu machen. Es gab nur eines, was wichtig war: Gisela. „Hör zu", erwiderte er, während er im Geiste einen Plan zu zimmern begann. „Hör mir genau zu. Die Wohnungstür. Ist die abgeschlossen?"

Gisela verneinte.

„Gut. Hast du dich bereits ausgezogen?"

Gisela verneinte abermals.

„OK, du machst jetzt Folgendes. Du stehst im Gang, ja? Direkt an der Tür zur Küche?" Diesmal bejahte Gisela seine Fragen, während er bereits nach dem Motorradschlüssel in seiner Hosentasche nestelte. Er war nur noch wenige Meter von der Bushaltestelle in Frickenhausen entfernt. Dort, wo er das Motorrad am Vormittag abgestellt hatte. Auch Mesuts Fahrrad konnte er bereits in der Nähe einer Laterne ausmachen. „Also hör zu. Der Schatten an der Küchenwand. Kannst du den noch sehen? Und hörst du etwas?"

„Nein. Also nein ich höre nichts aber der Schatten ist noch … Moment." Es raschelte kurz in der Leitung. „Scheiße doch, jetzt höre ich was. Quietschen und Kratzen oder so. Da will einer das Schloss der Terrassentür aufbrechen!"

Eddis Nackenhaare richteten sich noch weiter auf. Schnell traf er eine Entscheidung. Er konnte nur hoffen, dass seine Vorgehensweise nicht zu pragmatisch, nicht zu riskant sein würde. Doch ihm fiel nichts Besseres ein. Gisela einfach aus der Wohnungstür hinauszuschicken, kam ihm nicht ideal vor. Wer konnte schon wissen, wie viele Gestalten letzten Endes dort draußen vor dem Haus herumlungerten? Womöglich würde er Gisela damit nur in die Arme irgendwelcher Verbrecher treiben. Nein, er würde Gisela dazu veranlassen Lärm zu machen, die Täter aufzuschrecken und ihrerseits zur Flucht zu bewegen. Giselas Rückzug wäre daraufhin noch immer eine Option. Sie konnte einfach zur Wohnungstür hinausrennen, die nach Giselas Aussage nicht abgeschlossen war. Gisela würde alsdann schreien und auf sich aufmerksam machen, falls sein Plan nicht die erhoffte Wirkung erzielen sollte.

Noch während er das Schloss seiner Lady öffnete und gleichzeitig seinen Helm aus dem Griff der schweren Kette befreite, wandte er sich erneut an Gisela. Er sprach in ruhigem Ton, jedoch mit nicht zu überhörendem Nachdruck. „Du gehst auf keinen Fall in die Küche hinein, hörst du? Aber du kennst doch den Lichtschalter für die Küche. Der ist direkt auf halber Höhe links hinter dem Türrahmen angebracht. Du greifst da jetzt rein. Schnell! Und dann schaltest du das Licht an!"

„Aber, was wenn …", kroch es mit zittriger Stimme aus der Leitung.

„Nein, Gisela. Mach das Licht an und dann bleib stehen wo du bist. Wenn du daraufhin irgendetwas hörst, rennst du umgehend zur Wohnung raus. Aber das wird nicht geschehen. Vertrau mir."

Kurze Stille in der Leitung. Dann konnte Eddi das vertraute Klicken eines Kippschalters hören. Im Bestreben, jeden noch so kleinen Laut aus der Leitung absorbieren zu können, hielt er den Atem an. Für einen kurzen Augenblick hörte er indes nur Giselas Atem. Dann ein kurzes Poltern. Sein Herz setzte für einen Schlag aus. „Gisela? Gisela, hörst du mich?" Dann drei, vier Sekunden Stille in der Leitung, innerhalb derer Eddi schier verrückt vor Sorge wurde. Schließlich vernahm er Giselas Stimme erneut.

„Alles OK, Eddi, der Krach kam von mir, sorry."

„Und weiter? Ist er weg?", hakte Eddi ungeduldig nach.

Erneut einsetzende Stille, bevor Gisela abermals antwortete. „Ja. Da draußen ist ganz sicher niemand mehr. Und die Terrassentür ..."

Wieder drangen Geräusche aus der Leitung an sein Ohr. Gisela schien zu überprüfen, ob das Schloss noch intakt, die Tür zur Terrasse verschlossen war.

„Die Tür scheint auch OK zu sein, Eddi. Sieht jetzt eigentlich aus wie immer da draußen ... ahhhhh, scheiße um Gottes Willen!"

Eddi, der soeben den Schlüssel ins Zündschloss der Lady gesteckt hatte, fror in seiner Bewegung ein. „Gisela!", rief er sodann halb panisch in sein Smartphone. „Gisela!"

Erst kam nichts, dann lediglich undefinierbare Geräusche. Kurz darauf aber folgte ein erlösendes „Nein, Eddi, alles gut", wobei Giselas Stimme nun geradezu vibrierte. Dann folgte ein verhaltenes Kichern und schließlich ein leises Schluchzen. „Alles gut, es war nur Puh. Der ist mir hier plötzlich vor die Beine gerannt."

Eddi konnte hören, wie Reste bemühter Beherrschung wichen, um freizügigen Tränen Platz zu machen. Sie hatte, nahm er an, vermutlich einen leichten Schock erlitten. Er wollte jetzt nur noch eines, und zwar so schnell wie nur irgendwie möglich: Nach Hause, zu ihr.

Dort angekommen, wurde Eddi unmittelbar ein weiteres Mal überrascht. In seiner Küche erwarteten ihn nicht nur Gisela und

Puh, sondern auch Lena. Beziehungsweise Lena saß am Küchen-tisch, Gisela gegenüber, unterdessen ein türkischer Ex-Döner-dealer mit finsterer Miene an der Spüle gelehnt stand.

„Scheiße, Deutscher. Wo warst du denn, Mann?"

Frage und Tonfall Mesuts irritierten Eddi für die Dauer eines Wimpernschlags. Schnell aber wich die Irritation einer gewissen Verärgerung angesichts dieses offenkundigen Vorwurfs.

„Ja was, wo war ich", gab er hörbar gereizt zurück und hielt demonstrativ seinen Motorradhelm in die Höhe, um hierüber klar zu machen, dass er in Frickenhausen gewesen sei, um sein Zweirad nach Hause zu bringen. Dann beugte er sich nach un-ten, um Gisela zärtlich von hinten zu umarmen.

Dabei nickte er Lena kurz zu, die sorgenvoll abwechselnd ihn und dann wieder Gisela betrachtete. Schließlich sah er abermals zu Mesut hinüber. Der Dönerdealer schaute bereits wieder etwas versöhnlicher drein, unterdessen Eddi nun seinerseits ihn mit einem finsteren Blick bedachte. Was war eigentlich los, fragte er sich. War die ganze Welt verrückt geworden? Er machte und tat, streckte, reckte und plante und überhaupt. Und nun sollte sein Handeln verantwortungslos gewesen sein? Eddis Nerven waren nun gleichfalls bei Stufe hypersensitiv angelangt. Er spürte es. Er kochte innerlich. Und das war falsch, das wusste er. Wie aber hätte er auch nur ahnen können, dass ausgerechnet heute Ein-brecher zu Besuch kommen würden?

Langsam setzte er sich, packte Giselas warme Hand und at-mete tief durch. Ihr Blick, ihre Augen verrieten ihm, dass alles so weit in Ordnung war. Sie lächelte ihn sogar an, sagte aber kein Wort, sondern seufzte nun ihrerseits einmal laut auf.

„Wie kommt es, dass ihr hier seid?" Eddis Frage war an Lena gerichtet.

„Das war purer Zufall", antwortete Gisela an deren Stelle. „Lena hat mich vor ein paar Minuten angerufen und wollte mir ganz stolz mitteilen, dass sie den Imbiss gefunden hat und Mesut auch noch dort sei. Ich habe ihr natürlich erzählt was passiert ist und na ja, ich glaube, die beiden sind dann regelrecht hierherge-flogen." Sie bedachte Lena mit einem dankbaren Lächeln.

„Ja, Mesut", meinte diese daraufhin und deutete mit einem Kopfnicken in Richtung des Dönerdealers. „Der hat sowas von resolut den letzten Gast rausgeworfen, mich ins Auto geschubst und ta-daaa!" Sie lachte. „Aber Gott sei Dank ist ja nichts weiter passiert. Lediglich, wie heißt er gleich … Puh, ja? Also Puh hat etwas zänkisch gewirkt, als wir zwei hier hereingekommen sind. Der dachte wohl, *wir* seien die Verbrecher!"

Jetzt mussten alle schmunzeln. Ein weiteres Mal stieß Eddi hörbar erleichtert die Luft aus den Lungen. Es war überstanden. Vorerst, zumindest. Denn wie sollte Eddi künftig mit solch einer Gefahr umgehen? Finstere Gestalten, die sich auf der Terrasse an seiner Tür zu schaffen machten. Kein schöner Gedanke. Kaum auszumalen, was alles hätte passieren können. Erst mal war für derlei Überlegungen jedoch kein Platz. „Danke", meinte er stattdessen an Lena gerichtet und fügte dann noch an: „Gilt auch für dich, Mesut."

Eddi blickte in die Runde. Er sah Gisela an, die noch immer seine Hand hielt. Lena, die ihn freundschaftlich anblickte und Mesut. Nun, Mesut konnte er im Moment der Dankbarkeit und tiefen Verbundenheit mit diesen Menschen um sich herum genau genommen nicht sehen, da jener sich in seinem Rücken befand. Doch hörte er einmal mehr dessen vertraute Stimme aus dem Off. „Ja, kein Ding, Alman. Und jetzt, also wenn ihr zwei deutschen Turteltäubchen uns nicht mehr braucht. Ich müsste echt zurück in den Laden. Weiß nicht mal, ob ich da die Platte abgestellt hab, bevor ich raus bin. Nicht, dass mir mein schönes Geschäft noch abfackelt. In dem Fall dürftest du deine tausendfünfhundert deutsche Euro gleich an mich weiterreichen Eddi, walla."

Eddi verzog die Mundwinkel. Gisela lehnte sich zurück und grinste. Und Lena fragte unweigerlich, was es denn mit den eintausendfünfhundert Euro auf sich habe. Mesut vertröstete sie. Er würde es ihr auf der Fahrt zurück zum Imbiss erzählen.

Nachdem Lena und Mesut die Wohnung verlassen hatten, entnahm Eddi eine Weißweinflasche aus dem Kühlschrank. Auf seinen Blick hin nickte Gisela ihm aufmunternd zu. Ein Glas Wein, das würde jetzt guttun.

Die Nacht war schließlich ruhig verlaufen. Etwas zu ruhig, für Eddis Geschmack, wenngleich absehbar.

Einzige Ausnahme war Puh gewesen, der, je näher der Morgen gerückt war, zunehmend seltsame Trittbewegungen auf Giselas Brust vollführt hatte. Irgendwann war dann auch Eddi hiervon aufgewacht, da Gisela es sich nicht hatte nehmen lassen, die ihr geschenkte Aufmerksamkeit seitens jenes Fellzwergs mit gleicher Münze zurückzuzahlen.

Schließlich hatte man gemeinsam gefrühstückt. Eddi hatte Brötchen aufgebacken, Kaffee gekocht und den Küchentisch gedeckt. Auf der Terrasse war es zu dieser Uhrzeit für ein Frühstück noch zu kühl gewesen. Also hatte man sich an den Küchentisch gesetzt, während Düfte von Kaffee, frischen Brötchen, Marmelade und frisch serviertem Katzenfutter durch den Raum waberten.

Die Ereignisse des vergangenen, späten Abends hatte man noch einmal nüchtern zu bewerten versucht. Wobei es genau genommen nicht viel dazu zu sagen gab. Man war sich aber einig, dass solche Dinge nun mal passierten, man großes Glück gehabt hatte und man sich nun überlegen müsse, welche Möglichkeiten es gab, sich künftig gegen derlei kriminelle Energie effektiv zu wappnen. Dabei war Gisela als treibende Kraft aufgetreten, was notwendige Planungen in Sachen Sicherheitstechnologie anbetraf. Eddi hatte sie gewähren lassen. Allerdings hatte er seinerseits darauf gedrängt, auch Giselas Wohnung nach eventuellen Schwachstellen abklopfen und hierauf entsprechende Maßnahmen einleiten zu wollen.

Jetzt, da Gisela gegangen war, um in Kürze die Blumenbinderei aufzusperren und gestärkt in den Arbeitstag zu starten, entschied Eddi sich doch noch für eine Tasse Kaffee im Freien. Er wollte wie üblich etwas frische Luft schnappen, dabei dieses Vorhaben per se ad absurdum führen, indem er sich gleichzeitig eine Zigarette ansteckte.

Wenige Augenblicke später dampfte es somit frisch aus seiner Tasse in der Rechten, während es in der linken Hand glimmte und qualmte. Er stand auf der Terrasse, blickte vor sich in den Garten. Es war tatsächlich merklich kühler an diesem Mittwochmorgen. Nicht aber kalt. Nur frischer. Die Luft war eine andere. Feuchter, jedoch ohne unangenehm zu sein. Sie kroch nicht in den Körper, sie umspielte ihn vielmehr. Es war, als würde man an der Gemüsetheke im Supermarkt stehen, unterdessen die Technologie der Raumklimatik jungfräuliche Frische der dargebotenen, landwirtschaftlichen Erzeugnisse vorzugaukeln suchte. Nur, dass es hier kein Abbild von Frische, sondern das unnachahmliche Original war.

Eddi blickte in den Himmel, besah sich die kleinen weißen Wolken dort oben, schloss für einen Moment die Augen. Er zog genüsslich an seiner Zigarette, öffnete die Augen wieder, drehte sich dann um zur Tür, welche in die Küche führte, um zu sehen, ob Puh dort saß, und … stutzte. Sein Blick fiel auf die Steinplatten vor der Terrassentür. Dort auf dem Boden lag etwas, das Eddis Aufmerksamkeit urplötzlich bündelte. Etwas, das ihn vehement in dessen Bann zog, wenngleich es nur eine Kleinigkeit war. Ein Detail.

Zuerst war ihm nicht klar, was die Ursache für diese Stimme in ihm war, die befahl, jenes Detail zwingend eingehender zu untersuchen. Doch er hörte auf sie, trat einen Schritt nach vorn und ging in die Hocke. Er stellte seinen Kaffeebecher neben sich ab. Dann griff er nach einer der beiden hellbraunen, mit groben Haaren und Borsten überzogenen Samenhüllen, die unweit der Tür lagen, welche die Terrasse mit seiner Küche verband.

Eddi runzelte die Stirn, während er die auffällig geformte Samenhülle betrachtete, die etwa die Größe einer Euro Münze aufwies. Er hatte diese Frucht schon einmal gesehen. In seinem Garten allerdings noch nie. Auch sonst nirgends, bis auf eine Ausnahme. Er zog nachdenklich die Augenbrauen zusammen. Jedoch nicht, weil er noch weiter über die Herkunft der Frucht hätte nachdenken müssen. Eddi wusste nur zu genau, woher er dieses seltsame Gebilde kannte. Er hatte Giselas Haare kürzlich davon befreit.

Immer tiefer gruben sich die Falten in seine Stirn. Falten des Trotzes. Jetzt würde er handeln. Es war genug. Eddi sah einen Lichtschalter vor sich. Er würde ihn anknipsen. Lärm machen. Und zwar rasch. Noch heute. Er würde die Sache noch heute zu Ende bringen.

Kapitel 23

Nach Einnahme seines dritten Kaffees an diesem Morgen hatte Eddi sich unter die Dusche begeben. Man erzählte sich schließlich, die besten Ideen kämen einem auf der Toilette. Oder eben unter der Dusche. Und da gute Ideen jetzt genau das waren, was Eddi händeringend benötigte, hieß es nunmehr also duschen und denken.

Eine Sache immerhin hatte er sich mit Blick auf sein weiteres Vorgehen bereits vorgenommen: Er würde nicht kopflos handeln. Er würde aber auch nicht mehr jeden Stein zweimal umdrehen, sich in Grübeleien verlieren, was auch daran lag, dass die Zeit ab sofort gegen ihn arbeiten würde.

Wichtig war insofern, die Kontrolle schnell zurückzuerlangen. Bevor alles, und zwar endgültig aus dem Ruder laufen würde. Er hatte zu viel davon abgeben müssen in den zurückliegenden Tagen. Dass er nun aber auch noch darauf bedacht sein musste, seine Haut zu schützen. Seine, oder die anderer, ihm nahe stehender Menschen. Das ging gehörig zu weit. Die andere Seite hatte Lärm gemacht? Gut, das konnte Eddi auch. Eine Reaktion des Trotzes, ein kindliches Aufstampfen mit den Füßen würde es hingegen nicht geben. Überlegt, bedacht und offensiv. Aber nicht naiv. Was hatte er schon für eine Wahl? Er musste handeln. Man hatte ihn dazu gezwungen. Diese Erkenntnis vorhin auf der Terrasse hatte ihn dazu gezwungen.

Die Polizei einschalten wäre indes eine Option gewesen. Aber diese zu ziehen, widerstrebte ihm zutiefst. Wie würde er dastehen? Was würde es bringen? Wie würde er sich erklären?

„Wir hatten damals außerdem noch etwas im Grab gefunden, Herr Kommissar. Leider, also mein türkischer Buddy hier … der Schleudergang seiner Waschmaschine, Sie ahnen es."

Nein, nein. Zumal das Ende vom Lied gewesen wäre, dass ein ins Licht der Öffentlichkeit treten die Münder all derer, die etwas über Friedhelms langjährige Untermieterin hätten kundtun können, sich nicht öffnen, sondern vielmehr schließen würden. Für alle Tage, vermutlich.

Darüber hinaus war es ein persönlicher Angriff gewesen. Warum auch immer. Was auch immer man vorgehabt hatte. Dies alles war nie und nimmer nur einem Zufall geschuldet. Mochten die Toten sich aus ihren Gräbern erheben und ihn einmal nackt um die Altstadt herum vor sich hertreiben, falls doch. Er und Mesut mussten enttarnt worden sein. Es konnte sich nicht anders verhalten. Irgendwer da draußen, und beileibe nicht nur diese Oberwachtel von Finke, hatte Wind bekommen von ihren Recherchen. Und irgendwem stieß dies augenscheinlich extrem auf. Nur so passte es zusammen.

Umgekehrt fragte Eddi sich, warum ausgerechnet er angegriffen worden war. Und überhaupt, warum eigentlich einbrechen? So recht Sinn ergeben wollte all das nicht. Dass er hingegen einem solchen Angriff, bei dem beinahe und zu allem Überfluss die Frau seiner Träume zu Schaden gekommen wäre, seinerseits mit einer persönlichen Reaktion entgegentreten würde, machte aus Eddis Sicht sehr wohl Sinn. Bis hierhin. Und nicht weiter.

So stand Eddi unter der Dusche und suchte nach Antworten, unterdessen es wohlig aus der Brause auf ihn herabrieselte. Leider blieb zu Eddis Verdruss und trotz der Lebensgeister weckenden, wohltuenden Wasserstrahlen das erhoffte Blitzlichtgewitter an Ideen fürs Erste aus. Seine Synapsen schwiegen mal wieder weitestgehend. Also erst noch mal alles sortieren, entschied er.

Die Tote auf seinem Friedhof. Sie war das Alpha. Die Recherche zu den Hintergründen, zur Frage, wer die Frau gewesen war und warum sie dort lag. Die Nachforschungen waren eigentlich harmlos gewesen. Doch hatte es zudem gewisse Ereignisse gegeben. Ereignisse, die Eddi in die Defensive gezwungen hatten. Unglücklicherweise unterschlagenes Beweismaterial. Irrwitzige, polizeiliche Verdächtigungen. Und auch Lena, die ihm zu Anfang auf eine Art und Weise, die er nicht weiter hätte beschreiben können, suspekt vorgekommen war.

Eddi hielt die Augen geschlossen, reckte sein Haupt dem Brausekopf entgegen, fuhr sich mit den Händen durch das nasse Haar.

Dass er sich anfangs so schwergetan hatte, ihr zu trauen, war kaum verwunderlich gewesen. Eddi erinnerte sich an jenen Tag auf dem Friedhof in Frickenhausen zurück, als man sich erstmalig begegnet war. Die Gründungsurkunde des Schützenvereins. Von Vieren die wichtigsten Dreien. Der Name des Gründungsmitglieds Hans Rehnstein. Dessen Grab. Und dann und dort eben jene Lena. Sie war nach Frickenhausen gekommen, um etwas über das Unglück am Mainufer zu schreiben. Das Unglück, deren Opfer eine freundliche alte Dame gewesen war. Eine ältere Frau, der Eddi zu seinem Leidwesen kurz vor ihrem Dahinscheiden begegnet war. Ihr Tod, ein Unglück? Eddi glaubte nicht daran. Ebenso wenig Lena, die es sich zur Aufgabe gemacht hatte, Licht in diese Sache zu bringen.

Allein jener Grund für Lenas Erscheinen blieb in Eddis Augen noch immer etwas nebulös, wenngleich er ein Gefühl der Dankbarkeit verspürte angesichts der Tatsache, dass auch andere Menschen gewisse Dinge nicht einfach so hinnehmen wollten.

Die Journalistin hatte recherchiert, Kontakte zu Polizei und Gerichtsmedizin und zu wem und was auch immer angezapft. Soweit, so gut, überlegte er.

Dann jedenfalls hatte sich ein anderes, nicht minder rätselhaftes Ereignis dazwischengeschoben. Ein Mord, dessen Motiv ebenso rätselhaft war wie die Vorgehensweise bei jener Tat selbst. Eine Wohnung. Ein Schwert. Ein alter Mann. Wieder der Name Rehnstein.

Eddis Gedanken flitzten hin und her. Mal in die eine, dann wieder in eine ganz andere Richtung. Er schüttelte den Kopf, wobei ihm das warme Wasser von Nase, Mund und Kinn tropfte. Nach gefühlt einem Kubikmeter Verbrauch stellte er das Wasser ab und stolperte aus der Duschkabine hervor.

Genau, überlegte er, während er sich trocken rieb. Auch Lena hatte recherchiert, nachgeforscht. Immerhin war sie Journalistin. Der Angriff gestern Abend hingegen, der versuchte Einbruch, hatte sich gezielt gegen ihn gerichtet. Nicht etwa gegen Lena. Warum? Doch wohl aufgrund der Tatsache, dass er mehr wusste. Oder zumindest etwas wusste, worüber Lena keine Kenntnis besaß und was einer gewissen Person wiederum ganz und gar nicht schmeckte. An diesem Punkt bot sich selbstverständlich nur eine einzige Sache an. Eine Erkenntnis, die er und Mesut aus der Gründungsurkunde des Schützenvereins gezogen hatten. Eine Information, auf die, von Gisela abgesehen, erst einmal niemand zurückgreifen konnte. Niemand, außer Mesut und ihm.

Kaum zehn Minuten später waren die Haare geföhnt und Puh versorgt. Wobei der Kater anschließend nicht schmatzend in der Küche stand, sondern auf Mäuse lauernd im Garten saß. Der Weg zurück nach drinnen würde der Fellnase insoweit erst einmal verwehrt bleiben. Eddi hatte sich vor dem Verlassen der Wohnung davon überzeugt, dass diesmal auch wirklich ausnahmslos alle Türen und Fenster fest verschlossen waren. Heute Abend dann, wenn hoffentlich alles geregelt sein würde, konnte er Puh wieder Tür und Tor öffnen.

Was seine Arbeit anbelangte, gab es nur einen Weg: Ruhetag. Das sollte allerdings kein Problem darstellen, zumal sein Vorhaben nicht von seiner Arbeit entkoppelt war. „Wir beerdigen hier eines unserer Kinder. Es hat zwar keinen Namen", hörte er Pfarrer Selig im Geiste die möglichen Worte des Bürgermeisters angesichts der anstehenden Trauerfeier dahinreden. „Es hat zwar keinen Namen, doch wirst du unvergessen bleiben."

Ja, Friedhelms Untermieterin sollte bald ein ordentliches Begräbnis erfahren. Doch sie würde nicht namenlos bestattet werden, dafür würde er sorgen.

Entschlossen ging er kurze Zeit später den schmalen Weg an der Friedhofsmauer entlang. Er erinnerte sich an die tobende Nacht, in der er mit dem zu dieser Zeit noch namenlosen Puh bei Sturm und Gewitter zusammengerasselt war. Jenem Tier, das allem Anschein nach ebenso von der Welt vergessen worden war, wie die Frau aus Friedhelms Grab. Stumm und entschlossen nickte er vor sich hin. Der Kater, dachte Eddi bei sich, er hatte jetzt seinen Namen.

Als er das ihm überaus vertraute Friedhofsterrain betrat stellte er zufrieden fest, dass das kleine Tor an der Ostmauer nicht mehr quietschte. Gute Arbeit. Er blickte sich um. Alles unauffällig auf seiner Arbeitsstelle. Es war kaum etwas los an diesem Mittwochvormittag. Wahrscheinlich noch zu früh für Blumengießen und Unkraut zupfen.

Eddi positionierte sich vor einer der Friedhofspappeln, die vor ihm in die Höhe ragte. Puhs Konterfei. Er streckte seine Hand nach dem Zettel aus, zog sie nach kurzer Überlegung aber wieder zurück und kehrte dem Baum den Rücken zu. Er würde noch etwas damit warten.

Zielstrebig näherte er sich daraufhin seinem eigentlichen, ersten Ziel an diesem Vormittag. Der Stelle des Friedhofs, an der nach wie vor ein rot-weißes Absperrband im leichten Wind mahnend vor sich hin flatterte. Dort blieb er stehen und verharrte für viele Minuten in stiller Einkehr, in den Abgrund blickend. Kurze Zeit darauf verließ er den Friedhof wieder, um sich auf den Weg in die Stadt zu machen.

Während er die Grillengasse entlangschritt, tippte er eine Nachricht. Dabei ärgerte Eddi sich einmal mehr geradezu maßlos über sein diesbezügliches Unvermögen. Während des Gehens eine Nachricht schreiben? Es war zum Verrücktwerden. Völlig unsinnig, chancenlos. Jedes Wort tippte er mit seinen zugegebenermaßen nicht ganz klein geratenen Fingern gefühlt zwei- bis dreimal, ehe er es wieder löschte, da sich bei näherer Betrachtung im Ergebnis so viele Tippfehler eingefunden hatten, dass er jenes Buchstabengebilde selbst kaum mehr entziffern konnte.

Eddi seufzte, hielt insoweit kurz an, tippte die Nachricht zu Ende und sendete sie ab. Dann blickte er auf die Uhr. Viertel vor zehn. Die perfekte Uhrzeit. Sein Ass im Ärmel wartete auf ihn. Ein Ass, das absolut vertrauenswürdig und ebenso glaubwürdig war. Eine Person, welche die ihm offenbarten Erkenntnisse für sich behalten und wirklich nur dann preisgeben würde, wenn es unbedingt sein musste. Ein Verbündeter. Eine Art Versicherung, vor allem aber auch ein mögliches Druckmittel.

Allerdings durfte jene Person nicht unmittelbar mit ihm in Verbindung stehen. Nicht, dass er noch weitere Menschen in Gefahr brächte. Das klang zusammen genommen einfacher, als es tatsächlich war. Eddi kannte genau genommen nur einen einzigen Menschen, der sich für jene Ziele und unter den gegebenen Voraussetzungen anbot.

So jedenfalls würde er verfahren, ohne dass hierdurch gewisse Missgeschicke oder gar die Unterschlagung von Beweismaterial zwingend publik würden, er aber dennoch an sein Ziel käme. Vorausgesetzt, alles funktionierte.

Eine Vorgehensweise, die insbesondere auch Mesut gutheißen dürfte, überlegte Eddi. Mesuts Reaktion, wäre er doch noch dazu verdonnert worden, der Polizei gegenüber zu einem Abzeichen, einer Waschmaschine, sowie deren Schleudergang Stellung zu beziehen. Kaum auszudenken. Eben dazu wäre es aller Wahrscheinlichkeit nach aber gekommen, hätte Eddi angesichts der Vorkommnisse der vergangenen Nacht hin die Polizei eingeschaltet.

Er hätte alles erklären müssen. Denn wie sonst, wenn nicht mittels Abzeichen, Waschmaschine & Co. hätte er zu dem Schluss kommen sollen, zu dem er letztes Endes zwangsläufig gekommen war?

Kaum vorstellbar, hätten hiernach Scharen von Reportern Mesuts Imbiss gestürmt, um ihn auszufragen. Ihn nach Vorgehensweise und Grabbeigaben gelöchert. Danach fragend, wie das denn alles gewesen sei. Eine unbekannte Tote, ein Mord, ein vergessenes Schicksal. Das perfekte Sujet. Und mitten drin: Mesut und er. Blanker Horror.

Also besser alles regeln, ohne viel Aufsehens darum zu machen. Leider würde das wohl weitestgehend Wunschdenken bleiben, musste er sich selbst gegenüber einräumen. Schließlich wollte er der Toten ihren Namen, ihren vollständigen Namen, ihre Identität zurückgeben, die Öffentlichkeit wissen lassen, wer sie war. Damit allerdings waren Fragen und ein gewisses, nun, Rampenlicht, geradezu vorprogrammiert.

Nichtsdestotrotz. „Indem das Grab eines Menschen verschwindet, verschwindet nicht selten auch die Erinnerung an diesen Menschen aus der Welt", hörte er erneut Pfarrer Selig in Gedanken zu ihm sprechen. Ganz gewiss traf die hierbei angemahnte Konsequenz gleichermaßen für den Fall zu, dass der Name eines Menschen selbst aus der Geschichte radiert wurde. Diese Konsequenz galt es zu verhindern. Eddi wollte, dass man sich an ihren Namen, ihre Geschichte erinnern würde.

Es war wenige Minuten vor zehn an diesem Mittwochvormittag, als er vor den abgenutzten Stufen stand, die hinauf zur großen Holztür der Sankt Andreas Kirche führten.

Die majestätische, uralte Kirche saß auf einem kleinen Hügel, von wo aus ihr kantiger Glockenturm weit und würdevoll in alle Richtungen über die Ochsenfurter Altstadt hinweg blickte. Erinnerungen stiegen in ihm hoch. Eddi war oft hier gewesen. Früher, in einer Zeit, in der er noch nicht so sehr an den Mechanismen der katholischen Kirche gezweifelt hatte. Später war er eigentlich nur noch in die Kirche gegangen, ab und an, um Pfarrer Selig eine Freude zu bereiten. Oder aber seiner Mutter, die er ebenso gelegentlich hierher begleitete. Das letzte Mal allerdings musste bereits an die zwei Jahre zurückliegen, versuchte Eddi sich zu erinnern. Diesen sündhaften Mangel glich er für sein Dafürhalten jedoch weitestgehend dadurch aus, dass er sich nahezu jeden Tag zumindest in so etwas wie einer Kirche aufhielt. Wenn es auch nur die kleine Kapelle auf seinem Friedhof war. So oder so. Es würde ein guter Start in diesen Tag sein. Jetzt und heute könne der Herr ihm und allen zeigen, dass er da war, wenn man ihn wirklich brauchte. Dass es auch hier unten Gerechtigkeit gab, wenn ein rechtschaffener Mann sich um genau diese Gerechtigkeit bemühte. Und wenngleich es sonst nicht Eddis Art war, seine Motive in ein strahlendes Licht zu stellen, so kam er einfach nicht umher, dieses, sein Vorhaben, als rechtschaffen anzusehen.

Mit Anspannung im Gepäck stieg er die Stufen zum Eingang des Gotteshauses nach oben, während einige Kinder auf dem Kirchplatz plärrend umherliefen. Dabei gab es für Nervosität eigentlich keinen Anlass, trichterte er sich ein. Dieser Besuch konnte genau genommen nur auf die eine, gewünschte Art enden. Dennoch machte sich in jenem Moment ein leicht flaues Gefühl in Eddis Magen breit. Immerhin stand eine Art von Missbrauch an. Zudem an jemandem, den er überaus schätzte, ja mochte.

Langsam drückte er das Portal zur Kirche auf und schob den schweren Vorhang, der sich dahinter verbarg, beiseite. Kühle Luft schlug ihm entgegen. Leises Gemurmel, Halbdunkel und ein nach wie vor vertrauter Geruch.

An diesem Vormittag war Andacht, das wusste Eddi. Jeden Mittwochvormittag war Andacht. Ab halb zehn Uhr. Sie sollte insoweit bald beendet sein. Bedächtig schritt er weiter ins Innere. Obgleich er nicht zu sagen gewusst hätte weshalb, führte ihn sein erster Weg wie ferngesteuert zum Weihwasserbehälter. Eddi tauchte die Finger seiner rechten Hand hinein und zeichnete unbeholfen ein Kreuzzeichen über Stirn und Brust.

Etwas unsicher blickte er umher. Dann schritt er in den hintersten Teil des nach Stein und Kerzenwachs duftenden Sakralbaus. Am Ende dessen Mittelschiffs setzte er sich in eine der leeren Bänke direkt unterhalb der Orgel, die bei dieser Art von Messe wie üblich schwieg. Unterdessen hatte sich die, wie Eddi befand, recht spärliche Gemeinde in den vordersten Bänken versammelt, um gemeinsam mit dem Pfarrer zu beten. Die Sankt Andreas Kirche war groß und aus dieser Entfernung fiel es Eddi äußerst schwer, einzelne Personen wirklich zu identifizieren. Pfarrer Selig bildete dabei mit dessen üblichem, liturgischen Gewand die Ausnahme.

Eddi faltete die Hände und sah sich wiederholt um. Er betrachtete die mit roter Farbe verzierten, nahezu unzähligen, grauweißen Säulen und Bögen der Kirche. Wie so oft versuchte er sich vorzustellen, wie es wohl war, damals. Wie es wohl wäre, wenn er hier vor fünfhundert Jahren oder wann auch immer gesessen hätte.

Wie es damals hier aussah? Im Mittelalter? Vermutlich gar nicht viel anders als heute, phantasierte er und sah im Geiste Menschen mit bauschigen Gewändern, sowie mit Federn bestückten Hüten über die steinernen Platten der Weihestätte wandeln. Wobei die Menschen zu jener Zeit ihre Hüte vermutlich abgenommen hatten, bevor sie eine Kirche betraten.

Unumwunden wanderten Eddis Gedanken einige hundert Jahre nach vorn. Seine unbekannte Tote, Friedhelms Untermieterin. Ob auch sie einmal Platz genommen hatte hier? Bestimmt sogar, schätzte er und musste sogleich an die Zeit denken, in der die junge Frau gelebt hatte. Zweiter Weltkrieg, Nazis, Symbole. Ob damals auch Männer und Frauen mit gewissen Armbinden hier herumlungerten? Rote Armbinden auf hellbraunem Stoff, von dem sich ein schwarzes Hakenkreuz auf weißem Grund abzeichnete? Zwei unterschiedliche Kreuze, völlig anders geartete Botschaften. Gemeinsam an solch einem Ort? Eine größere Blasphemie schien kaum vorstellbar.

In seine Gedanken hinein nahm Eddi plötzlich deutliches Gewusel im vorderen Teil der Kirche wahr. Die Andacht schien beendet. Schnell erhob er sich, um seinen Blick gezielt auf Pfarrer Selig zu richten, der ihn kurze Zeit später und trotz der erheblichen Distanz auch tatsächlich im hinteren Teil der Kirche ausmachte. Es bedurfte keiner weiteren Geste, keines Schritts nach vorn. Eddis Blick und der Fakt, dass er überhaupt hier war, hatten den Pfarrer ohne Umwege wissen lassen, dass er gebraucht wurde.

Wenige Minuten später kam der alte Mann auch schon auf ihn zugeeilt. Eddi streckte dem Geistlichen seine rechte Pranke entgegen, die dieser sogleich schüttelte. „Eddi? Ich nehme an, es gibt einen überaus triftigen Grund, dass ich dich hier willkommen heißen darf. Hast du an der Andacht teilgenommen?"

Eddi verspürte einen Anflug schlechten Gewissens, raffte seine Gefühle jedoch schnellstens wieder zusammen und bedeutete dem Pfarrer mit einer nüchternen Geste, sich auf die Bank zu setzen.

Er tat es und Eddi tat es ihm nach.

„Was ist los? So geheimnisvoll? Ich hoffe es ist nichts passiert?" Die Worte des Pfarrers, obwohl leise gesprochen, hallten im nun fast leeren Gotteshaus demütig umher. Der alte, gütige Mann taxierte ihn neugierig und zugleich sorgenvoll und Eddi meinte, dies wäre ein guter Augenblick für ein kleines Lächeln. Eine Geste zur Stimmungsauflockerung, sozusagen.

Die Reaktion indes, welche jenes Signal der Entspannung herbeirief, war ganz und gar nicht die, welche Eddi hatte herbeirufen wollen.

„Ah, du wirst doch nicht hier sein … ?" Der Pfarrer äugte demonstrativ in Richtung zweier klobiger Kästen, die im hinteren Teil des Kirchenschiffs aufgestellt waren. Einer zur Linken und einer zur Rechten. Nur wenige Meter unweit der Stelle, an der man saß. „Du wirst doch nicht etwa zu mir gekommen sein, um zu beichten?"

Das Wort „beichten" hatte er auf geradezu feierliche Art betont. Begleitet von einem erwartungsvollen Blick.

Dieser rief bei seinem Gegenüber allerdings ein eher schiefes Lächeln hervor. „Äh, nein, Herr Pfarrer, das nun wirklich nicht."

Achselzucken. „Nun, das dachte ich mir schon, Eddi. Also raus mit der Sprache. Was ist es denn stattdessen, was dich zu mir führt?"

Der Pfarrer zog sich dessen Stola, die auf Eddi wirkte wie ein plumper Schal, über den Kopf, faltete sie und legte das klerikale Utensil auf seinem Schoß ab.

Eddi hatte gewartet, bis das Ritual beendet war, dabei über die fälschliche Annahme eines Beichtbedürfnisses sinniert und seinen Plan kurzentschlossen angepasst.

Er räusperte sich kurz.

„Hmhm… Folgendermaßen. Also, vielleicht kommen wir ja doch irgendwie zusammen. Ich meine, von wegen Beichte und so."

Der Pfarrer machte ein Gesicht, als wäre der Messwein schlecht. So ganz traute der alte Mann dem Braten offenkundig nicht. Außerdem gab es bei derlei Dingen unter normalen Umständen vermutlich nicht wirklich etwas zu verhandeln.

„Herr Pfarrer", fuhr Eddi betont sachlich fort, „wir können das hier doch wie eine, sagen wir, Beichte in etwas anderem Rahmen betrachten, ginge das? Ohne dunklen Beichtstuhl und Hinknien und so, das geht doch?"

Nachdem Pfarrer Selig erst mächtig die Stirn in Falten gelegt hatte, dann nervös ein-, zweimal auf seinem Allerwertesten hin und her gerutscht war, nickte er schlussendlich.

Und so begann Eddi von einem kleinen Missgeschick zu erzählen, das an dem einen Ende der Geschichte aus einem Stück Stoff bestand, einem Stück Stoff aus einem Grab. Am anderen Ende der Geschichte, die zwischenzeitlich mit einer Waschmaschine garniert wurde, stand der Besuch im Frickenhäuser Rathaus. Zudem noch die Erkenntnis, dass sich unter anderem der mittlerweile verstorbene Hans Rehnstein aus Frickenhausen für den Tod der jungen Frau aus Friedhelm Vogelsangs Grab verantwortlich gezeichnet haben musste. Hieran gab es für Eddis Dafürhalten aufgrund der gegebenen Hinweise keinen Zweifel. Jener Rehnstein, der wiederum der Vater vom jetzigen Gutseigner Rehnstein und damit der Opa von Stephan und Annemarie Juliane Rehnstein gewesen war.

Als Eddi mit seinen Ausführungen geendet hatte, faltete der Geistliche sichtlich bewegt seine Hände. Betroffen senkte er den Kopf und schluckte schwer. Letztendlich jedoch gewann sein Kopf die Oberhand über die Situation zurück und er meinte an Eddi gerichtet: „Aber warum hast du denn diesem Kommissar aus Würzburg nicht einfach von dem Abzeichen und diesem Schützenverein erzählt? Das mit der Waschmaschine. Also, das war doch ein Unfall. Das hätte nun wirklich jedem passieren können. Also ehrlich, Eddi!"

Eddi hob hilflos die Hände in die Höhe, als wolle er sagen: „Ja, warum? Mesut, eben! Für den ist die Polizei nun mal ein rotes Tuch. Und ehrlich gesagt, war ich mir für meinen Teil außerdem ziemlich sicher, dass die Polizei sich der Sache mit der Toten sowieso nicht weiter angenommen hätte. Viel zu lange her. Man hätte involvierte Kreise nur gewarnt und ihnen die Möglichkeit gegeben, alles noch weiter zu vertuschen. Aber auf sich beruhen lassen konnte und wollte ich die Angelegenheit eben auch nicht. Ich bin nun mal der Totengräber der Stadt, die Toten sind mir Freund und Freundschaft verpflichtet."

Stattdessen erwiderte er seufzend: „Es ist einfach eines zum anderen gekommen, Herr Pfarrer, was weiß ich." Und mit einem Blick, der ins Leere gerichtet war, fügte er an: „Ich konnte doch nicht ahnen, dass es so weit kommt."

Pfarrer Selig runzelte alarmiert die Stirn.

„Wie? Was meinst du damit?"

Eddi stand auf. Auch der Pfarrer erhob sich. Eddi streckte ihm neuerlich die Hand entgegen. Der Pfarrer gab ihm die seine und Eddi meinte verschwörerisch: „Es gibt doch Ausnahmen, was diese, also … Ich meine, Sie müssen ja eigentlich schweigen, wenn ich mich recht entsinne. Aber ich kann Sie doch sicherlich von dieser Pflicht entbinden, oder? Unter sagen wir, gewissen Bedingungen." Unwillkürlich drückte er die Hand des Pfarrers noch etwas fester. Diesem war nun endgültig die Farbe aus dem Gesicht gewichen. „Guter Gott, ja, natürlich Eddi, das kannst du. Du kannst mich entbinden von der Pflicht. Aber nun sag mal …"

Doch Eddi unterbrach ihn mit einem energischen Kopfschütteln, lächelte ihn dann aber freundlich an und erwiderte: „Ich brauche gerade einfach nur, wie soll ich es ausdrücken, so eine Art Fallschirm und mit Verlaub, da sind Sie mir in den Sinn gekommen."

„Na, vergelt's Gott", purzelte es aus dem Mund des Pfarrers, der jetzt dreinsah, als hätte man ihm während der Messe aus Versehen Leitungswasser statt leckeren Messwein vor die Nase gestellt.

Eddi bedachte den Geistlichen mit einem schuldbewussten und gleichsam aufmunternden Lächeln. Dann schüttelte er ihm abermals entschieden die Hand. „Falls ich in nächster Zeit also völlig überraschend, keine Ahnung, von einem Auto umgewalzt werde …" Er zuckte mit den Schultern. „Oder mir zufällig jemand Rattengift ins Essen kippt oder was weiß ich. Dann dürfen Sie das, was ich Ihnen gerade erzählt habe, gerne an die Polizei weitergeben. Wenn nicht, bliebe das unser und na ja." Er deutete mit dem linken Zeigefinger nach oben. „Unser und sein Geheimnis eben. Abgemacht?" Eddi hatte bei seinen Worten die ehrlichste Nonchalance in seine Stimme gelegt, auf die er zurückgreifen konnte. Und tatsächlich war dies hier für ihn ein rein technischer Akt. Er wollte später, wenn er sich in die Höhle des Löwen begab, lediglich nicht bluffen müssen. Im Bluffen war er nicht gut, dafür war er möglicherweise zu aufrichtig, oder einfach nur zu unbegabt.

Trotz Eddis unverkennbarer Lässigkeit wollte die Farbe in Pfarrer Seligs Erscheinungsbild nur langsam zurückkehren. Schließlich aber nickte der alte Mann.

„Aber, Eddi …" Nun legte er seine Linke in einer Geste der Verbundenheit und des Vertrauens sachte auf Eddis Rechte, die noch immer seine eigene rechte Hand umschloss. „Ich lasse dich jetzt nicht gehen, ehe du mir nicht versprochen hast, dass du morgen wieder gesund zur Arbeit kommst."

Eddi löste den Händedruck und legte dem Geistlichen nun seinerseits die linke Hand auf die Schulter. „Versprochen. Und nächsten Sonntag bin ich außerdem hier. In der Messe. Auch das ist versprochen, Herr Pfarrer. Und ich sage Ihnen was. Ich freue mich schon darauf." Anschließend drehte er sich ohne ein weiteres Wort um und ging entschlossen auf den Ausgang der Kirche zu.

Im Freien angekommen, vergingen lediglich Sekunden, bis plötzlich sein Handy surrte. Eddi entsann sich seiner Nachricht von vorhin. Natürlich, dachte er. In der Kirche hatte er sicherlich keinen Empfang gehabt. Er entsperrte das Smartphone und las zufrieden die Mitteilung.

„Bin auf dem Weg nach Ochsenfurt. Bin für später noch mit Gisela verabredet. Weiß irgendwie nicht, wie lange es für mich weiter geht hier. Insofern sehr sehr gern. Bist du auf dem Friedhof?"

Eddi sah auf den Zeitstempel. Lena hatte die Nachricht erst vor acht Minuten abgeschickt.

„Wollen wir uns auf einen Kaffee treffen? Ich warte oben vor dem Rathaus auf dich.", tippte er seinerseits in das Gerät und schickte die Nachricht ab. Dann wartete er kurz.

„Super! Bin gleich da!", kam es Momente später zurück.

Der Platz vor dem neuen Ochsenfurter Rathaus präsentierte sich überaus belebt. So wie zumeist, in den zurückliegenden, sonnenverwöhnten mainfränkischen Wochen und Monaten.

Zahlreiche Fahrradtouristen bestaunten das imposante rote Gebäude, das zwar neues Rathaus hieß, aber dennoch bereits gut fünfhundert Jahre auf dem Buckel hatte. Viele der Touristen verweilten dabei halb sitzend auf ihren Fahrrädern, nicht selten ausgestattet mit Eistüten, an denen sie genussvoll schleckten. Manch ein Besucher der Stadt wartete wohl gespannt auf das Glockenspiel des Lanzentürmchens, bei dem unter anderem ein lustiges kleines Skelett eine Sanduhr zu jeder vollen Stunde wendete. Eben dieses schmucke Gerippe war mit ein Grund dafür, dass auch Eddi das zentral in der Altstadt gelegene, freistehende Gebäude so sehr liebte. Er warf einen Blick auf die Rathausuhr. Auf das nächste entsprechende Schauspiel würden die Menschen allerdings noch etwas warten müssen, stellte er fest. Es war gerade mal kurz nach halb elf.

Eddi beschloss, sich auf einer der kleinen Bänke auf dem Rathausvorplatz niederzulassen. Augenblicke später streckte er auch schon die Beine aus und zündete sich eine Zigarette an.

Frau Schneider, die Giftmischerin aus der Apotheke, passierte soeben den Platz, jedoch zu Eddis Wohlgefallen ohne dass sie hierbei von ihm Notiz genommen hätte.

Sein Blick wanderte über die Szenerie vor ihm. Links das mehrere Meter hohe, steinerne Kreuz, an dessen Fuß die leidvolle Gottesmutter Maria und im Kontrast hierzu die Sonnenschirme und Cafétische vor ihm. Jene Tische standen wie immer perfekt zur Sonne exponiert, direkt gegenüber der Gefängniszelle, die unterhalb der Freitreppe des Rathauses angebracht war. In diesem kleinen, dunklen Raum, dessen Fenster anstatt mit Glas mit schweren Eisengittern verbaut waren, hatte man im Mittelalter zwielichtige Gestalten, Trunken- und Raufbolde für die ein oder andere Nacht untergebracht, wusste Eddi. Wie man heute noch erzählte, hatten sich Bürger und Kinder der Stadt zu jener Zeit nur allzu gerne einen Spaß daraus gemacht, das dort kauernde Gesinde zur allgemeinen Belustigung mit faulen Eiern zu bewerfen.

Beim Gedanken an Eier drehte Eddi sich kurz in alle Richtungen. Unwillkürlich sprangen seine Augen auf eine der zahlreichen Speisetafeln vor den Cafés und Hotels in unmittelbarer Nähe. Wie immer wurden auf diesen und in schnörkeliger Schrift typische, fränkische Tagesgerichte und sonstige Speisen angepriesen. Eddi spürte, wie sein bis eben noch im Trab befindlicher Appetit mehr und mehr ins Galopp überging. Gerade überlegte er, wo er im Laufe der nächsten Stunde sein Mittagessen würde einnehmen wollen, als sich eine ziemlich außer Atem geratene Lena links neben ihm auf der Bank niederließ.

„Hallo, Eddi!" Sie küsste ihn auf die Wange und zog sich dabei in einer einzigen, fließenden Bewegung die Kette ihrer Handtasche über den Kopf. Eddis Augen tanzten angesichts der innigen Begrüßung kurz über die sich in der Nähe befindlichen Personen. Ochsenfurt war voll von älteren Damen und Herrschaften, die für ihr Leben gern tratschten. Und Eddi war unter jenen Einwohnern der Stadt bekannt wie der sprichwörtlich bunte Hund. Der Fluch eines jeden Totengräbers, wie er annahm. Tratsch war Eddi zwar eigentlich gleich. Wie gesagt, Menschen redeten nun mal gerne. Wenn er dem Geschwätz aber aus dem Weg gehen konnte, war ihm das nur allzu recht.

Erleichtert durfte er feststellen, dass augenblicklich kein bekanntes Gesicht zugegen war, welches sich nachfolgend über ihn und eine angeblich weitere Frau in seinem Leben das Maul hätte zerreißen können. „Schönen guten Morgen, die Dame", erwiderte er daher beflügelt von Lenas Geste die Begrüßung und fügte neugierig hinzu: „Was bist du denn so aus der Puste? Bist du hergejoggt?"

„Sowas in der Art. Ich hab mich wieder etwas verfahren. Die blöde Mainbrücke hat mir mal wieder einen Strich durch die Rechnung gemacht. Du weißt schon, wegen der Baustelle."

Eddi nickte und schmunzelte. Diese Baustelle, das meinte im Grunde genommen nicht weniger als den Abriss und Neubau der neuen Ochsenfurter Mainbrücke. Ein echtes Großprojekt. Auch Eddi musste sich immer einen kleinen Plan in Gedanken zurechtlegen, wollte er mit seiner Lady eine Runde drehen und dabei in Ochsenfurt in nördliche Richtung über den Main setzen.

„Ansonsten wäre ich schon eher hier gewesen. Ehrenwort! Du hast hoffentlich nicht lange warten müssen?"

Eddi wiegelte ab, er habe außerdem jede Menge Zeit heute, sagte er. Er würde nicht arbeiten. Angeblich standen die letzten schönen Tage dieses unglaublichen Sommers an. Warum also arbeiten? Die Toten würden ihm schon nicht davonlaufen, fügte er scherzhaft hinzu.

Lena lachte. „Ja, da hast du recht. Na ja, zumindest was deine Toten anbelangt. Meine laufen zwar auch nicht weg, sind aber nicht ganz so geduldig wie deine. Zeit ist in meinem Geschäft eben ein wichtiger Faktor."

Eddi nickte abermals, fragte dann, ob Lena einen Kaffee wolle. Er selbst würde unbedingt einen weiteren Wachmacher benötigen. Lena bejahte, würde, falls im Angebot, einen Cappuccino mit einem Stück Zucker nehmen. Also ging Eddi die paar Schritte hinüber zu einem der Cafés und machte sich daran, sich und seinen Besuch mit den gewünschten Koffeingetränken auszustatten.

Als er die beiden Pappbehälter vorsichtig zu Sitzbank und Lena balancierte, hörte er einmal mehr deren Telefon klingeln. Lena zog es desinteressiert aus ihrer Handtasche hervor. Rasch warf sie einen Blick darauf, beförderte es dann aber wie gewohnt zügig und unverrichteter Dinge in das mobile Pflichtutensil der Frau von heute zurück.

Eddi nahm neben ihr Platz und reichte den Becher. Lena nahm ihn dankbar entgegen. Daraufhin schwiegen sie eine Weile. Beide schnupperten fürs Erste genießerisch an dem bittersüßen Dampf, der aus dem jeweiligen Becher in die jeweilige Nase emporstieg. Eddi hörte Lena tief ein und ausatmen, unterdessen er ihr einen nachdenklichen Seitenblick zuwarf. Nach diesem längeren, jedoch keineswegs unangenehmen Moment des Schweigens fragte er, wie sie denn so vorankomme in Frickenhausen.

„Überhaupt nicht gut, Eddi. Es ist genau genommen ziemlich deprimierend. Schau, ich bin ja ursprünglich wegen der älteren Dame nach Frickenhausen gekommen." Sie machte eine Pause, zuckte mit den Achseln. „Man muss sich doch wirklich und zwingend fragen, warum jemand in diesem Alter viele hundert Kilometer in so einen kleinen Ort reist, um dann unmittelbar und zu solch später Stunde dort unten am Flussufer spazieren zu gehen. Und dann, na." Sie hielt inne, seufzte, schüttelte dann mit dem Kopf und nippte letztendlich an ihrem Cappuccino.

Eddi fragte sich einmal mehr, woher Lena eigentlich ihre Informationen hatte. Die alte Dame starb damals im Fluss, ja. Und nur einen Tag später steht dann auch schon eine Journalistin auf der Matte? Und dann noch bei solch einer Sache? Eddi wollte keinesfalls pietätlos wirken. Die alte Dame. Die Geschichte ging ihm sehr nahe. Sie verfolgte ihn regelrecht. Er sah die Frau noch immer dort oben sitzen. In den Weinbergen. Die Hand auf ihren Brustkorb gelegt, die Kette umklammernd. Es war so ein harmonisches Bild gewesen. Ein Bild voller Gefühl, Leben. Obgleich still. Ein Stillleben, sozusagen. Auch Eddi musste seufzen. Trotzdem. Stürzten sich Journalisten im Allgemeinen nicht eher auf andere, großformatige Dinge? Finanzskandale und derlei?

Andererseits, was wusste er schon. Manche Journalisten mochten sich eben auf eine ganz bestimmte Art von Fällen spezialisieren. Wie aber stieß eine Journalistin überhaupt auf so einen Fall, der laut Polizei ja angeblich gar keiner war? Die Mechanismen dieser Branche würden ihm ein Rätsel bleiben. Genau genommen interessierte es Eddi aber auch nicht weiter. Lena war hier, hatte die Gegebenheiten nicht einfach so hinnehmen wollen, hatte tiefer gegraben. Und das war ihm von Grund auf sympathisch.

„Aber diesbezüglich geht leider ganz und gar nichts voran", fuhr sie fort. „Seitens der Polizei gibt es keinerlei neue, geschweige denn relevante Informationen mehr. Und meine sonstigen Quellen konnten mir auch nichts berichten, was du und ich nicht längst wüssten."

Eddi zog die Brauen in die Höhe. Lena blickte ihn an und lächelte gequält. „Nein ehrlich, leider. Absolut nichts Neues. Die Unfalltheorie ist für die in Stein gemeißelt. Der Fall ist abgehakt. Tja …" Erneut nahm sie einen Schluck von ihrem Cappuccino und starrte dabei abwesend durch Menschen, Tische und Hausmadonna hindurch.

Auch Eddi nahm einen Schluck.

„Ich war da drüben ja außerdem noch im Stadtarchiv", führte sie weiter aus. „Wegen den Rehnsteins, wegen diesem anderen Mord. Auch bei der Sache geht es nicht so voran, wie ich es mir wünschen würde. Außer, na egal."

Eddi stutzte kurz und warf ihr einen neuerlichen Seitenblick über den Rand seines Pappbechers zu. Doch Lena nahm sofort ihren Faden wieder auf.

„Was die Rehnsteins angeht … Die Dame dort auf dem Rathaus war überaus nett und hat mir einiges über das Weingut erzählen können. Das war schon interessant."

Frau Kämmerer, schoss es Eddi in den Kopf.

Lena stellte ihren Kaffeebecher vehement auf den Steinplatten zu ihren Füßen ab, während Eddi gespannt abwartete. Sie wandte sich ihm zu. Ihr Blick hatte sich gewandelt und ihre Hände begannen nun vermehrt, Worten mittels zappelnder Gesten entsprechend Nachdruck zu verleihen. Das, so nahm Eddi an, war sicher das typische Feuer einer Journalistin, welches jetzt aus ihr heraus zu lodern begann.

„Dieses Weingut Rehnstein, Eddi, war zwischenzeitlich nämlich aufgeteilt. Also es gab tatsächlich mal zwei von denen in Frickenhausen. Ursprünglich aber war es eben nur ein großes Gut gewesen. Irgendwann Mitte des neunzehnten Jahrhunderts hat es dann in der Familie Rehnstein zwei gleichermaßen erbberechtigte Brüder gegeben. Die sind, wie es nun mal so ist, irgendwie aneinandergeraten. Und dann hat man das Weingut kurzerhand unter sich aufgeteilt. Fast hundert Jahre später, kurz vor Ende des zweiten Weltkriegs, stand dann ein Teil ohne Erbe da, weil die einzige Tochter jenes einen Zweigs der Rehnsteins …“ Nun zeichneten ihre beiden, sich in der Luft auffächernden Hände eine Verpuffung nach. „Urplötzlich verschwunden war. Weg. Einfach weg. Verstehst du?“

Eddi ließ einige Sekunden verstreichen bis er antwortete. „Du meinst, da hat jemand nachgeholfen?“, fragte er dann und tat dabei unwissend.

Lena zuckte mit den Achseln, griff dann wieder nach ihrem Pappbecher auf dem Boden. „Es ist schon hart Eddi“, antwortete sie schließlich, während ihr Blick auf die Cafétische auf dem Platz vor ihr gerichtet war und ihr Haar von einer kleineren Böe leicht zerzaust wurde. Sie fuhr sich mit dem Daumen quer über die Stirn. „Es gab zwischen diesen beiden Familien Rehnstein irgendeinen alten Vertrag. Sollte der eine Zweig einst ohne direkten Erben, also Sohn oder Tochter, dastehen, würde der andere Teil deren Besitz wieder zurück erben. Dadurch hatte man sicherstellen wollen, dass unter diesen Voraussetzungen stets das andere Weingut erbberechtigt bliebe, wenngleich es nach all der Zeit natürlich auch andere erbberechtigte Personen gegeben haben musste. Inwieweit das juristisch heute überhaupt noch möglich wäre, weiß ich nicht. Damals zumindest wollte man hierdurch die letztendliche Einheit des Familienerbes schützen und einer sukzessiven Aufspaltung der Anbaufläche in kleinere Einheiten vorbeugen. Das Weingut hat eine irre lange Geschichte, musst du wissen. Die wollte man vor schrittweisem Verfall bewahren. Die Geschichte und die Macht, die in so einem Ort mit so einer Tradition verknüpft ist. Bei sowas geht es schließlich nicht nur um viel Geld."

Sie trank einen weiteren Schluck. „Bei sowas geht es nie nur um Geld. Da geht es auch um den Namen, Verbindungen, den Ruf, den Einfluss. Um all das eben."

Erneut wandte sie sich Eddi zu.

„Meine Güte Eddi, da lobe ich mir doch so Charaktere wie dich, Gisela und Mesut. Ein, verstehe mich jetzt bitte nicht falsch. Ein, mag sein, kleines Leben, aber ein ehrliches. Ein schönes Leben."

Lena sah ihn voller Wärme an. Gleichzeitig lag Schwermut in ihrem Blick und für einen kurzen Moment hatte Eddi sogar den Eindruck, einen dünnen Wasserfilm in ihren Augen glänzen zu sehen. In ihren Augen. Da war abermals dieser komische Stich in seiner Seele.

Plötzlich aber drehte Lena ihren Kopf wieder um und der Moment war vorüber. Ein lautes Scheppern hatte ihre und auch Eddis Aufmerksamkeit auf sich gezogen. Auf einem der Tische vor ihnen war ein Glas umgekippt und krachend zu Boden gefallen.

„Jaaaa", sprach Eddi schließlich einen anderen Gedanken laut aus, „das stimmt schon. Aber das Geld dieser Leute würde ich dennoch nehmen."

Beide mussten Lachen. Dann folgte erneutes Schweigen. Schließlich fuhr Lena fort. „Also, dass da jemand seine eigene, ja Großnichte oder was das dann gewesen sein mag, tötet, um an das Erbe zu kommen. Das klingt natürlich erst einmal abenteuerlich. Aber Bitteschön, zu was sind Menschen nicht alles fähig."

Wieder Stille. Eddi rührte sinnlos in seinem Becher herum, wartete ab.

„Jedenfalls, Eddi, spüre ich, nein, ich weiß es. Ich weiß, dass da, ganz generell, etwas nicht koscher ist. Nur kann ich rein gar nichts beweisen. Nicht nur vor Dritten, vor allem auch vor mir selbst nicht. Verstehst du? Mir fehlt ein entscheidendes Puzzleteil. Beweise, dass er oder sie …"

Wieder schwieg sie für die Dauer einiger Herzschläge.

„Selbst für das eigentlich offensichtliche Motiv fehlt mir der Beweis. Ich …" Nun ballte sie unmerklich die Linke zur Faust. „Ich würde nur zu gerne, weil mir jede Faser meines Körpers sagt …" Ihre Faust öffnete sich wieder. Sie brach ab, senkte die Schultern und ließ hörbar die Luft aus ihren Lungen entweichen. „Aber was, wer und warum. Ich bin so wütend, Eddi. Auch auf mich selbst. Diese Frau aus dem Main. Abgehakt. Einfach so. Und ich kann ja schlecht über irgendwelches Bauchgefühl schreiben oder zur Polizei gehen und sagen …" Wieder brach sie mitten im Satz ab, zuckte mit den Achseln. „Es gibt da diese eine Verbindung, vertrau mir. Ich weiß es."

Sie sah Eddi tief in die Augen, der ihren Blick erwiderte und dann unwillkürlich fragte: „Eine Verbindung? Zwischen was? Zwischen allem meinst du?"

Lena nickte nur unmerklich. Mehr war aber auch gar nicht nötig. Ihre Augen sprachen Bände.

„Dieses eine Stück, Eddi. Das eine Puzzleteil. Ohne dieses eine Teil klingt meine Geschichte unglaubwürdig. Niemand würde mich ernst nehmen, weil es keinen Funken gibt. Und ohne Funken kein Feuer."

Sie schwenkte den Becher mehrmals hin und her, nahm hierauf den letzten Schluck. Auch Eddi leerte geräuschvoll seinen Kaffeebecher. Sodann streckte er Lena diesen auffordernd entgegen. Lena steckte ihren in seinen. Dann stand er auf und ging die wenigen Schritte zum Café hinüber, um sich des Mülls zu entledigen. Als er zurückkam, saß Lena noch immer auf der Bank, den Kopf in die Hände gestützt, während die Sonnenstrahlen ihr Gesicht trafen und dabei der Schönheit dieser Frau alle Ehre machten.

Eddi setzte sich erneut zu ihr.

„Und wenn du das, was du weißt, einfach mal an die Polizei weitergibst?", schlug er vor. „Ich weiß, du hältst nicht allzu viel von denen, aber … Die würden doch bestimmt oder zumindest na ja, ich könnte mir vorstellen, dass die Polizei die Ermittlungen dann noch einmal aufnehmen würde."

Lena stieß ein kurzes, fahriges Lachen aus. „Diese Geschichte, die ist einfach so verrückt. Und ohne diese …" Sie suchte nach Worten. „Ohne diese sagen wir Brücke von dem einem zum anderen Teil würde man wohl eher mich für verrückt erklären, als dass man den Tod dieser alten Dame weiter untersuchen würde. Und selbst wenn, würde das kaum etwas bringen. Die Obduktion war eindeutig. Ich habe ja selbst mit denen aus Würzburg sprechen können. Nein …" Sie seufzte, schüttelte resigniert mit dem Kopf und starrte vor sich hin. „Ich würde so gerne angreifen. Aber ich weiß nicht wen genau und manchmal frage ich mich trotz allem, ob nicht vielleicht doch alles nur Hirngespinste sind. Ich habe schon überlegt, ob ich die Sache nicht einfach zusammenfasse und meine Theorie sozusagen anonym in die Öffentlichkeit streue. Aber das kann ich auch nicht."

Sie wandte sich ihm zu, blickte ihm einmal mehr tief in die Augen und wieder fragte Eddi sich, was er dort zu sehen glaubte. Es war dieses gleiche Gefühl von Unsicherheit, von nebulösem Echo, das er unter anderem bereits auf dem Frickenhäuser Friedhof bei ihrer ersten Begegnung und auch bei ihrem gemeinsamen Essen in der Pizzeria in Marktbreit registriert hatte. Doch er bekam es nach wie vor nicht zu fassen, konnte es nicht greifen.

„Ich kann diese Geschichte nicht einfach weggeben", fügte sie an. „Diese Geschichte, Eddi, ist meine Geschichte", endete sie schließlich. Dann wandte Lena ihre Augen von ihm ab und ließ den Blick über den Rathausplatz gleiten.

„Ich mag diese Gegend hier total gern. Mir wird das alles echt fehlen. Es ist ländlich und städtisch zugleich. Ich mag das sehr. Herrlich grün und bunt. Die Weinberge. Ja, und all das eben. Und ich mag euch, Eddi. Sehr sogar. Ehrlich."

Eddi wusste nichts darauf zu erwidern. Ein „wir dich auch" wäre ihm unpassend erschienen, wenngleich es der Wahrheit entsprochen hätte. Doch er schwieg lieber und hoffte, dass Lena auch so verstehen würde.

„Ich weiß nicht, wann es für mich zurückgeht", sagte sie schließlich. „Ich hatte mir einen Plan zurechtgelegt. Angetrieben von, ja, wie soll ich es erklären. Ich weiß es einfach. Aber jetzt stecke ich komplett fest und weiß weder vor noch zurück."

Eine Taube landete derweil vor ihren Füßen. Zu Eddis Überraschung beugte sich Lena zaghaft nach vorn und streckte dem Tier langsam die Hand entgegen. Genau wie man es bei Hunden tat, damit diese einen zur Begrüßung beschnuppern konnten. Der Vogel tänzelte sofort einige Schritte zurück. Dann, von Neugierde angetrieben, wieder etwas nach vorn, dann wieder zurück bis er schlussendlich meckernd davonflog.

Eddi musste grinsen. Lena lehnte sich ihrerseits auf der Bank zurück und sah dem Vogel hinterher. Plötzlich meinte sie nur: „Was ist das denn?"

Mit dem Zeigefinger ihrer linken Hand wies sie auf den halben, steinernen Ochsen, der oberhalb der Freitreppe in die Rathauswand eingefasst war.

„Na, das Wappen der Stadt", erwiderte Eddi kurz und knapp.

Lena sah ihn verwirrt an. „Ich dachte, der Name der Stadt kommt von der Furt hier, durch die man früher die Ochsen getrieben hat."

Eddi überlegte kurz. „Ja, schon. Also vermutlich, denke ich."

Lena verzog das Gesicht, ihre Augen verwandelten sich in kleine Sehschlitze. Sie war einerseits wohl angetan von der Geschichte. Andererseits würde sie ihn, das spürte er, angesichts seiner vermeintlichen Wissenslücke um die Geschichte seiner Heimatstadt gleich tadeln wollen. Und so kam es natürlich auch.

„Jaaaa …", begann sie zögerlich und musste dann lachen. „Aber halbe Ochsen können doch wohl kaum laufen, oder?"

Nun musste auch Eddi grinsen. Er streckte die Waffen. „OK, du lässt ja sowieso nicht locker", gab er zurück.

Lena grinste nur noch breiter und verschränkte gebieterisch die Arme vor der Brust.

„Gut, also es ist so …", begann Eddi zu erzählen. „Irgendwann im Mittelalter ist die Stadt mal belagert worden. Gut, wahrscheinlich sogar mehrmals, nehme ich an. Aber einmal muss es besonders eng gewesen sein. Die Menschen innerhalb der Stadtmauern hatten wohl kaum mehr was zu beißen."

„Und weiter?", hakte Lena wissbegierig nach, obwohl Eddi lediglich kurz dazu angesetzt hatte, Luft zu holen.

„Na ja", erzählte er weiter, „da gab es damals einen besonders schlauen Ochsenfurter. Muss ein Vorfahre von mir gewesen sein."

Er grinste, Lena boxte ihm mit dem Ellenbogen in die Seite.

„Jedenfalls", erzählte Eddi die Geschichte weiter, „hat der Mann sich Folgendes einfallen lassen: Den letzten Ochsen, den es noch gab in der Stadt, schlachtete man und zerteilte ihn dann in zwei gleich große Hälften. Die eine Hälfte warf man zur Überraschung der Belagerer daraufhin über die Stadtmauer. So nach dem Motto: He, ihr da unten, schaut mal, wir haben noch jede Menge Essbares in der Stadt. Wir werden uns also noch lange nicht ergeben müssen. Tja, und der Plan ging tatsächlich auf. Als die Belagerer sahen, wie die Ochsenfurter verschwenderisch einen halben Ochsen zu ihnen hinunterwarfen, gaben sie ihr Vorhaben auf und zogen ab. In der Annahme, dass die Stadt ganz offensichtlich noch über schier endlose Vorräte an Essen verfügen müsse, wenn man es sich leisten konnte, einfach so einen halben Ochsen über die Stadtmauer zu wuchten. Und so bekam Ochsenfurt sein Wappen, einen halben Ochsen. Und eben dieser halbierte Ochse ist bis heute ein Symbol für die Stadt und die Verbundenheit zu deren Wurzeln."

Zufrieden mit seiner Ausführung lehnte nun auch Eddi sich zurück und sah Lena mit einem schelmischen Lächeln auf den Lippen an. Er hatte jetzt ein lautes „Ahhh!" oder etwas Ähnliches von ihr erwartet. Aber nichts dergleichen kam. Hingegen drehte Lena sich sogar von ihm weg, sagte kein Wort und betrachtete stattdessen gedankenverloren das in Stein gefasste Ochsenfurter Stadtwappen, das die Außenseite des Rathauses zierte.

Dabei tat sie etwas, das Eddi urplötzlich, jedoch mit aller Macht und jeden Widerstand kompromisslos zur Seite stoßend, die Augen öffnete. Es war nur eine kleine Geste, eine eigentlich unbedeutende Bewegung mit ihrer Hand. Und dann fiel es ihm wie Schuppen von den Augen. Er verstand. Die Fäden flochten sich ineinander. Ihm wurde fast schwindelig. Stocksteif saß er da, blickte Lena an, die nach wie vor und mit weit geöffneten Augen nach oben zu dem halben Ochsen hinaufblickte. Er konnte regelrecht spüren, dass sie just in diesem Moment nicht hier war. Eddi wusste im Gegenteil sogar sehr genau, wo und bei wem sie in Gedanken war. Und Eddi wusste außerdem ganz genau, wo er würde hingehen müssen und vor allem welches letzte Puzzleteil er einlegen musste um alles, wirklich alles zu klären. Er würde seinen Namen bekommen und Lena die Antworten auf ihre Fragen.

Als diese den Blick von der steinernen Hälfte des Ochsenfurter Wappentiers ab- und sich ihm erneut zuwandte, wollte Eddi gar nicht wissen, wie er gerade dreinblicken musste. Er fühlte so tief, so tief mit all den Menschen, die um die Farbe in dieser Welt betrogen worden waren. Und hätte es noch eines letzten Beweises bedurft, eines allerletzten Beweises dafür, dass ihm seine Phantasie keinen Streich spielte, so blickte er jenem Beweis in diesem Moment mitten in die Seele.

Rückblick

Ochsenfurt am Main, 8. Oktober 1944

Wie versteinert saß Jaron auf der Sitzbank des kleinen Pferdefuhrwerks. Und noch während er über alles, was geschehen war, wieder und wieder nachdachte, lauschte er gleichsam den beruhigenden Hufschlägen der beiden Gäule vor sich. Beobachtete das monotone Kopfnicken der Pferde, während diese ihn und Karren die Straße entlang zurück nach Frickenhausen zogen.

Jaron hatte die Ware übergeben. Dort, in Kleinochsenfurt. So, wie es zwischen dem Rehnstein und dem Hofmann vereinbart worden war. Dem Kaufmann war sein Auftreten nicht weiter seltsam vorgekommen, obwohl er nahezu von oben bis unten von Staub und trockener Erde bedeckt gewesen war. Zwar hatte Jaron sich soweit es ging abgeklopft, nachdem er sein Versprechen eingelöst und sie beerdigt hatte. Doch konnte seine Kleidung nicht verhehlen, dass er noch kurz zuvor geradezu in Erde gewühlt haben musste. Der Kaufmann aber hatte sich hierum nicht geschert. Nicht einmal einen fragenden Blick hatte er Jaron zugeworfen. Und wenn ja, so hatte Jaron es nicht bemerkt.

Jetzt war alles erledigt. Es würde nichts mehr für Jaron zu tun geben. Und für Johann noch viel weniger. Es gab kein weiter. Jaron hatte es sich genau überlegt, insofern man die wummernden Bahnen in seinem Kopf, die ineinandergreifenden Grautöne dort noch als Denken hätte bezeichnen können. Sie war weg und sein letzter Rest Überlebenswille hatte es ihr längst gleichgetan. Weder wollte er diesen, seinen Weg weitergehen, noch konnte er. Es ging nicht weiter. Er war den Weg bis ans Ende gegangen, es würde nichts mehr kommen.

Kein: Du musst es unbedingt so machen, gib Acht, hörst du? Bei der Liebe Gottes, du bist jetzt, vergiss das nie ...

Kein: Wenn das geschieht, darfst du unter keinen Umständen, Jaron!

Und erst recht kein: Wenn ich sie sehe, werde ich sie riechen können, ihre Haarspitzen werden meine Arme kitzeln, ihre Lippen mein Herz anpeitschen.

Es war alles gesagt. Alles getan. Alles in ihm war erstickt. Nun sollte die Welt um ihn herum schweigen. Er würde schweigen wollen. Er war müde. So müde. Er hatte ihnen ein Bein gestellt. Er hatte sie nicht einfach im Fluss versenkt. Sie waren es, die man im Fluss versenken sollte. Sie, die Mörder, den Abschaum.

Jaron malte sich aus, wie man ihren leblosen Körper im Rahmen der Beerdigung Friedhelm Vogelsangs finden würde. Trotz all der Vorsicht, die er hatte walten lassen. Sogar seine Fußabdrücke um die Graböffnung herum hatte er kniend mit seinen offenen Handflächen so weit wie möglich verwischt. Hatte peinlichst darauf geachtet, dass der frische Aushub, der ihrem toten Körper hatte weichen müssen, auch wirklich seinen Weg zurück in das Loch fand. Obgleich dies bedeutet hatte, die Erde über ihr fest nach unten drücken zu müssen. Auf ihren Leib.

Lediglich auf den sich dann neuerlich bildenden Grund hatte er eine dünne Schicht lockere Erde aufgetragen, in der Hoffnung, dass hierdurch alles möglichst natürlich, unauffällig wirken würde. Einige Schaufeln voll Erde hatte er dann noch anderweitig entsorgt, sie auf zwei frische Gräber in der Nähe verteilt. Er hatte sich somit die allergrößte Mühe gegeben, zu der er noch im Stande gewesen war. Die größte Mühe, seine Liebe in geweihter Erde zu bestatten. Ohne, dass es jemandem auffallen würde.

Und dennoch. In diesem Moment wünschte Jaron sich nichts mehr, als dass man ihren Körper finden würde, dass jemand seine Zeilen lesen und Fragen stellen würde.

Jemand, der klug genug war, der nicht einfach nur abwiegeln würde. „Was hier geschehen ist, wird niemals jemand herausfinden. Um Gottes Willen, lasst sie einfach hier ruhen. Keiner kann ihr mehr helfen."

Nein, Jaron wünschte sich jemanden, der sich ihr annahm. Der dafür Sorge tragen würde, dass ihre Schlächter nicht nur im Jenseits, sondern auch hier unten die Hölle erleben durften. Obgleich Jaron zwischen beiden Ebenen kaum einen Unterschied auszumachen wusste.

Vielleicht aber, dachte er sich, vielleicht würde er den Unterschied bald am eigenen Leib erfahren. Dann fiel ihm der Bub wieder ein. Und dann fiel ihm nichts weiter ein. Nur das Klappern der Hufe hörte er, während er auf den Hof des Frickenhäuser Weinguts einbog, der noch immer in Dunkelheit gehüllt lag.

Kapitel 24

Hatte sie es erkannt? Hatte Lena erkannt, dass er es erkannt hatte? Unter anderem diese Frage sirrte Eddi in Hochgeschwindigkeit durch den Kopf, als er mit schwerem Schritt und leichter Blässe im Gesicht die Kolpingstraße der Altstadt entlang wandelte.

Er würde zu Mesut gehen. Er musste, konnte gar nicht anders. Doch hatte er nicht den direkten Weg über die Hauptstraße gewählt. Vorher würde er einen kleinen Umweg nehmen, hatte er beschlossen, sich noch etwas die Beine vertreten. Er benötigte erst noch ein wenig Zeit für sich.

Kurz zuvor hatten Lena und er sich voneinander verabschiedet. Lenas Verabredung mit Gisela stand an. Man würde sich auf jeden Fall noch einmal sehen, hatte die Journalistin angekündigt und ihm dabei einen vielsagenden Blick zugeworfen. Allerdings, hatte Eddi sich gedacht und war jetzt, da er wie im Tunnel befindlich über die Pflastersteine trottete, noch immer wie erschlagen von der Erkenntnis, die sich wenige Minuten zuvor in und vor ihm aufgetan hatte.

Ja war er denn blind gewesen? „Du musst es wissen. Du bist der Totengräber von Ochsenfurt. Du musst nur eins und eins zusammenzählen."

Eins und eins. Aber erst einmal nicht zwei Tote, nein. Zwei Teile. Darum war es ihr gegangen. Nun wusste er, was die orakelhaften Worte Lenas hatten meinen wollen.

Es war nicht zu glauben. Allerdings war der Bezug alles andere als simpel oder gar offensichtlich gewesen. Im Gegenteil, dachte er sich, unterdessen er in die Obere Manggasse einbog. Es war sogar vielmehr eine respektable Prise Phantasie gefragt. Eine ordentliche Portion Willens, sich solch einem, eigentlich völlig abwegigen Zusammenhang überhaupt zu öffnen.

Und jene Verschleierung musste Lenas Kalkül gewesen sein. Eine Antwort, ja. Nur eine, die niemandem zu diesem Zeitpunkt wirklich hätte etwas mitteilen können. Ihr musste klar gewesen sein, dass er diesen Bezug aufgrund einer greifbaren Tatsache auf der einen Seite und einem völlig aus dem Zusammenhang heraus einhergehenden Zufall auf der anderen Mainseite nicht ohne Weiteres hatte herstellen können. Jetzt aber, fußend auf einer unbedeutenden Handbewegung Lenas, hatte er es kapiert. Und ja, Eddi meinte in ihren Augen eine Art optisches Echo seiner eigenen Erkenntnis herausgelesen zu haben. Er hatte erkannt, sie hatte erkannt.

Eddi musste an die biblische Geschichte mit den Brüdern aus Emmaus denken. Himmel noch mal! Und er war so dumm gewesen, aus seinen die ganze Zeit über unterbewusst anklopfenden Wahrnehmungen zuerst Argwohn und dann Zögern erwachsen zu lassen, anstatt einfach mal die Augen zu öffnen.

Lena, schoss es Eddi durch den Kopf, während er wie benommen im Gehen auf die Pflastersteine zu seinen Füßen starrte. Was für ein Grauen. Schwer zu greifen, wie schwer ihr all dies hatte fallen müssen. Das Theater. Die Maskerade. Innere Zerrissenheit und emotionales Chaos.

Und obgleich die Fähigkeit zur Aufrechterhaltung einer solch emotionalen Distanz zum Zwecke der Wahrheitsfindung einfach nur unbegreiflich war. Er verstand Lena. Verstand, was sie gemeint hatte vorhin. Hatte jetzt natürlich begriffen, warum sie eigentlich hier war. Und noch einleuchtender war die Tatsache, dass sie sich ihm und allen anderen gegenüber so verschlossen gezeigt hatte.

Diese Geschichte sei ihre Geschichte, hatte sie gesagt. Wobei Arbeit von Beginn an kein relevanter Beweggrund für Lenas Auftreten und Handeln gewesen sein dürfte. Lena war Journalistin. Es war die perfekte Tarnung, geboren aus dem stärksten Motiv heraus, das Eddi sich überhaupt vorstellen konnte.

Wie hätte er an ihrer Stelle gehandelt? Laut und tobend vermutlich, ja. Aber keineswegs eindeutig. Kein Bach, der zielstrebig und vorherbestimmt in einen Fluss mündete. Eher, wie bei einem Flussdelta. Mit vielen Zweigen und immer größerem Chaos, je näher man sich dem Ziel näherte. Für welches Chaos Lena wohl bereit war? Und dann war da außerdem noch die Frage, wie aus dieser zutiefst traurigen Geschichte, die in einer weit zurück-liegenden Zeit ihren Anfang genommen hatte, ein nur allzu aktueller Albtraum geworden war.

Eddi bog in die Wagstraße Richtung Osten ein.

Die Erklärung für das, was nachfolgte. Lena musste die perfide Logik dahinter erkannt haben, analysierte er im Stillen. Das hatte sie sicherlich gemeint, als sie sagte, sie spüre es mit jeder Faser ihres Körpers.

Diese Brücke allerdings. Sie hatte ihr gefehlt. Das Puzzleteil, der eine Funken. Lena hatte nicht ahnen können, dass er das ersehnte Puzzleteil die ganze Zeit über in Händen gehalten hatte.

Ihm wiederum war bis dato die Brücke von dort nach hier verborgen geblieben. Das eine große Zahnrad hatte ihm gefehlt, welches die Ereignisse auf beiden Seiten des Mainufers miteinander verflocht und zugleich antrieb.

Es war tatsächlich völlig verrückt. Er hielt kurz an, stützte die Arme auf beide Knie, atmete angestrengt, jedoch nicht, weil er hastig gegangen wäre. Das Gegenteil war der Fall gewesen. Es waren all diese Erkenntnisse. Bilder, Ausgangspunkte, Ursache, Wirkung. Alles drehte sich zwischen seinen Ohren. Und im Zentrum all des Chaos plötzlich Lena.

Umso wichtiger, dass es nun kommen würde, wie es kommen würde. Keine Lena, die dort irgendwann allein auf dem Weingut aufkreuzte, was vermutlich ihr ursprünglicher Plan gewesen war. Kein guter Plan. Völliges Chaos. Kein Fallschirm und wer weiß was. Schließlich war die andere Seite zu allem bereit, irgendwie, irgendwer.

Eddi betrachtete gedankenverloren die bunten Plakatmotive des Kinos, vor dem er stand. Er würde Lena mitnehmen in die Höhle des Löwen. Er konnte nicht anders. Es war ihr Recht, befand er. Es war ihre Geschichte. Sie musste das für sich tun. Und er verstand es nur zu gut.

Zumal das Wissen über bestimmte Zusammenhänge das eine war. Diese Erkenntnisse aber in Erfolge ummünzen, würde womöglich mehr als nur kluges Handeln erfordern. Was, wenn die andere Seite einfach schwiege, sich dumm stellen würde? Nichts.

Absolut gar nichts. Zwar gab es eine geradezu offensichtliche Ereigniskette, doch fehlte tatsächlich erst einmal der manifeste Funken. Der Funken, der letztlich die Antworten auf all die Fragen zum Leuchten bringen würde. Und möglicherweise konnte Lena genau jener Funke sein, indem sie Handlungen provozierte. Indes war klar: Dieser Auftritt würde wohl die einzige Chance für Lena und ihn darstellen, Antworten zu erhalten. Eine zweite Chance würde sich kaum bieten.

Und das Risiko? Wie groß war das Risiko bei dieser Sache? Eddi hatte sich geschworen nicht kopflos, nicht naiv zu agieren. Aber was sollten die da drüben schon mit ihnen anstellen? Alle einkerkern und dann einen nach dem anderen verschwinden lassen? Das wäre doch wohl eher etwas zu spektakulär, unsinnig und damit ausgeschlossen. Zudem war das hier Mainfranken und nicht Manhattan, wie Gisela es formuliert hatte. Richtig.

Eine weitere Erkenntnis tat sich in ihm auf. Oder vielmehr gleich zwei: Mesut würde ihn begleiten. Im Leben würde sein Freund es ihm nicht verzeihen, stellte er ihn nicht an seine und vor allem an Lenas Seite bei diesem Vorhaben.

Allerdings - und dies war die zweite Erkenntnis: Er würde Mesut nicht einweihen können. Vielleicht ein Fehler. Wenn nicht gar ein grober Fehler. Etwas, was man unter Freunden nicht tat. Beim Gedanken daran zog Eddis Magen sich zusammen. Der Dönerdealer ahnte womöglich gar nicht, wie wichtig ihm dessen Freundschaft war. Keinesfalls würde er sie unbedacht aufs Spiel setzen wollen. Doch war er von solch großem Mitgefühl für Lena erfasst, von solch großem Ekel angesichts dieser Ereignisse durchdrungen. Er konnte ihr die Chance auf Antworten nicht verbauen. Mesut hingegen, da war er sich sicher, er würde vor allem die Gefahr sehen. Nicht, dass sein Freund irgendeine Art von Gefahr scheuen würde. Das nun wirklich nicht. Völlig undenkbar. Dennoch hätte Mesut seinen Plan nicht abgenickt. Eine Frau, in solch eine Situation zu bringen. Das würde für Mesut gegen jedwede seiner nur imaginären oder faktisch originären, kulturellen Regeln verstoßen. Die Sache musste geregelt werden, natürlich. Aber bitte unter Männern.

Eddi richtete sich auf, zog seine Schachtel Zigaretten hervor. Es war Instinkt. Schließlich war die potenzielle Irrationalität seines Vorhabens, ihnen einfach das Messer auf die Brust setzen zu wollen, in der Tat nicht komplett von der Hand zu weisen. Doch es war der Weg, davon war Eddi zutiefst überzeugt, der den größtmöglichen Erfolg versprach.

Mit seinem Feuerzeug brachte er eine Zigarette zum Glühen, unterdessen er ein Ziehen an seiner Hose wahrnahm, dann ein „Sarino!" hörte und schließlich eine junge Frau sah, die gerade ihren, nun, es sollte wohl ein Hund sein, von seinem Hosenbein wegzog. Die junge Frau entschuldigte sich beschämt. Eddi machte eine versöhnliche Geste mit der Hand und lächelte sie an. Dabei fiel ihm auf, dass er noch immer die Zigarettenschachtel in der Hand hielt. Er besah sich die Schachtel, ließ sie mehrfach zwischen seinen Fingern kreisen, betrachtete den Samen, den er von zuhause mitgenommen hatte. Die Schale, die er von seiner Terrasse aufgeklaubt hatte und die ihn nun durch das Cellophan hindurch anblickte.

Eddi steckte die Schachtel zurück in seine Hemdtasche. Dann ging er weiter, unterdessen Kindergeschrei von der in der Nähe befindlichen Grundschule zu ihm herüberdrang.

Kurze Zeit später stand er vor Mesuts Imbiss. „Noch drei Tage", stand auf dem Zettel, welcher weiterhin an der Innenscheibe des Imbisses prangte. Die Worte ergänzten den Schriftzug „Veketarische Woche" und waren direkt unter diesem angebracht, nach wie vor umrahmt von künstlerisch gestaltetem, in bunten Farben gemaltem Gemüse.

Mit gerunzelter Stirn betrat Eddi den Imbiss.

„Ey, Deutscher!", wurde er sogleich standesgemäß begrüßt. „Du machst ein Gesicht, als hättet ihr den Krieg verloren!"

Mesut grinste.

Eddi konzentrierte sich.

Ohne Umschweife gab er die Information an den völlig verdutzten Gastronom weiter, dass man sich in Kürze nach Frickenhausen begeben würde. Er solle Ayşe anrufen.

Mesut blickte zuerst irritiert drein, polierte für einige Sekunden stumm das Glas weiter, das er bis dahin mit seinem Lappen beglückt hatte, stellte dieses sodann ab, nahm sein Telefon in die Hand und tat wie geheißen.

Nachdem Eddi in der Folge eine übliche Linsensuppe bestellt und verspeist, sowie einen Espresso genossen hatte, saß er nun mit Mesut an einem der runden Tische. Die eilfertige Ayşe, die kurz nach Mesuts Telefonat eingetroffen war, hatte sich unterdessen daran gemacht, die Gemüseplatten der Auslage mit frischem Grünzeug zu belegen. Zwei Gäste stopften sich am Nebentisch ihr mit Salat und Knoblauchsoße garniertes Fladenbrot in den Mund.

„Magst du mir jetzt vielleicht mal erklären, was so wichtig ist, dass ich schon wieder meinen Umsatz riskieren muss, ja?"

„Ayşe kommt doch wohl ganz gut zurecht, oder? Musst also keine Angst um deine Goldgrube haben", erwiderte er leicht sarkastisch.

„Ey, Deutscher! Keine unrespektierlichen Kommentare zu meinem Dönerparadies. Das verbiete ich mir." Mesut stand auf, vollzog einige Schläge auf Schattenboxbasis und ging schließlich zum Kühlschrank hinüber. Mit einem Ayran bewaffnet, kehrte er zurück, schüttelte den Becher und zog dessen Deckel ab.

„Wir müssen da hin", erklärte sich Eddi tendenziell undurchsichtig.

„Da hin? Wohin, Aleman?"

„Na, zum Weingut. Es wird Zeit, dass ich ein klärendes Gespräch mit denen führe."

Mesut nahm einen Schluck von dessen Yoghurt-Wasser Cocktail, ohne jedoch den Blick von Eddi zu nehmen, wobei sein Ausdruck merklich von albern nach ernst kippte. „Du meinst so richtig klären?", fragte er.

Eddi nickte, leerte die Tasse Kaffee, die er obendrein bestellt hatte, mit einem großen Schluck und schob das leere Behältnis von sich. „Ich muss nur noch kurz Lena Bescheid geben", sagte er, „dann geht's los."

Mit einem „Lena? Die soll mit oder wie?", klopfte der Ochsenfurter Dönerdealer das anstehende Vorhaben weiter ab, während er wie auf ein unsichtbares Kommando hin damit begann, hier und da etwas von seiner schwarzen Haarpracht unter seine Kappe zu stopfen.

Sonne und Wolken lieferten sich bei angenehmen Temperaturen ein Wechselspiel, als man kurz darauf auf dem Mainparkplatz stand.

Mesut hatte vorsorglich ein Stück Fladenbrot eingepackt. Damit begann er nun die Tauben zu füttern, während er gleichzeitig einen Joint genoss. „Deutsche Tauben, schöne deutsche Tauben", murmelte Mesut vor sich hin und warf dem Federvieh Brösel um Brösel vor deren hungrige Schnäbel.

Eddi sah über die Reihen geparkter Autos hinweg, während sich immer mehr Vögel zu seinen und Mesuts Füßen einfanden, um das begehrliche Brot aufzupicken. Er musste an Gisela denken. Hatte das Gefühl, sie zu betrügen. Ihr einfach nichts von seinem anstehenden Vorhaben zu erzählen. Es widerstrebte ihm zutiefst. Doch war die Alternative in seinen Augen keine. Gisela würde sich schreckliche Sorgen machen. Um ihn, Mesut und auch um Lena. Diese Sorgen wollte er ihr ersparen. Für ihn war klar, er tat es in bester Absicht. Wobei, in bester Absicht, was hieß das schon, zugegeben. Da kam ihm ein Gedanke. Er griff nach dem Handy in seiner Hosentasche.

„Ey, Deutscher, die da", hörte er Mesut mit einem Mal aufgeregt ausrufen. Der Dönerdealer wies auf eine Taube, die aussah wie. Ja, wie jede andere Taube eben auch. „Die kenne ich, walla. War schon paarmal bei mir vor'm Laden. Ja, oder gefederter Kollege?" Mesut nahm seinen Joint in die rechte Hand und streckte den Zeigefinger seiner Linken nach vorn.

Eddi erwartete bereits ein aufforderndes „Sitz!" Anstelle jenes Kommandos aber kam nichts. Genau genommen sogar weniger als nichts. Selbst das Atmen hatte sein bisweilen wunderlicher Lieblingstürke allem Anschein nach kurzerhand eingestellt. Er stand einfach nur da. Wie zur Salzsäule erstarrt und mit ausgestrecktem Zeigefinger. Eddi kniff die Augen zusammen, musterte ihn fragend von der Seite und tippte dabei mehr oder minder konzentriert auf den Tasten seines Smartphones herum. Irgendwann aber brach er sein Tun genervt ab. „Sag mal, was treibst du denn da?", stieß er gereizt aus.

Schlagartig ließ Mesut die Luft aus seinen Lungen entweichen. Die Vögel stoben auseinander. „Ja Mann, Deutscher! Die hätte sich gleich auf meinen Finger gesetzt!"

Scheinbar völlig entsetzt angesichts der Tatsache, dass Eddi den seiner Meinung nach in Kürze anstehenden Durchbruch in Sachen Vogelschule unterbunden hatte, blickte Mesut ihn finster an.

„In der Türkei machen das die alten Leute in Parks, Alman. Solange bis die Vögel sich auf ihre Finger setzen! Das ist noch Natur. Natur und na ja, du weißt schon, dieser Klang mit der Natur eben."

Mit seinen Augen zeichnete Eddi einen Halbkreis in die Luft. „Einklang mit der Natur, meinst du sicher", belehrte er den Dönerdealer, ohne es zu wollen.

„Einklang, Meinklang", kam es desinteressiert zurück.

Eddi beschloss, es darauf beruhen zu lassen, und widmete sich wieder voll und ganz seinem Smartphone.

„Deutsche. Eben keine Ahnung von ähh!", urteilte Mesut brummelnd von der Seite.

Als Eddi seine Nachricht fertig getippt und abgeschickt hatte, hob er den Kopf. Aufgeregtes, kurzes Klimpern war zu hören. Dann ein doppeltes Piepen. Aus dem Augenwinkel heraus nahm er das zweifache Aufblinken der Leuchten eines schwarzen BMW wahr. Mit dem Schlüssel des Mietwagens in der rechten Hand näherte Lena sich ihnen. Eddi drehte sich kurz in die Richtung des Wagens, wandte sich dann Mesut zu, der hastig die letzten Brösel in die ihnen abgewandte Richtung warf und sich hiernach die Hände rieb.

Kaum im Wagen, begann es aus Mesuts Mund heraus auch schon zu sprudeln. Der Dönerdealer drängte darauf, den Wagen über Kleinochsenfurt nach Frickenhausen zu dirigieren, statt über Segnitz, was die Alternative gewesen wäre. Aus Kleinochsenfurt kommend, würde man an seinem in Frickenhausen geparkten Fahrrad vorbeifahren und er würde es gleich mitnehmen können, erklärte er seine Tourenplanung.

Eddi, der zusammen mit Mesut auf der Rücksitzbank Platz genommen hatte, hielt sich aus eben jener Planung heraus. Unterdessen fummelte Mesut in seiner Hosentasche herum und kramte seinen Schlüsselbund hervor. Er warf einen Blick darauf, nickte zufrieden und beugte sich dann nach vorn, um Lena weitere Anweisungen zu erteilen.

„Aaaalso, schöne Frau, darf ich bitten, jawohl, jawohl. Dort vorn einfach geradeaus und dann in der Unterführung rechts", navigierte er sie.

Eddi sah Lena über den Rückspiegel hinweg in die Augen. Ein Cocktail aus Emotionen stand ihr geradewegs ins Gesicht geschrieben. Eddi versuchte gelassen dreinzuschauen, wandte seinen Blick ab und sah aus dem Seitenfenster. Züge, Radfahrer, der Main, Häuserzeilen und Fußballplätze zogen in den darauffolgenden Minuten an ihm vorbei, während er über alles nachdachte.

„So Madame, da vorn, da lässt du uns zwei hübsche Jungs raus", hörte er Mesut irgendwann säuseln und ihm wurde gewahr, dass man die erste Etappe der Reise bereits hinter sich gebracht hatte.

„Und jetzt?", erkundigte sich Lena, nachdem sie den Wagen kurz vor dem Ortseingang nach Frickenhausen gestoppt und sich zu ihm und Mesut umgedreht hatte.

Zwei Augenpaare sahen Eddi erwartungsvoll an.

„Wir treffen dich vorne an der Hauptstraße. Weißt du, wo diese kleine Bank ist, da auf der rechten Seite", gab Eddi zurück, woraufhin Lena den Weg, den sie in den vergangenen Tagen sicherlich bereits viele Male abgefahren war, im Geiste kurz durchzugehen schien. „Und dann gehen wir gemeinsam zu den Rehnsteins", ergänzte er.

„Ich weiß", gab die Journalistin knapp zurück.

Während Eddi kurz darauf in den Genuss kam, Mesuts Fahrrad zu schieben, genoss dieser einen weiteren Joint. Eddi kam nicht umher, seinen Freund auf dessen Konsumniveau hinzuweisen.

„Das vorhin war nur ein ganz kleines Stück Gras, Eddi. Walla. Außerdem, Deutscher. Du zerrst mich hier her. Nach all dem, was war. Und nun werden wir gleich bei diesen deutschen Rehnsteins reinspazieren. Also vorausgesetzt, die lassen uns da überhaupt rein." Er zog an seinem Joint.

Eddi sog tief die Luft ein, während er Mesuts Fahrrad über den Gehweg bugsierte. Der Gedanke war ihm auch schon gekommen. Er konnte nur darauf bauen, dass die Rehnsteins vor Ort sein würden. Genau genommen, der alte Rehnstein. Ihn hatte Eddi ins Zentrum seiner Strategie gestellt. Er musste der Schlüssel sein. Zumindest, was das Wissen um die Ereignisse vor rund siebzig Jahren anging. Dort würde er ansetzen und sich dann nach vorn, dem hier und jetzt entgegenhangeln.

„Mal echt, Aleman. Du glaubst wohl, ich hab die deutschen Schwingungen nicht wahrgenommen, oder was? Mir ist schon klar, dass da was in der Luft liegt. Bau bloß keinen Mist, Kollege. Immerhin ist Lena auch mit am Start."

Eine Pause, ein neuerlicher Zug an der kleinen Bombe zwischen seinen Fingern.

„Jedenfalls dürfte das alles bisschen dauern, nehme ich an. Und ich schätze mal, kiffen ist in der Anlage nicht so gern gesehen." Damit war Mesuts Monolog beendet.

Eddi hatte verstanden. Nicht nur, dass Mesut seinen THC Level auf Niveau zu halten suchte. Sehr wohl auch den Verweis auf Lena. Er schürzte die Lippen, sah seinen Freund kurz von der Seite an und nickte ihm dann zu.

Als man nur noch wenige Meter vom Bankgebäude entfernt war, befeuchtete Mesut Zeigefinger und Daumen, um den Joint zwischen beiden auszudrücken und hiernach geschickt in einer Seitentasche seiner dunkelbraunen Lederkutte verschwinden zu lassen. Lena war noch nicht zu sehen. Mesut nahm Eddi das

Fahrrad ab, ging einige Schritte weiter und befestigte es kurz darauf an einem Straßenschild.

Nachdem der Drahtesel angekettet war, standen er und Mesut noch einige Minuten an der Kreuzung, ehe Lena schließlich zu Fuß auftauchte. Den Mietwagen, mutmaßte Eddi, hatte sie wohl vor dem kleinen Hotel oder Gasthaus, in dem sie untergekommen war, abgestellt.

Nun standen sie hier. Alle drei. Lena war sichtlich nervös. Dabei sah sie, da konnte es keine zwei Meinungen geben, hinreißend aus in ihrem dunkelblauen Faltenrock und der eng anliegenden, grauen Bluse, von der sich ihre knallrote Handtasche mit der goldenen Kette über ihrer Schulter deutlich abzeichnete.

„Also dann", meinte Eddi und reckte sein Kinn in Richtung der Straße, die hoch zum Weingut führte.

Kapitel 25

Nachdem er kurze Zeit später das Tor zur Hofeinfahrt des Weinguts durchschritten hatte, blickte Eddi sich neugierig um. Sie alle taten es. Wobei Eddi zuallererst einmal einem großen Baum seine Aufmerksamkeit schenkte, der unweit des Eingangs zum Haupthaus eindrucksvoll in die Höhe ragte. Hier und da lagen vereinzelt Blätter und Samenschalen auf dem Boden. Genau, wie erwartet.

Unterdessen war der Hof selbst nicht ganz so groß, wie Eddi ihn sich in seiner Vorstellung gezeichnet hatte. Und doch erschien ihm das Areal, auf dem neben dem Haupthaus selbst unter anderem noch eine mächtige Scheune stand, wie eine kleine Welt für sich. Insbesondere die komplette Ummauerung, sowie die Toreinfahrt mit Rundbogen - alles aus Naturstein gemauert und offensichtlich ziemlich authentisch was deren Alter anbelangte - ließen das Grundstück auf Eddi wie eine kleine, mittelalterliche Festung wirken. Fehlte eigentlich nur der klassische Bergfried, der runde Spähturm im Zentrum.

Menschen waren keine auf dem Areal auszumachen. Dafür parkte ein wohl bekannter, schwarzer Mercedes direkt vor dem Haupthaus.

„Alter, irre!" Mesut brabbelte in dezenter Lautstärke Respektbekundungen in sich hinein, indes er seine Augen angetan über Hof und Gebäude wandern ließ. Lena hingegen schaute angespannt zum Haupthaus hinüber, auf das man sich Schritt für Schritt zubewegte.

Dessen Wände waren über und über mit Weinreben bewachsen, wobei das in bäuerlichem Landstil gehaltene Gebäude für Eddis Empfinden aufgrund seiner Größe etwas klobig wirkte. Unterhalb einer Treppe, die über wenige Stufen zum Haupteingang hinaufführte, war ein freistehender Briefkasten aus Holz angebracht. „Rehnstein" war in eine schlichte Kupferplatte eingestanzt, die den Kasten zierte, der Eddis Meinung nach starke Ähnlichkeit mit einem Vogelhäuschen aufwies.

Als man vor jener Treppe zum Haupthaus zum Stehen gekommen war, schien es für einen Moment so, als sei man unschlüssig, ob man jene Stufen tatsächlich hinaufsteigen solle oder nicht. Jedoch zögerte Eddi nur einen Atemzug lang. Dann schritt er entschlossen die Stufen empor und hämmerte oben angekommen ohne Umschweife mittels des wuchtigen Türklopfers aus Messing gegen die massive Holzpforte. Anschließend versuchte er sich noch einmal kurz zu sammeln, während er einen kurzen Blick an der Tür vorbei in eines der Zimmer des Hauses warf. Es mochte wohl das Esszimmer sein, überlegte Eddi, während sich staksende Schritte dem Eingang näherten. Kurz darauf öffnete sich die hohe, breite Tür. Eine jüngere Frau, gekleidet wie die Bedienstete eines vornehmen Hotels, empfing sie mit einem offenen Lächeln.

„Guten Tag. Sie wünschen?", fragte die junge Dame und Eddi eröffnete ihr im Gegenzug postwendend, dass man gekommen sei, um den Gutseigner zu sprechen. Der Grund ihres Besuchs würde Herrn Rehnstein mit Sicherheit interessieren, meinte Eddi noch. Es habe etwas mit einem gewissen Skelett zu tun, welches man kürzlich auf dem Ochsenfurter Friedhof ausgegraben habe.

Der Ausdruck der Dame blieb freundlich, doch schlich sich eine nicht zu übersehende Nuance Verwirrtheit in ihre Gesichtszüge. Nun, konstatierte Eddi, wahrscheinlich kam es nicht alle Tage vor, dass ein Mann Typ Holzfäller, eine wunderschöne, grazile Frau und ein Türke in Lederkutte an der Tür dieses Hauses klopften, um Einlass baten und noch dazu die Rede von einem Skelettfund war.

Nach einem zögerlichen Nicken und dem Hinweis, man möge bitte kurz warten, schloss sich die Tür erneut. Eddi lauschte gespannt, blickte auf die schwere Holztür vor sich und hatte nun einen Kommentar seitens Mesuts erwartet. Es war einfach an der Zeit, dass sein Freund vom Bosporus eine entsprechende Bemerkung abgab, sagte er sich. Der schwieg jedoch, ebenso wie Lena.

„Gut", meinte Eddi dann seinerseits leise. „Der Alte scheint schon mal da zu sein."

Als kurze Zeit später die Tür abermals aufging, empfing ein neuerlich warmes Lächeln der jungen Frau die Dreiergruppe, gefolgt von einer Geste, die ins Innere des Hauses wies. „Sie möchten eintreten. Herr Rehnstein erwartet Sie."

Eddi ging vor. „Herr Rehnstein erwartet Sie", hallte es in seinen Ohren nach, derweil er den langen, geräumigen Flur musterte, von dessen Seiten rechts eine und links zwei Türen abgingen. Unterhalb einer Freitreppe, die zu Eddis Rechten ins obere Stockwerk führte, war außerdem eine kleinere Holztür eingefasst, vermutlich ein Abgang in den Keller.

Das Innere des Hauses selbst, wirkte bis hierhin auf Eddi, wie das Äußere auch. Holz und Naturstein dominierten. Im Übrigen nicht nur die Optik. Man konnte das Alter des Gebäudes, den Muschelkalk und das Holz förmlich einatmen, obgleich keineswegs unangenehm. Die Luft war trotz allem frisch. Zudem wurde das antike Grundmuster des Interieurs, verschnörkelte Kommoden, eine wuchtige Holztruhe, Messingleuchter und natürlich jede Menge Gemälde an den Wänden, durchkreuzt von modernen Elementen. So stand etwa ein auffälliges Stehpult aus Metall in Rostoptik, auf dem ein gewaltiger Kalender ausgebreitet war, direkt neben der Eingangstür. An der Decke prangten diverse Rauchmelder und eine deutlich hervorstechende Plastikbox mit zahlreich blinkenden LED-Leuchten an der Wand kündete von einem gewissen Sicherheitsbedürfnis, wenn Eddi es richtig deutete. Sogleich musste er an sein eigenes Heim denken, das künftig ebenso mit einem wenngleich technisch vermutlich deutlich weniger versierten Sicherheitssystem ausgestattet werden sollte.

Nachdem sich alle im Innenbereich des Flurs versammelt hatten, setzte sich die junge Bedienstete an den Kopf der Gruppe und bat diese, ihr zu folgen.

Während Eddi die Treppe zum ersten Stock emporstieg, betrachtete er die Ölgemälde an der Wand zu seiner Rechten, aus denen heraus ihn grimmig dreinblickende Gesichter musterten. Und diesmal, da war er sich sicher, diesmal würde es eine Reaktion seitens des Dönerdealers geben. Und er ahnte bereits, welche. Und er ahnte absolut richtig. Augenblicklich zupfte jemand an seinem Hemd. Er hielt inne und drehte sich um.

Mesut.

Der Dönerdealer machte eine Kopfbewegung in Richtung der Gemälde. Dann folgte ein hinsichtlich Lautstärke sicherlich gut gemeintes, aber dennoch inadäquat leise geflüstertes „Da, Deutscher, alles Nazis, Mann!"

Mit einer Mischung aus Unbehagen und Belustigung im Gesicht drehte Eddi sich rasch wieder um, unterdessen vom Kopf der Gruppe, genauer gesagt von der weiblichen Bediensteten des Hauses Rehnstein, ein nicht zu überhörendes Hüsteln zu vernehmen war. Eddi schloss für einen Moment die Augen. Dann zwang er sich, seinen Blick auf die Stufen unter seinen Füßen zu richten und die Ölgemälde und damit Mesuts Hinweis möglichst aus seinem Kopf zu verbannen.

Am oberen Ende der Treppe angekommen, marschierte die Bedienstete zielstrebig nach rechts. Direkt am Kopf des Ganges konnte Eddi bereits eine große Flügeltür erkennen, die weit offen stand. Neben dieser blieb die Frau stehen und wies mit einer Hand nach innen. Mit einem „Bitte!" forderte sie ihn, Mesut und Lena zum Eintreten auf.

Nachdem Eddi den großen Raum betreten hatte, sah er sich ein weiteres Mal um. Auch hier waren die Wände mit Gemälden behangen, das fiel ihm zuallererst auf, wenngleich die Motivwahl eine andere war als entlang des Treppenaufgangs. Jetzt waren es freundliche Malereien und Aquarelle, die vor allem Frickenhausen, den Main und wie zu erwarten Weinberge thematisierten. In der Ecke unmittelbar rechts neben der Tür zeigte sich dem Besucher eine mittelalterlich anmutende Weinpresse. Geradeaus, an der Kopfseite, ein langgezogenes Bücherregal aus dunklem Holz, in welchem neben Büchern auch eine Vielzahl an Ordnern aufgereiht standen. Die hohe Zimmerdecke, deren Ränder stuckverziert waren, wurde mittig von einem massigen Kristallleuchter vereinnahmt, unter dem zentral im Raum ein aufgeräumter, überaus großzügiger, jedoch moderner Schreibtisch aufragte. Dahinter ein Stuhl, der insoweit nicht ganz ins Bild passen wollte, da im Gegensatz zum Schreibtisch sehr klassisch, geradezu barock, wie Eddi befand. Hinter dem Stuhl eröffnete sich dem Besucher durch ein großes Panoramafenster hindurch der Blick über die Weinberge Frickenhausens. Ein beeindruckender Ausblick, das musste man den Rehnsteins lassen, urteilte Eddi.

Sein Smartphone vibrierte. Er zog es aus der Hosentasche, entsperrte es rasch und las die eingetroffene Nachricht. Dann atmete er einmal tief durch, lächelte kurz, woraufhin er das Gerät wieder einsteckte und sich hiernach zur Seite drehte.

Der Holzboden unter seinen Füßen knarzte. Wie er jetzt erst bemerkte, bog das Zimmer nach links hin noch einmal ab und bot dort, in einer großzügigen Nische, einer wuchtigen Ledercouch, sowie drei großen Ledersesseln Platz. Dazwischen stand als Gegenpol ein fragil wirkender Glastisch, auf dem mehrere Flaschen Wein und eine Karaffe Wasser, sowie diverse Gläser aufgereiht standen.

Auf der Couch und Eddi zugewandt, saß ein alter Mann in einem dunklen Zweireiher. Der Mann, der die achtzig bereits überschritten haben musste, erhob sich, als er die Gruppe hereinkommen sah. Seine Augen waren hellwach, sein Blick abwartend, neugierig.

Der Mann hatte Charisma, durchfuhr es Eddi und stellte zugleich fest, dass jener Sohn Hans Rehnsteins für sein Alter tatsächlich noch ausgesprochen fit zu sein schien. Kein Ächzen, kein schweres Atmen oder gar ein Gehstock. Vielmehr ein Hüne von gut einem Meter neunzig Größe, ausgestattet mit breiten Schultern. Eddi mutmaßte, dass dessen Sohn, Stephan Rehnstein, wohl ähnlich fit und kräftig gebaut sein dürfte. In seinem Rücken schloss sich die Tür, unterdessen Lena mittlerweile zu seiner Linken und Mesut zu seiner Rechten zum Stehen gekommen waren.

„Thomas Rehnstein", meinte der Mann und sah die drei Besucher an. „Bitte." Er wies mit beiden Händen auf die Ledersessel vor sich.

Eddi fiel auf, dass der Blick des Mannes auffällig häufig an Lena haften blieb. Sie war es auch, die der Aufforderung Thomas Rehnsteins als erste nachkam. Zielstrebig bewegte sie sich auf die lederne Sitzgruppe zu. Der Gutsherr streckte ihr die Hand zum Gruß entgegen. Lena jedoch ignorierte die Geste, trat stattdessen entschieden an den linken der drei Sessel heran. Dann nahm sie Platz, wobei sie sich gleichzeitig die Handtasche über ihre Schulter zog und vor sich auf dem Schoß verstaute.

Eddi musterte Lena einen Augenblick. Dann trat er ebenso nach vorn, um sich hinter den rechten Sessel zu stellen, unterdessen Mesut hinter dem Sessel in der Mitte und damit zwischen Lena und ihm Position bezog.

Thomas Rehnstein inspizierte die Runde für einen Moment, ließ dann die zum Gruß ausgestreckte Hand sinken und setzte sich seinerseits auf die Couch. Er sah Eddi neugierig an, nachdem er Lena einen neuerlichen Seitenblick zugeworfen hatte. „Sie meinten, mich in einer wichtigen Angelegenheit sprechen zu wollen?", meinte er schließlich an Eddi gerichtet.

Eddi hielt es für eine gute Idee, noch etwas zu schweigen.

„Es ginge um die unbekannte Tote auf dem Ochsenfurter Friedhof? Aber wollen Sie sich nicht vielleicht doch setzen?" Erneut wies der Mann auf die beiden freien Sessel vor sich, wobei er abwechselnd erst Mesut und dann ihn ansah.

Eddi schüttelte mit dem Kopf. „Mein Name ist Eddi", begann er schließlich mit fester Stimme. „Das hier sind Freunde von mir. Lena …" Er zögerte einen Moment. Erst jetzt fiel ihm auf, Lenas Nachnamen gar nicht zu kennen. „Und Mesut", schob er daher schnell nach.

Er legte eine Kunstpause ein, während Thomas Rehnstein Lena und Mesut höflich zunickte.

„Wir sind unter anderem hier", fuhr Eddi nun doch etwas bluffend, allerdings ohne unnötigen Smalltalk voranzustellen, fort, „weil Sie, genau wie wir, wissen, um wen es sich bei der besagten Toten auf dem Ochsenfurter Friedhof handelt."

Erneut machte er eine Pause und sah dabei dem alten Mann tief in die Augen, der kaum überrascht zu sein schien.

Hingegen taxierte Thomas Rehnstein nun seinerseits eingehend ihn. Offensichtlich wog der Mann ab, welche Vorgehensweise an diesem Punkt angemessen sei.

Eddi wartete geduldig, er wollte, dass der alte Mann den nächsten Schritt tat. Kurz darauf ließ dieser sich tief in die Couch zurücksinken. Mehrmals räusperte er sich.

„Eva. Das war ihr Name. Eva Rehnstein, ja."

Eddi stellten sich die Haare auf. Dann durchfuhr ihn eine Woge der Genugtuung. Er nickte, ließ sich seine Freude jedoch nicht anmerken. Eva, also. Eva Rehnstein. Friedhelms langjährige Untermieterin, dachte er sich und konnte, gleichwohl nur aus den Augenwinkeln heraus, ein leichtes, von Stolz und Genugtuung begleitetes Strahlen in Mesuts Augen erkennen. Das Establishment war in Rückstand geraten. Die Tote aus Friedhelms Grab hatte ihren Namen zurück. Eva Rehnstein hatte ihre Identität zurück. Sie war nun kein anonymer Knochenfund mehr. Eins zu Null für die Herkömmlichen von der anderen Mainseite, dachte Eddi sich und nahm sodann den Faden wieder auf.

„Bevor ich Ihnen gleich eine Geschichte erzähle, Herr Rehnstein, die sich nach gut siebzig Jahren mit dem Besuch einer älteren Dame in Frickenhausen fortsetzt, muss ich Sie dringend auf etwas hinweisen."

Wieder legte er eine Kunstpause ein.

Der alte Mann sah ihn stumm an. Hatten Neugierde und vielleicht sogar eine Spur Unbefangenheit sein anfängliches Auftreten dominiert, schien er ins Wanken geraten zu sein. Vielmehr zeigten sich nunmehr ein Quantum Desorientierung und Zwiespalt in seinem Gesicht.

Während all dem spürte Eddi Lenas und Mesuts Blick tonnenschwer auf sich lasten. Er bog seinen Rücken gerade und streckte sich. Dann fuhr er fort.

„Alle Informationen, über die wir verfügen, wurden von uns in Ochsenfurt bei einem äußerst glaubwürdigen Zeugen hinterlegt. Es gibt also mittlerweile eine ganze Reihe von Personen, die über gewisse Dinge Bescheid wissen. Ich möchte nicht unhöflich wirken Herr Rehnstein, aber, verstehen Sie, was ich damit sagen will?"

Eine kleine Falte bildete sich zwischen den Augen des Mannes. Und obgleich Eddi dies nicht so recht in den Plan passen wollte. Er konnte sich des Gefühls nicht erwehren, dass der Gutseigner seine unterschwellige Botschaft zwar sehr wohl verstanden hatte, er darüber hinaus jedoch auf der Suche nach deren Sinn keinesfalls fündig wurde. Letztendlich nickte der Mann aber.

„Gut", meinte Eddi gedehnt. „Also, die Geschichte, die ich Ihnen erzählen wollte. Eva Rehnstein, eine unmittelbare Verwandte von Ihnen." Erneut legte er eine kurze Pause ein und mahnte sich dazu, die nachfolgende Reaktion des Mannes mit Argusaugen zu verfolgen.

„Sie war das Opfer eines gemeinschaftlichen Mordes zum Ende des zweiten Weltkriegs hin. Ein Mord, an dem ihr Vater, Hans Rehnstein mindestens beteiligt gewesen war, vermutlich sogar federführend."

Eddi wartete Thomas Rehnsteins Reaktion ab. Gleichzeitig kam er nicht umher, Lena aus dem Augenwinkel zu betrachten, die jetzt wie vom Donner gerührt auf dem schweren Ledersessel saß.

Der alte Gutsbesitzer blinzelte einige Male, senkte dann für einen kurzen Moment die Augen. Lena wiederum starrte Eddi mit fragendem Blick und weit aufgerissenen Augen an. Eddi biss sich auf die Lippen, löste dann seinen Blick von Thomas Rehnstein und wandte sich ihr zu.

„Hans Rehnstein war der erste Vorstand im ehemaligen Frickenhäuser Schützenverein, Lena. Außerdem gab es noch einen Mann namens Paul Lenninger und einen Johann Eck. Die beiden waren zweiter Vorstand, beziehungsweise Kassenwart des Vereins. Das vierte Gründungsmitglied hieß Faulhaber. Er war Beisitzer und spielt keine Rolle bei der Sache. Diese drei Männer, Rehnstein, Lenninger und Eck. Sie haben die Frau getötet, die dann siebzig Jahre lang auf dem Ochsenfurter Friedhof beerdigt lag, ohne dass es jemand wusste."

Eddis Augen wanderten zu Thomas Rehnstein zurück, der ihn gleichermaßen ins Auge fasste, wobei seine Mimik kaum eindeutig war. Zwei Dinge jedoch glaubte Eddi aus dem Gesicht des Mannes herauslesen zu können. Es gab mit Sicherheit so einiges, was dieser Mann zur Klärung gewisser Fragen beitragen konnte. Ein Mörder aber, war er nicht. Eddis Bauchgefühl hatte sich entschieden. Dennoch war Vorsicht geboten. Vielleicht mehr denn je, schärfte er sich ein.

Nachdem er seinen Kopf kurz zu Mesut gedreht hatte, der mit unbewegter Miene und verschränkten Armen hinter dem mittleren der drei Sessel und damit links neben ihm stand, wandte er sich erneut dem Gutseigner zu.

„Zu der Frage, woher ich das weiß", fuhr er fort, obgleich die Frage selbst genau genommen unausgesprochen geblieben war. „Der toten Frau, deren sterbliche Überreste ich auf dem Friedhof ausgegraben habe, hatte man so etwas wie Botschaften mit ins Grab gelegt. Hinweise. Unter anderem gab es diesen Zettel, auf dem ein Vers geschrieben stand: „Möge Gott uns verzeihen.

Es waren von Vieren die wichtigsten Dreien." Außerdem lag dem Zettel noch ein Stück Stoff bei, auf dem das Wappen des Frickenhäuser Schützenvereins abgebildet war."

Bei der Erwähnung jenes Stücks Stoff setzte Lena dazu an, etwas zu sagen, ließ es dann aber bleiben, während sich ihre Fingernägel immer tiefer in ihre Handtasche aus Kunstleder krallten.

„Und schließlich trug die Tote ein Medaillon bei sich", fügte Eddi seinen Schilderungen hinzu. „Oder besser gesagt, ein halbes Medaillon. Ich habe zuerst geglaubt", sprach er, wobei er seine Augen erneut auf Lena richtete, „das Ding sei zerbrochen. Das war es natürlich nicht. Es war keineswegs zerbrochen. Es war vielmehr absichtlich halbiert worden. Die andere Hälfte." Eddis Herz schlug schneller.

Wieder wechselte er den Blick und sah nun abermals Thomas Rehnstein in die Augen. Womöglich würde er sich gleich zum Deppen der Nation machen.

„Die andere Hälfte dieses Medaillons nämlich, hatte die Tote zu Lebzeiten an ihre Tochter weitergegeben. Ich nehme an", Eddi zuckte mit den Schultern, „dass Ihr Vater, Hans Rehnstein und wohl auch Sie selbst bis vor Kurzem überhaupt nichts von eben dieser Tochter Eva Rehnsteins gewusst haben."

Lena schluckte schwer.

Die Augen des alten Manns tanzten in beachtlichem Tempo unkoordiniert durch den Raum, über Gläser und Flaschen hinweg.

„Und jene Tochter hat dann vermutlich rund siebzig Jahre später das Gegenstück zu ihrer Hälfte des Schmuckstücks in einem Zeitungsartikel über eine unbekannte Tote wiedererkannt. Also reist sie hierher. Warum genau, kann ich nicht sagen. Ich stelle es mir aber so vor, dass diese Frau, die man kurz darauf ihrerseits tot aus dem Main gezogen hat, wenig oder gar nichts über ihre Herkunft wusste. Schließlich war sie vorher noch nie hier gewesen. Zeit ihres Lebens aber hat sie ein Schmuckstück besessen, das wie ein Spalt in einer Wand war, durch den sie einen winzigen Blick in einen anderen Raum hatte werfen können, ohne jedoch jemals wirklich den Raum selbst erfassen zu können. Ich nehme an, diese Frau wusste zwar in irgendeiner Form um die Herkunft des Medaillons. Über die eigene Herkunft und Geschichte aber, wusste sie wahrscheinlich wenig bis nichts. Oder sie hat sich bis zu diesem Tag nicht allzu sehr dafür interessiert."

Thomas Rehnstein hob den Kopf.

„Dann aber liest die Frau einen Artikel in der Zeitung, viele hundert Kilometer entfernt, und erkennt das ergänzende Stück ihres eigenen Anhängers wieder. Aber nicht einfach so. Nicht, weil es von irgendeinem Antiquitätenhändler angeboten wird oder keine Ahnung, nein. Sie liest von einem Knochenfund auf dem Ochsenfurter Friedhof. Einer toten Frau, von der keiner weiß, wie sie dort hingekommen ist, geschweige denn, wer sie zu Lebzeiten war. Die Frau allerdings wusste aufgrund des Medaillons offensichtlich sofort, wer die Tote gewesen sein musste. Also kommt sie hierher. Sie reist hierher um Antworten zu bekommen."

Eddi wollte Lena anblicken, doch es ging nicht. Der Schmerz, der dort in ihren Augen geschrieben stand, das wusste er, war kaum auszuhalten. Er hatte ihr mit dem Schützenverein im Zusammenspiel mit dem Vers aus Eva Rehnsteins Grab das letzte Puzzlestück präsentiert und Lenas Feuer damit vermutlich entfacht wie ein monströser Blasebalg. Er konnte nur hoffen, dass sie es unter Kontrolle halten würde.

„Hierher war allerdings nicht Ochsenfurt", führte er weiter aus. „Die alte Dame kam nicht etwa nach Ochsenfurt, nicht auf den Friedhof oder zur Polizei vor Ort, nein. Sie suchte dieses Weingut in Frickenhausen auf, vermutlich Sie persönlich. Das wiederum kann eigentlich nur bedeuten, dass die Frau entweder doch mehr über ihre Wurzeln wusste, oder aber, dass es einen weiteren Hinweis gibt. Einen Hinweis, der ihr signalisierte …"

„Ach du scheiße, Eddi, Alter", drang plötzlich Mesuts Stimme ungewöhnlich spaßbefreit an sein Ohr.

Eddi wandte sich schlagartig nach links und sah Mesut fragend an, der seinerseits umgehend mit der Andeutung einer Kopfbewegung und mit weit nach oben gezogenen Brauen in

Richtung Lena wies. Und dann sah Eddi es, während Lena begann zu sprechen und Eddi überlegte, ob die Sache mit Mainfranken und Manhattan nicht vielleicht doch Unsinn gewesen sein mochte.

„Und dann haben Sie auch diese Frau umgebracht! Sie haben meine Mutter getötet, um den Ruf Ihres scheiß gottverdammten Weinguts zu retten!" Sie schüttelte mit dem Kopf, Tränen lösten sich aus ihren Augen.

„Ich habe es nicht glauben können. Einfach nicht glauben *wollen*. Wie kann man nur jemanden aus der eigenen Familie töten, wegen sowas und dann auch noch Jahrzehnte später... Meine Oma, meine Mutter."

Lenas Hand zitterte.

Eddi hielt den Atem an. Er konnte nur hoffen, dass ihr Zittern nicht gleich dazu führen würde, dass sich ein Schuss löste. Ein Schuss aus der Waffe, die Lena in diesem Moment voller Hass auf Thomas Rehnstein gerichtet hielt.

„Meine Mutter hatte den Artikel wohl im Internet gelesen und dann ... Es gab da diesen Brief von einer Tante. Ich habe immer gesagt, sie soll doch einfach mal hinfahren, oder jemanden engagieren, einen Detektiv oder sowas. Aber sie hat immer abgewiegelt. Dabei habe ich genau gespürt, wie sehr sie die Frage um ihre Wurzeln und ihre Eltern belastet hat. Es hat sie eher mehr belastet denn weniger mit den Jahren. Es hat ihr Leben lang umgetrieben. Sie hat sich geschämt, hat sie mir mal gesagt. Sie war der Meinung, dass ihre Mutter und ihr Vater sie möglicherweise einfach im Stich gelassen haben. Sie hat sich geschämt, verstehen Sie?"

Lenas Stimme überschlug sich nun, während sie weiterhin wie wild mit der Waffe herumfuchtelte.

„Geschämt! Und sie hat fast schon panische Angst davor gehabt, dass Recherchen ihre Befürchtungen hätten bestätigen können. Ich habe ihr Stein auf Bein schwören müssen, dass ich nicht selbst irgendwann losziehen und Informationen einholen werde, so sehr hat sie sich vor einer möglichen Wahrheit gefürchtet. Sie meinte, es gäbe Situationen, in denen Menschen nun mal

Dinge tun müssen, die auf den ersten Blick schrecklich unverständlich seien. Ja, Dinge, die aus der Not heraus geboren werden. Sie hat aber nie verstanden, warum nicht irgendwann irgendwer gekommen ist und gefragt hat, oder eben nach ihr Ausschau gehalten hat. Nach all der Zeit! Man fällt doch nicht einfach so vom Himmel, hat sie gesagt. Sie ist im Heim aufgewachsen und alles was sie von ihren Eltern, ihrer gesamten Verwandtschaft mitbekommen hat, war dieser Brief von einer Tante und dieses halbierte Medaillon. Das war alles! Ich habe ihr immer einzureden versucht, dass es so nicht gewesen sein muss. Dass es auch eine andere Erklärung geben könne als die, dass sich einfach mit den Jahren niemand mehr für sie interessiert hat."

Mit ihrer Linken fuhr sich Lena kurz über die Augen. Niemand sprach ein Wort. Alles war wie eingefroren, bis auf Lenas Gestik und ihren von Verzweiflung geprägten Monolog.

„Und dann liest sie von diesem Fund auf dem Friedhof, sieht dieses Stück des Medaillons in der Zeitung. Ich war gerade zufällig mal wieder in Kiel und … Aber meine Mutter musste sich inzwischen bereits Hals über Kopf in den Zug gesetzt haben … Sie ist aus Kiel hierher gereist, um auf die größte und wichtigste Frage ihres Lebens eine Antwort zu bekommen. Einfach nur eine Antwort. Das war alles! Und dann …"

Lena streckte den rechten Arm mit der Waffe etwas nach vorn. Eddi öffnete den Mund, wollte etwas sagen, warf Mesut einen Blick zu, der jedoch nach wie vor geradezu aufreizend reglos da stand.

„Bitte", flehte Thomas Rehnstein schließlich mit gebrochener Stimme und streckte ihr seine beiden Hände entgegen. „Es tut mir so schrecklich Leid. Es tut mir so unglaublich Leid. Alles."

Mit einem Mal fuhr Lena aus ihrem Sessel hoch und zielte dem alten Mann auf die Brust. „Was tut Ihnen Leid? Was, Gott verdammt? Dass Ihre Familie meine Großmutter getötet und dort drüben in Ochsenfurt verscharrt hat? Dass Sie dann auch noch meine Mutter getötet haben, um zu verhindern, dass die Sache ans Licht kommt? Was also? Was genau tut Ihnen Leid?"

Eddi erwartete bereits den lauten Knall eines Schusses, als die Stimme des Gutseigners neuerlich den Raum füllte. „Mein Vater", begann er in, wie Eddi fand, überraschend ruhigem Ton. „Er war ein schrecklicher Mann. Ich muss es wissen. Was du glaubst, tun zu müssen. Tu es, Lena. Vorher aber, höre mich an. Was du da sagst, … nein … Gib mir die Möglichkeit, dir meine Geschichte zu erzählen. Es gibt Dinge, die du einfach wissen *musst*, ich bitte dich. Um *deiner* Willen."

Lena reckte angriffslustig das Kinn nach vorn, während ihr gleichzeitig Tränen die Wangen hinab liefen.

Eddi war steif vor Nervosität. Das war unverkennbar das Chaos, das er eigentlich hatte verhindern wollen. Und nun das.

„Bitte", warb der Mann abermals um eine Chance.

Eddi räusperte sich. „Hören wir uns an, was er zu sagen hat, ja? Und, ich meine, auch wenn es abgedroschen klingen mag, aber … Ehrlich Lena, denk an deine Mutter. Überleg dir gut, ob sie das hier gewollt hätte."

Mit einem Ruck wandte Lena ihm den Kopf zu. Ihre Augen funkelten unversöhnlich. „Der da", sie fuchtelte mit der Waffe in Richtung des Gutsbesitzers. „Der hat meine Mutter umgebracht. Deren scheiß Familie hat meine halbe Familie ausgelöscht! Wie würdest du denn handeln in so einer Situation?"

Eddi nickte, meinte dann: „Ich bin mir nicht sicher, und nein, ich will es gar nicht wissen, aber, schau, ich glaube … Also wir haben doch viel über Antennen gesprochen, du und ich. Ich denke, du musst nun auf deine hören." Er schüttelte sachte, jedoch bedeutungsschwanger mit dem Kopf, schürzte dabei die Lippen.

Lena sah ihn einige Sekunden lang schweigend an. Dann wandte sie sich wieder Thomas Rehnstein zu. „Also?", fragte sie schließlich, wobei die unüberhörbare Verachtung in ihrer Stimme ihr gleichzeitiges Schluchzen konterkarierte.

Der Mann atmete hörbar durch. Für einen Augenblick war es mucksmäuschenstill in dem großen Raum. Dann begann Thomas Rehnstein zu sprechen.

„Mein Vater, Hans Rehnstein. Er war ein Despot. Ein Nazi und Opportunist. Ich schäme mich nicht für diese Worte. Es ist, wie es ist. Wofür ich mich allerdings schäme ist, dass ich die Wahrheit so lange unter Verschluss gehalten habe. Oder besser gesagt, ich habe versäumt, mich einer Verantwortung zu stellen, für die ich mich zutiefst schäme, immer geschämt habe und derer ich mich aus eben diesem Grund niemals hätte verweigern dürfen." Er senkte den Kopf.

Eddi schielte zu Mesut. Er ahnte, dass sowohl der Terminus Nazi in diesem Zusammenhang als auch dieser Ausflug als Ganzes nicht gerade dazu beitragen würden, den Dönerdealer zeitnah von einem gewissen Schubladendenken befreien zu können. Sein Freund stand nach wie vor einfach nur da. Unaufgeregt. Noch nicht einmal Überraschung ob all der Entwicklung, die sich gerade vor ihm auftat, war aus Mesuts Gesicht herauszulesen.

Lena ließ sich derweil erneut in dem schweren Sessel aus Leder nieder, dabei mit der Waffe ungebrochen auf Thomas Rehnstein zielend. Dieser fuhr fort.

„Unser Weingut, Lena, wurde vor rund hundertfünfzig Jahren aus bestimmten Gründen in zwei Teile aufgeteilt. Dabei hat man testamentarisch verfügt, das Haus Rehnstein künftig vor weiterem, erbrechtlichen Zerfall schützen zu wollen. Der Kern des Testaments war oberflächlich betrachtet simpel: Sollte ein Teil einst über keinen direkten Erben verfügen, würde dem anderen Teil das andere Gut, inklusive Anbaufläche und allem, was dazu gehört, wieder zugesprochen. Deine Urgroßmutter hatte nun deinem Urgroßvater eine Tochter geschenkt, Eva. Danach aber konnte sie nicht mehr schwanger werden. Es wäre somit an deiner Oma Eva gewesen, jenes andere Weingut Rehnstein eines Tages als Alleinerbin zu übernehmen. Für den Fall allerdings, dass sie stirbt …"

Er hielt kurz inne.

„Weißt du, ich war damals ja noch sehr klein, ein Bub. Aber dennoch … Deine Mutter, Lena, sie hatte die Augen ihrer Mutter, deiner Großmutter geerbt, genau wie du auch. Ich habe deine weiblichen Vorfahren sofort wiedererkannt in dir, als du vorhin eingetreten bist. Es ist kaum in Worte zu fassen." Ein weiteres Mal legte er eine Pause ein, faltete währenddessen nachdenklich seine von Altersflecken überzogenen Hände.

„Was im übrigen den Vater deiner Mutter anbelangt. Ich bin mir mittlerweile sehr sicher, wer ihr Vater und damit dein Opa war. So, und nur so ergibt das alles überhaupt einen Sinn für mich. Alles. Es kann gar nicht anders gewesen sein."

Kapitel 26

„Deine Großmutter …", erzählte Thomas Rehnstein weiter. „Damals, sie liebte einen jungen Mann, der einige Jahre zuvor als Erntehelfer auf das Gut meines Vaters nach Frickenhausen gekommen war. Das Gut ihrer Eltern, deiner Urgroßeltern, lag wenige hundert Meter weiter östlich, oben in den Weinbergen. Dieser junge Mann jedenfalls, jener Erntehelfer. Er war Jude, Lena. Und du weißt, was es zu dieser Zeit bedeutete, Jude zu sein. Man kann sich außerdem denken, was es bedeutete, sich zur damaligen Zeit als Frau mit einem Juden einzulassen. Das war noch nicht mal eine Frage des Standes. Es war …"

Wieder eine Pause, wieder gedankenverlorenes Kopfschütteln. „Einer meiner Brüder jedenfalls, hat irgendwann herausgefunden, dass Jaron, wie er eigentlich hieß, beziehungsweise Johann, wie er sich nannte, Jude war. Eigentlich ein Todesurteil. Doch anstatt dass mein Vater ihn gewissen Leuten übergab, hat man ihn auf dem Gut behalten. Junge Arbeitskräfte, die anpacken konnten, waren rar. Immerhin sind die meisten Männer, ja, teils noch Buben, damals an die Front befehligt worden. Und auf einem großen Weingut gibt es immer viel zu tun. Erst recht zu Zeiten der Ernte. Jarons Familie wiederum war sehr wohlhabend und stammte ursprünglich aus Frankfurt. Wie viele andere, hatten auch seine Eltern sich nicht vorstellen können, dass sie, die doch Deutsche waren, wie jeder andere Deutsche es war, jemals zum Ziel eines solch unfassbaren Hasses hätten werden können. Sie haben die Gefahr unterschätzt. Für ihren Sohn aber waren sie auf Nummer sicher gegangen. Haben vorsichtshalber all ihre Beziehungen in die Waagschale geworfen. Und dann ging alles so unfassbar schnell, hatte Jaron erzählt. Zu schnell. Familie, Geld. Alles weg. Seine Papiere aber … Seine gefälschten Papiere waren so gut, dass im Falle eines Falles niemand auch nur auf die Idee gekommen wäre zu glauben, mein Vater hätte von Jarons eigentlicher Herkunft wissen können. Also hat er ihn als Mittel zum Zweck behalten. Vielleicht könne er irgendwann noch zu etwas nütze sein, hat mein Vater einmal zu einem meiner Brüder gesagt. Und so kam es dann ja auch."

Thomas Rehnstein seufzte.

„Seit diesem Zeitpunkt jedenfalls war Jaron nicht mehr als ein Werkzeug, das schuften und blind alle Aufgaben verrichten musste, die man ihm auftrug. Und Eva, deine Großmutter, hatte sich in eben diesen Mann, jenen Jaron, den Erntehelfer, unsterblich verliebt. Und er sich in sie. Alles war natürlich geheim. Der einzige, der nachweislich von den beiden wusste, war ich. Und das auch nur, weil Kinder nun mal gerne Verstecken spielen und na ja. So ist es dann gekommen, dass ich eines Tages tatsächlich da im Heu bei den Pferden herumlag."

Für einen kurzen Augenblick schienen seine Augen aufzuleuchten.

„Ich musste Eva und Jaron, auf alles was mir heilig war, schwören, das Geheimnis niemandem zu verraten. Ich tat es gern. Niemals hätte ich Eva und Jaron in irgendeiner Form schaden wollen. Niemals. Im Frühjahr 1944 dann, ist deine Großmutter urplötzlich verschwunden. Keiner wusste oder sagte etwas. Es war nur bekannt, dass es zuvor einen heftigen Streit zwischen ihr und ihrem Vater gegeben haben musste. Und ich denke, der Grund für diesen Streit liegt nunmehr auf der Hand. Und jetzt ist auch klar, warum Eva aus Frickenhausen geflohen ist. Sie war schwanger, Lena. Jaron. Jaron war der Vater deiner Mutter, dein Großvater."

Thomas Rehnstein sah auf seine Hände hinab. Eddi warf Lena einen Seitenblick zu. Diese saß nur da, starrte den alten Mann an, ohne auch nur einmal zu blinzeln.

„Stell dir nur vor. Deine Großmutter, die Erbin eines der beiden wichtigsten Weingüter im gesamten Maintal. Schwanger von einem Juden. Und mein Vater, meine Brüder? Eva und Jaron hatten ihre Liebe, wie gesagt, verheimlicht. Aber natürlich gab es immer wieder Blicke. Wie das eben so ist. Hier und da. Es gab gute Blicke. Jaron zum Beispiel meinte einmal, er sei sich sicher, dass Evas Mutter über ihn und Eva Bescheid wüsste, obgleich sie nie ein Wort darüber verloren hatte. Es gab allerdings auch andere Blicke. Gefährliche Blicke oder zumindest solche, die für die beiden gefährlich hätten werden können. Vor allem waren da meine Brüder. Ich kann bis heute nicht sagen, ob sie von der Liebe Evas und Jarons wussten oder nicht. Falls ja, wusste mein Vater sicherlich ebenso Bescheid."

Erneut schwieg Thomas Rehnstein für einige Atemzüge, während seine Augen weiterhin auf seinen Händen ruhten.

„In jedem Fall war deine Großmutter mit Sicherheit schrecklich verzweifelt und so muss sie sich dazu entschieden haben, den Hof zu verlassen, um das Kind heimlich zur Welt zu bringen. Wohin sie gegangen ist, wusste wie gesagt niemand. Absolut niemand. Und aus ihrer Sicht … Sie hatte gar keine andere Wahl. Keinesfalls hätte irgendwer von der Frucht dieser Liebe zwischen ihr und Jaron, dem Juden, erfahren dürfen. Es hätte für alle in einer fürchterlichen Katastrophe geendet. Überhaupt durfte niemand von einer Schwangerschaft wissen. Denn dann wären natürlich Fragen aufgekommen. Wen aber hätte sie als Kindsvater benennen können? Es muss schrecklich für sie gewesen sein … Rund ein halbes Jahr nachdem Eva verschwunden war, starb dann ihr Vater, dein Urgroßvater. Ich kann mich noch gut an die Beerdigung erinnern. Daran, wie gut gelaunt mein Vater war. Wie er mit meinen älteren Brüdern Wein getrunken und gelacht hat, wenn er geglaubt hatte, niemand würde es mitbekommen. Ich war noch so klein und habe es damals nicht gleich verstanden. Ich war ja selbst noch ein Kind."

Mit weit aufgerissenen Augen blickte der alte Mann vor sich ins Nichts.

„Meinem Vater war natürlich klar, dass Eva zur Beerdigung ihres Vaters nach Hause zurückkehren würde. In ein Zuhause, das nur noch aus einer Mutter bestand, die schwere psychische und gesundheitliche Probleme hatte zu der Zeit. Wie genau sie es gemacht haben, weiß ich nicht, aber … Sie müssen sie abgefangen haben. Jedenfalls … Es war der Tag nach der Beerdigung, als ich schließlich im Weinkeller spielen gehen wollte, obwohl uns Kindern das unter Androhung von Strafe strengstens untersagt war. Wegen den Gärgasen. Das ist lebensgefährlich. Gerade für Kinder, aber, nun ja. Der Reiz des Verbotenen eben. Ich habe mich in den riesigen Keller hineingeschlichen und dort. Dort lag Eva auf dem Boden. Der alte Lenninger über ihr und …"

In diesem Moment versagte ihm die Stimme. Er nahm seinen Kopf zwischen beide Hände. Still zuckte alles mehrmals im Schmerz der Erinnerung.

Lena, Mesut und Eddi musterten den alten Mann stumm. Keiner sagte ein Wort. Irgendwann lehnte Thomas Rehnstein sich schwer in die Ledercouch zurück. Seine Augen waren tief rot unterlaufen. Eddi spürte Mitleid mit dem Mann in sich aufsteigen.

„Mein Vater", fuhr dieser fort, „stand betrunken und johlend mit einer Weinflasche in der Hand zusammen mit diesem Eck einfach nur daneben und feuerte den Lenninger an. Als er mich entdeckte, zwang er mich zuzusehen, wie … Er meinte zu mir, ich werde bald ein Mann sein und Männer müssten nun mal hart sein, müssten Entscheidungen fällen. Entscheidungen, die nicht immer schön seien, die aber dem Fortbestand und Wohl der Familie dienten. Familie. Er hat tatsächlich die Familie als Argument ins Feld geführt und dabei …"

Erneut brach seine Stimme.

Lena senkte indes die Waffe und ließ ihre Hand auf der Handtasche in ihrem Schoß nieder. Jedoch nicht, ohne weiterhin auf Thomas Rehnstein zu zielen.

„Dieser Mann, den ich unglücklicherweise meinen Vater nennen muss. Er kann nichts von dem Kind gewusst haben. Ansonsten hätte er mit Bestimmtheit … Ich mag es mir gar nicht ausmalen. Vielleicht hat er aber tatsächlich etwas von der Liebschaft Evas mit Jaron gewusst. Das wäre für so einen kranken Geist natürlich an sich schon absolut inakzeptabel gewesen. Mit Sicherheit aber eine ideale Rechtfertigung seines Handelns vor sich selbst. Schlussendlich aber ging es darum nicht. Niemals. Es ging nur um eines. Um das Weingut. Um Größe, um Macht und natürlich um Geld."

Nun drehte er den Kopf nach links und blickte Lena in die Augen. „Und nachdem dein Urgroßvater gestorben und deine Urgroßmutter kaum mehr bei Verstand war, sah sich deine Oma meinem Vater und diesem anderen Abschaum schutzlos ausgeliefert. Man hat sie abgefangen, sie heimlich in den Weinkeller gesteckt und dort festgehalten, vergewaltigt und schließlich sterben lassen. Und während meinem Vater hiernach aufgrund jener unseligen testamentarischen Verfügung als Lohn dieser Abscheulichkeit Schritt für Schritt das Gut deiner Vorfahren zugefallen ist, lag deine Mutter irgendwo in einer Wiege und hat vergeblich auf die Rückkehr ihrer Mutter gewartet. Und das ihr ganzes Leben lang." Erneut senkte er den Kopf, um in der Folge abermals seine Hände zu betrachten.

„Sie meinten, Sie hätten bei all dem zusehen müssen. Inwiefern, ich meine, die ganze Zeit?", fragte Eddi.

Thomas Rehnstein schüttelte mit dem Kopf. „Nein. Irgendwann habe ich mich aus dem Griff meines Vaters losreißen können und bin davongerannt. Raus aus dem Keller. Nach oben in die Weinberge. Ich hatte solche Angst. Mein Vater war ein Monster, das können Sie mir glauben. Diese ganze Zeit war ein Monster. Eva hingegen. Eva, ja."

Er suchte nach Worten. Schließlich richtete er seinen Blick geradewegs auf Lena. „Weißt du, meine gesamte Generation hat man um ihre Kindheit beraubt. Ein fürchterlicher Raub. Etwas, das man sich heute Gott sei Dank gar nicht mehr vorzustellen vermag. Ich war gerade einmal neun Jahre alt, als dieser elende

Krieg endlich vorüber war. Ein Kind damals, hat natürlich nicht wirklich begriffen, was Krieg ist. Was Leid ist, haben die meisten von uns aber sehr wohl verstanden. Leid war schließlich überall um uns herum. Es stand in den Gesichtern der Mütter und Väter geschrieben, in deren Geschichten. Umso mehr aber erinnere ich mich an die schönen Momente jener Zeit. Die schönen, friedlichen und unbeschwerten Momente meiner Kindheit. Und ja, die gab es tatsächlich. Und all diese schönen Momente waren geprägt von drei Menschen. Meiner Mutter, deiner Großmutter Eva, und Johann, beziehungsweise Jaron, deinem, wie ich jetzt weiß, Großvater. Eva hat mir immer Geschichten vorgelesen, mich zum Lachen gebracht, Versteck mit mir gespielt. Sie hat mich getröstet, wenn mir erst der Pfarrer mit dem Rohrstock die Knöchel wund geschlagen hat und mir daraufhin der Vater noch eine Tracht Prügel versetzt hat, weil ich mir anmaßte, Schutz bei ihm zu suchen. Deine Großmutter war wie ein Gegenpol zu all diesem Schmerz, dem Tod, dem Dreck um uns Kinder herum. Und ich. Ich ließ sie im Stich."

Abermals verstummte Thomas Rehnstein für einige Sekunden. Dann löste er seinen Blick von Lena um wieder ins Leere vor sich zu starren.

„Irgendwann, Stunden später, habe ich mein Versteck in den Weinbergen wieder verlassen. Da war es schon dunkel. Ich habe mich an den Eingang zum Weinkeller herangeschlichen und gelauscht. Aber es war nichts zu hören gewesen. Also habe ich die Tür entriegelt, die Kerze genommen, die dort wie üblich neben der Tür stand und habe sie angezündet. Dann bin ich die Stufen hinunter gestiegen. Hinunter in dieses Loch, dieses Ungeheuer aus Stein. Ich hatte mich so unendlich gefürchtet. Vor dem Nichts dort unten. Vor allem aber auch vor dem, was mich dort erwarten würde. Eva lag noch immer halb nackt auf dem Steinboden, aber sie war, ich weiß nicht. Die kleinen Kerzen, die man um sie herum aufgestellt hatte, brannten jedenfalls allesamt nicht mehr. Als ich mich kurz neben sie gekniet und ihre Hand genommen habe. Ich meinte in diesem Moment, dass sie noch lebte."

Der alte Mann schluckte. Träne um Träne tropfte auf den Glastisch vor ihm, während er gebeugt auf der Couch saß, die Hände gefaltet und er mit jedem Wort, das er sprach, älter zu werden schien.

„Ich kann mich noch so gut an all diese Bilder erinnern. Wie kann das sein? Nach all den Jahren?" Erneutes Kopfschütteln. Seine Hände verkrampften sich ineinander.

„Dann habe ich meine Kerze auf dem Boden abgestellt, bin auf einen Schemel gestiegen und habe den Abzug geöffnet, um frische Luft in den Raum einzulassen. Als ich mich wieder zu ihr umgedreht habe, war auch meine Kerze erloschen. Es war zu spät. Sie war tot. Getötet von diesen Männern, meinem Vater, in unserem Weinkeller."

Alle schwiegen. Selbst Lena war nicht in der Lage, etwas zu erwidern. Was hätte sie auch sagen sollen, überlegte Eddi. Ihre Oma. Sie konnte sicherlich nicht ohne Weiteres und quasi aus dem Nichts heraus einen Bezug zu ihr herstellen. Das musste alles völlig fremd und wie aus unermesslich großer Distanz heraus auf sie wirken.

Abermals räusperte er sich. „Und wie kam Eva Rehnstein schlussendlich auf meinen Friedhof?"

Für einen Moment sah der alte Mann Eddi fragend an. Er überlegte wohl, was Eddi mit „seinem" Friedhof gemeint haben mochte. Dann fasste er sich.

„Das weiß ich wirklich nicht. Nachdem ich Eva dort unten tot vorgefunden hatte, saß ich lange in einer Ecke des Weinkellers und war selbst wie tot. Ich erinnere mich noch, dass man Jaron aufgetragen hat, sie verschwinden zu lassen. Ganz gewiss aber nicht auf diese Art."

Thomas Rehnstein wischte sich mit einer flüchtigen Handbewegung die Feuchtigkeit aus den Augen.

„Als sie zurückkamen", fuhr er fort, „mein Vater und diese anderen beiden Männer und Jaron vor sich herschoben. Genau weiß ich nicht mehr, was sie gesagt haben. Ich meine aber, er hat sie im Main versenken sollen. Ausgerechnet Jaron. Als die anderen gegangen waren, nur noch ich und Jaron im Weinkeller um

Eva herumstanden. Jaron war außer sich vor Schmerz. Und ich war außer mir vor Mitleid mit Jaron. Für mich war Jaron nicht einfach nur irgendwer. Für mich war er mein großer Bruder. Eva und Jaron waren für mich wie eine Familie. Und ich hatte nur einen Wunsch in diesem Moment. Wenn Eva schon weg wäre, so sollte Jaron bitte bleiben, er sollte nicht aufgeben. Er war doch mein Freund. Ich sehe ihn heute noch, wie er dort auf dem steinernen Boden des Weinkellers neben ihr kniet, ihr die von Schweiß und Blut verklebten Haare aus dem Gesicht streicht und den zerrissenen Rock zurechtzupft. Mein Gott. Und später muss er den Leichnam heimlich bis nach Ochsenfurt transportiert haben, um seiner Liebe zumindest diese letzte Form würdevoller Behandlung zuteilwerden zu lassen. Mitten in der Nacht. Und keiner hat etwas davon mitbekommen. Aber so muss es gewesen sein. Es gibt ansonsten keine schlüssige Erklärung."

Er schüttelte den Kopf. Dann wandte Thomas Rehnstein sich abermals Lena zu. „Ich habe meine Cousine, deine Großmutter, geliebt. Sie war mir wie eine Schwester. Sie war praktisch meine Kindheit. Jaron, dein Großvater, war mir wie ein Bruder, er war mein einziger echter Freund. Und er hat mir damals in die Augen gesehen und genickt und ich hatte geglaubt, er würde mir ein Versprechen geben. Das Versprechen, mich nun nicht ebenso im Stich zu lassen. Dann hat er mich weggeschickt. Das war das letzte Mal, dass ich die beiden gesehen habe. Johann, deinen Großvater und Eva, deine Großmutter."

Eddi sah zu Lena hinüber, aus deren bleichem Gesicht Trauer und Ratlosigkeit, aber auch Wut und Hass ablesbar waren. Doch schien sie mittlerweile unschlüssig, wem sie ihre Wut nun entgegenschlagen lassen sollte. Mochte dieser Mann vor ihr dazu in der Lage gewesen sein, ihre Mutter, die Tochter Eva Rehnsteins, heimtückisch zu ermorden, um hierdurch jenes dunkle Familiengeheimnis zu schützen?

An diesem Punkt tat sich die Chance auf, einzugreifen, überlegte Eddi. Die Chance, die Situation zumindest für den Moment zu entschärfen. Doch er wusste auch, dass die Geschichte zu Ende erzählt werden musste. Lena würde wissen wollen, was nun mit ihrer Mutter geschehen war. Wenigstens aber wollte er den weiteren Ablauf, insofern möglich, zumindest selbst steuern.

„Und dann stand vor wenigen Tagen plötzlich diese Frau vor Ihrer Tür", sprach er in ruhigem Ton an Thomas Rehnstein adressiert.

„Ja", gab dieser tonlos zurück. „Und ich war wie erschlagen. Schon beim ersten Anblick. Die Augen. Ich hatte sie nie vergessen. Es war kurz nach der Veröffentlichung des Zeitungsartikels über diesen Fund auf dem Ochsenfurter Friedhof. Sie stellte sich als Johanna vor. Johanna. Ausgerechnet Johanna. Da war mir alles klar."

Erneut traten ihm Tränen in die Augen.

„Ich habe sofort gewusst, wer sie war. Obwohl ... natürlich eigentlich gar nicht zu begreifen. Da stand plötzlich eine Art Abbild Evas vor mir. Und mir wurde schlagartig bewusst, dass dies weitreichende Konsequenzen haben würde, ja, haben musste. Aber ich wollte die Konsequenzen lenken, wollte Schluss machen mit den Lügen. Ich denke, ich hätte es schon viel früher getan. Für mich war all dies schon immer unerträglich gewesen. Etwas, das mich nie losgelassen hat. Doch das Leben ging weiter. Und zuerst hatte ich keine Möglichkeit zu handeln, bis schließlich mein Vater starb. Meine Brüder waren da längst tot und nun war ich Herr über das Gut Rehnstein. Und damit kam die Verantwortung, auch meinen beiden Kindern gegenüber. Wem hätte es da geholfen, wenn ich die jüngere Geschichte unseres Weinguts in die Öffentlichkeit getragen hätte?"

Er zuckte mit den Achseln. „Ja, so habe ich mir das wohl eingeredet. Und es mag verrückt klingen, oder auch unglaubwürdig, aber in dem Moment, in dem ich verstanden hatte. Als Lenas Mutter vor mir stand und Evas Augen mich anzublicken schienen. Da war ich erleichtert. Glücklich, würde ich sagen, ja. Ich war glücklich, weil ich wusste, dass es nun kommen würde, wie es schon längst hätte kommen müssen. Kein Fragen mehr nach irgendetwas, kein Abwägen, kein Selbstbetrug. Nur noch reinen Tisch machen. Also haben Johanna und ich uns hier zusammengesetzt, Kaffee getrunken und ich habe ihr alles erzählt, was ich wusste."

Der alte Mann sah erneut Lena an. „Ich habe deiner Mutter Johanna ihre, meine und somit unsere Geschichte erzählt. Es war, es ist schwer in Worte zu fassen. Es war unwirklich, Lena. Johanna hat lange nur schweigend zugehört, kaum Fragen gestellt. Ich glaube, sie war völlig überfordert und ich habe geredet wie ein Wasserfall."

Nun lächelte der Mann flüchtig. Ein warmes, ehrliches Lächeln.

„Dann hat sie mir einige Dinge von sich erzählt, davon, wie sie aufgewachsen ist. Hat darüber gesprochen, wie es war, Waise zu sein. Hat mir von ihrer inneren Zerrissenheit erzählt, von der Frage nach dem Warum. Genau wie du vorhin meintest. Die Frage, warum niemand gekommen sei, niemand versucht habe, sie ausfindig zu machen, nach all den Jahren, wenn man damals doch angeblich nur aus einer Not heraus gehandelt habe, wie es in diesem Brief steht. Auch für mich war das alles wie ein Sturm, ein freier Fall. Wir saßen zusammen, genau wie wir jetzt hier. Fast wie ein altes Ehepaar und das, obwohl wir uns gerade einmal rund eine halbe Stunde kannten bis dahin und obwohl all diese schrecklichen Dinge zwischen uns standen. Ich habe ihr alles erzählt, was ich wusste. Sie hat mir erzählt, was sie erzählen konnte. Dann ist sie gegangen. Am nächsten Tag aber, meinte sie noch, würde sie wieder auf das Gut kommen. Ich für meinen Teil musste erst einmal nachdenken. Ich war, man kann es sich vielleicht vorstellen, also wenn du mir Glauben schenken könntest, Lena. Ich war wie … durchgeschüttelt. Ich wusste in dem Moment nicht mehr, wo oben und unten ist. Eines aber wusste ich ganz genau. Dieser Frau, deiner Mutter, sollte Gerechtigkeit widerfahren und allemal sollte diese schreckliche Geschichte heraus aus ihrem Versteck. Das habe ich ihr auch gesagt. Genau so hat es sich abgespielt, Lena. Und bevor deine Mutter letztlich dort zur Tür hinausgetreten ist, hat sie sich noch einmal umgedreht. Ihre Hand hatte sie um das Medaillon gelegt, das sie um den Hals trug. Sie sah mich an und lächelte. Und das war das letzte Mal, dass ich deine Mutter lebend gesehen habe. Gott ist mein Zeuge."

Stille trat ein.

Lena saß nunmehr völlig in sich zusammengesunken in ihrem schweren Ledersessel. Ihr war anzusehen, wie alles um sie herum rotierte. Ihre Verunsicherung, ihre Gedanken. Die Geschwindigkeit und Schärfe ihrer Verwirrung. Eddi suchte ihren Blick. Lena fing ihn auf und legte dann die Waffe wortlos auf die breite Armlehne neben sich. Eddi reagierte mit einem zustimmenden Nicken, dem sogleich ein Schulterzucken folgte. Und jetzt? Ich weiß es nicht, wollte er sagen. Zwar hatte er eine Idee, sogar eine ziemlich konkrete Vorstellung von dem, was nach dem Besuch ihrer Mutter hier auf dem Weingut weiter geschehen sein musste. Doch war er in diesem Augenblick schlichtweg unfähig diese Idee in eine handfeste Strategie zu überführen.

„Als Sie vom Tod Lenas Mutter gehört haben", fragte er schließlich. „Was haben Sie da gedacht? Und warum haben Sie die Geschichte dann nicht dennoch, wie geplant, öffentlich gemacht? Was hat Sie davon abgehalten?"

Thomas Rehnstein sah ihn traurig an. „Was ich gedacht habe? Was glauben Sie? Als mir Johannas Tod zu Ohren gekommen ist, da habe ich mich erneut zurückgezogen. Und dann habe ich wieder geschwiegen, ja."

Seine Haltung verkrampfte sich abermals. Im Stillen schien jeder der Vier die Geschichte für sich fortzuschreiben. Plötzlich wurde die Runde aus ihren Gedanken gerissen. Eine Frauenstimme ließ Eddi zusammenfahren.

„Vater?"

Alle Köpfe wandten sich der Stimme zu.

Eddi erkannte die nun streng dreinblickende Frau sofort wieder, die sich sogleich zwischen ihm und Mesut hindurchdrängte, um daraufhin auf dem mittleren der drei Sessel, unmittelbar neben Lena Platz zu nehmen.

Eddi stellten sich die Haare auf. Wenn seine diffuse Idee der Wahrheit nahe kam, so musste nun dringend etwas geschehen. Lena indes hatte ihre Hände gefaltet in den Schoß gelegt. Sie war tief in Gedanken versunken und Eddi wusste, dass von ihr keine adäquate Reaktion, kein von Logik und Rationalität getriebenes Handeln mehr zu erwarten war. Sie war überwältigt. Überfordert. Genauso, wie es ihre Mutter gewesen sein musste, als diese hier gesessen hatte.

Eddi suchte Mesuts Blick, den er auch fand. Sogleich riss er die Augen auf, wollte ihm signalisieren, dass etwas ganz Wichtiges, etwas überaus Dringliches ihrer oder besser gesagt, seiner ungeteilten Aufmerksamkeit bedurfte. Schließlich befand Mesut sich in Reichweite. Nach einem kurzen Augenblick langer Leitung, indem Eddi die Züge auf dem Bahnhof zwischen Mesuts Ohren förmlich rangieren sehen konnte, zog dieser fragend die Brauen in die Höhe, als schließlich die Stimme des Gutseigners erklang. Thomas Rehnstein blickte seine Tochter mit ernster Miene an. Eddi bemerkte indes, wie Annemarie Juliane Rehnsteins Augen die Waffe ausgemacht hatten, die nach wie vor auf der Lehne des Sessels zu ihrer Linken lag.

„Das hier, Annemarie, ist die Tochter von Johanna Kla …"

Das Wort „Tochter" hatte Thomas Rehnstein kaum ausgesprochen, als Annemarie Juliane Rehnstein bereits mit einer blitzartigen Bewegung nach der Pistole gegriffen hatte, sich hiernach erhob und einen halben Schritt nach vorn auf den Glastisch zu sprang, sodass dieser gefährlich ins Wackeln geriet und sie beinahe über ihn gestolpert wäre.

Eddi hatte die Situation am schnellsten erfasst, war jedoch machtlos. Die hohe Rückenlehne des schweren Sessels vor ihm verhinderte ein Eingreifen. Mesuts Haltung hatte unterdessen immerhin volle Körperspannung angenommen. Doch auch der Dönerdealer hatte nicht verhindern können, dass genau das eingetreten war, was einem in Filmen stets dazu bewog, sich selbst gegen die Stirn zu schlagen. Wie kann man nur so blöd sein? Genau. Wie kann man nur so blöd sein. Nun war es zu spät.

Annemarie Juliane Rehnstein stand mit der Waffe in der Hand und mit fragendem Blick neben der Couch, auf der ihr Vater saß, dem nun seinerseits für den Moment Hilflosigkeit wie Ratlosigkeit ins Gesicht geschrieben standen. Eddi musste an die

Szenarien denken, die er sich ausgemalt hatte, an die geflügelten Worte des Kommissars Schunke aus Würzburg, der ihn auf die Tatsache hingewiesen hatte, man möge sich besser nicht leichtfertig in Gefahr begeben und er sah ein, dass womöglich nichts, aber auch gar nichts unmöglich war auf dieser Welt. Heute zum Beispiel. Heute hatte er gelernt, dass ganz offensichtlich auch ausgewachsene Rindviecher den Beruf eines Totengräbers ausüben konnten.

„Annemarie, Liebes", kam es da von Thomas Rehnstein. „Leg die Waffe hin und setz dich. Es gibt keinen Grund. Alles ist gut."

Offenbar war der Mann für einen kurzen Augenblick gewillt, sich dem Irrglauben hinzugeben, seine Tochter würde ihn lediglich vor den Fremden in Schutz nehmen wollen. Dann aber fügte er unsicher hinzu: „Es gibt doch keinen Grund, oder?" Die Stimme des alten Mannes zitterte dabei unmerklich und Eddi fragte sich, was dieser über den Tod von Lenas Mutter Johanna wenn nicht wusste, dann aber doch zumindest die ganze Zeit über geahnt hatte. Es war tragisch. Und im Zentrum all der Tragik stand Lena nun nicht mehr allein.

Thomas Rehnstein blickte seiner Tochter tiefbetrübt und gleichzeitig angstvoll in die Augen. Annemarie Juliane Rehnstein reagierte zuerst gar nicht, blickte stattdessen abschätzig zu Lena hinüber.

„Was machen die drei hier?" Es war nur diese eine kleine Frage. Doch schnitten ihre Worte wie eine rasiermesserscharfe Klinge durch die Luft, während sie mit der Waffe abwechselnd auf Lena, Mesut und Eddi zielte.

Thomas Rehnsteins Kiefer mahlten. „Also doch", presste er schließlich hervor. Erschöpft und bis ins Mark getroffen. Und die Schwere der Last seiner Worte schien entgegen der matten Tonlage, mit der er sie ausgesprochen hatte, mit lautem Poltern auf den dunklen Holzfußboden vor ihm zu krachen.

Ab jetzt wäre wohl auch der letzte Rest Versteckspiel beendet, dachte Eddi und fragte sich gleichzeitig, warum eigentlich. Weshalb nicht einfach die Polizei rufen, die Eindringlinge melden?

Es gab weiterhin keinerlei Beweise. Warum also? In Eddi kroch ein Verdacht, ein Anflug schwerer Sorge hoch. Vielleicht, weil jemand, der so weit gegangen war, sich nunmehr nicht damit würde abfinden wollen, dass alles umsonst gewesen sein mochte.

„Annemarie ... Du? Also doch? Was hast du getan? Warum?"

Annemarie Juliane Rehnstein warf lediglich den Kopf in ihren Nacken, zielte mit der Waffe jetzt entschlossen auf Lena, die zu Tode erschrocken in ihrem Sessel kauerte.

„Weil sie das Gespräch mitbekommen haben muss", antwortete Eddi anstelle der Tochter. „Ich stelle mir das so vor", fuhr er an den Mann gerichtet fort, ohne den Blick von Annemarie Juliane Rehnstein abzuwenden. Hoffend, dass er mit seiner Analyse zumindest ein wenig Zeit gewinnen konnte. „Lenas Mutter kam zu Ihnen, sie unterhielten sich, hier. Ich denke, Ihre Tochter hat das Gespräch auf irgendeine Art mitbekommen. Zumindest einen Teil davon. Vielleicht war die Tür nicht verschlossen, oder sie hat sie beide belauscht."

Er zuckte mit den Achseln. „So oder so. Ihre Tochter hat also gehört, wie Sie zugesagt haben, die Hintergründe über den Tod Eva Rehnsteins öffentlich zu machen. Das hat Ihre Tochter natürlich sofort alarmiert. Ihr war schlagartig klar, was das für das Weingut hätte bedeuten können. Man denke nur an den guten Ruf ..."

Erneut zuckte Eddi mit den Schultern. Seine Augen indes erzählten dem alten Mann bereits mehr. Sie erzählten von Geld und Gier als Motiv. Derart ungeschminkt konnte er dies der Gutstochter jedoch nicht unter die Nase reiben, das wusste er. Allerdings wusste Eddi auch, er würde sie locken müssen. Zum einen hoffte er nach wie vor, hierdurch Zeit gewinnen zu können. Zum andern waren da die anderen Fragen, die offenen Fragen, deren Antworten vermutlich nur diese Frau kannte. Außerdem vermutete Eddi, dass eine weitere Form tödlicher Konsequenz sowieso schon in Annemarie Juliane Rehnsteins Hirn begonnen hatte Raum einzunehmen. Nichts sagen, abwarten, wäre damit definitiv der falsche Weg gewesen. Er konnte nur hoffen, dass auch Thomas Rehnstein dies erkannte. Eddi baute darauf, dass der instinktive Wille eines Vaters, die eigene Nachkommenschaft blindlings zu schützen, vor dem Hintergrund all der zurückliegenden Tragik weiter zu bröckeln begann, er ihm ab einem gewissen Punkt zur Seite springen würde.

„Zudem", fuhr Eddi in diesem Sinne fort, „und das macht die Sache für ihre Tochter so überaus brisant, hatte Lenas Mutter möglicherweise einen Erbanspruch. Also hat sie die Frau verfolgt und …" Eddi hielt inne. Nun musste er darauf setzen, dass die sicherlich kluge Frau, geblendet von der Situation, den Köder schlucken und auf seine Worte entsprechend reagieren würde.

Abermals reckte Annemarie Juliane Rehnstein ihr Kinn in kämpferischer Pose nach vorn. Ihren Blick hielt sie auf Lena gerichtet.

„Diese Frau, die hier plötzlich aufgetaucht ist, hat ganz bestimmt von Anfang an nichts anderes im Sinn gehabt, als uns zu schaden. Vielleicht, ja, nein, wahrscheinlich ist das auch nachvollziehbar." Sie zuckte mit den Achseln. „Und ja, ich habe tatsächlich sofort befürchtet, dass es zu einem üblen Rechtsstreit kommen würde, mindestens aber zu einem Skandal, einer Brandmarkung. Und so etwas ist ja wohl kaum hinnehmbar. Oder, Vater?"

Die Gutstochter wandte sich Thomas Rehnstein zu, der lediglich die Augen senkte.

„Ich bin ihr also in sicherem Abstand gefolgt", fuhr sie mit ihren Schilderungen fort, wobei sie sich neuerlich Lena zuwandte. „Habe mich ihr vorgestellt und interessiert getan."

Nun lachte sie bitter auf.

„Aber ich habe bestimmt nicht den Plan gehabt, sie zu töten. Sehe ich vielleicht aus wie eine Mörderin?", fragte sie.

Eddi und Mesut sahen sich beklommen an.

„Es ist schon verrückt, du stehst morgens auf und dann … Jedenfalls hatte ich mich mit ihr für den Abend auf einen Spaziergang am Mainufer verabredet. Ich wollte einfach nur mehr über sie erfahren, das war erst einmal alles. Wer weiß, hätte ja auch eine Hochstaplerin sein können, oder sonst etwas. Ich wollte einfach nur Informationen, die Situation besser einschätzen können. Sie hatte, als ihr euch unterhalten habt, von irgendeinem Brief gesprochen." Wieder ein kurzer Seitenblick zum Vater, wieder Schweigen. „Einem Brief einer Tante, der ihr den Weg in ihre Vergangenheit weisen sollte. Als wir dann unten am Main waren, hat sie mir von dem Medaillon erzählt. Mir war das aber irgendwie nicht schlüssig genug, also habe ich sie nach weiteren Hinweisen auf diese Verwandtschaft gefragt. Da ist sie erneut auf diesen Brief zu sprechen gekommen."

Für einen Moment schwieg Annemarie Juliane Rehnstein. Eddi blickte nervös auf die Waffe, wagte kaum zu atmen. Unterdessen stand Mesut nach wie vor mit voller Körperspannung neben Lena, die auf dem Sessel zu seiner Linken saß, nun aber gleichermaßen angewidert und hasserfüllt zu der Frau aufblickend, die mit der Waffe auf sie zielte.

„Das olle Medaillon hat sie mir auch gezeigt. Hat es sogar abgenommen, sodass ich es besser betrachten konnte. Als ich allerdings nach dem Brief gefragt habe, ist sie sofort misstrauisch geworden, hat mich gebeten, ihr das Medaillon wieder auszuhändigen. Ich schätze, ihr ist in dem Moment klar geworden, was für mich, für uns Rehnsteins bei der Sache auf dem Spiel steht. Na ja, und als ich dann meinte, sie müsse nicht gleich barsch werden, hat sie tatsächlich versucht, mir den Anhänger aus der Hand zu reißen."

Eddi blickte zu Lena. In den Hass begann sich unendliche Trauer zu mischen und ihre Augen waren jetzt neuerlich mit Tränen geflutet, ihre Fingernägel gruben sich tief in ihre Knie.

Thomas Rehnstein saß seinerseits verkrampft und in sich zusammengesunken auf der Couch, starrte mit ebenso tränengewässerten Augen vor sich hin.

„Ich wollte das wirklich nicht. Es war ein blöder Unfall. Ich habe sie gestoßen, ja, aber dass sie gleich auf diesen Stein fällt. Das habe ich nicht gewollt."

Eddi rechnete mit einem Schreikrampf seitens Lenas. Oder mit irgendeiner anderen, nur allzu gut nachvollziehbaren, hysterischen Reaktion. Doch diese blieb aus. Lediglich stumme Tränen lösten sich aus ihren Augen. „Und weiter?", hakte er mit ruhiger

Stimme nach. „Ich meine, man hat sie im Main gefunden. Sie ist ertrunken."

Annemarie Juliane Rehnstein schnaubte verächtlich. „Kann ich nichts weiter zu sagen. Ich für meinen Teil dachte zumindest sie sei tot. Also habe ich in ihren Taschen nachgesehen. Aber da war kein Brief. Na ja, und da sie sowieso schon tot war. Beziehungsweise ich geglaubt hatte, sie sei tot, habe ich sie eben in den Main geschoben. Wie gesagt, dass sie da noch gelebt hat, wusste ich nicht. Ist dann auch gleich untergegangen. Dabei hat sie sich allerdings in einem blöden Ast unter Wasser verheddert."

Ihre, wie sie offensichtlich meinte, logische Erklärung für alles, wurde aufs Neue von einem Achselzucken begleitet.

Eddi war, genau wie Mesut, wenn er dessen Blick richtig deutete, einfach nur angewidert. Eine Weile lang sagte niemand etwas, bis Eddi den Faden erneut aufnahm. Nun sollte alles auf den Tisch. Er versuchte es mit einem Schuss ins Blaue. Und traf mitten ins Schwarze. „Und dieser Mann, der mit dem Schwert im Bauch. Der hat das alles irgendwie mitbekommen."

Annemarie Juliane Rehnstein lachte bitter auf.

„Ha, Daniel. Dieser geile Bock, ja! Wie schon gesagt, man wird ja nicht als Mörderin geboren. Auch wenn mir das nun niemand glauben mag, aber ich war nicht so cool an diesem Abend, dort unten am Main. Nicht so herzlos, wie es nun den Anschein haben mag. Als ich nach oben zurück zur Straße gegangen bin, hielt ich dumme Kuh dieses blöde Medaillon in der Hand. Das Ding baumelte einfach nur zwischen meinen Fingern herum. Ich war geschockt, total in Gedanken versunken. Hatte es völlig vergessen."

Wieder wandte sie sich auf der Suche nach Verständnis kurz ihrem Vater zu, der sein Gesicht mittlerweile zwischen seinen Händen vergrub.

„Daniel musste mir natürlich ausgerechnet in dem Moment über den Weg laufen. Hat mich gleich mit Fragen gelöchert, was ich denn da mache. Was das für eine Kette in meiner Hand sei. Ich weiß gar nicht mehr, was ich genau zu ihm gesagt habe. Bin dann einfach weitergegangen. Nach Hause."

Der Klang ihrer Stimme driftete in der Folge ebenso wie ihre Wortwahl zusehend ins Ordinäre ab.

„Als man die Leiche der Frau dann gefunden hat, muss dieser Idiot wohl eins und eins zusammengezählt haben. Dieses Stück Dreck kam zu mir geschlichen und hat sofort bescheuerte Andeutungen gemacht. Von wegen, falls ich mir entsprechende Andeutungen seinerseits gegenüber der Polizei würde ersparen wollen, sollte ich ihn doch endlich mal wieder zuhause bei sich besuchen. Zuhause."

Sie schüttelte verächtlich mit dem Kopf. „Stephan meinte damals schon, dass es keine gute Idee sei. Ich hatte mal was mit diesem Kerl, Gott weiß warum. Ich muss völlig bescheuert gewesen sein. Und als seine Ex ihn dann rausgeworfen hat und er ohne Wohnung dastand, hatte ich dumme Kuh tatsächlich Mitleid mit ihm. Und Stephans Haus stand zu dieser Zeit leer, also …" Erneut schüttelte sie mit dem Kopf.

Eddi bohrte weiter. „Und die Sache mit dem Schwert? Warum denn das?", fragte er weniger aus strategischer Absicht heraus. Nein, vielmehr war Eddi ehrlich neugierig, was diesen Punkt anbetraf.

„Das war doch super, oder? OK, also die Nummer war so nicht ganz geplant, das muss ich zugeben. Zuerst wollte ich ihn vergiften."

Eddi gefror das Blut in den Adern. Wie konnte man über solch abgrundtiefe, offenkundige Defekte nur reden, als wäre es das Normalste von der Welt? Ein Seitenblick auf Mesut verriet ihm, dass auch andere so dachten.

„Hab mich dann aber anders entschieden", erklärte Annemarie Juliane Rehnstein weiter. „Irgendwie fand ich es zu offensichtlich. Gift, da hätte doch jeder gleich gewusst, dass es eine Frau war. Nein, ich wollte natürlich ablenken. Ich war schon mehrmals bei Daniel. Unter anderem, als es was wegen den Nebenkosten zu regeln galt und Stephan mal wieder nicht im Land war. Dabei sind mir natürlich die Schwerter an der Wand aufgefallen."

Jetzt lachte sie höhnisch auf. „Tja, und dann wurde aus einem typischen Frauenmord unter Einsatz von Gift eben diese Nummer mit dem Säbel. Als ich spät am Abend zu ihm gekommen bin, saß er auf der Couch, grinste blöd. In der einen Hand ein Bier, in der anderen den scheiß Controller von dieser Spielekonsole. Das muss man sich mal vorstellen. Zitiert mich, Mich! Nach Hause zu sich und sitzt da blöd bei Bier und Computerspiel … Er war sich seiner Sache so sicher. Sein gesamtes Auftreten … So war Daniel schon immer. Dominant. Ein richtiges Arschloch eben", spuckte sie verächtlich aus. „Und jetzt ratet mal, was für eine Art Spiel er just in diesem Moment zu spielen im Gange war."

Sie schnaubte mehrmals wie eine wild gewordene Stute.

Langsam aber sicher begann die Lady Eddi regelrecht unheimlich zu werden.

„Ich habe ihn erst bisschen umgarnt. In derlei Dingen war Daniel schon immer der naivste unter den Naiven. So ein Trottel. Unfassbar. Schließlich habe ich so getan, als würde ich das alles ja total spannend finden. Computerspiele und Schwertkämpfe. Das wäre so männlich. Turnt voll an."

Kindliches Kichern.

„Was für ein ausgemachter Idiot. Na, und zu Demonstrationszwecken habe ich dann eines der Schwerter von der Wand genommen. War gar nicht so einfach, die waren regelrecht ineinander verkeilt. Ja und schließlich bin ich zurück zur Couch, hab mich vor ihn gestellt und mit dem Ding vor ihm herumgefuchtelt. So nach dem Motto ich zeig dir mal, wie man das richtig macht. Er hat in dem Moment keinerlei Lunte gerochen, stand sogar auf und meinte noch er würde das andere Schwert holen. Ich höre ihn noch sagen, es sei ja eigentlich unfair. Schließlich habe er dann zwei Schwerter. Eines in der Hand und eines in der Hose. Na, und das war es dann."

Annemarie Juliane Rehnsteins Blick fiel kurz in eine Leere. Dann aber fuhr sie ungerührt fort.

„Kaum zu glauben wie leicht das Ding durch seinen Körper gefahren ist. Ich hab mal gehört, sowas sei total anstrengend. Ich hab natürlich mit voller Wucht zugestoßen. Es war überhaupt kein Problem. Seinen Blick werde ich nie vergessen. Da kam kein Schrei oder so. Das war schon seltsam. Nur dieser dümmliche, fragende Blick."

Eddi verzog angeekelt das Gesicht.

„Der Rest war einfach. Schwertgriff abgewischt und alles gut. Ansonsten sind meine Fingerabdrücke und so natürlich überall im Haus zu finden. Ist ja auch kein Wunder. Ist nun mal das Haus meines Bruders. Stephans Fingerabdrücke lassen sich so natürlich ebenso erklären. Und auch die von meinem Vater. Mein Vater hatte mit Daniel schon mehrmals im Streit gelegen wegen mir. Der Kerl war echt penetrant. Das war hart an der Grenze zum Stalking. Na ja, die Zeiten sind nun jedenfalls vorbei."

Erneut schwieg sie für einige Augenblicke. Dann plötzlich machten Hand und Waffe einen Schwenk Richtung Eddi. „Und dann seid ihr zwei Vögel hier aufgetaucht." Annemarie Juliane Rehnstein schien nun bereit alles zu erzählen. „Ein Leichenbestatter und so ein Dönertyp. Das erste Mal stutzig geworden bin ich, als dieser Bulle aus Ochsenfurt euch dort in der Pizzeria angegangen ist. Es hieß, dass ihr immer dann auftaucht in letzter Zeit, wenn es irgendwo brenzlig wird. Und das sei natürlich verdächtig. Allerdings so richtig hellhörig bin ich erst geworden, als mir mein nichtsnutziger Bruder von einem Abend in irgendeiner Kneipe in Ochsenfurt erzählt hat. Nachdem er vermutlich gerade von einer seiner üblichen Fickreisen aus Polen, Tschechien, Lettland oder weiß der Herr woher zurückgekommen ist. Und dabei hat er eine überaus interessante Unterhaltung zwischen zwei ziemlich besoffenen Männern belauscht. Mein Bruder meinte zu mir, dass einer der beiden den anderen regelrecht ausgefragt habe, während man Dart gespielt und ein Bier nach dem anderen in sich hinein gekippt hat. Einer der Männer war Polizist. Mein Bruder kannte den vom Sehen her. Und nun ratet mal, was Thema dieser Unterhaltung war. Selbst meinem Bruder, der sich ansonsten wenig für Familienangelegenheiten interessiert, kam das spanisch vor. Dieser eine Kerl habe, hat er mir erzählt, den Bullen nicht einfach nur plump ausgefragt. Er hat im Gegenteil ganz gezielt und subtil immer wieder Fragen zu diesem Mord in Frickenhausen und auch über mich gestellt. Daher ist Stephan dem Mann klugerweise oder wahrscheinlich nur aus Neugierde bis zu dessen Haustür gefolgt, um herauszufinden, wer er ist. So viel Weitsicht hätte ich meinem Bruderherz gar nicht zugetraut."

Einmal mehr stieß sie ein freudloses Lachen aus.

„Ja und schlussendlich hat er mir dann ziemlich haarklein erzählen können, wofür sich diese Gestalt genau interessiert hat und glücklicherweise auch, wo genau dieser Typ wohnt. Er konnte ja nicht ahnen, dass ich … na ja … Mir ist aufgrund all dessen natürlich ein Licht aufgegangen. Das konnte kein Zufall sein. Der Ochsenfurter Leichenbestatter, klar."

„Totengräber", warf Eddi ein.

Annemarie Juliane Rehnstein setzte ein abschätziges Lächeln auf. Sie schien offensichtlich mehr und mehr Gefallen an diesem vorherrschenden Chaos zu finden.

„Der Mann", fuhr sie fort, „der diese Frau auf seinem Friedhof ausgebuddelt hat. Der Rest war ziemlich leicht zu erraten. Da wollte offensichtlich jemand Sherlock Holmes spielen. Leider wusste ich nicht, ob dieser Sherlock wirklich etwas Konkretes gegen unser Haus oder mich in der Hand hält."

Nun streckte sie ihren Arm demonstrativ aus und zielte Eddi mitten ins Gesicht. Dabei legte sie ihren Kopf leicht zur Seite und blickte ihn gleichsam herausfordernd an.

Eddi war klar, was sie wollte. Annemarie Juliane Rehnstein erwartete nun ihrerseits Antworten. Vorerst zog Eddi es jedoch vor zu schweigen, also fuhr sie fort. „Ich wollte kein Risiko eingehen. Das ist doch wohl verständlich? Ich war so weit gegangen, da geht man doch kein Risiko mehr ein, oder? Also dachte ich mir, ich versuche es einfach mal auf die Frauentour und nehme diesmal tatsächlich Gift."

Sie zeigte ein teuflisches Grinsen, während Eddi sich nun fragte, wie in seinem Falle Gift und Einbruch zusammenpassen sollten. Doch er musste nicht nachfragen. Annemarie Juliane Rehnstein kam immer mehr in Fahrt.

„Das Zeug hatte ich mir ja bereits für Daniel besorgt. Alles lag hübsch verpackt und vorbereitet in meinem Kofferraum. Google hat mir obendrein noch erzählt, dass man sich über den kleinen Garten hinter dem Haus recht unbeobachtet Zugang zur Wohnung dieses Leichenbestatters im Erdgeschoss verschaffen kann. Es war angerichtet. Also einbrechen, irgendwas mitnehmen, sodass es auch wie ein ordentlicher Einbruch aussieht und dann schön Gift in die Zuckerdose und abwarten."

Ein weiteres, emotionsloses Schulterzucken folgte.

„Ich fand, das ist eine klasse Idee. Wie hätten die Bullen da Bitteschön letzten Endes auf mich kommen sollen? Nur leider hab ich die Terrassentür nicht so einfach aufbekommen."

Eddi lief ein kalter Schauer über den Rücken. Unzweifelhaft. Es war unzweifelhaft ausgesprochenes Glück gewesen, dass diese Irre sich nicht binnen kürzerer Zeit Zutritt zu seiner Küche hatte verschaffen können. Er musste an Gisela denken. Nicht auszudenken, wenn …

Plötzlich meldete sich erstmalig Mesut zu Wort. „Und zuvor haben Sie sich auf die Lauer gelegt und gewartet bis Eddi das Haus verlässt oder wie? Schon bisschen gefährlich, was?"

„Oh unser südländischer Freund kann ja sprechen", spottete die Tochter des Gutsbesitzers zurück und richtete die Pistole für einen Moment auf Mesut, bevor der Lauf der Waffe erneut auf Lena zielte.

„Zufall. Ich habe ihn gestern gesehen, wie er da am Abend Richtung Frickenhausen spaziert ist. Das ist doch wohl meine Chance, sagte ich mir. Schön dunkel und recht spät war es außerdem bereits. Idealer Zeitpunkt also."

Neuerliches Achselzucken.

„Ging dann ja leider schief. Wenn es aber geklappt hätte. Das wäre schon cool gewesen, oder? Kleiner Einbruch, Notebook oder so weg, alles klar, Kaffee trinken, Zucker rein und plumps."

Eddi und Mesut verzogen unisono die Mundwinkel.

„Aber jetzt mal ehrlich …" Abermals richtete sie die Waffe auf Eddi und sah ihn dabei herausfordernd an. „Warum seid ihr hierher auf's Gut gekommen? Ausgerechnet einen Tag nach meinem missglückten Einbruch gestern? Das ist doch kein Zufall. Und wer war das eigentlich in deiner Wohnung?"

Sie legte eine kurze Pause ein.

„Also? Nun sag schon. Ich bin neugierig. Was war der Auslöser für euren Besuch?"

Eddi hob zur Antwort ganz langsam die rechte Hand, drehte deren Innenseite nach oben, sodass Thomas Rehnsteins Tochter sehen konnte, dass keine Gefahr drohte. Dann griff Eddi bedächtig in die Brusttasche seines Hemds. Annemarie Juliane Rehnstein beobachtete ihn interessiert. Eddi zog langsam seine Schachtel Zigaretten aus der Hemdtasche, hob sie kurz in die Höhe. Die Frau runzelte teils gelangweilt, teils amüsiert die Stirn und deutete ein Nicken an. Daraufhin warf Eddi ihr die Schachtel zu, welche Annemarie Juliane Rehnstein geschickt mit deren freier Hand auffing. Sie nahm die Schachtel in Augenschein, versicherte sich zwischenzeitlich, dass alle Personen nach wie vor an Ort und Stelle standen, beziehungsweise saßen. Schließlich schien sie außen an der Schachtel etwas ertastet zu haben. Augenblicklich drehte sie die Packung einmal in der Hand herum. Völlig verblüfft starrte sie auf eine ihr wohlbekannte Samenart. Den Samen einer Blutbuche, den Eddi am Vormittag zwischen Folie und Zigarettenpackung verstaut hatte. Überrascht lachte sie laut auf.

„Nicht dein Ernst? Deswegen?" Sie schüttelte ungläubig mit dem Kopf. Eddi regte sich nicht. „Unglaublich", fügte Annemarie Juliane Rehnstein an. „Das Ding muss sich in meinen Haaren verfangen haben. Hut ab." Sie sah Eddi an und nickte anerkennend. „Ich liebe diesen Baum. Er ist wunderschön, oder? Und mittlerweile ganz schön alt. Steht da unten, seit ich ein Kind war. Ich liebe den Baum wirklich. Aber ich schätze, ich werde ihn fällen lassen müssen. Macht eindeutig zu viel Dreck." Sie ließ die Schachtel Zigaretten aus ihren Fingern gleiten und zu Boden fallen.

Sodann meldete sich ihr Vater zu Wort. Er keuchte die Worte regelrecht vor Schmerz heraus. „Annemarie. Annemarie, mein Kind."

Die Tochter wandte sich dem Vater zu. Dabei ließ sie den Arm mit der Waffe halb sinken.

„Warum hast du das getan?", fragte ihr Vater. „Ich verstehe es einfach nicht. Warum?" Er streckte ihr beide Hände entgegen. So, als wolle er sie an der Hüfte packen und schütteln. Auf halber Strecke aber fror er in seiner Bewegung ein. Seine Arme und Hände zitterten.

Für einige Sekunden blickten Vater und Tochter sich traurig in die Augen, bevor der Blick der Tochter sich erneut verdunkelte. Annemarie Juliane Rehnstein schüttelte mit dem Kopf, schnaubte voller Unverständnis.

„Warum? Warum ich das getan habe? Das fragst du noch? Wie alt ist unser Weingut, Vater? Wie alt? Wie viele hundert Jahre haben unsere Vorfahren für dieses Gut gekämpft, Allianzen geschlossen, um es zu protegieren? Ich war immer so stolz auf die Geschichte, die du uns, als wir Kinder waren, Jahr für Jahr im Winter vor dem offenen Kamin erzählt hast. So viel Tradition und Würde und ... So etwas setzt man doch nicht ohne Weiteres aufs Spiel! Das wäre verantwortungslos. Ja, genau. Oder was glaubst du, was geschehen wäre ... Wenn diese Frau uns verklagt, womöglich Ansprüche an unser Erbe gestellt hätte? So immerhin bleibt zumindest unser Weingut als Einheit bestehen. Auch wenn das jetzt vermutlich bedeutet, dass mein nutzloser Bruder eines Tages deine Nachfolge antreten wird und nicht ich."

Thomas Rehnstein starrte seine Tochter verständnislos an, ließ sich sodann erneut tief in die Couch zurücksinken.

„So ein Unsinn!", rief er in der Folge aus, während seine flache Hand auf den Lederbezug neben ihm krachte.

Alle, selbst Annemarie Juliane Rehnstein, zuckten zusammen. Nur Mesut stand da, wie die sprichwörtliche, deutsche Eiche.

„Und selbst wenn! Wo lebst du denn? Im Mittelalter?" Dann senkte er seine Stimme wieder. „Du wirst dich verantworten müssen, Annemarie. Gott im Himmel. Ist dir nicht klar, was du letzten Endes alles zerstört hast? Und wofür? Was glaubst du eigentlich erreicht zu haben? Erkennst du das denn nicht? Gar nichts hast du erreicht. Gar nichts! Du bist meine Tochter und ich liebe dich, werde dich immer lieben. Aber ich sage dir jetzt und hier, dass du nichts erreicht hast, außer, dein Leben zu zerstören und das anderer, unschuldiger und geliebter Menschen obendrein."

Eddi ahnte, was Thomas Rehnstein hatte sagen wollen. Seine Tochter hatte ja gerade nicht, wie es ihr perfider Plan gewesen war, die in ihren Augen letzte Gefahr für das Gut aus dem Weg geräumt. Lenas Mutter, die alte Dame, die ihrerseits eigentlich nur gekommen war, um Antworten auf ihre Fragen zu erhalten. Nun war die Frau tot, ja. Doch was war mit Lena? Wenn es tatsächlich einen erbrechtlichen Anspruch geben sollte, so würde dieser selbstverständlich auch für Lena gelten.

Annemarie Juliane Rehnsteins Augen weiteten sich. Die Worte ihres Vaters, der sich soeben anschickte, aufzustehen, hatten sie an die offensichtlich letzte Variable erinnert, von deren Existenz auch sie bis vor einigen Minuten offensichtlich keinerlei Kenntnis besessen hatte. Eddi hielt die Luft an, ballte die Hände zu einer Faust. Machte sich bereit, am Sessel vorbei nach vorn zu springen. Sein Herz pochte wie wild. Bilder schossen ihm durch den Kopf. Er musste an Gisela denken. An seine Mutter. An die Gräber auf seinem Friedhof, seinen geliebten Arbeitsplatz.

Und dann ging alles rasend schnell. Viel zu schnell. Die Tür flog auf, Köpfe drehten sich in Richtung Eingang. Ein Schrei, ein Tablett, sowie Porzellan, das klirrend zu Boden fiel. Ein Ochsenfurter Dönerdealer, der nach vorn schoss und schließlich ein peitschender Knall, ein Schuss.

Kapitel 27

Mit versteinerter Miene stand Eddi vor dem Panoramafenster in Thomas Rehnsteins Arbeitszimmer. Sein Blick schweifte über die wellige, nach oben hin steil aufsteigende Landschaft, während hinter ihm ein akustisches Gemisch aus Quietschen, Schrammen, Piepsen und Stimmen zu vernehmen war.

Eddi war blass, sah das Blut vor sich, die weit aufgerissenen Augen. Überlegte, wie er hätte anders handeln können.

Jäh schrak er zusammen. Ein in Rot gekleideter Arm, an dessen Handgelenk ein silberner Reflektorstreifen eingearbeitet war, schob sich langsam in sein Gesichtsfeld, um in der Folge sanft auf seiner Brust zu landen. Eddi drehte den Kopf ein Stück nach rechts.

„Und bei Ihnen?", erkundigte sich eine Stimme gleichsam emphatisch wie professionell. Eine Notfallsanitäterin musterte ihn eindringlich. „Geht es Ihnen gut?", erkundigte sie sich. „Wollen Sie sich vielleicht setzen?"

Dabei drangen die Worte der Frau zwar in Eddis Ohr, allerdings nicht wirklich tief in sein Bewusstsein. Dennoch quetschte er ein halbstarkes „Alles in Ordnung, danke", hervor.

Mehrere Sekunden lang taxierte die Sanitäterin Eddi eindringlich. Dann nickte sie über dessen linke Schulter hinweg. Eddi wandte neuerlich den Kopf. Einsatzbereit stand dort ein dunkelhaariger Mann in roter Hose und weißem Poloshirt. Ein Namensschild war auf dem Shirt angebracht. Dr. irgendwas. Eddi sah ihm fest in die Augen. Der Mann gab ein kurzes Nicken zurück, drehte sich daraufhin um und entfernte sich. Die Sanitäterin tat es ihm gleich.

Das Klappern und Schrammen wurde unterdessen leiser. Stimmen ebbten ab, während sich gleichsam neue zu nähern schienen. In der Fensterscheibe vor Eddi spiegelte sich Mesut wider. Der Dönerdealer wirkte wie lebloses Inventar. Reglos stand er zwischen Schreibtisch und Sitzgruppe mit verschränkten Armen im Zentrum des Raums.

Rechts jener Spiegelung erkannte Eddi die junge Bedienstete des Hauses. Sie war es gewesen, welche die sich überschlagenden Ereignisse letztendlich ausgelöst hatte, indem sie in der Absicht, Kaffee servieren zu wollen, mit einem Tablett in den Händen eingetreten war. „Was?", überlegte Eddi. Was wäre geschehen, hätte sie dieses nicht vor lauter Schreck fallen gelassen, angesichts der Tatsache, dass die junge Frau Rehnstein den vermeintlich willkommenen Besuch vor ihren Augen mit einer Waffe bedroht hatte. Eddi verdrängte den Gedanken. Es war Fügung gewesen, Zufall. Ein Zufall, der ihnen den Bruchteil einer Sekunde Zeit verschafft hatte. Ein kleiner Moment des Chaos, ohne welchen das Chaos insgesamt mutmaßlich noch sehr viel größer ausgefallen wäre. Bei dem Gedanken daran schüttelte es ihn. Die junge Bedienstete stand unterdessen in der weit geöffneten Flügeltür, tupfte sich mit einem Tuch wieder und wieder die verquollenen Augen trocken. Ein Mann trat neben sie. Und obgleich Eddi sein Gesicht nicht erkennen konnte, wusste er, wer er war. Diese Stimme war unverwechselbar.

Wie üblich kümmerte sich Polizeioberwachtmeister Finke in seiner Funktion als Oberhaupt der Polizeiinspektion Ochsenfurt rührend um das weibliche Geschlecht. Finke war es auch gewesen, der Annemarie Juliane Rehnstein höchstpersönlich die Handschellen angelegt hatte, nachdem Mesut ihr nach jener katastrophalen Schlusssequenz die Waffe aus der Hand gerissen und sie ab diesem Moment mit seiner körperlichen Präsenz in Schach gehalten hatte.

Eddi ließ alle Luft aus seinen Lungen entweichen. Seine Schultern sanken herab. Was für ein verdammter Scheiß, dachte er sich, und spürte, wie sein Herz ungewöhnlich schnell Blut in seine Adern pumpte, während hinter ihm nun Blitzlicht begann durch das Zimmer zu fliegen.

„Eddi", hörte er neuerlich eine Stimme neben sich. Es war Bernd. „Eddi? Die Spurensicherung trifft in Kürze ein. Also wenn ihr zwei dann soweit seid."

Eddi sah Polizeiobermeister Bernd Lehrider erschöpft an. Sein Freund aus Kindertagen blickte mitfühlend zurück. „Alles klar Bernd. Nur noch ein paar Minuten OK? War alles etwas … na, du weißt schon."

„Logisch, Eddi", gab Bernd zurück und fügte sogleich mit gesenkter Stimme hinzu: „Meinen Chef hab ich dir bis jetzt vom Hals halten können. Aber was den weiteren Verlauf angeht. Ich kann für nix bürgen. Tut mir Leid."

Eddi nickte nur knapp, woraufhin Bernd zurück in die Mitte des Raums trat, grellen Lichtblitzen entgegen.

Jählings vibrierte es in Eddis linker Hand. Er hob den Arm, hielt sich das Smartphone vor die Augen, das er in Händen hielt und betrachtete das Display. „Polizei Wü" blinkte es dort unablässig auf, während das Gerät weiter fordernd in seiner Hand surrte. Eddi starrte auf das Telefon. Wie lange wohl, überlegte er, würde man versuchen die unmittelbarste Angehörige zu erreichen, um sie über den Tod der Mutter zu informieren? Die Mutter, im Main ertrunken. Oder vielmehr getötet, wie man nun mit Gewissheit wusste. Eddi musste daran denken, wie Lena in den vergangenen Tagen ihr Telefon immer wieder ignoriert hatte. Natürlich. Sie hatte sich nicht zu erkennen geben können. Hatte ihre Tarnung wahren müssen. Das Ziel vor Augen. Und dann war es anders gekommen. Fürchterlich anders.

Eddi schloss für einen weiteren Moment die Augen, bevor er kraftlos den Arm mit Lenas Telefon in der Hand sinken ließ.

Das Surren erlosch. Und als ob es an ihm wäre, für ein Gleichgewicht in dieser unverkennbar verrückten Welt zu sorgen, öffnete er kurz darauf seine Augen und betrachtete wie auf Kommando nunmehr seine rechte Hand. In dieser hielt er weiterhin das leicht vergilbte Blatt Papier, welches ihn durch eine Schutzfolie hindurch ansah. Er musste an Puh denken. Allerdings handelte es sich diesmal um keine Vermisstenanzeige, die er dort in Händen hielt. Kein Aufruf, den er alsbald an Bäume und Mauern seines Friedhofs fixieren würde. Es war vielmehr der Brief, den Thomas Rehnstein ihm zuvor matt nickend in die Hand gedrückt hatte.

Jener Brief, den einst eine verzweifelte Tante in gefühlter und manifester Ausweglosigkeit einem Kind auf dessen Lebensweg mitgegeben hatte. Einem Baby, das man vor nicht zu beherrschenden Kräften zu schützen gesucht hatte, sodass es für dieses überhaupt einen weiteren Weg hatte geben können in dieser Welt. Johanna Klaven, die siebzig Jahre später auf der Suche nach Antworten aus Kiel bis hierher in den kleinen Markt Frickenhausen gereist war, um an eben diesem Ort gewaltsam ums Leben zu kommen. Ein schauderhafter Kreis, der sich schloss.

In Eddi krochen Erinnerungen hoch. Erinnerungen an einen Nachmittag im Spätsommer. Ein Ausflug mit seiner Lady, eine Zigarettenpause. Oben, in den Weinbergen. Unweit der Kapelle. Er sah die Frau vor sich, Lenas Mutter. Seine Augen begannen zu brennen. Sofort blinzelte er mehrmals. Ließ seine Augäpfel von links nach rechts tanzen, riss die Augenlider bewusst zweimal ganz weit auf und versuchte hierdurch den neuerlich aufkeimenden Schmerz zu unterdrücken.

Warum hatte Lenas Mutter diesen Brief, dieses Dokument ihrer Wurzeln, überhaupt an Thomas Rehnstein ausgehändigt? Wenn das, was die Tochter des Gutsbesitzers erzählt hatte, stimmte, hatte sich die ältere Dame alles andere als kooperativ gezeigt, als man dort unten am Main auf eben diesen Brief zu sprechen gekommen war.

Sicher, Johanna Klaven trug ihn in diesem Moment gar nicht bei sich. Thomas Rehnstein hatte ihn. Das allerdings hatte dessen Tochter in diesem Moment nicht gewusst. Aber warum all das? Warum hatte Johanna Klaven, wie Annemarie Juliane Rehnstein es formuliert hatte, in diesem Zusammenhang so barsch reagiert, dieses Schriftstück aber ohne Bedenken an Thomas Rehnstein übergeben? Für Eddis Dafürhalten konnte es nur eine einzige sinnvolle Erklärung geben. Johanna Klaven hatte den Brief nie als Mittel zum Zweck angesehen. Lenas Mutter war es zu keinem Zeitpunkt um irgendeinen möglichen Erbanspruch gegangen. Auch hatte es bestimmt nicht in ihrer Absicht gelegen, das Weingut in Diskredit zu bringen. Ausnahmslos ihre Geschichte, die Geschichte ihrer Familie, ihrer Eltern hatte sie angetrieben. Nicht etwa eine Entschädigung, gar ein Anspruch auf ein Erbe. Ansonsten hätte sie Thomas Rehnstein dieses entscheidende Dokument nie und nimmer einfach so überlassen.

Eddi stellte sich vor, wie Johanna Klaven Thomas Rehnstein den Brief reichte. Er hatte ihn sich in aller Ruhe durchlesen sollen. Immerhin waren die Worte tatsächlich so klein geschrieben, dass man sich für die Lektüre jenes Schriftstücks schon etwas

Zeit nehmen musste. Johanna Klaven hatte dem alten Mann ihr Vertrauen geschenkt und Eddi konnte es nachempfinden. Sie hatte ihm vertraut, weil er ihr umgekehrt gegeben hatte, wonach sie ihr ganzes Leben lang angstvoll gesucht hatte: Eine Antwort, inneren Frieden. Warum ist nie jemand gekommen, mich zu holen, nachdem der Krieg vorüber war? Haben meine Eltern mich absichtlich zurückgelassen? Hatten sie mich loswerden wollen, um ihr eigenes Leben leben zu können? Und nachdem sie die Antwort von Thomas Rehnstein erhalten hatte, zumindest was ihre Mutter, Eva Rehnstein anbelangte, war alles gesagt gewesen. Ihre Mutter war tot. Begraben in Ochsenfurt. Bis vor rund zwei Wochen zumindest.

Dass ihre Mutter nicht mehr lebte, musste Johanna Klaven, die ja selbst bereits über siebzig Jahre alt gewesen war, in dieser Form natürlich erwartet haben. Nun allerdings hatte sie verstanden. Hatte verstanden, dass ihre Mutter sie zu Lebzeiten nicht einfach im Stich gelassen hatte. Vielmehr hatte der letzte Gedanke der jungen Frau, die einem kalkulierten Streben nach noch mehr Macht, noch mehr Geld zum Opfer gefallen war, sicherlich ihrer Tochter, ihrem kleinen Baby gegolten. Und mit diesem Wissen hatte die Tochter Eva Rehnsteins, Johanna Klaven, im Alter von über siebzig Jahren schlussendlich ihren Frieden gefunden.

Alles andere war Staub, und hatte bleiben sollen, was es war: Geschichte. Dieser Mann vor ihr, der ihr mit schmerzerfülltem Gesicht Schicksal und Geschichte seiner Cousine Eva geschildert hatte. Johanna Klaven konnte gar nicht anders, als ihm den Brief zu zeigen. Er hatte ihn lesen sollen, lesen müssen. Es war auch seine Geschichte. Nein, dieser Brief war für Johanna Klaven kein Dokument gewesen, das sie irgendeinem Gericht hätte vorlegen wollen. Es war ihr nicht um die Kraft der Botschaft jener Worte gegangen. Auch nicht um die Kraft der Botschaft, welche von ihrer Hälfte des Schmuckstücks ausging. Eddi atmete schwer ein und wieder aus. Es war ihr um viel weniger gegangen, schloss er. Und doch um so viel mehr. Für Johanna Klaven war das Medaillon an sich, der Brief an sich von unschätzbarem Wert gewesen.

Der Frau war es um die für sie universelle Fähigkeit zu emotionaler Bindung über jene Gegenstände gegangen. Um den hauchdünnen, materialisierten Faden, der sie in Form dieser beiden Gegenstände über all die Jahrzehnte begleitet hatte. Ein Faden, der geholfen hatte, Johanna Klavens Frage nach dem „Wer bin ich eigentlich?" und „Woher komme ich?" zu beantworten und der zudem ihr genetisches Gestern mit ihrem heutigen ich verwob. Es ging um Andenken, Gedenken. Um soziale Artefakte. Um das einzig Greifbare, was dieser Frau von ihrer Familie geblieben war.

Und dieses Greifbare hatte sie auf Biegen und Brechen zu schützen gesucht, als sie unten am Mainufer begriffen hatte. Als sie erkannt hatte, welch zerstörerisches Motiv Annemarie Juliane Rehnstein womöglich in diesem Moment in Wahrheit antrieb. Eddi ließ den Kopf sinken. Die Augen noch immer auf dem Blatt Papier in seiner rechten Hand haftend. Plötzlich trat Mesut neben ihn. Eddi blickte auf.

„Ey, Deutscher." Mesuts Stimme klang ungewöhnlich dünn. Aus seinen Augen war die Leichtigkeit gewichen, die ihn ansonsten auszeichnete.

Eddi sah erneut auf seine rechte Hand hinab. Mesuts Augen folgten seinem Blick. „Hast du ihn schon gelesen?", fragte Mesut.

„Nein, das …" Eddi wollte noch etwas hinzufügen, wusste aber nicht so recht was. Mesut schürzte die Lippen, nahm ihm die Schutzfolie, in dem der doppelseitige Brief steckte, entschlossen aus der Hand, trat zwei Schritte nach vorn und legte das Dokument vor sich auf die Fensterbank. Nach kurzem Zögern trat Eddi neben ihn.

„Ist schon OK", sagte Mesut mit nachdenklicher Miene.

Eddi nickte, setzte Mittel- und Ringfinger seiner linken Hand vorsichtig auf die untere linke Ecke der Schutzfolie, strich hiernach mit seiner rechten Hand einmal quer über das Schriftstück hinweg, um es zu glätten. Dann begannen beide zu lesen.

#######

„
Geliebtes Kind. Dies sind die Worte deiner Tante Siglinde, die dich hier erreichen. Lass mich damit beginnen dir zu versichern, dass wir alle dich lieben. Dich, Johanna, falls du diese Zeilen tatsächlich einmal lesen solltest, niemals freiwillig aus unserem Leben hätten gehen lassen. Ich weiß nicht, wie ich es dir erklären kann. Doch wisse, dass du uns schrecklich fehlst. Am meisten aber deiner Mutter, Eva.

Etwas früher als erwartet hast du am 08. September 1944 in Baudenbach zierlich aber gesund das Licht der Welt erblickt. Deine Mutter, Eva Rehnstein, hat dir den Namen Johanna gegeben. Du warst unser aller Sonnenschein. Und es zerreißt mich, dir diesen Brief schreiben zu müssen. Gott möge seine Hand schützend über dich halten, mein Kind. Möge er dich und deine Eltern eines Tages wieder vereinen. Jedoch bei aller Hoffnung, ich muss dir diesen Brief schreiben, da ich nicht weiß, ob dieser Tag, den ich so sehr herbeisehne, jemals kommen wird. Wir leben in Zeiten des Kriegs und es ist ungewiss, wie lange dieser noch fortdauern wird, wenngleich die Fronten immer näher rücken, man mehr und mehr beginnt zu reden. Vor allem ist unklar, wie es danach weitergehen kann für uns alle.

Deine Mutter, mein kleines Küken, wie ich sie immer genannt habe, ist das Kind einer meiner Cousins aus Frickenhausen. Sie ist eine solch wunderbare, junge Frau und mir wie eine Tochter. Eine liebe Seele, wie ich sie niemals anderswo im Leben getroffen habe. Ich kann dir bei der Liebe unseres Herrn sagen, dass keiner Mutter Herz mehr für ihre Tochter hätte schlagen können, als deiner Mutter Herz es für dich tat. Wann immer eine besondere Flamme in dir lodert. Wann immer du eine ganz besondere Kraft in dir spürst. Ich möchte dir sagen, diese Kraft, dieses Feuer möge dich an deine Mutter erinnern, die in dir wohnt. Was ich dir nicht sagen kann ist, wie es dazu gekommen ist, dass eure

Wege sich trennten. Auch kann ich dir nicht sagen, wer dein Vater ist. Außer, dass er ein Erntehelfer in Frickenhausen war und deine Mutter ihn sehr geliebt hat. Und auch er ist nun möglicherweise verschwunden.

Als deine Mutter vor etwa vier Monaten bei mir an die Tür geklopft hat, ist sie verzweifelt gewesen. Sie hat mich gebeten, sie zu verstecken, bis du auf die Welt kommen würdest. Die genauen Umstände blieben mir bis heute verborgen. Einige Wochen nach deiner Geburt, ist dann dein Opa gestorben. Deine Mutter Eva ist daraufhin nach Frickenhausen gefahren, um ihrem Vater, deinem Großvater, die letzte Ehre zu erweisen. Keine allzu weite Strecke. Es sind etwa vierzig Kilometer von hier bis dort. Sie ist ungern gefahren, hat sich kaum von dir lösen können. Bevor sie aber fuhr, hat sie mir aufgetragen zu schweigen. Zu schweigen ob deiner Herkunft, sollte irgendwer fragen. Deine Mutter hat es mir in einem derart eindringlichen Ton eingeschärft, dass ich jetzt, in dieser Notlage, keinen anderen Ausweg sehe, als dich in die Obhut der Kirche und nicht zu deinen Verwandten nach Frickenhausen zu geben.

Mein liebes Kind, ich kann kaum mehr atmen. Ich möchte dich nur an mich drücken, dir beweisen, dass ich lieber sterben möchte, als dich wegzugeben, dass deine Mutter lieber gestorben wäre, als dich irgendeiner Gefahr auszusetzen. Die Gefahr selbst kann ich nicht benennen. Doch ich habe deine Mutter viel zu gut gekannt, als dass die Existenz jener unbekannten Bedrohung nicht allzu offensichtlich gewesen wäre.

Niemals, hat mir deine Mutter gesagt, dürfe ich jemandem erzählen, woher du kommst. Niemals und unter keinen Umständen. So hat sie es mir aufgetragen, bevor sie zur Beerdigung deines Opas nach Frickenhausen fuhr. Vertraue den Gefühlen einer Frau, die selbst Kinder hatte, Johanna. Es war ihre allumfassende Angst um dich, die aus deiner Mutter sprach. Die Angst, jemand könne in den wenigen Tagen, welche sie ohne dich sein würde, von dir erfahren. Warum all das? Diese Frage beschäftigt uns beide, Johanna. Und ich zerbreche ebenso an ihr und an der Tatsache, dass ich dir diese und andere Fragen, die im schlimmsten Falle zeit deines Lebens an dir nagen werden, nicht zu beantworten in der Lage bin.

Nachdem deine Mutter nach Frickenhausen aufgebrochen war, haben wir auf ihre Rückkehr gewartet. Jedoch vergebens, bis heute. Sie kam nicht zurück. Ein Freund ist dann unter einem Vorwand nach Frickenhausen gereist, um heimlich etwas in Erfahrung bringen zu können. Doch niemand dort hatte deine Mutter gesehen. Sie scheint niemals in Frickenhausen angekommen zu sein. Unterdessen ist außerdem einer der Erntehelfer dort plötzlich verschwunden, wie es heißt. Ob es sich dabei um deinen Vater handelt, weiß ich nicht. Näheres ist mir zu diesem Mann nicht bekannt.

Ich vermag mir nicht vorzustellen, Johanna, wie die Zeit sein wird, in der du aufwächst und in welcher du deinerseits eines Tages, so Gott will, eine Familie gründen wirst. Doch hoffe ich, bete ich, es möge eine bessere Zeit sein, wenngleich ich die denkbar größte Furcht in mir trage, dass es nur noch schlimmer kommen könnte. In dieser, meiner Zeit jedenfalls, sehe ich nur eine Möglichkeit, dir eine Zukunft zu ermöglichen und gleichzeitig die Chance zu wahren, dass dein Weg und der deiner Eltern oder auch nur deine Zukunft und deine Vergangenheit sich eines Tages wieder kreuzen können. Dich nach Frickenhausen zu deinen Verwandten geben, das kann ich nicht. Diese schreckliche Angst deiner Mutter hat sich auf mich übertragen.

Ich bete zu Gott, dass Eva, mein Küken und deine Mutter, doch noch zurückkehrt und sie dir diese Zeilen eines Tages selbst wird vorlesen können. Ich wünsche mir ihr Lächeln angesichts der Erinnerung an unsere gemeinsame Zeit hier in Baudenbach. Ich wünsche mir, dass das Band aus Liebe zwischen euch beiden an diesem Tag mindestens so stark sein möge, wie ich nun stark sein muss. Sollten diese, meine größten Wünsche in Erfüllung gehen, es wäre Vorsorge getroffen und du würdest umgehend in deiner Mutter Arme zurückgegeben werden können.

Mein geliebtes Kind. Wenn ich jetzt alles falsch mache, so möge Gott mir verzeihen. Vor allem aber, Johanna, mögest du mir verzeihen. Ich liebe dich.

Deine Tante Siglinde
"

########

Noch Minuten, nachdem er den Brief zu Ende gelesen hatte, verharrte Eddi in Gedanken und bei gesenktem Haupt in jener weit entfernten Zeit. Tief betroffen. Mesut stand derweil regungslos neben ihm und sah durch das Panoramafenster hindurch nach draußen. Die Augen auf zahllose, geschwungene Linien aus Rebstöcken gerichtet.

Eddi hob den Kopf und blickte seinerseits zum Fenster hinaus. Das Licht hatte sich verändert. Dicke Wolken näherten sich von Norden her. Für einen ziemlich langen Moment schwiegen beide still vor sich hin.

Eddi dachte an Eva Rehnstein. Er sah sie vor sich und das Bild war leuchtend, farbenfroh. Ihre heimliche Liebe zu diesem jungen Erntehelfer, Jaron. Was wohl aus dem Mann geworden war? Vielleicht war er nach den Ereignissen geflüchtet, hatte sich durchschlagen können. Wahrscheinlicher war wohl ein weiteres Grauen. Man würde es nie erfahren. Er war tot, davon war auszugehen. Eva und Jaron. Ihr junges Glück, die Tochter, von der der Vater nichts gewusst und um welche die Mutter so sehr gebangt hatte.

An diesem Punkt verblassten die Farben und Eddi sah Bilder, die wie fäkale Gerüche waren, wie hohle, von Rauschen durchsetzte Töne. Wie grauenvoll sich alles entwickelt hatte. Wie übel das Schicksal den Menschen mitspielen konnte. Wie kalt, berechnend, gnadenlos sie sein konnten. Wie viel Raum Böses im Stande war einzunehmen. Und sei es in den eigenen vier Wänden. Eddi begann über sein eigenes Wesen zu sinnieren. Über seine tendenzielle, innerliche Distanz zu Menschen, die ihm in diesem Augenblick nur umso essenzieller für sein eigenes kleines Glück erschien. Lag nicht offensichtlich auf nahezu allem Schönen ein abgründiger Schatten? Wäre es nicht eine miese Wahl, auf die Ausnahme jener Regel zu wetten?

Eddi hörte seinen eigenen, flachen Atem. Er musste an Lena denken. Sah ihre Trauer, ihr Entsetzen, ihren Schmerz. So stand er da und blickte auf die sich wandelnde, abwechselnd in Licht und Schatten getauchte Landschaft dort draußen. Von Schwermut gepresst.

Bis schließlich eine spezielle Art von Mechanismus Kontrolle über seine Gefühle zu übernehmen schien. So zumindest kam es ihm vor. Ein Mechanismus, der ihn dazu aufforderte, einer leisen Melodie in seinem Kopf Einlass zu gewähren. Der ihm befahl, jener Melodie ganz bewusst zu lauschen und damit zu beginnen, im Geiste über die Kante aus ansteigendem Weinberg dort draußen zu fliegen. Der Mechanismus wies ihn an, von oben auf seine Heimat hinabzublicken, sich umzusehen.

So begann Bild um Bild an Eddi vorbeizufliegen. Er sah bunten Sand über Fluss, Wälder und Friedhöfe wehen. Sah Kinder, die mit kleinen, farbigen Windrädern aufgeregt durch grüne Reihen aus Weinstöcken tollten. Beobachtete Rentner bei sportlicher Ertüchtigung, wie sie unter Verwendung von Stöcken eifrig über Pfade und raschelndes Laub in einem der vielen Waldstücke der Gegend umherliefen. Musste über Hundenasen schmunzeln, die in tiefen Erdlöchern steckten, unterdessen Herrchen und Frauchen die frische Luft beim Spaziergang genossen. Beobachtete das Funkenmeer eines abendlichen Lagerfeuers, wie es tanzend in den Himmel stob. Er sah verliebte Pärchen ebenso wie Wasserpfützen, in welche kleine, gelbe Gummistiefel wild hinein stampften, spielende Katzenjunge, die sich gegenseitig jagten. Er sah Gisela vor sich. Gisela, die gerade dabei war, seine Grenzen aufzubrechen.

Mit einem Mal sog Eddi gierig Luft in seine Lungen. So, als ob seinem Hirnstamm urplötzlich aufgefallen wäre, dass es Arbeit für ihn gab. Dass er Impulse aussenden musste, die er zwischenzeitlich vergessen hatte. Und mit dem Sauerstoff in der Lunge kam der Hunger. Eddi bekam Hunger auf Leben. Es würde nichts bringen. Nein. Die Welt war unglaublich schön. Die Welt an sich. Von unfassbarer Schönheit. Eigentlich. Sie aus Schmerz heraus denen zu überlassen, die in seinen Augen so anders waren, so kahl, laut und grau. Niemals, überlegte er. Vielleicht war die Suche nach einer Lösung von Anfang an zum Scheitern verurteilt. Das mochte sein. Aber deswegen überhaupt nicht zu suchen, machte noch weniger Sinn. Just meldete sich Mesut, der Gedankendieb, zu Wort.

„Komm, Alman. Hilft ja nix."

Noch einmal atmete Eddi tief und bewusst durch. Mesuts Parole würde seine Parole werden. Zumindest für den Moment. Er fasste an seine hintere Gesäßtasche. Lenas Telefon. Daraufhin nahm Eddi den Brief vom Fenstersims, faltete ihn an den vorgesehenen Stellen, klopfte Mesut auf die Schulter und nickte letztlich in Richtung der großen Flügeltür. Dort standen noch immer diverse Personen herum. Die weibliche Bedienstete des Hauses Rehnstein allerdings hatte sich entfernt.

Als er und Mesut die Freitreppe ins Erdgeschoss hinunterschritten, passierte sie auf den Holzstufen ein großer, breitschultriger Mann. Eddi starrte ihn an. Der Mann stierte verwirrt zurück. Er war offensichtlich gerade nach Hause gekommen, wusste von nichts. Gegenseitiges Wiedererkennen trat ein, obgleich völlig unterschiedlich begründet. Auf Eddi bezogen, war es einfach nur der Blick dieses Mannes. Er verriet alles. Es musste sich um Stephan Rehnstein handeln, da gab es für Eddi keinen Zweifel. Stephan Rehnstein, der ihm an einem von Bier und Dartpfeilen geprägten Abend von einer Ochsenfurter Kneipe aus nach Hause gefolgt war.

Unten im Erdgeschoss angekommen, stand nur wenige Schritt hinter dem Treppenende Polizeioberwachtmeister Finke bereit und lauerte. Die üble Laune der Oberwachtel aus Ochsenfurt konnte man förmlich riechen.

Unterdessen setzte auch Mesut einen maximal abschätzenden Blick auf, als man sich auf Finke zubewegte. Das Nervenkostüm des Dönerdealers schien gleichermaßen über Gebühr strapaziert.

Kein Wunder, dachte Eddi und wappnete sich für eine erwartungsgemäße Konfrontation mit Finke. Schließlich dürfte der mit seinem und Mesuts Auftreten auf dem Weingut weder gerechnet haben, noch dürfte der Leiter der PI Ochsenfurt mit diesem d'accord gehen. Eddi besah sich des Polizisten, der, so die erste Erkenntnis, schon mal keinerlei Auge für Mesut hatte, als dieser an ihm vorbei Richtung Tür nach draußen schritt.

Mit zusammengekniffenen Augen, die sich tief in die seinen bohrten, stand der Polizist vielmehr im Flur, beide Hände aufreizend in die Hüfte gesteckt. Eddi hätte ihn am liebsten über den Haufen gerannt, doch mahnte er sich zu Contenance. Wie Mesut, so wollte auch er lieber einen filigranen Bogen um den Gesetzeshüter herum machen und sich auf diese Weise elegant an ihm vorbei nach draußen schieben. Jedoch kam er nicht weit.

„So, und Sie möchte ich dann umgehend um ein Tänzchen bitten, Herr Eddi. Aber damit Sie Bescheid wissen. Ich führe!"

Unvermittelt packte Finke ihn bei seinem rechten Arm. Eddi hatte sehr wohl mit wenig sinnvollen Anschuldigungen und auch völlig überflüssigen Maßregelungen gerechnet, nicht aber damit, dass Finke Hand anlegen würde. Entsprechend perplex zeigte er sich zunächst. In direkter Folge aber entzog Eddi sich mit einem energischen Ruck kompromisslos heftig Finkes Griff, sodass dieser beinahe aus dem Gleichgewicht geraten wäre. Dessen Augen blitzten überrascht auf, funkelten ihn schließlich mit geradezu wilder Entschlossenheit an.

Mit solchem Widerstand hatte der Polizist offenbar nicht gerechnet. Zügig trat er einen halben Schritt auf Eddi zu, der für weitere unbegründete Anschuldigungen, so wie vor einigen Tagen in einer Pizzeria in Marktbreit, für den Moment schlichtweg nicht zu haben war. Anschuldigungen, welche eine gewisse Tochter eines gewissen Gutseigners an jenem Nachmittag überaus aufmerksam verfolgt hatte. Unbedachte Vorhaltungen, durch die Annemarie Juliane Rehnstein initial alarmiert worden war und die in letzter Konsequenz am gestrigen Abend beinahe in einer Katastrophe gemündet hätten.

Entschlossen ballte Eddi seine Rechte zur Faust, wappnete sich für etwas, das er nicht tun sollte. Doch er hätte für nichts garantieren wollen und können in dieser Sekunde. Gleiches galt offensichtlich für die Oberwachtel, die gewillt schien, dem vermeintlich Kriminellen die Krallen zu zeigen - was auch immer an Eddis Handlung in den Augen dieses Vogels kriminell gewesen sein mochte. Es war wohl eher das verletzte Ego des Ornatsträgers, welches diesen nun endgültig über Siedepunkt angeheizt hatte. Ein dahergelaufener Totengräber hatte ein Rätsel gelöst und stahl ihm damit nicht nur die Show, sondern ließ seinen geliebten, überlegenen Berufsstand hierdurch angreifbar blass wirken. Vielleicht war es das, dachte Eddi sich. In jedem Fall war es wohl zu viel des Guten. Beidseitig. Es knisterte, die Vulkane standen kurz vor der Eruption.

„Ich übernehme!" Aus dem Rückraum erscholl eine Stimme in nahezu militärischem Befehlston. Eddi sah über Polizeioberwachtmeister Finkes rechte Schulter hinweg. In der Eingangstür neben dem Stehpult stand Kommissar Schunke aus Würzburg. Finke hielt ruckartig in seiner Bewegung inne. Dann machte er einen halben Schritt zurück. Zeitgleich legte er seine rechte Hand demonstrativ an sein Holster. Seinen linken Arm streckte er zudem nach vorn. Wohl für den Fall, dass er einen Angriff parieren müsse.

„Hier alles unter Kontrolle. Ich wollte die Person gerade in Gewahrsam nehmen", spuckte der Schnabel der Oberwachtel nunmehr komplett frei von Sinn und Hirn in die Runde.

In Gewahrsam nehmen, natürlich, dachte Eddi sich.

„Ihr Mann", fügte Finke noch an und trat dabei einen weiteren Schritt nach hinten, den linken Arm noch immer in Abwehrstellung von sich gestreckt. Eddi meinte eine Spur Belustigung in Schunkes Gesicht auszumachen, unterdessen dieser neben seinen Ochsenfurter Kollegen trat. Schunkes Gesichtsausdruck fiel jedoch rasch ins Professionelle zurück, nachdem Finke den Blick des Kommissars suchte und fand.

„Von jetzt an übernehme ich, wie gesagt. Und zwar alles, Herr Kollege. Danke."

Polizeioberwachtmeister Finke nickte Schunke ergeben zu und ließ den ausgestreckten Arm bedächtig sinken. Ein letzter, dramatisch abschätziger Blick der Oberwachtel folgte. Ein körpersprachliches „ich krieg dich noch", bevor sie auf dem Absatz kehrtmachte und eiligst nach draußen flog, wo Mesut stand und wartete. Der hatte die Geschehnisse mit verschränkten Armen durch die geöffnete Tür hindurch interessiert beobachtet und war nun drauf und dran den geflügelten Worten „Wenn Blicke töten könnten" seinerseits Adlerschwingen zu verleihen.

Im nächsten Moment hörte Eddi, wie jemand hinter ihm die Treppe hinunterstieg. Er wandte sich kurz um und sah Bernd. Dieser grüßte den Kommissar soeben freundlich, nickte dann auch ihm kurz zu und machte sich in der Folge daran, ebenso auf den Ausgang zuzugehen.

Eben dieser Aus- beziehungsweise Eingang des Hauses glich jetzt mehr und mehr einem Taubenschlag. Denn im gleichen Moment, in dem Bernd Anstalten machte aus der Tür zu treten, setzten eine Frau sowie ein Mann mit jeweils einem Aluminiumkoffer in der Hand, ihren Fuß in den Flur. Die adrette Frau kannte Eddi bereits vom Sehen. Sie war bei der Bergung der damals noch unbekannten Toten auf seinem Friedhof in Ochsenfurt dabei gewesen. Schunke zog Eddi ein Stück beiseite und bedeutete den beiden Neuankömmlingen mit einem Fingerzeig, dass sich alles Weitere im Obergeschoss abspielen werde. Daraufhin drängten Frau und Mann sich nach kurzem Gruß die Stufen nach oben.

Schunke blickte sich einen Moment lang forschend um.

Eddi seinerseits machte erst gar keinerlei Anstalten, nun entschwinden zu wollen. Stattdessen wappnete er sich für das nächste Donnerwetter, das seiner Meinung nach unausweichlich war. Müde sah er den Kommissar an, dessen Unterkiefer fest gegen seinen Oberkiefer drückte. Die Wangenmuskeln des Mannes traten hervor. Er schien zu überlegen. Schließlich entspannte sich sein Gesichtsausdruck und er legte Eddi die linke Hand auf die Schulter.

„Wir haben alles was wir brauchen. Und noch einiges mehr. Das waren ja wirklich mal ereignisreiche Tage …" Er nickte mehrmals stumm vor sich hin. „Die Tatverdächtige hat bereits ein ziemlich umfassendes Geständnis abgelegt. Gehen Sie nach Hause, Eddi. Sollte ich noch Fragen haben, melde ich mich bei Ihnen. Und sei es aus reiner Neugierde." Er zwinkerte ihm zu.

Eddi atmete hörbar aus, nickte erleichtert und steuerte dann ohne ein weiteres Wort auf den Ausgang zu.

„Nur eines noch."

Eddi musste aufgrund dieses fernsehkrimireifen Einschubs aufstöhnen, blieb stehen und drehte sich abermals um.

„Eine kurze Frage, weil diese für uns von besonderer Relevanz ist." Der Kommissar machte einen Schritt in seine Richtung. „Können Sie mir irgendetwas zu dieser Waffe sagen?"

Eddi biss sich kurz auf die Lippen. Die Waffe, natürlich. Die Frage nach deren Herkunft. Er schüttelte zögerlich mit dem Kopf.

„Hmhhh, alles klar, danke."

Eddi wollte sich schon wieder abwenden, als Schunke fortfuhr. „Nur komisch, weil unsere geständige Täterin meinte, die Waffe gehöre nicht ihr, sondern stamme aus dem Besitz jener Frau, die mit Ihnen zusammen …" Der Kommissar brach ab. Die beiden Männer standen sich für einige Augenblicke lang schweigend gegenüber.

„Müssen so Waffen nicht registriert sein?", fragte Eddi schließlich. „Dann weiß man aber doch, ich meine, oder nicht?"

Auf Schunkes Stirn zeigte sich eine kleine Falte zwischen den Augen und kündete wiederholt von kognitiven Aktivitäten. „Das ist richtig", bestätigte er. „Nur … Nicht selten können Waffen in derlei Fällen eben gerade nicht zurückverfolgt werden."

Eddi hielt den Kopf gesenkt, nickte nun seinerseits mehrmals stumm vor sich hin. Dann hob er den Blick, zuckte demonstrativ mit den Achseln.

Schunkes Mimik drückte Skepsis aus.

„Gut, aber davon abgesehen, Eddi. Woher die Waffe kam …
Hat Frau Rehnstein sie in der Hand gehalten, als sie das Zimmer
betrat oder hat Frau Klaven sie möglicherweise aus deren Handtasche gezogen? Dazu können Sie gar nichts sagen?"

Eddi versetzte es einen Stich. Eine unausgesprochene Unwahrheit stand im Raum. Der Kommissar wusste es, er wusste
es. Und Lügen hatten kurze Beine, auch das wusste Eddi. Dennoch war es besser so. Immerhin würde die Feststellung, dass
Lena die Waffe mit zu den Rehnsteins gebracht hatte, wahrscheinlich auch für ihn und Mesut unangenehme Fragen, wenn
nicht gar expliziten Ärger nach sich ziehen. Hier konnte es womöglich zum Vorwurf der Komplizenschaft kommen. Ein ge-
fundenes Fressen für ein gewisses Vogeltier. Zu diesem und weiteren Ärger hin jedoch, wollte Eddi erst einmal und für sehr lange Zeit die größtmögliche Distanz wahren. Also erst mal auf
Zeit spielen.

„Na ja", gab er insoweit lang gestreckt zurück. „Ich fürchte
nicht. War alles so unübersichtlich und dann der Stress in dem
Moment."

Der Kommissar kniff die Augen noch ein Stück weiter zusammen. Ganz so schnell geschlagen geben wollte er sich allem
Anschein nach nicht.

„Und zur Frage, was sie alle eigentlich genau hier zu suchen
hatten? Ich nehme doch an, es ging Ihnen darum, Ihre neu gewonnene Freundin, die Journalistin, zu begleiten?" Plötzlich
huschte ein bübischer Ausdruck von Verschwörung über die Au-
genpartie des Würzburger Kommissars. „Also, meinem Informa-
tionsstand nach", schob er hinterher, „hatte Lena Klaven ja die
ganze Zeit geahnt, dass die Frau, die sich nun als ihre Mutter
herausgestellt hat, damals nicht einfach nur im Main ertrunken
ist. Wie wir jetzt wissen, wusste die junge Frau Klaven zudem
um die grundsätzliche, verwandtschaftliche Beziehung mit dem
Haus Rehnstein und hat sicherlich angenommen, dass ihre Mutter mit ihren Verwandten hatte sprechen wollen."

„Das denke ich auch", gab Eddi abwartend zurück.

Der Kommissar beäugte ihn interessiert. „Also will sie die Menschen, die ebenso ihre Verwandten sind, treffen, um mehr über den Besuch ihrer Mutter auf dem Weingut herauszufinden. Das hätte vermutlich jeder von uns so getan."

Eddi nickte ergeben.

„Erst einmal kein Grund, mit geladener Waffe auf dem Gut aufzutauchen."

„Nein, Herr Kommissar. Auf keinen Fall."

„Gut. Dass Sie dann allerdings hier auftauchen, Eddi …" Nun zog Kommissar Schunke einen Notizblock aus der Innentasche seines Jacketts. Kurzes Blättern folgte. „Dass Sie aber umgekehrt hier auftauchen, weil Sie über das, wie es heißt „unbekannte Skelett vom Ochsenfurter Friedhof" würden sprechen wollen. Das wirft schon die Frage nach dem Warum auf. Warum ausgerechnet mit den Rehnsteins, Eddi?"

Eddi musste unwillkürlich schlucken. In seinem Kopf zischten elektrische Ladungen umher. Das Ergebnis jenes kognitiven Feuerwerks blieb allerdings wieder mal überschaubar. Gerade wollte sich ein dümmliches „äh" anschicken seinen Mund zu verlassen, da wurde er von Schunke erlöst.

„Na ja, das war sicherlich ein Schuss ins Blaue, nehme ich an. Auf dem Medaillon, das Sie im Grab der Toten gefunden hatten, waren immerhin Weintrauben abgebildet. Nachdem Lena Klaven Ihnen erzählt hatte, dem Weingut einen Besuch abstatten zu wollen, da haben Sie vermutlich die Gelegenheit einfach beim Schopfe gepackt. Warum nicht in unmittelbarer Nachbarschaft zu Ochsenfurt bei solch einem einflussreichen Winzer einmal nachfragen, ob er nicht vielleicht doch irgendetwas wüsste, irgendeine Idee hätte? Immerhin war Ihnen die Geschichte dieser unbekannten Frau …", erneut warf er einen Blick auf seinen Zettel, „Eva Rehnstein, ziemlich nahe gegangen. Ja, und so kam dann eben eines zum anderen."

Er hielt den Blick gesenkt und nickte stumm vor sich hin.

Eddi ermahnte sich zu schweigen. Reden wäre an diesem Punkt kaum hilfreich gewesen, dachte er sich, zumal er das Gefühl hatte, der Kommissar wolle ihm einen Ausweg aus dieser doch etwas verzwickten Lage zimmern.

„Natürlich", führte der Kommissar schließlich seinen Monolog fort. „So würde das schon eine runde Sache ergeben. Andererseits, es könnte natürlich auch ganz anders gewesen sein." Ein Lächeln umspielte seinen Mund.

Eddi verharrte, wie er hoffte, weiterhin in möglichst unauffälliger Kontemplation.

„Sei's drum." Der Kommissar zuckte mit den Schultern und steckte den Notizblock zurück in sein Jackett. „Das Geständnis jedenfalls steht. Was für eine verrückte Sache." Er hielt kurz inne.

„Gut, das war es insoweit für den Moment." Er nickte Eddi zu, reichte ihm freundlich die Hand und wandte sich hierauf ab. Nicht jedoch, ohne ihm ein weiteres und nun ganz offenkundig verschwörerisches Lächeln zuzuwerfen.

Eddi drehte sich erleichtert um. Er sah Mesut im Gutshof stehen. Dieser zog soeben gleichermaßen gierig wie augenscheinlich an einem Joint. Ein Joint. Hier und jetzt. In dieser Umgebung. Ein Unding. Mesut aber konnte, genau wie er, gerade vermutlich nicht mehr klar denken. Urplötzlich kam Eddi eine Gelegenheit in den Sinn, die er nicht ungenutzt verstreichen lassen wollte. Nun war er es, der sich nochmals fragend umwandte.

„Herr Schunke?"

Der Kommissar stand soeben vor einem der grimmig dreinblickenden Porträts der Rehnsteinschen Vorfahren. Sofort ließ er seinen Blick von jenem in Öl gebanntem Ego ab und schenkte stattdessen dem Ochsenfurter Totengräber erneut seine Aufmerksamkeit.

„Ich wollte Sie nur fragen, wegen. Also, haben Sie schon was gehört? Aus dem Krankenhaus?"

Der Kommissar verzog schmerzlich die Mundwinkel. „Bedaure, nein. Leider noch nichts."

Rückblick

Es knackte verspielt unter seinen Füßen, während er die letzten Schritte auf das Ufer zuging. Die Luft war kalt und von Feuchtigkeit getränkt. Das erste Licht des Tages bahnte sich zögerlich seinen Weg durch das tiefe Grau vor ihm.

Auf von Nebel befeuchteten, toten Blättern, dünnen Ästen und makellosen Spinnweben zeigte sich zaghaftes Glitzern. Hier und da. Jaron tappte über Steine, Laub und Äste hinweg, bis er schließlich vor der Wasserader stand, welche er so oft beobachtet hatte in den zurückliegenden Jahren.

Wasser.

Er hob den Kopf und blickte in den Himmel, schluckte mehrmals schwer. „Vater", wisperte er mit brüchiger Stimme. „Bitte, ich weiß. Verzeih mir." Sodann ließ er den Kopf auf seine Brust sinken. Er sah auf seine rechte Hand hinab, die nervös zuckte, blickte hiernach geradewegs über die Wasserscheide hinweg, deren Oberfläche von Nebel bedeckt war.

Dann setzte Jaron an einer Stelle, an der das Ufer flach und von Sand begleitet aus dem Fluss heraustrat, zuerst den linken und hiernach den rechten Fuß in das Wasser. Umgehend füllten sich seine Schuhe mit Eiseskälte. Er zuckte zusammen, blickte auf seine vom Wasser umspülten Füße hinab. Schließlich setzte er sich zögerlich auf den sandigen Untergrund. Die Beine angezogen, wobei seine Füße nunmehr bis zu den Knöcheln in das Nass getaucht waren.

Er umfasste beide Knie mit den Armen. Hielt sie fest.

Jaron liebte die Welt. Trotz allem. Es erschien ihm selbst abwegig. Doch war es so. Leider aber hatte die Welt ihn ausgelacht, ausgespuckt. Ihn zu Boden gedrückt, sich mit all ihrem Gewicht auf seinen Brustkorb gestellt. Die Welt, er war hier einfach nicht richtig. Die Menschen. Er bekam keine Luft mehr. Er wollte nun zu ihr. Wollte weg, einfach nur weg und vergessen.

Erneut blickte Jaron in den Himmel, verharrte. Er lauschte dem sanften Plätschern des Mainwassers, das sich ergab, wenn es über einen der Steine links und rechts neben ihm schwappte. Das hier, dieses Bild. Es war so unglaublich friedlich. Als würde es sagen wollen: „Dies hier ist das Echte. Das andere, es ist nur böser Traum."

Jaron atmete tief ein, unterdessen sein Körper mehr und mehr zu zittern begann. Er konnte das feuchte Moos riechen, welches sich am Flussufer entlang über Totholz und Gestein aufspannte. Jaron schloss für einen Moment die Augen. Dann entließ er seine Knie aus der Umklammerung und stützte sich stattdessen mit beiden Armen nach hinten ab. Sodann drückte er zuerst das linke, daraufhin das rechte Bein durch. Das Wasser stach ihm regelrecht ins Fleisch, so kalt war es. Der Main schwappte ihm entgegen, jetzt fast bis zum Hosenbund.

Er fühlte, wie seine Nieren begannen zu protestieren, hörte ein Rauschen in seinen Ohren und musste feststellen, dass er sich nunmehr vor lauter Zittern kaum noch mit seinen Händen auf dem sandigen Boden abzustützen vermochte. Das Wasser zog an ihm. Seine Brustmuskeln zuckten wild. Er drückte sich erneut leicht vom Untergrund ab. So, wie er es getan hatte, als er sich das erste Mal in jene Öffnung auf dem Ochsenfurter Friedhof hinabgelassen hatte.

Ein weiteres Stück ließ Jaron seinen Körper nach unten gleiten. Nun stand das Wasser bis kurz über dem Hosenbund. Es zog verstärkt an ihm. Aber würde es genügen? Jaron hatte kaum noch Kraft. Ein letztes Mal stemmte er Beine und Gesäß zitternd vom Untergrund in die Höhe, um sich weitere Zentimeter nach vorn zu schieben. Schließlich ließ er seinen Oberkörper wieder nach unten sacken und beobachtete zitternd, wie das stechend kalte Wasser des Mains nun damit begann, auch an seiner Oberkleidung zu zerren.

Jaron hatte den Eindruck, dass er nur noch mit einem kleinen Teil seines Körpers Kontakt zum Untergrund hielt. Wie vorhin in Ochsenfurt, als er von Schwärze umfangen über die Kante der Öffnung gerutscht war, um sich vorsichtig in diese hinabzulassen. Nur eine kleine, weitere Bewegung und er würde hinabfallen. In den Fluss gleiten und ertrinken.

Panik erfasste ihn. Er wollte nicht ertrinken. Vor einem solchen Tod fürchtete er sich schrecklich. Nein, er wollte hier einschlafen. Einfach nur einschlafen und nie wieder aufwachen. Jaron packte in wilder Verzweiflung mehrere Schilfhalme, die ein Stück zu seiner Rechten in die Höhe ragten. Daraufhin drehte er seinen Kopf leicht nach links. Dort jedoch war weiter nichts, wonach er außerdem hätte greifen können. Er hielt den Atem an, versuchte zu ergründen, ob er lag oder noch immer abdriftete. Doch er konnte keine weitere Bewegung seines Körpers in Richtung Fluss ausmachen. Die einzige Regung, die er wahrnahm, war die des Wassers selbst, sowie das wilde Zucken seiner Gesäß- und Brustmuskulatur. Sein Körper wehrte sich. Doch schien er ansonsten unbewegt zu liegen, unterdessen das Wasser unter ihm den Sand davontrug, der Fluss sich auf den letzten Akt vorbereitete.

Jaron blickte geradeaus. Er sah die Bäume vor sich. Dort drüben, auf der anderen Seite des Mainufers. Ein Waldstreifen, der sich bis zum Horizont erstreckte.

Mühevoll wandte er seinen Kopf ein kleines Stück nach rechts. Dort hinten. Dort hinten, dachte er sich und musste an seine Eva denken, ihr Grab. Brennen, er spürte ein fürchterliches, kaltes Brennen, welches sich durch seinen gesamten, zuckenden Körper fraß. Jaron legte seinen Kopf zurück. Das Wasser schwappte ihm nun teils in die Ohren. Sein gesamter Körper war jetzt ein ausgewachsenes Zittern.

Er wollte noch einmal seine rechte Hand ansehen, sich vergewissern, dass diese auch tatsächlich noch das Schilf gepackt hielt, doch es ging nicht. Er konnte seinen Kopf nicht weit genug drehen. Sein Körper war ohne jegliches Gefühl. Bis auf dieses fürchterliche Brennen. Der Geist hatte die Kontrolle über das Fleisch verloren. Jaron richtete seinen Blick nach vorn, versuchte die Augen geöffnet zu halten. Sah das Wasser über seine Brust bis hin zu seinem Kinn schwappen, nahm den Himmel wahr und musste an seine Eltern denken.

„Va ... ter ...“

War er nicht ein guter Mann, ein guter Sohn gewesen? Nun wackelte sein Kopf wie ein toter Ast im Wind. Zitternd, von links nach rechts. Von oben nach unten.

„Mutt ... er ...“

Wasser drang in seinen Mund. Er spuckte es aus.

„Bitt ... ver... verzeih ...“

So lag er viele Minuten lang da, bat um Vergebung. Bis es schließlich jäh, völlig unerwartet und wie durch ein Wunder wärmer zu werden schien. Jaron riss die Augen auf. Ja, es wurde wärmer. Er konnte es spüren. War es das?

Er richtete seine Augen erneut auf die andere Seite des Flusses. Er sah den Wald und musste plötzlich an das denken, was sein Vater ihm einst über Wälder erzählt hatte. An einem jener Tage, an dem dieser zusammen mit seinem kleinen Jungen an der Hand durch den Frankfurter Stadtwald gestreift war. Sie waren unter anderem auf der Suche nach Bucheckern, Kastanien und verschiedenen Kräutern gewesen, aus denen seine Großmutter zeit ihres Lebens Cremes und Tinkturen für allerlei Beschwerden hergestellt hatte.

Sein Vater hatte ihm erläutert, dass reiner Nadelwald und Laubwald ein weitestgehend von Menschenhand geschaffenes Werk waren.

„Würde man den Wald einfach wachsen lassen, Jaron“, hörte er seinen Vater sagen, „es gäbe keinen Laubwald. Auch keinen Nadelwald. Nur Mischwald. Die Natur, Jaron, sie strebt nach Vielfalt. Vergiss das niemals.“

Wieder musste er an seine Eva denken. An die Vielfalt aus ihr, ihm und dem Traum von Leben, den sie geträumt hatten. Tränen lösten sich aus seinen Augen. „Ich liebe dich“, hauchte er ihr zu, doch nur mehr in Gedanken. Jaron spürte weiterhin unerklärliche Wärme, doch konnte er sich nicht mehr bewegen. Zudem schien es nun wieder dunkler zu werden.

Er stutzte. Das Geräusch des Wassers. Es war außerdem verschwunden. Kein Schlagen mehr, welches das Mainwasser verursachte, wenn es in seine Ohrmuscheln schwappte.

Stattdessen hörte er jetzt eine leise Melodie. Es war wie ein Pfeifen. Wer pfiff da? Pfiff da wer? Da entdeckte Jaron seine Mutter vor sich, mit ausgestreckten Armen. Neben ihr standen Menschen. Viele Menschen. Viele Gesichter. Manch eines davon kannte er. Da war Thomas, der kleine Bub. Lieber Gott, bitte beschütze ihn. Beschütze meinen lieben kleinen Freund, dachte Jaron sich und ließ seinen Blick weiter über die Masse an gütig dreinblickenden Augen, Nasen, Mündern und Körpern wandern.

Er sah seine Eva, die ihn voller Liebe betrachtete. Er erkannte seinen Freund Simon aus Kindertagen wieder. Viele der Gesichter aber waren ihm fremd. Doch schenkten sie alle ihm ein gütiges Lächeln. Dort stand ein seltsam anmutender Mann mit dunklen Haaren und dunklen Augen. Neben ihm ein weiterer Mann, eine Schaufel in der Hand haltend. Das Pfeifen wurde nun etwas lauter und Jaron erkannte die Melodie eines Lieds, das man ihm immer und immer wieder als Kind vorgesungen hatte.

Eine der Frauen, bemerkte er jetzt, trug Evas halbiertes Medaillon um den Hals. Jaron wunderte sich. Die Frau war ihm fremd, doch sah sie ihm voll tiefer Zuneigung und Dankbarkeit fest in seine Augen. Nochmalig fiel sein Blick auf seine Mutter. Sein Vater, dort an ihrer Seite. Ja, es war sein Vater! Streng, aber mitfühlend besah er sich seinen Sohn. So, wie ein Vater sein musste. Er hatte den besten Vater gehabt, den er sich hätte wünschen können. Sie waren ihm nicht böse, dachte er sich. Sie alle waren nicht enttäuscht, nicht gram. Und nun würde er zu ihnen stoßen.

Jarons Augenlider begannen zu flackern.

Noch einmal öffnete er seinen Mund.

„Eva …"

Dann lächelte er und schloss die Augen für immer. Helle Punkte begannen zu tanzen. Aus Punkten wurden Körper. Hände. Das Schilf entglitt ihm unbewusst. Er driftete nach unten weg. Er würde nun gehen. In den Mischwald. So musste es sein. So wollte es die Natur. Ein letztes Mal glaubte Jaron zu lächeln. Es war nicht schlimm. Es tat nicht weh. Dann wurde es still.

Epilog

Ochsenfurt am Main, September 2018

„Und so haben wir uns heute in Trauer versammelt, liebe Gemeinde, um von diesen Frauen Abschied zu nehmen."
Eddis Augen glitten über Schotterwege und Grabplatten hinweg. Tauchten hinein in die Traube aus Menschen in einigen Schritt Entfernung. In jene Ansammlung, die sich eingefunden hatte, um dem anstehenden Ritual des Abschieds beizuwohnen. Hier, auf seinem Friedhof. In Ochsenfurt. Und tatsächlich hatte Eddi eine solch große Menschenmenge anlässlich einer Beisetzung schon lange nicht mehr auf seinem Arbeitsplatz zugegen gesehen. Wenn überhaupt jemals.

Er selbst wahrte indes den für sich üblichen, gebührenden Abstand zum eigentlichen Geschehen. Er würde später zu den Toten sprechen. So war es immer gewesen. Und so würde es auch diesmal sein. Ganz besonders diesmal.

„So, wie wir in Trauer vereint sind, so sind auch diese Frauen vereint und wir beten zu dir, oh Herr, lass sie an dem Tag, an dem du unsere Herzen wiegst, gemeinsam an deiner Tafel Platz nehmen."

Einmal mehr vergewisserte Eddi sich, dass der Reißverschluss seines Anoraks auch tatsächlich bis oben geschlossen war. Es war kühl an diesem Sonntagnachmittag. Ein leichter Wind wehte, ließ vereinzelt Laub und Blütenblätter in kleinen Wirbeln über das Friedhofsgelände tanzen.

Immerhin hatte es aufgehört zu nieseln, sinnierte Eddi, als er plötzlich spürte, wie seine rechte Hand gedrückt wurde. Er drehte den Kopf etwas nach rechts. Gisela starrte in Richtung der Masse aus Menschen vor ihnen. Ihr Gesicht war unbewegt und Eddi vermutete, dass der Druck ihrer Hand unbewusst erfolgt sei. Er drückte kurz zurück. Sie wandte sich ihm zu. Tränenflüssigkeit glitzerte in ihren Augen. Gisela versuchte, ihm ein Lächeln zu schenken, drückte seine rechte Hand abermals, bevor sie sich erneut der trauernden Gemeinde zuwandte.

Sie hatte ihm verziehen. Sein Vorhaben, an jenem Tag mit Lena und Mesut das Weingut der Rehnsteins aufzusuchen.

„Mach das nicht Eddi, das ist viel zu gefährlich!"

Also hatte er ihr den Plan verheimlicht. Wissend, dass Gisela gegen seine Absicht protestiert hätte. Wäre sie in der Folge darüber enttäuscht, verbittert gewesen. Hätte sie es als Vertrauensbruch angesehen, es gab kein Gegenargument, das er hätte ins Feld führen können. Tatsächlich aber war Gisela an jenem Nachmittag vor vier Tagen nicht im Stande gewesen auch nur den Hauch eines Vorwurfs zu entwickeln, nachdem er mit Mesut zusammen aus Frickenhausen zurückgekehrt war und sie über all die Vorfälle auf dem Weingut in Kenntnis gesetzt hatte. Zu unbegreiflich waren die Geschehnisse gewesen.

Eddi spürte Giselas warme Hand in seiner liegen. Er konnte sich nicht daran erinnern, jemals ihre Hand in der Öffentlichkeit gehalten zu haben. Nun aber. Hier und heute. Es war wie selbstverständlich. Ihre Hand hatte seine gesucht. Seine Pranke. Die des Ochsenfurter Totengräbers.

„So läßt er uns zum Staub zurückkehren. Er befiehlt und wir folgen. Kehrt zurück! Kehrt zum Staub zurück. Kehrt zurück nach Hause."

Lautstarkes Niesen brandete hinter Eddi auf. Er warf einen Blick über seine Schulter. Hinter der nahe gelegenen Friedhofsmauer, direkt neben dem östlichen Nebeneingang, standen drei Kamerateams bereit. Eines gehörte zu einem Würzburger Lokalsender. Welchem Sender die anderen beiden zuzuordnen waren, konnte Eddi nicht erkennen. Es mussten aber drei verschiedene Teams sein, glaubte Eddi. Zumindest den unterschiedlichen Farben des Schaumstoff-Überzugs der Mikrofone nach zu urteilen.

„Traurig sind wir. Zutiefst erschüttert und nachdenklich. Wir sehen die radikale Verwundbarkeit unserer eigenen Existenz. Daher bitten wir dich, oh Herr: Gib uns Halt, schenk uns Trost."

Eddi nahm den Geruch von Weihrauch wahr. Er sah Vögel über das Gelände fliegen und spürte beim Blick in den Himmel erneut feine Wassertröpfchen auf seinem Gesicht landen. Ein weiteres Niesen von einem der Kameramänner war zu hören. Wobei die Kameras, wie er bemerkte, derzeit noch nicht auf Pfarrer Selig und die anwesenden Trauergäste gerichtet waren. Sie würden nach der eigentlichen Trauerfeier zum Einsatz kommen. Erst dann stimmungsvolle Bilder von einem in Blumen gehüllten und von Kränzen und Bändern gefluteten Grab einfangen.

Zuvor allerdings würde man die wichtigsten Trauergäste interviewen. Den Ochsenfurter Bürgermeister vermutlich, Dr. Achim Lohsin. Das verlangte der Respekt vor dem Amt. Auch den Kommissar aus Würzburg würde man sicherlich vor die Kameralinsen zerren wollen, wenn er schon mal hier war. Ein Umstand, der Eddi erst einmal überrascht hatte. War der Schunke scharf auf Rampenlicht? Das konnte er sich beim besten Willen nicht vorstellen. Eddi kam vielmehr zu dem Schluss, dass der Kommissar wohl die Gelegenheit würde beim Schopfe packen wollen, noch einmal Plausch mit ihm zu halten. Auf jeden Fall hatte der Würzburger Chefermittler bereits Augenkontakt aufgenommen, freundlich genickt und ihm und Gisela dabei ein aufmunterndes Lächeln zugeworfen.

Eddis Augen wanderten weiter über das Meer aus Köpfen vor ihm. Er sah Justus Streckfuß, den besten Freund seines verstorbenen Vaters in der Masse aus Männern, Frauen und sogar Kindern in all dem dominanten Schwarz. Eddi erkannte Thomas Rehnstein, der in gebückter Haltung etwas seitlich stand, abseits der Menschenmasse, daneben eine Bedienstete des Weinguts, sowie Thomas Rehnsteins Sohn, Stephan Rehnstein. Thomas Rehnstein sah schwach aus, gebeugt.

Etwas weiter links erkannte Eddi die üblicherweise griesgrämig dreinblickende Frau Schneider aus der Apotheke, die ihm heute allerdings ein auffallend wohlwollendes Lächeln zugeworfen hatte, als sich ihrer beider Wege auf dem Gottesacker gekreuzt hatten.

Andere Menschen wiederum konnte Eddi zwar nicht sehen, doch wusste er, dass sie anwesend waren. Ganz sicher. Etwa

Frau Grieb und erst recht seine Mutter. Wen Eddi hingegen überaus gut optisch einzufangen wusste, war Mesut. Der stand nur wenige Meter neben dem östlichen Eingang abseits allen Geschehens. Dort, wo auch die Kamerateams postiert waren, direkt neben einer der großen Pappeln. Auch der Dönerdealer trug Schwarz. Zudem Krawatte und Sonnenbrille.

„Eine suchende Tochter, eine Mutter. Viel zu früh entrissen. Und wir fragen uns warum. Warum? Ach, Herr, wie schwer sind uns deine Gedanken. Wie groß ist ihre Summe. Wollten wir sie zählen, so wären sie mehr als der Sand …"

Eddi musterte Gisela von der Seite. Und er sah, was er unlängst erwartet hatte: Tränen. Eddi würde sie um seiner selbst Willen nicht lieben wollen. Aber er liebte ihre Fähigkeit zum Mitgefühl. Zumindest das konnte er sich doch wohl erlauben, überlegte er, als ihn die anschwellende Stimme Pfarrer Seligs erneut aus seinen Gedanken riss.

„So wirst du uns immer Schwester bleiben. Uns, die wir hier stehen. Die Wolken über unseren Köpfen. Der Staub zu unseren Füßen. Endlos lange warst du, liebe Schwester, unserem kollektiven Gedächtnis entzogen. Umso glücklicher sind wir daher, dich heute beim Namen nennen und deiner in tiefer Verbundenheit gedenken zu dürfen. Eva Rehnstein."

Wieder fühlte Eddi, wie Gisela ihm sanft die Hand drückte. Wieder war es wohl unbewusst erfolgt, dachte er.

„Gleichsam mit dir, Eva …"

Plötzlich nahm Eddi eine Bewegung hinter einem der Grabsteine einige Meter links neben der Menschentraube wahr. Eddi meinte, sich kneifen zu müssen. Dort, hinter einem großen, schwarzen Steinquader, lugte just in diesem Moment tatsächlich Puh hervor. Und trotz all der Augenpaare, die das Tier hätte suchen und finden können, fixierten die hellen, türkisfarbenen und überaus wachen Augen des stolzen Tiers geradewegs ihn. Unwillkürlich flog ein Anflug von Lächeln über Eddis Lippen. Verstohlen schielte er Gisela ein weiteres Mal von der Seite an. Die aber lauschte nach wie vor gebannt der Rede des Pfarrers. Auch Eddi ermahnte sich zur Einkehr. Jedoch nicht, ohne vorher noch einmal Puh … Doch Puh war schon wieder verschwunden. Eddis Augen tanzten über das Gräberfeld. Der Kater aber schien fürs Erste weitergezogen zu sein.

„Selbst Mutter, unvergessen und schmerzlich vermisst, bist auch du ein Kind dieses Stück Lands, das wir unsere Heimat nennen. Du bist nach Hause zurückgekehrt. Von Norden her. Nun tritt auch du, Johanna Klaven, Tochter Eva Rehnsteins, deine letzte Reise an. Hin zu deinem Schöpfer, unser aller Vater, Gott unserem Herrn."

Hier und da war Schluchzen zu vernehmen. Eddi musste unwillkürlich an Lena denken. Diese gleichsam schöne wie starke Frau, die ebenso umgehend aus Kiel angereist war, nachdem sie von den Vorkommnissen in Frickenhausen erfahren hatte. Die Tochter, die instinktiv gespürt hatte, dass ein banaler Unfall allein nicht zum Tod der Mutter geführt haben konnte. Lena, die unter widrigsten, emotionalen Umständen im Verborgenen nach der Wahrheit gesucht hatte, dabei ihm und Mesut über den Weg gelaufen war.

Und so wie er sich im Laufe der Zeit Lena hatte öffnen wollen, hätte Lena ihn ebenso gerne ins Vertrauen gezogen. Doch gab es auf beiden Seiten diese Unwägbarkeiten. Was konnte man der anderen Seite anvertrauen, ohne zu riskieren, dass es am nächsten Tag in der Zeitung stand? Dass es die Polizei am nächsten Tag wusste und somit Schicht im Schacht gewesen wäre in Sachen stiller Nachforschungen? Unvermittelt streckte Eddi sich ein wenig. Aber von seinem Standort aus konnte er die Journalistin nicht sehen. Doch er wusste, dass die Frau, die sie alle mittlerweile ins Herz geschlossen hatten, dort ganz vorn am offenen Grab ihrer Mutter und Großmutter stand. Zusammen mit Bekannten und wohl auch diverser Kieler Verwandtschaft.

Lena hatte, nachdem alles geklärt war, veranlasst, dass ihre Mutter zusammen mit deren Mutter, Lenas Großmutter, auf dem Ochsenfurter Friedhof beigesetzt würde.

„Sie hätte es so gewollt. Ganz sicher", hatte Lena zu ihm gesagt, nachdem er sie zusammen mit Gisela und Mesut noch am selben Nachmittag jenes ereignisreichen Mittwochs in der Uniklinik Würzburg aufgesucht hatte. Was gar nicht so einfach gewesen war. Denn Lena hatte in all dem Chaos ihr Handy im Arbeitszimmer von Thomas Rehnstein vergessen.

Thomas Rehnstein, den die Kugel seiner Tochter Annemarie Juliane Rehnstein aus kürzester Distanz unterhalb des rechten Schlüsselbeins getroffen und dabei nur äußerst knapp eine der großen Arterien verfehlt hatte. Thomas Rehnstein, der von der Ledercouch aufgestanden war, um seine Tochter zu beschwichtigen, und der dann trotz seines Alters schneller reagiert hatte als alle anderen. Blitzschnell hatte der Mann sich zwischen Lena und die Waffe geschoben. Mesut wiederum hatte sich in seinem Vorhaben, Annemarie Juliane Rehnstein die Waffe zu entreißen, gleichermaßen nach vorn geworfen. Dann aber war der Schuss gefallen. Die Kugel hatte den Körper des alten Rehnstein regelrecht durchschlagen und war daraufhin tief in das Leder des Sessels eingedrungen, in dem Lena gesessen hatte. Wenige Zentimeter rechts neben ihrem Kopf. Blut hatte gespritzt. Sekunden völligen Entsetzens waren auf allen Gesichtern nachgefolgt. Ein weiterer, gellender Schrei war wie eine Schockwelle von der Tür her auf sie zugerast.

Wenn Eddi sich jetzt an jene Ereignisse zurückerinnerte, schauderte ihm einmal mehr. Was alles hätte passieren können. Immerhin. Es war ein Wunder, dass der Getroffene selbst überlebt hatte. Thomas Rehnstein, der es sich nach gerade einmal gut drei Tagen Klinikaufenthalt und mittelschwerem operativen Eingriff nicht hatte nehmen lassen, der Trauerfeier für seine Cousine Eva Rehnstein sowie deren Tochter Johanna Klaven beizuwohnen.

Und Lena. Sie war erschreckend professionell aufgetreten, nachdem der Schuss durch das Zimmer gepeitscht war. Fast so, als hätte sie derlei Entsetzliches schon zum wiederholten Male in ihrem Leben durchstehen müssen, hatte sie ihrem nunmehr wiederentdeckten Verwandten die Wunde mit ihren Händen zugedrückt, um die Blutung zu mindern. Erste Hilfe an dem Mann, den sie wenige Minuten zuvor mehr oder weniger ernsthaft selbst hatte erschießen wollen.

Obgleich Eddi sich sicher war, dass Lena dies niemals zustande gebracht hätte, es niemals dazu gekommen wäre. Aber was wusste er schon. Er hatte die Situation hier und da immerhin grundsätzlich falsch eingeschätzt.

Lena hatte den schwerverletzten Gutsherrn schlussendlich mit aller Macht retten und zudem unbedingt ins Krankenhaus begleiten wollen. Ihre Hände, Eddi sah noch immer Lenas blutverschmierte Hände vor seinem geistigen Auge, nachdem sie diese von Thomas Rehnsteins Wunde genommen hatte. Ihre Hände hatten gewirkt wie die einer Künstlerin, welche anstelle mit Pinseln mit in roter Farbe getunkter Handflächen über den zu bearbeitenden Untergrund gefahren war.

Die überraschend zügig eingetroffenen Sanitäter hatten Thomas Rehnstein sodann weiter versorgt. Soweit zumindest, wie es ihnen mit den vor Ort gegebenen Mitteln möglich gewesen war. Sie hatten Thomas Rehnstein Schmerzmittel eingeflößt und einen Rettungshubschrauber angefordert, der wenige Minuten später unweit der örtlichen Kirche aufgesetzt hatte. Augenblicke zuvor war Lena bereits nach unten gestürmt, um ihr Auto zu holen. Wohin man ihn denn bringen würde, hatte sie den Sanitäter zuvor noch gefragt. Dass sie sich melden würde, hatte sie Eddi hektisch zugerufen. Dann war sie verschwunden gewesen. Das Smartphone hatte Eddi auf der Sitzfläche des Sessels entdeckt. Es musste Lena aus der Handtasche gerutscht sein. Eddi hatte es an sich genommen. Genau wie den Brief, den Thomas Rehnstein ihm mit einem matten Lächeln im Gesicht von der Bahre aus gereicht hatte.

„Nicht, dass der noch verloren geht im Krankenhaus. Er ist zu wichtig. Bewahren Sie ihn bitte für Lena auf", hatte der alte Mann gesagt.

Nachdem Eddi, zurück in Ochsenfurt, Gisela all jene Ereignisse kundgetan und gebeichtet hatte, musste man die Administration der Intensivstation der Würzburger Uniklinik dann erst noch dazu bewegen, eine gewisse Lena Klaven ans Telefon zu bekommen. Was bei Weitem nicht so einfach war, wie man hätte vermuten können. Letztlich aber hatte es funktioniert. Zeitpunkt und Treffpunkt waren vereinbart, der Ochsenfurter Dönerdealer war eingepackt worden und dann war es gen Würzburg gegangen.

Lena war wahnsinnig dankbar gewesen. Zum einen für die bekannten Gesichter. Obgleich Stephan Rehnstein, wie Lena an jenem frühen Abend in der Klinik berichtet hatte, auch vor Ort gewesen war. Zögerlich hatte dieser sogar ein paar scheue Sätze mit ihr gesprochen. Gezeichnet von Schuldgefühlen, Mitgefühl und großer Besorgnis.

Zum anderen war Lena dankbar gewesen, da sie ihr Telefon bereits schmerzlich vermisst hatte. Bereits aus der Klinik heraus hatte sie telefonisch darüber verfügt, dass der Leichnam ihrer Mutter erst gar nicht nach Kiel überführt werden sollte.

Noch im Krankenhaus hatte Eddi Lena dann zur Seite genommen. Er war einfach neugierig gewesen, zu aufgewühlt. Wenn sie doch über ihre verwandtschaftliche Verbindung mit den Rehnsteins grundsätzlich Bescheid gewusst und später auch noch von dieser seltsamen Sache mit der erbrechtlichen Vereinbarung erfahren hatte. War das nicht genug, um die Polizei einzuschalten? Vielleicht hätte man über DNA-Nachweise über die Knochen der Oma und derlei Dinge …? Lena hatte ihn daran erinnert, dass es ihre Geschichte war. Der Drang, die Wahrheit zu erfahren. Sie zu hören, von diesen Menschen, aus deren Mund. Zudem, hatte sie zu Recht dargelegt, stand sie völlig ohne Beweise da. Weder Brief noch Kette hätte sie vorzuweisen gehabt. Und selbst wenn. Den Tod der Großmutter, dieses Verbrechen. Es wäre offiziell aufgeklärt worden. Das war anzunehmen. Aber der Tod der Mutter? Was war mit dem Tod ihrer Mutter? Klare Indizien, ja. Aber Beweise? Eddi hatte verstanden.

Zuhause hatte er sich im Zusammenspiel mit Pfarrer Selig dann sogleich um einen geeigneten Platz auf seinem Friedhof und den damit in Zusammenhang stehenden Papierkram gekümmert. Das war letztendlich so unkompliziert gewesen, wie man es hatte erwarten dürfen. Der Ort auf seinem Friedhof, wochenlang von rot-weißem Absperrband mahnend umrahmt, war umgehend für die Beerdigung von Eva Rehnstein und Johanna Klaven freigegeben worden. Und an jenem Ort stand man nun.

Eddi war derart in Gedanken vertieft gewesen, dass er die einsetzende Bewegung vor sich zuerst nicht wahrgenommen hatte. Jetzt aber bemerkte er, wie die Masse mehr und mehr auseinanderdriftete. Eine Schlange aus Menschen begann sich vor dem Grab zu bilden, die sich von dort bis weit unterhalb der Friedhofskapelle zog. Unterdessen wies Gisela Eddi körpersprachlich unverkennbar dazu an, noch ein weiteres Stück in Richtung des östlichen Ausgangs zu rücken, um den sich mehr und mehr aufreihenden Trauergästen den notwendigen Platz einzuräumen.

Auch Mesut war etwas aufgerückt und so standen alle drei nun einvernehmlich nebeneinander.

„Deutscher", hatte der Dönerdealer nur kurz gegrüßt, ihm dabei zugenickt und Gisela daraufhin angelächelt. Diese hatte sich unterdessen mit einem Taschentuch eine weitere Träne aus den Augen gewischt, gleichzeitig ihrem gemeinsamen, total verrückten Freund tapfer ein ebenso liebevolles Lächeln serviert.

Derweil hatte die Trauergemeinde den Blick auf die Tochter und Enkelin der beiden verstorbenen Frauen freigegeben. Lena stand in Schwarz gekleidet und mit drei roten Rosen in den Händen etwas links vom Fußende, unmittelbar an der Graböffnung. Und mit einem Mal, so, als ob eine telepathische Verbindung zwischen ihnen allen bestanden hätte, sah sie zu Gisela, Mesut und Eddi herüber.

Eddi meinte ein Lächeln über ihr Gesicht huschen zu sehen. Traurig zwar, doch gleichzeitig nach vorn gewandt, das Leben bejahend. Alle drei nickten Lena kurz zu. Dankbar über die Fügung des Schicksals, welche sie zueinander geführt, ja, beschützt hatte an jenem Mittwoch vor vier Tagen. Wie schnell, überlegte Eddi, hätte es passieren können. Und man stünde nun hier, um Lena, Mesut oder auch ihn selbst zu Grabe zu tragen. Wie dünn war doch der Faden.

Eine gute halbe Stunde später traten dann auch die letzten Trauergäste an das Grab heran, um einen Schwung Erde auf die beiden Särge hinabzuwerfen.

Zum einen war da seine Mutter, die Eddi so sehr liebte. Gern hätte er ihren Blick eingefangen. Doch sie war, wie für derlei Momente üblich, in eine tief verborgene Gedankenwelt hinabgeglitten. In dieser, mutmaßte Eddi, streifte sie gleichsam mit Freude und Wehmut im Herzen umher und wusste alles auszublenden, was sie vom Schatz ihrer eigenen Erinnerungen hätte ablenken können.

Pfarrer Selig stand währenddessen mit seiner kleinen Schar aus Ministranten am Kopfende des Grabes, in sich gekehrt. Ebenso sein protestantischer Priesterkollege. Zwischenzeitlich aber hatte Pfarrer Selig Eddi einen Blick zugeworfen. Die Augen seines Fallschirms, den er nicht hatte öffnen müssen an jenem Mittwoch, hatten ihn väterlich angeblickt. Es schien gar so, als hätte etwas Stolz in diesen Augen gelegen. Vor allem aber, war Pfarrer Selig wohl heilfroh darüber, dass ein gewisses Ereignis, welches ihn von seiner Schweigepflicht entbunden hätte, nicht eingetreten war.

Eddi musste an sein Versprechen denken, die Messe zu besuchen. Dazu war es heute nicht gekommen. Es wäre zu viel gewesen für einen Sonntag. Er würde es nachholen.

Nachdenklich musterte er Thomas Rehnstein. Der Mann, dessen rechter Arm mittels einer Schlinge fixiert war, hatte die gesamte Zeit über einige Meter rechts vom Grab ausgeharrt. Eddi kam einfach nicht umher, ihm Respekt zu zollen. Mit Sicherheit hatte er Schmerzen. Mit Sicherheit hatte der Mann die Klinik auf eigene Verantwortung und entgegen jeglicher und gewiss überaus vernünftiger Ratschläge der Ärzteschaft dort verlassen, um der Beerdigung beiwohnen zu können. Sein Sohn, Stephan Rehnstein, der den Vater begleitet hatte, war unterdessen bereits gegangen. Zumindest konnte Eddi den jüngeren Mann dort vorn nicht mehr ausmachen.

Nun setzte sich auch dessen Vater in Bewegung. Thomas Rehnstein begab sich hinter die letzten Personen in der jetzt kurzen Reihe vor dem Grab. Siebzig Jahre. Rund siebzig Jahre lagen zwischen seinem damals und ihrer aller heute.

Eddi biss sich auf die Lippe. Eine lange Zeit, dachte er. Er sah sich kurz um. In einigen Metern Entfernung standen einzelne Personen und auch kleinere Gruppen aus Menschen. Sie warteten, zögerten. Ein Bild, das Eddi nur allzu gut kannte. Den Kern der Trauergemeinde, die nächsten Angehörigen, dort stehen zu lassen, sich umzudrehen und zu gehen. Das fiel nicht wenigen Menschen überaus schwer.

Auch Kommissar Schunke hatte den Friedhof noch nicht verlassen. Zum einen, so erwartete Eddi nach wie vor, würde dieser sich bestimmt noch einmal mit ihm austauschen wollen. Obgleich Eddi hierauf, so angenehm er diesen Menschen auch fand, nur allzu gerne verzichtet hätte. Zum anderen machte der Kommissar sich allem Anschein nach gerade für die anwesenden Medienvertreter bereit, die ihr technisches Equipment soeben noch dem Ochsenfurter Bürgermeister vor Mund und Augen hielten. Dort vorn am Platz, wo am Fuß der Treppe zur Friedhofskapelle das Kondolenzbuch auf einem kleinen Holztischchen bereitlag.

Eddi betrachtete stumm die Geschehnisse vor sich und verdrängte den immer wieder aufkeimenden Gedanken, irgendwann hier stehen zu müssen und seine eigene Mutter … Er lauschte den Stimmen um sich herum. Jetzt war es der Kommissar, der Fragen der Medienvertreter beantwortete.

„Kommst du mit?"

Es war Gisela, die gefragt hatte. Eddi wusste, was sie meinte. Auch Gisela wollte eine Schippe Erde in das noch offene Grab werfen. Doch er schüttelte nur leicht mit dem Kopf. Schließlich würde er es sein, der das ganze Grab schlussendlich mit Erde zuschaufelte. Das sollte genügen.

Gisela hatte wie üblich seine Gedanken gelesen, lächelte ihm zu und machte sich nun dazu auf nach vorn an das Grab heranzutreten, wo mittlerweile Thomas Rehnstein mit der kleinen Kelle in der Hand stand. Bereit für seinen ganz persönlichen Abschied.

„Aleman, ich weiß auch nicht, ehrlich. Das war ganz schön knapp, Mann. So insgesamt. Also echt", kam es von Mesut. „Hätten wir mal lieber richtige Frauen gejagt, statt so verrückte Killerweiber. Weißt du was? Ich hab gestern so einen Bericht von nem Deutschen geschaut. Der hat so ein Goldsuchgerät. Walla, sowas besorg ich mir auch. Was meinst du? Du und ich? So durch Wälder wandern und Gold suchen, ja?"

Mit säuerlichem Lächeln wandte Eddi sich ihm zu.

„Mesut, mein Lieber. Das Gold, das finden doch eh nur die anderen. Für uns bleibt nur …" Er zuckte mit den Schultern.

„Nur der Schrott, ja", ergänzte Mesut. „Also zumindest für mich. Du deutscher Glückspilz hast ja Gisela. Was ein Scheiß, echt. Du Glückspilz, ich Fußpilz, Glückspilz und Fußpilz. Glückspilz und Fußpilz. So ist das doch. Also mal ehrlich Eddi, das ist deprimierend."

Eddi kramte eine Zigarette aus seinem Anorak. Vielleicht nicht die feine englische Art, überlegte er. Sich hier und jetzt eine anzuzünden. Aber was die Menschen dachten. Es sollte ihm egal sein. Zumindest für diesen einen Tag. „Und was ist mit …?", fragte er Mesut und neigte den Kopf Richtung Lena.

„Lena? Na, ich schätze, die wird zurückgehen." Auch Mesut kramte nun nach einer Zigarette. Hoffentlich keine mit Inhalt, schoss es Eddi durch den Kopf.

„Außer", fuhr Mesut fort, „sie nimmt das Angebot an."

Eddi zog die Stirn in Falten.

„Na, das mit dem Stück Land da in Frickenhausen. Der alte Rehnstein hat gemeint, sie bekommt diesen Weinberg zurück. Also, wenn sie will. Riesen Teil wohl. Und den kann sie dann …"

Mesut überlegte.

„Bewirtschaften?", half Eddi ihm sprachtechnisch unter die Arme. „Schönes deutsches Bewirtschaften, genau, Eddi. Was weiß ich, Aleman. Würden ihr alles zeigen und so, ihr unter die Arme greifen. Zur Not auch alles machen, was nötig ist. Lena kann, wenn sie will, einfach in so ein Haus da oben in den Weinbergen einziehen, das es noch gibt und die Kohle kassieren. Sowas in der Art. Spitzen Angebot eigentlich. Aber Lena will das wohl nicht machen. Ist alles zu … Na ja, wegen dem was passiert ist halt. Wegen ihrer Mutter."

Eddi nickte. Dann sah er zum Grab hinüber. Lena stand dort mit Thomas Rehnstein. Die beiden waren in ein Gespräch vertieft. Gerade legte der alte Mann ihr etwas in die Hand.

„Hier sind ja die beiden Sonderermittler."

Eddi und Mesut drehten sich überrascht um. Kommissar Schunke war an sie herangetreten. Eddi spürte förmlich, wie der Ochsenfurter Dönerdealer sich am liebsten in Luft aufgelöst hätte. Er. Zusammen mit einem Polizisten. Hier. Auf einem Friedhof. Das grenzte an Schande. Wie automatisch spähten anatolische Augen in die Runde. Ganz offensichtlich wollte Mesut sicherstellen, dass keiner seiner Buddies zugegen war. Man hatte schließlich einen Ruf zu verlieren.

Eddi beobachtete ihn amüsiert, während der Kommissar beide offen anlächelte, schließlich zuerst Mesut und hiernach ihm die Hand reichte.

„Das mit der Waffe Eddi, wollte ich Ihnen noch sagen, das hat sich geklärt", fing Schunke ohne Einleitung an zu sprechen.

„Ach ja?", gab Eddi gespielt dümmlich zurück. Er wusste mittlerweile, dass Lena die kleinkalibrige Waffe im Rahmen ihrer Arbeit zum potenziellen Selbstschutz oftmals illegalerweise mit sich führte.

„Scheint so, ja. Die Waffe hat dem alten Rehnstein gehört. Sagt er zumindest." Schunke grinste. „Thomas Rehnstein meint, er habe die Waffe kurz vor ihrem Erscheinen noch inspiziert und dann lag sie dort auf seinem Arbeitstisch herum. Als die junge Frau Rehnstein dann ins Zimmer getreten ist, sie alle dort versammelt gesehen hat. Ihr sind offensichtlich sämtliche Sicherungen durchgebrannt. Also hat sie die Waffe ihres Vaters gepackt und, tja. Damit wird sich der Vater wohl zu allem Überfluss wegen unerlaubten Waffenbesitzes verantworten müssen. Aber das dürfte halb so wild sein. Da wird das Gericht schon ein Auge zudrücken. So oder so, das Rätsel um die Herkunft der Waffe ist nun keines mehr."

Der Kommissar grinste spitzbübisch.

„Ja, das ist wirklich gut", gab Eddi zuerst etwas verlegen zurück, kam dann aber nicht umher, das Grinsen des Kommissars zu spiegeln. Vor allem nicht, weil auch Mesuts Mundwinkel verdächtig zuckten. Alle drei wussten es besser. Die Sache mit der Waffe war natürlich ganz anders gewesen. Der alte Rehnstein hatte mit der Aussage, dass die Waffe ihm gehörte, Lena lediglich schützen wollen. Dies war in den Augen des Gutsbesitzers das Mindeste, was er für die Tochter der Tochter seiner Cousine hatte tun können. Dies, und das an Lena gerichtete Angebot, einen Teil des Weinguts übernehmen zu können.

„Ist es. Ein Problem weniger", nahm Schunke den Faden wieder auf. „Wobei die junge Frau Rehnstein nach wie vor behauptet, die Waffe hätte neben Lena Klaven auf der Sessellehne gelegen. Aber mal ehrlich. Der alte Herr Rehnstein …" Der Kommissar sah nachdenklich zu Lena Klaven und Thomas Rehnstein hinüber. In ein Gespräch versunken standen die beiden noch immer vor dem Grab. „Vielleicht hat er es lediglich falsch in Erinnerung und die Waffe hatte gar nicht auf seinem Arbeitstisch, sondern eben dort auf dem Glastisch oder dem Sessel gelegen. Kann man nur froh sein, dass in dem Haus keine Kinder ein- und ausgehen. Das wäre ja lebensgefährlich." Erneut grinste er wissend in die Runde.

„Und Sie?" Nun wandte sich der Kommissar Mesut zu, der sogleich sichtlich zusammenzuckte. „Sie haben das wirklich gut gemacht. Die Angestellte des Hauses meinte, dass Sie genau in dem Moment, in dem es zur Sache ging, versucht haben der Tochter die Waffe zu entreißen. Das war mutig. Unbedarft und weiß Gott ziemlich riskant. Aber verdammt mutig. Ohne diesen, ich sage mal, zusätzlichen Druck von Ihrer Seite, hätte die Tochter letztendlich womöglich doch noch genug Zeit gehabt, ihr Vorhaben in die Tat umzusetzen. Zu allem bereit schien sie immerhin gewesen zu sein."

Mesut nahm einen tiefen Zug von seiner Zigarette.

„Wo ist eigentlich Bernd? Ich meine, der Herr Lehrider?", fragte Eddi etwas abseits vom derzeitigen Themenfeld. Er hatte sich tatsächlich schon die ganze Zeit über gefragt, wo sein Freund aus Kindertagen wohl stecken mochte.

„Der wird Dienst schieben, nehme ich an", kam es wenig enthusiastisch von Schunke zurück.

Arbeiten an einem Sonntag? Das war im Polizeigeschäft natürlich nichts weiter Ungewöhnliches. Eddi war es recht, vor allem natürlich, weil auch diese verrückte Oberwachtel Dienst zu schieben schien. Zumindest war Polizeioberwachtmeister Finke nicht hier. Und ein Ereignis von solch hohem, gesellschaftlichem Interesse hätte sich ein derartiger Steigbügelhalter ansonsten wohl kaum entgehen lassen.

„Jetzt aber mal Tacheles, meine Herren. Lassen Sie mich nicht so im Regen stehen." Auffordernd sah der Kommissar Mesut und Eddi an. Eddi warf daraufhin Mesut einen kurzen Blick zu, der allerdings nicht mehr dazu zu sagen hatte, als einmal kurz die Schultern zu heben und wieder zu senken.

„Ich spreche von Ihrem Besuch auf dem Weingut", erläuterte der Kommissar sein Anliegen. „Das war doch kein Zufall. Ich meine, ja, sicherlich. Immerhin war bei der ganzen Sache, wenn man das Medaillon berücksichtigt, Wein im Spiel. Aber mal ehrlich. Ausgerechnet Frickenhausen? Ausgerechnet das Weingut Rehnstein?"

Plötzlich begann der Kommissar damit, grinsend sein Jackett zu lüpfen, unter dem sich nachweislich nichts weiter verbarg als Kleidung. Daraufhin griff er demonstrativ in seine beiden Hosentaschen. Aus der einen zog er einen Autoschlüssel, aus der anderen sein Handy hervor.

„Kein Polizeiausweis, keine Handschellen." Mit aufgesetztem Dackelblick fuhr er fort. „Jetzt kommen Sie schon. Woher wussten Sie, dass der eine Rehnstein damals in diese Sache verwickelt war? Das bleibt unter uns, versprochen. Was auch immer. Der Fall ist gelöst, die Akte wird geschlossen. Ich möchte es einfach nur verstehen."

Eddi sah neuerlich zu Mesut hinüber, der nach einigem Zögern jetzt seinerseits damit begann in dessen Hosentasche herumzufummeln, aus der er schließlich etwas zog. Eddi kniff die Augen zusammen.

„Also OK, deutsche Kavallerie, kein Spaß. Wir reden hier nur so, ja?", fragte Mesut den Kommissar.

„Natürlich", gab dieser vehement zurück. „Wir reden nur so. Zumindest so lange, wie Sie beide niemanden für eine gewisse Information erschossen haben."

Eddi musste unwillkürlich grinsen. Einerseits natürlich, da die Sache mit dem Erschießen selbstverständlich nicht zutraf. Andererseits ahnte er, was Mesut gerade aus seiner Hosentasche befördert hatte. Einen Gegenstand, den er vor rund zwei Wochen das letzte Mal zu Gesicht bekommen hatte. Etwas, das Mesut vermutlich gleich ins Grab werfen wollte, bevor er selbst es zuschaufeln würde.

Mesut streckte die geschlossene Rechte aus, drehte die Faust und öffnete sie schließlich. Und dort lag es. Jenes Stück verblasster Stoff, das einst in einer kleinen Glasflasche gesteckt hatte. Der Kommissar runzelte die Stirn, sah zuerst Mesut, dann Eddi fragend an.

„Also es ist so", begann Eddi. „Ich hatte damals auch dieses Stück Stoff im Grab gefunden. In der Flasche, zusammen mit dem Zettel, auf dem dieser Vers stand. Und darauf war ein Emblem, so ein Abzeichen aufgestickt. Das …" Eddi deutete auf den Rest jenes bedeutsamen Beweisstücks in Mesuts Hand. „Das Abzeichen ist allerdings nicht mehr zu erkennen, weil …"

„Weil deutsche Ware, gute Ware. Gute deutsche Waschmaschinenware", ergänzte Mesut bei überaus anerkennendem Gesichtsausdruck.

Eddi grinste nur noch breiter. Wüsste er nicht, dass sein türkischer Freund alles andere als grenzdebil war, man hätte gerade den Eindruck gewinnen können, er wär nicht dazu in der Lage eine Kuh von einem Pferd zu unterscheiden.

Der Kommissar seinerseits blickte nur noch verständnisloser drein. Erneut wanderten dessen Augen fragend von einem zum anderen. Dann erneut auf den Fetzen in Mesuts Hand und schließlich wieder zu Mesut und von dort zurück zu Eddi. Eddi gewann zunehmend den Eindruck, der Kommissar könne sich etwas verschaukelt vorkommen. Daher machte er sich rasch dazu auf, nun doch noch etwas mehr Licht in die Dunkelheit hinter dessen Stirn einzuleiten.

„Genau, Herr Schunke", fuhr er fort. „Also, Mesut hat das Stück an diesem Nachmittag auf dem Friedhof ohne Absicht eingesteckt und dann komplett vergessen. Und leider, seine Waschmaschine …" Eddi verzog die Mundwinkel. Dann hob er entschuldigend die Schultern, gab damit zu erkennen, dass es nun mal Dinge zwischen Himmel und Erde gab, die man nicht weiter erklären könne.

„Ich verstehe", erwiderte der Kommissar schließlich in lang gestreckten Worten. „Das Fundstück da", er deutete auf Mesuts Hand, „stammt also aus dem Grab. Es war ein Abzeichen aufgesteckt und Sie …" Er wandte sich Mesut zu. „Sie haben es aus Versehen in die Waschmaschine gesteckt?"

Mesut nickte eifrig.

„Und dann war das Abzeichen futsch. Nur der Fetzen da blieb übrig. OK. Und weiter? Was war das für ein Abzeichen?" Wieder schaute der Kommissar von Eddi zu Mesut und zurück.

„Schützenverein, Frickenhausen."

Nachdem Eddi die beiden Worte ausgesprochen hatte, wähnte er sich einmal mehr einem Uhu gegenüber. Die Augen des Kommissars. Weit aufgerissen. Ein Ausdruck zwischen latent aggressiv, apathisch und zugedröhnt. Bevor Eddi weiter ausführen konnte, sprang Mesut für ihn ein.

„Na, Schützenverein eben. Und dann der Zettel. Also da stand doch was von vier und drei."

Nun begannen die Augen des Kommissars sich zu wahren Sehschlitzen zu verengen. Angesichts jener Körpersprache entschied Eddi, den Mann nicht noch weiter auf die Streckbank zu legen. Nicht, dass dieser doch noch einen Revolver aus einem versteckten Holster am Knöchel ziehen würde, um von diesem Gebrauch zu machen.

„Es waren von Vieren die wichtigsten Dreien. Die Botschaft auf diesem Zettel, Herr Kommissar. Der Zettel, aus der

Flasche." Eddi gab dem Würzburger Ermittler Zeit, die Informationen sacken zu lassen.

„Und was war mit vier und drei in Bezug auf den Schützenverein gemeint?", fragte dieser dann. „Vier Schützen, drei besondere Mitglieder?"

Eddi schüttelte bedächtig mit dem Kopf. „Die Vereinsführung."

Atemlose Verblüffung, Schweigen folgten. Wieder ein Uhu. Er starrte und verarbeitete. Es dauerte. Und Eddi konnte sowohl Verblüffung als auch Verarbeitungszeit mehr als gut nachempfinden. Irgendwann nickte der Kommissar abwechselnd ihm und Mesut zu.

„OK, lassen Sie mich raten", meinte er schließlich hektisch. „Thomas Rehnstein war damals natürlich zu jung. Aber sein Vater."

„War einer davon", ergänzte Eddi.

„Und die anderen? Also Nummer zwei und drei? Ebenso längst tot, nehme ich an?"

Eddi und Mesut nickten einvernehmlich.

„Und drei von vier weil es eine Art Rangfolge in der Vereinsführung gab, schätze ich", sagte der Kommissar dann noch mehr zu sich selbst. Daraufhin ließ er nachdenklich den Kopf sinken. Er schien intensiv nachzudenken. Wieder dauerte es, er nahm sich Zeit. Nach einer Weile hob er das Kinn. Strahlte förmlich. Wirkte wie ein Kind, das nach stundenlangem Grübeln ein schier nicht zu durchdringendes Rätsel am Ende doch noch gelöst hatte. Erleichtert klopfte er erst Eddi auf die Schulter, schüttelte dessen Hand, wandte sich sodann Mesut zu und wiederholte die freundschaftliche Geste.

„Und der alte Rehnstein hat diesen Teil der Geschichte bestätigt?", fragte er abschließend.

Erneut zustimmendes Kopfnicken.

Kommissar Schunke sah abermals zum Grab hinüber, schüttelte nachdenklich den Kopf. Thomas Rehnstein hatte sich gerade aufgemacht, den schmalen Weg zur Kapelle hinunterzuschreiten. Schweigend ruhten alle Augen auf dem alten Mann.

„Respekt, meine Herren", meinte Schunke schließlich ohne den Blick von Thomas Rehnstein abzuwenden. „Das war ziemlich gute Arbeit. Vermutlich haben Sie damit den ältesten Kriminalfall aus der Gegend gelöst. Alle Achtung. Mich würde zwar das ein oder andere außerdem noch interessieren. Zum Beispiel die Frage, warum sich jemand die Mühe macht, solch eine seltsame Botschaft mit in ein Grab zu legen." Der Kommissar zuckte mit den Achseln, sein Blick ruhte jetzt auf dem noch offenen Grab. „Aber wie das mit alten Rätseln eben so ist. Man darf wohl dankbar sein, wenn man sie überhaupt soweit gelöst bekommt." Dann richtete er seine Augen, in denen ehrliche Wertschätzung und Anerkennung lagen, erneut auf Eddi und Mesut.

„Und jetzt passen Sie beide gut auf sich auf. Und gehen Sie das nächste Mal bitte nicht ganz so viel Risiko ein. Als die Meldung reinkam … von wegen Schießerei in Frickenhausen auf dem Weingut Rehnstein. Besucher, die etwas von dem Skelettfund in Ochsenfurt erzählt hatten. Wissen Sie, manch einer ist für die Toten verantwortlich. Und davor habe ich größten Respekt. Es gibt aber auch Menschen, die fühlen sich für die Lebenden verantwortlich. Und die haben es auch nicht immer leicht. Also, wie gesagt. Das nächste Mal bitte etwas umsichtiger. Wäre ziemlich schade um Leute wie Sie." Er grinste. „Wobei ich allerdings unbedingt hoffe, dass es so schnell kein nächstes Mal geben wird."

Ein letztes, zutiefst freundschaftliches Nicken folgte. Dann wandte der Ermittler sich ab und schritt bedächtig davon.

Eddi erwartete, dass er wie üblich noch einmal umkehren würde, um weitere Fragen zu klären. Doch es gab offensichtlich nichts weiter zu klären. Man war am Ende des Weges angekommen. Und so blickten Eddi und Mesut schweigend dem Mann nach, der sich in stiller Aufsummierung begriffen auf den Treppenabgang in Richtung Nord-Süd-Achse des Friedhofs zubewegte. Eddi warf Mesut einen kurzen Seitenblick zu. Selbst im Dönerdealer schien ein Funken Sympathie für den Kommissar aufzuflackern.

Der Platz vor der kleinen Kapelle hatte sich unterdessen geleert. Bis auf eine Person. Thomas Rehnstein war gerade noch dabei, sich ins Kondolenzbuch einzutragen. Die Kamerateams strebten derweil nach oben, auf das Grab zu, um ihre Aufnahmen zu machen. Genau, wie Eddi es erwartet hatte, während Lena gerade dabei war, gemeinsam mit Gisela den Schotterweg hinabzuschreiten. Mesut und ihm entgegen. Rosen hielt Lena keine mehr in der Hand, stellte Eddi fest. Stattdessen fiel sein Blick auf zwei Ketten, welche aus ihrer geschlossenen Faust herabhingen.

Wenige Augenblicke später spürte er Arme um seinen Hals. Er wusste nicht so recht, wie er reagieren sollte, als Lena sich von ihm löste und nun Mesut auf die gleiche Art und Weise zu herzen begann. Gisela stand breit lächelnd daneben.

„Ist das der Abschied?", fragte Eddi.

„Erst mal wollte ich nur Danke sagen", erwiderte Lena. „Für alles." Eddi nickte unangenehm berührt, brummelte dann ein „dafür doch nicht" und besah sich hierbei seiner Schuhe dort unten auf dem Boden.

„Schaut mal."

Eddi hob den Kopf. In Lenas linker Hand lagen die beiden Hälften des Medaillons. Lena streckte sie ihm entgegen. Behutsam nahm Eddi die beiden Teile auf, legte sie in seiner linken Pranke nebeneinander und fügte sie zu einem Stück zusammen. Mesut und Gisela beugten sich nach vorn. Andächtig begutachteten sie das Schmuckstück, in das äußerst filigran zwei Weinreben eingearbeitet waren, dazwischen so etwas wie ein schmaler Holzpflock. In der oberen, linken Ecke der Hälfte, die Johanna Klaven ihr Leben lang um den Hals getragen hatte, war zudem großflächig ein schwungvolles „R" eingelassen, wobei Holzpflock und „R" miteinander zu verschmelzen schienen.

Still musterte man die beiden Hälften aus Bronze. Gedanken galoppierten über Eddis Nervenbahnen in Kopf und Brust. Er spürte Giselas Hand über seinen Rücken streichen, als er Lena die beiden Hälften zurückgab, die sich daraufhin stumm anschickte, noch einmal hoch an das Grab ihrer Mutter und

Großmutter heranzutreten, wo gerade die Kamerateams damit begannen, die beste Perspektive für die anstehenden Aufnahmen auszuloten.

Eddis, Giselas und Mesuts Augen folgten ihr. Sekunden später trat Lena an die kleine Gruppe aus Personen und Kameras heran, sagte etwas, woraufhin die Kameras von den Schultern genommen wurden. Sie begab sich an das Fußende und ging in die Knie.

„Hat sie dir von dem Angebot der Rehnsteins erzählt?", fragte Eddi Gisela, die Augen weiter auf Lena gerichtet.

„Vorhin, ja. Sie weiß wohl nicht. Das ist alles zu viel für sie. Die Erinnerung dort drüben. All das. Das erschlägt sie gerade."

Wahrlich kein Wunder, überlegte Eddi, als Lena sich soeben wieder erhob, den Männern mit den Kameras zunickte und daraufhin den Weg erneut herunterkam. Nunmehr weder Medaillon noch Ketten in ihren Händen haltend.

„So." Lena war unmittelbar vor ihnen zum Stehen gekommen. „Ich treffe mich nachher noch mit meiner Verwandtschaft im Hotel. Würde aber gerne noch etwas mit euch essen vorher?" Sie blickte fragend in die Runde.

„Bei Mesut gibt es seit gestern wieder Döner. Wie wär's?", fragte Gisela.

„Ich bleib bei der Linsensuppe", gab Eddi zurück.

„War ja klar", schoss es aus Mesut heraus. „Iss mal gefälligst wieder Döner, Deutscher. Ist mehr Umsatz für mich."

Eddi rollte mit den Augen.

„Wir gehen ganz gemütlich zu Fuß runter in die Stadt, Eddi. Du musst ja noch …" Gisela brach ab.

„Lass dir Zeit, Eddi. Wir sehen uns vor Mesuts Laden, ja?", ergänzte Lena.

Eddi nickte. Als die beiden Frauen sich umdrehen wollten, wies Eddi sie an, noch einen Moment zu warten. Er trat an Mesut heran und steckte seine Hand in dessen linke Hosentasche.

„Ey, Deutscher!", protestierte dieser postwendend. Eddi zog den wegweisenden Stofffetzen heraus und trat einen Schritt zurück.

„Das hier lag damals außerdem noch in Friedhelms Grab. Also in dem deiner Oma, meine ich." Er hielt Lena das Stück Stoff entgegen. „Da war das Abzeichen des Schützenvereins aufgestickt, aufgrund dessen, also. Jedenfalls war es mal aufgestickt. Frag nicht. Was meinst du. Sollen wir es mit ins Grab packen?"

Lenas Zeigefinger strich über den Fetzen, während sie einmal hörbar tief ein und ausatmete. „Ja, mach das. Es ist nun mal Teil dieser Geschichte.", sagte sie dann. „Oma und Mama hätten es bestimmt so gewollt." Ihre Augen glitzerten feucht.

„Genau", erwiderte Eddi mit besonders ausgeprägter Betonung und umschloss den Stoff mit seinen Fingern. „Es ist nun mal Teil der Geschichte. Man darf die Geschichte nicht sich selbst überlassen. Man muss sie fortschreiben. Deine Oma und deine Mutter, sie hätten es ganz bestimmt, ganz genau so gewollt."

Eddis und Lenas Blicke trafen sich. Eddi lächelte sie aufmunternd an. Lena biss sich auf die Lippen, dann signalisierte sie mit einem Lächeln, dass sie die Botschaft verstanden hatte, unterdessen die Bahnen, welche die Tränen ihre Wangen hinabzeichneten, ihr Lächeln konterkarierten.

„Bestimmt", hauchte sie.

Zehn Minuten später hatten Eddi und Mesut sich vor dem mittlerweile verwaisten Grab eingefunden.

Eddi stand links von der Öffnung. Dort, wo der Erdhaufen bereitlag. Er hielt eine Schaufel in der Hand und blickte schweigend nach unten. Sein Freund stand von Kränzen und Gestecken umringt rechts vom Kopfende und zündete sich soeben einen Joint an, während er selbst den Stofffetzen aus seiner linken Hosentasche hervorkramte und schließlich nach unten auf die zum größten Teil bereits von Erde und Sand bedeckten Särge hinabfallen ließ. Eddi hätte gerne etwas Freundliches, Tröstendes zu den beiden Frauen dort unten gesagt. Aber ihm wollte einfach nichts einfallen. Er hatte die beiden Frauen nicht gekannt. Die eine hatte er nie im Leben getroffen. Die andere ein einziges

Mal, für wenige Minuten. Und doch fühlte er sich ihnen so nahe. Sie waren vorausgegangen. Waren jetzt dort drüben, auf der anderen Seite.

Gemeinsam mit ihm, wagte er zu hoffen und zog die Kippa aus seiner rechten Hosentasche, die er zuvor zusammen mit der Schaufel aus der Kapelle geholt hatte. Nachdenklich betrachtete er die jüdische Kopfbedeckung, auf deren Innenseite schlicht „Jaron" eingestickt war. Eine Freundin seiner Mutter hatte sie angefertigt und ihm nach Rücksprache mit einem Rabbiner zudem einen Vers mit auf den Weg gegeben, den man zusammen mit der Kippa in das Grab würde geben können.

Eddi lehnte die Schaufel an seine linke Schulter und öffnete den Reißverschluss seines Anoraks. Derweil fand sich erster, süßlich duftender Rauch in seiner Nase ein. Er sah kurz zu Mesut hinüber, der freudvoll an seinem Joint sog, wobei seine Augen ihm neugierig folgten. Vorsichtig fingerte Eddi die Sicherheitsnadel und das kleine Röllchen Papier aus der Brusttasche seines Hemds. Um jenes Röllchen hatte er wiederum einen kleinen Zettel gewickelt, auf welchem die deutsche Entsprechung des Verses oder Psalms, genau wusste er es nicht, geschrieben stand.

Lena hatte die wenigen Zeilen in hebräischer Schrift von einem jüdischen Gelehrten aus Würzburg auf ein Stück dickes, von Goldfäden durchzogenes Stück Papier schreiben lassen, das dann zu einer Art Gebetsrolle in Miniaturform verarbeitet worden war. Sie hatte darauf bestanden, dass er, Eddi, Kippa und Vers in das Grab legen würde. Eddi löste das kleine Stück Papier von der Rolle, auf welchem die Übersetzung notiert war und las noch einmal die Worte.

Die Seele alles Lebenden ist in Deiner Hand,
Gerechtigkeit erfüllt Deine Hände,
erbarme Dich über den Rest der Herde in Deiner Hand
und sprich zum Engel:
Ziehe Deine Hand zurück!

Nachdenklich hob Eddi den Kopf. Er spürte wie ihm erneut feine Regentropfen auf Stirn und Nase fielen. Schnell steckte er den Zettel zurück in die Hosentasche und die kleine Rolle mit dem Vers in die jetzt gefaltete Kippa, die er sogleich mit der Sicherheitsnadel verschloss. Dann ging er in die Knie, so wie Lena es zuvor getan hatte. Wehmütig wisperte er ein leises „macht's gut ihr drei". Dann ließ er die Kopfbedeckung hinab in das Grab fallen.

„Ey, Deutscher. Jetzt mach mal zu da. Das Leben wartet nicht ewig, wie du siehst."

Eddi hob den Kopf, schürzte die Lippen. Mesut hatte recht. Das Leben wartete nicht. Er richtete sich auf, nahm sein Arbeitsgerät in beide Hände, sah bestärkt von ihrer aller Tun und Tat zu seinem Freund hinüber, der ihn zufrieden anlächelte. Dann stieß er die Schaufel tief in den Haufen aus Erde zu seiner Linken.